人物書誌大系38

倉橋由美子

田中絵美利・川島みどり編

日外アソシエーツ

●制作担当●尾崎　稔

写真提供：新潮社

1960年7月16日。デビュー当時の倉橋由美子
©撮影：田沼武能

1977年2月17日、玉川学園にて。倉橋由美子（左）、次女さやか氏（中）、翻訳家古屋美登里氏（右）
写真提供：古屋美登里氏

『パルタイ』
（1960年8月 文藝春秋新社刊）

『スミヤキストQの冒険』
（1969年4月 講談社刊）

『城の中の城』
（1980年11月 新潮社刊）

※下の 3 点は明治大学図書館所蔵

まえがき

2006年6月、倉橋由美子に明治大学より特別功労賞が授与され、併せて明治大学中央図書館で倉橋の生い立ちと作家活動を追った「倉橋由美子展」が開催された。倉橋は、明治大学大学院在学中に「パルタイ」でデビューし、2005年に亡くなるまで旺盛な作家活動を展開した。その功績を讃えられての受賞であった。

編者が倉橋由美子の書誌調査に携わることになったきっかけは、この「倉橋由美子展」のパンフレット作成の協力を依頼されたことに遡る。作業を始めてから丸二年が経過し、やっと一つの形にすることができた。

倉橋は45年間の作家活動の中で800近い作品を遺しており、小説のみならず小説論や育児論など多岐にわたった著作活動を展開した。実験的な作品も多く残しており、同時代文学への影響も決して小さくはない。しかし、近年では主要作品の単行本・文庫が絶版になったままであるなど、読者が手軽に倉橋作品に触れられないような現状が続いている。全集の出版もいまだ実現していない。研究もまた、決して進んではいない状況であろう。今回書誌を作成する中で、倉橋の先見性に基づく知的な作家活動は稀有なものであることに気付かされた。生前は正当な評価に恵まれなかったとも言えるが、倉橋の作品は現代の問題意識にも通ずる点を多く有している。この書誌をきっかけに多くの現代読者が倉橋作品に触れ、研究もまた活発に行われることを期待する。

初めての経験に戸惑うことも多かったが、書誌調査を通して多くの方々と知り合うことができ、ご協力を仰ぐ中で楽しい時間を過ごすことができたことは、何よりの財産であった。特に、倉橋由美子のご遺族、関係者には多大なるご尽力を頂いた。ご息女の熊谷さやか氏、ご夫君の熊谷冨裕氏、自称執事の積田正弘氏、公私共に親交の深かった翻訳家・古屋美登里氏、俳人・齋藤愼爾氏、中島淳一氏からは、倉橋の残した資料・スクラップの提供など、書誌完成に欠かせないご協力を頂いた。生前の倉橋由美子に会う機会には恵まれなかったが、ご遺族や生前親しくされていた方々のお話から、その魅力的な人となりを知ることができた。そのような話を伺えたことも、書誌調査の過程においては何よりも励みとなった。ここに感謝を述べたい。

明治大学図書館、特に飯澤文夫氏には書誌調査の開始から完成まで数多くのご助言ご助力を賜った。口絵に使用した単行本の書影も、明治大学図書館から提供を受けた。また、既にご退官されたが、明治大学図書館前館長である原道生先生にも、多くのご協力を頂いた。大学図書館の協力がなければ、出版は叶わなかったであろう。深い感謝の意を表したいと思う。なお口絵写真に関しては、古屋美登里氏、新潮社水藤節子氏、田沼武能氏事務所に大変お世話になった。書影掲載を快諾いただいた文藝春秋、講談社、新潮社の各社へも併せて御礼申し上げる。

最後に、本書の出版を快く受諾して下さった日外アソシエーツ社には厚く御礼を申し上げたい。特に編集担当の尾崎稔氏には、ご迷惑をお掛けすることも多かった。不慣れな我々を辛抱強く励まし、出版まで導いて下さったことに、深く謝意を述べたい。

この書誌作成を支えて下さった多くの方々、一人一人お名前を挙げることは叶いませんが、感謝しております。ありがとうございました。

2008年1月

田中絵美利

川島みどり

目　次

凡　例 …………………………………………………… (4)

倉橋由美子作品・インタビュー等

Ⅰ　著作目録 …………………………………………… 3

初出一覧 …………………………………………… 96

著書一覧 …………………………………………… 140

全集・選集一覧 …………………………………… 150

Ⅱ　翻訳作品 …………………………………………… 157

Ⅲ　インタビュー・座談会等 ………………………… 159

Ⅳ　海外で翻訳された作品 …………………………… 167

倉橋由美子に関する参考文献

Ⅴ　書評・研究論文 ………………………………… 173

主要作品別一覧 ………………………………… 223

「パルタイ」223　「暗い旅」229　「聖少女」231

「ヴァージニア」234　「スミヤキストＱの冒険」236

「反悲劇」239　「城の中の城」243　「ポポイ」245

「シュンポシオン」246　「アマノン国往還記」247

Ⅵ　その他新聞記事など ……………………………… 249

倉橋由美子略年譜 ………………………………… 259

索　引

作品名索引 ………………………………………… 269

人名索引 …………………………………………… 288

凡　例

1．本書の構成

(1) 倉橋由美子作品・インタビュー等
- Ⅰ 著作目録
- Ⅱ 翻訳作品
- Ⅲ インタビュー・座談会等
- Ⅳ 海外で翻訳された作品

(2) 倉橋由美子に関する参考文献
- Ⅴ 書評・研究論文
- Ⅵ その他新聞記事など

(3) 倉橋由美子略年譜

(4) 索　引
- 作品名索引
- 人名索引

2．記載事項

・Ⅰ～Ⅵの通し番号（A～Jの記号付き文献番号）を各項目の前に記した。
・各部の詳細は以下の通り。

(1) 倉橋由美子作品・インタビュー等

Ⅰ 著作目録

A　倉橋由美子作品を年代順に記した。
記載の順序は、作品名、発行年月日／発表誌・紙名／発行所／頁数／備考
副出がある場合に限り、B、C、Dにおける文献番号を⇔の後に記載した。

B（初出一覧）　倉橋由美子作品のうち、初出のものだけを抽出し年代順に副出した。
記載の順序は題名、発行年月日／発表誌・紙名／発行所／頁数
Aにおける文献番号を⇔の後に記載した。

C（著書一覧）　倉橋由美子の単行本を年代順に副出した。

記載の順序は、書名、発行年月日／発行所／総頁／判型、収録作品

Aにおける文献番号を⇔の後に記載した。

D（全集・選集一覧）　全集・選集に収録された倉橋由美子作品を、全集・選集の発行年代順に副出した。

記載の順序は、作品名、発行年月日／収録書名／発行所／頁数／備考

Aにおける文献番号を⇔の後に記載した。

Ⅱ　翻訳作品

E　倉橋由美子による海外文学翻訳作品を年代順に記した。

記載の順序は邦題・発行年月日／発行所／備考、原作者名／原作品名

Ⅲ　インタビュー・座談会等

F　倉橋由美子に対するインタビュー記事、倉橋由美子参加の座談会、アンケート記事などを記した。

記載の順序は題名、発行年月日／発表誌・紙名／発行所／頁数／備考

Ⅳ　海外で翻訳された作品

G　海外で翻訳出版された倉橋由美子作品を、収録書出版年代順に記した。

記載の順序は、原作品名／翻訳作品名、出版年月日／訳者名／収録書名／発行所／発行地／頁数／備考

(2)　倉橋由美子に関する参考文献

Ⅴ　書評・研究論文

H　倉橋由美子作品に関する書評・研究論文を発表年代順に記した。

記載の順序は、筆者名／題名／発行年月日／発表誌・紙名／発行所／頁数／備考

副出がある場合に限り、Ⅰにおける文献番号を⇔の後に記載した。

Ｉ（主要作品別一覧）　倉橋由美子の主要作品に関する書評・研究論文だけを抽出し発表年代順に副出した。

対象とした主要作品は、「パルタイ」「暗い旅」「聖少女」「ヴァージニア」「スミヤキストＱの冒険」「反悲劇」「城の中の城」「ポポイ」「シュンポシオン」「アマノン国往還記」である。

記載の順序は、筆者名／題名／発行年月日／発表誌・紙名／発行所／頁数

Ｈにおける文献番号を⇔の後に記載した。

Ⅵ　その他新聞記事など

Ｊ　倉橋由美子に関する新聞・雑誌記事を発表年代順に記した。

記載の順序は、筆者名／題名／発行年月日／発表誌・紙名／発行所／頁数／備考

(3) 倉橋由美子略年譜

ご遺族の監修のもと、年譜を作成した。エッセー、インタビュー等からの引用は、引用元を末尾に記した。

参照した年譜は以下の通りである。

倉橋由美子「倉橋由美子自作年譜」	A0766
保昌正夫「倉橋由美子年譜」	H3165
橋本真理「倉橋由美子　略年譜」	H3352
馬渕正史 保昌正夫「年譜」	H3361
熊谷冨裕「倉橋由美子年譜」	H3392
保昌正夫「倉橋由美子年譜補充」	H3575
与那覇恵子「倉橋由美子　略年譜」	H3645
保昌正夫「年譜――倉橋由美子」	H3652

(4) 索　引

作品名索引

Ａ、Ｅ、Ｆ、Ｇに収録した作品名・論題名・記事タイトル等、Ｃに掲載した書名、およびＨにおける書評・研究の対象となった作品名を、五十音順、アルファベット順に記載し、本文の文献番号を示した。

人名索引

H、Jの執筆者名を五十音順、アルファベット順に記載し、本文の文献番号を示した。

3．留意事項

(1) 全体を通じ旧漢字は新漢字に改めたが、かなづかいは記載に従った。但し、人名・社名は旧漢字のままとした。

(2) 単行本収録作品のうち、初出の掲載紙等詳細が一切不明のものは初出の項目は立てず、単行本初収録時の作品項目の備考に「初出未見」と記した。

(3) 本書誌作成にあたって、ご遺族から倉橋由美子自身が残したスクラップブック等の資料をご提供いただいた。そのなかには記事内容を確認できたが、発表誌・紙名等の詳細が確認できない書評等がいくつかある。不明となっている項目が多いにも関わらず書誌に入れた場合には、備考にその旨を記載した。

(4) ご遺族からご提供いただいた資料の中に1960年代の作品リストが含まれていたが、そのリストに記されていた作品のうち単行本にも収録されておらず、初出も見つかっていないものがある。そのため、実際に作品が公になっているかも確認できていないので、今回書誌へのそれらの記載は見送ることとした。その作品名は以下の通りである。

- 女流といふこと
- 俗物的男性
- はにかみと教養
- 志賀高原の夏の終り
- 乱文時代の性的英雄
- 革命について
- 幽霊を保存しておきたい
- TVからでは得られない想像力の共鳴
- ワープロと言葉

(5) なお、本書は2008年2月1日までに確認できたデータを収録している。

倉橋由美子作品・インタビュー等

Ⅰ　著作目録

　初出一覧

　著書一覧

　全集・選集一覧

Ⅱ　翻訳作品

Ⅲ　インタビュー・座談会等

Ⅳ　海外で翻訳された作品

I　著作目録

1960年

A0001　パルタイ（初出）
1960.1.14　『週刊明治大学新聞』（明治大学新聞学会）　p6-7　⇔*B1913*
＊第4回明治大学学長賞受賞

A0002　パルタイ
1960.3.1　『文學界』（文藝春秋新社）　14巻3号　p64-75

A0003　受賞の責任を痛感（初出）
1960.3.3　『週刊明治大学新聞』（明治大学新聞学会）　p3　⇔*B1914*
＊単行本収録時に「受賞のことば」に改題

A0004　文学へ熱ぽい執心　教授の微笑におびえる（初出）
1960.3.10　『週刊明治大学新聞』（明治大学新聞学会）　p7　⇔*B1915*
＊単行本収録時に「わたしが受験した頃」に改題

A0005　貝のなか（初出）
1960.5.1　『新潮』（新潮社）　57巻5号　p144-159　⇔*B1916*

A0006　学生よ、驕るなかれ（初出）
1960.5.1　『婦人公論』（婦人公論社）　521号　p270-275　⇔*B1917*

A0007　非人（初出）
1960.5.1　『文學界』（文藝春秋新社）　14巻5号　p60-73　⇔*B1918*

A0008　モラリスト坂口安吾（初出）
1960.6.1　『新潮』（新潮社）　57巻6号　p188-193　⇔*B1919*
＊単行本未収録

A0009　蛇（初出）
1960.6.1　『文學界』（文藝春秋新社）　14巻6号　p6-35　⇔*B1920*

A0010　政治の中の死（初出）
1960.6.30　『週刊明治大学新聞』（明治大学新聞学会）　p2　⇔*B1921*

A0011　ころぶはなし（初出）
1960.7.14　『週刊明治大学新聞』（明治大学新聞学会）　p2　⇔*B1922*
＊単行本収録時に「ころぶ話」に改題

A0012　雑人撲滅週間（初出）
1960.7.21　『週刊明治大学新聞』（明治大学新聞学会）　p2　⇔*B1923*

A0013　婚約（初出）
1960.8.1　『新潮』（新潮社）　57巻8号　p200-241　⇔*B1924*

A0014　私の“第三の性”（初出）
1960.8.1　『中央公論』（中央公論社）　75年8号　p266-270　⇔*B1925*
＊単行本収録時に「わたしの「第三の性」」に改題

A0015　密告（初出）
1960.8.1　『文學界』（文藝春秋新社）　14巻8号　p42-61　⇔*B1926*

A0016　袋に封入された青春（初出）
1960.8.15　『読売新聞』（読売新聞社）　p7　⇔*B1927*

A0017　パルタイ
1960.8.20　『パルタイ』（文藝春秋新社）p7-32　⇔*C2651*

A0018　非人
1960.8.20　『パルタイ』（文藝春秋新社）p33-64　⇔*C2651*

A0019　貝のなか
1960.8.20　『パルタイ』（文藝春秋新社）p65-95　⇔*C2651*

A0020　蛇
1960.8.20　『パルタイ』（文藝春秋新社）p97-168　⇔*C2651*

A0021　密告
1960.8.20　『パルタイ』（文藝春秋新社）p169-213　⇔*C2651*

A0022　後記（初出）
1960.8.20　『パルタイ』（文藝春秋新社）p214-215　⇔*B1928, C2651*

A0023　囚人（初出）
1960.9.1　『群像』（講談社）　15巻9号　p120-159　⇔*B1929*

A0024　死んだ眼――社会小説・全学連――（初出）
1960.9.1　『マドモアゼル』（小学館）　1巻9号　p256-267　⇔*B1930*
＊単行本収録時に「死んだ眼」に改題

A0025　奇妙な観念（初出）
1960.9.15　『週刊明治大学新聞』（明治大学新聞学会）　p4　⇔*B1931*

A0026　新しい波（ヌーヴェル・バーグ）　錯覚で〈現実を描く〉不幸な喜劇（初出）
1960.11.10　『週刊明治大学新聞』（明治大学新聞学会）　p3　⇔*B1932*
＊単行本未収録

A0027　夏の終り（初出）
1960.11　『小説中央公論』（中央公論社）1巻2号　p168-177　⇔*B1933*

A0028　虚構の英雄・市川雷蔵（初出）
1960.12.1　『婦人公論』（婦人公論社）45巻14号　p136-138　⇔*B1934*

1961年

A0029　どこにもない場所（初出）
1961.1.1　『新潮』（新潮社）　58巻1号　p142-213　⇔*B1935*

A0030　わたしの文学と政治　反旗をかざして（初出）
1961.1.9　『毎日新聞』（毎日新聞社）　p7　⇔*B1936*
＊単行本収録時に「わたしの文学と政治」に改題

A0031　鷲になった少年
1961.2.28　『婚約』（新潮社）　p5-29　⇔*C2652*

A0032　婚約
1961.2.28　『婚約』（新潮社）　p31-116　⇔*C2652*

A0033　どこにもない場所
1961.2.28　『婚約』（新潮社）　p117-262　⇔*C2652*

A0034　鷲になった少年（初出）
1961.3.1　『週刊朝日別冊』（朝日新聞社）昭和36年2号　p86-93　⇔*B1937*

A0035　私の好きな近代絵画④　幻想の世界（初出）
1961.4.1　『マドモアゼル』（小学館）　2巻4号　p90　⇔*B1938*
＊単行本未収録

A0036　囚人
1961.4.20　『人間のない神』（角川書店）p3-51　⇔*C2653*

A0037　死んだ眼
1961.4.20　『人間のない神』（角川書店）p53-78　⇔*C2653*

A0038 夏の終り
1961.4.20 『人間のない神』(角川書店) p79-101 ⇔*C2653*

A0039 人間のない神(初出・書き下ろし)
1961.4.20 『人間のない神』(角川書店) p103-242 ⇔*B1939, C2653*

A0040 あとがき(初出)
1961.4.20 『人間のない神』(角川書店) p243-245 ⇔*B1940, C2653*
＊1971年に徳間書店から新版が出された際に「旧版あとがき」と改題

A0041 ミイラ(初出)
1961.5.1 『中央公論』(中央公論社) 76巻5号 p349-360 ⇔*B1941*

A0042 妄想のおとし穴(初出)
1961.5.1 『婦人公論』(中央公論社) 536号 p73-75 ⇔*B1942*

A0043 カメラ風土記(60) 東京都 堅固な城のよう ― ニコライ堂 ― (初出)
1961.6.4 『産経新聞(東京)』(夕刊)(産業経済新聞東京本社) p4 ⇔*B1943*
＊単行本未収録

A0044 マユのなかの生活 この一年間を想うとき(初出)
1961.6.29 『週刊明治大学新聞』(明治大学新聞学会) p11 ⇔*B1944*
＊単行本収録時に「繭のなかの生活」に改題

A0045 巨刹(初出)
1961.7.1 『新潮』(新潮社) 58巻7号 p160-260 ⇔*B1945*

A0046 批評の哀しさ ― 江藤淳さんに ― (初出)
1961.8.1 『新潮』(新潮社) 58巻8号 p204-209 ⇔*B1946*
＊単行本未収録

A0047 風景のない旅(初出)
1961.10.1 『新潮』(新潮社) 58巻10号 p76-77 ⇔*B1947*

A0048 防衛大の若き獅子たち(初出)
1961.10.1 『婦人公論』(婦人公論社) 542号 p122-127 ⇔*B1948*

A0049 暗い旅(初出・書き下ろし)
1961.10.15 『暗い旅』(東都書房) p5-246 ⇔*B1949, C2654*

A0050 作者からあなたへ(初出・書き下ろし)
1961.10.15 『暗い旅』(東都書房) p248-249 ⇔*B1950, C2654*

A0051 合成美女(初出)
1961.10 『小説中央公論』(中央公論社) 2巻4号 p118-133 ⇔*B1951*

A0052 パルタイ
1961.12.25 『文学選集(昭和36年版)26』(日本文藝家協会編)(講談社) p37-48 ⇔*D2726*

1962年

A0053 整形美容院 美男美女へのあくなき欲望を充し、造られた顔を次々に送り出す現代の「奇蹟」を探る!(初出)
1962.2.1 『婦人公論』(中央公論社) 47巻2号 p75-79 ⇔*B1952*
＊単行本未収録

A0054 模造と模倣の違い 「暗い旅」の作者からあなたへ 批判にもならない江藤淳氏の論旨(上)(初出)
1962.2.8 『東京新聞』(夕刊)(東京新聞社) p8 ⇔*B1953*
＊単行本未収録

A0055 欠ける想像的世界 「暗い旅」の作者からあなたへ こっとう屋的な批評眼の奇妙さ(下)(初出)
1962.2.9 『東京新聞』(夕刊)(東京新聞社) p8 ⇔*B1954*
＊単行本未収録

A0056　想像した美男・美女（初出）
1962.2　『二人自身』（光文社）　6巻2号　p143　⇔*B1955*
＊単行本未収録

A0057　ロマンは可能か（初出）
1962.3.3　『文藝』（河出書房新社）　1巻2号　p182-183　⇔*B1956*

A0058　わたしの初恋（初出）
1962.4.23　『婦人公論』（婦人公論社）　550号　p85　⇔*B1957*

A0059　輪廻（初出）
1962.5.20　『小説　中央公論』（中央公論社）　7号　p99-115　⇔*B1958*

A0060　真夜中の太陽（初出）
1962.6.1　『新潮』（新潮社）　59巻6号　p69-85　⇔*B1959*

A0061　一〇〇メートル（初出）
1962.6.1　『風景』（悠々会）　3巻6号　p52-59　⇔*B1960*

A0062　愛と結婚に関する六つの手紙（初出）
1962.7.1　『結婚論──愛と性と契り──』（丹羽文雄編）（婦人画報社）　p13-54　⇔*B1961, D2727*

A0063　田舎暮し（初出）
1962.7.1　『新潮』（新潮社）　59巻7号　p164-165　⇔*B1962*

A0064　東京　土佐（初出）
1962.7.23　『広報とさやまだ』（土佐山田町報道委員会）　9号　p4　⇔*B1963*
＊単行本未収録

A0065　映画と小説と眼（初出）
1962.12.1　『新潮』（新潮社）　59巻12号　p186-187　⇔*B1964*
＊単行本未収録

A0066　石の饗宴・四国の龍河洞（初出）
1962.12.1　『旅』（日本交通公社）　36巻12号　p174-175　⇔*B1965*

1963年

A0067　蠍たち（初出）
1963.1.15　『小説中央公論』（中央公論社）　4巻1号　p22-49　⇔*B1966*

A0068　警官バラバラ事件　宇野富美子（初出）
1963.1.20　『婦人公論』（婦人公論社）　48巻2号　p199-208　⇔*B1967*
＊単行本未収録。アンソロジー収録時に「警官バラバラ事件」に改題

A0069　ある破壊的な夢想（初出）
1963.2.1　『婦人公論』（婦人公論社）　48巻3号　p200-203　⇔*B1968*
＊単行本収録時に「ある破壊的な夢想―性と私―」に改題

A0070　京都からの手紙（初出）
1963.2.15　『新刊ニュース』（東京出版販売株式会社）　14巻3号　p2-3　⇔*B1969*

A0071　愛の陰画（初出）
1963.3.1　『文藝』（河出書房）　2巻3号　p54-65　⇔*B1970*

A0072　学芸　選挙について（初出）
1963.4.9　『毎日新聞』（夕刊）（毎日新聞社）　p5　⇔*B1971*
＊単行本未収録

A0073　房総南端から水郷へ　新しい旅情の宿（初出）
1963.5.1　『旅』（日本交通公社）　37巻5号　p47-51　⇔*B1972*
＊単行本未収録

A0074　迷宮（初出）
1963.7.1　『新潮』（新潮社）　60巻7号　p6-127　⇔*B1973*

A0075　恋人同士（初出）
1963.8.1　『芸術生活』（芸術生活社）　16巻8号　p166-171　⇔*B1974*

A0076 八月十五日について(初出)
1963.8.2 『毎日新聞』(毎日新聞社) p3 ⇔*B1975*
＊単行本未収録

A0077 スクリーンのまえのひとりの女性(初出)
1963.9.1 『映画芸術』(映画芸術社) 11巻9号 p72-74 ⇔*B1976*

A0078 パッション(初出)
1963.9.1 『小説 中央公論』(中央公論社) 18号 p18-43 ⇔*B1977*

A0079 H国訪問記(初出)
1963.9.1 『新潮』(新潮社) 60巻9号 p48-49 ⇔*B1978*

A0080 平泉で感じる「永遠」と「廃墟」(初出)
1963.9.1 『旅』(日本交通公社) 27巻9号 p56-57 ⇔*B1979*

A0081 私の痴漢論(初出)
1963.9.1 『婦人公論』(婦人公論社) 48巻10号 p80-85 ⇔*B1980*
＊単行本収録時に「わたしの痴漢論」に改題

A0082 カルデラの暗鬱なけものたち(初出)
1963.9.12 『太陽』(平凡社) 1巻4号 p173-180 ⇔*B1981*
＊単行本収録時に「カルデラの暗鬱な獣たち」に改題

A0083 「家庭論」と私の「第三の性」「男性の女性化」による“平和” それは人類の静かな衰滅の別名(初出)
1963.10.25 『法政大学新聞』(法政大学新聞学会) p7 ⇔*B1982*
＊単行本未収録

A0084 私の無責任老人論(初出)
1963.11.1 『文藝朝日』(朝日新聞社) 2巻11号 p71-72 ⇔*B1983*
＊単行本収録時に「わたしの無責任老人論」に改題

A0085 死刑執行人(初出)
1963.12.1 『風景』(悠々会) 4巻12号 p52-60 ⇔*B1984*

1964年

A0086 日本映画のなかのにっぽん人 男性篇(初出)
1964.1.1 『映画芸術』(映画芸術社) 12巻1号 p34-35 ⇔*B1985*
＊単行本収録時に女性篇と併せて「日本映画のなかの日本人」と改題

A0087 土佐の秘めた入江・横波三里(初出)
1964.1.1 『旅』(日本交通社) 38巻1号 p114-117 ⇔*B1986*
＊単行本収録時に「横波三里」に改題

A0088 ビュトールと新しい小説(初出)
1964.1.12 『世界の文学 付録12』(中央公論社) p7-9 ⇔*B1987*

A0089 日本映画のなかのにっぽん人 女性篇(初出)
1964.2.1 『映画芸術』(映画芸術社) 12巻2号 p38-40 ⇔*B1988*
＊単行本収録時に男性篇と併せて「日本映画のなかの日本人」と改題

A0090 わたしの心はパパのもの(初出)
1964.2.1 『新潮』(新潮社) 61巻2号 p6-42 ⇔*B1989*
＊単行本未収録

A0091 性と文学 私の立場①密室の中でみる悪夢 紙の上の毒虫のような私(初出)
1964.3.30 『読売新聞』(夕刊)(読売新聞社) p9 ⇔*B1990*
＊単行本収録時に「性と文学」に改題

A0092 犬と少年(初出)
1964.4.1 『いけ花龍生』(龍生華道会) 48号 p61-64 ⇔*B1991*

A0093　T国訪問記（初出）
1964.4.1　『新潮』（新潮社）　61巻4号　p172-173　⇔*B1992*

A0094　サムシング・エルス（初出）
1964.4.1　『スイング・ジャーナル』（スイングジャーナル社）　18巻4号　p137　⇔*B1993*

A0095　セクスは悪への鍵　女は「教会では聖女、街では天使、家では悪魔」という話があるが果してどうか（初出）
1964.4.1　『婦人公論』（中央公論社）　49巻4号　p128-131　⇔*B1994*
＊単行本収録時に「性は悪への鍵」に改題

A0096　ある独身者のパーティ（初出）
1964.5.1　『文藝』（河出書房新社）　3巻5号　p20-21　⇔*B1995*

A0097　死後の世界（初出）
1964.6.12　『太陽』（平凡社）　2巻7号　p45-46　⇔*B1996*

A0098　夢のなかの街（初出）
1964.8.1　『文學界』（文藝春秋新社）　18巻8号　p58-77　⇔*B1997*

A0099　作家の秘密（初出）
1964.9.1　『風景』（悠々会）　5巻9号　p48-49　⇔*B1998*

A0100　ロレンス・ダレルとわたし（初出）
1964.10.10　『世界文学全集Ⅱ-25　月報』（河出書房）　p1-3　⇔*B1999*

A0101　宇宙人（初出）
1964.11.1　『自由』（自由社）　6巻11号　p167-180　⇔*B2000*

A0102　誰でもいい結婚したいとき　「愛のための結婚」という幻想を捨て去ったときこそ、女が徹底的に男をえらぶチャンスだ（初出）
1964.12.1　『婦人公論』（中央公論社）　49巻12号　p93-95　⇔*B2001*
＊単行本収録時に「誰でもいい結婚したいとき」に改題

A0103　妖女のように（初出）
1964.12.1　『文藝』（河出書房）　3巻12号　p126-161　⇔*B2002*

A0104　言葉のつくり出す現実――ジャン・コー『神のあわれみ』――（初出）
1964.12.27　『朝日ジャーナル』（朝日新聞社）　6巻52号　p64-65　⇔*B2003*

1965年

A0105　巫女とヒーロー（初出）
1965.1.1　『新潮』（新潮社）　62巻1号　p226-229　⇔*B2004*

A0106　土佐のことば（初出）
1965.1.1　『時』（旺文社）　8巻1号　p33-34　⇔*B2005*

A0107　妖女であること（初出）
1965.2　『冬樹』（冬樹社）　巻号不明　ページ不明　⇔*B2006*
＊未見

A0108　結婚（初出）
1965.3.1　『新潮』（新潮社）　62巻3号　p6-61　⇔*B2007*

A0109　記憶喪失―心のさすらい人たちの世界―　記憶喪失は、あなたと無関係なロマネスクな物語りの世界だけの問題ではない!（初出）
1965.4.1　『婦人公論』（中央公論社）　50巻4号　p224-230　⇔*B2008*
＊単行本収録時に「記憶喪失」に改題

A0110　私の小説作法　「ことば」という音　即興演奏家のように（初出）
1965.4.18　『毎日新聞』（毎日新聞社）　p19　⇔*B2009*
＊アンソロジー『私の小説作法』収録時に「即興演奏のように」に改題、単行本『わたしのなかのかれへ』収録時に「わたしの小説作法」に改題

A0111　表現の自由の意味（初出）
1965.5.1　『日本』（講談社）　8巻5号　p41-43　⇔*B2010*

A0112　お遍路さん（初出）
1965.5.10　『土佐路のはなし』（NHK高知放送局）　p1-2　⇔*B2011*

A0113　宇宙人
1965.5.10　『文学選集（昭和40年版）30』（日本文藝家協会編）（講談社）　p361-375　⇔*D2728*

A0114　女の『歓び』と『カボチャ』のなかの女（初出）
1965.6.1　『映画芸術』（映画芸術社）　13巻6号　p32-33　⇔*B2012*

A0115　亜依子たち（初出）
1965.6.1　『中央公論』（中央公論社）　80年6号　p307-322　⇔*B2013*

A0116　「倦怠」について（初出）
1965.6.1　『文學界』（文藝春秋新社）　19巻6号　p8-10　⇔*B2014*

A0117　「綱渡り」と仮面について（初出）
1965.6.1　『文藝』（河出書房新社）　4巻6号　p16-19　⇔*B2015*

A0118　稿料の経済学（初出）
1965.6.15　『実業の日本』（実業の日本社）　68巻12号　p27　⇔*B2016*

A0119　初めて見た層雲峡から阿寒湖への道（初出）
1965.7.1　『旅』（日本交通社）　39巻7号　p70-76　⇔*B2017*
＊単行本収録時に「層雲峡から阿寒への道」に改題

A0120　純小説と通俗小説（初出）
1965.8.1　『小原流挿花』（小原流出版事業部）　15巻8号　p17-18　⇔*B2018*

A0121　かつこうの鳴くおもちやの町（初出）
1965.8.1　『評』（評論新社）　12巻8号　p54-57　⇔*B2019*
＊倉橋の写真掲載

A0122　映画への招待　雄大で堂々たる通俗映画の傑作──「シェナンドー河」──（初出）
1965.8.1　『婦人公論』（中央公論社）　50巻8号　p277　⇔*B2020*
＊単行本収録時に「雄大で堂々たる通俗映画の傑作──シェナンドー河」に改題

A0123　エロ映画考（初出）
1965.9.1　『映画芸術』（映画芸術社）　13巻9号　p7-14　⇔*B2021*
＊単行本未収録

A0124　隊商宿（初出）
1965.9.1　『自由』（自由社）　7巻9号　p202-213　⇔*B2022*

A0125　夫との共同生活（初出）
1965.9.1　『婦人生活』（婦人生活社）　19巻9号　p159　⇔*B2023*

A0126　聖少女（初出・書き下ろし）
1965.9.10　『聖少女』（新潮社）　⇔*B2024, C2655*

A0127　日録（初出）
1965.9.27　『日本読書新聞』（日本出版協会）　p8　⇔*B2025*

A0128　日録（初出）
1965.10.4　『日本読書新聞』（日本出版協会）　p8　⇔*B2026*

A0129　日録（初出）
1965.10.11　『日本読書新聞』（日本出版協会）　p8　⇔*B2027*

A0130　その夜、恋人たちは愛の仮面をつける‥‥　貧しい貧しい『愛の場所』（初出）
1965.10.13　『女性セブン』（小学館）　3巻38号　p80-84　⇔*B2028*
＊単行本未収録

A0131　日録（初出）
1965.10.18　『日本読書新聞』（日本出版協会）　p8　⇔*B2029*

A0132　醜魔たち（初出）
1965.11.1　『日本』（講談社）　8巻11号　p286-295　⇔*B2030*

A0133　批評の無礼について（初出）
1965.11.1　『批評』（南北社）　3号　p91-94　⇔*B2031*
＊単行本未収録

A0134　いやな先生（初出）
1965.11.8　『日本読書新聞』（日本出版協会）　p7　⇔*B2032*

A0135　〈もの〉神経症および存在論的映画　私の見た「赤い砂漠」（初出）
1965.12.1　『映画芸術』（映画芸術社）　13巻12号　p15-17　⇔*B2033*
＊単行本収録時に「「もの」、神経症および存在論的映画」に改題

A0136　解体（初出）
1965.12.1　『文學界』（文藝春秋新社）　19巻12号　p94-113　⇔*B2034*

1966年

A0137　妖女のように
1966.1.20　『妖女のように』（冬樹社）　p7-68　⇔*C2656*

A0138　結婚
1966.1.20　『妖女のように』（冬樹社）　p69-168　⇔*C2656*

A0139　共棲（初出・書き下ろし）
1966.1.20　『妖女のように』（冬樹社）　p169-264　⇔*B2035, C2656*

A0140　あとがき（初出）
1966.1.20　『妖女のように』（冬樹社）　p265-267　⇔*B2036, C2656*

A0141　衰弱した性のシンボル　処女を守ることを強制するものは社会であって個人の内心の声ではない。社会の強制力が失われている現在、処女は意味はもつのか?（初出）
1966.2.1　『婦人公論』（中央公論社）　51巻2号　p282-287　⇔*B2037*
＊単行本収録時に「衰弱した性のシンボル」に改題

A0142　インセストについて（初出）
1966.3.1　『話の特集』（日本社）　2号　p20-21　⇔*B2038*

A0143　「言葉のない世界」へおりていく『田村隆一詩集』（初出）
1966.3.1　『文藝』（河出書房新社）　5巻3号　p238-239　⇔*B2039*

A0144　批判（初出）
1966.3.20　『朝日新聞』（朝日新聞社）　p19　⇔*B2040*
＊単行本未収録

A0145　青春の始まりと終り――カミュ『異邦人』とカフカ『審判』（初出）
1966.4.12　『高校生新書47　私の人生を決めた一冊の本』（三一書房）　p212-213　⇔*B2041*
＊『Future Homemakers of Japan』転載時は「青春の始まりと終わり」と表記

A0146　My life in Books（初出）
1966.4.25　『ヘンリー・ミラー全集　第11巻月報(4)』（新潮社）　p1-2　⇔*B2042, D2729*

A0147　映画対文学・市民対庶民（初出）
1966.5.1　『映画芸術』（映画芸術社）　14巻5号　p24-26　⇔*B2043*

A0148　映画の運命（初出）
1966.5.1　『小説現代』（講談社）　4巻5号　p40-41　⇔*B2044*
＊単行本未収録

A0149　愛と結婚の雑学的研究　エロスは根本に、死への親近性をもっています。こ

れは存在の原理に反することで、すばらしい恋をすることは実は大犯罪なのです。（初出）
1966.5.1　『婦人公論』（中央公論社）51巻5号　p78-89　⇔*B2045*
＊単行本収録時に「愛と結婚の雑学的研究」に改題

A0150　現代文学の構想　吉本隆明著「言語にとって美とはなにか」にふれて　迷路と否定性（一）（初出）
1966.6.6　『日本読書新聞』（日本出版協会）　p7　⇔*B2046*
＊単行本収録時に「小説の迷路と否定性」に改題

A0151　現代文学の構想　吉本隆明著「言語にとって美とはなにか」にふれて　迷路と否定性（二）（初出）
1966.6.13　『日本読書新聞』（日本出版協会）　p7　⇔*B2047*
＊単行本収録時に「小説の迷路と否定性」に改題

A0152　現代文学の構想　吉本隆明著「言語にとって美とはなにか」にふれて　小説の迷路と否定性（三）（初出）
1966.6.20　『日本読書新聞』（日本出版協会）　p7　⇔*B2048*
＊単行本収録時に「小説の迷路と否定性」に改題

A0153　即興演奏のように
1966.6.20　『私の小説作法』（雪華社）　p178-183　⇔*D2730*
＊単行本収録時に「わたしの小説作法」に改題

A0154　現代文学の構想　吉本隆明著「言語にとって美とはなにか」にふれて　小説の迷路と否定性（四）（初出）
1966.6.27　『日本読書新聞』（日本出版協会）　p7　⇔*B2049*
＊単行本収録時に「小説の迷路と否定性」に改題

A0155　細胞的人間の恐怖（初出）
1966.7.1　『文學界』（文藝春秋）　20巻7号　p12-13　⇔*B2050*

A0156　悪い夏（初出）
1966.8.1　『南北』（南北社）　1巻2号　p14-67　⇔*B2051*

A0157　パルタイ
1966.10.15　『われらの文学　21』（講談社）　p329-343　⇔*D2731*

A0158　囚人
1966.10.15　『われらの文学　21』（講談社）　p344-365　⇔*D2732*

A0159　宇宙人
1966.10.15　『われらの文学　21』（講談社）　p366-384　⇔*D2733*

A0160　私の文学　毒薬としての文学（初出）
1966.10.15　『われらの文学　21』（講談社）　p494-499　⇔*B2052, D2734*
＊単行本収録時に「毒薬としての文学」に改題

1967年

A0161　アイオワ通信　アメリカ定住者の夢（初出）
1967.2.1　『月刊タウン』（アサヒ芸能出版）　1巻2号　p172-176　⇔*B2053*
＊熊谷冨裕と共同執筆。単行本未収録

A0162　アイオワ通信（アメリカ）　大学生の就職戦線（初出）
1967.4.1　『月刊タウン』（アサヒ芸能出版）　1巻4号　p135-138　⇔*B2054*
＊熊谷冨裕と共同執筆。単行本未収録

1968年

A0163　My life in Books
1968.4.5　『ヘンリー・ミラー絵画展』（アート・ライフ・アソシエーション）　ページ表記なし

A0164　作家論（初出）
1968.4.10　『定本　坂口安吾全集　第2巻』（冬樹社）　p500-510　⇔*B2055*
＊単行本収録時に「坂口安吾論」に改題

A0165　異邦人の読んだ『異邦人』（初出）
1968.4.15　『新潮世界文学』（新潮社）48巻 月報（3）　p9-12　⇔*B2056*

A0166　世界の若人16　ヴァージニア（初出）
1968.5.1　『PHP』（PHP研究所）　240号　p68-70　⇔*B2057*
＊単行本収録時に「ヴァージニア」に改題

A0167　パルタイ
1968.6.10　『現代文学大系66　現代名作集（四）』（筑摩書房）　p282-295　⇔*D2735*

A0168　ホメーロス〈イーリアス〉（初出）
1968.9.15　『the highschool life』（アド・マーケティング・センター）　16号　p1　⇔*B2058*

A0169　アメリカの大学（初出）
1968.10.1　『時』（旺文社）　11巻10号　p276-277　⇔*B2059*

A0170　蠍たち
1968.10.5　『蠍たち』（徳間書店）　p5-59　⇔*C2657*

A0171　愛の陰画
1968.10.5　『蠍たち』（徳間書店）　p61-82　⇔*C2657*

A0172　宇宙人
1968.10.5　『蠍たち』（徳間書店）　p83-119　⇔*C2657*

A0173　醜魔たち
1968.10.5　『蠍たち』（徳間書店）　p121-143　⇔*C2657*

A0174　パッション
1968.10.5　『蠍たち』（徳間書店）　p145-194　⇔*C2657*

A0175　夢のなかの街
1968.10.5　『蠍たち』（徳間書店）　p195-234　⇔*C2657*

A0176　あとがき（初出）
1968.10.5　『蠍たち』（徳間書店）　p236-237　⇔*B2060, C2657*

A0177　街頭詩人（初出）
1968.11.1　『風景』（悠々会）　9巻11号　p29-31　⇔*B2061*

A0178　JOBとしての小説書き（初出）
1968.11.1　『文學界』（文藝春秋）　22巻11号　p18-19　⇔*B2062*

A0179　向日葵の家――反悲劇（初出）
1968.11.1　『文藝』（河出書房新社）　7巻11号　p10-46　⇔*B2063*

A0180　パルタイ
1968.11.10　『全集・現代文学の発見　第四巻　政治と文学』（学芸書林）　p261-276　⇔*D2736*

A0181　つまらぬプロ・スポーツ中継　馬場に見られぬ悲愴美（初出）
1968.11.13　『名古屋タイムズ』（名古屋タイムズ社）　p6　⇔*B2064*
＊単行本未収録

A0182　私の字引き（初出）
1968.11.15　『国語通信』（筑摩書房）111号　p7　⇔*B2065*

A0183　テレビ　このごろ（初出）
1968.11　『掲載紙不明』　⇔*B2066*
＊共同通信より配信

A0184　青年の自己発見は悲劇か　ギリシャ悲劇とパゾリーニの〈アポロンの地獄〉（初出）
1968.12.1　『映画芸術』（映画芸術社）16巻13号　p25-28　⇔*B2067*
＊「ギリシャ悲劇とパゾリーニの「アポロンの地獄」」に改題

A0185　ヴァージニア（初出）
1968.12.1　『群像』（講談社）　23巻12号　p6-52　⇔*B2068*

A0186　長い夢路（初出）
1968.12.1　『新潮』（新潮社）　65巻12号　p20-50　⇔*B2069*

A0187　カミュの「異邦人」やカフカの作品（初出）
1968.12.5　『10冊の本』（主婦の友社）　4巻月報　p1-3　⇔*B2070*

A0188　アイオワの冬（初出）
1968.12.20　『ハイファッション』（文化服装学院出版局）　41号　p148-149　⇔*B2071*

1969年

A0189　特集　日本的革命の青春　安保時代の青春（初出）
1969.1.2　『週刊明治大学新聞』（明治大学新聞学会）　p5　⇔*B2072*
＊単行本収録時に「安保時代の青春」に改題

A0190　職業としての文学（初出）
1969.1.19　『読売新聞』（読売新聞社）　p18　⇔*B2073*

A0191　なぜ書くかということ（初出）
1969.2.5　『朝日新聞』（夕刊）（朝日新聞社）　p6　⇔*B2074*

A0192　ポオの短編小説（初出）
1969.2.18　『世界文学全集』（講談社）　14巻 月報25　ページ表記なし　⇔*B2075*

A0193　わたしの読書散歩　「うまいものが好き」　好きだった作家　日々にうとし（初出）
1969.3.1　『東京新聞』（中日新聞東京本社）　p5　⇔*B2076*
＊単行本収録時に「わたしの読書散歩」に改題

A0194　主婦の仕事（初出）
1969.3.1　『婦人生活』（婦人生活社）　22巻3号　p155-156　⇔*B2077*

A0195　巨大な毒虫のいる生活（初出）
1969.3.20　『血と薔薇』（天声出版）　3号　p96　⇔*B2078*

A0196　わたしの育児法（初出）
1969.3.25　『赤ちゃんとママ』（赤ちゃんとママ社）　4巻4号　p15　⇔*B2079*
＊未見

A0197　「寺小屋」英語のことなど（初出）
1969.3　『高校英語研究　HIGH SCHOOL ENGLISH』（研究社）　53巻12号　p7　⇔*B2080*

A0198　秩序の感覚（初出）
1969.4.1　『芸術生活』（芸術生活社）　22巻4号　p82-86　⇔*B2081*

A0199　新しい文学のために（下）　今日の小説の問題　流行追う自己表現　西欧からの借り物の文体（初出）
1969.4.10　『東京新聞』（夕刊）（中日新聞東京本社）　p8　⇔*B2082*
＊「上」は中村真一郎、「中」は平岡篤頼が担当。後に「新しい文学のために」と改題

A0200　スミヤキストQの冒険（初出・書き下ろし）
1969.4.24　『スミヤキストQの冒険』（講談社）　p9-380　⇔*B2083, C2658*
＊書き下ろし

A0201　あとがき（初出）
1969.4.24　『スミヤキストQの冒険』（講談社）　p381-383　⇔*B2084, C2658*

A0202　合成美女
1969.4.30　『日本のSF（短編集）現代篇　世界のSF全集35』（早川書房）　p288-306　⇔*D2737*

A0203　修身の町（初出）
1969.5.1　『小さな蕾』（大門出版）　11号　p2-6　⇔*B2085*

A0204　酔郷にて(初出)
1969.5.1　『文藝』(河出書房)　8巻5号　p132-172　⇔*B2086*

A0205　一所不住の身でいたい(初出)
1969.5.2　『潮』(潮出版社)　112号　p260-261　⇔*B2087*
＊「一所不住」に改題

A0206　小説に関するいくつかの断片(初出)
1969.6.1　『海』(中央公論社)　1巻1号　p56-63　⇔*B2088*
＊単行本収録時に「反小説論」に改題

A0207　七月の思ひ出　雲の塔(初出)
1969.6.25　『暮らし』(出版者不明)　巻号不明　ページ不明　⇔*B2089*
＊未見。単行本収録時に「雲の塔──七月の思い出──」に改題

A0208　ある遊戯(初出)
1969.6　『小説女性』(檸檬社)　1巻6号　ページ不明　⇔*B2090*

A0209　おしゃべりについてのおしゃべり(初出)
1969.7.1　『随筆サンケイ』(サンケイ新聞社出版局)　16巻7号　p48-52　⇔*B2091*

A0210　ベビー・シッター(初出)
1969.7.2　『朝日新聞別集PR版』(朝日新聞社)　ページ不明　⇔*B2092*

A0211　わが愛する歌(初出)
1969.7.18　『読売新聞』(読売新聞社)　p20　⇔*B2093*

A0212　漫画読みの感想(初出)
1969.8.1　『COM』(虫プロ商事)　3巻8号　p74　⇔*B2094*

A0213　「千一夜」の壷を求めて──“なぜ書くか”をめぐって──(初出)
1969.8.1　『文學界』(文藝春秋)　23巻8号　p143-147　⇔*B2095*

A0214　非政治的な立場(初出)
1969.8.2　『別冊潮』(潮出版社)　14号　p151-157　⇔*B2096*

A0215　私はこう考える　“母の像”　母親は偉いものだ(初出)
1969.8.7　『ミセス』(文化出版局)　105号　p157-158　⇔*B2097*
＊単行本収録時に「母親は女神である」に改題

A0216　異常の中に生き残る精神(初出)
1969.8.21　『読売新聞』(夕刊)(読売新聞社)　p7　⇔*B2098*
＊「作家にとって現代とは何か」に改題

A0217　人間の狂気を描く　風と死者　加賀乙彦著(初出)
1969.8.28　『北日本新聞』(夕刊)(北日本新聞社)　p2　⇔*B2099*
＊共同通信より配信 後に「人間の狂気の世界──加賀乙彦著『風と死者』──」に改題

A0218　小説に関するいくつかの断片(その二)(初出)
1969.9.1　『海』(中央公論社)　1巻4号　p224-229　⇔*B2100*
＊単行本収録時に「反小説論」に改題

A0219　本との出会い　カフカに酔ふ　『変身』の霊がとり憑く(初出)
1969.9.5　『ほるぷ新聞』(株式会社図書月販)　p3　⇔*B2101*
＊単行本収録時に「本との出会い」に改題

A0220　小説は現代芸術たりうるか　論争肯定的　傑作有無精神健在　だれか書くかもしれぬ(初出)
1969.9.9　『朝日新聞』(朝日新聞社)　p23　⇔*B2102*
＊単行本収録時に「小説は現代芸術たりうるか」に改題

A0221　本と友だち(初出)
1969.10.1　『ベビーエイジ』(婦人生活社)　1号　p31　⇔*B2103*

A0222　精神の健康を保つ法（初出）
1969.11.10　『歴史読本』（新人物往来社）14巻12号　p74-75　⇔B2104

A0223　主婦の驕り（初出）
1969.12.1　『潮』（潮出版社）　120号　p142-143　⇔B2105

A0224　白い髪の童女（初出）
1969.12.1　『文藝』（河出書房）　8巻12号　p10-34　⇔B2106

A0225　暗い旅
1969.12.15　『暗い旅』（学芸書林）　p5-246　⇔C2659

A0226　作者からあなたへ
1969.12.15　『暗い旅』（学芸書林）　p248-249　⇔C2659

A0227　あとがき（初出）
1969.12.15　『暗い旅』（学芸書林）　p250-252　⇔B2107, C2659

A0228　青春について（初出）
1969.冬　『青春と読書』（集英社）　巻号不明　ページ不明　⇔B2108
*未見

A0229　想像的合衆国の大統領（初出）
1969　『ノーマン・メイラー全集』（新潮社）　巻号不明　チラシ　⇔B2109
*推薦の言葉。単行本未収録

1970年

A0230　新春のめでたさ（初出）
1970.1.1　『愛媛新聞』（愛媛新聞社）　p33　⇔B2110
*単行本未収録

A0231　霊魂（初出）
1970.1.1　『新潮』（新潮社）　67巻1号　p146-165　⇔B2111

A0232　一年の計　こんな人間を鬼がわらう（初出）
1970.1.1　『婦人民主新聞』（婦人民主クラブ）　p5　⇔B2112
*単行本未収録

A0233　小説に関するいくつかの断片（その三）（初出）
1970.3.1　『海』（中央公論社）　2巻3号　p132-139　⇔B2113
*単行本収録時に「反小説論」に改題

A0234　ヴァージニア
1970.3.10　『ヴァージニア』（新潮社）　p7-84　⇔C2660

A0235　長い夢路
1970.3.10　『ヴァージニア』（新潮社）　p85-141　⇔C2660

A0236　霊魂
1970.3.10　『ヴァージニア』（新潮社）　p143-181　⇔C2660

A0237　受賞のことば
1970.3.12　『わたしのなかのかれへ』（講談社）　p13　⇔C2661

A0238　わたしが受験した頃
1970.3.12　『わたしのなかのかれへ』（講談社）　p14　⇔C2661

A0239　学生よ、驕るなかれ
1970.3.12　『わたしのなかのかれへ』（講談社）　p15-22　⇔C2661

A0240　政治の中の死
1970.3.12　『わたしのなかのかれへ』（講談社）　p23-24　⇔C2661

A0241　ころぶ話
1970.3.12　『わたしのなかのかれへ』（講談社）　p24-25　⇔C2661

A0242　わたしの「第三の性」
1970.3.12　『わたしのなかのかれへ』（講談社）　p26-31　⇔C2661

A0243 袋に封入された青春
1970.3.12 『わたしのなかのかれへ』（講談社） p32-33 ⇔*C2661*

A0244 奇妙な観念
1970.3.12 『わたしのなかのかれへ』（講談社） p33-34 ⇔*C2661*

A0245 虚構の英雄・市川雷蔵
1970.3.12 『わたしのなかのかれへ』（講談社） p35-37 ⇔*C2661*

A0246 わたしの文学と政治
1970.3.12 『わたしのなかのかれへ』（講談社） p41-43 ⇔*C2661*

A0247 繭のなかの生活
1970.3.12 『わたしのなかのかれへ』（講談社） p44-45 ⇔*C2661*

A0248 防衛大の若き獅子たち
1970.3.12 『わたしのなかのかれへ』（講談社） p46-52 ⇔*C2661*

A0249 風景のない旅
1970.3.12 『わたしのなかのかれへ』（講談社） p53-55 ⇔*C2661*

A0250 女性講座
1970.3.12 『わたしのなかのかれへ』（講談社） p59-70 ⇔*C2661*
＊初出未見

A0251 わたしの初恋
1970.3.12 『わたしのなかのかれへ』（講談社） p70-71 ⇔*C2661*

A0252 ロマンは可能か
1970.3.12 『わたしのなかのかれへ』（講談社） p71-72 ⇔*C2661*

A0253 田舎暮し
1970.3.12 『わたしのなかのかれへ』（講談社） p73-75 ⇔*C2661*

A0254 愛と結婚に関する六つの手紙
1970.3.12 『わたしのなかのかれへ』（講談社） p76-93 ⇔*C2661*

A0255 石の饗宴・四国の龍河洞
1970.3.12 『わたしのなかのかれへ』（講談社） p93-96 ⇔*C2661*

A0256 ある破壊的な夢想―性と私―
1970.3.12 『わたしのなかのかれへ』（講談社） p99-102 ⇔*C2661*

A0257 京都からの手紙
1970.3.12 『わたしのなかのかれへ』（講談社） p103-104 ⇔*C2661*

A0258 平泉で感じる「永遠」と「廃墟」
1970.3.12 『わたしのなかのかれへ』（講談社） p105-107 ⇔*C2661*

A0259 スクリーンのまえのひとりの女性
1970.3.12 『わたしのなかのかれへ』（講談社） p107-111 ⇔*C2661*

A0260 わたしの痴漢論
1970.3.12 『わたしのなかのかれへ』（講談社） p111-118 ⇔*C2661*

A0261 H国訪問記
1970.3.12 『わたしのなかのかれへ』（講談社） p118-121 ⇔*C2661*

A0262 カルデラの暗鬱な獣たち
1970.3.12 『わたしのなかのかれへ』（講談社） p121-127 ⇔*C2661*

A0263 わたしの無責任老人論
1970.3.12 『わたしのなかのかれへ』（講談社） p127-129 ⇔*C2661*

A0264 横波三里
1970.3.12 『わたしのなかのかれへ』（講談社） p133-138 ⇔*C2661*

A0265 ビュトールと新しい小説
1970.3.12 『わたしのなかのかれへ』（講談社） p138-141 ⇔*C2661*

A0266 日本映画のなかの日本人
1970.3.12 『わたしのなかのかれへ』（講談社） p141-148 ⇔*C2661*

A0267　性と文学
1970.3.12　『わたしのなかのかれへ』（講談社）　p149-150　⇔*C2661*

A0268　性は悪への鍵
1970.3.12　『わたしのなかのかれへ』（講談社）　p151-155　⇔*C2661*

A0269　サムシング・エルス
1970.3.12　『わたしのなかのかれへ』（講談社）　p155-157　⇔*C2661*

A0270　T国訪問記
1970.3.12　『わたしのなかのかれへ』（講談社）　p157-160　⇔*C2661*

A0271　ある独身者のパーティ
1970.3.12　『わたしのなかのかれへ』（講談社）　p160-161　⇔*C2661*

A0272　死後の世界
1970.3.12　『わたしのなかのかれへ』（講談社）　p162-164　⇔*C2661*

A0273　作家の秘密
1970.3.12　『わたしのなかのかれへ』（講談社）　p164-166　⇔*C2661*

A0274　ロレンス・ダレルとわたし
1970.3.12　『わたしのなかのかれへ』（講談社）　p166-168　⇔*C2661*

A0275　誰でもいい結婚したいとき
1970.3.12　『わたしのなかのかれへ』（講談社）　p168-171　⇔*C2661*

A0276　言葉のつくり出す現実――ジャン・コー『神のあわれみ』――
1970.3.12　『わたしのなかのかれへ』（講談社）　p172-173　⇔*C2661*

A0277　巫女とヒーロー
1970.3.12　『わたしのなかのかれへ』（講談社）　p177-181　⇔*C2661*

A0278　土佐のことば
1970.3.12　『わたしのなかのかれへ』（講談社）　p181-183　⇔*C2661*

A0279　妖女であること
1970.3.12　『わたしのなかのかれへ』（講談社）　p183-184　⇔*C2661*

A0280　記憶喪失
1970.3.12　『わたしのなかのかれへ』（講談社）　p185-193　⇔*C2661*

A0281　わたしの小説作法
1970.3.12　『わたしのなかのかれへ』（講談社）　p193-194　⇔*C2661*

A0282　表現の自由の意味
1970.3.12　『わたしのなかのかれへ』（講談社）　p195-196　⇔*C2661*

A0283　お遍路さん
1970.3.12　『わたしのなかのかれへ』（講談社）　p197-198　⇔*C2661*

A0284　女の「歓び」と「カボチャ」のなかの女
1970.3.12　『わたしのなかのかれへ』（講談社）　p198-202　⇔*C2661*

A0285　『倦怠』について
1970.3.12　『わたしのなかのかれへ』（講談社）　p203-205　⇔*C2661*

A0286　「綱渡り」と仮面について
1970.3.12　『わたしのなかのかれへ』（講談社）　p206-209　⇔*C2661*

A0287　稿料の経済学
1970.3.12　『わたしのなかのかれへ』（講談社）　p210-211　⇔*C2661*

A0288　層雲峡から阿寒への道
1970.3.12　『わたしのなかのかれへ』（講談社）　p211-219　⇔*C2661*

A0289　雄大で堂々たる通俗映画の傑作――「シェナンドー河」――
1970.3.12　『わたしのなかのかれへ』（講談社）　p220-221　⇔*C2661*

A0290　かっこうの鳴くおもちゃの町
1970.3.12　『わたしのなかのかれへ』（講談社）　p221-226　⇔*C2661*

A0291 純小説と通俗小説
1970.3.12 『わたしのなかのかれへ』(講談社) p226-228 ⇔*C2661*

A0292 妄想のおとし穴
1970.3.12 『わたしのなかのかれへ』(講談社) p228-230 ⇔*C2661*

A0293 夫との共同生活
1970.3.12 『わたしのなかのかれへ』(講談社) p230-232 ⇔*C2661*

A0294 日録
1970.3.12 『わたしのなかのかれへ』(講談社) p232-237 ⇔*C2661*

A0295 いやな先生
1970.3.12 『わたしのなかのかれへ』(講談社) p237-238 ⇔*C2661*

A0296 「もの」、神経症および存在論的映画
1970.3.12 『わたしのなかのかれへ』(講談社) p239-244 ⇔*C2661*

A0297 衰弱した性のシンボル
1970.3.12 『わたしのなかのかれへ』(講談社) p247-253 ⇔*C2661*

A0298 インセストについて
1970.3.12 『わたしのなかのかれへ』(講談社) p254-256 ⇔*C2661*

A0299 「言葉のない世界」へおりていく――『田村隆一詩集』――
1970.3.12 『わたしのなかのかれへ』(講談社) p256-258 ⇔*C2661*

A0300 青春の始まりと終り――カミュ『異邦人』とカフカ『審判』――
1970.3.12 『わたしのなかのかれへ』(講談社) p259-260 ⇔*C2661*

A0301 My Life in Books
1970.3.12 『わたしのなかのかれへ』(講談社) p260-262 ⇔*C2661*

A0302 愛と結婚の雑学的研究
1970.3.12 『わたしのなかのかれへ』(講談社) p263-278 ⇔*C2661*

A0303 映画対文学、市民対庶民
1970.3.12 『わたしのなかのかれへ』(講談社) p278-284 ⇔*C2661*

A0304 小説の迷路と否定性
1970.3.12 『わたしのなかのかれへ』(講談社) p285-296 ⇔*C2661*

A0305 細胞的人間の恐怖
1970.3.12 『わたしのなかのかれへ』(講談社) p296-298 ⇔*C2661*

A0306 毒薬としての文学
1970.3.12 『わたしのなかのかれへ』(講談社) p299-304 ⇔*C2661*

A0307 テキサス州 ダラス
1970.3.12 『わたしのなかのかれへ』(講談社) p307 ⇔*C2661*

A0308 坂口安吾論
1970.3.12 『わたしのなかのかれへ』(講談社) p308-318 ⇔*C2661*

A0309 異邦人の読んだ『異邦人』
1970.3.12 『わたしのなかのかれへ』(講談社) p319-322 ⇔*C2661*

A0310 ヴァージニア
1970.3.12 『わたしのなかのかれへ』(講談社) p323-324 ⇔*C2661*

A0311 ホメーロス〈イーリアス〉
1970.3.12 『わたしのなかのかれへ』(講談社) p325 ⇔*C2661*

A0312 アメリカの大学
1970.3.12 『わたしのなかのかれへ』(講談社) p326-327 ⇔*C2661*

A0313 アイオワの冬
1970.3.12 『わたしのなかのかれへ』(講談社) p328-330 ⇔*C2661*

A0314 JOBとしての小説書き
1970.3.12 『わたしのなかのかれへ』(講談社) p330-333 ⇔*C2661*

A0315 私の字引き
1970.3.12 『わたしのなかのかれへ』（講談社） p333-334 ⇔*C2661*

A0316 街頭詩人
1970.3.12 『わたしのなかのかれへ』（講談社） p335-336 ⇔*C2661*

A0317 テレビ このごろ
1970.3.12 『わたしのなかのかれへ』（講談社） p337-338 ⇔*C2661*

A0318 ギリシャ悲劇とパゾリーニの「アポロンの地獄」
1970.3.12 『わたしのなかのかれへ』（講談社） p338-343 ⇔*C2661*

A0319 カミュの『異邦人』やカフカの作品
1970.3.12 『わたしのなかのかれへ』（講談社） p343-345 ⇔*C2661*

A0320 安保時代の青春
1970.3.12 『わたしのなかのかれへ』（講談社） p349-352 ⇔*C2661*

A0321 職業としての文学
1970.3.12 『わたしのなかのかれへ』（講談社） p352-354 ⇔*C2661*

A0322 本と友だち
1970.3.12 『わたしのなかのかれへ』（講談社） p355-356 ⇔*C2661*

A0323 なぜ書くかということ
1970.3.12 『わたしのなかのかれへ』（講談社） p356-358 ⇔*C2661*

A0324 ポオの短編小説
1970.3.12 『わたしのなかのかれへ』（講談社） p358-360 ⇔*C2661*

A0325 巨大な毒虫のいる生活
1970.3.12 『わたしのなかのかれへ』（講談社） p360-361 ⇔*C2661*

A0326 「寺小屋」英語のことなど
1970.3.12 『わたしのなかのかれへ』（講談社） p362 ⇔*C2661*

A0327 わたしの読書散歩
1970.3.12 『わたしのなかのかれへ』（講談社） p363-365 ⇔*C2661*

A0328 主婦の仕事
1970.3.12 『わたしのなかのかれへ』（講談社） p365-367 ⇔*C2661*

A0329 わたしの育児法
1970.3.12 『わたしのなかのかれへ』（講談社） p367-369 ⇔*C2661*

A0330 秩序の感覚
1970.3.12 『わたしのなかのかれへ』（講談社） p369-374 ⇔*C2661*

A0331 新しい文学のために
1970.3.12 『わたしのなかのかれへ』（講談社） p374-377 ⇔*C2661*

A0332 修身の町
1970.3.12 『わたしのなかのかれへ』（講談社） p377-380 ⇔*C2661*

A0333 一所不住
1970.3.12 『わたしのなかのかれへ』（講談社） p381-382 ⇔*C2661*

A0334 おしゃべりについてのおしゃべり
1970.3.12 『わたしのなかのかれへ』（講談社） p383-387 ⇔*C2661*

A0335 ベビー・シッター
1970.3.12 『わたしのなかのかれへ』（講談社） p387-389 ⇔*C2661*

A0336 わが愛する歌
1970.3.12 『わたしのなかのかれへ』（講談社） p390 ⇔*C2661*

A0337 人間の狂気の世界——加賀乙彦著『風と死者』——
1970.3.12 『わたしのなかのかれへ』（講談社） p391-392 ⇔*C2661*

A0338 母親は女神である
1970.3.12 『わたしのなかのかれへ』（講談社） p392-394 ⇔*C2661*

A0339 漫画読みの感想
1970.3.12 『わたしのなかのかれへ』(講談社) p395 ⇔*C2661*

A0340 非政治的な立場
1970.3.12 『わたしのなかのかれへ』(講談社) p396-402 ⇔*C2661*

A0341 作家にとって現代とは何か
1970.3.12 『わたしのなかのかれへ』(講談社) p403-405 ⇔*C2661*

A0342 「千一夜」の壷を求めて――“なぜ書くか”をめぐって――
1970.3.12 『わたしのなかのかれへ』(講談社) p405-411 ⇔*C2661*

A0343 本との出会い
1970.3.12 『わたしのなかのかれへ』(講談社) p411-412 ⇔*C2661*

A0344 小説は現代芸術たりうるか
1970.3.12 『わたしのなかのかれへ』(講談社) p413-415 ⇔*C2661*

A0345 青春について
1970.3.12 『わたしのなかのかれへ』(講談社) p415-419 ⇔*C2661*

A0346 主婦の驕り
1970.3.12 『わたしのなかのかれへ』(講談社) p420-422 ⇔*C2661*

A0347 精神の健康を保つ法
1970.3.12 『わたしのなかのかれへ』(講談社) p422-424 ⇔*C2661*

A0348 文学的人間を排す(初出・書き下ろし)
1970.3.12 『わたしのなかのかれへ』(講談社) p425-434 ⇔*B2114, C2661*

A0349 あとがき(初出)
1970.3.12 『わたしのなかのかれへ』(講談社) p435-436 ⇔*B2115, C2661*

A0350 弱者の思い上がり(初出)
1970.4.1 『諸君!』(文藝春秋) 2巻4号 p41-43 ⇔*B2116*
＊単行本未収録

A0351 マゾヒストM氏の肖像(初出)
1970.4.1 『文學界』(文藝春秋) 24巻4号 p16-43 ⇔*B2117*

A0352 蟻たち
1970.4.15 『ブラック・ユーモア選集 第5巻 (短篇集)日本篇』(早川書房) p129-168 ⇔*D2738*
＊1976年に改訂版が出される

A0353 女性とユーモア(初出)
1970.4.21 『産経新聞(大阪)』(夕刊) (産業経済新聞大阪本社) p4 ⇔*B2118*
＊単行本未収録

A0354 公私拝見 子どもと大浴場へ(初出)
1970.4.24 『週刊朝日』(朝日新聞社) 75巻18号 p115 ⇔*B2119*
＊単行本収録時に「子どもと大浴場へ――公私拝見――」に改題

A0355 神と人間と家畜(初出)
1970.4.25 『都市』(都市出版社) 2号 p171-174 ⇔*B2120*

A0356 人間を変えるもの(初出)
1970.5.1 『潮』(潮出版社) 125号 p77-79 ⇔*B2121*

A0357 玉突き台のうえの文学――John UpdikeのCouplesについて――(初出)
1970.5.1 『波』(新潮社) 4巻3号 p19-25 ⇔*B2122*
＊単行本収録時に「玉突き台の上の文学――John UpdikeのCouplesについて――」に改題

A0358 河口に死す(初出)
1970.5.1 『文藝』(河出書房) 9巻5号 p64-98 ⇔*B2123*

A0359 愛の陰画
1970.5.10 『悪い夏』(角川書店(角川文庫)) p5-27 ⇔*C2662*

A0360 蟻たち
1970.5.10 『悪い夏』(角川書店(角川文庫)) p29-85 ⇔*C2662*

A0361　パッション
1970.5.10　『悪い夏』(角川書店(角川文庫))　p87-138　⇔C2662

A0362　死んだ眼
1970.5.10　『悪い夏』(角川書店(角川文庫))　p139-161　⇔C2662

A0363　夏の終り
1970.5.10　『悪い夏』(角川書店(角川文庫))　p163-183　⇔C2662

A0364　犬と少年
1970.5.10　『悪い夏』(角川書店(角川文庫))　p185-197　⇔C2662

A0365　悪い夏
1970.5.10　『悪い夏』(角川書店(角川文庫))　p199-286　⇔C2662

A0366　あとがき(初出)
1970.5.10　『悪い夏』(角川書店(角川文庫))　p287-288　⇔B2124, C2662

A0367　白い髪の童女
1970.5.28　『文学選集(昭和45年版)35』(日本文藝家協会編)(講談社)　p413-431　⇔D2739

A0368　夫が浮気したとき(初出)
1970.6.14　『産経新聞(東京)』(産業経済新聞東京本社)　p15　⇔B2125
＊単行本未収録

A0369　神々の深謀遠慮のおかげ(初出)
1970.6.27　『雲』(現代演劇協会)　24号　p18-21　⇔B2126
＊単行本収録時に「神々の深謀遠慮」に改題

A0370　夢の浮橋(第1回)(初出)
1970.7.1　『海』(中央公論社)　2巻7号　p10-41　⇔B2127

A0371　Mathematics is a language(初出)
1970.7.1　『数学セミナー』(日本評論社)　9巻7号　p60　⇔B2128

A0372　あまりにホットドッグ的な(初出)
1970.7.1　『婦人公論』(中央公論社)　55巻7号　グラビア　⇔B2129
＊写真・佐藤秀明

A0373　壮観なる文学的精神(初出)
1970.7.30　『中村真一郎長篇全集　推薦の言葉』(河出書房新社)　チラシ　⇔B2130
＊単行本未収録

A0374　“親友”――わたしの場合　自分の領域を守りながら(初出)
1970.7.1　『高3コース』(学習研究社)　11巻5号　p70-72　⇔B2131
＊単行本収録時に「親友――わたしの場合――」に改題

A0375　夢の浮橋(第2回)(初出)
1970.8.1　『海』(中央公論社)　2巻8号　p153-189　⇔B2132

A0376　ゲバルト日記　正義派(初出)
1970.8.1　『文藝春秋　オール読物』(文藝春秋)　25巻8号　p231　⇔B2133
＊単行本収録時に「正義派」に改題

A0377　やさしさについて(初出)
1970.8　『Let's』(出版者不明)　12号　p119-125　⇔B2134

A0378　夢の浮橋(第3回)(初出)
1970.9.1　『海』(中央公論社)　2巻9号　p144-175　⇔B2135

A0379　夢の浮橋(第4回)(初出)
1970.10.1　『海』(中央公論社)　2巻10号　p256-295　⇔B2136

A0380　蠍たち
1970.10.5　『日本の文学80　名作集(四)』(中央公論社)　p374-405　⇔D2740

A0381　自然食の反自然(初出)
1970.10.20　『はぐくみ』(出版者不明)　巻号不明　ページ不明　⇔B2137
＊未見

A0382　美少年と珊瑚（初出）
1970.10.25　『澁澤龍彥集成』月報7（桃源社）　p1-3　⇔*B2138*

A0383　アイオワの四季（初出）
1970.11.25　『新編　世界の旅14　北アメリカ1』（小学館）　p141-153　⇔*B2139*

1971年

A0384　閉回路としての文学──小説に関するいくつかの断片（一）──（初出）
1971.1.1　『海』（中央公論社）　3巻1号　p104-111　⇔*B2140*
＊単行本収録時に「反小説論」に改題

A0385　評伝的解説〈島尾敏雄〉（初出）
1971.1.1　『現代日本の文学42　島尾敏雄　井上光晴集』（学習研究社）　p434-448　⇔*B2141*

A0386　神神がいたころの話（初出）
1971.1.1　『文藝』（河出書房）　10巻1号　p114-147　⇔*B2142*

A0387　小説のことば──小説に関するいくつかの断片（二）──（初出）
1971.2.1　『海』（中央公論社）　3巻2号　p104-111　⇔*B2143*
＊単行本収録時に「反小説論」に改題

A0388　英雄の死（初出）
1971.2.1　『新潮』（新潮社）　68巻3号　p83-88　⇔*B2144*

A0389　映画対文学　市民対庶民
1971.2.15　『現代日本映画論大系　第四巻　土着と近代の相剋』（冬樹社）　p37-43　⇔*D2741*

A0390　ごちそうさま　女の味覚（初出）
1971.2　『COOK』（千趣会）　14巻12号　p32-33　⇔*B2145*
＊単行本収録時に「女の味覚」に改題

A0391　囚人
1971.3.10　『人間のない神』（徳間書店）　p5-48　⇔*C2663*

A0392　死んだ眼
1971.3.10　『人間のない神』（徳間書店）　p49-71　⇔*C2663*

A0393　夏の終り
1971.3.10　『人間のない神』（徳間書店）　p73-93　⇔*C2663*

A0394　人間のない神
1971.3.10　『人間のない神』（徳間書店）　p95-220　⇔*C2663*

A0395　旧版あとがき
1971.3.10　『人間のない神』（徳間書店）　p221-222　⇔*C2663*

A0396　新版あとがき（初出）
1971.3.10　『人間のない神』（徳間書店）　p223　⇔*B2146, C2663*

A0397　妖女のように
1971.4.1　『現代日本の文学50　曾野綾子　倉橋由美子　河野多恵子集』（学習研究社）　p211-244　⇔*D2742*

A0398　蠍たち
1971.4.1　『現代日本の文学50　曾野綾子　倉橋由美子　河野多恵子集』（学習研究社）　p245-272　⇔*D2743*

A0399　パッション
1971.4.1　『現代日本の文学50　曾野綾子　倉橋由美子　河野多恵子集』（学習研究社）　p273-298　⇔*D2744*

A0400　恋人同士
1971.5.1　『暗黒のメルヘン』（澁澤龍彥編）（立風書房）　p267-276　⇔*D2745*

A0401　夢の浮橋
1971.5.10　『夢の浮橋』（中央公論社）　⇔*C2664*

A0402　私の小説と京都（初出）
1971.6.15　『中日新聞』（中部日本新聞社）　p17　⇔*B2147*

A0403　河口に死す
1971.6.20　『昭和46年版文学選集(36)』(講談社)　p201-228　⇔*D2746*

A0404　鷲になった少年
1971.6.21　『婚約』(新潮社(新潮文庫))　p7-30　⇔*C2665*

A0405　婚約
1971.6.21　『婚約』(新潮社(新潮文庫))　p31-116　⇔*C2665*

A0406　どこにもない場所
1971.6.21　『婚約』(新潮社(新潮文庫))　p117-262　⇔*C2665*

A0407　向日葵の家
1971.6.30　『反悲劇』(河出書房新社)　p5-71　⇔*C2666*

A0408　酔郷にて
1971.6.30　『反悲劇』(河出書房新社)　p73-148　⇔*C2666*

A0409　白い髪の童女
1971.6.30　『反悲劇』(河出書房新社)　p149-194　⇔*C2666*

A0410　河口に死す
1971.6.30　『反悲劇』(河出書房新社)　p195-263　⇔*C2666*

A0411　神神がいたころの話
1971.6.30　『反悲劇』(河出書房新社)　p265-328　⇔*C2666*

A0412　あとがき(初出)
1971.6.30　『反悲劇』(河出書房新社)　p329-332　⇔*B2148, C2666*

A0413　東京の本物の町(初出)
1971.7.1　『うえの』(上野のれん会)　147号　p6-8　⇔*B2149*

A0414　小説の悪 — 小説に関するいくつかの断片(三) — (初出)
1971.7.1　『海』(中央公論社)　3巻7号　p198-205　⇔*B2150*
＊単行本収録時に「反小説論」に改題

A0415　育児日記(1)　小説など書く暇ない病気をしないだけでも奇蹟(初出)
1971.7.25　『ほるぷ新聞』(ほるぷ出版社)　p2　⇔*B2151*
＊単行本収録時に「育児日記」に改題

A0416　弱者の文学 — 小説に関するいくつかの断片(四) — (初出)
1971.8.1　『海』(中央公論社)　3巻8号　p236-242　⇔*B2152*
＊単行本収録時に「反小説論」に改題

A0417　育児日記(2)　女の子なのに「ボク」　父親をまねて得意顔(初出)
1971.8.5　『ほるぷ新聞』(ほるぷ出版社)　p3　⇔*B2153*
＊単行本収録時に「育児日記」に改題

A0418　素人の立場(初出)
1971.8.20　『朝日新聞』(夕刊)(朝日新聞社)　p7　⇔*B2154*

A0419　書と文章(初出)
1971.8.25　『書道芸術　月報9』(中央公論社)　p4-5　⇔*B2155*

A0420　育児日記(3)(初出)
1971.8.25　『ほるぷ新聞』(ほるぷ出版社)　p4　⇔*B2156*
＊単行本収録時に「育児日記」に改題

A0421　狂気について — 小説に関するいくつかの断片(五) — (初出)
1971.9.1　『海』(中央公論社)　3巻9号　p180-187　⇔*B2157*
＊単行本収録時に「反小説論」に改題

A0422　新家庭読本5　「兄弟は他人のはじまり」について　ペシミスティックな現実認識だが…(初出)
1971.9.15　『ザ・カード』(ザ・カード)　巻号不明　ページ不明　⇔*B2158*
＊単行本収録時に「「兄弟は他人の始まり」について」に改題。単行本収録時の初出掲載紙は「ザ・ガード」となっているが、「ザ・カード」の誤りではないか。「ザ・カード」はDCカードの機関誌。未見

A0423　愛と結婚に関する六つの手紙
1971.9.17　『私のアンソロジー1　恋愛』(松田道雄編)(筑摩書房)　p22-41　⇔*D2747*

A0424　女性の社会進出に私が思うこと　進める人のみ進めばよい(初出)
1971.9.20　『家庭画報』(世界文化社)　14巻9号　p148　⇔*B2159*
＊単行本未収録

A0425　恋愛小説――小説に関するいくつかの断片(六)――(初出)
1971.10.1　『海』(中央公論社)　3巻10号　p266-273　⇔*B2160*
＊単行本収録時に「反小説論」に改題

A0426　青春について
1971.10.18　『私のアンソロジー2　青春』(松田道雄編)(筑摩書房)　p274-279　⇔*D2748*

A0427　ポオの短編小説
1971.10.20　『世界文学ライブラリー8　ポオ　黄金虫/黒猫ほか』(講談社)　p278-280　⇔*D2749*

A0428　性と文学――小説に関するいくつかの断片(七)――(初出)
1971.11.1　『海』(中央公論社)　3巻11号　p238-245　⇔*B2161*
＊単行本収録時に「反小説論」に改題

A0429　私の提言　己を知ること(初出)
1971.11.1　『AV SCIENCE』(東芝教育技法研究会)　5巻11号　p1　⇔*B2162*
＊単行本収録時に「己を知ること」に改題

A0430　花鳥風月(初出)
1971.11.1　『小原流挿花』(小原流出版事業部)　21巻11号　p14-15　⇔*B2163*

A0431　腐敗(初出)
1971.11.1　『新潮』(新潮社)　68巻12号　p142-148　⇔*B2164*

A0432　文明の垢(初出)
1971.11.1　『風景』(悠々会)　12巻11号　p24-25　⇔*B2165*

A0433　青春の始まりと終わり
1971.11.1　『Future Homemakers of Japan』(財団法人家庭クラブ)　19巻11号　p16-17

A0434　暗い旅
1971.11.30　『暗い旅』(新潮社(新潮文庫))　p5-237　⇔*C2667*

A0435　作者からあなたへ
1971.11.30　『暗い旅』(新潮社(新潮文庫))　p238-239　⇔*C2667*

A0436　あとがき
1971.11.30　『暗い旅』(新潮社(新潮文庫))　p240-242　⇔*C2667*

A0437　難解さについて――小説に関するいくつかの断片(最終回)――(初出)
1971.12.1　『海』(中央公論社)　3巻12号　p185-191　⇔*B2166*
＊単行本収録時に「反小説論」に改題

A0438　蛇
1971.12.10　『現代の文学32』(講談社)　p5-40　⇔*D2750*

A0439　どこにもない場所
1971.12.10　『現代の文学32』(講談社)　p41-125　⇔*D2751*

A0440　ヴァージニア
1971.12.10　『現代の文学32』(講談社)　p126-167　⇔*D2752*

A0441　スミヤキストQの冒険
1971.12.10　『現代の文学32』(講談社)　p168-389　⇔*D2753*

A0442　白い髪の童女
1971.12.10　『現代の文学32』(講談社)　p390-412　⇔*D2754*

1972年

A0443 新しさとは何か(初出)
1972.1.1 『文學界』(文藝春秋) 26巻1号 p12-13 ⇔*B2167*

A0444 わたしの敬愛する文章(3) 志賀直哉、石川淳… 安心して読める 狂いのない言葉の使い方(初出)
1972.1.7 『神戸新聞』(神戸新聞社) p6 ⇔*B2168*
＊単行本収録時に「わが敬愛する文章」に改題

A0445 風信(初出)
1972.1.8 『東京新聞』(夕刊)(中日新聞東京本社) p4 ⇔*B2169*

A0446 歌は優雅の花 心のゆとりある遊び 恋するにも一つの作法(初出)
1972.1.23 『読売新聞』(読売新聞社) p17 ⇔*B2170*
＊単行本収録時に「歌は優雅の花」に改題

A0447 幼稚化の傾向(初出)
1972.2.1 『群像』(講談社) 27巻2号 p260-261 ⇔*B2171*

A0448 反抗する子どもの相手をつとめるのも親の義務(初出)
1972.2.1 『マイ・ファミリー』(味の素株式会社) 9号 p17-19 ⇔*B2172*
＊単行本収録時に「子は親のものか」に改題

A0449 「反埴谷雄高」論(初出)
1972.2.20 『埴谷雄高作品集 第6巻』(河出書房新社) p313-328 ⇔*B2173*

A0450 遊びと文学(初出)
1972.3.1 『すばる』(集英社) 7号 p103-111 ⇔*B2174*

A0451 子供の育て方(初出)
1972.5.12 『朝日新聞家庭版(中部)』(朝日新聞社) p1 ⇔*B2175*
＊単行本未収録

A0452 作家志望のQさんへの手紙(初出)
1972.5.20 『駿河台文学』(明治大学文科の会) 創刊号 p78-79 ⇔*B2176*

A0453 反小説論
1972.5.28 『迷路の旅人』(講談社) p9-120 ⇔*C2668*

A0454 雲の塔──七月の思い出──
1972.5.28 『迷路の旅人』(講談社) p123 ⇔*C2668*

A0455 神と人間と家畜
1972.5.28 『迷路の旅人』(講談社) p124-127 ⇔*C2668*

A0456 子どもと大浴場へ──公私拝見──
1972.5.28 『迷路の旅人』(講談社) p128-129 ⇔*C2668*

A0457 玉突き台の上の文学──John UpdikeのCouplesについて──
1972.5.28 『迷路の旅人』(講談社) p129-137 ⇔*C2668*

A0458 神々の深謀遠慮
1972.5.28 『迷路の旅人』(講談社) p138-140 ⇔*C2668*

A0459 親友──わたしの場合──
1972.5.28 『迷路の旅人』(講談社) p140-141 ⇔*C2668*

A0460 Mathematics is a language
1972.5.28 『迷路の旅人』(講談社) p142-143 ⇔*C2668*

A0461 あまりにホットドッグ的な
1972.5.28 『迷路の旅人』(講談社) p144-145 ⇔*C2668*

A0462 正義派
1972.5.28 『迷路の旅人』(講談社) p146-147 ⇔*C2668*

A0463 やさしさについて
1972.5.28 『迷路の旅人』(講談社)
p148-153 ⇔*C2668*

A0464 自然食の反自然
1972.5.28 『迷路の旅人』(講談社)
p153-154 ⇔*C2668*

A0465 美少年と珊瑚
1972.5.28 『迷路の旅人』(講談社)
p155-156 ⇔*C2668*

A0466 アイオワの四季
1972.5.28 『迷路の旅人』(講談社)
p157-165 ⇔*C2668*

A0467 評伝的解説――島尾敏雄
1972.5.28 『迷路の旅人』(講談社)
p165-174 ⇔*C2668*

A0468 英雄の死
1972.5.28 『迷路の旅人』(講談社)
p174-182 ⇔*C2668*

A0469 女の味覚
1972.5.28 『迷路の旅人』(講談社)
p182-184 ⇔*C2668*

A0470 私の小説と京都
1972.5.28 『迷路の旅人』(講談社)
p184-187 ⇔*C2668*

A0471 東京の本物の町
1972.5.28 『迷路の旅人』(講談社)
p187-190 ⇔*C2668*

A0472 育児日記
1972.5.28 『迷路の旅人』(講談社)
p190-195 ⇔*C2668*

A0473 素人の立場
1972.5.28 『迷路の旅人』(講談社)
p196-198 ⇔*C2668*

A0474 書と文章
1972.5.28 『迷路の旅人』(講談社)
p199-200 ⇔*C2668*

A0475 「兄弟は他人の始まり」について
1972.5.28 『迷路の旅人』(講談社)
p201-202 ⇔*C2668*

A0476 文明の垢
1972.5.28 『迷路の旅人』(講談社)
p203-204 ⇔*C2668*

A0477 花鳥風月
1972.5.28 『迷路の旅人』(講談社)
p205-206 ⇔*C2668*

A0478 己を知ること
1972.5.28 『迷路の旅人』(講談社)
p206-208 ⇔*C2668*

A0479 新しさとは何か
1972.5.28 『迷路の旅人』(講談社)
p208-211 ⇔*C2668*

A0480 歌は優雅の花
1972.5.28 『迷路の旅人』(講談社)
p212-216 ⇔*C2668*

A0481 わが敬愛する文章
1972.5.28 『迷路の旅人』(講談社)
p216-218 ⇔*C2668*

A0482 風信
1972.5.28 『迷路の旅人』(講談社)
p219 ⇔*C2668*

A0483 幼稚化の傾向
1972.5.28 『迷路の旅人』(講談社)
p220-222 ⇔*C2668*

A0484 子は親のものか
1972.5.28 『迷路の旅人』(講談社)
p223-225 ⇔*C2668*

A0485 「反埴谷雄高」論
1972.5.28 『迷路の旅人』(講談社)
p226-244 ⇔*C2668*

A0486 「自己」を知る
1972.5.28 『迷路の旅人』(講談社)
p244-247 ⇔*C2668*
＊初出未見

A0487　心に残る言葉
1972.5.28　『迷路の旅人』（講談社）　p247-249　⇔C2668

A0488　沖縄に行った話
1972.5.28　『迷路の旅人』（講談社）　p249-255　⇔C2668

A0489　遊びと文学
1972.5.28　『迷路の旅人』（講談社）　p259-273　⇔C2668

A0490　あとがき（初出）
1972.5.28　『迷路の旅人』（講談社）　p274-277　⇔B2177, C2668

A0491　雨に煙る首里の瓦屋根（初出）
1972.6.1　『旅』（日本交通公社）　46巻6号　p84-87　⇔B2178
＊単行本収録時に「沖縄に行った話」に改題

A0492　忘れられない言葉　塩と劇薬（初出）
1972.6.1　『別冊小説宝石』（光文社）　2巻2号　p248-249　⇔B2179
＊単行本収録時に「心に残る言葉」に改題

A0493　スミヤキストQの冒険
1972.6.15　『スミヤキストQの冒険』（講談社（講談社文庫））　⇔C2669

A0494　日も月も（初出）
1972.6.20　『新潮』（新潮社）　69巻7号　p201　⇔B2180
＊単行本未収録

A0495　作家の死（初出）
1972.7.1　『新潮』（新潮社）　69巻8号　p186-187　⇔B2181
＊単行本未収録

A0496　言葉に酔ふ（初出）
1972.7.1　『風景』（悠々会）　13巻7号　p20-22　⇔B2182
＊単行本未収録

A0497　月曜寸評　女の愉しみ（初出）
1972.7.10　『朝日新聞』（朝日新聞社）　p19　⇔B2183
＊単行本未収録

A0498　詩に帰るよすが──「古今集」──（初出）
1972.8.1　『新潮』（新潮社）　69巻9号　p187-190　⇔B2184
＊単行本未収録

A0499　私の本　他人の文章のような感じ（初出）
1972.8.1　『新評』（新評社）　19巻8号　p223　⇔B2185
＊単行本未収録

A0500　出産と女であることの関係（初出）
1972.8.1　『婦人公論』（中央公論社）　57巻8号　p60-65　⇔B2186
＊単行本未収録

A0501　事実と小説（初出）
1972.9.3　『グラフかながわ』（神奈川県知事室広報課）　373号　p13　⇔B2187

A0502　月曜寸評　人生の余白（初出）
1972.9.4　『朝日新聞』（朝日新聞社）　p15　⇔B2188
＊単行本未収録

A0503　坂口安吾
1972.10.1　『叢書近代文学研究　無頼文学研究』（三弥井書店）　p242-256　⇔D2755

A0504　私の中の日本人──山本神右衛門常朝──（初出）
1972.10.1　『波』（新潮社）　6巻9号　p7-11　⇔B2189
＊単行本収録時に「山本神右衛門常朝」に改題

A0505　私の青春論（初出）
1972　『青春の本』（海潮社）　p5-13　⇔B2190

1973年

A0506　私と原稿用紙　何の変哲もないもの（初出）
1973.1.1　『群像』（講談社）　28巻1号　p267　⇔*B2191*
＊単行本未収録

A0507　「あやかし」ということ（初出）
1973.1.1　『新潮』（新潮社）　70巻1号　p252-253　⇔*B2192*
＊単行本未収録

A0508　ポルトガル行きの弁（初出）
1973.1.1　『波』（新潮社）　36号　p24-25　⇔*B2193*
＊単行本未収録

A0509　「かのやうに」と文學（初出）
1973.2.1　『文學界』（文藝春秋）　27巻2号　p16-17　⇔*B2194*
＊単行本未収録

A0510　子は鏡（初出）
1973.2.1　『文藝春秋　オール讀物』（文藝春秋）　28巻2号　p312-313　⇔*B2195*
＊単行本未収録

A0511　神田界隈（初出）
1973.2.7　『ミセス』（文化出版局）　159号　p241-244　⇔*B2196*
＊単行本未収録

A0512　『源氏物語』の魅力（初出）
1973.2.25　『円地文子訳　源氏物語』（新潮社）　巻六月報　p1-3　⇔*B2197*

A0513　メメント・モリ（初出）
1973.3.16　『ねんきん』（全国社会保険協会連合会）　14巻3号　p14-15　⇔*B2198*

A0514　パルタイ
1973.3.23　『現代日本文学大系92』（筑摩書房）　p240-249　⇔*D2756*

A0515　蠍たち
1973.4.15　『異嗜食的作家論』（天野哲夫編著）（芳賀書店）　p217-225　⇔*D2757*

A0516　現代女子学生の“オント”
1973.5.10　『別冊新評　裸の文壇史』（新評社）　23巻　p196-201　⇔*D2758*

A0517　ヴァージニア
1973.5.25　『ヴァージニア』（新潮社（新潮文庫））　p7-82　⇔*C2670*

A0518　長い夢路
1973.5.25　『ヴァージニア』（新潮社（新潮文庫））　p83-138　⇔*C2670*

A0519　霊魂
1973.5.25　『ヴァージニア』（新潮社（新潮文庫））　p139-176　⇔*C2670*

A0520　受賞のことば
1973.9.15　『わたしのなかのかれへ　上』（講談社（講談社文庫））　p12　⇔*C2671*

A0521　わたしが受験した頃
1973.9.15　『わたしのなかのかれへ　上』（講談社（講談社文庫））　p13-14　⇔*C2671*

A0522　学生よ、驕るなかれ
1973.9.15　『わたしのなかのかれへ　上』（講談社（講談社文庫））　p15-26　⇔*C2671*

A0523　政治の中の死
1973.9.15　『わたしのなかのかれへ　上』（講談社（講談社文庫））　p27-28　⇔*C2671*

A0524　ころぶ話
1973.9.15　『わたしのなかのかれへ　上』（講談社（講談社文庫））　p29-30　⇔*C2671*

A0525　わたしの「第三の性」
1973.9.15　『わたしのなかのかれへ　上』（講談社（講談社文庫））　p31-39　⇔*C2671*

A0526 袋に封入された青春
1973.9.15 『わたしのなかのかれへ 上』(講談社(講談社文庫)) p40-41 ⇔*C2671*

A0527 奇妙な観念
1973.9.15 『わたしのなかのかれへ 上』(講談社(講談社文庫)) p42-43 ⇔*C2671*

A0528 虚構の英雄・市川雷蔵
1973.9.15 『わたしのなかのかれへ 上』(講談社(講談社文庫)) p44-47 ⇔*C2671*

A0529 わたしの文学と政治
1973.9.15 『わたしのなかのかれへ 上』(講談社(講談社文庫)) p50-53 ⇔*C2671*

A0530 繭のなかの生活
1973.9.15 『わたしのなかのかれへ 上』(講談社(講談社文庫)) p54-56 ⇔*C2671*

A0531 防衛大の若き獅子たち
1973.9.15 『わたしのなかのかれへ 上』(講談社(講談社文庫)) p57-66 ⇔*C2671*

A0532 風景のない旅
1973.9.15 『わたしのなかのかれへ 上』(講談社(講談社文庫)) p67-70 ⇔*C2671*

A0533 女性講座
1973.9.15 『わたしのなかのかれへ 上』(講談社(講談社文庫)) p72-88 ⇔*C2671*

A0534 わたしの初恋
1973.9.15 『わたしのなかのかれへ 上』(講談社(講談社文庫)) p89 ⇔*C2671*

A0535 ロマンは可能か
1973.9.15 『わたしのなかのかれへ 上』(講談社(講談社文庫)) p90-92 ⇔*C2671*

A0536 田舎暮し
1973.9.15 『わたしのなかのかれへ 上』(講談社(講談社文庫)) p93-96 ⇔*C2671*

A0537 愛と結婚に関する六つの手紙
1973.9.15 『わたしのなかのかれへ 上』(講談社(講談社文庫)) p97-122 ⇔*C2671*

A0538 石の饗宴・四国の龍河洞
1973.9.15 『わたしのなかのかれへ 上』(講談社(講談社文庫)) p123-127 ⇔*C2671*

A0539 ある破壊的な夢想—性と私—
1973.9.15 『わたしのなかのかれへ 上』(講談社(講談社文庫)) p130-135 ⇔*C2671*

A0540 京都からの手紙
1973.9.15 『わたしのなかのかれへ 上』(講談社(講談社文庫)) p136-138 ⇔*C2671*

A0541 平泉で感じる「永遠」と「廃墟」
1973.9.15 『わたしのなかのかれへ 上』(講談社(講談社文庫)) p139-142 ⇔*C2671*

A0542 スクリーンのまえのひとりの女性
1973.9.15 『わたしのなかのかれへ 上』(講談社(講談社文庫)) p143-148 ⇔*C2671*

A0543 わたしの痴漢論
1973.9.15 『わたしのなかのかれへ 上』(講談社(講談社文庫)) p149-158 ⇔*C2671*

A0544 H国訪問記
1973.9.15 『わたしのなかのかれへ 上』(講談社(講談社文庫)) p159-162 ⇔*C2671*

A0545 カルデラの暗鬱な獣たち
1973.9.15 『わたしのなかのかれへ 上』(講談社(講談社文庫)) p163-171 ⇔*C2671*

A0546 わたしの無責任老人論
1973.9.15 『わたしのなかのかれへ 上』（講談社（講談社文庫）） p172-175
⇔*C2671*

A0547 横波三里
1973.9.15 『わたしのなかのかれへ 上』（講談社（講談社文庫）） p178-186
⇔*C2671*

A0548 ビュトールと新しい小説
1973.9.15 『わたしのなかのかれへ 上』（講談社（講談社文庫）） p187-190
⇔*C2671*

A0549 日本映画のなかの日本人
1973.9.15 『わたしのなかのかれへ 上』（講談社（講談社文庫）） p191-201
⇔*C2671*

A0550 性と文学
1973.9.15 『わたしのなかのかれへ 上』（講談社（講談社文庫）） p202-204
⇔*C2671*

A0551 性は悪への鍵
1973.9.15 『わたしのなかのかれへ 上』（講談社（講談社文庫）） p205-211
⇔*C2671*

A0552 サムシング・エルス
1973.9.15 『わたしのなかのかれへ 上』（講談社（講談社文庫）） p212-214
⇔*C2671*

A0553 T国訪問記
1973.9.15 『わたしのなかのかれへ 上』（講談社（講談社文庫）） p215-218
⇔*C2671*

A0554 ある独身者のパーティ
1973.9.15 『わたしのなかのかれへ 上』（講談社（講談社文庫）） p219-220
⇔*C2671*

A0555 死後の世界
1973.9.15 『わたしのなかのかれへ 上』（講談社（講談社文庫）） p221-224
⇔*C2671*

A0556 作家の秘密
1973.9.15 『わたしのなかのかれへ 上』（講談社（講談社文庫）） p225-227
⇔*C2671*

A0557 ロレンス・ダレルとわたし
1973.9.15 『わたしのなかのかれへ 上』（講談社（講談社文庫）） p228-230
⇔*C2671*

A0558 誰でもいい結婚したいとき
1973.9.15 『わたしのなかのかれへ 上』（講談社（講談社文庫）） p231-235
⇔*C2671*

A0559 言葉のつくり出す現実――ジャン・コー『神のあわれみ』――
1973.9.15 『わたしのなかのかれへ 上』（講談社（講談社文庫）） p236-239
⇔*C2671*

A0560 巫女とヒーロー
1973.9.15 『わたしのなかのかれへ 上』（講談社（講談社文庫）） p242-247
⇔*C2671*

A0561 土佐のことば
1973.9.15 『わたしのなかのかれへ 上』（講談社（講談社文庫）） p248-250
⇔*C2671*

A0562 妖女であること
1973.9.15 『わたしのなかのかれへ 上』（講談社（講談社文庫）） p251-253
⇔*C2671*

A0563 記憶喪失
1973.9.15 『わたしのなかのかれへ 上』（講談社（講談社文庫）） p254-265
⇔*C2671*

A0564 わたしの小説作法
1973.9.15 『わたしのなかのかれへ 上』（講談社（講談社文庫）） p266-268
⇔*C2671*

A0565 表現の自由の意味
1973.9.15 『わたしのなかのかれへ 上』（講談社（講談社文庫）） p269-271

⇔*C2671*

A0566 お遍路さん
1973.9.15 『わたしのなかのかれへ 上』(講談社(講談社文庫)) p272-273
⇔*C2671*

A0567 女の「歓び」と「カボチャ」のなかの女
1973.9.15 『わたしのなかのかれへ 上』(講談社(講談社文庫)) p274-280
⇔*C2671*

A0568 『倦怠』について
1973.9.15 『わたしのなかのかれへ 上』(講談社(講談社文庫)) p281-284
⇔*C2671*

A0569 「綱渡り」と仮面について
1973.9.15 『わたしのなかのかれへ 上』(講談社(講談社文庫)) p285-290
⇔*C2671*

A0570 稿料の経済学
1973.9.15 『わたしのなかのかれへ 上』(講談社(講談社文庫)) p291-293
⇔*C2671*

A0571 層雲峡から阿寒への道
1973.9.15 『わたしのなかのかれへ 上』(講談社(講談社文庫)) p294-306
⇔*C2671*

A0572 雄大で堂々たる通俗映画の傑作──「シェナンドー河」──
1973.9.15 『わたしのなかのかれへ 上』(講談社(講談社文庫)) p307-309
⇔*C2671*

A0573 かっこうの鳴くおもちゃの町
1973.9.15 『わたしのなかのかれへ 上』(講談社(講談社文庫)) p310-316
⇔*C2671*

A0574 純小説と通俗小説
1973.9.15 『わたしのなかのかれへ 上』(講談社(講談社文庫)) p317-319
⇔*C2671*

A0575 妄想のおとし穴
1973.9.15 『わたしのなかのかれへ 上』(講談社(講談社文庫)) p320-322
⇔*C2671*

A0576 夫との共同生活
1973.9.15 『わたしのなかのかれへ 上』(講談社(講談社文庫)) p323-325
⇔*C2671*

A0577 日録
1973.9.15 『わたしのなかのかれへ 上』(講談社(講談社文庫)) p326-332
⇔*C2671*

A0578 いやな先生
1973.9.15 『わたしのなかのかれへ 上』(講談社(講談社文庫)) p333-334
⇔*C2671*

A0579 「もの」、神経症および存在論的映画
1973.9.15 『わたしのなかのかれへ 上』(講談社(講談社文庫)) p335-343
⇔*C2671*

A0580 衰弱した性のシンボル
1973.9.15 『わたしのなかのかれへ 下』(講談社(講談社文庫)) p12-21
⇔*C2672*

A0581 インセストについて
1973.9.15 『わたしのなかのかれへ 下』(講談社(講談社文庫)) p22-25
⇔*C2672*

A0582 「言葉のない世界」へおりていく──『田村隆一詩集』──
1973.9.15 『わたしのなかのかれへ 下』(講談社(講談社文庫)) p26-29
⇔*C2672*

A0583 青春の始まりと終り──カミュ『異邦人』とカフカ『審判』──
1973.9.15 『わたしのなかのかれへ 下』(講談社(講談社文庫)) p30-31
⇔*C2672*

A0584　My Life in Books
1973.9.15　『わたしのなかのかれへ　下』(講談社(講談社文庫))　p32-34
⇔*C2672*

A0585　愛と結婚の雑学的研究
1973.9.15　『わたしのなかのかれへ　下』(講談社(講談社文庫))　p35-56
⇔*C2672*

A0586　映画対文学、市民対庶民
1973.9.15　『わたしのなかのかれへ　下』(講談社(講談社文庫))　p57-65
⇔*C2672*

A0587　小説の迷路と否定性
1973.9.15　『わたしのなかのかれへ　下』(講談社(講談社文庫))　p66-82
⇔*C2672*

A0588　細胞的人間の恐怖
1973.9.15　『わたしのなかのかれへ　下』(講談社(講談社文庫))　p83-86
⇔*C2672*

A0589　毒薬としての文学
1973.9.15　『わたしのなかのかれへ　下』(講談社(講談社文庫))　p87-95
⇔*C2672*

A0590　テキサス州　ダラス
1973.9.15　『わたしのなかのかれへ　下』(講談社(講談社文庫))　p98-99
⇔*C2672*

A0591　坂口安吾論
1973.9.15　『わたしのなかのかれへ　下』(講談社(講談社文庫))　p100-116
⇔*C2672*

A0592　異邦人の読んだ『異邦人』
1973.9.15　『わたしのなかのかれへ　下』(講談社(講談社文庫))　p117-122
⇔*C2672*

A0593　ヴァージニア
1973.9.15　『わたしのなかのかれへ　下』(講談社(講談社文庫))　p123-125
⇔*C2672*

A0594　ホメーロス〈イーリアス〉
1973.9.15　『わたしのなかのかれへ　下』(講談社(講談社文庫))　p126-127
⇔*C2672*

A0595　アメリカの大学
1973.9.15　『わたしのなかのかれへ　下』(講談社(講談社文庫))　p128-130
⇔*C2672*

A0596　アイオワの冬
1973.9.15　『わたしのなかのかれへ　下』(講談社(講談社文庫))　p131-134
⇔*C2672*

A0597　JOBとしての小説書き
1973.9.15　『わたしのなかのかれへ　下』(講談社(講談社文庫))　p135-138
⇔*C2672*

A0598　私の字引き
1973.9.15　『わたしのなかのかれへ　下』(講談社(講談社文庫))　p139-141
⇔*C2672*

A0599　街頭詩人
1973.9.15　『わたしのなかのかれへ　下』(講談社(講談社文庫))　p142-144
⇔*C2672*

A0600　テレビ　このごろ
1973.9.15　『わたしのなかのかれへ　下』(講談社(講談社文庫))　p145-146
⇔*C2672*

A0601　ギリシャ悲劇とパゾリーニの「アポロンの地獄」
1973.9.15　『わたしのなかのかれへ　下』(講談社(講談社文庫))　p147-154
⇔*C2672*

A0602　カミュの『異邦人』やカフカの作品
1973.9.15　『わたしのなかのかれへ　下』(講談社(講談社文庫))　p155-158
⇔*C2672*

A0603　安保時代の青春
1973.9.15　『わたしのなかのかれへ　下』(講談社(講談社文庫))　p160-164

⇔*C2672*

A0604 職業としての文学
1973.9.15 『わたしのなかのかれへ 下』(講談社(講談社文庫)) p165-168
⇔*C2672*

A0605 本と友だち
1973.9.15 『わたしのなかのかれへ 下』(講談社(講談社文庫)) p169-170
⇔*C2672*

A0606 なぜ書くかということ
1973.9.15 『わたしのなかのかれへ 下』(講談社(講談社文庫)) p171-173
⇔*C2672*

A0607 ポオの短編小説
1973.9.15 『わたしのなかのかれへ 下』(講談社(講談社文庫)) p174-176
⇔*C2672*

A0608 巨大な毒虫のいる生活
1973.9.15 『わたしのなかのかれへ 下』(講談社(講談社文庫)) p177-178
⇔*C2672*

A0609 「寺小屋」英語のことなど
1973.9.15 『わたしのなかのかれへ 下』(講談社(講談社文庫)) p179-180
⇔*C2672*

A0610 わたしの読書散歩
1973.9.15 『わたしのなかのかれへ 下』(講談社(講談社文庫)) p181-184
⇔*C2672*

A0611 主婦の仕事
1973.9.15 『わたしのなかのかれへ 下』(講談社(講談社文庫)) p185-187
⇔*C2672*

A0612 わたしの育児法
1973.9.15 『わたしのなかのかれへ 下』(講談社(講談社文庫)) p188-190
⇔*C2672*

A0613 秩序の感覚
1973.9.15 『わたしのなかのかれへ 下』(講談社(講談社文庫)) p191-197
⇔*C2672*

A0614 新しい文学のために
1973.9.15 『わたしのなかのかれへ 下』(講談社(講談社文庫)) p198-202
⇔*C2672*

A0615 修身の町
1973.9.15 『わたしのなかのかれへ 下』(講談社(講談社文庫)) p203-208
⇔*C2672*

A0616 一所不住
1973.9.15 『わたしのなかのかれへ 下』(講談社(講談社文庫)) p209-211
⇔*C2672*

A0617 おしゃべりについてのおしゃべり
1973.9.15 『わたしのなかのかれへ 下』(講談社(講談社文庫)) p212-218
⇔*C2672*

A0618 ベビー・シッター
1973.9.15 『わたしのなかのかれへ 下』(講談社(講談社文庫)) p219-222
⇔*C2672*

A0619 わが愛する歌
1973.9.15 『わたしのなかのかれへ 下』(講談社(講談社文庫)) p223-224
⇔*C2672*

A0620 人間の狂気の世界――加賀乙彦著『風と死者』――
1973.9.15 『わたしのなかのかれへ 下』(講談社(講談社文庫)) p225-226
⇔*C2672*

A0621 母親は女神である
1973.9.15 『わたしのなかのかれへ 下』(講談社(講談社文庫)) p227-230
⇔*C2672*

A0622 漫画読みの感想
1973.9.15 『わたしのなかのかれへ 下』(講談社(講談社文庫)) p231-232

⇔*C2672*

A0623　非政治的な立場
1973.9.15　『わたしのなかのかれへ　下』(講談社(講談社文庫))　p233-242　⇔*C2672*

A0624　作家にとって現代とは何か
1973.9.15　『わたしのなかのかれへ　下』(講談社(講談社文庫))　p242-246　⇔*C2672*

A0625　「千一夜」の壷を求めて――“なぜ書くか”をめぐって――
1973.9.15　『わたしのなかのかれへ　下』(講談社(講談社文庫))　p247-255　⇔*C2672*

A0626　本との出会い
1973.9.15　『わたしのなかのかれへ　下』(講談社(講談社文庫))　p256-257　⇔*C2672*

A0627　小説は現代芸術たりうるか
1973.9.15　『わたしのなかのかれへ　下』(講談社(講談社文庫))　p258-261　⇔*C2672*

A0628　青春について
1973.9.15　『わたしのなかのかれへ　下』(講談社(講談社文庫))　p262-268　⇔*C2672*

A0629　主婦の驕り
1973.9.15　『わたしのなかのかれへ　下』(講談社(講談社文庫))　p269-272　⇔*C2672*

A0630　精神の健康を保つ法
1973.9.15　『わたしのなかのかれへ　下』(講談社(講談社文庫))　p273-276　⇔*C2672*

A0631　文学的人間を排す
1973.9.15　『わたしのなかのかれへ　下』(講談社(講談社文庫))　p277-291　⇔*C2672*

A0632　あとがき(わたしのなかのかれへ)
1973.9.15　『わたしのなかのかれへ　下』(講談社(講談社文庫))　p292-294　⇔*C2672*

A0633　夢の浮橋
1973.10.10　『夢の浮橋』(中央公論社(中公文庫))　⇔*C2673*

A0634　アイオワ静かなる日々(初出・書き下ろし)
1973.11.10　『アイオワ　静かなる日々』(新人物往来社)　⇔*B2199, C2674*
＊その中の一部を「写真について」と題し、「磁石のない旅」に収録。写真を熊谷冨裕氏が担当

1974年

A0635　パルタイ
1974.9.20　『現代の女流文学　第一巻』(女流文学者会編)(毎日新聞社)　p113-128　⇔*D2759*

A0636　ヴァージニア
1974.9.20　『現代の女流文学　第一巻』(女流文学者会編)(毎日新聞社)　p129-171　⇔*D2760*

1975年

A0637　パルタイ
1975.1.25　『パルタイ』(文藝春秋(文春文庫))　p7-32　⇔*C2675*

A0638　非人
1975.1.25　『パルタイ』(文藝春秋(文春文庫))　p33-62　⇔*C2675*

A0639　貝のなか
1975.1.25　『パルタイ』(文藝春秋(文春文庫))　p63-91　⇔*C2675*

A0640　蛇
1975.1.25　『パルタイ』(文藝春秋(文春文庫))　p93-160　⇔*C2675*

A0641　密告
1975.1.25　『パルタイ』(文藝春秋(文春文庫))　p160-203　⇔*C2675*

A0642　後記
1975.1.25　『パルタイ』(文藝春秋(文春文庫))　p205-218　⇔*C2675*

A0643　悪い学生の弁(初出)
1975.5.25　『平野謙全集　第九巻付録』(新潮社)　p1-3　⇔*B2200*

A0644　反小説論
1975.6.15　『迷路の旅人』(講談社(講談社文庫))　p11-152　⇔*C2676*

A0645　雲の塔――七月の思い出――
1975.6.15　『迷路の旅人』(講談社(講談社文庫))　p155-156　⇔*C2676*

A0646　神と人間と家畜
1975.6.15　『迷路の旅人』(講談社(講談社文庫))　p157-161　⇔*C2676*

A0647　子どもと大浴場へ――公私拝見――
1975.6.15　『迷路の旅人』(講談社(講談社文庫))　p162-163　⇔*C2676*

A0648　玉突き台の上の文学――John UpdikeのCouplesについて――
1975.6.15　『迷路の旅人』(講談社(講談社文庫))　p164-174　⇔*C2676*

A0649　神々の深謀遠慮
1975.6.15　『迷路の旅人』(講談社(講談社文庫))　p175-177　⇔*C2676*

A0650　親友――わたしの場合――
1975.6.15　『迷路の旅人』(講談社(講談社文庫))　p178-179　⇔*C2676*

A0651　Mathematics is a language
1975.6.15　『迷路の旅人』(講談社(講談社文庫))　p180-182　⇔*C2676*

A0652　あまりにホットドッグ的な
1975.6.15　『迷路の旅人』(講談社(講談社文庫))　p183-185　⇔*C2676*

A0653　正義派
1975.6.15　『迷路の旅人』(講談社(講談社文庫))　p186-188　⇔*C2676*

A0654　やさしさについて
1975.6.15　『迷路の旅人』(講談社(講談社文庫))　p189-195　⇔*C2676*

A0655　自然食の反自然
1975.6.15　『迷路の旅人』(講談社(講談社文庫))　p196-197　⇔*C2676*

A0656　美少年と珊瑚
1975.6.15　『迷路の旅人』(講談社(講談社文庫))　p198-200　⇔*C2676*

A0657　アイオワの四季
1975.6.15　『迷路の旅人』(講談社(講談社文庫))　p201-211　⇔*C2676*

A0658　評伝的解説――島尾敏雄
1975.6.15　『迷路の旅人』(講談社(講談社文庫))　p212-223　⇔*C2676*

A0659　英雄の死
1975.6.15　『迷路の旅人』(講談社(講談社文庫))　p224-233　⇔*C2676*

A0660　女の味覚
1975.6.15　『迷路の旅人』(講談社(講談社文庫))　p234-236　⇔*C2676*

A0661　私の小説と京都
1975.6.15　『迷路の旅人』(講談社(講談社文庫))　p237-240　⇔*C2676*

A0662　東京の本物の町
1975.6.15　『迷路の旅人』(講談社(講談社文庫))　p241-244　⇔*C2676*

A0663　育児日記
1975.6.15　『迷路の旅人』(講談社(講談社文庫))　p245-251　⇔*C2676*

A0664　素人の立場
1975.6.15　『迷路の旅人』（講談社（講談社文庫））　p252-255　⇔*C2676*

A0665　書と文章
1975.6.15　『迷路の旅人』（講談社（講談社文庫））　p256-258　⇔*C2676*

A0666　「兄弟は他人の始まり」について
1975.6.15　『迷路の旅人』（講談社（講談社文庫））　p259-261　⇔*C2676*

A0667　文明の垢
1975.6.15　『迷路の旅人』（講談社（講談社文庫））　p262-264　⇔*C2676*

A0668　花鳥風月
1975.6.15　『迷路の旅人』（講談社（講談社文庫））　p265-266　⇔*C2676*

A0669　己を知ること
1975.6.15　『迷路の旅人』（講談社（講談社文庫））　p267-269　⇔*C2676*

A0670　新しさとは何か
1975.6.15　『迷路の旅人』（講談社（講談社文庫））　p270-274　⇔*C2676*

A0671　歌は優雅の花
1975.6.15　『迷路の旅人』（講談社（講談社文庫））　p275-281　⇔*C2676*

A0672　わが敬愛する文章
1975.6.15　『迷路の旅人』（講談社（講談社文庫））　p282-285　⇔*C2676*

A0673　風信
1975.6.15　『迷路の旅人』（講談社（講談社文庫））　p286-287　⇔*C2676*

A0674　幼稚化の傾向
1975.6.15　『迷路の旅人』（講談社（講談社文庫））　p288-291　⇔*C2676*

A0675　子は親のものか
1975.6.15　『迷路の旅人』（講談社（講談社文庫））　p292-295　⇔*C2676*

A0676　「反埴谷雄高」論
1975.6.15　『迷路の旅人』（講談社（講談社文庫））　p296-319　⇔*C2676*

A0677　「自己」を知る
1975.6.15　『迷路の旅人』（講談社（講談社文庫））　p320-323　⇔*C2676*

A0678　心に残る言葉
1975.6.15　『迷路の旅人』（講談社（講談社文庫））　p324-326　⇔*C2676*

A0679　沖縄に行った話
1975.6.15　『迷路の旅人』（講談社（講談社文庫））　p327-333　⇔*C2676*

A0680　遊びと文学
1975.6.15　『迷路の旅人』（講談社（講談社文庫））　p337-355　⇔*C2676*

A0681　あとがき
1975.6.15　『迷路の旅人』（講談社（講談社文庫））　p356-360　⇔*C2676*

A0682　妖女のように
1975.7.25　『妖女のように』（新潮社（新潮文庫））　p7-67　⇔*C2677*

A0683　結婚
1975.7.25　『妖女のように』（新潮社（新潮文庫））　p69-169　⇔*C2677*

A0684　共棲
1975.7.25　『妖女のように』（新潮社（新潮文庫））　p171-266　⇔*C2677*

A0685　あとがき
1975.7.25　『妖女のように』（新潮社（新潮文庫））　p267-269　⇔*C2677*

A0686　子育てで思ふこと（初出）
1975.8.25　『赤ちゃんとママ』（赤ちゃんとママ社）　10巻9号　p22　⇔*B2201*
＊単行本収録時に「育児のこと」と改題

A0687　私の小説（初出）
1975.10.1　『波』（新潮社）　9巻10号　p40-45　⇔*B2202*

A0688　雑人撲滅週間
1975.10.20　『倉橋由美子全作品1　パルタイ・雑人撲滅週間』（新潮社）　p5-17　⇔C2678

A0689　パルタイ
1975.10.20　『倉橋由美子全作品1　パルタイ・雑人撲滅週間』（新潮社）　p19-36　⇔C2678

A0690　貝のなか
1975.10.20　『倉橋由美子全作品1　パルタイ・雑人撲滅週間』（新潮社）　p37-56　⇔C2678

A0691　非人
1975.10.20　『倉橋由美子全作品1　パルタイ・雑人撲滅週間』（新潮社）　p57-77　⇔C2678

A0692　蛇
1975.10.20　『倉橋由美子全作品1　パルタイ・雑人撲滅週間』（新潮社）　p79-121　⇔C2678

A0693　婚約
1975.10.20　『倉橋由美子全作品1　パルタイ・雑人撲滅週間』（新潮社）　p123-181　⇔C2678

A0694　密告
1975.10.20　『倉橋由美子全作品1　パルタイ・雑人撲滅週間』（新潮社）　p183-211　⇔C2678

A0695　囚人
1975.10.20　『倉橋由美子全作品1　パルタイ・雑人撲滅週間』（新潮社）　p213-238　⇔C2678

A0696　死んだ眼
1975.10.20　『倉橋由美子全作品1　パルタイ・雑人撲滅週間』（新潮社）　p239-253　⇔C2678

A0697　作品ノート1（初出）
1975.10.20　『倉橋由美子全作品1　パルタイ・雑人撲滅週間』（新潮社）　p255-271　⇔B2203, C2678

A0698　夏の終り
1975.11.20　『倉橋由美子全作品2　人間のない神・どこにもない場所』（新潮社）　p5-18　⇔C2679

A0699　どこにもない場所
1975.11.20　『倉橋由美子全作品2　人間のない神・どこにもない場所』（新潮社）　p19-116　⇔C2679

A0700　鷲になった少年
1975.11.20　『倉橋由美子全作品2　人間のない神・どこにもない場所』（新潮社）　p117-134　⇔C2679

A0701　人間のない神
1975.11.20　『倉橋由美子全作品2　人間のない神・どこにもない場所』（新潮社）　p135-206　⇔C2679

A0702　ミイラ
1975.11.20　『倉橋由美子全作品2　人間のない神・どこにもない場所』（新潮社）　p207-221　⇔C2679

A0703　巨刹
1975.11.20　『倉橋由美子全作品2　人間のない神・どこにもない場所』（新潮社）　p223-238　⇔C2679

A0704　作品ノート2（初出）
1975.11.20　『倉橋由美子全作品2　人間のない神・どこにもない場所』（新潮社）　p239-252　⇔B2204, C2679

A0705　女は子供と夫の母親（初出）
1975.11　『別冊　若い女性』（講談社）　巻号不明　頁不明　⇔B2205
＊未見

A0706　合成美女
1975.12.20　『倉橋由美子全作品3　暗い旅・真夜中の太陽』（新潮社）　p5-25　⇔C2680

A0707　暗い旅
1975.12.20　『倉橋由美子全作品3　暗い旅・真夜中の太陽』（新潮社）　p27-171　⇔C2680

A0708　輪廻
1975.12.20　『倉橋由美子全作品3　暗い旅・真夜中の太陽』（新潮社）　p173-193
⇔*C2680*

A0709　真夜中の太陽
1975.12.20　『倉橋由美子全作品3　暗い旅・真夜中の太陽』（新潮社）　p195-215
⇔*C2680*

A0710　一〇〇メートル
1975.12.20　『倉橋由美子全作品3　暗い旅・真夜中の太陽』（新潮社）　p217-229
⇔*C2680*

A0711　作品ノート3（初出）
1975.12.20　『倉橋由美子全作品3　暗い旅・真夜中の太陽』（新潮社）　p231-245
⇔*B2206, C2680*

1976年

A0712　幻の夜明け（初出）
1976.1.8　『週刊文春』（文藝春秋）　18巻2号　p3（グラビア）　⇔*B2207*

A0713　週言　パイダゴーゴス（初出）
1976.1.19　『神奈川新聞』（神奈川新聞社）　p3　⇔*B2208*

A0714　蠍たち
1976.1.20　『倉橋由美子全作品4　妖女のように・蠍たち』（新潮社）　p5-38
⇔*C2681*

A0715　愛の陰画
1976.1.20　『倉橋由美子全作品4　妖女のように・蠍たち』（新潮社）　p39-53
⇔*C2681*

A0716　迷宮
1976.1.20　『倉橋由美子全作品4　妖女のように・蠍たち』（新潮社）　p55-94
⇔*C2681*

A0717　恋人同士
1976.1.20　『倉橋由美子全作品4　妖女のように・蠍たち』（新潮社）　p95-104
⇔*C2681*

A0718　パッション
1976.1.20　『倉橋由美子全作品4　妖女のように・蠍たち』（新潮社）　p105-135
⇔*C2681*

A0719　死刑執行人
1976.1.20　『倉橋由美子全作品4　妖女のように・蠍たち』（新潮社）　p137-149
⇔*C2681*

A0720　犬と少年
1976.1.20　『倉橋由美子全作品4　妖女のように・蠍たち』（新潮社）　p151-158
⇔*C2681*

A0721　夢のなかの街
1976.1.20　『倉橋由美子全作品4　妖女のように・蠍たち』（新潮社）　p159-184
⇔*C2681*

A0722　宇宙人
1976.1.20　『倉橋由美子全作品4　妖女のように・蠍たち』（新潮社）　p185-207
⇔*C2681*

A0723　妖女のように
1976.1.20　『倉橋由美子全作品4　妖女のように・蠍たち』（新潮社）　p209-249
⇔*C2681*

A0724　作品ノート4（初出）
1976.1.20　『倉橋由美子全作品4　妖女のように・蠍たち』（新潮社）　p251-268
⇔*B2209, C2681*

A0725　結婚
1976.2.20　『倉橋由美子全作品5　聖少女・結婚』（新潮社）　p5-70　⇔*C2682*

A0726　亜依子たち
1976.2.20　『倉橋由美子全作品5　聖少女・結婚』（新潮社）　p71-89　⇔*C2682*

A0727 聖少女
1976.2.20 『倉橋由美子全作品5 聖少女・結婚』(新潮社) p91-242 ⇔*C2682*

A0728 作品ノート5(初出)
1976.2.20 『倉橋由美子全作品5 聖少女・結婚』(新潮社) p243-256 ⇔*B2210, C2682*

A0729 週言 自愛のすすめ(初出)
1976.2.23 『神奈川新聞』(神奈川新聞社) p3 ⇔*B2211*

A0730 アメリカ流個人主義(初出)
1976.3.1 『時事英語研究』(研究社出版) 30巻12号 p9-10 ⇔*B2212*

A0731 人形たちは生きている(初出)
1976.3.1 『Delica』(千趣会) 13巻2号 p8-9 ⇔*B2213*

A0732 “女ですもの”の論理 「男ですもの」とはいわないのだから、女であることを武器に勢力を拡大するのはフェアでない(初出)
1976.3.1 『婦人公論』(中央公論社) 61巻3号 p202-207 ⇔*B2214*
*単行本収録時に「「女ですもの」の論理」に改題

A0733 隊商宿
1976.3.20 『倉橋由美子全作品6 ヴァージニア・長い夢路』(新潮社) p5-23 ⇔*C2683*

A0734 醜魔たち
1976.3.20 『倉橋由美子全作品6 ヴァージニア・長い夢路』(新潮社) p25-39 ⇔*C2683*

A0735 解体
1976.3.20 『倉橋由美子全作品6 ヴァージニア・長い夢路』(新潮社) p41-64 ⇔*C2683*

A0736 共棲
1976.3.20 『倉橋由美子全作品6 ヴァージニア・長い夢路』(新潮社) p65-129 ⇔*C2683*

A0737 悪い夏
1976.3.20 『倉橋由美子全作品6 ヴァージニア・長い夢路』(新潮社) p131-183 ⇔*C2683*

A0738 ヴァージニア
1976.3.20 『倉橋由美子全作品6 ヴァージニア・長い夢路』(新潮社) p185-234 ⇔*C2683*

A0739 長い夢路
1976.3.20 『倉橋由美子全作品6 ヴァージニア・長い夢路』(新潮社) p235-270 ⇔*C2683*

A0740 作品ノート6(初出)
1976.3.20 『倉橋由美子全作品6 ヴァージニア・長い夢路』(新潮社) p271-284 ⇔*B2215, C2683*

A0741 週言 小説の効用(初出)
1976.3.29 『神奈川新聞』(神奈川新聞社) p3 ⇔*B2216*

A0742 日記から 送り仮名(初出)
1976.4.19 『朝日新聞』(夕刊)(朝日新聞社) p5 ⇔*B2217*

A0743 日記から 仮名遣(初出)
1976.4.20 『朝日新聞』(夕刊)(朝日新聞社) p5 ⇔*B2218*

A0744 向日葵の家
1976.4.20 『倉橋由美子全作品7 反悲劇・霊魂』(新潮社) p7-45 ⇔*C2684*

A0745 酔郷にて
1976.4.20 『倉橋由美子全作品7 反悲劇・霊魂』(新潮社) p46-92 ⇔*C2684*

A0746 白い髪の童女
1976.4.20 『倉橋由美子全作品7 反悲劇・霊魂』(新潮社) p93-118 ⇔*C2684*

A0747 河口に死す
1976.4.20 『倉橋由美子全作品7 反悲劇・霊魂』(新潮社) p119-157 ⇔*C2684*

A0748　神神がいたころの話
1976.4.20　『倉橋由美子全作品7　反悲劇・霊魂』（新潮社）　p158-195　⇔*C2684*

A0749　ある遊戯
1976.4.20　『倉橋由美子全作品7　反悲劇・霊魂』（新潮社）　p197-214　⇔*C2684*

A0750　霊魂
1976.4.20　『倉橋由美子全作品7　反悲劇・霊魂』（新潮社）　p215-239　⇔*C2684*

A0751　作品ノート7（初出）
1976.4.20　『倉橋由美子全作品7　反悲劇・霊魂』（新潮社）　p241-253　⇔*B2219, C2684*

A0752　日記から　行儀（初出）
1976.4.21　『朝日新聞』（夕刊）（朝日新聞社）　p5　⇔*B2220*

A0753　日記から　女の怒り（初出）
1976.4.22　『朝日新聞』（夕刊）（朝日新聞社）　p7　⇔*B2221*

A0754　日記から　女の笑ひ（初出）
1976.4.23　『朝日新聞』（夕刊）（朝日新聞社）　p7　⇔*B2222*

A0755　日記から　代理人（初出）
1976.4.24　『朝日新聞』（夕刊）（朝日新聞社）　p5　⇔*B2223*

A0756　日記から　専門家（初出）
1976.4.26　『朝日新聞』（夕刊）（朝日新聞社）　p7　⇔*B2224*

A0757　日記から　作家（初出）
1976.4.27　『朝日新聞』（夕刊）（朝日新聞社）　p7　⇔*B2225*

A0758　日記から　政治家（初出）
1976.4.28　『朝日新聞』（夕刊）（朝日新聞社）　p7　⇔*B2226*

A0759　日記から　家と屋（初出）
1976.4.30　『朝日新聞』（夕刊）（朝日新聞社）　p7　⇔*B2227*

A0760　日記から　子供（初出）
1976.5.1　『朝日新聞』（夕刊）（朝日新聞社）　p5　⇔*B2228*

A0761　週言　主婦の仕事と日々（初出）
1976.5.3　『神奈川新聞』（神奈川新聞社）　p3　⇔*B2229*

A0762　マゾヒストM氏の肖像
1976.5.20　『倉橋由美子全作品8　夢の浮橋・腐敗』（新潮社）　p5-38　⇔*C2685*

A0763　夢の浮橋
1976.5.20　『倉橋由美子全作品8　夢の浮橋・腐敗』（新潮社）　p39-201　⇔*C2685*

A0764　腐敗
1976.5.20　『倉橋由美子全作品8　夢の浮橋・腐敗』（新潮社）　p203-211　⇔*C2685*

A0765　作品ノート8（初出）
1976.5.20　『倉橋由美子全作品8　夢の浮橋・腐敗』（新潮社）　p213-228　⇔*B2230, C2685*

A0766　倉橋由美子自作年譜（初出）
1976.5.20　『倉橋由美子全作品8　夢の浮橋・腐敗』（新潮社）　p229-240　⇔*B2231, C2685*

A0767　向日葵の家
1976.5.25　『反悲劇』（河出書房新社（河出文芸選書））　p5-71　⇔*C2686*

A0768　酔郷にて
1976.5.25　『反悲劇』（河出書房新社（河出文芸選書））　p73-148　⇔*C2686*

A0769　白い髪の童女
1976.5.25　『反悲劇』（河出書房新社（河出文芸選書））　p149-194　⇔*C2686*

A0770　河口に死す
1976.5.25　『反悲劇』（河出書房新社（河出文芸選書））　p195-263　⇔*C2686*

A0771　神神がいたころの話
1976.5.25　『反悲劇』（河出書房新社（河出文芸選書））　p265-328　⇔*C2686*

A0772　あとがき
1976.5.25　『反悲劇』（河出書房新社（河出文芸選書））　p329-332　⇔*C2686*

A0773　週言　わからないということ（初出）
1976.6.7　『神奈川新聞』（神奈川新聞社）　p3　⇔*B2232*

A0774　週言　文学が失ったもの（初出）
1976.7.13　『神奈川新聞』（神奈川新聞社）　p3　⇔*B2233*

A0775　土佐人について（初出）
1976.8.15　『ふるさとの旅路　日本の叙情12』（ほるぷ）　p36-41　⇔*B2234*

A0776　週言　母親というもの（初出）
1976.8.16　『神奈川新聞』（神奈川新聞社）　p3　⇔*B2235*

A0777　大人の知恵（初出）
1976.9.1　『諸君!』（文藝春秋）　8巻10号　p214-215　⇔*B2236*

A0778　週言　国語の大衆化（初出）
1976.9.20　『神奈川新聞』（神奈川新聞社）　p3　⇔*B2237*

A0779　わが町（初出）
1976.9　『厚木毛利台ニュース』（東急ニュータウン）　巻号不明　ページ不明　⇔*B2238*

A0780　「子どもの教育」選考にあたって（初出）
1976.10.1　『お母さん』（学習研究社）　2巻1号　ページ不明　⇔*B2239*

A0781　面白い本（初出）
1976.10.1　『文芸展望』（筑摩書房）　15号　p167　⇔*B2240*

A0782　誕生日（初出）
1976.10.10　『朝日新聞』（日曜版）（朝日新聞社）　p25　⇔*B2241*

A0783　週言　風変わりな一家（初出）
1976.10.25　『神奈川新聞』（神奈川新聞社）　p3　⇔*B2242*

A0784　「我が家の性教育」選考にあたって（初出）
1976.11.1　『お母さん』（学習研究社）　2巻2号　p139　⇔*B2243*

A0785　山本神右衛門常朝
1976.11.5　『私の中の日本人』（新潮社）　p89-94　⇔*D2761*

A0786　週言　お伽噺（初出）
1976.11.29　『神奈川新聞』（神奈川新聞社）　p3　⇔*B2244*

A0787　「子どもの反抗期」を読んで（初出）
1976.12.1　『お母さん』（学習研究社）　2巻3号　p147　⇔*B2245*

1977年

A0788　「子どもが原因の夫婦喧嘩」を読んで（初出）
1977.1.1　『お母さん』（学習研究社）　2巻4号　p145　⇔*B2246*

A0789　無心に自由を享楽した日々（初出）
1977.1.1　『小二教育技術』（小学館）　29巻12号　p53-54　⇔*B2247*
＊単行本未収録

A0790　なぜ小説が書けないか（初出）
1977.1.1　『新潮』（新潮社）　74巻1号　p200-201　⇔*B2248*

A0791　迎春今昔（初出）
1977.1.2　『河北新報』（河北新報社）　p11　⇔*B2249*
＊共同通信より配信

A0792　休業札のもとで（初出）
1977.1.15　『日本近代文学館』（財団法人日本近代文学館）　35号　p3　⇔*B2250*
＊単行本収録時に「休業中」に改題

A0793　夢の浮橋
1977.2.15　『筑摩現代文学大系　82　曾野綾子　倉橋由美子集』（筑摩書房）　p255-395　⇔*D2762*

＊1981年12月に再販

A0794　パルタイ
1977.2.15　『筑摩現代文学大系　82　曾野綾子　倉橋由美子集』（筑摩書房）　p395-409　⇔*D2763*
＊1981年12月に再販

A0795　宇宙人
1977.2.15　『筑摩現代文学大系　82　曾野綾子　倉橋由美子集』（筑摩書房）　p409-427　⇔*D2764*
＊1981年12月に再販

A0796　長い夢路
1977.2.15　『筑摩現代文学大系　82　曾野綾子　倉橋由美子集』（筑摩書房）　p427-456　⇔*D2765*
＊1981年12月に再販

A0797　白い髪の童女
1977.2.15　『筑摩現代文学大系　82　曾野綾子　倉橋由美子集』（筑摩書房）　p457-469　⇔*D2766*
＊1981年12月に再販

A0798　女の精神（初出）
1977.3.20　『水上勉全集』（中央公論社）　11巻 月報　p1-2　⇔*B2251*

A0799　迷宮
1977.4.30　『迷宮』（文藝春秋）　p5-62　⇔*C2687*

A0800　亜依子たち
1977.4.30　『迷宮』（文藝春秋）　p63-88　⇔*C2687*

A0801　恋人同士
1977.4.30　『迷宮』（文藝春秋）　p89-102　⇔*C2687*

A0802　一〇〇メートル
1977.4.30　『迷宮』（文藝春秋）　p103-120　⇔*C2687*

A0803　隊商宿
1977.4.30　『迷宮』（文藝春秋）　p121-146　⇔*C2687*

A0804　巨刹
1977.4.30　『迷宮』（文藝春秋）　p147-168　⇔*C2687*

A0805　死刑執行人
1977.4.30　『迷宮』（文藝春秋）　p169-185　⇔*C2687*

A0806　マゾヒストM氏の肖像
1977.4.30　『迷宮』（文藝春秋）　p187-231　⇔*C2687*

A0807　腐敗
1977.4.30　『迷宮』（文藝春秋）　p233-245　⇔*C2687*

A0808　解体
1977.4.30　『迷宮』（文藝春秋）　p247-281　⇔*C2687*

A0809　ある遊戯
1977.4.30　『迷宮』（文藝春秋）　p283-306　⇔*C2687*

A0810　真夜中の太陽
1977.4.30　『迷宮』（文藝春秋）　p307-332　⇔*C2687*

A0811　合成美女
1977.4.30　『迷宮』（文藝春秋）　p333-360　⇔*C2687*

A0812　輪廻
1977.4.30　『迷宮』（文藝春秋）　p361-388　⇔*C2687*

A0813　迷宮
1977.4.30　『夢のなかの街』（新潮社（新潮文庫））　p7-68　⇔*C2688*

A0814　恋人同士
1977.4.30　『夢のなかの街』（新潮社（新潮文庫））　p69-82　⇔*C2688*

A0815　死刑執行人
1977.4.30　『夢のなかの街』（新潮社（新潮文庫））　p83-99　⇔*C2688*

A0816　夢のなかの街
1977.4.30　『夢のなかの街』（新潮社（新潮文庫））　p101-135　⇔*C2688*

A0817　宇宙人
1977.4.30　『夢のなかの街』（新潮社（新潮文庫））　p137-168　⇔*C2688*

A0818　亜依子たち
1977.4.30　『夢のなかの街』（新潮社（新潮文庫））　p169-195　⇔*C2688*

A0819　隊商宿
1977.4.30　『夢のなかの街』（新潮社（新潮文庫））　p197-223　⇔*C2688*

A0820　醜魔たち
1977.4.30　『夢のなかの街』（新潮社（新潮文庫））　p225-244　⇔*C2688*

A0821　解体
1977.4.30　『夢のなかの街』（新潮社（新潮文庫））　p245-280　⇔*C2688*

A0822　ある遊戯
1977.4.30　『夢のなかの街』（新潮社（新潮文庫））　p281-306　⇔*C2688*

A0823　マゾヒストM氏の肖像
1977.4.30　『夢のなかの街』（新潮社（新潮文庫））　p307-354　⇔*C2688*

A0824　腐敗
1977.4.30　『夢のなかの街』（新潮社（新潮文庫））　p355-367　⇔*C2688*

A0825　チンチン電車・高知（初出）
1977.5.1　『旅』（日本交通社）　51巻5号　p74-75　⇔*B2252*
＊単行本収録時に「高知のチンチン電車」に改題

A0826　秘められた聖像画　明治の女流画家山下りん（初出）
1977.5.12　『太陽』（平凡社）　15巻7号　p105-112　⇔*B2253*

A0827　『史記』と『論語』（初出）
1977.7.10　『貝塚茂樹著作集　第三巻月報』（中央公論社）　p5-8　⇔*B2254*

A0828　小説の「進歩」（初出）
1977.8.1　『群像』（講談社）　32巻9号　p282-283　⇔*B2255*

A0829　自己流正書法（初出）
1977.8.1　『展望』（筑摩書房）　224号　p10-11　⇔*B2256*
＊単行本未収録

A0830　小説論ノート　1――もののあはれ（初出）
1977.8.1　『波』（新潮社）　11号8号　p24-25　⇔*B2257*

A0831　雑巾がけ（初出）
1977.8.7　『ミセス』（文化出版局）　227号　p231　⇔*B2258*

A0832　雑人撲滅週間
1977.8.30　『人間のない神』（新潮社（新潮文庫））　p7-23　⇔*C2689*

A0833　囚人
1977.8.30　『人間のない神』（新潮社（新潮文庫））　p25-60　⇔*C2689*

A0834　人間のない神
1977.8.30　『人間のない神』（新潮社（新潮文庫））　p61-163　⇔*C2689*

A0835　ミイラ
1977.8.30　『人間のない神』（新潮社（新潮文庫））　p165-184　⇔*C2689*

A0836　巨刹
1977.8.30　『人間のない神』（新潮社（新潮文庫））　p185-206　⇔*C2689*

A0837　合成美女
1977.8.30　『人間のない神』（新潮社（新潮文庫））　p207-236　⇔*C2689*

A0838　輪廻
1977.8.30　『人間のない神』（新潮社（新潮文庫））　p237-265　⇔*C2689*

A0839　真夜中の太陽
1977.8.30　『人間のない神』（新潮社（新潮文庫））　p267-293　⇔*C2689*

A0840　一〇〇メートル
1977.8.30　『人間のない神』(新潮社(新潮文庫))　p295-311　⇔*C2689*

A0841　小説論ノート　2――勧善懲悪(初出)
1977.9.1　『波』(新潮社)　11巻9号　p24-25　⇔*B2259*

A0842　わが子しか眼中にないお母さんへ(初出)
1977.10.1　『すてきなお母さん』(文化出版局)　48号　p155-157　⇔*B2260*

A0843　小説論ノート　3――愚行(初出)
1977.10.1　『波』(新潮社)　11号10号　p24-25　⇔*B2261*

A0844　吉田健一氏の文章(初出)
1977.10.1　『文藝』(河出書房新社)　16巻10号　p246-249　⇔*B2262*

A0845　小説論ノート　4――恋(初出)
1977.11.1　『波』(新潮社)　11巻11号　p24-25　⇔*B2263*

A0846　カフカと私(初出)
1977.12.1　『世界文学全集33　カフカ』(学習研究社)　p17-48　⇔*B2264*

A0847　小説論ノート　5――自殺(初出)
1977.12.1　『波』(新潮社)　11号12号　p24-25　⇔*B2265*

A0848　倉橋由美子氏評(初出)
1977.12.5　『密会』(安部公房)(新潮社)　箱裏　⇔*B2266*
　＊単行本未収録

A0849　今月の日本　文運隆昌(初出)
1977.12.12　『太陽』(平凡社)　16巻1号　p177　⇔*B2267*

1978年

A0850　小説論ノート　6――女(初出)
1978.1.1　『波』(新潮社)　12巻1号　p24-25　⇔*B2268*

A0851　今月の日本　寒波襲来(初出)
1978.1.12　『太陽』(平凡社)　16巻2号　p155　⇔*B2269*

A0852　パルタイ
1978.1.30　『パルタイ』(新潮社(新潮文庫))　p7-31　⇔*C2690*

A0853　非人
1978.1.30　『パルタイ』(新潮社(新潮文庫))　p34-61　⇔*C2690*

A0854　貝のなか
1978.1.30　『パルタイ』(新潮社(新潮文庫))　p63-90　⇔*C2690*

A0855　蛇
1978.1.30　『パルタイ』(新潮社(新潮文庫))　p91-157　⇔*C2690*

A0856　密告
1978.1.30　『パルタイ』(新潮社(新潮文庫))　p159-200　⇔*C2690*

A0857　後記
1978.1.30　『パルタイ』(新潮社(新潮文庫))　p201-202　⇔*C2690*

A0858　『日本文学を読む』を読む(初出)
1978.2.1　『新潮』(新潮社)　75巻2号　p198-199　⇔*B2270*

A0859　小説論ノート　7――告白(初出)
1978.2.1　『波』(新潮社)　12巻2号　p24-25　⇔*B2271*

A0860　双点　ポストの幻想(初出)
1978.2.2　『読売新聞』(夕刊)(読売新聞社)　p5　⇔*B2272*
　＊中井英夫と交互に記事を担当

A0861 双点 ウイルスの世界(初出)
1978.2.4 『読売新聞』(夕刊)(読売新聞社) p7 ⇔*B2273*

A0862 双点 夢の話(初出)
1978.2.7 『読売新聞』(夕刊)(読売新聞社) p5 ⇔*B2274*

A0863 双点 カフカの悪夢(初出)
1978.2.9 『読売新聞』(夕刊)(読売新聞社) p5 ⇔*B2275*

A0864 今月の日本 曲学阿世(初出)
1978.2.12 『太陽』(平凡社) 16巻3号 p153 ⇔*B2276*

A0865 双点 「です」調(初出)
1978.2.13 『読売新聞』(夕刊)(読売新聞社) p5 ⇔*B2277*

A0866 双点 「だ」調(初出)
1978.2.15 『読売新聞』(夕刊)(読売新聞社) p7 ⇔*B2278*

A0867 双点 「である」調(初出)
1978.2.17 『読売新聞』(夕刊)(読売新聞社) p5 ⇔*B2279*

A0868 無気味なものと美しいもの(初出)
1978.2.20 『円地文子全集』(新潮社) 9巻 月報6 p2-3 ⇔*B2280*

A0869 双点 「いごっそう」考(初出)
1978.2.21 『読売新聞』(夕刊)(読売新聞社) p5 ⇔*B2281*

A0870 双点 不惑(初出)
1978.2.23 『読売新聞』(夕刊)(読売新聞社) p7 ⇔*B2282*

A0871 双点 不信論(初出)
1978.2.25 『読売新聞』(夕刊)(読売新聞社) p7 ⇔*B2283*

A0872 双点 文章の手習い(初出)
1978.2.27 『読売新聞』(夕刊)(読売新聞社) p7 ⇔*B2284*

A0873 小説論ノート 8――運命(初出)
1978.3.1 『波』(新潮社) 12巻3号 p24-25 ⇔*B2285*

A0874 今月の日本 文章鑑別(初出)
1978.3.12 『太陽』(平凡社) 16巻4号 p157 ⇔*B2286*

A0875 小説論ノート 9――性格(初出)
1978.4.1 『波』(新潮社) 12巻4号 p24-25 ⇔*B2287*

A0876 今月の日本 才女志願(初出)
1978.4.12 『太陽』(平凡社) 16巻5号 p169 ⇔*B2288*

A0877 小説論ノート 10――真実(初出)
1978.5.1 『波』(新潮社) 12巻5号 p24-25 ⇔*B2289*

A0878 今月の日本 家内安全(初出)
1978.5.12 『太陽』(平凡社) 16巻6号 p165 ⇔*B2290*

A0879 私の文章修業(初出)
1978.5.19 『週刊朝日』(朝日新聞社) 83巻21号 p64-65 ⇔*B2291*
*アンソロジー収録時に「骨だけの文章」に改題

A0880 小説論ノート 11――嘘(初出)
1978.6.1 『波』(新潮社) 12巻6号 p24-25 ⇔*B2292*

A0881 私のなかのヤマモモ(初出)
1978.6.1 『ミセス愛蔵版 全国・美味求真の旅』(文化出版局) p186-188 ⇔*B2293*
*単行本収録時に「ヤマモモと文旦」に改題

A0882 今月の日本 自彊不息(初出)
1978.6.12 『太陽』(平凡社) 16巻7号 p193 ⇔*B2294*

A0883 小説論ノート 12――秩序(初出)
1978.7.1 『波』(新潮社) 12巻7号 p24-25 ⇔*B2295*

A0884　今月の日本　美味不信（初出）
1978.7.12　『太陽』（平凡社）　16巻8号　p163　⇔*B2296*

A0885　小説論ノート　13―小説の効用（初出）
1978.8.1　『波』（新潮社）　12巻8号　p24-25　⇔*B2297*

A0886　わかれ道　親子相談室　神経質な母親に責任（初出）
1978.8.4　『朝日新聞』（朝日新聞社）　p16　⇔*B2298*
＊読者の質問に対する回答 単行本未収録

A0887　今月の日本　児戯饒舌（初出）
1978.8.12　『太陽』（平凡社）　16巻9号　p159　⇔*B2299*

A0888　小説論ノート　14―小説という行為（初出）
1978.9.1　『波』（新潮社）　12巻9号　p24-25　⇔*B2300*

A0889　わかれ道　親子相談室　人生設計示しなさい（初出）
1978.9.8　『朝日新聞』（朝日新聞社）　p14　⇔*B2301*
＊読者の質問に対する回答 単行本未収録

A0890　人間を変えるもの
1978.9.10　『わが体験』（潮出版社）　p33-38　⇔*D2767*
＊1994年に新装版となる

A0891　今月の日本　克己復礼（初出）
1978.9.12　『太陽』（平凡社）　16巻10号　p167　⇔*B2302*

A0892　不思議な魅力―「勝手にしやがれ」のジーン・セバーグ（初出）
1978.9　『NHK　お母さんの勉強室』（日本放送協会）　巻号不明　ページ不明　⇔*B2303*

A0893　小説論ノート　15―小説の読者（初出）
1978.10.1　『波』（新潮社）　12巻10号　p22-23　⇔*B2304*

A0894　今月の日本　怪力乱神（初出）
1978.10.12　『太陽』（平凡社）　16巻11号　p167　⇔*B2305*

A0895　小説論ノート　16―名文（初出）
1978.11.1　『波』（新潮社）　12巻11号　p24-25　⇔*B2306*

A0896　今月の日本　妄想妄信（初出）
1978.11.12　『太陽』（平凡社）　16巻12号　p175　⇔*B2307*

A0897　ソフィスト繁昌（初出）
1978.11.20　『全人教育　臨時増刊』（玉川大学出版部）　358号　p10-11　⇔*B2308*

A0898　小説論ノート　17―純文学（初出）
1978.12.1　『波』（新潮社）　12巻12号　p24-25　⇔*B2309*

1979年

A0899　人間の中の病気（初出）
1979.1.1　『新潮』（新潮社）　76巻1号　p70-79　⇔*B2310*

A0900　小説論ノート　18―狂気（初出）
1979.1.1　『波』（新潮社）　13巻1号　p24-25　⇔*B2311*

A0901　城の中の城（第一回）（初出）
1979.2.1　『新潮』（新潮社）　76巻2号　p143-153　⇔*B2312*

A0902　小説論ノート　19―悪（初出）
1979.2.1　『波』（新潮社）　13巻2号　p24-25　⇔*B2313*

A0903　作家志望のQさんへの手紙
1979.2.16　『磁石のない旅』（講談社）　p11-14　⇔*C2691*

A0904　事実と小説
1979.2.16　『磁石のない旅』（講談社）
p15-17　⇔*C2691*

A0905　山本神右衛門常朝
1979.2.16　『磁石のない旅』（講談社）
p18-23　⇔*C2691*

A0906　悪い学生の弁
1979.2.16　『磁石のない旅』（講談社）
p24-27　⇔*C2691*

A0907　私の小説
1979.2.16　『磁石のない旅』（講談社）
p28-36　⇔*C2691*

A0908　面白い本
1979.2.16　『磁石のない旅』（講談社）
p37-39　⇔*C2691*

A0909　なぜ小説が書けないか
1979.2.16　『磁石のない旅』（講談社）
p40-44　⇔*C2691*

A0910　休業中
1979.2.16　『磁石のない旅』（講談社）
p45-47　⇔*C2691*

A0911　女の精神
1979.2.16　『磁石のない旅』（講談社）
p48-51　⇔*C2691*

A0912　秘められた聖像画――明治の女流画家・山下りん
1979.2.16　『磁石のない旅』（講談社）
p52-55　⇔*C2691*

A0913　『史記』と『論語』
1979.2.16　『磁石のない旅』（講談社）
p56-62　⇔*C2691*

A0914　小説の「進歩」
1979.2.16　『磁石のない旅』（講談社）
p63-66　⇔*C2691*

A0915　吉田健一氏の文章
1979.2.16　『磁石のない旅』（講談社）
p67-73　⇔*C2691*

A0916　カフカと私
1979.2.16　『磁石のない旅』（講談社）
p74-99　⇔*C2691*

A0917　『日本文学を読む』を読む
1979.2.16　『磁石のない旅』（講談社）
p100-103　⇔*C2691*

A0918　無気味なものと美しいもの
1979.2.16　『磁石のない旅』（講談社）
p104-105　⇔*C2691*

A0919　私の文章修業
1979.2.16　『磁石のない旅』（講談社）
p106-110　⇔*C2691*

A0920　メメント・モリ
1979.2.16　『磁石のない旅』（講談社）
p113-114　⇔*C2691*

A0921　写真について
1979.2.16　『磁石のない旅』（講談社）
p115-121　⇔*C2691*

A0922　人間を変えるもの
1979.2.16　『磁石のない旅』（講談社）
p122-126　⇔*C2691*

A0923　育児のこと
1979.2.16　『磁石のない旅』（講談社）
p127-128　⇔*C2691*

A0924　女は子供と夫の母親
1979.2.16　『磁石のない旅』（講談社）
p129-131　⇔*C2691*

A0925　幻の夜明け
1979.2.16　『磁石のない旅』（講談社）
p132　⇔*C2691*

A0926　「女ですもの」の論理
1979.2.16　『磁石のない旅』（講談社）
p133-142　⇔*C2691*

A0927　人形たちは生きている
1979.2.16　『磁石のない旅』（講談社）
p143-144　⇔*C2691*

A0928 アメリカ流個人主義
1979.2.16 『磁石のない旅』（講談社）
p145-147 ⇔*C2691*

A0929 わが町
1979.2.16 『磁石のない旅』（講談社）
p148-149 ⇔*C2691*

A0930 土佐人について
1979.2.16 『磁石のない旅』（講談社）
p150-159 ⇔*C2691*

A0931 誕生日
1979.2.16 『磁石のない旅』（講談社）
p160 ⇔*C2691*

A0932 大人の知恵
1979.2.16 『磁石のない旅』（講談社）
p161-164 ⇔*C2691*

A0933 「子どもの教育」選考にあたって
1979.2.16 『磁石のない旅』（講談社）
p165-167 ⇔*C2691*

A0934 「我が家の性教育」選考にあたって
1979.2.16 『磁石のない旅』（講談社）
p167-170 ⇔*C2691*

A0935 「子どもの反抗期」を読んで
1979.2.16 『磁石のない旅』（講談社）
p170-172 ⇔*C2691*

A0936 「子どもが原因の夫婦喧嘩」を読んで
1979.2.16 『磁石のない旅』（講談社）
p172-175 ⇔*C2691*

A0937 迎春今昔
1979.2.16 『磁石のない旅』（講談社）
p176-178 ⇔*C2691*

A0938 高知のチンチン電車
1979.2.16 『磁石のない旅』（講談社）
p179-180 ⇔*C2691*

A0939 雑巾がけ
1979.2.16 『磁石のない旅』（講談社）
p181-183 ⇔*C2691*

A0940 わが子しか眼中にないお母さんへ
1979.2.16 『磁石のない旅』（講談社）
p184-189 ⇔*C2691*

A0941 ヤマモモと文旦
1979.2.16 『磁石のない旅』（講談社）
p190-193 ⇔*C2691*

A0942 不思議な魅力―「勝手にしやがれ」のジーン・セバーグ―
1979.2.16 『磁石のない旅』（講談社）
p194-196 ⇔*C2691*

A0943 日記から 送り仮名
1979.2.16 『磁石のない旅』（講談社）
p199-200 ⇔*C2691*

A0944 日記から 仮名遣
1979.2.16 『磁石のない旅』（講談社）
p200-201 ⇔*C2691*

A0945 日記から 行儀
1979.2.16 『磁石のない旅』（講談社）
p201-202 ⇔*C2691*

A0946 日記から 女の怒り
1979.2.16 『磁石のない旅』（講談社）
p202-203 ⇔*C2691*

A0947 日記から 女の笑い
1979.2.16 『磁石のない旅』（講談社）
p203-204 ⇔*C2691*

A0948 日記から 代理人
1979.2.16 『磁石のない旅』（講談社）
p204-205 ⇔*C2691*

A0949 日記から 専門家
1979.2.16 『磁石のない旅』（講談社）
p205-206 ⇔*C2691*

A0950 日記から 作家
1979.2.16 『磁石のない旅』（講談社）
p206-207 ⇔*C2691*

A0951 日記から 政治家
1979.2.16 『磁石のない旅』（講談社）
p207-208 ⇔*C2691*

A0952　日記から　家と屋
1979.2.16　『磁石のない旅』（講談社）
p208-209　⇔*C2691*

A0953　日記から　子供
1979.2.16　『磁石のない旅』（講談社）
p209-210　⇔*C2691*

A0954　週言　パイダゴーゴス
1979.2.16　『磁石のない旅』（講談社）
p211-213　⇔*C2691*

A0955　週言　自愛のすすめ
1979.2.16　『磁石のない旅』（講談社）
p213-215　⇔*C2691*

A0956　週言　小説の効用
1979.2.16　『磁石のない旅』（講談社）
p215-217　⇔*C2691*

A0957　週言　主婦の仕事と日々
1979.2.16　『磁石のない旅』（講談社）
p217-219　⇔*C2691*

A0958　週言　わからないということ
1979.2.16　『磁石のない旅』（講談社）
p219-221　⇔*C2691*

A0959　週言　文学が失ったもの
1979.2.16　『磁石のない旅』（講談社）
p221-223　⇔*C2691*

A0960　週言　母親というもの
1979.2.16　『磁石のない旅』（講談社）
p223-225　⇔*C2691*

A0961　週言　国語の大衆化
1979.2.16　『磁石のない旅』（講談社）
p225-227　⇔*C2691*

A0962　週言　風変わりな一家
1979.2.16　『磁石のない旅』（講談社）
p228-230　⇔*C2691*

A0963　週言　お伽噺
1979.2.16　『磁石のない旅』（講談社）
p230-232　⇔*C2691*

A0964　双点　ポストの幻想
1979.2.16　『磁石のない旅』（講談社）
p233-234　⇔*C2691*

A0965　双点　ウイルスの世界
1979.2.16　『磁石のない旅』（講談社）
p234-235　⇔*C2691*

A0966　双点　夢の話
1979.2.16　『磁石のない旅』（講談社）
p235-237　⇔*C2691*

A0967　双点　カフカの悪夢
1979.2.16　『磁石のない旅』（講談社）
p237-238　⇔*C2691*

A0968　双点　「です」調
1979.2.16　『磁石のない旅』（講談社）
p238-239　⇔*C2691*

A0969　双点　「だ」調
1979.2.16　『磁石のない旅』（講談社）
p239-240　⇔*C2691*

A0970　双点　「である」調
1979.2.16　『磁石のない旅』（講談社）
p241-242　⇔*C2691*

A0971　双点　「いごっそう」考
1979.2.16　『磁石のない旅』（講談社）
p242-243　⇔*C2691*

A0972　双点　不惑
1979.2.16　『磁石のない旅』（講談社）
p243-244　⇔*C2691*

A0973　双点　不信論
1979.2.16　『磁石のない旅』（講談社）
p245-246　⇔*C2691*

A0974　双点　文章の手習い
1979.2.16　『磁石のない旅』（講談社）
p246-247　⇔*C2691*

A0975　今月の日本　文運隆昌
1979.2.16　『磁石のない旅』（講談社）
p248-251　⇔*C2691*

A0976 今月の日本　寒波襲来
1979.2.16 『磁石のない旅』(講談社) p251-255 ⇔*C2691*

A0977 今月の日本　曲学阿世
1979.2.16 『磁石のない旅』(講談社) p255-258 ⇔*C2691*

A0978 今月の日本　文章鑑別
1979.2.16 『磁石のない旅』(講談社) p258-261 ⇔*C2691*

A0979 今月の日本　才女志願
1979.2.16 『磁石のない旅』(講談社) p262-265 ⇔*C2691*

A0980 今月の日本　家内安全
1979.2.16 『磁石のない旅』(講談社) p265-268 ⇔*C2691*

A0981 今月の日本　自彊不息
1979.2.16 『磁石のない旅』(講談社) p268-272 ⇔*C2691*

A0982 今月の日本　美味不信
1979.2.16 『磁石のない旅』(講談社) p272-275 ⇔*C2691*

A0983 今月の日本　児戯饒舌
1979.2.16 『磁石のない旅』(講談社) p276-279 ⇔*C2691*

A0984 今月の日本　克己復礼
1979.2.16 『磁石のない旅』(講談社) p279-282 ⇔*C2691*

A0985 今月の日本　怪力乱神
1979.2.16 『磁石のない旅』(講談社) p282-286 ⇔*C2691*

A0986 今月の日本　妄想妄信
1979.2.16 『磁石のない旅』(講談社) p286-289 ⇔*C2691*

A0987 あとがき(初出)
1979.2.16 『磁石のない旅』(講談社) p290-292 ⇔*B2314, C2691*

A0988 城の中の城(第二回)(初出)
1979.3.1 『新潮』(新潮社) 76巻3号 p229-239 ⇔*B2315*

A0989 小説論ノート　20――小説の制約(初出)
1979.3.1 『波』(新潮社) 13巻3号 p24-25 ⇔*B2316*

A0990 城の中の城(第三回)(初出)
1979.4.1 『新潮』(新潮社) 76巻4号 p238-249 ⇔*B2317*

A0991 小説論ノート　21――小説の基本ルール(初出)
1979.4.1 『波』(新潮社) 13巻4号 p24-25 ⇔*B2318*

A0992 城の中の城(第四回)(初出)
1979.5.1 『新潮』(新潮社) 76巻5号 p244-255 ⇔*B2319*

A0993 小説論ノート　22――通俗性(初出)
1979.5.1 『波』(新潮社) 13巻5号 p24-25 ⇔*B2320*

A0994 城の中の城(第五回)(初出)
1979.6.1 『新潮』(新潮社) 76巻6号 p234-239 ⇔*B2321*

A0995 小説論ノート　23――努力(初出)
1979.6.1 『波』(新潮社) 13巻6号 p32-33 ⇔*B2322*

A0996 城の中の城(第六回)(初出)
1979.7.1 『新潮』(新潮社) 76巻7号 p282-288 ⇔*B2323*

A0997 小説論ノート　24――批評(初出)
1979.7.1 『波』(新潮社) 13巻7号 p24-25 ⇔*B2324*

A0998 女の味覚　女が長生きなのは、特殊な味に対する執着が少ないから
1979.7.20 『新おんなゼミ　第十巻　おんなのグルメ秘法』(講談社) p50-52 ⇔*D2768*
＊単行本収録時に「女の味覚」に改題

A0999　城の中の城（第七回）（初出）
1979.8.1　『新潮』（新潮社）　76巻8号　p243-257　⇔*B2325*

A1000　城の中の城（第八回）（初出）
1979.9.1　『新潮』（新潮社）　76巻9号　p255-262　⇔*B2326*

A1001　人間の聡明さと「知的生活」との不連続線（初出）
1979.9.20　『新おんなゼミ　第五巻　おんなの知的生活術』（講談社）　p1-4　⇔*B2327, D2769*
＊「私の偏見的知的生活考」と合わせて「「知的生活」の術」として単行本収録

A1002　私の偏見的知的生活考（初出）
1979.9.20　『新おんなゼミ　第五巻　おんなの知的生活術』（講談社）　p14-35　⇔*B2328, D2770*
＊「人間の聡明さと「知的生活」との不連続線」と合わせて「「知的生活」の術」として単行本収録

A1003　倉橋由美子の「知的生活」ウィット事典（初出）
1979.9.20　『新おんなゼミ　第五巻　おんなの知的生活術』（講談社）　p234-242　⇔*B2329, D2771*
＊「倉橋由美子のウィット事典」に改題

A1004　女と鑑賞　創造への啓示は自由な目に映る（初出）
1979.9.20　『新おんなゼミ　第六巻　おんなのクリエイトブック』（講談社）　p110-115　⇔*B2330, D2772*
＊「女と鑑賞」に改題

A1005　城の中の城（第九回）（初出）
1979.10.1　『新潮』（新潮社）　76巻10号　p265-279　⇔*B2331*

A1006　わかれ道　親子相談室　まず自分の充実図る（初出）
1979.10.13　『朝日新聞』（朝日新聞社）　p14　⇔*B2332*
＊読者の質問に対する回答 単行本未収録

A1007　城の中の城（第十回）（初出）
1979.11.1　『新潮』（新潮社）　76巻11号　p241-247　⇔*B2333*

A1008　作家の生活　作家以前の生活（初出）
1979.11.1　『波』（新潮社）　13巻11号　p2-5　⇔*B2334*
＊単行本未収録

A1009　聖少女
1979.11.15　『新潮現代文学69　聖少女　夢の浮橋』（新潮社）　p5-147　⇔*D2773*

A1010　夢の浮橋
1979.11.15　『新潮現代文学69　聖少女　夢の浮橋』（新潮社）　p148-300　⇔*D2774*

A1011　パルタイ
1979.11.15　『新潮現代文学69　聖少女　夢の浮橋』（新潮社）　p301-315　⇔*D2775*

A1012　婚約
1979.11.15　『新潮現代文学69　聖少女　夢の浮橋』（新潮社）　p316-369　⇔*D2776*

A1013　白い髪の童女
1979.11.15　『新潮現代文学69　聖少女　夢の浮橋』（新潮社）　p370-394　⇔*D2777*

A1014　わかれ道　親子相談室　自分の外に興味持て（初出）
1979.11.17　『朝日新聞』（朝日新聞社）　p14　⇔*B2335*
＊読者の質問に対する回答 単行本未収録

A1015　わかれ道　親子相談室　「自由」だが激しい競争（初出）
1979.12.22　『朝日新聞』（朝日新聞社）　p12　⇔*B2336*
＊読者の質問に対する回答 単行本未収録

1980年

A1016　城の中の城(第十一回)(初出)
1980.1.1　『新潮』(新潮社)　77巻1号　p302-313　⇔*B2337*

A1017　わかれ道　親子相談室特集　学校替わるしかない(初出)
1980.1.5　『朝日新聞』(朝日新聞社)　p12　⇔*B2338*
＊読者の質問に対する回答 単行本未収録

A1018　パルタイ
1980.1.15　『現代短篇名作選6』(日本文芸家協会編)(講談社)　p123-144　⇔*D2778*

A1019　『嵐が丘』への旅(初出)
1980.2.12　『太陽』(平凡社)　18巻2号　p121-123　⇔*B2339*

A1020　わかれ道　親子相談室　当面二人きり避けて(初出)
1980.2.23　『朝日新聞』(朝日新聞社)　p14　⇔*B2340*
＊読者の質問に対する回答 単行本未収録

A1021　城の中の城(第十二回)(初出)
1980.3.1　『新潮』(新潮社)　77巻3号　p230-241　⇔*B2341*

A1022　わかれ道　親子相談室　自己嫌悪の療法四つ(初出)
1980.3.15　『朝日新聞』(朝日新聞社)　p14　⇔*B2342*
＊読者の質問に対する回答 単行本未収録

A1023　城の中の城(第十三回)(初出)
1980.4.1　『新潮』(新潮社)　77巻4号　p253-260　⇔*B2343*

A1024　わかれ道　親子相談室　人生経験まず積んで(初出)
1980.4.19　『朝日新聞』(朝日新聞社)　p14　⇔*B2344*
＊読者の質問に対する回答 単行本未収録

A1025　城の中の城(第十四回)(初出)
1980.5.1　『新潮』(新潮社)　77巻5号　p217-230　⇔*B2345*

A1026　わかれ道　親子相談室　自分の責任で行動を(初出)
1980.5.24　『朝日新聞』(朝日新聞社)　p14　⇔*B2346*
＊読者の質問に対する回答 単行本未収録

A1027　城の中の城(第十五回)(初出)
1980.6.1　『新潮』(新潮社)　77巻6号　p232-243　⇔*B2347*

A1028　城の中の城(第十六回)(初出)
1980.7.1　『新潮』(新潮社)　77巻7号　p238-247　⇔*B2348*

A1029　城の中の城(第十七回)(初出)
1980.8.1　『新潮』(新潮社)　77巻8号　p250-262　⇔*B2349*

A1030　向日葵の家
1980.8.25　『反悲劇』(新潮社(新潮文庫))　p7-65　⇔*C2692*

A1031　酔郷にて
1980.8.25　『反悲劇』(新潮社(新潮文庫))　p66-133　⇔*C2692*

A1032　白い髪の童女
1980.8.25　『反悲劇』(新潮社(新潮文庫))　p134-173　⇔*C2692*

A1033　河口に死す
1980.8.25　『反悲劇』(新潮社(新潮文庫))　p174-235　⇔*C2692*

A1034　神神がいたころの話
1980.8.25　『反悲劇』(新潮社(新潮文庫))　p236-291　⇔*C2692*

A1035　あとがき
1980.8.25　『反悲劇』(新潮社(新潮文庫))　p292-295　⇔*C2692*

A1036　城の中の城(最終回)(初出)
1980.9.1　『新潮』(新潮社)　77巻9号　p224-236　⇔*B2350*

A1037　信に至る愚(初出)
1980.10.1　『新潮』(新潮社)　77巻10号　p21-29　⇔*B2351*

A1038　訳者あとがき(初出)
1980.10.25　『嵐が丘にかえる　第2部』(三笠書房)　p295-301　⇔*B2352*
＊単行本収録時に「『嵐が丘にかえる』あとがき」に改題

A1039　人間の中の病気
1980.11.5　『城の中の城』(新潮社)　p7-20　⇔*C2693*

A1040　城の中の城
1980.11.5　『城の中の城』(新潮社)　p21-283　⇔*C2693*

A1041　信に至る愚
1980.11.5　『城の中の城』(新潮社)　p285-297　⇔*C2693*

1981年

A1042　外国文学と私　外国文学と翻訳(初出)
1981.1.1　『群像』(講談社)　36巻1号　p215　⇔*B2353*
＊単行本収録時に「外国文学と翻訳」に改題

A1043　外国文学・一品料理の楽しみ(初出)
1981.2.1　『群像』(講談社)　36巻2号　p87　⇔*B2354*

A1044　大脳の音楽　西脇詩集(初出)
1981.3.2　『読売新聞』(読売新聞社)　p8　⇔*B2355*

A1045　母親マネージャー説(初出)
1981.3.7　『ミセス』(文化出版局)　282号　p249-251　⇔*B2356*

A1046　茶の毒　鷗外の小説(初出)
1981.3.9　『読売新聞』(読売新聞社)　p8　⇔*B2357*

A1047　シャトー・ヨシダの逸品ワイン(初出)
1981.3.16　『読売新聞』(読売新聞社)　p8　⇔*B2358*

A1048　アランのプロポ(初出)
1981.3.24　『読売新聞』(読売新聞社)　p14　⇔*B2359*

A1049　書架の宝物(初出)
1981.3.30　『読売新聞』(読売新聞社)　p8　⇔*B2360*

A1050　読者の反応(初出)
1981.7.1　『新潮』(新潮社)　78巻7号　p232-233　⇔*B2361*

A1051　酔郷に入る(初出)
1981.8.20　『サントリークォータリー』(サントリー株式会社広報室)　3巻2号　p36-42　⇔*B2362*

A1052　聖少女
1981.9.25　『聖少女』(新潮社(新潮文庫))　⇔*C2694*

A1053　女の旅　飛島・酒田　うみねこ舞う日本海の孤島(初出)
1981.10.1　『婦人と暮らし』(潮出版社)　76号　p126-132　⇔*B2363*
＊『雷帝』転載時は「飛島・酒田紀行」に改題。その後単行本収録時に「飛島・酒田」に改題

A1054　ディオゲネスの書斎(初出)
1981.10.12　『太陽』(平凡社)　19巻12号　p73-74　⇔*B2364*

A1055　死神(初出)
1981.11.10　『ショートショートランド』(講談社)　1巻3号　p68-71　⇔*B2365*

A1056　パリの憂鬱（初出）
1981.12.15　『アサヒグラフ』（朝日新聞社）　3062号　p77　⇔*B2366*

A1057　神童の世界（初出）
1981.12.25　『谷崎潤一郎全集　月報』（中央公論社）　8巻　p1-3　⇔*B2367*

1982年

A1058　小説・中説・大説（初出）
1982.1.15　『小説新潮スペシャル』（新潮社）　2巻1号　p31-33　⇔*B2368*

A1059　「裸の王様」症候群（初出）
1982.4.1　『新潮』（新潮社）　79巻4号　p206-207　⇔*B2369*

A1060　短篇小説の衰亡（初出）
1982.5.1　『新潮』（新潮社）　79巻5号　p142-143　⇔*B2370*

A1061　子供たちが豚殺しを真似した話（初出）
1982.5.1　『波』（新潮社）　16巻5号　p28-30　⇔*B2371*

A1062　新浦島（初出）
1982.5.1　『波』（新潮社）　16巻5号　p30-33　⇔*B2372*

A1063　贅沢について（初出）
1982.6.1　『新潮』（新潮社）　79巻6号　p208-209　⇔*B2373*

A1064　虫になつたザムザの話（初出）
1982.6.1　『波』（新潮社）　16巻6号　p28-33　⇔*B2374*

A1065　猿蟹戦争（初出）
1982.7.1　『波』（新潮社）　16巻7号　p28-30　⇔*B2375*

A1066　鏡を見た王女（初出）
1982.7.1　『波』（新潮社）　16巻7号　p30-35　⇔*B2376*

A1067　天国へ行つた男の子（初出）
1982.8.1　『波』（新潮社）　16巻8号　p28-30　⇔*B2377*

A1068　飯食はぬ女異聞（初出）
1982.8.1　『波』（新潮社）　16巻8号　p30-33　⇔*B2378*

A1069　三つの指輪（初出）
1982.9.1　『波』（新潮社）　16巻9号　p28-33　⇔*B2379*

A1070　日本のひととせ　野分（初出）
1982.9.10　『Trefle』（東通社）　5巻9号　p11　⇔*B2380*
＊単行本収録時に「野分」に改題

A1071　血で染めたドレス（初出）
1982.10.1　『波』（新潮社）　16巻10号　p28-33　⇔*B2381*

A1072　大人の童話（初出）
1982.11.1　『新潮』（新潮社）　79巻11号　p220-221　⇔*B2382*

A1073　故郷（初出）
1982.11.1　『波』（新潮社）　16巻11号　p28-31　⇔*B2383*

A1074　パンドーラーの壷（初出）
1982.11.1　『波』（新潮社）　16巻11号　p31-33　⇔*B2384*

A1075　ある恋の物語（初出）
1982.12.1　『波』（新潮社）　16巻12号　p28-33　⇔*B2385*

1983年

A1076　ナボコフの文学講義（初出）
1983.1.1　『海燕』（福武書店）　2巻1号　p13-15　⇔*B2386*

A1077　一寸法師の恋（初出）
1983.1.1　『波』（新潮社）　17巻1号　p28-33　⇔*B2387*

A1078 鬼女の島（初出）
1983.2.1 『波』（新潮社） 17巻2号 p28-33 ⇔*B2388*

A1079 異説かちかち山（初出）
1983.3.1 『波』（新潮社） 17巻3号 p28-33 ⇔*B2389*

A1080 人魚の涙（初出）
1983.4.1 『波』（新潮社） 17巻4号 p14-18 ⇔*B2390*

A1081 盧生の夢（初出）
1983.5.1 『波』（新潮社） 17巻5号 p14-18 ⇔*B2391*

A1082 倉橋由美子の怪奇掌篇1 ヴァンピールの会（初出）
1983.5.1 『婦人と暮し』（潮出版社） 95号 p130-133 ⇔*B2392*

A1083 恋人同士
1983.5.20 『ネコ・ロマンチスム』（吉行淳之介編）（青銅社） p13-27 ⇔*D2779*

A1084 劣情の支配する国（初出）
1983.5.25 『クロワッサン』（マガジンハウス） 7巻10号 p26-27 ⇔*B2393*

A1085 かぐや姫（初出）
1983.6.1 『波』（新潮社） 17巻6号 p14-18 ⇔*B2394*

A1086 倉橋由美子の怪奇掌篇2 革命（初出）
1983.6.1 『婦人と暮し』（潮出版社） 96号 p164-167 ⇔*B2395*

A1087 安達ケ原の鬼（初出）
1983.7.1 『波』（新潮社） 17巻7号 p14-16 ⇔*B2396*

A1088 名人伝補遺（初出）
1983.7.1 『波』（新潮社） 17巻7号 p16-18 ⇔*B2397*

A1089 倉橋由美子の怪奇掌篇3 首の飛ぶ女（初出）
1983.7.1 『婦人と暮し』（潮出版社） 97号 p166-169 ⇔*B2398*

A1090 白雪姫（初出）
1983.8.1 『波』（新潮社） 17巻8号 p14-18 ⇔*B2399*

A1091 倉橋由美子の怪奇掌篇4 事故（初出）
1983.8.1 『婦人と暮し』（潮出版社） 98号 p164-167 ⇔*B2400*

A1092 世界の果ての泉（初出）
1983.9.1 『波』（新潮社） 17巻9号 p14-17 ⇔*B2401*

A1093 養老の滝（初出）
1983.9.1 『波』（新潮社） 17巻9号 p17-18 ⇔*B2402*

A1094 倉橋由美子の怪奇掌篇5 獣の夢（初出）
1983.9.1 『婦人と暮し』（潮出版社） 99号 p162-165 ⇔*B2403*

A1095 魔法の豆の木（初出）
1983.10.1 『波』（新潮社） 17巻10号 p14-18 ⇔*B2404*

A1096 倉橋由美子の怪奇掌篇6 幽霊屋敷（初出）
1983.10.1 『婦人と暮し』（潮出版社） 100号 p174-177 ⇔*B2405*

A1097 パルタイ
1983.10.1 『文學界 「文學界」五十年短篇傑作選』（文藝春秋） 37巻10号 p426-439

A1098 シュンポシオン 連載第一回（初出）
1983.11.1 『海燕』（福武書店） 2巻11号 p96-103 ⇔*B2406*

A1099 ゴルゴーンの首（初出）
1983.11.1 『波』（新潮社） 17巻11号 p14-18 ⇔*B2407*

A1100 倉橋由美子の怪奇掌篇7 アポロンの首（初出）
1983.11.1 『婦人と暮し』（潮出版社） 101号 p162-165 ⇔*B2408*

A1101　シュンポシオン　連載第二回(初出)
1983.12.1　『海燕』(福武書店)　2巻12号　p188-197　⇔*B2409*

A1102　元編集者の文章(初出)
1983.12.1　『新潮』(新潮社)　80巻13号　p248-249　⇔*B2410*

A1103　人は何によつて生きるのか(初出)
1983.12.1　『波』(新潮社)　17巻12号　p14-19　⇔*B2411*

A1104　倉橋由美子の怪奇掌篇8　発狂(初出)
1983.12.1　『婦人と暮し』(潮出版社)　102号　p164-167　⇔*B2412*

1984年

A1105　シュンポシオン　連載第三回(初出)
1984.1.1　『海燕』(福武書店)　3巻1号　p222-233　⇔*B2413*

A1106　倉橋由美子の怪奇掌篇9　オーグル国渡航記(初出)
1984.1.1　『婦人と暮し』(潮出版社)　103号　p182-185　⇔*B2414*

A1107　シュンポシオン　連載第四回(初出)
1984.2.1　『海燕』(福武書店)　3巻2号　p256-264　⇔*B2415*

A1108　倉橋由美子の怪奇掌篇10　鬼女の面(初出)
1984.2.1　『婦人と暮し』(潮出版社)　104号　p178-181　⇔*B2416*

A1109　骨だけの文章
1984.2.20　『私の文章修業』(朝日新聞社(朝日選書))　p108-112　⇔*D2780*

A1110　シュンポシオン　連載第五回(初出)
1984.3.1　『海燕』(福武書店)　3巻3号　p206-213　⇔*B2417*

A1111　倉橋由美子の怪奇掌篇11　聖家族(初出)
1984.3.1　『婦人と暮し』(潮出版社)　105号　p180-183　⇔*B2418*

A1112　「なぜ書けないか」と「何が書けるか」について(初出)
1984.3.7　『ミセス』(文化出版局)　327号　p236-237　⇔*B2419*

A1113　シュンポシオン　連載第六回(初出)
1984.4.1　『海燕』(福武書店)　3巻4号　p242-252　⇔*B2420*

A1114　倉橋由美子の怪奇掌篇12　生還(初出)
1984.4.1　『婦人と暮し』(潮出版社)　106号　p174-177　⇔*B2421*

A1115　人魚の涙
1984.4.20　『大人のための残酷童話』(新潮社)　p9-16　⇔*C2695*

A1116　一寸法師の恋
1984.4.20　『大人のための残酷童話』(新潮社)　p17-26　⇔*C2695*

A1117　白雪姫
1984.4.20　『大人のための残酷童話』(新潮社)　p27-34　⇔*C2695*

A1118　世界の果ての泉
1984.4.20　『大人のための残酷童話』(新潮社)　p35-40　⇔*C2695*

A1119　血で染めたドレス
1984.4.20　『大人のための残酷童話』(新潮社)　p41-48　⇔*C2695*

A1120　鏡を見た王女
1984.4.20　『大人のための残酷童話』(新潮社)　p49-58　⇔*C2695*

A1121 子供たちが豚殺しを真似した話
1984.4.20 『大人のための残酷童話』(新潮社) p59-62 ⇔*C2695*

A1122 虫になつたザムザの話
1984.4.20 『大人のための残酷童話』(新潮社) p63-71 ⇔*C2695*

A1123 名人伝補遺
1984.4.20 『大人のための残酷童話』(新潮社) p73-77 ⇔*C2695*

A1124 盧生の夢
1984.4.20 『大人のための残酷童話』(新潮社) p79-86 ⇔*C2695*

A1125 養老の滝
1984.4.20 『大人のための残酷童話』(新潮社) p87-90 ⇔*C2695*

A1126 新浦島
1984.4.20 『大人のための残酷童話』(新潮社) p91-94 ⇔*C2695*

A1127 猿蟹戦争
1984.4.20 『大人のための残酷童話』(新潮社) p95-98 ⇔*C2695*

A1128 かぐや姫
1984.4.20 『大人のための残酷童話』(新潮社) p99-108 ⇔*C2695*

A1129 三つの指輪
1984.4.20 『大人のための残酷童話』(新潮社) p109-116 ⇔*C2695*

A1130 ゴルゴーンの首
1984.4.20 『大人のための残酷童話』(新潮社) p117-125 ⇔*C2695*

A1131 故郷
1984.4.20 『大人のための残酷童話』(新潮社) p127-132 ⇔*C2695*

A1132 パンドーラーの壷
1984.4.20 『大人のための残酷童話』(新潮社) p133-135 ⇔*C2695*

A1133 ある恋の物語
1984.4.20 『大人のための残酷童話』(新潮社) p137-146 ⇔*C2695*

A1134 鬼女の島
1984.4.20 『大人のための残酷童話』(新潮社) p147-154 ⇔*C2695*

A1135 天国へ行つた男の子
1984.4.20 『大人のための残酷童話』(新潮社) p155-159 ⇔*C2695*

A1136 安達ケ原の鬼
1984.4.20 『大人のための残酷童話』(新潮社) p161-165 ⇔*C2695*

A1137 異説かちかち山
1984.4.20 『大人のための残酷童話』(新潮社) p167-173 ⇔*C2695*

A1138 飯食わぬ女異聞
1984.4.20 『大人のための残酷童話』(新潮社) p175-179 ⇔*C2695*

A1139 魔法の豆の木
1984.4.20 『大人のための残酷童話』(新潮社) p181-187 ⇔*C2695*

A1140 人は何によつて生きるのか
1984.4.20 『大人のための残酷童話』(新潮社) p189-197 ⇔*C2695*

A1141 あとがき(初出)
1984.4.20 『大人のための残酷童話』(新潮社) p198-203 ⇔*B2422, C2695*

A1142 シュンポシオン 連載第七回(初出)
1984.5.1 『海燕』(福武書店) 3巻5号 p228-239 ⇔*B2423*

A1143 倉橋由美子の怪奇掌篇13 交換(初出)
1984.5.1 『婦人と暮し』(潮出版社) 107号 p176-179 ⇔*B2424*

A1144 シュンポシオン 連載第八回(初出)
1984.6.1 『海燕』(福武書店) 3巻6号 p256-265 ⇔*B2425*

A1145　倉橋由美子の怪奇掌篇14　瓶の中の恋人たち（初出）
1984.6.1　『婦人と暮し』（潮出版社）108号　p188-191　⇔*B2426*

A1146　シュンポシオン　連載第九回（初出）
1984.7.1　『海燕』（福武書店）　3巻7号　p252-260　⇔*B2427*

A1147　反核問答（初出）
1984.7.1　『新潮』（新潮社）　81巻7号　p232-233　⇔*B2428*

A1148　倉橋由美子の怪奇掌篇15　月の都（初出）
1984.7.1　『婦人と暮し』（潮出版社）109号　p190-193　⇔*B2429*

A1149　夏の歌　1（初出）
1984.7.4　『読売新聞』（夕刊）（読売新聞社）　p11　⇔*B2430*

A1150　夏の歌　2（初出）
1984.7.11　『読売新聞』（夕刊）（読売新聞社）　p11　⇔*B2431*

A1151　夏の歌　3（初出）
1984.7.18　『読売新聞』（夕刊）（読売新聞社）　p11　⇔*B2432*

A1152　夏の歌　4（初出）
1984.7.25　『読売新聞』（夕刊）（読売新聞社）　p7　⇔*B2433*

A1153　シュンポシオン　連載第十回（初出）
1984.8.1　『海燕』（福武書店）　3巻8号　p264-274　⇔*B2434*

A1154　食人問答（初出）
1984.8.1　『新潮』（新潮社）　81巻8号　p204-205　⇔*B2435*

A1155　倉橋由美子の怪奇掌篇16　カニバリスト夫妻（初出）
1984.8.1　『婦人と暮し』（潮出版社）110号　p178-181　⇔*B2436*

A1156　人間の中の病気
1984.8.25　『城の中の城』（新潮社（新潮文庫））　p7-22　⇔*C2696*

A1157　城の中の城
1984.8.25　『城の中の城』（新潮社（新潮文庫））　p23-338　⇔*C2696*

A1158　信に至る愚
1984.8.25　『城の中の城』（新潮社（新潮文庫））　p339-354　⇔*C2696*

A1159　著者覚え書より――各章の出典（初出）
1984.8.25　『城の中の城』（新潮社（新潮文庫））　p355-357　⇔*B2437, C2696*

A1160　シュンポシオン　連載第十一回（初出）
1984.9.1　『海燕』（福武書店）　3巻9号　p270-279　⇔*B2438*

A1161　教育問答（初出）
1984.9.1　『新潮』（新潮社）　81巻9号　p276-277　⇔*B2439*

A1162　倉橋由美子の怪奇掌篇17　夕顔（初出）
1984.9.1　『婦人と暮し』（潮出版社）111号　p178-181　⇔*B2440*

A1163　シュンポシオン　連載第十二回（初出）
1984.10.1　『海燕』（福武書店）　3巻10号　p254-263　⇔*B2441*

A1164　倉橋由美子の怪奇掌篇18　無鬼論（初出）
1984.10.1　『婦人と暮し』（潮出版社）112号　p202-205　⇔*B2442*

A1165　シュンポシオン　連載第十三回（初出）
1984.11.1　『海燕』（福武書店）　3巻11号　p250-260　⇔*B2443*

A1166　倉橋由美子の怪奇掌篇19　カボチャ奇譚（初出）
1984.11.1　『婦人と暮し』（潮出版社）113号　p194-197　⇔*B2444*

A1167　シュンポシオン　連載第十四回（初出）
1984.12.1　『海燕』（福武書店）3巻12号　p268-278　⇔*B2445*

A1168　倉橋由美子の怪奇掌篇20　イフリートの復讐（初出）
1984.12.1　『婦人と暮し』（潮出版社）114号　p184-187　⇔*B2446*

1985年

A1169　シュンポシオン　連載第15回（初出）
1985.1.1　『海燕』（福武書店）4巻1号　p294-303　⇔*B2447*

A1170　シュンポシオン　連載第16回（初出）
1985.2.1　『海燕』（福武書店）4巻2号　p284-294　⇔*B2448*

A1171　ヴァンピールの会
1985.2.25　『倉橋由美子の怪奇掌篇』（潮出版）p7-18　⇔*C2697*

A1172　革命
1985.2.25　『倉橋由美子の怪奇掌篇』（潮出版）p19-28　⇔*C2697*

A1173　首の飛ぶ女
1985.2.25　『倉橋由美子の怪奇掌篇』（潮出版）p29-39　⇔*C2697*

A1174　事故
1985.2.25　『倉橋由美子の怪奇掌篇』（潮出版）p41-51　⇔*C2697*

A1175　獣の夢
1985.2.25　『倉橋由美子の怪奇掌篇』（潮出版）p53-61　⇔*C2697*

A1176　幽霊屋敷
1985.2.25　『倉橋由美子の怪奇掌篇』（潮出版）p63-72　⇔*C2697*

A1177　アポロンの首
1985.2.25　『倉橋由美子の怪奇掌篇』（潮出版）p73-82　⇔*C2697*

A1178　発狂
1985.2.25　『倉橋由美子の怪奇掌篇』（潮出版）p83-93　⇔*C2697*

A1179　オーグル国渡航記
1985.2.25　『倉橋由美子の怪奇掌篇』（潮出版）p95-104　⇔*C2697*

A1180　鬼女の面
1985.2.25　『倉橋由美子の怪奇掌篇』（潮出版）p105-114　⇔*C2697*

A1181　聖家族
1985.2.25　『倉橋由美子の怪奇掌篇』（潮出版）p115-124　⇔*C2697*

A1182　生還
1985.2.25　『倉橋由美子の怪奇掌篇』（潮出版）p125-134　⇔*C2697*

A1183　交換
1985.2.25　『倉橋由美子の怪奇掌篇』（潮出版）p135-144　⇔*C2697*

A1184　瓶の中の恋人たち
1985.2.25　『倉橋由美子の怪奇掌篇』（潮出版）p145-154　⇔*C2697*

A1185　月の都
1985.2.25　『倉橋由美子の怪奇掌篇』（潮出版）p155-164　⇔*C2697*

A1186　カニバリスト夫妻
1985.2.25　『倉橋由美子の怪奇掌篇』（潮出版）p165-175　⇔*C2697*

A1187　夕顔
1985.2.25　『倉橋由美子の怪奇掌篇』（潮出版）p177-186　⇔*C2697*

A1188　無鬼論
1985.2.25　『倉橋由美子の怪奇掌篇』(潮出版)　p187-196　⇔*C2697*

A1189　カボチャ奇譚
1985.2.25　『倉橋由美子の怪奇掌篇』(潮出版)　p197-207　⇔*C2697*

A1190　イフリートの復讐
1985.2.25　『倉橋由美子の怪奇掌篇』(潮出版)　p209-218　⇔*C2697*

A1191　シュンポシオン　連載第17回(初出)
1985.3.1　『海燕』(福武書店)　4巻3号　p218-229　⇔*B2449*

A1192　知的魔力の泉(初出)
1985.3.31　『知の広場　大学生活の道標』(明治大学)　p157-163　⇔*B2450*

A1193　シュンポシオン　連載第18回(初出)
1985.4.1　『海燕』(福武書店)　4巻4号　p234-245　⇔*B2451*

A1194　残酷な童話(初出)
1985.4.25　『グリム童話とメルヘン街道』(くもん出版)　p73　⇔*B2452*

A1195　シュンポシオン　連載第19回(初出)
1985.5.1　『海燕』(福武書店)　4巻5号　p242-251　⇔*B2453*

A1196　シュンポシオン　連載第20回(初出)
1985.6.1　『海燕』(福武書店)　4巻6号　p200-208　⇔*B2454*

A1197　怪奇短篇小説(初出)
1985.6.1　『新潮』(新潮社)　82巻6号　p238-239　⇔*B2455*

A1198　シュンポシオン　連載第21回(初出)
1985.7.1　『海燕』(福武書店)　4巻7号　p234-245　⇔*B2456*

A1199　シュンポシオン　連載第22回(初出)
1985.8.1　『海燕』(福武書店)　4巻8号　p208-220　⇔*B2457*

A1200　やまがたひろゆき「お菓子の話」解説(初出)
1985.8.25　『お菓子の話』(新潮社(新潮文庫))　p216-221　⇔*B2458*
*単行本収録時に「『お菓子の話』解説」に改題

A1201　シュンポシオン　連載第23回(初出)
1985.9.1　『海燕』(福武書店)　4巻9号　p308-320　⇔*B2459*

A1202　霊魂
1985.9.20　『日本幻想文学大全　下　幻視のラビリンス』(青銅社)　p146-168　⇔*D2781*

A1203　シュンポシオン　連載第24回(初出)
1985.10.1　『海燕』(福武書店)　4巻10号　p264-278　⇔*B2460*

A1204　シュンポシオン
1985.11.15　『シュンポシオン』(福武書店)　⇔*C2698*

1986年

A1205　いきいき土佐の女　淡白で辛口が魅力(初出)
1986.1.1　『高知新聞』(高知新聞社)　p49　⇔*B2461*
*単行本収録時に「土佐の女」に改題

A1206　連雨独飲(初出)
1986.2.28　『サントリークォータリー』(サントリー株式会社広報部)　7巻3号　p73-78　⇔*B2462*

A1207　「知的生活」の術
1986.4.21　『最後から二番目の毒想』(講談社)　p9-29　⇔*C2699*

A1208　倉橋由美子のウィット事典
1986.4.21　『最後から二番目の毒想』（講談社）　p30-47　⇔*C2699*

A1209　女と鑑賞
1986.4.21　『最後から二番目の毒想』（講談社）　p48-54　⇔*C2699*

A1210　女の味覚
1986.4.21　『最後から二番目の毒想』（講談社）　p55-57　⇔*C2699*

A1211　母親マネージャー説
1986.4.21　『最後から二番目の毒想』（講談社）　p58-64　⇔*C2699*

A1212　ソフィスト繁昌
1986.4.21　『最後から二番目の毒想』（講談社）　p65-67　⇔*C2699*

A1213　外国文学と翻訳
1986.4.21　『最後から二番目の毒想』（講談社）　p71-73　⇔*C2699*

A1214　外国文学・一品料理の楽しみ
1986.4.21　『最後から二番目の毒想』（講談社）　p74-76　⇔*C2699*

A1215　大脳の音楽　西脇詩集
1986.4.21　『最後から二番目の毒想』（講談社）　p77-78　⇔*C2699*

A1216　茶の毒　鷗外の小説
1986.4.21　『最後から二番目の毒想』（講談社）　p79-80　⇔*C2699*

A1217　シャトー・ヨシダの逸品ワイン
1986.4.21　『最後から二番目の毒想』（講談社）　p81-82　⇔*C2699*

A1218　アランのプロポ
1986.4.21　『最後から二番目の毒想』（講談社）　p83-84　⇔*C2699*

A1219　書架の宝物
1986.4.21　『最後から二番目の毒想』（講談社）　p85-86　⇔*C2699*

A1220　神童の世界
1986.4.21　『最後から二番目の毒想』（講談社）　p87-91　⇔*C2699*

A1221　短篇小説の衰亡
1986.4.21　『最後から二番目の毒想』（講談社）　p92-96　⇔*C2699*

A1222　大人の童話
1986.4.21　『最後から二番目の毒想』（講談社）　p97-101　⇔*C2699*

A1223　小説・中説・大説
1986.4.21　『最後から二番目の毒想』（講談社）　p102-106　⇔*C2699*

A1224　ナボコフの文学講義
1986.4.21　『最後から二番目の毒想』（講談社）　p107-110　⇔*C2699*

A1225　元編集者の文章
1986.4.21　『最後から二番目の毒想』（講談社）　p111-115　⇔*C2699*

A1226　「なぜ書けないか」と「何が書けるか」について
1986.4.21　『最後から二番目の毒想』（講談社）　p116-120　⇔*C2699*

A1227　夏の歌
1986.4.21　『最後から二番目の毒想』（講談社）　p121-125　⇔*C2699*

A1228　怪奇短篇小説
1986.4.21　『最後から二番目の毒想』（講談社）　p126-130　⇔*C2699*

A1229　残酷な童話
1986.4.21　『最後から二番目の毒想』（講談社）　p131-132　⇔*C2699*

A1230　死神
1986.4.21　『最後から二番目の毒想』（講談社）　p133-138　⇔*C2699*

A1231　読者の反応
1986.4.21　『最後から二番目の毒想』（講談社）　p141-145　⇔*C2699*

A1232 酔郷に入る
1986.4.21 『最後から二番目の毒想』(講談社) p146-155 ⇔*C2699*

A1233 ディオゲネスの書斎
1986.4.21 『最後から二番目の毒想』(講談社) p156-162 ⇔*C2699*

A1234 パリの憂鬱
1986.4.21 『最後から二番目の毒想』(講談社) p163-165 ⇔*C2699*

A1235 「裸の王様」症候群
1986.4.21 『最後から二番目の毒想』(講談社) p166-170 ⇔*C2699*

A1236 贅沢について
1986.4.21 『最後から二番目の毒想』(講談社) p171-175 ⇔*C2699*

A1237 劣情の支配する国
1986.4.21 『最後から二番目の毒想』(講談社) p176-180 ⇔*C2699*

A1238 反核問答
1986.4.21 『最後から二番目の毒想』(講談社) p181-185 ⇔*C2699*

A1239 食人問答
1986.4.21 『最後から二番目の毒想』(講談社) p186-190 ⇔*C2699*

A1240 教育問答
1986.4.21 『最後から二番目の毒想』(講談社) p191-195 ⇔*C2699*

A1241 『お菓子の話』解説
1986.4.21 『最後から二番目の毒想』(講談社) p196-201 ⇔*C2699*

A1242 土佐の女
1986.4.21 『最後から二番目の毒想』(講談社) p202-204 ⇔*C2699*

A1243 連雨独飲
1986.4.21 『最後から二番目の毒想』(講談社) p205-215 ⇔*C2699*

A1244 あとがき(初出)
1986.4.21 『最後から二番目の毒想』(講談社) p216-222 ⇔*B2463, C2699*

A1245 澁澤龍彦の世界(初出)
1986.7.15 『犬狼都市(キュノポリス)』(福武書店) p187-197 ⇔*B2464*

A1246 虫のこと(初出)
1986.8.20 『花』(花発行所) 12号 p6-7 ⇔*B2465*
＊単行本収録時に「虫の声」に改題

A1247 アマノン国往還記(初出・書き下ろし)
1986.8.25 『アマノン国往還記』(新潮社) ⇔*B2466, C2700*

A1248 紅葉狩り(一)(初出)
1986.9.10 『クロワッサン』(マガジンハウス) 10巻17号 p36-37 ⇔*B2467*

A1249 紅葉狩り(二)(初出)
1986.9.25 『クロワッサン』(マガジンハウス) 10巻18号 p40-41 ⇔*B2468*

A1250 紅葉狩り(三)(初出)
1986.10.10 『クロワッサン』(マガジンハウス) 10巻19号 p50-51 ⇔*B2469*

A1251 紅葉狩り(四)(初出)
1986.10.25 『クロワッサン』(マガジンハウス) 10巻20号 p38-39 ⇔*B2470*

A1252 紅葉狩り(五)(初出)
1986.11.10 『クロワッサン』(マガジンハウス) 10巻21号 p60-61 ⇔*B2471*

A1253 紅葉狩り(最終回)(初出)
1986.11.25 『クロワッサン』(マガジンハウス) 10巻22号 p54-55 ⇔*B2472*

1987年

A1254 はじめて見た層雲峡から阿寒への道
1987.5.30 『北海道文学百景』(共同文化社) p168 ⇔*D2782*
＊単行本収録時は「層雲峡から阿寒への道」。

A1255 幻想の山塊(初出)
1987.6.30 『中井英夫作品集X 編集のしおり6』(三一書房) p1-3 ⇔*B2473*
＊単行本未収録

A1256 ポポイ(初出)
1987.8.1 『海燕』(福武書店) 6巻8号 p28-85 ⇔*B2474*

A1257 津和野・萩(初出)
1987.9.1 『翼の王国』(全日空) 219号 p25-28 ⇔*B2475*

A1258 ポポイ
1987.9.16 『ポポイ』(福武書店) ⇔*C2701*

A1259 花の下(初出)
1987.10.15 『IN POCKET』(講談社) 5巻10号 p44-50 ⇔*B2476*

A1260 『ポポイ』とBGMについて(初出)
1987.11.1 『新刊ニュース』(東京出版販売株式会社) 38巻11号 p7 ⇔*B2477*
＊単行本未収録

A1261 漢字の世界(初出)
1987.11.7 『読売新聞』(夕刊)(読売新聞社) p9 ⇔*B2478*

A1262 ジェイン・オースティンの『説得』(初出)
1987.11.18 『ハイミセス』(文化出版局) 24号 p92 ⇔*B2479*

A1263 妖しい世界からのいざない(初出)
1987.11.18 『北国新聞』(北国新聞社) p9 ⇔*B2480*

A1264 登校拒否少女と母親と 猫の世界(初出)
1987.12.1 『ミステリマガジン』(早川書房) 32巻12号 p115-123 ⇔*B2481*
＊単行本収録時に「猫の世界」に改題

A1265 花の部屋(初出)
1987.12.15 『IN POCKET』(講談社) 5巻12号 p128-134 ⇔*B2482*

1988年

A1266 酒と茶(初出)
1988.1.1 『潮』(潮出版社) 345号 p74-77 ⇔*B2483*

A1267 新春随想 春の漢詩(初出)
1988.1.1 『京都新聞』(京都新聞社) p23 ⇔*B2484*
＊単行本収録時に「春の漢詩」に改題

A1268 交歓 第一回(初出)
1988.1.1 『新潮』(新潮社) 85巻1号 p391-404 ⇔*B2485*

A1269 圓(初出)
1988.1.15 『えん』(えんの会) 3号 p98-99 ⇔*B2486*
＊単行本未収録

A1270 交歓 第二回(初出)
1988.2.1 『新潮』(新潮社) 85巻2号 p279-292 ⇔*B2487*

A1271 スミヤキストQの冒険
1988.2.10 『スミヤキストQの冒険』(講談社(講談社文芸文庫)) p9-448 ⇔*C2702*

A1272 あとがき
1988.2.10 『スミヤキストQの冒険』(講談社(講談社文芸文庫)) p449-451 ⇔*C2702*

A1273　著者から読者へ　どこにもない場所（初出）
1988.2.10　『スミヤキストQの冒険』（講談社（講談社文芸文庫））　p452-455　⇔*B2488, C2702*

A1274　海中の城（初出）
1988.2.15　『IN　POCKET』（講談社）6巻2号　p94-100　⇔*B2489*

A1275　交歓　第三回（初出）
1988.3.1　『新潮』（新潮社）　85巻3号　p279-292　⇔*B2490*

A1276　媚薬（初出）
1988.3.15　『IN　POCKET』（講談社）6巻3号　p72-78　⇔*B2491*

A1277　百閒雑感（初出）
1988.3.15　『内田百閒全集』（福武書店）月報17　p1-4　⇔*B2492*

A1278　ヴァンピールの会
1988.3.25　『倉橋由美子の怪奇掌篇』（新潮社（新潮文庫））　p7-18　⇔*C2703*

A1279　革命
1988.3.25　『倉橋由美子の怪奇掌篇』（新潮社（新潮文庫））　p19-28　⇔*C2703*

A1280　首の飛ぶ女
1988.3.25　『倉橋由美子の怪奇掌篇』（新潮社（新潮文庫））　p29-38　⇔*C2703*

A1281　事故
1988.3.25　『倉橋由美子の怪奇掌篇』（新潮社（新潮文庫））　p39-48　⇔*C2703*

A1282　獣の夢
1988.3.25　『倉橋由美子の怪奇掌篇』（新潮社（新潮文庫））　p49-57　⇔*C2703*

A1283　幽霊屋敷
1988.3.25　『倉橋由美子の怪奇掌篇』（新潮社（新潮文庫））　p59-68　⇔*C2703*

A1284　アポロンの首
1988.3.25　『倉橋由美子の怪奇掌篇』（新潮社（新潮文庫））　p69-77　⇔*C2703*

A1285　発狂
1988.3.25　『倉橋由美子の怪奇掌篇』（新潮社（新潮文庫））　p79-88　⇔*C2703*

A1286　オーグル国渡航記
1988.3.25　『倉橋由美子の怪奇掌篇』（新潮社（新潮文庫））　p89-98　⇔*C2703*

A1287　鬼女の面
1988.3.25　『倉橋由美子の怪奇掌篇』（新潮社（新潮文庫））　p99-108　⇔*C2703*

A1288　聖家族
1988.3.25　『倉橋由美子の怪奇掌篇』（新潮社（新潮文庫））　p109-117　⇔*C2703*

A1289　生還
1988.3.25　『倉橋由美子の怪奇掌篇』（新潮社（新潮文庫））　p119-128　⇔*C2703*

A1290　交換
1988.3.25　『倉橋由美子の怪奇掌篇』（新潮社（新潮文庫））　p129-138　⇔*C2703*

A1291　瓶の中の恋人たち
1988.3.25　『倉橋由美子の怪奇掌篇』（新潮社（新潮文庫））　p139-148　⇔*C2703*

A1292　月の都
1988.3.25　『倉橋由美子の怪奇掌篇』（新潮社（新潮文庫））　p149-158　⇔*C2703*

A1293　カニバリスト夫妻
1988.3.25　『倉橋由美子の怪奇掌篇』（新潮社（新潮文庫））　p159-168　⇔*C2703*

A1294　夕顔
1988.3.25　『倉橋由美子の怪奇掌篇』（新潮社（新潮文庫））　p169-178　⇔*C2703*

A1295　無鬼論
1988.3.25　『倉橋由美子の怪奇掌篇』（新潮社（新潮文庫））　p179-188　⇔*C2703*

A1296　カボチャ奇譚
1988.3.25　『倉橋由美子の怪奇掌篇』（新潮社（新潮文庫））　p189-198　⇔*C2703*

A1297 イフリートの復讐
1988.3.25 『倉橋由美子の怪奇掌篇』(新潮社(新潮文庫)) p199-208 ⇔*C2703*

A1298 百閒雑感
1988.4.1 『海燕』(福武書店) 7巻4号 p16-18

A1299 交歓 第四回(初出)
1988.4.1 『新潮』(新潮社) 85巻4号 p295-308 ⇔*B2493*

A1300 慈童の夢(初出)
1988.4.15 『IN POCKET』(講談社) 6巻4号 p56-62 ⇔*B2494*

A1301 転居のお知らせ(初出)
1988.5.1 『新潮』(新潮社) 85巻5号 p386-387 ⇔*B2495*

A1302 夢の通い路(初出)
1988.5.25 『クロワッサン』(マガジンハウス) 12巻10号 p84-91 ⇔*B2496*

A1303 蛇とイヴ(初出)
1988.6.1 『小説すばる』(集英社) 2巻2号 p40-50 ⇔*B2497*

A1304 交歓 第五回(初出)
1988.6.1 『新潮』(新潮社) 85巻6号 p297-308 ⇔*B2498*

A1305 幻想絵画館1 神秘的な動物(初出)
1988.6.1 『文藝春秋』(文藝春秋) 66巻7号 p257-260 ⇔*B2499*

A1306 虫になつたザムザの話
1988.6.20 『新潮カセットブック 倉橋由美子 大人のための残酷童話』(新潮社)

A1307 猿蟹戦争
1988.6.20 『新潮カセットブック 倉橋由美子 大人のための残酷童話』(新潮社)

A1308 パンドーラーの壺
1988.6.20 『新潮カセットブック 倉橋由美子 大人のための残酷童話』(新潮社)

A1309 魔法の豆の木
1988.6.20 『新潮カセットブック 倉橋由美子 大人のための残酷童話』(新潮社)

A1310 養老の滝
1988.6.20 『新潮カセットブック 倉橋由美子 大人のための残酷童話』(新潮社)

A1311 異説かちかち山
1988.6.20 『新潮カセットブック 倉橋由美子 大人のための残酷童話』(新潮社)

A1312 人は何によつて生きるのか
1988.6.20 『新潮カセットブック 倉橋由美子 大人のための残酷童話』(新潮社)

A1313 倉橋由美子自作を語る(初出)
1988.6.20 『新潮カセットブック 倉橋由美子 大人のための残酷童話』(新潮社) ⇔*B2500*
＊本人の談話を録音。3分8秒

A1314 交歓 第六回(初出)
1988.7.1 『新潮』(新潮社) 85巻7号 p343-356 ⇔*B2501*

A1315 幻想絵画館2 ピフル通り(初出)
1988.7.1 『文藝春秋』(文藝春秋) 66巻8号 p257-260 ⇔*B2502*

A1316 永遠の旅人(初出)
1988.7.15 『IN POCKET』(講談社) 6巻7号 p72-79 ⇔*B2503*

A1317 無題(初出)
1988.7 『アピール30 神奈川・横浜・川崎』(出版元不明) p9 ⇔*B2504*
＊第30回日本公園緑地全国大会記念パンフレット 単行本未収録

A1318 夢の浮橋
1988.8.1 『昭和文学全集 第24巻』(小学館) p663-768 ⇔*D2783*

A1319 パルタイ
1988.8.1 『昭和文学全集 第24巻』(小学館) p769-779 ⇔*D2784*

A1320　ヴァージニア
1988.8.1　『昭和文学全集　第24巻』（小学館）　p780-811　⇔*D2785*

A1321　交歓　第七回（初出）
1988.8.1　『新潮』（新潮社）　85巻8号　p298-308　⇔*B2505*

A1322　幻想絵画館3　夜色楼臺雪萬家（初出）
1988.8.1　『文藝春秋』（文藝春秋）　66巻9号　p257-260　⇔*B2506*

A1323　交歓　第八回（初出）
1988.9.1　『新潮』（新潮社）　85巻9号　p297-308　⇔*B2507*

A1324　幻想絵画館4　化物山水図（初出）
1988.9.1　『文藝春秋』（文藝春秋）　66巻11号　p257-260　⇔*B2508*

A1325　秋の地獄（初出）
1988.9.15　『IN　POCKET』（講談社）　6巻9号　p38-44　⇔*B2509*

A1326　交歓　第九回（初出）
1988.10.1　『新潮』（新潮社）　85巻10号　p297-308　⇔*B2510*

A1327　幻想絵画館5　サントロペ湾（初出）
1988.10.1　『文藝春秋』（文藝春秋）　66巻12号　p257-260　⇔*B2511*

A1328　感想（初出）
1988.11.1　『新潮』（新潮社）　85巻11号　p108-109　⇔*B2512*

A1329　幻想絵画館6　星月夜（初出）
1988.11.1　『文藝春秋』（文藝春秋）　66巻13号　p257-260　⇔*B2513*

A1330　城の下の街（初出）
1988.11.15　『IN　POCKET』（講談社）　6巻11号　p56-62　⇔*B2514*

A1331　列子　奇想天外な虚実の世界に遊ぶ（初出）
1988.11.26　『産経新聞（大阪）』（夕刊）（産業経済新聞大阪本社）　p7　⇔*B2515*
＊単行本収録時に「列子」に改題

A1332　幻想絵画館7　選ばれた場所（初出）
1988.12.1　『文藝春秋』（文藝春秋）　66巻14号　p257-260　⇔*B2516*

A1333　シュンポシオン
1988.12.5　『シュンポシオン』（新潮社（新潮文庫））　⇔*C2704*

A1334　花の妖精たち（初出）
1988.12.15　『IN　POCKET』（講談社）　6巻12号　p34-40　⇔*B2517*

1989年

A1335　移転（初出）
1989.1.1　『海燕』（福武書店）　8巻1号　p102-108　⇔*B2518*

A1336　正月の漢詩（初出）
1989.1.1　『銀座百点』（銀座百店会）　410号　p58-60　⇔*B2519*

A1337　幻想絵画館8　岑蔚居産芝図（初出）
1989.1.1　『文藝春秋』（文藝春秋）　67巻1号　p257-260　⇔*B2520*

A1338　幻想絵画館9　倣元四大家山水図（初出）
1989.2.1　『文藝春秋』（文藝春秋）　67巻2号　p257-260　⇔*B2521*

A1339　人魚の涙
1989.2.5　『新潮　二月臨時増刊　この一冊でわかる　昭和の文学』（新潮社）　p381-385

A1340　土佐人について
1989.2.10　『日本随筆紀行21　のどかなり段々畑の石地蔵』（作品社）　p188-197　⇔*D2786*

A1341　月の女（初出）
1989.2.15　『IN　POCKET』（講談社）　7巻2号　p74-80　⇔*B2522*

A1342 幻想絵画館10 眠れるボヘミア女(初出)
1989.3.1 『文藝春秋』(文藝春秋) 67巻3号 p257-260 ⇔*B2523*

A1343 遁世(初出)
1989.3.15 『IN POCKET』(講談社) 7巻3号 p100-106 ⇔*B2524*

A1344 幻想絵画館11 町のあけぼの(初出)
1989.4.1 『文藝春秋』(文藝春秋) 67巻5号 p257-260 ⇔*B2525*

A1345 雲と雨と虹のオード(初出)
1989.4.15 『IN POCKET』(講談社) 7巻4号 p132-138 ⇔*B2526*

A1346 幻想絵画館12 林檎の樹(初出)
1989.5.1 『文藝春秋』(文藝春秋) 67巻6号 p257-260 ⇔*B2527*
＊単行本収録時に「林檎の樹 I 」に改題

A1347 黒猫の家(初出)
1989.5.15 『IN POCKET』(講談社) 7巻5号 p88-94 ⇔*B2528*

A1348 「花の下」を観る楽しみ(初出)
1989.5 『〈花の下〉銀座みゆき館劇場上演パンフレット』(出版者不明) ページ不明 ⇔*B2529*

A1349 幻想絵画館13 黄山図巻(初出)
1989.6.1 『文藝春秋』(文藝春秋) 67巻7号 p257-260 ⇔*B2530*

A1350 春の夜の夢(初出)
1989.6.10 『クロワッサン』(マガジンハウス) 13巻11号 p8-9 ⇔*B2531*

A1351 赤い部屋(初出)
1989.6.15 『IN POCKET』(講談社) 7巻6号 p68-75 ⇔*B2532*

A1352 紅葉狩り
1989.6.28 『女が35歳で』(マガジンハウス) p79-109 ⇔*D2787*

A1353 幻想絵画館14 穹(初出)
1989.7.1 『文藝春秋』(文藝春秋) 67巻8号 p257-260 ⇔*B2533*

A1354 満山秋色
1989.7.10 『交歓』(新潮社) p7-27 ⇔*C2705*

A1355 寒日閑居
1989.7.10 『交歓』(新潮社) p28-48 ⇔*C2705*

A1356 桂女交歓
1989.7.10 『交歓』(新潮社) p49-75 ⇔*C2705*

A1357 寒梅暗香
1989.7.10 『交歓』(新潮社) p76-88 ⇔*C2705*

A1358 春夜喜雨
1989.7.10 『交歓』(新潮社) p89-106 ⇔*C2705*

A1359 淡日微風
1989.7.10 『交歓』(新潮社) p107-127 ⇔*C2705*

A1360 黄梅連雨
1989.7.10 『交歓』(新潮社) p128-142 ⇔*C2705*

A1361 金烏碧空
1989.7.10 『交歓』(新潮社) p143-157 ⇔*C2705*

A1362 羽化登仙
1989.7.10 『交歓』(新潮社) p158-175 ⇔*C2705*

A1363 蓮花碧傘
1989.7.10 『交歓』(新潮社) p176-196 ⇔*C2705*

A1364 桐陰清潤
1989.7.10 『交歓』(新潮社) p197-214 ⇔*C2705*

A1365 妖紅弄色
1989.7.10 『交歓』(新潮社) p215-237 ⇔*C2705*

A1366 清夢秋月
1989.7.10 『交歓』(新潮社) p238-253 ⇔*C2705*

A1367 霜樹鏡天
1989.7.10 『交歓』(新潮社) p254-278 ⇔*C2705*

A1368 水鶏の里(初出)
1989.7.15 『IN POCKET』(講談社) 7巻7号 p70-77 ⇔*B2534*

A1369 先生・評論家・小説家・中村光夫先生(初出)
1989.7.16 『世にあるも世を去るも——中村光夫先生追悼文集』(中村光夫先生を偲ぶ会) p34-39 ⇔*B2535*

A1370 好き嫌ひ(初出)
1989.8.1 『新潮』(新潮社) 86巻8号 p222-223 ⇔*B2536*
＊単行本収録時に「好き嫌い」に改題

A1371 幻想絵画館15 仮面たちに囲まれた自画像(初出)
1989.8.1 『文藝春秋』(文藝春秋) 67巻9号 p257-260 ⇔*B2537*

A1372 蛍狩り(初出)
1989.8.15 『IN POCKET』(講談社) 7巻8号 p128-135 ⇔*B2538*

A1373 家族にして友だち〈犬のエディのこと〉(初出)
1989.9.1 『趣味の雑誌・酒』(酒之友社) 37巻9号 p16-18 ⇔*B2539*
＊単行本収録時に「犬のエディのこと」に改題

A1374 近況(初出)
1989.9.1 『新刊ニュース』(東京出版販売株式会社) 40巻9号 p38-39 ⇔*B2540*

A1375 幻想絵画館16 黒い貨物船(初出)
1989.9.1 『文藝春秋』(文藝春秋) 67巻10号 p257-260 ⇔*B2541*

A1376 地獄の一形式としての俳句(初出)
1989.9.15 『俳句の現在別巻第3 齋藤愼爾集 秋庭歌 栞8』(三一書房) p1-5 ⇔*B2542*

A1377 成熟の苦みとユーモア ウォー『ピンフォールドの試練』(初出)
1989.10.1 『すばる』(集英社) 11巻10号 p168 ⇔*B2543*
＊単行本収録時に「成熟の苦味とユーモア」に改題

A1378 漂流記(初出)
1989.10.1 『文學界』(文藝春秋) 43巻10号 p74-84 ⇔*B2544*

A1379 幻想絵画館17 青山紅林図(初出)
1989.10.1 『文藝春秋』(文藝春秋) 67巻11号 p257-260 ⇔*B2545*

A1380 鬼女の面
1989.10.20 『恐怖コレクション3 夢』(連城三紀彦編)(新芸術社) p109-118 ⇔*D2788*

A1381 小説風作文の時代(初出)
1989.11.1 『新潮』(新潮社) 86巻11号 p8-9 ⇔*B2546*

A1382 幻想絵画館18 赤いアトリエ(初出)
1989.11.1 『文藝春秋』(文藝春秋) 67巻12号 p289-292 ⇔*B2547*

A1383 愛と結婚に関する六つの手紙
1989.11.16 『ポケットアンソロジー 恋愛について』(中村真一郎編)(岩波書店(岩波文庫別冊)) p47-77 ⇔*D2789*

A1384 花の下
1989.11.20 『夢の通ひ路』(講談社) p7-14 ⇔*C2706*

A1385　花の部屋
1989.11.20　『夢の通ひ路』（講談社）p15-22　⇔*C2706*

A1386　海中の城
1989.11.20　『夢の通ひ路』（講談社）p23-30　⇔*C2706*

A1387　媚薬
1989.11.20　『夢の通ひ路』（講談社）p31-38　⇔*C2706*

A1388　慈童の夢
1989.11.20　『夢の通ひ路』（講談社）p39-46　⇔*C2706*

A1389　永遠の旅人
1989.11.20　『夢の通ひ路』（講談社）p47-54　⇔*C2706*

A1390　秋の地獄
1989.11.20　『夢の通ひ路』（講談社）p55-62　⇔*C2706*

A1391　城の下の街
1989.11.20　『夢の通ひ路』（講談社）p63-70　⇔*C2706*

A1392　花の妖精たち
1989.11.20　『夢の通ひ路』（講談社）p71-78　⇔*C2706*

A1393　月の女
1989.11.20　『夢の通ひ路』（講談社）p79-86　⇔*C2706*

A1394　遁世
1989.11.20　『夢の通ひ路』（講談社）p87-94　⇔*C2706*

A1395　雲と雨と虹のオード
1989.11.20　『夢の通ひ路』（講談社）p95-102　⇔*C2706*

A1396　黒猫の家
1989.11.20　『夢の通ひ路』（講談社）p103-110　⇔*C2706*

A1397　赤い部屋
1989.11.20　『夢の通ひ路』（講談社）p111-118　⇔*C2706*

A1398　水鶏の里
1989.11.20　『夢の通ひ路』（講談社）p119-126　⇔*C2706*

A1399　蛍狩り
1989.11.20　『夢の通ひ路』（講談社）p127-135　⇔*C2706*

A1400　紅葉狩り
1989.11.20　『夢の通ひ路』（講談社）p137-161　⇔*C2706*

A1401　蛇とイヴ
1989.11.20　『夢の通ひ路』（講談社）p163-182　⇔*C2706*

A1402　春の夜の夢
1989.11.20　『夢の通ひ路』（講談社）p183-195　⇔*C2706*

A1403　猫の世界
1989.11.20　『夢の通ひ路』（講談社）p197-211　⇔*C2706*

A1404　夢の通ひ路
1989.11.20　『夢の通ひ路』（講談社）p213-229　⇔*C2706*

A1405　読書日記（初出）
1989.12.1　『中央公論』（中央公論社）104巻12号　p334-336　⇔*B2548*
＊単行本未収録

A1406　幻想絵画館19　灰色のものと海岸（初出）
1989.12.1　『文藝春秋』（文藝春秋）67巻13号　p289-292　⇔*B2549*

A1407　アマノン国往還記
1989.12.20　『アマノン国往還記』（新潮社（新潮文庫））　⇔*C2707*

1990年

A1408　美少年と珊瑚
1990.4.20　『澁澤龍彥――回想と批評』（幻想文学出版局）　p18-20　⇔*D2790*

A1409　ヴァンピールの会
1990.5.5　『血と薔薇のエクスタシー　吸血鬼小説傑作集』（有限会社幻想文学出版局）　p11-20　⇔*D2791*

A1410　出かけていくならば初めてのものが聴きたい（初出）
1990.7.20　『CLiQUE』（マガジンハウス）　2巻12号　p73　⇔*B2550*
＊単行本未収録

A1411　童子の玩具箱（初出）
1990.9.25　『澁澤龍彥文学館　月報』（筑摩書房）　6　p4-6　⇔*B2551*

A1412　案外役に立つもの（初出）
1990.10.1　『波』（新潮社）　24巻10号　p32　⇔*B2552*

A1413　良質の収穫（初出）
1990.11.1　『新潮』（新潮社）　87巻11号　p8-9　⇔*B2553*
＊新潮新人賞選評

A1414　虚のヒーロー（初出）
1990.12.1　『サンデー毎日別冊〈RAIZO〉』（毎日新聞社）　p42　⇔*B2554*

1991年

A1415　ポポイ
1991.4.25　『ポポイ』（新潮社（新潮文庫））　⇔*C2708*

A1416　案外役に立つもの
1991.5.21　『ファクス深夜便――エッセイ'91――』（日本文藝家協会編）（楡出版）　p310-311　⇔*D2792*

A1417　夕顔
1991.5.31　『鬼譚』（夢枕獏編）（天山出版）　p305-312　⇔*D2793*

A1418　神秘的な動物
1991.9.30　『幻想絵画館』（文藝春秋）　p5-12　⇔*C2709*

A1419　ピフル通り
1991.9.30　『幻想絵画館』（文藝春秋）　p13-20　⇔*C2709*

A1420　夜色楼臺雪萬家
1991.9.30　『幻想絵画館』（文藝春秋）　p21-28　⇔*C2709*

A1421　化物山水図
1991.9.30　『幻想絵画館』（文藝春秋）　p29-36　⇔*C2709*

A1422　サントロペ湾
1991.9.30　『幻想絵画館』（文藝春秋）　p37-44　⇔*C2709*

A1423　星月夜
1991.9.30　『幻想絵画館』（文藝春秋）　p45-52　⇔*C2709*

A1424　運ばれた場所
1991.9.30　『幻想絵画館』（文藝春秋）　p53-60　⇔*C2709*

A1425　岑蔚居産芝図
1991.9.30　『幻想絵画館』（文藝春秋）　p61-68　⇔*C2709*

A1426　倣元四大家山水図
1991.9.30　『幻想絵画館』（文藝春秋）　p69-76　⇔*C2709*

A1427　眠れるボヘミア女
1991.9.30　『幻想絵画館』（文藝春秋）　p77-84　⇔*C2709*

A1428　町のあけぼの
1991.9.30　『幻想絵画館』（文藝春秋）　p85-92　⇔*C2709*

A1429　林檎の樹 I
1991.9.30　『幻想絵画館』（文藝春秋）　p93-100　⇔*C2709*

A1430　黄山図巻
1991.9.30　『幻想絵画館』（文藝春秋）　p101-108　⇔*C2709*

A1431　穹
1991.9.30　『幻想絵画館』（文藝春秋）　p109-116　⇔*C2709*

A1432　仮面たちに囲まれた自画像
1991.9.30　『幻想絵画館』（文藝春秋）　p117-124　⇔*C2709*

A1433　黒い貨物船
1991.9.30　『幻想絵画館』（文藝春秋）　p125-132　⇔*C2709*

A1434　青山紅林図
1991.9.30　『幻想絵画館』（文藝春秋）　p133-140　⇔*C2709*

A1435　赤いアトリエ
1991.9.30　『幻想絵画館』（文藝春秋）　p141-148　⇔*C2709*

A1436　フラワー・アブストラクション（初出・書き下ろし）
1991.9.30　『幻想絵画館』（文藝春秋）　p149-156　⇔*B2555, C2709*

A1437　灰色のものと海岸
1991.9.30　『幻想絵画館』（文藝春秋）　p157-164　⇔*C2709*

1993年

A1438　北杜夫「父っちゃんは大変人」解説（初出）
1993.2.25　『父っちゃんは大変人』（北杜夫）（新潮社）　p352-355　⇔*B2556*

A1439　夢幻の宴（初出）
1993.3.25　『週刊新潮』（新潮社）　38巻12号　p122　⇔*B2557*

A1440　交歓
1993.5.25　『交歓』（新潮社（新潮文庫））　p7-320　⇔*C2710*

A1441　霊魂
1993.11.5　『死―怨念[14]（おんねんのじゅうよんじょう）=妖気　幻想・怪奇名作選』（星雲社）　p7-47　⇔*D2794*

A1442　花の下
1993.11.15　『夢の通い路』（講談社（講談社文庫））　p9-16　⇔*C2711*

A1443　花の部屋
1993.11.15　『夢の通い路』（講談社（講談社文庫））　p17-24　⇔*C2711*

A1444　海中の城
1993.11.15　『夢の通い路』（講談社（講談社文庫））　p25-32　⇔*C2711*

A1445　媚薬
1993.11.15　『夢の通い路』（講談社（講談社文庫））　p33-40　⇔*C2711*

A1446　慈童の夢
1993.11.15　『夢の通い路』（講談社（講談社文庫））　p41-48　⇔*C2711*

A1447　永遠の旅人
1993.11.15　『夢の通い路』（講談社（講談社文庫））　p49-57　⇔*C2711*

A1448　秋の地獄
1993.11.15　『夢の通い路』（講談社（講談社文庫））　p59-66　⇔*C2711*

A1449　城の下の街
1993.11.15　『夢の通い路』（講談社（講談社文庫））　p67-75　⇔*C2711*

A1450　花の妖精たち
1993.11.15　『夢の通い路』（講談社（講談社文庫））　p77-84　⇔*C2711*

A1451　月の女
1993.11.15　『夢の通い路』（講談社（講談社文庫））　p85-92　⇔*C2711*

A1452　遁世
1993.11.15　『夢の通い路』（講談社（講談社文庫））　p93-101　⇔*C2711*

A1453　雲と雨と虹のオード
1993.11.15　『夢の通い路』（講談社（講談社文庫））　p103-111　⇔*C2711*

A1454　黒猫の家
1993.11.15　『夢の通い路』（講談社（講談社文庫））　p113-121　⇔*C2711*

A1455　赤い部屋
1993.11.15　『夢の通い路』（講談社（講談社文庫））　p123-131　⇔*C2711*

A1456　水鶏の里
1993.11.15　『夢の通い路』（講談社（講談社文庫））　p133-140　⇔*C2711*

A1457　蛍狩り
1993.11.15　『夢の通い路』（講談社（講談社文庫））　p141-149　⇔*C2711*

A1458　紅葉狩り
1993.11.15　『夢の通い路』（講談社（講談社文庫））　p151-176　⇔*C2711*

A1459　蛇とイヴ
1993.11.15　『夢の通い路』（講談社（講談社文庫））　p177-197　⇔*C2711*

A1460　春の夜の夢
1993.11.15　『夢の通い路』（講談社（講談社文庫））　p199-211　⇔*C2711*

A1461　猫の世界
1993.11.15　『夢の通い路』（講談社（講談社文庫））　p213-228　⇔*C2711*

A1462　夢の通い路
1993.11.15　『夢の通い路』（講談社（講談社文庫））　p229-246　⇔*C2711*

A1463　飛島・酒田紀行
1993.11.28　『雷帝　創刊終刊号』（深夜叢書社）　p24-32

A1464　地獄の一形式としての俳句
1993.11.28　『雷帝　創刊終刊号』（深夜叢書社）　p33-34

A1465　パルタイ
1993.11.30　『短編女性文学　現代』（おうふう）　p7-25　⇔*D2795*

A1466　夢のなかの街
1993.12.15　『ふるさと文学館　第四五巻　高知』（片岡文雄編）（ぎょうせい）　p449-470　⇔*D2796*

A1467　夕顔
1993.12.25　『鬼譚』（夢枕獏編）（立風書房）　p305-312　⇔*D2797*

1994年

A1468　宇宙人
1994.10.13　『夢÷幻視^{13}（げんしのじゅうさんじょう）＝神秘　幻想・怪奇名作選』（星雲社）　p7-44　⇔*D2798*

1995年

A1469　あとがき（初出）
1995.4.22　『ラブレター　返事のこない60通の手紙』（古屋美登里訳）（宝島社）　p124-125　⇔*B2558*
　＊単行本収録時に「『ラヴレター』に寄せて」と改題

A1470　層雲峡から阿寒への道
1995.6.15　『ふるさと文学館　第二巻　北海道Ⅱ』（ぎょうせい）　p420-428　⇔*D2799*

A1471　月の都
1995.7.15　『文藝春秋　7月臨時増刊　短篇小説傑作選　戦後50年の作家たち』（文藝春秋）　73巻10号　p514-517

A1472　自然の中のシュンポシオン(初出)
1995.7.25　『サントリークォータリー』(サントリー株式会社東京広報部)　14巻1号　p6-10　⇔*B2559*

A1473　解説「よい病院」を求めて(初出)
1995.8.15　『よい病院とは何か』(関川夏央)(講談社(講談社文庫))　p292-298　⇔*B2560*
＊単行本収録時に「「よい病院」を求めて」に改題

A1474　夜──その過去と現在(初出)
1995.12.10　『サントリークォータリー』(サントリー株式会社東京広報部)　14巻2号　p34-38　⇔*B2561*

1996年

A1475　夢幻の宴
1996.2.20　『夢幻の宴』(講談社)　p8-9　⇔*C2712*

A1476　好き嫌い
1996.2.20　『夢幻の宴』(講談社)　p10-15　⇔*C2712*

A1477　転居のお知らせ
1996.2.20　『夢幻の宴』(講談社)　p16-21　⇔*C2712*

A1478　自然の中のシュンポシオン
1996.2.20　『夢幻の宴』(講談社)　p22-27　⇔*C2712*

A1479　酒と茶
1996.2.20　『夢幻の宴』(講談社)　p28-31　⇔*C2712*

A1480　夜　その過去と現在
1996.2.20　『夢幻の宴』(講談社)　p32-40　⇔*C2712*

A1481　犬のエディのこと
1996.2.20　『夢幻の宴』(講談社)　p41-44　⇔*C2712*

A1482　虫の声
1996.2.20　『夢幻の宴』(講談社)　p45-46　⇔*C2712*

A1483　野分
1996.2.20　『夢幻の宴』(講談社)　p47-50　⇔*C2712*

A1484　知的魔力の泉
1996.2.20　『夢幻の宴』(講談社)　p52-57　⇔*C2712*

A1485　近況
1996.2.20　『夢幻の宴』(講談社)　p58-60　⇔*C2712*

A1486　「花の下」を観る楽しみ
1996.2.20　『夢幻の宴』(講談社)　p61-62　⇔*C2712*

A1487　妖しい世界からのいざない
1996.2.20　『夢幻の宴』(講談社)　p63-65　⇔*C2712*

A1488　案外役に立つもの
1996.2.20　『夢幻の宴』(講談社)　p66-68　⇔*C2712*

A1489　列子
1996.2.20　『夢幻の宴』(講談社)　p69-71　⇔*C2712*

A1490　漢字の世界
1996.2.20　『夢幻の宴』(講談社)　p72-75　⇔*C2712*

A1491　正月の漢詩
1996.2.20　『夢幻の宴』(講談社)　p76-82　⇔*C2712*

A1492　春の漢詩
1996.2.20　『夢幻の宴』(講談社)　p83-86　⇔*C2712*

A1493　感想
1996.2.20　『夢幻の宴』(講談社)　p87-89　⇔*C2712*

A1494　小説風作文の時代
1996.2.20　『夢幻の宴』（講談社）　p90-92　⇔*C2712*

A1495　良質の収穫
1996.2.20　『夢幻の宴』（講談社）　p93-96　⇔*C2712*

A1496　『ラヴレター』に寄せて
1996.2.20　『夢幻の宴』（講談社）　p97-99　⇔*C2712*

A1497　成熟の苦味とユーモア
1996.2.20　『夢幻の宴』（講談社）　p100-102　⇔*C2712*

A1498　ジェイン・オースティンの『説得』
1996.2.20　『夢幻の宴』（講談社）　p103-105　⇔*C2712*

A1499　『嵐が丘にかえる』あとがき
1996.2.20　『夢幻の宴』（講談社）　p106-113　⇔*C2712*

A1500　北杜夫『父っちゃんは大変人』解説
1996.2.20　『夢幻の宴』（講談社）　p116-120　⇔*C2712*

A1501　「よい病院」を求めて
1996.2.20　『夢幻の宴』（講談社）　p121-128　⇔*C2712*

A1502　虚のヒーロー
1996.2.20　『夢幻の宴』（講談社）　p129-131　⇔*C2712*

A1503　先生・評論家・小説家・中村光夫先生
1996.2.20　『夢幻の宴』（講談社）　p132-137　⇔*C2712*

A1504　童子の玩具箱
1996.2.20　『夢幻の宴』（講談社）　p138-140　⇔*C2712*

A1505　澁澤龍彥の世界
1996.2.20　『夢幻の宴』（講談社）　p141-148　⇔*C2712*

A1506　百閒雑感
1996.2.20　『夢幻の宴』（講談社）　p149-153　⇔*C2712*

A1507　地獄の一形式としての俳句
1996.2.20　『夢幻の宴』（講談社）　p154-157　⇔*C2712*

A1508　飛島・酒田
1996.2.20　『夢幻の宴』（講談社）　p160-172　⇔*C2712*

A1509　津和野・萩
1996.2.20　『夢幻の宴』（講談社）　p173-180　⇔*C2712*

A1510　『嵐が丘』への旅
1996.2.20　『夢幻の宴』（講談社）　p181-186　⇔*C2712*

A1511　移転
1996.2.20　『夢幻の宴』（講談社）　p188-202　⇔*C2712*

A1512　漂流記
1996.2.20　『夢幻の宴』（講談社）　p203-225　⇔*C2712*

A1513　あとがき（初出）
1996.2.20　『夢幻の宴』（講談社）　p226-229　⇔*B2562, C2712*

A1514　タイトルをめぐる迷想（初出）
1996.3.1　『本』（講談社）　21巻3号　p18-19　⇔*B2563*
＊単行本未収録

A1515　Cocktail Story　酔郷譚①　花の雪散る里（初出）
1996.4.10　『サントリークォータリー』（サントリー株式会社東京広報部）　14巻3号　p213-216　⇔*B2564*
＊単行本収録時に「花の雪散る里」に改題

A1516　倉橋由美子の偏愛図書館　第1回　谷崎潤一郎『鍵・瘋癲老人日記』（初出）
1996.7.1　『楽』（マガジンハウス）　1巻1号　p115　⇔*B2565*

＊後に偏愛文学館の一編として単行本化

A1517　Cocktail Story　酔郷譚②　果実の中の饗宴（初出）
1996.7.20　『サントリークォータリー』（サントリー株式会社東京広報部）　14巻4号　p145-148　⇔*B2566*
＊単行本収録時に「果実の中の饗宴」に改題

A1518　20世紀の古典　フランツ・カフカ　高貴な魂が懸命に動く（初出）
1996.7.26　『朝日新聞』（朝日新聞社）　p23　⇔*B2567*
＊単行本未収録

A1519　倉橋由美子の偏愛図書館　第2回　サマセット・モーム『コスモポリタンズ』（初出）
1996.8.1　『楽』（マガジンハウス）　1巻2号　p107　⇔*B2568*
＊後に偏愛文学館の一編として単行本化

A1520　21世紀望見　滅びゆくもの（初出）
1996.9.1　『新潮』（新潮社）　93巻9号　p490　⇔*B2569*
＊単行本未収録

A1521　倉橋由美子の偏愛図書館　第3回　吉田健一『怪奇な話』（初出）
1996.9.1　『楽』（マガジンハウス）　1巻3号　p107　⇔*B2570*
＊後に偏愛文学館の一編として単行本化

A1522　倉橋由美子の偏愛図書館　第4回　イーヴリン・ウォー『ブライヅヘッド　ふたたび』（初出）
1996.10.1　『楽』（マガジンハウス）　1巻4号　p107　⇔*B2571*
＊後に偏愛文学館の一編として単行本化

A1523　ぜんまいのののの字ばかりの寂光土　川端茅舎（初出）
1996.11.1　『新潮』（新潮社）　93巻11号　p127　⇔*B2572*
＊単行本未収録

A1524　倉橋由美子の偏愛図書館　第5回　澁澤龍彦『高丘親王航海記』（初出）
1996.11.1　『楽』（マガジンハウス）　1巻5号　p99　⇔*B2573*
＊後に偏愛文学館の一編として単行本化

A1525　倉橋由美子の偏愛図書館　第6回　カミュ『異邦人』（初出）
1996.12.1　『楽』（マガジンハウス）　1巻6号　p99　⇔*B2574*
＊後に偏愛文学館の一編として単行本化

A1526　小説を楽しむための小説毒本（第一回）（初出）
1996.12.5　『週刊朝日別冊　小説TRIP-PER』（朝日新聞社）　101巻58号　p152-158　⇔*B2575*
＊単行本収録時に「小説を楽しむための小説読本」に改題し、小見出しを追加。

A1527　Cocktail Story　酔郷譚③　月の都に帰る（初出）
1996.12.20　『サントリークォータリー』（サントリー株式会社東京広報部）　15巻1号　p139-142　⇔*B2576*
＊単行本収録時に「月の都に帰る」に改題

1997年

A1528　倉橋由美子の偏愛図書館　第7回　北杜夫『楡家の人びと』（初出）
1997.1.1　『楽』（マガジンハウス）　2巻1号　p99　⇔*B2577*
＊後に偏愛文学館の一編として単行本化

A1529　倉橋由美子の偏愛図書館　第8回　ラヴゼイ『偽のデュー警部』（初出）
1997.2.1　『楽』（マガジンハウス）　2巻2号　p99　⇔*B2578*

＊後に偏愛文学館の一編として単行本化

A1530　小説を楽しむための小説毒本(第二回)(初出)
1997.3.26　『週刊朝日別冊　小説TRIPPER』(朝日新聞社)　102巻13号　p164-170　⇔*B2579*
＊単行本収録時に「小説を楽しむための小説読本」に改題し、小見出しを追加

A1531　倉橋由美子の偏愛図書館　第9回　三島由紀夫『真夏の死』(初出)
1997.4.1　『楽』(マガジンハウス)　2巻3号　p99　⇔*B2580*
＊後に偏愛文学館の一編として単行本化

A1532　あの感動をもう一度!　テアトルdeクロワッサン　百人の映画好きの、忘れられないこの一作7　「太陽がいっぱい」　倉橋由美子(初出)
1997.4.10　『クロワッサン』(マガジンハウス)　21巻7号　p134　⇔*B2581*
＊単行本未収録

A1533　倉橋由美子の偏愛図書館　第10回　トーマス・マン『魔の山』上下(初出)
1997.5.1　『楽』(マガジンハウス)　2巻4号　p107　⇔*B2582*
＊後に偏愛文学館の一編として単行本化

A1534　Cocktail Story　酔郷譚④　植物的悪魔の季節(初出)
1997.5.30　『サントリークォータリー』(サントリー株式会社東京広報部)　15巻2号　p239-242　⇔*B2583*
＊単行本収録時に「植物的悪魔の季節」に改題

A1535　倉橋由美子の偏愛図書館　第11回　内田百閒『冥途・旅順入城式』(初出)
1997.6.1　『楽』(マガジンハウス)　2巻5号　p99　⇔*B2584*
＊後に偏愛文学館の一編として単行本化

A1536　向日葵の家
1997.6.10　『反悲劇』(講談社(講談社文芸文庫))　p7-75　⇔*C2713*

A1537　酔郷にて
1997.6.10　『反悲劇』(講談社(講談社文芸文庫))　p77-155　⇔*C2713*

A1538　白い髪の童女
1997.6.10　『反悲劇』(講談社(講談社文芸文庫))　p157-202　⇔*C2713*

A1539　河口に死す
1997.6.10　『反悲劇』(講談社(講談社文芸文庫))　p203-273　⇔*C2713*

A1540　神神がいたころの話
1997.6.10　『反悲劇』(講談社(講談社文芸文庫))　p275-340　⇔*C2713*

A1541　あとがき
1997.6.10　『反悲劇』(講談社(講談社文芸文庫))　p341-344　⇔*C2713*

A1542　小説を楽しむための小説毒本(第三回)　老人に楽しめない小説(初出)
1997.6.25　『週刊朝日別冊　小説TRIPPER』(朝日新聞社)　102巻28号　p178-184　⇔*B2585*
＊単行本収録時に「小説を楽しむための小説読本」に改題し、小見出しを追加

A1543　倉橋由美子の偏愛図書館　第12回　フランツ・カフカ『カフカ短篇集』(初出)
1997.7.1　『楽』(マガジンハウス)　2巻6号　p99　⇔*B2586*
＊後に偏愛文学館の一編として単行本化

A1544　倉橋由美子の偏愛図書館　第13回　福永武彦『海市』(初出)
1997.8.1　『楽』(マガジンハウス)　2巻7号　p107　⇔*B2587*
＊後に偏愛文学館の一編として単行本化

A1545　倉橋由美子の偏愛図書館　第14回　ジェーン・オースティン『高慢と偏見』

（初出）
1997.9.1 『楽』（マガジンハウス） 2巻8号 p99 ⇔*B2588*
＊後に偏愛文学館の一編として単行本化

A1546 Cocktail Story 酔郷譚⑤ 鬼女の宴（初出）
1997.9.30 『サントリークォータリー』（サントリー株式会社東京広報部） 15巻3号 p115-118 ⇔*B2589*
＊単行本収録時に「鬼女の宴」に改題

A1547 小説を楽しむための小説毒本（4） 思想より思考（初出）
1997.10.1 『週刊朝日別冊 小説TRIPPER』（朝日新聞社） 102巻46号 p156-162 ⇔*B2590*
＊単行本収録時に「小説を楽しむための小説読本」に改題し、小見出しを追加

A1548 倉橋由美子の偏愛図書館 第15回 壺井栄『二十四の瞳』（初出）
1997.10.1 『楽』（マガジンハウス） 2巻9号 p99 ⇔*B2591*
＊後に偏愛文学館の一編として単行本化

A1549 倉橋由美子の偏愛図書館 第16回 ジャン・コクトー『恐るべき子供たち』（初出）
1997.11.1 『楽』（マガジンハウス） 2巻10号 p99 ⇔*B2592*
＊後に偏愛文学館の一編として単行本化

A1550 倉橋由美子の偏愛図書館 第17回 中島敦『山月記・李陵』（初出）
1997.12.1 『楽』（マガジンハウス） 2巻11号 p99 ⇔*B2593*
＊後に偏愛文学館の一編として単行本化

A1551 Cocktail Story 酔郷譚⑥ 雪女恋慕行（初出）
1997.12.15 『サントリークォータリー』（サントリー株式会社東京広報部） 15巻4号 p10-18 ⇔*B2594*
＊単行本収録時に「雪女恋慕行」に改題

1998年

A1552 倉橋由美子の偏愛図書館 第18回 サキ『サキ傑作集』（初出）
1998.1.1 『楽』（マガジンハウス） 3巻1号 p99 ⇔*B2595*
＊後に偏愛文学館の一編として単行本化

A1553 パルタイ
1998.1.25 『女性作家シリーズ14 竹西寛子 倉橋由美子 高橋たか子』（角川書店） p151-171 ⇔*D2800*

A1554 ヴァージニア
1998.1.25 『女性作家シリーズ14 竹西寛子 倉橋由美子 高橋たか子』（角川書店） p172-236 ⇔*D2801*

A1555 白い髪の童女（『反悲劇』より）
1998.1.25 『女性作家シリーズ14 竹西寛子 倉橋由美子 高橋たか子』（角川書店） p237-273 ⇔*D2802*

A1556 磁石のない旅（抄）
1998.1.25 『女性作家シリーズ14 竹西寛子 倉橋由美子 高橋たか子』（角川書店） p274-299 ⇔*D2803*

A1557 地獄の一形式としての俳句
1998.1.25 『寺山修司・齋藤愼爾の世界 永遠のアドレッセンス』（柏書房） p216-217

A1558 倉橋由美子の偏愛図書館 第19回 川端康成『山の音』（初出）
1998.2.1 『楽』（マガジンハウス） 3巻2号 p99 ⇔*B2596*
＊後に偏愛文学館の一編として単行本化

A1559 倉橋由美子の偏愛図書館 第20回 パトリシア・ハイスミス『太陽がいっぱ

い』（初出）
1998.3.1　『楽』（マガジンハウス）　3巻3号　p99　⇔*B2597*
＊後に偏愛文学館の一編として単行本化

A1560　小説を楽しむための小説毒本（5）恋愛小説（初出）
1998.3.25　『週刊朝日別冊　小説TRIPPER』（朝日新聞社）　103巻12号　p174-181　⇔*B2598*
＊単行本収録時に「小説を楽しむための小説読本」に改題し、小見出しを追加

A1561　倉橋由美子の偏愛図書館　第21回　夏目漱石『夢十夜　他二篇』（初出）
1998.4.1　『楽』（マガジンハウス）　3巻4号　p99　⇔*B2599*
＊後に偏愛文学館の一編として単行本化

A1562　土佐人について
1998.4.25　『新編・日本随筆紀行　心にふるさとがある16　土佐っ子かたぎ』（作品社）　p186-205　⇔*D2804*

A1563　Cocktail Story　酔郷譚⑦　緑陰酔生夢（初出）
1998.4.30　『サントリークォータリー』（サントリー株式会社東京広報部）　16巻1号　p121-128　⇔*B2600*
＊単行本収録時に「緑陰酔生夢」に改題

A1564　倉橋由美子の偏愛図書館　第22回　ジェフリー・アーチャー『めざせダウニング街10番地』（初出）
1998.5.1　『楽』（マガジンハウス）　3巻5号　p99　⇔*B2601*
＊後に偏愛文学館の一編として単行本化

A1565　倉橋由美子の偏愛図書館　第23回　森鷗外『灰燼/かのように　森鷗外全集3』（初出）
1998.6.1　『楽』（マガジンハウス）　3巻6号　p97　⇔*B2602*
＊後に偏愛文学館の一編として単行本化

A1566　倉橋由美子の偏愛図書館　第24回　蒲松齢『聊斎志異』（初出）
1998.7.1　『楽』（マガジンハウス）　3巻7号　p97　⇔*B2603*
＊後に偏愛文学館の一編として単行本化

A1567　恋人同士
1998.7.3　『暗黒のメルヘン』（澁澤龍彥編）（河出書房新社（河出文庫））　p423-438　⇔*D2805*

A1568　人魚の涙
1998.8.1　『大人のための残酷童話』（新潮社（新潮文庫））　p9-18　⇔*C2714*

A1569　一寸法師の恋
1998.8.1　『大人のための残酷童話』（新潮社（新潮文庫））　p19-28　⇔*C2714*

A1570　白雪姫
1998.8.1　『大人のための残酷童話』（新潮社（新潮文庫））　p29-37　⇔*C2714*

A1571　世界の果ての泉
1998.8.1　『大人のための残酷童話』（新潮社（新潮文庫））　p39-45　⇔*C2714*

A1572　血で染めたドレス
1998.8.1　『大人のための残酷童話』（新潮社（新潮文庫））　p47-55　⇔*C2714*

A1573　鏡を見た王女
1998.8.1　『大人のための残酷童話』（新潮社（新潮文庫））　p57-65　⇔*C2714*

A1574　子供たちが豚殺しを真似した話
1998.8.1　『大人のための残酷童話』（新潮社（新潮文庫））　p67-71　⇔*C2714*

A1575　虫になったザムザの話
1998.8.1　『大人のための残酷童話』（新潮社（新潮文庫））　p73-81　⇔*C2714*

A1576　名人伝補遺
1998.8.1　『大人のための残酷童話』（新潮社（新潮文庫））　p83-88　⇔*C2714*

A1577　盧生の夢
1998.8.1　『大人のための残酷童話』（新潮社（新潮文庫））　p89-97　⇔*C2714*

A1578　養老の滝
1998.8.1　『大人のための残酷童話』（新潮社（新潮文庫））　p99-103　⇔*C2714*

A1579　新浦島
1998.8.1　『大人のための残酷童話』（新潮社（新潮文庫））　p105-110　⇔*C2714*

A1580　猿蟹戦争
1998.8.1　『大人のための残酷童話』（新潮社（新潮文庫））　p111-115　⇔*C2714*

A1581　かぐや姫
1998.8.1　『大人のための残酷童話』（新潮社（新潮文庫））　p117-126　⇔*C2714*

A1582　三つの指輪
1998.8.1　『大人のための残酷童話』（新潮社（新潮文庫））　p127-135　⇔*C2714*

A1583　ゴルゴーンの首
1998.8.1　『大人のための残酷童話』（新潮社（新潮文庫））　p137-145　⇔*C2714*

A1584　故郷
1998.8.1　『大人のための残酷童話』（新潮社（新潮文庫））　p147-153　⇔*C2714*

A1585　パンドーラーの壷
1998.8.1　『大人のための残酷童話』（新潮社（新潮文庫））　p155-159　⇔*C2714*

A1586　ある恋の物語
1998.8.1　『大人のための残酷童話』（新潮社（新潮文庫））　p161-169　⇔*C2714*

A1587　鬼女の島
1998.8.1　『大人のための残酷童話』（新潮社（新潮文庫））　p171-179　⇔*C2714*

A1588　天国へ行った男の子
1998.8.1　『大人のための残酷童話』（新潮社（新潮文庫））　p181-186　⇔*C2714*

A1589　安達ケ原の鬼
1998.8.1　『大人のための残酷童話』（新潮社（新潮文庫））　p187-192　⇔*C2714*

A1590　異説かちかち山
1998.8.1　『大人のための残酷童話』（新潮社（新潮文庫））　p193-201　⇔*C2714*

A1591　飯食わぬ女異聞
1998.8.1　『大人のための残酷童話』（新潮社（新潮文庫））　p203-208　⇔*C2714*

A1592　魔法の豆の木
1998.8.1　『大人のための残酷童話』（新潮社（新潮文庫））　p209-217　⇔*C2714*

A1593　人は何によって生きるのか
1998.8.1　『大人のための残酷童話』（新潮社（新潮文庫））　p219-227　⇔*C2714*

A1594　あとがき
1998.8.1　『大人のための残酷童話』（新潮社（新潮文庫））　p228-232　⇔*C2714*

A1595　ジョン・コルトレーンの〈My Favorite Things〉その他（初出）
1998.8.1　『波』（新潮社）　32巻8号　p2-5　⇔*B2604*
＊単行本未収録

A1596　倉橋由美子の偏愛図書館　第25回　宮部みゆき『火車』（初出）
1998.8.1　『楽』（マガジンハウス）　3巻8号　p97　⇔*B2605*
＊後に偏愛文学館の一編として単行本化

A1597　Cocktail Story　酔郷譚⑧　冥界往還記（初出）
1998.8.20　『サントリークォータリー』（サントリー株式会社東京広報部）　16巻2号　p145-152　⇔*B2606*
＊単行本収録時に「冥界往還記」に改題

A1598　倉橋由美子の偏愛図書館　第26回　ロバート・ゴダード『リオノーラの肖像』（初出）
1998.9.1　『楽』（マガジンハウス）　3巻9号　p97　⇔*B2607*

＊後に偏愛文学館の一編として単行本化

A1599 倉橋由美子の偏愛図書館　第27回　太宰治『ヴィヨンの妻』(初出)
1998.11.1　『楽』(マガジンハウス)　3巻10号　p83　⇔*B2608*
＊後に偏愛文学館の一編として単行本化

A1600 倉橋由美子の偏愛図書館　第28回『蘇東坡詩選』小川環樹・山本和義選訳(初出)
1998.12.1　『楽』(マガジンハウス)　3巻11号　p85　⇔*B2609*
＊後に偏愛文学館の一編として単行本化

A1601 Cocktail Story　酔郷譚⑨　落陽原に登る(初出)
1998.12.10　『サントリークォータリー』(サントリー株式会社東京広報部)　16巻3号　p137-144　⇔*B2610*
＊単行本収録時に「落陽原に登る」に改題

1999年

A1602 倉橋由美子の偏愛図書館　第29回　岡本綺堂『半七捕物帖』(初出)
1999.1.1　『楽』(マガジンハウス)　4巻1号　p85　⇔*B2611*
＊後に偏愛文学館の一編として単行本化

A1603 鬼女の面
1999.1.15　『女流ミステリー傑作選　誘惑』(結城信孝編)(徳間書店)　p21-29　⇔*D2806*

A1604 倉橋由美子の偏愛図書館　第30回　シュテファン・ツワイク　高橋禎二・秋山英夫訳『ジョゼフ・フーシェ』(初出)
1999.2.1　『楽』(マガジンハウス)　4巻2号　p85　⇔*B2612*
＊単行本未収録

A1605 英雄の死
1999.2.25　『近代作家追悼文集成第42巻』(ゆまに書房)　p131-136　⇔*D2807*

A1606 倉橋由美子の偏愛図書館　最終回『百物語』杉浦日向子(初出)
1999.3.1　『楽』(マガジンハウス)　4巻3号　p91　⇔*B2613*
＊後に偏愛文学館の一編として単行本化

A1607 ヴァンピールの会
1999.4.15　『屍鬼の血族』(東雅夫編)(桜桃書房)　p293-302　⇔*D2808*

A1608 『源氏物語』の魅力
1999.5.25　『批評集成・源氏物語　第三巻　近代の批評』(ゆまに書房)　p217-219　⇔*D2809*

A1609 受賞のことば
1999.7.10　『毒薬としての文学　倉橋由美子エッセイ選』(講談社(講談社文芸文庫))　p11-12　⇔*C2715*

A1610 学生よ、驕るなかれ
1999.7.10　『毒薬としての文学　倉橋由美子エッセイ選』(講談社(講談社文芸文庫))　p13-26　⇔*C2715*

A1611 袋に封入された青春
1999.7.10　『毒薬としての文学　倉橋由美子エッセイ選』(講談社(講談社文芸文庫))　p27-29　⇔*C2715*

A1612 田舎暮し
1999.7.10　『毒薬としての文学　倉橋由美子エッセイ選』(講談社(講談社文芸文庫))　p30-34　⇔*C2715*

A1613 性と文学
1999.7.10　『毒薬としての文学　倉橋由美子エッセイ選』(講談社(講談社文芸文庫))　p35-38　⇔*C2715*

A1614 性は悪への鍵
1999.7.10　『毒薬としての文学　倉橋由美子エッセイ選』(講談社(講談社文芸文庫))　p39-46　⇔*C2715*

A1615　死後の世界
1999.7.10　『毒薬としての文学　倉橋由美子エッセイ選』（講談社（講談社文芸文庫））　p47-50　⇔*C2715*

A1616　土佐人について
1999.7.10　『毒薬としての文学　倉橋由美子エッセイ選』（講談社（講談社文芸文庫））　p51-61　⇔*C2715*

A1617　わたしの小説作法
1999.7.10　『毒薬としての文学　倉橋由美子エッセイ選』（講談社（講談社文芸文庫））　p62-64　⇔*C2715*

A1618　妄想のおとし穴
1999.7.10　『毒薬としての文学　倉橋由美子エッセイ選』（講談社（講談社文芸文庫））　p65-67　⇔*C2715*

A1619　毒薬としての文学
1999.7.10　『毒薬としての文学　倉橋由美子エッセイ選』（講談社（講談社文芸文庫））　p68-77　⇔*C2715*

A1620　育児日記
1999.7.10　『毒薬としての文学　倉橋由美子エッセイ選』（講談社（講談社文芸文庫））　p78-85　⇔*C2715*

A1621　文学的人間を排す
1999.7.10　『毒薬としての文学　倉橋由美子エッセイ選』（講談社（講談社文芸文庫））　p86-102　⇔*C2715*

A1622　神々の深謀遠慮
1999.7.10　『毒薬としての文学　倉橋由美子エッセイ選』（講談社（講談社文芸文庫））　p103-106　⇔*C2715*

A1623　アイオワの四季
1999.7.10　『毒薬としての文学　倉橋由美子エッセイ選』（講談社（講談社文芸文庫））　p107-119　⇔*C2715*

A1624　私の小説
1999.7.10　『毒薬としての文学　倉橋由美子エッセイ選』（講談社（講談社文芸文庫））　p120-130　⇔*C2715*

A1625　休業中
1999.7.10　『毒薬としての文学　倉橋由美子エッセイ選』（講談社（講談社文芸文庫））　p131-133　⇔*C2715*

A1626　アメリカ流個人主義
1999.7.10　『毒薬としての文学　倉橋由美子エッセイ選』（講談社（講談社文芸文庫））　p134-136　⇔*C2715*

A1627　わが町
1999.7.10　『毒薬としての文学　倉橋由美子エッセイ選』（講談社（講談社文芸文庫））　p137-138　⇔*C2715*

A1628　誕生日
1999.7.10　『毒薬としての文学　倉橋由美子エッセイ選』（講談社（講談社文芸文庫））　p139-140　⇔*C2715*

A1629　残酷な童話
1999.7.10　『毒薬としての文学　倉橋由美子エッセイ選』（講談社（講談社文芸文庫））　p141-142　⇔*C2715*

A1630　パリの憂鬱
1999.7.10　『毒薬としての文学　倉橋由美子エッセイ選』（講談社（講談社文芸文庫））　p143-145　⇔*C2715*

A1631　夜　その過去と現在
1999.7.10　『毒薬としての文学　倉橋由美子エッセイ選』（講談社（講談社文芸文庫））　p146-153　⇔*C2715*

A1632　「言葉のない世界」へおりていく―『田村隆一詩集』―
1999.7.10　『毒薬としての文学　倉橋由美子エッセイ選』（講談社（講談社文芸文庫））　p157-161　⇔*C2715*

A1633　坂口安吾論
1999.7.10　『毒薬としての文学　倉橋由美子エッセイ選』（講談社（講談社文芸文庫））　p162-181　⇔*C2715*

A1634　美少年と珊瑚
1999.7.10　『毒薬としての文学　倉橋由美子エッセイ選』（講談社（講談社文芸文

庫））　p182-184　⇔*C2715*

A1635　澁澤龍彦の世界
1999.7.10　『毒薬としての文学　倉橋由美子エッセイ選』（講談社（講談社文芸文庫））　p185-191　⇔*C2715*

A1636　評伝的解説――島尾敏雄
1999.7.10　『毒薬としての文学　倉橋由美子エッセイ選』（講談社（講談社文芸文庫））　p192-205　⇔*C2715*

A1637　英雄の死
1999.7.10　『毒薬としての文学　倉橋由美子エッセイ選』（講談社（講談社文芸文庫））　p206-217　⇔*C2715*

A1638　「反埴谷雄高」論
1999.7.10　『毒薬としての文学　倉橋由美子エッセイ選』（講談社（講談社文芸文庫））　p218-246　⇔*C2715*

A1639　心に残る言葉
1999.7.10　『毒薬としての文学　倉橋由美子エッセイ選』（講談社（講談社文芸文庫））　p247-249　⇔*C2715*

A1640　吉田健一氏の文章
1999.7.10　『毒薬としての文学　倉橋由美子エッセイ選』（講談社（講談社文芸文庫））　p250-257　⇔*C2715*

A1641　『史記』と『論語』
1999.7.10　『毒薬としての文学　倉橋由美子エッセイ選』（講談社（講談社文芸文庫））　p258-265　⇔*C2715*

A1642　大脳の音楽　西脇詩集
1999.7.10　『毒薬としての文学　倉橋由美子エッセイ選』（講談社（講談社文芸文庫））　p266-267　⇔*C2715*

A1643　先生・評論家・小説家・中村光夫先生
1999.7.10　『毒薬としての文学　倉橋由美子エッセイ選』（講談社（講談社文芸文庫））　p268-272　⇔*C2715*

A1644　黒猫の家
1999.11.8　『怪猫鬼談』（東雅夫編）（桜桃書房）　p51-58　⇔*D2810*

2000年

A1645　地獄の一形式としての俳句
2000.3.24　『齋藤愼爾全句集』（河出書房新社）　p321-324　⇔*D2811*

A1646　Cocktail Story　酔郷譚⑩　海市遊宴（初出）
2000.7.30　『サントリークォータリー』（サントリー株式会社東京広報部）　17巻3号　p129-136　⇔*B2614*
＊単行本収録時に「海市遊宴」に改題

A1647　Cocktail Story　酔郷譚⑪　髑髏小町（初出）
2000.9.30　『サントリークォータリー』（サントリー株式会社東京広報部）　17巻4号　p107-114　⇔*B2615*
＊単行本収録時に「髑髏小町」に改題

A1648　Cocktail Story　酔郷譚⑫　雪洞桃源（初出）
2000.12.30　『サントリークォータリー』（サントリー株式会社東京広報部）　18巻1号　p127-134　⇔*B2616*
＊単行本収録時に「雪洞桃源」に改題

2001年

A1649　花の下
2001.4.25　『櫻憑き　異形コレクション綺賓館Ⅲ』（光文社）　p293-301　⇔*D2812*

A1650　Cocktail Story　酔郷譚其の十三　臨湖亭綺譚（初出）
2001.4.30　『サントリークォータリー』（サントリー株式会社東京広報部）　18巻2号　p105-112　⇔*B2617*
＊単行本収録時に「臨湖亭綺譚」に改題

A1651　Cocktail　Story　酔郷譚其の十四　明月幻記（初出）
2001.9.20　『サントリークォータリー』（サントリー株式会社東京広報部）　18巻3号　p161-168　⇔*B2618*
＊単行本収録時に「明月幻記」に改題

A1652　小説論ノート　もののあわれ
2001.11.1　『あたりまえのこと』（朝日新聞社）　p9-12　⇔*C2716*

A1653　小説論ノート　勧善懲悪
2001.11.1　『あたりまえのこと』（朝日新聞社）　p13-16　⇔*C2716*

A1654　小説論ノート　愚行
2001.11.1　『あたりまえのこと』（朝日新聞社）　p17-21　⇔*C2716*

A1655　小説論ノート　恋
2001.11.1　『あたりまえのこと』（朝日新聞社）　p22-25　⇔*C2716*

A1656　小説論ノート　自殺
2001.11.1　『あたりまえのこと』（朝日新聞社）　p26-29　⇔*C2716*

A1657　小説論ノート　女
2001.11.1　『あたりまえのこと』（朝日新聞社）　p30-34　⇔*C2716*

A1658　小説論ノート　告白
2001.11.1　『あたりまえのこと』（朝日新聞社）　p35-38　⇔*C2716*

A1659　小説論ノート　運命
2001.11.1　『あたりまえのこと』（朝日新聞社）　p39-42　⇔*C2716*

A1660　小説論ノート　性格
2001.11.1　『あたりまえのこと』（朝日新聞社）　p43-47　⇔*C2716*

A1661　小説論ノート　真実
2001.11.1　『あたりまえのこと』（朝日新聞社）　p48-52　⇔*C2716*

A1662　小説論ノート　嘘
2001.11.1　『あたりまえのこと』（朝日新聞社）　p53-56　⇔*C2716*

A1663　小説論ノート　秩序
2001.11.1　『あたりまえのこと』（朝日新聞社）　p57-60　⇔*C2716*

A1664　小説論ノート　小説の効用
2001.11.1　『あたりまえのこと』（朝日新聞社）　p61-65　⇔*C2716*

A1665　小説論ノート　小説という行為
2001.11.1　『あたりまえのこと』（朝日新聞社）　p66-69　⇔*C2716*

A1666　小説論ノート　小説の読者
2001.11.1　『あたりまえのこと』（朝日新聞社）　p70-73　⇔*C2716*

A1667　小説論ノート　名文
2001.11.1　『あたりまえのこと』（朝日新聞社）　p74-77　⇔*C2716*

A1668　小説論ノート　純文学
2001.11.1　『あたりまえのこと』（朝日新聞社）　p78-81　⇔*C2716*

A1669　小説論ノート　狂気
2001.11.1　『あたりまえのこと』（朝日新聞社）　p82-86　⇔*C2716*

A1670　小説論ノート　悪
2001.11.1　『あたりまえのこと』（朝日新聞社）　p87-90　⇔*C2716*

A1671　小説論ノート　小説の制約
2001.11.1　『あたりまえのこと』（朝日新聞社）　p91-95　⇔*C2716*

A1672　小説論ノート　小説の基本ルール
2001.11.1　『あたりまえのこと』（朝日新聞社）　p96-100　⇔*C2716*

A1673　小説論ノート　通俗性
2001.11.1　『あたりまえのこと』（朝日新聞社）　p101-104　⇔*C2716*

A1674　小説論ノート　努力
2001.11.1　『あたりまえのこと』（朝日新聞社）　p105-108　⇔*C2716*

A1675　小説論ノート　批評
2001.11.1　『あたりまえのこと』（朝日新聞社）　p109-113　⇔*C2716*

A1676　小説を楽しむための小説読本　小説の現在──「第二芸術」としての純文学の終わり
2001.11.1　『あたりまえのこと』（朝日新聞社）　p117-132　⇔*C2716*

A1677　小説を楽しむための小説読本　小説を楽しむこと
2001.11.1　『あたりまえのこと』（朝日新聞社）　p133-135　⇔*C2716*

A1678　小説を楽しむための小説読本　長い小説
2001.11.1　『あたりまえのこと』（朝日新聞社）　p136-138　⇔*C2716*

A1679　小説を楽しむための小説読本　一品料理としての短編小説
2001.11.1　『あたりまえのこと』（朝日新聞社）　p139-141　⇔*C2716*

A1680　小説を楽しむための小説読本　小説の評価
2001.11.1　『あたりまえのこと』（朝日新聞社）　p142-145　⇔*C2716*

A1681　小説を楽しむための小説読本　文章の巧さということ
2001.11.1　『あたりまえのこと』（朝日新聞社）　p146-148　⇔*C2716*

A1682　小説を楽しむための小説読本　小説を読むときのBGM
2001.11.1　『あたりまえのこと』（朝日新聞社）　p149　⇔*C2716*

A1683　小説を楽しむための小説読本　老人に楽しめない小説
2001.11.1　『あたりまえのこと』（朝日新聞社）　p150-152　⇔*C2716*

A1684　小説を楽しむための小説読本　人間がつまらない小説
2001.11.1　『あたりまえのこと』（朝日新聞社）　p153-154　⇔*C2716*

A1685　小説を楽しむための小説読本　話がつまらない小説
2001.11.1　『あたりまえのこと』（朝日新聞社）　p155-156　⇔*C2716*

A1686　小説を楽しむための小説読本　書かない作家
2001.11.1　『あたりまえのこと』（朝日新聞社）　p157-158　⇔*C2716*

A1687　小説を楽しむための小説読本　想像力について
2001.11.1　『あたりまえのこと』（朝日新聞社）　p159-161　⇔*C2716*

A1688　小説を楽しむための小説読本　人間を作り出すということ
2001.11.1　『あたりまえのこと』（朝日新聞社）　p162　⇔*C2716*

A1689　小説を楽しむための小説読本　歌としての小説
2001.11.1　『あたりまえのこと』（朝日新聞社）　p163-165　⇔*C2716*

A1690　小説を楽しむための小説読本　創造された作品としての小説
2001.11.1　『あたりまえのこと』（朝日新聞社）　p166　⇔*C2716*

A1691　小説を楽しむための小説読本　思想より思考
2001.11.1　『あたりまえのこと』（朝日新聞社）　p167-171　⇔*C2716*

A1692　小説を楽しむための小説読本　「決まっている」文章
2001.11.1　『あたりまえのこと』（朝日新聞社）　p172-174　⇔*C2716*

A1693　小説を楽しむための小説読本　娯楽小説の文章
2001.11.1　『あたりまえのこと』（朝日新聞社）　p175-177　⇔*C2716*

A1694　小説を楽しむための小説読本　中身は腐る
2001.11.1　『あたりまえのこと』（朝日新聞社）　p178-181　⇔*C2716*

A1695　小説を楽しむための小説読本　文体の練習
2001.11.1　『あたりまえのこと』（朝日新聞社）　p182-184　⇔C2716

A1696　小説を楽しむための小説読本　幻想を書く
2001.11.1　『あたりまえのこと』（朝日新聞社）　p185-186　⇔C2716

A1697　小説を楽しむための小説読本　何を書けばよいか
2001.11.1　『あたりまえのこと』（朝日新聞社）　p187-189　⇔C2716

A1698　小説を楽しむための小説読本　恋愛小説
2001.11.1　『あたりまえのこと』（朝日新聞社）　p190-191　⇔C2716

A1699　小説を楽しむための小説読本　自慰行為としての小説書き
2001.11.1　『あたりまえのこと』（朝日新聞社）　p192-194　⇔C2716

A1700　小説を楽しむための小説読本　「からだ」を描くこと
2001.11.1　『あたりまえのこと』（朝日新聞社）　p195-199　⇔C2716

A1701　小説を楽しむための小説読本　「こころ」というもの
2001.11.1　『あたりまえのこと』（朝日新聞社）　p200-203　⇔C2716

A1702　小説を楽しむための小説読本　恋愛という錯誤
2001.11.1　『あたりまえのこと』（朝日新聞社）　p204-206　⇔C2716

A1703　小説を楽しむための小説読本　リアリズムということ
2001.11.1　『あたりまえのこと』（朝日新聞社）　p207-211　⇔C2716

A1704　小説を楽しむための小説読本　小説の読み方
2001.11.1　『あたりまえのこと』（朝日新聞社）　p212-214　⇔C2716

A1705　あとがき（初出）
2001.11.1　『あたりまえのこと』（朝日新聞社）　p218-221　⇔B2619, C2716

A1706　あたりまえのこと（初出）
2001.11.1　『一冊の本』（朝日新聞社）　6巻11号　p2-4　⇔B2620
＊単行本未収録

A1707　ふくろう頌（初出）
2001.12.1　『島谷晃の世界展—鳥になった画家—』（財団法人 池田20世紀美術展）　p8-9　⇔B2621
＊単行本未収録

A1708　Cocktail Story　酔郷譚其の十五　芒が原逍遥記（初出）
2001.12.25　『サントリークォータリー』（サントリー株式会社東京広報部）　18巻4号　p151-158　⇔B2622
＊単行本収録時に「芒が原逍遥記」に改題

2002年

A1709　死んだ眼
2002.2.10　『戦後短篇小説再発見9　政治と革命』（講談社（講談社文芸文庫））　p125-145　⇔D2813

A1710　花の雪散る里
2002.3.20　『よもつひらさか往還』（講談社）　p7-15　⇔C2717

A1711　果実の中の饗宴
2002.3.20　『よもつひらさか往還』（講談社）　p17-25　⇔C2717

A1712　月の都に帰る
2002.3.20　『よもつひらさか往還』（講談社）　p27-35　⇔C2717

A1713　植物的悪魔の季節
2002.3.20　『よもつひらさか往還』（講談社）　p37-46　⇔C2717

A1714 鬼女の宴
2002.3.20 『よもつひらさか往還』(講談社) p47-56 ⇔*C2717*

A1715 雪女恋慕行
2002.3.20 『よもつひらさか往還』(講談社) p57-75 ⇔*C2717*

A1716 緑陰酔生夢
2002.3.20 『よもつひらさか往還』(講談社) p77-94 ⇔*C2717*

A1717 冥界往還記
2002.3.20 『よもつひらさか往還』(講談社) p95-112 ⇔*C2717*

A1718 落陽原に登る
2002.3.20 『よもつひらさか往還』(講談社) p113-130 ⇔*C2717*

A1719 海市遊宴
2002.3.20 『よもつひらさか往還』(講談社) p131-149 ⇔*C2717*

A1720 髑髏小町
2002.3.20 『よもつひらさか往還』(講談社) p151-169 ⇔*C2717*

A1721 雪洞桃源
2002.3.20 『よもつひらさか往還』(講談社) p171-190 ⇔*C2717*

A1722 臨湖亭綺譚
2002.3.20 『よもつひらさか往還』(講談社) p191-207 ⇔*C2717*

A1723 明月幻記
2002.3.20 『よもつひらさか往還』(講談社) p209-225 ⇔*C2717*

A1724 芒が原逍遥記
2002.3.20 『よもつひらさか往還』(講談社) p227-243 ⇔*C2717*

A1725 Cocktail Story 酔郷譚其の十六 桜花変化(初出)
2002.5.10 『サントリークォータリー』(サントリー株式会社東京広報部) 18巻5号 p119-126 ⇔*B2623*
＊単行本未収録

A1726 Cocktail Story 酔郷譚其の十七 広寒宮の一夜(初出)
2002.9.20 『サントリークォータリー』(サントリー株式会社東京広報部) 19巻1号 p161-168 ⇔*B2624*
＊単行本未収録

A1727 夜 その過去と現在
2002.10.25 『こころの羅針盤(コンパス)』(日本ペンクラブ編 五木寛之選)(光文社) p263-272 ⇔*D2814*

A1728 パルタイ
2002.11.10 『パルタイ 紅葉狩り 倉橋由美子短篇小説集』(講談社(講談社文芸文庫)) p7-32 ⇔*C2718*

A1729 囚人
2002.11.10 『パルタイ 紅葉狩り 倉橋由美子短篇小説集』(講談社(講談社文芸文庫)) p33-71 ⇔*C2718*

A1730 合成美女
2002.11.10 『パルタイ 紅葉狩り 倉橋由美子短篇小説集』(講談社(講談社文芸文庫)) p72-103 ⇔*C2718*

A1731 夢のなかの街
2002.11.10 『パルタイ 紅葉狩り 倉橋由美子短篇小説集』(講談社(講談社文芸文庫)) p104-142 ⇔*C2718*

A1732 霊魂
2002.11.10 『パルタイ 紅葉狩り 倉橋由美子短篇小説集』(講談社(講談社文芸文庫)) p143-181 ⇔*C2718*

A1733 腐敗
2002.11.10 『パルタイ 紅葉狩り 倉橋由美子短篇小説集』(講談社(講談社文芸文庫)) p182-194 ⇔*C2718*

A1734 盧生の夢
2002.11.10 『パルタイ 紅葉狩り 倉橋由美子短篇小説集』(講談社(講談社文芸文庫)) p195-201 ⇔*C2718*

A1735 首の飛ぶ女
2002.11.10 『パルタイ 紅葉狩り 倉橋由美子短篇小説集』(講談社(講談社文芸文庫)) p202-209 ⇔*C2718*

A1736 紅葉狩り
2002.11.10 『パルタイ 紅葉狩り 倉橋由美子短篇小説集』(講談社(講談社文芸文庫)) p210-234 ⇔*C2718*

A1737 終の棲家(初出)
2002.11.15 『築』(社団法人 建築業協会) 15号 p18-19 ⇔*B2625*
＊単行本未収録

A1738 評伝的解説——島尾敏雄
2002.12.25 『近代文学作品論集成18 島尾敏雄『死の棘』作品論集』(志村有弘編)(クレス出版) p23-33 ⇔*D2815*

A1739 Cocktail Story 酔郷譚其の十八 酔郷探訪(初出)
2002.12.25 『サントリークォータリー』(サントリー株式会社東京広報部) 19巻2号 p153-160 ⇔*B2626*
＊単行本未収録

2003年

A1740 Cocktail Story 酔郷譚其の十九 回廊の鬼(初出)
2003.4.20 『サントリークォータリー』(サントリー株式会社東京広報部) 20巻1号 p161-168 ⇔*B2627*
＊単行本未収録

A1741 月の都
2003.4.20 『短歌殺人事件 31音律のラビリンス』(光文社(光文社文庫)) p433-441 ⇔*D2816*

A1742 夏の終り
2003.6.10 『戦後短篇小説再発見11 事件の深層』(講談社(講談社文芸文庫)) p95-112 ⇔*D2817*

A1743 Cocktail Story 酔郷譚其の二十 黒い雨の夜(初出)
2003.9.1 『サントリークォータリー』(サントリー株式会社東京広報部) 20巻2号 p89-96 ⇔*B2628*
＊単行本未収録

A1744 ある老人の図書館(初出・書き下ろし)
2003.9.30 『老人のための残酷童話』(講談社) p7-24 ⇔*B2629, C2719*

A1745 姥捨山異聞(初出・書き下ろし)
2003.9.30 『老人のための残酷童話』(講談社) p25-40 ⇔*B2630, C2719*

A1746 子を欲しがる老女(初出・書き下ろし)
2003.9.30 『老人のための残酷童話』(講談社) p41-62 ⇔*B2631, C2719*

A1747 天の川(初出・書き下ろし)
2003.9.30 『老人のための残酷童話』(講談社) p63-94 ⇔*B2632, C2719*

A1748 水妖女(初出・書き下ろし)
2003.9.30 『老人のための残酷童話』(講談社) p95-107 ⇔*B2633, C2719*

A1749 閻羅長官(初出・書き下ろし)
2003.9.30 『老人のための残酷童話』(講談社) p109-129 ⇔*B2634, C2719*

A1750 犬の哲学者(初出・書き下ろし)
2003.9.30 『老人のための残酷童話』(講談社) p131-151 ⇔*B2635, C2719*

A1751 臓器回収大作戦(初出・書き下ろし)
2003.9.30 『老人のための残酷童話』(講談社) p153-179 ⇔*B2636, C2719*

A1752 老いらくの恋(初出・書き下ろし)
2003.9.30 『老人のための残酷童話』(講談社) p181-209 ⇔*B2637, C2719*

A1753 地獄めぐり(初出・書き下ろし)
2003.9.30 『老人のための残酷童話』(講談社) p211-238 ⇔*B2638, C2719*

2004年

A1754　Cocktail　Story　酔郷譚其の二十一　春水桃花源（初出）
2004.4.30　『サントリークォータリー』（サントリー株式会社東京広報部）　21巻1号　p97-104　⇔*B2639*
＊単行本未収録

A1755　他人の苦痛――アダム・ヘイズリット『あなたはひとりぼっちじゃない』（初出）
2004.6.1　『波』（新潮社）　18巻6号　p64-65　⇔*B2640*
＊単行本未収録

A1756　偏愛文学館「アルゴールの城にて」（初出）
2004.7.1　『群像』（講談社）　59巻7号　p194-199　⇔*B2641*

A1757　偏愛文学館　「シルトの岸辺」（初出）
2004.8.1　『群像』（講談社）　59巻8号　p328-333　⇔*B2642*

A1758　偏愛文学館「ピンフォールドの試練」（初出）
2004.9.1　『群像』（講談社）　59巻9号　p322-328　⇔*B2643*

A1759　Cocktail　Story　酔郷譚其の二十二　玉中交歓（初出）
2004.9.10　『サントリークォータリー』（サントリー株式会社東京広報部）　21巻2号　p107-114　⇔*B2644*
＊単行本未収録

A1760　ヴァンピールの会
2004.9.17　『怪談――24の恐怖――』（三浦正雄編）（講談社）　p69-77　⇔*D2818*

A1761　偏愛文学館「雨月物語」「春雨物語」（初出）
2004.10.1　『群像』（講談社）　59巻10号　p332-337　⇔*B2645*

A1762　偏愛文学館「架空の伝記」「名士小伝」（初出）
2004.11.1　『群像』（講談社）　59巻11号　p336-341　⇔*B2646*

A1763　偏愛文学館「アドリエンヌ・ムジュラ」（初出）
2004.12.1　『群像』（講談社）　59巻12号　p294-300　⇔*B2647*

2005年

A1764　偏愛文学館「金沢」（初出）
2005.1.1　『群像』（講談社）　60巻1号　p428-434　⇔*B2648*

A1765　小説論ノート　もののあわれ
2005.2.28　『あたりまえのこと』（朝日新聞社（朝日文庫））　p12-15　⇔*C2720*

A1766　小説論ノート　勧善懲悪
2005.2.28　『あたりまえのこと』（朝日新聞社（朝日文庫））　p16-20　⇔*C2720*

A1767　小説論ノート　愚行
2005.2.28　『あたりまえのこと』（朝日新聞社（朝日文庫））　·p21-25　⇔*C2720*

A1768　小説論ノート　恋
2005.2.28　『あたりまえのこと』（朝日新聞社（朝日文庫））　p26-29　⇔*C2720*

A1769　小説論ノート　自殺
2005.2.28　『あたりまえのこと』（朝日新聞社（朝日文庫））　p30-34　⇔*C2720*

A1770　小説論ノート　女
2005.2.28　『あたりまえのこと』（朝日新聞社（朝日文庫））　p35-39　⇔*C2720*

A1771　小説論ノート　告白
2005.2.28　『あたりまえのこと』（朝日新聞社（朝日文庫））　p40-44　⇔*C2720*

A1772　小説論ノート　運命
2005.2.28　『あたりまえのこと』（朝日新聞社（朝日文庫））　p45-49　⇔*C2720*

A1773　小説論ノート　性格
2005.2.28　『あたりまえのこと』（朝日新聞社（朝日文庫））　p50-54　⇔*C2720*

A1774　小説論ノート　真実
2005.2.28　『あたりまえのこと』（朝日新聞社（朝日文庫））　p55-59　⇔*C2720*

A1775　小説論ノート　嘘
2005.2.28　『あたりまえのこと』（朝日新聞社（朝日文庫））　p60-64　⇔*C2720*

A1776　小説論ノート　秩序
2005.2.28　『あたりまえのこと』（朝日新聞社（朝日文庫））　p65-68　⇔*C2720*

A1777　小説論ノート　小説の効用
2005.2.28　『あたりまえのこと』（朝日新聞社（朝日文庫））　p69-73　⇔*C2720*

A1778　小説論ノート　小説という行為
2005.2.28　『あたりまえのこと』（朝日新聞社（朝日文庫））　p74-77　⇔*C2720*

A1779　小説論ノート　小説の読者
2005.2.28　『あたりまえのこと』（朝日新聞社（朝日文庫））　p78-81　⇔*C2720*

A1780　小説論ノート　名文
2005.2.28　『あたりまえのこと』（朝日新聞社（朝日文庫））　p82-85　⇔*C2720*

A1781　小説論ノート　純文学
2005.2.28　『あたりまえのこと』（朝日新聞社（朝日文庫））　p86-90　⇔*C2720*

A1782　小説論ノート　狂気
2005.2.28　『あたりまえのこと』（朝日新聞社（朝日文庫））　p91-95　⇔*C2720*

A1783　小説論ノート　悪
2005.2.28　『あたりまえのこと』（朝日新聞社（朝日文庫））　p96-100　⇔*C2720*

A1784　小説論ノート　小説の制約
2005.2.28　『あたりまえのこと』（朝日新聞社（朝日文庫））　p101-105　⇔*C2720*

A1785　小説論ノート　小説の基本ルール
2005.2.28　『あたりまえのこと』（朝日新聞社（朝日文庫））　p106-110　⇔*C2720*

A1786　小説論ノート　通俗性
2005.2.28　『あたりまえのこと』（朝日新聞社（朝日文庫））　p111-114　⇔*C2720*

A1787　小説論ノート　努力
2005.2.28　『あたりまえのこと』（朝日新聞社（朝日文庫））　p115-118　⇔*C2720*

A1788　小説論ノート　批評
2005.2.28　『あたりまえのこと』（朝日新聞社（朝日文庫））　p119-123　⇔*C2720*

A1789　小説を楽しむための小説読本　小説の現在―「第二芸術」としての純文学の終わり
2005.2.28　『あたりまえのこと』（朝日新聞社（朝日文庫））　p127-143　⇔*C2720*

A1790　小説を楽しむための小説読本　小説を楽しむこと
2005.2.28　『あたりまえのこと』（朝日新聞社（朝日文庫））　p143-146　⇔*C2720*

A1791　小説を楽しむための小説読本　長い小説
2005.2.28　『あたりまえのこと』（朝日新聞社（朝日文庫））　p146-149　⇔*C2720*

A1792　小説を楽しむための小説読本　一品料理としての短編小説
2005.2.28　『あたりまえのこと』（朝日新聞社（朝日文庫））　p149-152　⇔*C2720*

A1793　小説を楽しむための小説読本　小説の評価
2005.2.28　『あたりまえのこと』（朝日新聞社（朝日文庫））　p152-156　⇔*C2720*

A1794　小説を楽しむための小説読本　文章の巧さということ
2005.2.28　『あたりまえのこと』（朝日新聞社（朝日文庫））　p156-159　⇔*C2720*

A1795 小説を楽しむための小説読本 小説を読むときのBGM
2005.2.28 『あたりまえのこと』(朝日新聞社(朝日文庫)) p160-161 ⇔*C2720*

A1796 小説を楽しむための小説読本 老人に楽しめない小説
2005.2.28 『あたりまえのこと』(朝日新聞社(朝日文庫)) p161-163 ⇔*C2720*

A1797 小説を楽しむための小説読本 人間がつまらない小説
2005.2.28 『あたりまえのこと』(朝日新聞社(朝日文庫)) p164-166 ⇔*C2720*

A1798 小説を楽しむための小説読本 話がつまらない小説
2005.2.28 『あたりまえのこと』(朝日新聞社(朝日文庫)) p166-168 ⇔*C2720*

A1799 小説を楽しむための小説読本 書かない作家
2005.2.28 『あたりまえのこと』(朝日新聞社(朝日文庫)) p168-169 ⇔*C2720*

A1800 小説を楽しむための小説読本 想像力について
2005.2.28 『あたりまえのこと』(朝日新聞社(朝日文庫)) p170-172 ⇔*C2720*

A1801 小説を楽しむための小説読本 人間を作り出すということ
2005.2.28 『あたりまえのこと』(朝日新聞社(朝日文庫)) p173-174 ⇔*C2720*

A1802 小説を楽しむための小説読本 歌としての小説
2005.2.28 『あたりまえのこと』(朝日新聞社(朝日文庫)) p174-176 ⇔*C2720*

A1803 小説を楽しむための小説読本 創造された作品としての小説
2005.2.28 『あたりまえのこと』(朝日新聞社(朝日文庫)) p177-178 ⇔*C2720*

A1804 小説を楽しむための小説読本 思想より思考
2005.2.28 『あたりまえのこと』(朝日新聞社(朝日文庫)) p178-182 ⇔*C2720*

A1805 小説を楽しむための小説読本 「決まっている」文章
2005.2.28 『あたりまえのこと』(朝日新聞社(朝日文庫)) p183-185 ⇔*C2720*

A1806 小説を楽しむための小説読本 娯楽小説の文章
2005.2.28 『あたりまえのこと』(朝日新聞社(朝日文庫)) p186-189 ⇔*C2720*

A1807 小説を楽しむための小説読本 中身は腐る
2005.2.28 『あたりまえのこと』(朝日新聞社(朝日文庫)) p189-192 ⇔*C2720*

A1808 小説を楽しむための小説読本 文体の練習
2005.2.28 『あたりまえのこと』(朝日新聞社(朝日文庫)) p192-195 ⇔*C2720*

A1809 小説を楽しむための小説読本 幻想を書く
2005.2.28 『あたりまえのこと』(朝日新聞社(朝日文庫)) p195-198 ⇔*C2720*

A1810 小説を楽しむための小説読本 何を書けばよいか
2005.2.28 『あたりまえのこと』(朝日新聞社(朝日文庫)) p198-200 ⇔*C2720*

A1811 小説を楽しむための小説読本 恋愛小説
2005.2.28 『あたりまえのこと』(朝日新聞社(朝日文庫)) p201-203 ⇔*C2720*

A1812 小説を楽しむための小説読本 自慰行為としての小説書き
2005.2.28 『あたりまえのこと』(朝日新聞社(朝日文庫)) p203-205 ⇔*C2720*

A1813 小説を楽しむための小説読本 「からだ」を描くこと
2005.2.28 『あたりまえのこと』(朝日新聞社(朝日文庫)) p205-210 ⇔*C2720*

A1814 小説を楽しむための小説読本 「こころ」というもの
2005.2.28 『あたりまえのこと』(朝日新聞社(朝日文庫)) p210-215 ⇔*C2720*

A1815　小説を楽しむための小説読本　恋愛という錯誤
2005.2.28　『あたりまえのこと』（朝日新聞社（朝日文庫））　p215-217　⇔*C2720*

A1816　小説を楽しむための小説読本　リアリズムということ
2005.2.28　『あたりまえのこと』（朝日新聞社（朝日文庫））　p218-222　⇔*C2720*

A1817　小説を楽しむための小説読本　小説の読み方
2005.2.28　『あたりまえのこと』（朝日新聞社（朝日文庫））　p222-224　⇔*C2720*

A1818　あとがき
2005.2.28　『あたりまえのこと』（朝日新聞社（朝日文庫））　p227-230　⇔*C2720*

A1819　花の雪散る里
2005.3.15　『よもつひらさか往還』（講談社（講談社文庫））　p9-17　⇔*C2721*

A1820　果実の中の饗宴
2005.3.15　『よもつひらさか往還』（講談社（講談社文庫））　p19-27　⇔*C2721*

A1821　月の都に帰る
2005.3.15　『よもつひらさか往還』（講談社（講談社文庫））　p29-37　⇔*C2721*

A1822　植物的悪魔の季節
2005.3.15　『よもつひらさか往還』（講談社（講談社文庫））　p39-47　⇔*C2721*

A1823　鬼女の宴
2005.3.15　『よもつひらさか往還』（講談社（講談社文庫））　p49-57　⇔*C2721*

A1824　雪女恋慕行
2005.3.15　『よもつひらさか往還』（講談社（講談社文庫））　p59-75　⇔*C2721*

A1825　緑陰酔生夢
2005.3.15　『よもつひらさか往還』（講談社（講談社文庫））　p77-93　⇔*C2721*

A1826　冥界往還記
2005.3.15　『よもつひらさか往還』（講談社（講談社文庫））　p95-111　⇔*C2721*

A1827　落陽原に登る
2005.3.15　『よもつひらさか往還』（講談社（講談社文庫））　p113-129　⇔*C2721*

A1828　海市遊宴
2005.3.15　『よもつひらさか往還』（講談社（講談社文庫））　p131-148　⇔*C2721*

A1829　髑髏小町
2005.3.15　『よもつひらさか往還』（講談社（講談社文庫））　p149-165　⇔*C2721*

A1830　雪洞桃源
2005.3.15　『よもつひらさか往還』（講談社（講談社文庫））　p167-184　⇔*C2721*

A1831　臨湖亭綺譚
2005.3.15　『よもつひらさか往還』（講談社（講談社文庫））　p185-200　⇔*C2721*

A1832　明月幻記
2005.3.15　『よもつひらさか往還』（講談社（講談社文庫））　p201-216　⇔*C2721*

A1833　芒が原逍遥記
2005.3.15　『よもつひらさか往還』（講談社（講談社文庫））　p217-232　⇔*C2721*

A1834　夢十夜──夏目漱石
2005.7.7　『偏愛文学館』（講談社）　p7-10　⇔*C2722*

A1835　灰燼・かのように──森鷗外
2005.7.7　『偏愛文学館』（講談社）　p11-14　⇔*C2722*

A1836　半七捕物帳──岡本綺堂
2005.7.7　『偏愛文学館』（講談社）　p15-18　⇔*C2722*

A1837　鍵・瘋癲老人日記──谷崎潤一郎
2005.7.7　『偏愛文学館』（講談社）　p19-22　⇔*C2722*

A1838　冥途・旅順入城式──内田百閒
2005.7.7　『偏愛文学館』（講談社）　p23-26　⇔*C2722*

A1839　雨月物語・春雨物語 — 上田秋成
2005.7.7　『偏愛文学館』（講談社）　p27-39　⇔*C2722*

A1840　山月記・李陵 — 中島敦
2005.7.7　『偏愛文学館』（講談社）　p41-44　⇔*C2722*

A1841　火車 — 宮部みゆき
2005.7.7　『偏愛文学館』（講談社）　p45-48　⇔*C2722*

A1842　百物語 — 杉浦日向子
2005.7.7　『偏愛文学館』（講談社）　p49-52　⇔*C2722*

A1843　聊斎志異 — 蒲松齢
2005.7.7　『偏愛文学館』（講談社）　p53-56　⇔*C2722*

A1844　蘇東坡詩選 — 蘇東坡
2005.7.7　『偏愛文学館』（講談社）　p57-60

A1845　魔の山 — トーマス・マン
2005.7.7　『偏愛文学館』（講談社）　p61-64　⇔*C2722*

A1846　カフカ短篇集 — フランツ・カフカ
2005.7.7　『偏愛文学館』（講談社）　p65-68　⇔*C2722*

A1847　アルゴールの城にて — ジュリアン・グラック
2005.7.7　『偏愛文学館』（講談社）　p69-81　⇔*C2722*

A1848　シルトの岸辺 — ジュリアン・グラック
2005.7.7　『偏愛文学館』（講談社）　p83-94　⇔*C2722*

A1849　異邦人 — カミュ
2005.7.7　『偏愛文学館』（講談社）　p95-98　⇔*C2722*

A1850　恐るべき子供たち — ジャン・コクトー
2005.7.7　『偏愛文学館』（講談社）　p99-102　⇔*C2722*

A1851　アドリエンヌ・ムジュラ — ジュリアン・グリーン
2005.7.7　『偏愛文学館』（講談社）　p103-116　⇔*C2722*

A1852　架空の伝記 — マルセル・シュオブ　名士小伝 — ジョン・オーブリー
2005.7.7　『偏愛文学館』（講談社）　p117-129　⇔*C2722*

A1853　コスモポリタンズ — サマセット・モーム
2005.7.7　『偏愛文学館』（講談社）　p131-134　⇔*C2722*

A1854　偽のデュー警部 — ラヴゼイ
2005.7.7　『偏愛文学館』（講談社）　p135-138　⇔*C2722*

A1855　高慢と偏見 — ジェーン・オースティン
2005.7.7　『偏愛文学館』（講談社）　p139-142　⇔*C2722*

A1856　サキ傑作集 — サキ
2005.7.7　『偏愛文学館』（講談社）　p143-146　⇔*C2722*

A1857　太陽がいっぱい — パトリシア・ハイスミス
2005.7.7　『偏愛文学館』（講談社）　p147-150　⇔*C2722*

A1858　ピンフォールドの試練 — イーヴリン・ウォー
2005.7.7　『偏愛文学館』（講談社）　p151-163　⇔*C2722*

A1859　めざせダウニング街10番地 — ジェフリー・アーチャー
2005.7.7　『偏愛文学館』（講談社）　p165-168　⇔*C2722*

A1860　リオノーラの肖像 — ロバート・ゴダード
2005.7.7　『偏愛文学館』（講談社）　p169-172　⇔*C2722*

A1861 ブライヅヘッドふたたび──イーヴリン・ウォー
2005.7.7 『偏愛文学館』(講談社) p173-176 ⇔*C2722*

A1862 二十四の瞳──壺井栄
2005.7.7 『偏愛文学館』(講談社) p177-180 ⇔*C2722*

A1863 山の音──川端康成
2005.7.7 『偏愛文学館』(講談社) p181-184 ⇔*C2722*

A1864 ヴィヨンの妻──太宰治
2005.7.7 『偏愛文学館』(講談社) p185-188 ⇔*C2722*

A1865 怪奇な話──吉田健一
2005.7.7 『偏愛文学館』(講談社) p189-192 ⇔*C2722*

A1866 海市──福永武彦
2005.7.7 『偏愛文学館』(講談社) p193-196 ⇔*C2722*

A1867 真夏の死──三島由紀夫
2005.7.7 『偏愛文学館』(講談社) p197-200 ⇔*C2722*

A1868 楡家の人びと──北杜夫
2005.7.7 『偏愛文学館』(講談社) p201-204 ⇔*C2722*

A1869 高丘親王航海記──澁澤龍彥
2005.7.7 『偏愛文学館』(講談社) p205-208 ⇔*C2722*

A1870 金沢──吉田健一
2005.7.7 『偏愛文学館』(講談社) p209-221 ⇔*C2722*

A1871 訳者あとがき(初出)
2005.7.11 『新訳 星の王子さま』(宝島社) p151-158 ⇔*B2649*

A1872 倉橋由美子 未発表短篇(無題)(初出)
2005.8.1 『新潮』(新潮社) 102巻8号 p219-223 ⇔*B2650*
＊単行本未収録

A1873 ヴァンピールの会
2005.9.10 『吸血鬼ホラー傑作選 血と薔薇の誘う夜に』(角川書店(角川ホラー文庫)) p41-52 ⇔*D2819*

A1874 永遠の旅人
2005.9.20 『現代詩殺人事件 ポエジーの誘惑』(齋藤愼爾編)(光文社(光文社文庫)) p315-324 ⇔*D2820*

A1875 夜 その過去と現在
2005.10.20 『こころの羅針盤(コンパス)』(日本ペンクラブ編 五木寛之選)(光文社(光文社文庫)) p271-280 ⇔*D2821*

A1876 警官バラバラ事件
2005.11.20 『名作で読む推理小説史 ペン先の殺意 文芸ミステリー傑作選』(光文社(光文社文庫)) p277-296 ⇔*D2822*

2006年

A1877 ヴァンピールの会
2006.2.4 『大人のための怪奇掌編』(宝島社) p7-18 ⇔*C2723*

A1878 革命
2006.2.4 『大人のための怪奇掌編』(宝島社) p19-28 ⇔*C2723*

A1879 首の飛ぶ女
2006.2.4 『大人のための怪奇掌編』(宝島社) p30-39 ⇔*C2723*

A1880 事故
2006.2.4 『大人のための怪奇掌編』(宝島社) p41-51 ⇔*C2723*

A1881 獣の夢
2006.2.4 『大人のための怪奇掌編』(宝島社) p53-62 ⇔*C2723*

A1882 幽霊屋敷
2006.2.4 『大人のための怪奇掌編』(宝島社) p63-73 ⇔*C2723*

A1883　アポロンの首
2006.2.4　『大人のための怪奇掌編』（宝島社）　p75-84　⇔*C2723*

A1884　発狂
2006.2.4　『大人のための怪奇掌編』（宝島社）　p85-95　⇔*C2723*

A1885　オーグル国渡航記
2006.2.4　『大人のための怪奇掌編』（宝島社）　p97-106　⇔*C2723*

A1886　鬼女の面
2006.2.4　『大人のための怪奇掌編』（宝島社）　p107-116　⇔*C2723*

A1887　聖家族
2006.2.4　『大人のための怪奇掌編』（宝島社）　p117-126　⇔*C2723*

A1888　生還
2006.2.4　『大人のための怪奇掌編』（宝島社）　p127-136　⇔*C2723*

A1889　交換
2006.2.4　『大人のための怪奇掌編』（宝島社）　p137-146　⇔*C2723*

A1890　瓶の中の恋人たち
2006.2.4　『大人のための怪奇掌編』（宝島社）　p147-156　⇔*C2723*

A1891　月の都
2006.2.4　『大人のための怪奇掌編』（宝島社）　p157-166　⇔*C2723*

A1892　カニバリスト夫妻
2006.2.4　『大人のための怪奇掌編』（宝島社）　p167-177　⇔*C2723*

A1893　夕顔
2006.2.4　『大人のための怪奇掌編』（宝島社）　p179-188　⇔*C2723*

A1894　無鬼論
2006.2.4　『大人のための怪奇掌編』（宝島社）　p189-198　⇔*C2723*

A1895　カボチャ奇譚
2006.2.4　『大人のための怪奇掌編』（宝島社）　p199-209　⇔*C2723*

A1896　イフリートの復讐
2006.2.4　『大人のための怪奇掌編』（宝島社）　p211-220　⇔*C2723*

A1897　訳者あとがき
2006.6.14　『新訳　星の王子さま』（宝島社（宝島社文庫））　p151-159

A1898　ある老人の図書館
2006.6.15　『老人のための残酷童話』（講談社（講談社文庫））　p7-24　⇔*C2724*

A1899　姥捨山異聞
2006.6.15　『老人のための残酷童話』（講談社（講談社文庫））　p25-39　⇔*C2724*

A1900　子を欲しがる老女
2006.6.15　『老人のための残酷童話』（講談社（講談社文庫））　p41-62　⇔*C2724*

A1901　天の川
2006.6.15　『老人のための残酷童話』（講談社（講談社文庫））　p63-93　⇔*C2724*

A1902　水妖女
2006.6.15　『老人のための残酷童話』（講談社（講談社文庫））　p95-106　⇔*C2724*

A1903　閻羅長官
2006.6.15　『老人のための残酷童話』（講談社（講談社文庫））　p107-127　⇔*C2724*

A1904　犬の哲学者
2006.6.15　『老人のための残酷童話』（講談社（講談社文庫））　p129-149　⇔*C2724*

A1905　臓器回収大作戦
2006.6.15　『老人のための残酷童話』（講談社（講談社文庫））　p151-177　⇔*C2724*

A1906　老いらくの恋
2006.6.15　『老人のための残酷童話』（講談社（講談社文庫））　p179-206

⇔*C2724*

A1907 地獄めぐり
2006.6.15 『老人のための残酷童話』（講談社（講談社文庫）） p207-233
⇔*C2724*

A1908 鬼女の宴
2006.11.1 『俳壇』（本阿弥書店） 23巻12号 p206-210
＊齋藤愼爾編

A1909 月の都に帰る
2006.11.1 『俳壇』（本阿弥書店） 23巻12号 p211-214
＊齋藤愼爾編

2007年

A1910 一〇〇メートル
2007.12.25 『時よとまれ、君は美しい―スポーツ小説名作集』（角川書店（角川文庫）） p213-234 ⇔*D2823*
＊齋藤愼爾編

2008年

A1911 聖少女
2008.2.1 『聖少女』（新潮社（新潮文庫））
⇔*C2725*

不 明

A1912 あまりに激しかった二人の恋（初出）
日付不明 『掲載紙不明』（発行所不明） 頁不明

【初出一覧】

B1913　パルタイ
1960.1.14　『週刊明治大学新聞』（明治大学新聞学会）　p6-7　⇔*A0001*

B1914　受賞の責任を痛感
1960.3.3　『週刊明治大学新聞』（明治大学新聞学会）　p3　⇔*A0003*

B1915　文学へ熱ぽい執心　教授の微笑におびえる
1960.3.10　『週刊明治大学新聞』（明治大学新聞学会）　p7　⇔*A0004*

B1916　貝のなか
1960.5.1　『新潮』（新潮社）　57巻5号　p144-159　⇔*A0005*

B1917　学生よ、驕るなかれ
1960.5.1　『婦人公論』（婦人公論社）　521号　p270-275　⇔*A0006*

B1918　非人
1960.5.1　『文學界』（文藝春秋新社）　14巻5号　p60-73　⇔*A0007*

B1919　モラリスト坂口安吾
1960.6.1　『新潮』（新潮社）　57巻6号　p188-193　⇔*A0008*

B1920　蛇
1960.6.1　『文學界』（文藝春秋新社）　14巻6号　p6-35　⇔*A0009*

B1921　政治の中の死
1960.6.30　『週刊明治大学新聞』（明治大学新聞学会）　p2　⇔*A0010*

B1922　ころぶはなし
1960.7.14　『週刊明治大学新聞』（明治大学新聞学会）　p2　⇔*A0011*

B1923　雑人撲滅週間
1960.7.21　『週刊明治大学新聞』（明治大学新聞学会）　p2　⇔*A0012*

B1924　婚約
1960.8.1　『新潮』（新潮社）　57巻8号　p200-241　⇔*A0013*

B1925　私の“第三の性”
1960.8.1　『中央公論』（中央公論社）　75年8号　p266-270　⇔*A0014*

B1926　密告
1960.8.1　『文學界』（文藝春秋新社）　14巻8号　p42-61　⇔*A0015*

B1927　袋に封入された青春
1960.8.15　『読売新聞』（読売新聞社）　p7　⇔*A0016*

B1928　後記

1960.8.20　『パルタイ』（文藝春秋新社）　p214-215　⇔*A0022*

B1929　囚人
1960.9.1　『群像』（講談社）　15巻9号　p120-159　⇔*A0023*

B1930　死んだ眼——社会小説・全学連——
1960.9.1　『マドモアゼル』（小学館）　1巻9号　p256-267　⇔*A0024*

B1931　奇妙な観念
1960.9.15　『週刊明治大学新聞』（明治大学新聞学会）　p4　⇔*A0025*

B1932　新しい波（ヌーヴェル・バーグ）　錯覚で〈現実を描く〉不幸な喜劇
1960.11.10　『週刊明治大学新聞』（明治大学新聞学会）　p3　⇔*A0026*

B1933　夏の終り
1960.11　『小説中央公論』（中央公論社）　1巻2号　p168-177　⇔*A0027*

B1934　虚構の英雄・市川雷蔵
1960.12.1　『婦人公論』（婦人公論社）　45巻14号　p136-138　⇔*A0028*

B1935　どこにもない場所
1961.1.1　『新潮』（新潮社）　58巻1号　p142-213　⇔*A0029*

B1936　わたしの文学と政治　反旗をかざして
1961.1.9　『毎日新聞』（毎日新聞社）　p7　⇔*A0030*

B1937　鷲になった少年
1961.3.1　『週刊朝日別冊』（朝日新聞社）　昭和36年2号　p86-93　⇔*A0034*

B1938　私の好きな近代絵画④　幻想の世界
1961.4.1　『マドモアゼル』（小学館）　2巻4号　p90　⇔*A0035*

B1939　人間のない神
1961.4.20　『人間のない神』（角川書店）　p103-242　⇔*A0039*

B1940　あとがき
1961.4.20　『人間のない神』（角川書店）　p243-245　⇔*A0040*

B1941　ミイラ
1961.5.1　『中央公論』（中央公論社）　76巻5号　p349-360　⇔*A0041*

B1942　妄想のおとし穴
1961.5.1　『婦人公論』（中央公論社）　536号　p73-75　⇔*A0042*

B1943　カメラ風土記（60）　東京都　堅固な城のよう——ニコライ堂——
1961.6.4　『産経新聞（東京）』（夕刊）（産業経済新聞東京本社）　p4　⇔*A0043*

B1944　マユのなかの生活　この一年間を想うとき
1961.6.29　『週刊明治大学新聞』（明治大学新聞学会）　p11　⇔*A0044*

B1945　巨刹
1961.7.1　『新潮』（新潮社）　58巻7号　p160-260　⇔*A0045*

B1946　批評の哀しさ―江藤淳さんに―
1961.8.1　『新潮』（新潮社）　58巻8号　p204-209　⇔*A0046*

B1947　風景のない旅
1961.10.1　『新潮』（新潮社）　58巻10号　p76-77　⇔*A0047*

B1948　防衛大の若き獅子たち
1961.10.1　『婦人公論』（婦人公論社）　542号　p122-127　⇔*A0048*

B1949　暗い旅
1961.10.15　『暗い旅』（東都書房）　p5-246　⇔*A0049*

B1950　作者からあなたへ
1961.10.15　『暗い旅』（東都書房）　p248-249　⇔*A0050*

B1951　合成美女
1961.10　『小説中央公論』（中央公論社）　2巻4号　p118-133　⇔*A0051*

B1952　整形美容院　美男美女へのあくなき欲望を充し、造られた顔を次々に送り出す現代の「奇蹟」を探る!
1962.2.1　『婦人公論』（中央公論社）　47巻2号　p75-79　⇔*A0053*

B1953　模造と模倣の違い　「暗い旅」の作者からあなたへ　批判にもならない江藤淳氏の論旨（上）
1962.2.8　『東京新聞』（夕刊）（東京新聞社）　p8　⇔*A0054*

B1954　欠ける想像的世界　「暗い旅」の作者からあなたへ　こっとう屋的な批評眼の奇妙さ（下）
1962.2.9　『東京新聞』（夕刊）（東京新聞社）　p8　⇔*A0055*

B1955　想像した美男・美女
1962.2　『二人自身』（光文社）　6巻2号　p143　⇔*A0056*

B1956　ロマンは可能か
1962.3.3　『文藝』（河出書房新社）　1巻2号　p182-183　⇔*A0057*

B1957　わたしの初恋
1962.4.23　『婦人公論』（婦人公論社）　550号　p85　⇔*A0058*

B1958　輪廻
1962.5.20　『小説 中央公論』（中央公論社）　7号　p99-115　⇔*A0059*

B1959　真夜中の太陽
1962.6.1　『新潮』（新潮社）　59巻6号　p69-85　⇔*A0060*

B1960　一〇〇メートル
1962.6.1　『風景』（悠々会）　3巻6号　p52-59　⇔*A0061*

B1961　愛と結婚に関する六つの手紙
1962.7.1　『結婚論―愛と性と契り―』（丹羽文雄編）（婦人画報社）　p13-54　⇔*A0062*

B1962　田舎暮し
1962.7.1　『新潮』（新潮社）　59巻7号　p164-165　⇔*A0063*

B1963　東京　土佐
1962.7.23　『広報とさやまだ』（土佐山田町報道委員会）　9号　p4　⇔*A0064*

B1964　映画と小説と眼
1962.12.1　『新潮』（新潮社）　59巻12号　p186-187　⇔*A0065*

B1965　石の饗宴・四国の龍河洞
1962.12.1　『旅』（日本交通公社）　36巻12号　p174-175　⇔*A0066*

B1966　蠍たち
1963.1.15　『小説中央公論』（中央公論社）　4巻1号　p22-49　⇔*A0067*

B1967　警官バラバラ事件　宇野富美子
1963.1.20　『婦人公論』（婦人公論社）　48巻2号　p199-208　⇔*A0068*

B1968　ある破壊的な夢想
1963.2.1　『婦人公論』（婦人公論社）　48巻3号　p200-203　⇔*A0069*

B1969　京都からの手紙
1963.2.15　『新刊ニュース』（東京出版販売株式会社）　14巻3号　p2-3　⇔*A0070*

B1970　愛の陰画
1963.3.1　『文藝』（河出書房）　2巻3号　p54-65　⇔*A0071*

B1971　学芸　選挙について
1963.4.9　『毎日新聞』（夕刊）（毎日新聞社）　p5　⇔*A0072*

B1972　房総南端から水郷へ　新しい旅情の宿
1963.5.1　『旅』（日本交通公社）　37巻5号　p47-51　⇔*A0073*

B1973　迷宮
1963.7.1　『新潮』（新潮社）　60巻7号　p6-127　⇔*A0074*

B1974　恋人同士
1963.8.1　『芸術生活』（芸術生活社）　16巻8号　p166-171　⇔*A0075*

B1975　八月十五日について
1963.8.2　『毎日新聞』（毎日新聞社）　p3　⇔*A0076*

B1976　スクリーンのまえのひとりの女性
1963.9.1　『映画芸術』（映画芸術社）　11巻9号　p72-74　⇔*A0077*

B1977　パッション
1963.9.1　『小説 中央公論』（中央公論社）　18号　p18-43　⇔*A0078*

B1978　H国訪問記
1963.9.1　『新潮』（新潮社）　60巻9号　p48-49　⇔*A0079*

B1979　平泉で感じる「永遠」と「廃墟」

1963.9.1 『旅』(日本交通公社) 27巻9号 p56-57 ⇔*A0080*

B1980 私の痴漢論
1963.9.1 『婦人公論』(婦人公論社) 48巻10号 p80-85 ⇔*A0081*

B1981 カルデラの暗鬱なけものたち
1963.9.12 『太陽』(平凡社) 1巻4号 p173-180 ⇔*A0082*

B1982 「家庭論」と私の「第三の性」 「男性の女性化」による“平和” それは人類の静かな衰滅の別名
1963.10.25 『法政大学新聞』(法政大学新聞学会) p7 ⇔*A0083*

B1983 私の無責任老人論
1963.11.1 『文藝朝日』(朝日新聞社) 2巻11号 p71-72 ⇔*A0084*

B1984 死刑執行人
1963.12.1 『風景』(悠々会) 4巻12号 p52-60 ⇔*A0085*

B1985 日本映画のなかのにっぽん人 男性篇
1964.1.1 『映画芸術』(映画芸術社) 12巻1号 p34-35 ⇔*A0086*

B1986 土佐の秘めた入江・横波三里
1964.1.1 『旅』(日本交通社) 38巻1号 p114-117 ⇔*A0087*

B1987 ビュトールと新しい小説
1964.1.12 『世界の文学 付録12』(中央公論社) p7-9 ⇔*A0088*

B1988 日本映画のなかのにっぽん人 女性篇
1964.2.1 『映画芸術』(映画芸術社) 12巻2号 p38-40 ⇔*A0089*

B1989 わたしの心はパパのもの
1964.2.1 『新潮』(新潮社) 61巻2号 p6-42 ⇔*A0090*

B1990 性と文学 私の立場①密室の中でみる悪夢 紙の上の毒虫のような私
1964.3.30 『読売新聞』(夕刊)(読売新聞社) p9 ⇔*A0091*

B1991 犬と少年
1964.4.1 『いけ花龍生』(龍生華道会) 48号 p61-64 ⇔*A0092*

B1992 T国訪問記
1964.4.1 『新潮』(新潮社) 61巻4号 p172-173 ⇔*A0093*

B1993 サムシング・エルス
1964.4.1 『スイング・ジャーナル』(スイングジャーナル社) 18巻4号 p137 ⇔*A0094*

B1994 セクスは悪への鍵 女は「教会では聖女、街では天使、家では悪魔」という話があるが果してどうか
1964.4.1 『婦人公論』(中央公論社) 49巻4号 p128-131 ⇔*A0095*

B1995 ある独身者のパーティ
1964.5.1 『文藝』(河出書房新社) 3巻5号 p20-21 ⇔*A0096*

B1996　死後の世界
1964.6.12　『太陽』（平凡社）　2巻7号　p45-46　⇔*A0097*

B1997　夢のなかの街
1964.8.1　『文學界』（文藝春秋新社）　18巻8号　p58-77　⇔*A0098*

B1998　作家の秘密
1964.9.1　『風景』（悠々会）　5巻9号　p48-49　⇔*A0099*

B1999　ロレンス・ダレルとわたし
1964.10.10　『世界文学全集Ⅱ-25 月報』（河出書房）　p1-3　⇔*A0100*

B2000　宇宙人
1964.11.1　『自由』（自由社）　6巻11号　p167-180　⇔*A0101*

B2001　誰でもいい結婚したいとき　「愛のための結婚」という幻想を捨て去ったときこそ、女が徹底的に男をえらぶチャンスだ
1964.12.1　『婦人公論』（中央公論社）　49巻12号　p93-95　⇔*A0102*

B2002　妖女のように
1964.12.1　『文藝』（河出書房）　3巻12号　p126-161　⇔*A0103*

B2003　言葉のつくり出す現実——ジャン・コー『神のあわれみ』——
1964.12.27　『朝日ジャーナル』（朝日新聞社）　6巻52号　p64-65　⇔*A0104*

B2004　巫女とヒーロー
1965.1.1　『新潮』（新潮社）　62巻1号　p226-229　⇔*A0105*

B2005　土佐のことば
1965.1.1　『時』（旺文社）　8巻1号　p33-34　⇔*A0106*

B2006　妖女であること
1965.2　『冬樹』（冬樹社）　巻号不明　ページ不明　⇔*A0107*

B2007　結婚
1965.3.1　『新潮』（新潮社）　62巻3号　p6-61　⇔*A0108*

B2008　記憶喪失—心のさすらい人たちの世界—　記憶喪失は、あなたと無関係なロマネスクな物語りの世界だけの問題ではない!
1965.4.1　『婦人公論』（中央公論社）　50巻4号　p224-230　⇔*A0109*

B2009　私の小説作法　「ことば」という音　即興演奏家のように
1965.4.18　『毎日新聞』（毎日新聞社）　p19　⇔*A0110*

B2010　表現の自由の意味
1965.5.1　『日本』（講談社）　8巻5号　p41-43　⇔*A0111*

B2011　お遍路さん
1965.5.10　『土佐路のはなし』（NHK高知放送局）　p1-2　⇔*A0112*

B2012　女の『歓び』と『カボチャ』のなかの女
1965.6.1　『映画芸術』（映画芸術社）　13巻6号　p32-33　⇔*A0114*

B2013 亜依子たち
1965.6.1 『中央公論』（中央公論社） 80年6号 p307-322 ⇔*A0115*

B2014 「倦怠」について
1965.6.1 『文學界』（文藝春秋新社） 19巻6号 p8-10 ⇔*A0116*

B2015 「綱渡り」と仮面について
1965.6.1 『文藝』（河出書房新社） 4巻6号 p16-19 ⇔*A0117*

B2016 稿料の経済学
1965.6.15 『実業の日本』（実業の日本社） 68巻12号 p27 ⇔*A0118*

B2017 初めて見た層雲峡から阿寒湖への道
1965.7.1 『旅』（日本交通社） 39巻7号 p70-76 ⇔*A0119*

B2018 純小説と通俗小説
1965.8.1 『小原流挿花』（小原流出版事業部） 15巻8号 p17-18 ⇔*A0120*

B2019 かつこうの鳴くおもちやの町
1965.8.1 『評』（評論新社） 12巻8号 p54-57 ⇔*A0121*

B2020 映画への招待 雄大で堂々たる通俗映画の傑作――「シェナンドー河」――
1965.8.1 『婦人公論』（中央公論社） 50巻8号 p277 ⇔*A0122*

B2021 エロ映画考
1965.9.1 『映画芸術』（映画芸術社） 13巻9号 p7-14 ⇔*A0123*

B2022 隊商宿
1965.9.1 『自由』（自由社） 7巻9号 p202-213 ⇔*A0124*

B2023 夫との共同生活
1965.9.1 『婦人生活』（婦人生活社） 19巻9号 p159 ⇔*A0125*

B2024 聖少女
1965.9.10 『聖少女』（新潮社） ⇔*A0126*

B2025 日録
1965.9.27 『日本読書新聞』（日本出版協会） p8 ⇔*A0127*

B2026 日録
1965.10.4 『日本読書新聞』（日本出版協会） p8 ⇔*A0128*

B2027 日録
1965.10.11 『日本読書新聞』（日本出版協会） p8 ⇔*A0129*

B2028 その夜、恋人たちは愛の仮面をつける‥‥ 貧しい貧しい『愛の場所』
1965.10.13 『女性セブン』（小学館） 3巻38号 p80-84 ⇔*A0130*

B2029 日録
1965.10.18 『日本読書新聞』（日本出版協会） p8 ⇔*A0131*

B2030 醜魔たち

1965.11.1 『日本』（講談社） 8巻11号 p286-295 ⇔*A0132*

B2031 批評の無礼について
1965.11.1 『批評』（南北社） 3号 p91-94 ⇔*A0133*

B2032 いやな先生
1965.11.8 『日本読書新聞』（日本出版協会） p7 ⇔*A0134*

B2033 〈もの〉神経症および存在論的映画 私の見た「赤い砂漠」
1965.12.1 『映画芸術』（映画芸術社） 13巻12号 p15-17 ⇔*A0135*

B2034 解体
1965.12.1 『文學界』（文藝春秋新社） 19巻12号 p94-113 ⇔*A0136*

B2035 共棲
1966.1.20 『妖女のように』（冬樹社） p169-264 ⇔*A0139*

B2036 あとがき
1966.1.20 『妖女のように』（冬樹社） p265-267 ⇔*A0140*

B2037 衰弱した性のシンボル 処女を守ることを強制するものは社会であって個人の内心の声ではない。社会の強制力が失われている現在、処女は意味はもつのか?
1966.2.1 『婦人公論』（中央公論社） 51巻2号 p282-287 ⇔*A0141*

B2038 インセストについて
1966.3.1 『話の特集』（日本社） 2号 p20-21 ⇔*A0142*

B2039 「言葉のない世界」へおりていく 『田村隆一詩集』
1966.3.1 『文藝』（河出書房新社） 5巻3号 p238-239 ⇔*A0143*

B2040 批判
1966.3.20 『朝日新聞』（朝日新聞社） p19 ⇔*A0144*

B2041 青春の始まりと終り——カミュ『異邦人』とカフカ『審判』
1966.4.12 『高校生新書47 私の人生を決めた一冊の本』（三一書房） p212-213 ⇔*A0145*

B2042 My life in Books
1966.4.25 『ヘンリー・ミラー全集 第11巻月報（4）』（新潮社） p1-2 ⇔*A0146*

B2043 映画対文学・市民対庶民
1966.5.1 『映画芸術』（映画芸術社） 14巻5号 p24-26 ⇔*A0147*

B2044 映画の運命
1966.5.1 『小説現代』（講談社） 4巻5号 p40-41 ⇔*A0148*

B2045 愛と結婚の雑学的研究 エロスは根本に、死への親近性をもっています。これは存在の原理に反することで、すばらしい恋をすることは実は大犯罪なのです。
1966.5.1 『婦人公論』（中央公論社） 51巻5号 p78-89 ⇔*A0149*

B2046 現代文学の構想 吉本隆明著「言語にとって美とはなにか」にふれて 迷路と否定性（一）

1966.6.6　『日本読書新聞』（日本出版協会）　p7　⇔*A0150*

B2047　現代文学の構想　吉本隆明著「言語にとって美とはなにか」にふれて　迷路と否定性（二）
1966.6.13　『日本読書新聞』（日本出版協会）　p7　⇔*A0151*

B2048　現代文学の構想　吉本隆明著「言語にとって美とはなにか」にふれて　小説の迷路と否定性（三）
1966.6.20　『日本読書新聞』（日本出版協会）　p7　⇔*A0152*

B2049　現代文学の構想　吉本隆明著「言語にとって美とはなにか」にふれて　小説の迷路と否定性（四）
1966.6.27　『日本読書新聞』（日本出版協会）　p7　⇔*A0154*

B2050　細胞的人間の恐怖
1966.7.1　『文學界』（文藝春秋）　20巻7号　p12-13　⇔*A0155*

B2051　悪い夏
1966.8.1　『南北』（南北社）　1巻2号　p14-67　⇔*A0156*

B2052　私の文学　毒薬としての文学
1966.10.15　『われらの文学21』（講談社）　p494-499　⇔*A0160*

B2053　アイオワ通信　アメリカ定住者の夢
1967.2.1　『月刊タウン』（アサヒ芸能出版）　1巻2号　p172-176　⇔*A0161*

B2054　アイオワ通信（アメリカ）　大学生の就職戦線
1967.4.1　『月刊タウン』（アサヒ芸能出版）　1巻4号　p135-138　⇔*A0162*

B2055　作家論
1968.4.10　『定本 坂口安吾全集 第2巻』（冬樹社）　p500-510　⇔*A0164*

B2056　異邦人の読んだ『異邦人』
1968.4.15　『新潮世界文学』（新潮社）　48巻 月報（3）　p9-12　⇔*A0165*

B2057　世界の若人16　ヴァージニア
1968.5.1　『PHP』（PHP研究所）　240号　p68-70　⇔*A0166*

B2058　ホメーロス〈イーリアス〉
1968.9.15　『the highschool life』（アド・マーケティング・センター）　16号　p1　⇔*A0168*

B2059　アメリカの大学
1968.10.1　『時』（旺文社）　11巻10号　p276-277　⇔*A0169*

B2060　あとがき
1968.10.5　『蠍たち』（徳間書店）　p236-237　⇔*A0176*

B2061　街頭詩人
1968.11.1　『風景』（悠々会）　9巻11号　p29-31　⇔*A0177*

B2062　JOBとしての小説書き

1968.11.1 『文學界』（文藝春秋） 22巻11号 p18-19 ⇔A0178

B2063 向日葵の家 — 反悲劇
1968.11.1 『文藝』（河出書房新社） 7巻11号 p10-46 ⇔A0179

B2064 つまらぬプロ・スポーツ中継　馬場に見られぬ悲愴美
1968.11.13 『名古屋タイムズ』（名古屋タイムズ社） p6 ⇔A0181

B2065 私の字引き
1968.11.15 『国語通信』（筑摩書房） 111号 p7 ⇔A0182

B2066 テレビ　このごろ
1968.11 『掲載紙不明』 ⇔A0183
＊共同通信より配信

B2067 青年の自己発見は悲劇か　ギリシャ悲劇とパゾリーニの〈アポロンの地獄〉
1968.12.1 『映画芸術』（映画芸術社） 16巻13号 p25-28 ⇔A0184

B2068 ヴァージニア
1968.12.1 『群像』（講談社） 23巻12号 p6-52 ⇔A0185

B2069 長い夢路
1968.12.1 『新潮』（新潮社） 65巻12号 p20-50 ⇔A0186

B2070 カミュの「異邦人」やカフカの作品
1968.12.5 『10冊の本』（主婦の友社） 4巻月報 p1-3 ⇔A0187

B2071 アイオワの冬
1968.12.20 『ハイファッション』（文化服装学院出版局） 41号 p148-149 ⇔A0188

B2072 特集　日本的革命の青春　安保時代の青春
1969.1.2 『週刊明治大学新聞』（明治大学新聞学会） p5 ⇔A0189

B2073 職業としての文学
1969.1.19 『読売新聞』（読売新聞社） p18 ⇔A0190

B2074 なぜ書くかということ
1969.2.5 『朝日新聞』（夕刊）（朝日新聞社） p6 ⇔A0191

B2075 ポオの短編小説
1969.2.18 『世界文学全集』（講談社） 14巻 月報25 ページ表記なし ⇔A0192

B2076 わたしの読書散歩　「うまいものが好き」好きだった作家　日々にうとし
1969.3.1 『東京新聞』（中日新聞東京本社） p5 ⇔A0193

B2077 主婦の仕事
1969.3.1 『婦人生活』（婦人生活社） 22巻3号 p155-156 ⇔A0194

B2078 巨大な毒虫のいる生活
1969.3.20 『血と薔薇』（天声出版） 3号 p96 ⇔A0195

B2079 わたしの育児法

1969.3.25　『赤ちゃんとママ』（赤ちゃんとママ社）　4巻4号　p15　⇔*A0196*

B2080　「寺小屋」英語のことなど
1969.3　『高校英語研究 HIGH SCHOOL ENGLISH』（研究社）　53巻12号　p7　⇔*A0197*

B2081　秩序の感覚
1969.4.1　『芸術生活』（芸術生活社）　22巻4号　p82-86　⇔*A0198*

B2082　新しい文学のために（下）　今日の小説の問題　流行追う自己表現　西欧からの借り物の文体
1969.4.10　『東京新聞』（夕刊）（中日新聞東京本社）　p8　⇔*A0199*

B2083　スミヤキストQの冒険
1969.4.24　『スミヤキストQの冒険』（講談社）　p9-380　⇔*A0200*

B2084　あとがき
1969.4.24　『スミヤキストQの冒険』（講談社）　p381-383　⇔*A0201*

B2085　修身の町
1969.5.1　『小さな蕾』（大門出版）　11号　p2-6　⇔*A0203*

B2086　酔郷にて
1969.5.1　『文藝』（河出書房）　8巻5号　p132-172　⇔*A0204*

B2087　一所不住の身でいたい
1969.5.2　『潮』（潮出版社）　112号　p260-261　⇔*A0205*

B2088　小説に関するいくつかの断片
1969.6.1　『海』（中央公論社）　1巻1号　p56-63　⇔*A0206*

B2089　七月の思ひ出　雲の塔
1969.6.25　『暮らし』（出版者不明）　巻号不明　ページ不明　⇔*A0207*

B2090　ある遊戯
1969.6　『小説女性』（檸檬社）　1巻6号　ページ不明　⇔*A0208*

B2091　おしゃべりについてのおしゃべり
1969.7.1　『随筆サンケイ』（サンケイ新聞社出版局）　16巻7号　p48-52　⇔*A0209*

B2092　ベビー・シッター
1969.7.2　『朝日新聞別集PR版』（朝日新聞社）　ページ不明　⇔*A0210*

B2093　わが愛する歌
1969.7.18　『読売新聞』（読売新聞社）　p20　⇔*A0211*

B2094　漫画読みの感想
1969.8.1　『COM』（虫プロ商事）　3巻8号　p74　⇔*A0212*

B2095　「千一夜」の壷を求めて——"なぜ書くか"をめぐって——
1969.8.1　『文學界』（文藝春秋）　23巻8号　p143-147　⇔*A0213*

B2096　非政治的な立場

1969.8.2 『別冊潮』（潮出版社） 14号 p151-157 ⇔*A0214*

B2097 私はこう考える “母の像” 母親は偉いものだ
1969.8.7 『ミセス』（文化出版局） 105号 p157-158 ⇔*A0215*

B2098 異常の中に生き残る精神
1969.8.21 『読売新聞』（夕刊）（読売新聞社） p7 ⇔*A0216*

B2099 人間の狂気を描く 風と死者 加賀乙彦著
1969.8.28 『北日本新聞』（夕刊）（北日本新聞社） p2 ⇔*A0217*

B2100 小説に関するいくつかの断片（その二）
1969.9.1 『海』（中央公論社） 1巻4号 p224-229 ⇔*A0218*

B2101 本との出会い カフカに酔ふ 『変身』の霊がとり憑く
1969.9.5 『ほるぷ新聞』（株式会社図書月販） p3 ⇔*A0219*

B2102 小説は現代芸術たりうるか 論争 肯定的 傑作有無精神健在 だれか書くかもしれぬ
1969.9.9 『朝日新聞』（朝日新聞社） p23 ⇔*A0220*

B2103 本と友だち
1969.10.1 『ベビーエイジ』（婦人生活社） 1号 p31 ⇔*A0221*

B2104 精神の健康を保つ法
1969.11.10 『歴史読本』（新人物往来社） 14巻12号 p74-75 ⇔*A0222*

B2105 主婦の驕り
1969.12.1 『潮』（潮出版社） 120号 p142-143 ⇔*A0223*

B2106 白い髪の童女
1969.12.1 『文藝』（河出書房） 8巻12号 p10-34 ⇔*A0224*

B2107 あとがき
1969.12.15 『暗い旅』（学芸書林） p250-252 ⇔*A0227*

B2108 青春について
1969.冬 『青春と読書』（集英社） 巻号不明 ページ不明 ⇔*A0228*

B2109 想像的合衆国の大統領
1969 『ノーマン・メイラー全集』（新潮社） 巻号不明 チラシ ⇔*A0229*

B2110 新春のめでたさ
1970.1.1 『愛媛新聞』（愛媛新聞社） p33 ⇔*A0230*

B2111 霊魂
1970.1.1 『新潮』（新潮社） 67巻1号 p146-165 ⇔*A0231*

B2112 一年の計 こんな人間を鬼がわらう
1970.1.1 『婦人民主新聞』（婦人民主クラブ） p5 ⇔*A0232*

B2113 小説に関するいくつかの断片（その三）
1970.3.1 『海』（中央公論社） 2巻3号 p132-139 ⇔*A0233*

B2114　文学的人間を排す
1970.3.12　『わたしのなかのかれへ』（講談社）　p425-434　⇔*A0348*

B2115　あとがき
1970.3.12　『わたしのなかのかれへ』（講談社）　p435-436　⇔*A0349*

B2116　弱者の思い上がり
1970.4.1　『諸君!』（文藝春秋）　2巻4号　p41-43　⇔*A0350*

B2117　マゾヒストM氏の肖像
1970.4.1　『文學界』（文藝春秋）　24巻4号　p16-43　⇔*A0351*

B2118　女性とユーモア
1970.4.21　『産経新聞（大阪）』（夕刊）（産業経済新聞大阪本社）　p4　⇔*A0353*

B2119　公私拝見　子どもと大浴場へ
1970.4.24　『週刊朝日』（朝日新聞社）　75巻18号　p115　⇔*A0354*

B2120　神と人間と家畜
1970.4.25　『都市』（都市出版社）　2号　p171-174　⇔*A0355*

B2121　人間を変えるもの
1970.5.1　『潮』（潮出版社）　125号　p77-79　⇔*A0356*

B2122　玉突き台のうえの文学――John　UpdikeのCouplesについて――
1970.5.1　『波』（新潮社）　4巻3号　p19-25　⇔*A0357*

B2123　河口に死す
1970.5.1　『文藝』（河出書房）　9巻5号　p64-98　⇔*A0358*

B2124　あとがき
1970.5.10　『悪い夏』（角川書店（角川文庫））　p287-288　⇔*A0366*

B2125　夫が浮気したとき
1970.6.14　『産経新聞（東京）』（産業経済新聞東京本社）　p15　⇔*A0368*

B2126　神々の深謀遠慮のおかげ
1970.6.27　『雲』（現代演劇協会）　24号　p18-21　⇔*A0369*

B2127　夢の浮橋（第1回）
1970.7.1　『海』（中央公論社）　2巻7号　p10-41　⇔*A0370*

B2128　Mathematics　is　a　language
1970.7.1　『数学セミナー』（日本評論社）　9巻7号　p60　⇔*A0371*

B2129　あまりにホットドッグ的な
1970.7.1　『婦人公論』（中央公論社）　55巻7号　グラビア　⇔*A0372*

B2130　壮観なる文学的精神
1970.7.30　『中村真一郎長篇全集 推薦の言葉』（河出書房新社）　チラシ　⇔*A0373*

B2131　“親友”――わたしの場合　自分の領域を守りながら

1970.7.1　『高3コース』（学習研究社）　11巻5号　p70-72　⇔*A0374*

B2132　夢の浮橋（第2回）
1970.8.1　『海』（中央公論社）　2巻8号　p153-189　⇔*A0375*

B2133　ゲバルト日記　正義派
1970.8.1　『文藝春秋 オール読物』（文藝春秋）　25巻8号　p231　⇔*A0376*

B2134　やさしさについて
1970.8　『Let's』（出版者不明）　12号　p119-125　⇔*A0377*

B2135　夢の浮橋（第3回）
1970.9.1　『海』（中央公論社）　2巻9号　p144-175　⇔*A0378*

B2136　夢の浮橋（第4回）
1970.10.1　『海』（中央公論社）　2巻10号　p256-295　⇔*A0379*

B2137　自然食の反自然
1970.10.20　『はぐくみ』（出版者不明）　巻号不明　ページ不明　⇔*A0381*

B2138　美少年と珊瑚
1970.10.25　『澁澤龍彥集成』月報7（桃源社）　p1-3　⇔*A0382*

B2139　アイオワの四季
1970.11.25　『新編 世界の旅14 北アメリカ1』（小学館）　p141-153　⇔*A0383*

B2140　閉回路としての文学――小説に関するいくつかの断片（一）――
1971.1.1　『海』（中央公論社）　3巻1号　p104-111　⇔*A0384*

B2141　評伝的解説〈島尾敏雄〉
1971.1.1　『現代日本の文学42 島尾敏雄 井上光晴集』（学習研究社）　p434-448　⇔*A0385*

B2142　神神がいたころの話
1971.1.1　『文藝』（河出書房）　10巻1号　p114-147　⇔*A0386*

B2143　小説のことば――小説に関するいくつかの断片（二）――
1971.2.1　『海』（中央公論社）　3巻2号　p104-111　⇔*A0387*

B2144　英雄の死
1971.2.1　『新潮』（新潮社）　68巻3号　p83-88　⇔*A0388*

B2145　ごちそうさま　女の味覚
1971.2　『COOK』（千趣会）　14巻12号　p32-33　⇔*A0390*

B2146　新版あとがき
1971.3.10　『人間のない神』（徳間書店）　p223　⇔*A0396*

B2147　私の小説と京都
1971.6.15　『中日新聞』（中部日本新聞社）　p17　⇔*A0402*

B2148　あとがき
1971.6.30　『反悲劇』（河出書房新社）　p329-332　⇔*A0412*

B2149　東京の本物の町
1971.7.1　『うえの』(上野のれん会)　147号　p6-8　⇔*A0413*

B2150　小説の悪――小説に関するいくつかの断片(三)――
1971.7.1　『海』(中央公論社)　3巻7号　p198-205　⇔*A0414*

B2151　育児日記(1)　小説など書く暇ない　病気をしないだけでも奇蹟
1971.7.25　『ほるぷ新聞』(ほるぷ出版社)　p2　⇔*A0415*

B2152　弱者の文学――小説に関するいくつかの断片(四)――
1971.8.1　『海』(中央公論社)　3巻8号　p236-242　⇔*A0416*

B2153　育児日記(2)　女の子なのに「ボク」　父親をまねて得意顔
1971.8.5　『ほるぷ新聞』(ほるぷ出版社)　p3　⇔*A0417*

B2154　素人の立場
1971.8.20　『朝日新聞』(夕刊)(朝日新聞社)　p7　⇔*A0418*

B2155　書と文章
1971.8.25　『書道芸術 月報9』(中央公論社)　p4-5　⇔*A0419*

B2156　育児日記(3)
1971.8.25　『ほるぷ新聞』(ほるぷ出版社)　p4　⇔*A0420*

B2157　狂気について――小説に関するいくつかの断片(五)――
1971.9.1　『海』(中央公論社)　3巻9号　p180-187　⇔*A0421*

B2158　新家庭読本5　「兄弟は他人のはじまり」について　ペシミスティックな現実認識だが…
1971.9.15　『ザ・カード』(ザ・カード)　巻号不明　ページ不明　⇔*A0422*

B2159　女性の社会進出に私が思うこと　進める人のみ進めばよい
1971.9.20　『家庭画報』(世界文化社)　14巻9号　p148　⇔*A0424*

B2160　恋愛小説――小説に関するいくつかの断片(六)――
1971.10.1　『海』(中央公論社)　3巻10号　p266-273　⇔*A0425*

B2161　性と文学――小説に関するいくつかの断片(七)――
1971.11.1　『海』(中央公論社)　3巻11号　p238-245　⇔*A0428*

B2162　私の提言　己を知ること
1971.11.1　『AV SCIENCE』(東芝教育技法研究会)　5巻11号　p1　⇔*A0429*

B2163　花鳥風月
1971.11.1　『小原流挿花』(小原流出版事業部)　21巻11号　p14-15　⇔*A0430*

B2164　腐敗
1971.11.1　『新潮』(新潮社)　68巻12号　p142-148　⇔*A0431*

B2165　文明の垢
1971.11.1　『風景』(悠々会)　12巻11号　p24-25　⇔*A0432*

B2166 難解さについて──小説に関するいくつかの断片(最終回)──
1971.12.1 『海』(中央公論社) 3巻12号 p185-191 ⇔*A0437*

B2167 新しさとは何か
1972.1.1 『文學界』(文藝春秋) 26巻1号 p12-13 ⇔*A0443*

B2168 わたしの敬愛する文章(3) 志賀直哉、石川淳… 安心して読める 狂いのない言葉の使い方
1972.1.7 『神戸新聞』(神戸新聞社) p6 ⇔*A0444*

B2169 風信
1972.1.8 『東京新聞』(夕刊)(中日新聞東京本社) p4 ⇔*A0445*

B2170 歌は優雅の花 心のゆとりある遊び 恋するにも一つの作法
1972.1.23 『読売新聞』(読売新聞社) p17 ⇔*A0446*

B2171 幼稚化の傾向
1972.2.1 『群像』(講談社) 27巻2号 p260-261 ⇔*A0447*

B2172 反抗する子どもの相手をつとめるのも親の義務
1972.2.1 『マイ・ファミリー』(味の素株式会社) 9号 p17-19 ⇔*A0448*

B2173 「反埴谷雄高」論
1972.2.20 『埴谷雄高作品集 第6巻』(河出書房新社) p313-328 ⇔*A0449*

B2174 遊びと文学
1972.3.1 『すばる』(集英社) 7号 p103-111 ⇔*A0450*

B2175 子供の育て方
1972.5.12 『朝日新聞家庭版(中部)』(朝日新聞社) p1 ⇔*A0451*

B2176 作家志望のQさんへの手紙
1972.5.20 『駿河台文学』(明治大学文科の会) 創刊号 p78-79 ⇔*A0452*

B2177 あとがき
1972.5.28 『迷路の旅人』(講談社) p274-277 ⇔*A0490*

B2178 雨に煙る首里の瓦屋根
1972.6.1 『旅』(日本交通公社) 46巻6号 p84-87 ⇔*A0491*

B2179 忘れられない言葉 塩と劇薬
1972.6.1 『別冊小説宝石』(光文社) 2巻2号 p248-249 ⇔*A0492*

B2180 日も月も
1972.6.20 『新潮』(新潮社) 69巻7号 p201 ⇔*A0494*

B2181 作家の死
1972.7.1 『新潮』(新潮社) 69巻8号 p186-187 ⇔*A0495*

B2182 言葉に酔ふ
1972.7.1 『風景』(悠々会) 13巻7号 p20-22 ⇔*A0496*

B2183　月曜寸評　女の愉しみ
1972.7.10　『朝日新聞』（朝日新聞社）　p19　⇔*A0497*

B2184　詩に帰るよすが──「古今集」──
1972.8.1　『新潮』（新潮社）　69巻9号　p187-190　⇔*A0498*

B2185　私の本　他人の文章のような感じ
1972.8.1　『新評』（新評社）　19巻8号　p223　⇔*A0499*

B2186　出産と女であることの関係
1972.8.1　『婦人公論』（中央公論社）　57巻8号　p60-65　⇔*A0500*

B2187　事実と小説
1972.9.3　『グラフかながわ』（神奈川県知事室広報課）　373号　p13　⇔*A0501*

B2188　月曜寸評　人生の余白
1972.9.4　『朝日新聞』（朝日新聞社）　p15　⇔*A0502*

B2189　私の中の日本人──山本神右衛門常朝──
1972.10.1　『波』（新潮社）　6巻9号　p7-11　⇔*A0504*

B2190　私の青春論
1972　『青春の本』（海潮社）　p5-13　⇔*A0505*

B2191　私と原稿用紙　何の変哲もないもの
1973.1.1　『群像』（講談社）　28巻1号　p267　⇔*A0506*

B2192　「あやかし」ということ
1973.1.1　『新潮』（新潮社）　70巻1号　p252-253　⇔*A0507*

B2193　ポルトガル行きの弁
1973.1.1　『波』（新潮社）　36号　p24-25　⇔*A0508*

B2194　「かのやうに」と文學
1973.2.1　『文學界』（文藝春秋）　27巻2号　p16-17　⇔*A0509*

B2195　子は鏡
1973.2.1　『文藝春秋 オール読物』（文藝春秋）　28巻2号　p312-313　⇔*A0510*

B2196　神田界隈
1973.2.7　『ミセス』（文化出版局）　159号　p241-244　⇔*A0511*

B2197　『源氏物語』の魅力
1973.2.25　『円地文子訳 源氏物語』（新潮社）　巻六月報　p1-3　⇔*A0512*

B2198　メメント・モリ
1973.3.16　『ねんきん』（全国社会保険協会連合会）　14巻3号　p14-15　⇔*A0513*

B2199　アイオワ静かなる日々
1973.11.10　『アイオワ 静かなる日々』（新人物往来社）　⇔*A0634*

B2200　悪い学生の弁

1975.5.25　『平野謙全集 第九巻付録』（新潮社）　p1-3　⇔*A0643*

B2201　子育てで思ふこと
1975.8.25　『赤ちゃんとママ』（赤ちゃんとママ社）　10巻9号　p22　⇔*A0686*

B2202　私の小説
1975.10.1　『波』（新潮社）　9巻10号　p40-45　⇔*A0687*

B2203　作品ノート1
1975.10.20　『倉橋由美子全作品1 パルタイ・雑人撲滅週間』（新潮）　p255-271　⇔*A0697*

B2204　作品ノート2
1975.11.20　『倉橋由美子全作品2 人間のない神・どこにもない場所』（新潮）　p239-252　⇔*A0704*

B2205　女は子供と夫の母親
1975.11　『別冊 若い女性』（講談社）　巻号不明　頁不明　⇔*A0705*

B2206　作品ノート3
1975.12.20　『倉橋由美子全作品3 暗い旅・真夜中の太陽』（新潮）　p231-245　⇔*A0711*

B2207　幻の夜明け
1976.1.8　『週刊文春』（文藝春秋）　18巻2号　p3（グラビア）　⇔*A0712*

B2208　週言　パイダゴーゴス
1976.1.19　『神奈川新聞』（神奈川新聞社）　p3　⇔*A0713*

B2209　作品ノート4
1976.1.20　『倉橋由美子全作品4 妖女のように・蠍たち』（新潮）　p251-268　⇔*A0724*

B2210　作品ノート5
1976.2.20　『倉橋由美子全作品5 聖少女・結婚』（新潮）　p243-256　⇔*A0728*

B2211　週言　自愛のすすめ
1976.2.23　『神奈川新聞』（神奈川新聞社）　p3　⇔*A0729*

B2212　アメリカ流個人主義
1976.3.1　『時事英語研究』（研究社出版）　30巻12号　p9-10　⇔*A0730*

B2213　人形たちは生きている
1976.3.1　『Delica』（千趣会）　13巻2号　p8-9　⇔*A0731*

B2214　“女ですもの”の論理　「男ですもの」とはいわないのだから、女であることを武器に勢力を拡大するのはフェアでない
1976.3.1　『婦人公論』（中央公論社）　61巻3号　p202-207　⇔*A0732*

B2215　作品ノート6
1976.3.20　『倉橋由美子全作品6 ヴァージニア・長い夢路』（新潮）　p271-284　⇔*A0740*

B2216　週言　小説の効用
1976.3.29　『神奈川新聞』（神奈川新聞社）　p3　⇔*A0741*

B2217　日記から　送り仮名
1976.4.19　『朝日新聞』（夕刊）（朝日新聞社）　p5　⇔*A0742*

B2218　日記から　仮名遣
1976.4.20　『朝日新聞』（夕刊）（朝日新聞社）　p5　⇔*A0743*

B2219　作品ノート7
1976.4.20　『倉橋由美子全作品7 反悲劇・霊魂』（新潮）　p241-253　⇔*A0751*

B2220　日記から　行儀
1976.4.21　『朝日新聞』（夕刊）（朝日新聞社）　p5　⇔*A0752*

B2221　日記から　女の怒り
1976.4.22　『朝日新聞』（夕刊）（朝日新聞社）　p7　⇔*A0753*

B2222　日記から　女の笑ひ
1976.4.23　『朝日新聞』（夕刊）（朝日新聞社）　p7　⇔*A0754*

B2223　日記から　代理人
1976.4.24　『朝日新聞』（夕刊）（朝日新聞社）　p5　⇔*A0755*

B2224　日記から　専門家
1976.4.26　『朝日新聞』（夕刊）（朝日新聞社）　p7　⇔*A0756*

B2225　日記から　作家
1976.4.27　『朝日新聞』（夕刊）（朝日新聞社）　p7　⇔*A0757*

B2226　日記から　政治家
1976.4.28　『朝日新聞』（夕刊）（朝日新聞社）　p7　⇔*A0758*

B2227　日記から　家と屋
1976.4.30　『朝日新聞』（夕刊）（朝日新聞社）　p7　⇔*A0759*

B2228　日記から　子供
1976.5.1　『朝日新聞』（夕刊）（朝日新聞社）　p5　⇔*A0760*

B2229　週言　主婦の仕事と日々
1976.5.3　『神奈川新聞』（神奈川新聞社）　p3　⇔*A0761*

B2230　作品ノート8
1976.5.20　『倉橋由美子全作品8 夢の浮橋・腐敗』（新潮）　p213-228　⇔*A0765*

B2231　倉橋由美子自作年譜
1976.5.20　『倉橋由美子全作品8 夢の浮橋・腐敗』（新潮社）　p229-240　⇔*A0766*

B2232　週言　わからないということ
1976.6.7　『神奈川新聞』（神奈川新聞社）　p3　⇔*A0773*

B2233　週言　文学が失ったもの

1976.7.13　『神奈川新聞』（神奈川新聞社）　p3　⇔*A0774*

B2234　土佐人について
1976.8.15　『ふるさとの旅路 日本の叙情12』（ほるぷ）　p36-41　⇔*A0775*

B2235　週言　母親というもの
1976.8.16　『神奈川新聞』（神奈川新聞社）　p3　⇔*A0776*

B2236　大人の知恵
1976.9.1　『諸君!』（文藝春秋）　8巻10号　p214-215　⇔*A0777*

B2237　週言　国語の大衆化
1976.9.20　『神奈川新聞』（神奈川新聞社）　p3　⇔*A0778*

B2238　わが町
1976.9　『厚木毛利台ニュース』（東急ニュータウン）　巻号不明　ページ不明　⇔*A0779*

B2239　「子どもの教育」選考にあたって
1976.10.1　『お母さん』（学習研究社）　2巻1号　ページ不明　⇔*A0780*

B2240　面白い本
1976.10.1　『文芸展望』（筑摩書房）　15号　p167　⇔*A0781*

B2241　誕生日
1976.10.10　『朝日新聞』(日曜版)(朝日新聞社)　p25　⇔*A0782*

B2242　週言　風変わりな一家
1976.10.25　『神奈川新聞』（神奈川新聞社）　p3　⇔*A0783*

B2243　「我が家の性教育」選考にあたって
1976.11.1　『お母さん』（学習研究社）　2巻2号　p139　⇔*A0784*

B2244　週言　お伽噺
1976.11.29　『神奈川新聞』（神奈川新聞社）　p3　⇔*A0786*

B2245　「子どもの反抗期」を読んで
1976.12.1　『お母さん』（学習研究社）　2巻3号　p147　⇔*A0787*

B2246　「子どもが原因の夫婦喧嘩」を読んで
1977.1.1　『お母さん』（学習研究社）　2巻4号　p145　⇔*A0788*

B2247　無心に自由を享楽した日々
1977.1.1　『小二教育技術』（小学館）　29巻12号　p53-54　⇔*A0789*

B2248　なぜ小説が書けないか
1977.1.1　『新潮』（新潮社）　74巻1号　p200-201　⇔*A0790*

B2249　迎春今昔
1977.1.2　『河北新報』（河北新報社）　p11　⇔*A0791*

B2250　休業札のもとで
1977.1.15　『日本近代文学館』（財団法人 日本近代文学館）　35号　p3　⇔*A0792*

B2251　女の精神
1977.3.20　『水上勉全集』（中央公論社）　11巻 月報　p1-2　⇔*A0798*

B2252　チンチン電車・高知
1977.5.1　『旅』（日本交通社）　51巻5号　p74-75　⇔*A0825*

B2253　秘められた聖像画　明治の女流画家山下りん
1977.5.12　『太陽』（平凡社）　15巻7号　p105-112　⇔*A0826*

B2254　『史記』と『論語』
1977.7.10　『貝塚茂樹著作集 第三巻 月報』（中央公論社）　p5-8　⇔*A0827*

B2255　小説の「進歩」
1977.8.1　『群像』（講談社）　32巻9号　p282-283　⇔*A0828*

B2256　自己流正書法
1977.8.1　『展望』（筑摩書房）　224号　p10-11　⇔*A0829*

B2257　小説論ノート1――もののあはれ
1977.8.1　『波』（新潮社）　11号8号　p24-25　⇔*A0830*

B2258　雑巾がけ
1977.8.7　『ミセス』（文化出版局）　227号　p231　⇔*A0831*

B2259　小説論ノート2――勧善懲悪
1977.9.1　『波』（新潮社）　11巻9号　p24-25　⇔*A0841*

B2260　わが子しか眼中にないお母さんへ
1977.10.1　『すてきなお母さん』（文化出版局）　48号　p155-157　⇔*A0842*

B2261　小説論ノート3――愚行
1977.10.1　『波』（新潮社）　11号10号　p24-25　⇔*A0843*

B2262　吉田健一氏の文章
1977.10.1　『文藝』（河出書房新社）　16巻10号　p246-249　⇔*A0844*

B2263　小説論ノート4――恋
1977.11.1　『波』（新潮社）　11巻11号　p24-25　⇔*A0845*

B2264　カフカと私
1977.12.1　『世界文学全集33 カフカ』（学習研究社）　p17-48　⇔*A0846*

B2265　小説論ノート5――自殺
1977.12.1　『波』（新潮社）　11号12号　p24-25　⇔*A0847*

B2266　倉橋由美子氏評
1977.12.5　『密会』（安部公房）（新潮社）　箱裏　⇔*A0848*

B2267　今月の日本　文運隆昌
1977.12.12　『太陽』（平凡社）　16巻1号　p177　⇔*A0849*

B2268　小説論ノート6――女

1978.1.1　『波』（新潮社）　12巻1号　p24-25　⇔*A0850*

B2269　今月の日本　寒波襲来
1978.1.12　『太陽』（平凡社）　16巻2号　p155　⇔*A0851*

B2270　『日本文学を読む』を読む
1978.2.1　『新潮』（新潮社）　75巻2号　p198-199　⇔*A0858*

B2271　小説論ノート7──告白
1978.2.1　『波』（新潮社）　12巻2号　p24-25　⇔*A0859*

B2272　双点　ポストの幻想
1978.2.2　『読売新聞』（夕刊）（読売新聞社）　p5　⇔*A0860*

B2273　双点　ウイルスの世界
1978.2.4　『読売新聞』（夕刊）（読売新聞社）　p7　⇔*A0861*

B2274　双点　夢の話
1978.2.7　『読売新聞』（夕刊）（読売新聞社）　p5　⇔*A0862*

B2275　双点　カフカの悪夢
1978.2.9　『読売新聞』（夕刊）（読売新聞社）　p5　⇔*A0863*

B2276　今月の日本　曲学阿世
1978.2.12　『太陽』（平凡社）　16巻3号　p153　⇔*A0864*

B2277　双点　「です」調
1978.2.13　『読売新聞』（夕刊）（読売新聞社）　p5　⇔*A0865*

B2278　双点　「だ」調
1978.2.15　『読売新聞』（夕刊）（読売新聞社）　p7　⇔*A0866*

B2279　双点　「である」調
1978.2.17　『読売新聞』（夕刊）（読売新聞社）　p5　⇔*A0867*

B2280　無気味なものと美しいもの
1978.2.20　『円地文子全集』（新潮社）　9巻 月報6　p2-3　⇔*A0868*

B2281　双点　「いごっそう」考
1978.2.21　『読売新聞』（夕刊）（読売新聞社）　p5　⇔*A0869*

B2282　双点　不惑
1978.2.23　『読売新聞』（夕刊）（読売新聞社）　p7　⇔*A0870*

B2283　双点　不信論
1978.2.25　『読売新聞』（夕刊）（読売新聞社）　p7　⇔*A0871*

B2284　双点　文章の手習い
1978.2.27　『読売新聞』（夕刊）（読売新聞社）　p7　⇔*A0872*

B2285　小説論ノート8──運命
1978.3.1　『波』（新潮社）　12巻3号　p24-25　⇔*A0873*

B2286　今月の日本　文章鑑別
1978.3.12　『太陽』（平凡社）　16巻4号　p157　⇔*A0874*

B2287　小説論ノート9──性格
1978.4.1　『波』（新潮社）　12巻4号　p24-25　⇔*A0875*

B2288　今月の日本　才女志願
1978.4.12　『太陽』（平凡社）　16巻5号　p169　⇔*A0876*

B2289　小説論ノート10──真実
1978.5.1　『波』（新潮社）　12巻5号　p24-25　⇔*A0877*

B2290　今月の日本　家内安全
1978.5.12　『太陽』（平凡社）　16巻6号　p165　⇔*A0878*

B2291　私の文章修業
1978.5.19　『週刊朝日』（朝日新聞社）　83巻21号　p64-65　⇔*A0879*

B2292　小説論ノート11──嘘
1978.6.1　『波』（新潮社）　12巻6号　p24-25　⇔*A0880*

B2293　私のなかのヤマモモ
1978.6.1　『ミセス愛蔵版 全国･美味求真の旅』（文化出版局）　p186-188　⇔*A0881*

B2294　今月の日本　自彊不息
1978.6.12　『太陽』（平凡社）　16巻7号　p193　⇔*A0882*

B2295　小説論ノート12──秩序
1978.7.1　『波』（新潮社）　12巻7号　p24-25　⇔*A0883*

B2296　今月の日本　美味不信
1978.7.12　『太陽』（平凡社）　16巻8号　p163　⇔*A0884*

B2297　小説論ノート13──小説の効用
1978.8.1　『波』（新潮社）　12巻8号　p24-25　⇔*A0885*

B2298　わかれ道　親子相談室　神経質な母親に責任
1978.8.4　『朝日新聞』（朝日新聞社）　p16　⇔*A0886*

B2299　今月の日本　児戯饒舌
1978.8.12　『太陽』（平凡社）　16巻9号　p159　⇔*A0887*

B2300　小説論ノート14──小説という行為
1978.9.1　『波』（新潮社）　12巻9号　p24-25　⇔*A0888*

B2301　わかれ道　親子相談室　人生設計示しなさい
1978.9.8　『朝日新聞』（朝日新聞社）　p14　⇔*A0889*

B2302　今月の日本　克己復礼
1978.9.12　『太陽』（平凡社）　16巻10号　p167　⇔*A0891*

B2303　不思議な魅力──「勝手にしやがれ」のジーン・セバーグ

1978.9　『NHK お母さんの勉強室』（日本放送協会）　巻号不明　ページ不明
⇔*A0892*

B2304　小説論ノート15――小説の読者
1978.10.1　『波』（新潮社）　12巻10号　p22-23　⇔*A0893*

B2305　今月の日本　怪力乱神
1978.10.12　『太陽』（平凡社）　16巻11号　p167　⇔*A0894*

B2306　小説論ノート16――名文
1978.11.1　『波』（新潮社）　12巻11号　p24-25　⇔*A0895*

B2307　今月の日本　妄想妄信
1978.11.12　『太陽』（平凡社）　16巻12号　p175　⇔*A0896*

B2308　ソフィスト繁昌
1978.11.20　『全人教育 臨時増刊』（玉川大学出版部）　358号　p10-11　⇔*A0897*

B2309　小説論ノート17――純文学
1978.12.1　『波』（新潮社）　12巻12号　p24-25　⇔*A0898*

B2310　人間の中の病気
1979.1.1　『新潮』（新潮社）　76巻1号　p70-79　⇔*A0899*

B2311　小説論ノート18――狂気
1979.1.1　『波』（新潮社）　13巻1号　p24-25　⇔*A0900*

B2312　城の中の城（第一回）
1979.2.1　『新潮』（新潮社）　76巻2号　p143-153　⇔*A0901*

B2313　小説論ノート19――悪
1979.2.1　『波』（新潮社）　13巻2号　p24-25　⇔*A0902*

B2314　あとがき
1979.2.16　『磁石のない旅』（講談社）　p290-292　⇔*A0987*

B2315　城の中の城（第二回）
1979.3.1　『新潮』（新潮社）　76巻3号　p229-239　⇔*A0988*

B2316　小説論ノート20――小説の制約
1979.3.1　『波』（新潮社）　13巻3号　p24-25　⇔*A0989*

B2317　城の中の城（第三回）
1979.4.1　『新潮』（新潮社）　76巻4号　p238-249　⇔*A0990*

B2318　小説論ノート21――小説の基本ルール
1979.4.1　『波』（新潮社）　13巻4号　p24-25　⇔*A0991*

B2319　城の中の城（第四回）
1979.5.1　『新潮』（新潮社）　76巻5号　p244-255　⇔*A0992*

B2320　小説論ノート22――通俗性
1979.5.1　『波』（新潮社）　13巻5号　p24-25　⇔*A0993*

B2321　城の中の城（第五回）
1979.6.1　『新潮』（新潮社）　76巻6号　p234-239　⇔*A0994*

B2322　小説論ノート23――努力
1979.6.1　『波』（新潮社）　13巻6号　p32-33　⇔*A0995*

B2323　城の中の城（第六回）
1979.7.1　『新潮』（新潮社）　76巻7号　p282-288　⇔*A0996*

B2324　小説論ノート24――批評
1979.7.1　『波』（新潮社）　13巻7号　p24-25　⇔*A0997*

B2325　城の中の城（第七回）
1979.8.1　『新潮』（新潮社）　76巻8号　p243-257　⇔*A0999*

B2326　城の中の城（第八回）
1979.9.1　『新潮』（新潮社）　76巻9号　p255-262　⇔*A1000*

B2327　人間の聡明さと「知的生活」との不連続線
1979.9.20　『新おんなゼミ 第五巻 おんなの知的生活術』（講談社）　p1-4　⇔*A1001*

B2328　私の偏見的知的生活考
1979.9.20　『新おんなゼミ　第五巻　おんなの知的生活術』（講談社）　p14-35　⇔*A1002*

B2329　倉橋由美子の「知的生活」ウィット事典
1979.9.20　『新おんなゼミ　第五巻　おんなの知的生活術』（講談社）　p234-242　⇔*A1003*

B2330　女と鑑賞　創造への啓示は自由な目に映る
1979.9.20　『新おんなゼミ 第六巻 おんなのクリエイトブック』（講談社）　p110-115　⇔*A1004*

B2331　城の中の城（第九回）
1979.10.1　『新潮』（新潮社）　76巻10号　p265-279　⇔*A1005*

B2332　わかれ道　親子相談室　まず自分の充実図る
1979.10.13　『朝日新聞』（朝日新聞社）　p14　⇔*A1006*

B2333　城の中の城（第十回）
1979.11.1　『新潮』（新潮社）　76巻11号　p241-247　⇔*A1007*

B2334　作家の生活　作家以前の生活
1979.11.1　『波』（新潮社）　13巻11号　p2-5　⇔*A1008*

B2335　わかれ道　親子相談室　自分の外に興味持て
1979.11.17　『朝日新聞』（朝日新聞社）　p14　⇔*A1014*

B2336　わかれ道　親子相談室　「自由」だが激しい競争
1979.12.22　『朝日新聞』（朝日新聞社）　p12　⇔*A1015*

B2337　城の中の城（第十一回）

1980.1.1 『新潮』(新潮社) 77巻1号 p302-313 ⇔A1016

B2338 わかれ道 親子相談室特集 学校替わるしかない
1980.1.5 『朝日新聞』(朝日新聞社) p12 ⇔A1017

B2339 『嵐が丘』への旅
1980.2.12 『太陽』(平凡社) 18巻2号 p121-123 ⇔A1019

B2340 わかれ道 親子相談室 当面二人きり避けて
1980.2.23 『朝日新聞』(朝日新聞社) p14 ⇔A1020

B2341 城の中の城(第十二回)
1980.3.1 『新潮』(新潮社) 77巻3号 p230-241 ⇔A1021

B2342 わかれ道 親子相談室 自己嫌悪の療法四つ
1980.3.15 『朝日新聞』(朝日新聞社) p14 ⇔A1022

B2343 城の中の城(第十三回)
1980.4.1 『新潮』(新潮社) 77巻4号 p253-260 ⇔A1023

B2344 わかれ道 親子相談室 人生経験まず積んで
1980.4.19 『朝日新聞』(朝日新聞社) p14 ⇔A1024

B2345 城の中の城(第十四回)
1980.5.1 『新潮』(新潮社) 77巻5号 p217-230 ⇔A1025

B2346 わかれ道 親子相談室 自分の責任で行動を
1980.5.24 『朝日新聞』(朝日新聞社) p14 ⇔A1026

B2347 城の中の城(第十五回)
1980.6.1 『新潮』(新潮社) 77巻6号 p232-243 ⇔A1027

B2348 城の中の城(第十六回)
1980.7.1 『新潮』(新潮社) 77巻7号 p238-247 ⇔A1028

B2349 城の中の城(第十七回)
1980.8.1 『新潮』(新潮社) 77巻8号 p250-262 ⇔A1029

B2350 城の中の城(最終回)
1980.9.1 『新潮』(新潮社) 77巻9号 p224-236 ⇔A1036

B2351 信に至る愚
1980.10.1 『新潮』(新潮社) 77巻10号 p21-29 ⇔A1037

B2352 訳者あとがき
1980.10.25 『嵐が丘にかえる 第2部』(三笠書房) p295-301 ⇔A1038

B2353 外国文学と私 外国文学と翻訳
1981.1.1 『群像』(講談社) 36巻1号 p215 ⇔A1042

B2354 外国文学・一品料理の楽しみ
1981.2.1 『群像』(講談社) 36巻2号 p87 ⇔A1043

B2355 大脳の音楽 西脇詩集
1981.3.2 『読売新聞』(読売新聞社) p8 ⇔*A1044*

B2356 母親マネージャー説
1981.3.7 『ミセス』(文化出版局) 282号 p249-251 ⇔*A1045*

B2357 茶の毒 鷗外の小説
1981.3.9 『読売新聞』(読売新聞社) p8 ⇔*A1046*

B2358 シャトー・ヨシダの逸品ワイン
1981.3.16 『読売新聞』(読売新聞社) p8 ⇔*A1047*

B2359 アランのプロポ
1981.3.24 『読売新聞』(読売新聞社) p14 ⇔*A1048*

B2360 書架の宝物
1981.3.30 『読売新聞』(読売新聞社) p8 ⇔*A1049*

B2361 読者の反応
1981.7.1 『新潮』(新潮社) 78巻7号 p232-233 ⇔*A1050*

B2362 酔郷に入る
1981.8.20 『サントリークォータリー』(サントリー株式会社広報室) 3巻2号 p36-42 ⇔*A1051*

B2363 女の旅 飛島・酒田 うみねこ舞う日本海の孤島
1981.10.1 『婦人と暮らし』(潮出版社) 76号 p126-132 ⇔*A1053*

B2364 ディオゲネスの書斎
1981.10.12 『太陽』(平凡社) 19巻12号 p73-74 ⇔*A1054*

B2365 死神
1981.11.10 『ショートショートランド』(講談社) 1巻3号 p68-71 ⇔*A1055*

B2366 パリの憂鬱
1981.12.15 『アサヒグラフ』(朝日新聞社) 3062号 p77 ⇔*A1056*

B2367 神童の世界
1981.12.25 『谷崎潤一郎全集 月報』(中央公論社) 8巻 p1-3 ⇔*A1057*

B2368 小説・中説・大説
1982.1.15 『小説新潮スペシャル』(新潮社) 2巻1号 p31-33 ⇔*A1058*

B2369 「裸の王様」症候群
1982.4.1 『新潮』(新潮社) 79巻4号 p206-207 ⇔*A1059*

B2370 短篇小説の衰亡
1982.5.1 『新潮』(新潮社) 79巻5号 p142-143 ⇔*A1060*

B2371 子供たちが豚殺しを真似した話
1982.5.1 『波』(新潮社) 16巻5号 p28-30 ⇔*A1061*

B2372　新浦島
1982.5.1　『波』(新潮社)　16巻5号　p30-33　⇔*A1062*

B2373　贅沢について
1982.6.1　『新潮』(新潮社)　79巻6号　p208-209　⇔*A1063*

B2374　虫になつたザムザの話
1982.6.1　『波』(新潮社)　16巻6号　p28-33　⇔*A1064*

B2375　猿蟹戦争
1982.7.1　『波』(新潮社)　16巻7号　p28-30　⇔*A1065*

B2376　鏡を見た王女
1982.7.1　『波』(新潮社)　16巻7号　p30-35　⇔*A1066*

B2377　天国へ行つた男の子
1982.8.1　『波』(新潮社)　16巻8号　p28-30　⇔*A1067*

B2378　飯食はぬ女異聞
1982.8.1　『波』(新潮社)　16巻8号　p30-33　⇔*A1068*

B2379　三つの指輪
1982.9.1　『波』(新潮社)　16巻9号　p28-33　⇔*A1069*

B2380　日本のひととせ　野分
1982.9.10　『Trefle』(東通社)　5巻9号　p11　⇔*A1070*

B2381　血で染めたドレス
1982.10.1　『波』(新潮社)　16巻10号　p28-33　⇔*A1071*

B2382　大人の童話
1982.11.1　『新潮』(新潮社)　79巻11号　p220-221　⇔*A1072*

B2383　故郷
1982.11.1　『波』(新潮社)　16巻11号　p28-31　⇔*A1073*

B2384　パンドーラーの壷
1982.11.1　『波』(新潮社)　16巻11号　p31-33　⇔*A1074*

B2385　ある恋の物語
1982.12.1　『波』(新潮社)　16巻12号　p28-33　⇔*A1075*

B2386　ナボコフの文学講義
1983.1.1　『海燕』(福武書店)　2巻1号　p13-15　⇔*A1076*

B2387　一寸法師の恋
1983.1.1　『波』(新潮社)　17巻1号　p28-33　⇔*A1077*

B2388　鬼女の島
1983.2.1　『波』(新潮社)　17巻2号　p28-33　⇔*A1078*

B2389　異説かちかち山

1983.3.1　『波』（新潮社）　17巻3号　p28-33　⇔*A1079*

B2390　人魚の涙
1983.4.1　『波』（新潮社）　17巻4号　p14-18　⇔*A1080*

B2391　盧生の夢
1983.5.1　『波』（新潮社）　17巻5号　p14-18　⇔*A1081*

B2392　倉橋由美子の怪奇掌篇1　ヴァンピールの会
1983.5.1　『婦人と暮し』（潮出版社）　95号　p130-133　⇔*A1082*

B2393　劣情の支配する国
1983.5.25　『クロワッサン』（マガジンハウス）　7巻10号　p26-27　⇔*A1084*

B2394　かぐや姫
1983.6.1　『波』（新潮社）　17巻6号　p14-18　⇔*A1085*

B2395　倉橋由美子の怪奇掌篇2　革命
1983.6.1　『婦人と暮し』（潮出版社）　96号　p164-167　⇔*A1086*

B2396　安達ケ原の鬼
1983.7.1　『波』（新潮社）　17巻7号　p14-16　⇔*A1087*

B2397　名人伝補遺
1983.7.1　『波』（新潮社）　17巻7号　p16-18　⇔*A1088*

B2398　倉橋由美子の怪奇掌篇3　首の飛ぶ女
1983.7.1　『婦人と暮し』（潮出版社）　97号　p166-169　⇔*A1089*

B2399　白雪姫
1983.8.1　『波』（新潮社）　17巻8号　p14-18　⇔*A1090*

B2400　倉橋由美子の怪奇掌篇4　事故
1983.8.1　『婦人と暮し』（潮出版社）　98号　p164-167　⇔*A1091*

B2401　世界の果ての泉
1983.9.1　『波』（新潮社）　17巻9号　p14-17　⇔*A1092*

B2402　養老の滝
1983.9.1　『波』（新潮社）　17巻9号　p17-18　⇔*A1093*

B2403　倉橋由美子の怪奇掌篇5　獣の夢
1983.9.1　『婦人と暮し』（潮出版社）　99号　p162-165　⇔*A1094*

B2404　魔法の豆の木
1983.10.1　『波』（新潮社）　17巻10号　p14-18　⇔*A1095*

B2405　倉橋由美子の怪奇掌篇6　幽霊屋敷
1983.10.1　『婦人と暮し』（潮出版社）　100号　p174-177　⇔*A1096*

B2406　シュンポシオン　連載第一回
1983.11.1　『海燕』（福武書店）　2巻11号　p96-103　⇔*A1098*

B2407　ゴルゴーンの首
1983.11.1　『波』（新潮社）　17巻11号　p14-18　⇔*A1099*

B2408　倉橋由美子の怪奇掌篇7　アポロンの首
1983.11.1　『婦人と暮し』（潮出版社）　101号　p162-165　⇔*A1100*

B2409　シュンポシオン　連載第二回
1983.12.1　『海燕』（福武書店）　2巻12号　p188-197　⇔*A1101*

B2410　元編集者の文章
1983.12.1　『新潮』（新潮社）　80巻13号　p248-249　⇔*A1102*

B2411　人は何によつて生きるのか
1983.12.1　『波』（新潮社）　17巻12号　p14-19　⇔*A1103*

B2412　倉橋由美子の怪奇掌篇8　発狂
1983.12.1　『婦人と暮し』（潮出版社）　102号　p164-167　⇔*A1104*

B2413　シュンポシオン　連載第三回
1984.1.1　『海燕』（福武書店）　3巻1号　p222-233　⇔*A1105*

B2414　倉橋由美子の怪奇掌篇9　オーグル国渡航記
1984.1.1　『婦人と暮し』（潮出版社）　103号　p182-185　⇔*A1106*

B2415　シュンポシオン　連載第四回
1984.2.1　『海燕』（福武書店）　3巻2号　p256-264　⇔*A1107*

B2416　倉橋由美子の怪奇掌篇10　鬼女の面
1984.2.1　『婦人と暮し』（潮出版社）　104号　p178-181　⇔*A1108*

B2417　シュンポシオン　連載第五回
1984.3.1　『海燕』（福武書店）　3巻3号　p206-213　⇔*A1110*

B2418　倉橋由美子の怪奇掌篇11　聖家族
1984.3.1　『婦人と暮し』（潮出版社）　105号　p180-183　⇔*A1111*

B2419　「なぜ書けないか」と「何が書けるか」について
1984.3.7　『ミセス』（文化出版局）　327号　p236-237　⇔*A1112*

B2420　シュンポシオン　連載第六回
1984.4.1　『海燕』（福武書店）　3巻4号　p242-252　⇔*A1113*

B2421　倉橋由美子の怪奇掌篇12　生還
1984.4.1　『婦人と暮し』（潮出版社）　106号　p174-177　⇔*A1114*

B2422　あとがき
1984.4.20　『大人のための残酷童話』（新潮社）　p198-203　⇔*A1141*

B2423　シュンポシオン　連載第七回
1984.5.1　『海燕』（福武書店）　3巻5号　p228-239　⇔*A1142*

B2424　倉橋由美子の怪奇掌篇13　交換

1984.5.1　『婦人と暮し』（潮出版社）　107号　p176-179　⇔*A1143*

B2425　シュンポシオン　連載第八回
1984.6.1　『海燕』（福武書店）　3巻6号　p256-265　⇔*A1144*

B2426　倉橋由美子の怪奇掌篇14　瓶の中の恋人たち
1984.6.1　『婦人と暮し』（潮出版社）　108号　p188-191　⇔*A1145*

B2427　シュンポシオン　連載第九回
1984.7.1　『海燕』（福武書店）　3巻7号　p252-260　⇔*A1146*

B2428　反核問答
1984.7.1　『新潮』（新潮社）　81巻7号　p232-233　⇔*A1147*

B2429　倉橋由美子の怪奇掌篇15　月の都
1984.7.1　『婦人と暮し』（潮出版社）　109号　p190-193　⇔*A1148*

B2430　夏の歌　1
1984.7.4　『読売新聞』（夕刊）（読売新聞社）　p11　⇔*A1149*

B2431　夏の歌　2
1984.7.11　『読売新聞』（夕刊）（読売新聞社）　p11　⇔*A1150*

B2432　夏の歌　3
1984.7.18　『読売新聞』（夕刊）（読売新聞社）　p11　⇔*A1151*

B2433　夏の歌　4
1984.7.25　『読売新聞』（夕刊）（読売新聞社）　p7　⇔*A1152*

B2434　シュンポシオン　連載第十回
1984.8.1　『海燕』（福武書店）　3巻8号　p264-274　⇔*A1153*

B2435　食人問答
1984.8.1　『新潮』（新潮社）　81巻8号　p204-205　⇔*A1154*

B2436　倉橋由美子の怪奇掌篇16　カニバリスト夫妻
1984.8.1　『婦人と暮し』（潮出版社）　110号　p178-181　⇔*A1155*

B2437　著者覚え書より──各章の出典
1984.8.25　『城の中の城』（新潮社（新潮文庫））　p355-357　⇔*A1159*

B2438　シュンポシオン　連載第十一回
1984.9.1　『海燕』（福武書店）　3巻9号　p270-279　⇔*A1160*

B2439　教育問答
1984.9.1　『新潮』（新潮社）　81巻9号　p276-277　⇔*A1161*

B2440　倉橋由美子の怪奇掌篇17　夕顔
1984.9.1　『婦人と暮し』（潮出版社）　111号　p178-181　⇔*A1162*

B2441　シュンポシオン　連載第十二回
1984.10.1　『海燕』（福武書店）　3巻10号　p254-263　⇔*A1163*

B2442　倉橋由美子の怪奇掌篇18　無鬼論
1984.10.1　『婦人と暮し』（潮出版社）　112号　p202-205　⇔*A1164*

B2443　シュンポシオン　連載第十三回
1984.11.1　『海燕』（福武書店）　3巻11号　p250-260　⇔*A1165*

B2444　倉橋由美子の怪奇掌篇19　カボチャ奇譚
1984.11.1　『婦人と暮し』（潮出版社）　113号　p194-197　⇔*A1166*

B2445　シュンポシオン　連載第十四回
1984.12.1　『海燕』（福武書店）　3巻12号　p268-278　⇔*A1167*

B2446　倉橋由美子の怪奇掌篇20　イフリートの復讐
1984.12.1　『婦人と暮し』（潮出版社）　114号　p184-187　⇔*A1168*

B2447　シュンポシオン　連載第15回
1985.1.1　『海燕』（福武書店）　4巻1号　p294-303　⇔*A1169*

B2448　シュンポシオン　連載第16回
1985.2.1　『海燕』（福武書店）　4巻2号　p284-294　⇔*A1170*

B2449　シュンポシオン　連載第17回
1985.3.1　『海燕』（福武書店）　4巻3号　p218-229　⇔*A1191*

B2450　知的魔力の泉
1985.3.31　『知の広場 大学生活の道標』（明治大学）　p157-163　⇔*A1192*

B2451　シュンポシオン　連載第18回
1985.4.1　『海燕』（福武書店）　4巻4号　p234-245　⇔*A1193*

B2452　残酷な童話
1985.4.25　『グリム童話とメルヘン街道』（くもん出版）　p73　⇔*A1194*

B2453　シュンポシオン　連載第19回
1985.5.1　『海燕』（福武書店）　4巻5号　p242-251　⇔*A1195*

B2454　シュンポシオン　連載第20回
1985.6.1　『海燕』（福武書店）　4巻6号　p200-208　⇔*A1196*

B2455　怪奇短篇小説
1985.6.1　『新潮』（新潮社）　82巻6号　p238-239　⇔*A1197*

B2456　シュンポシオン　連載第21回
1985.7.1　『海燕』（福武書店）　4巻7号　p234-245　⇔*A1198*

B2457　シュンポシオン　連載第22回
1985.8.1　『海燕』（福武書店）　4巻8号　p208-220　⇔*A1199*

B2458　やまがたひろゆき「お菓子の話」　解説
1985.8.25　『お菓子の話』（新潮社（新潮文庫））　p216-221　⇔*A1200*

B2459　シュンポシオン　連載第23回

1985.9.1 『海燕』（福武書店） 4巻9号 p308-320 ⇔*A1201*

B2460 シュンポシオン 連載第24回
1985.10.1 『海燕』（福武書店） 4巻10号 p264-278 ⇔*A1203*

B2461 いきいき土佐の女 淡白で辛口が魅力
1986.1.1 『高知新聞』（高知新聞社） p49 ⇔*A1205*

B2462 連雨独飲
1986.2.28 『サントリークォータリー』（サントリー株式会社広報部） 7巻3号 p73-78 ⇔*A1206*

B2463 あとがき
1986.4.21 『最後から二番目の毒想』（講談社） p216-222 ⇔*A1244*

B2464 澁澤龍彦の世界
1986.7.15 『犬狼都市（キュノポリス）』（福武書店） p187-197 ⇔*A1245*

B2465 虫のこと
1986.8.20 『花』（花発行所） 12号 p6-7 ⇔*A1246*

B2466 アマノン国往還記
1986.8.25 『アマノン国往還記』（新潮社） ⇔*A1247*

B2467 紅葉狩り（一）
1986.9.10 『クロワッサン』（マガジンハウス） 10巻17号 p36-37 ⇔*A1248*

B2468 紅葉狩り（二）
1986.9.25 『クロワッサン』（マガジンハウス） 10巻18号 p40-41 ⇔*A1249*

B2469 紅葉狩り（三）
1986.10.10 『クロワッサン』（マガジンハウス） 10巻19号 p50-51 ⇔*A1250*

B2470 紅葉狩り（四）
1986.10.25 『クロワッサン』（マガジンハウス） 10巻20号 p38-39 ⇔*A1251*

B2471 紅葉狩り（五）
1986.11.10 『クロワッサン』（マガジンハウス） 10巻21号 p60-61 ⇔*A1252*

B2472 紅葉狩り（最終回）
1986.11.25 『クロワッサン』（マガジンハウス） 10巻22号 p54-55 ⇔*A1253*

B2473 幻想の山塊
1987.6.30 『中井英夫作品集X 編集のしおり6』（三一書房） p1-3 ⇔*A1255*

B2474 ポポイ
1987.8.1 『海燕』（福武書店） 6巻8号 p28-85 ⇔*A1256*

B2475 津和野・萩
1987.9.1 『翼の王国』（全日空） 219号 p25-28 ⇔*A1257*

B2476 花の下
1987.10.15 『IN POCKET』（講談社） 5巻10号 p44-50 ⇔*A1259*

B2477　『ポポイ』とBGMについて
1987.11.1　『新刊ニュース』(東京出版販売株式会社)　38巻11号　p7　⇔*A1260*

B2478　漢字の世界
1987.11.7　『読売新聞』(夕刊)(読売新聞社)　p9　⇔*A1261*

B2479　ジェイン・オースティンの『説得』
1987.11.18　『ハイミセス』(文化出版局)　24号　p92　⇔*A1262*

B2480　妖しい世界からのいざない
1987.11.18　『北国新聞』(北国新聞社)　p9　⇔*A1263*

B2481　登校拒否少女と母親と　猫の世界
1987.12.1　『ミステリマガジン』(早川書房)　32巻12号　p115-123　⇔*A1264*

B2482　花の部屋
1987.12.15　『IN POCKET』(講談社)　5巻12号　p128-134　⇔*A1265*

B2483　酒と茶
1988.1.1　『潮』(潮出版社)　345号　p74-77　⇔*A1266*

B2484　新春随想　春の漢詩
1988.1.1　『京都新聞』(京都新聞社)　p23　⇔*A1267*

B2485　交歓　第一回
1988.1.1　『新潮』(新潮社)　85巻1号　p391-404　⇔*A1268*

B2486　圓
1988.1.15　『えん』(えんの会)　3号　p98-99　⇔*A1269*

B2487　交歓　第二回
1988.2.1　『新潮』(新潮社)　85巻2号　p279-292　⇔*A1270*

B2488　著者から読者へ　どこにもない場所
1988.2.10　『スミヤキストQの冒険』(講談社(講談社文芸文庫))　p452-455　⇔*A1273*

B2489　海中の城
1988.2.15　『IN POCKET』(講談社)　6巻2号　p94-100　⇔*A1274*

B2490　交歓　第三回
1988.3.1　『新潮』(新潮社)　85巻3号　p279-292　⇔*A1275*

B2491　媚薬
1988.3.15　『IN POCKET』(講談社)　6巻3号　p72-78　⇔*A1276*

B2492　百閒雑感
1988.3.15　『内田百閒全集』(福武書店)　月報17　p1-4　⇔*A1277*

B2493　交歓　第四回
1988.4.1　『新潮』(新潮社)　85巻4号　p295-308　⇔*A1299*

B2494　慈童の夢
1988.4.15　『IN POCKET』（講談社）　6巻4号　p56-62　⇔A1300

B2495　転居のお知らせ
1988.5.1　『新潮』（新潮社）　85巻5号　p386-387　⇔A1301

B2496　夢の通い路
1988.5.25　『クロワッサン』（マガジンハウス）　12巻10号　p84-91　⇔A1302

B2497　蛇とイヴ
1988.6.1　『小説すばる』（集英社）　2巻2号　p40-50　⇔A1303

B2498　交歓　第五回
1988.6.1　『新潮』（新潮社）　85巻6号　p297-308　⇔A1304

B2499　幻想絵画館1　神秘的な動物
1988.6.1　『文藝春秋』（文藝春秋）　66巻7号　p257-260　⇔A1305

B2500　倉橋由美子自作を語る
1988.6.20　『新潮カセットブック 倉橋由美子 大人のための残酷童話』（新潮社）
⇔A1313

B2501　交歓　第六回
1988.7.1　『新潮』（新潮社）　85巻7号　p343-356　⇔A1314

B2502　幻想絵画館2　ピフル通り
1988.7.1　『文藝春秋』（文藝春秋）　66巻8号　p257-260　⇔A1315

B2503　永遠の旅人
1988.7.15　『IN POCKET』（講談社）　6巻7号　p72-79　⇔A1316

B2504　無題
1988.7　『アピール30 神奈川・横浜・川崎』（出版元不明）　p9　⇔A1317

B2505　交歓　第七回
1988.8.1　『新潮』（新潮社）　85巻8号　p298-308　⇔A1321

B2506　幻想絵画館3　夜色楼臺雪萬家
1988.8.1　『文藝春秋』（文藝春秋）　66巻9号　p257-260　⇔A1322

B2507　交歓　第八回
1988.9.1　『新潮』（新潮社）　85巻9号　p297-308　⇔A1323

B2508　幻想絵画館4　化物山水図
1988.9.1　『文藝春秋』（文藝春秋）　66巻11号　p257-260　⇔A1324

B2509　秋の地獄
1988.9.15　『IN POCKET』（講談社）　6巻9号　p38-44　⇔A1325

B2510　交歓　第九回
1988.10.1　『新潮』（新潮社）　85巻10号　p297-308　⇔A1326

B2511　幻想絵画館5　サントロペ湾
1988.10.1　『文藝春秋』（文藝春秋）　66巻12号　p257-260　⇔*A1327*

B2512　感想
1988.11.1　『新潮』（新潮社）　85巻11号　p108-109　⇔*A1328*

B2513　幻想絵画館6　星月夜
1988.11.1　『文藝春秋』（文藝春秋）　66巻13号　p257-260　⇔*A1329*

B2514　城の下の街
1988.11.15　『IN POCKET』（講談社）　6巻11号　p56-62　⇔*A1330*

B2515　列子　奇想天外な虚実の世界に遊ぶ
1988.11.26　『産経新聞（大阪）』（夕刊）（産業経済新聞大阪本社）　p7　⇔*A1331*

B2516　幻想絵画館7　選ばれた場所
1988.12.1　『文藝春秋』（文藝春秋）　66巻14号　p257-260　⇔*A1332*

B2517　花の妖精たち
1988.12.15　『IN POCKET』（講談社）　6巻12号　p34-40　⇔*A1334*

B2518　移転
1989.1.1　『海燕』（福武書店）　8巻1号　p102-108　⇔*A1335*

B2519　正月の漢詩
1989.1.1　『銀座百点』（銀座百店会）　410号　p58-60　⇔*A1336*

B2520　幻想絵画館8　岑蔚居産芝図
1989.1.1　『文藝春秋』（文藝春秋）　67巻1号　p257-260　⇔*A1337*

B2521　幻想絵画館9　倣元四大家山水図
1989.2.1　『文藝春秋』（文藝春秋）　67巻2号　p257-260　⇔*A1338*

B2522　月の女
1989.2.15　『IN POCKET』（講談社）　7巻2号　p74-80　⇔*A1341*

B2523　幻想絵画館10　眠れるボヘミア女
1989.3.1　『文藝春秋』（文藝春秋）　67巻3号　p257-260　⇔*A1342*

B2524　遁世
1989.3.15　『IN POCKET』（講談社）　7巻3号　p100-106　⇔*A1343*

B2525　幻想絵画館11　町のあけぼの
1989.4.1　『文藝春秋』（文藝春秋）　67巻5号　p257-260　⇔*A1344*

B2526　雲と雨と虹のオード
1989.4.15　『IN POCKET』（講談社）　7巻4号　p132-138　⇔*A1345*

B2527　幻想絵画館12　林檎の樹
1989.5.1　『文藝春秋』（文藝春秋）　67巻6号　p257-260　⇔*A1346*

B2528　黒猫の家

1989.5.15 『IN POCKET』（講談社） 7巻5号 p88-94 ⇔*A1347*

B2529 「花の下」を観る楽しみ
1989.5 『〈花の下〉銀座みゆき館劇場上演パンフレット』（出版者不明） ページ不明 ⇔*A1348*

B2530 幻想絵画館13 黄山図巻
1989.6.1 『文藝春秋』（文藝春秋） 67巻7号 p257-260 ⇔*A1349*

B2531 春の夜の夢
1989.6.10 『クロワッサン』（マガジンハウス） 13巻11号 p8-9 ⇔*A1350*

B2532 赤い部屋
1989.6.15 『IN POCKET』（講談社） 7巻6号 p68-75 ⇔*A1351*

B2533 幻想絵画館14 穹
1989.7.1 『文藝春秋』（文藝春秋） 67巻8号 p257-260 ⇔*A1353*

B2534 水鶏の里
1989.7.15 『IN POCKET』（講談社） 7巻7号 p70-77 ⇔*A1368*

B2535 先生・評論家・小説家・中村光夫先生
1989.7.16 『世にあるも世を去るも――中村光夫先生追悼文集』（中村光夫先生を偲ぶ会） p34-39 ⇔*A1369*

B2536 好き嫌ひ
1989.8.1 『新潮』（新潮社） 86巻8号 p222-223 ⇔*A1370*

B2537 幻想絵画館15 仮面たちに囲まれた自画像
1989.8.1 『文藝春秋』（文藝春秋） 67巻9号 p257-260 ⇔*A1371*

B2538 蛍狩り
1989.8.15 『IN POCKET』（講談社） 7巻8号 p128-135 ⇔*A1372*

B2539 家族にして友だち〈犬のエディのこと〉
1989.9.1 『趣味の雑誌・酒』（酒之友社） 37巻9号 p16-18 ⇔*A1373*

B2540 近況
1989.9.1 『新刊ニュース』（東京出版販売株式会社） 40巻9号 p38-39 ⇔*A1374*

B2541 幻想絵画館16 黒い貨物船
1989.9.1 『文藝春秋』（文藝春秋） 67巻10号 p257-260 ⇔*A1375*

B2542 地獄の一形式としての俳句
1989.9.15 『俳句の現在別巻第3 齋藤愼爾集 秋庭歌 栞8』（三一書房） p1-5 ⇔*A1376*

B2543 成熟の苦みとユーモア ウォー『ピンフォールドの試練』
1989.10.1 『すばる』（集英社） 11巻10号 p168 ⇔*A1377*

B2544 漂流記
1989.10.1 『文學界』（文藝春秋） 43巻10号 p74-84 ⇔*A1378*

B2545　幻想絵画館17　青山紅林図
1989.10.1　『文藝春秋』（文藝春秋）　67巻11号　p257-260　⇔*A1379*

B2546　小説風作文の時代
1989.11.1　『新潮』（新潮社）　86巻11号　p8-9　⇔*A1381*

B2547　幻想絵画館18　赤いアトリエ
1989.11.1　『文藝春秋』（文藝春秋）　67巻12号　p289-292　⇔*A1382*

B2548　読書日記
1989.12.1　『中央公論』（中央公論社）　104巻12号　p334-336　⇔*A1405*

B2549　幻想絵画館19　灰色のものと海岸
1989.12.1　『文藝春秋』（文藝春秋）　67巻13号　p289-292　⇔*A1406*

B2550　出かけていくならば初めてのものが聴きたい
1990.7.20　『CLiQUE』（マガジンハウス）　2巻12号　p73　⇔*A1410*

B2551　童子の玩具箱
1990.9.25　『澁澤龍彥文学館 月報』（筑摩書房）　6　p4-6　⇔*A1411*

B2552　案外役に立つもの
1990.10.1　『波』（新潮社）　24巻10号　p32　⇔*A1412*

B2553　良質の収穫
1990.11.1　『新潮』（新潮社）　87巻11号　p8-9　⇔*A1413*

B2554　虚のヒーロー
1990.12.1　『サンデー毎日別冊〈RAIZO〉』（毎日新聞社）　p42　⇔*A1414*

B2555　フラワー・アブストラクション
1991.9.30　『幻想絵画館』（文藝春秋）　p149-156　⇔*A1436*

B2556　北杜夫「父っちゃんは大変人」解説
1993.2.25　『父っちゃんは大変人』（北杜夫）（新潮社）　p352-355　⇔*A1438*

B2557　夢幻の宴
1993.3.25　『週刊新潮』（新潮社）　38巻12号　p122　⇔*A1439*

B2558　あとがき
1995.4.22　『ラブレター 返事のこない60通の手紙』（古屋美登里訳）（宝島社）　p124-125　⇔*A1469*

B2559　自然の中のシュンポシオン
1995.7.25　『サントリークォータリー』（サントリー株式会社東京広報部）　14巻1号　p6-10　⇔*A1472*

B2560　解説「よい病院」を求めて
1995.8.15　『よい病院とは何か』（関川夏央）（講談社（講談社文庫））　p292-298　⇔*A1473*

B2561　夜――その過去と現在

1995.12.10 『サントリークォータリー』（サントリー株式会社東京広報部） 14巻2号 p34-38 ⇔*A1474*

B2562 あとがき
1996.2.20 『夢幻の宴』（講談社） p226-229 ⇔*A1513*

B2563 タイトルをめぐる迷想
1996.3.1 『本』（講談社） 21巻3号 p18-19 ⇔*A1514*

B2564 Cocktail Story 酔郷譚① 花の雪散る里
1996.4.10 『サントリークォータリー』（サントリー株式会社東京広報部） 14巻3号 p213-216 ⇔*A1515*

B2565 倉橋由美子の偏愛図書館 第1回 谷崎潤一郎『鍵・瘋癲老人日記』
1996.7.1 『楽』（マガジンハウス） 1巻1号 p115 ⇔*A1516*

B2566 Cocktail Story 酔郷譚② 果実の中の饗宴
1996.7.20 『サントリークォータリー』（サントリー株式会社東京広報部） 14巻4号 p145-148 ⇔*A1517*

B2567 20世紀の古典 フランツ・カフカ 高貴な魂が懸命に動く
1996.7.26 『朝日新聞』（朝日新聞社） p23 ⇔*A1518*

B2568 倉橋由美子の偏愛図書館 第2回 サマセット・モーム『コスモポリタンズ』
1996.8.1 『楽』（マガジンハウス） 1巻2号 p107 ⇔*A1519*

B2569 21世紀望見 滅びゆくもの
1996.9.1 『新潮』（新潮社） 93巻9号 p490 ⇔*A1520*

B2570 倉橋由美子の偏愛図書館 第3回 吉田健一『怪奇な話』
1996.9.1 『楽』（マガジンハウス） 1巻3号 p107 ⇔*A1521*

B2571 倉橋由美子の偏愛図書館 第4回 イーヴリン・ウォー『ブライヅヘッド ふたたび』
1996.10.1 『楽』（マガジンハウス） 1巻4号 p107 ⇔*A1522*

B2572 ぜんまいののの字ばかりの寂光土 川端茅舎
1996.11.1 『新潮』（新潮社） 93巻11号 p127 ⇔*A1523*

B2573 倉橋由美子の偏愛図書館 第5回 澁澤龍彦『高丘親王航海記』
1996.11.1 『楽』（マガジンハウス） 1巻5号 p99 ⇔*A1524*

B2574 倉橋由美子の偏愛図書館 第6回 カミュ『異邦人』
1996.12.1 『楽』（マガジンハウス） 1巻6号 p99 ⇔*A1525*

B2575 小説を楽しむための小説毒本（第一回）
1996.12.5 『週刊朝日別冊 小説TRIPPER』（朝日新聞社） 101巻58号 p152-158 ⇔*A1526*

B2576 Cocktail Story 酔郷譚③ 月の都に帰る
1996.12.20 『サントリークォータリー』（サントリー株式会社東京広報部） 15巻1号 p139-142 ⇔*A1527*

B2577　倉橋由美子の偏愛図書館　第7回　北杜夫『楡家の人びと』
1997.1.1　『楽』（マガジンハウス）　2巻1号　p99　⇔*A1528*

B2578　倉橋由美子の偏愛図書館　第8回　ラヴゼイ『偽のデュー警部』
1997.2.1　『楽』（マガジンハウス）　2巻2号　p99　⇔*A1529*

B2579　小説を楽しむための小説毒本（第二回）
1997.3.26　『週刊朝日別冊 小説TRIPPER』（朝日新聞社）　102巻13号　p164-170　⇔*A1530*

B2580　倉橋由美子の偏愛図書館　第9回　三島由紀夫『真夏の死』
1997.4.1　『楽』（マガジンハウス）　2巻3号　p99　⇔*A1531*

B2581　あの感動をもう一度!　テアトルdeクロワッサン　百人の映画好きの、忘れられないこの一作7　「太陽がいっぱい」倉橋由美子
1997.4.10　『クロワッサン』（マガジンハウス）　21巻7号　p134　⇔*A1532*

B2582　倉橋由美子の偏愛図書館　第10回　トーマス・マン『魔の山』上下
1997.5.1　『楽』（マガジンハウス）　2巻4号　p107　⇔*A1533*

B2583　Cocktail　Story　酔郷譚④　植物的悪魔の季節
1997.5.30　『サントリークォータリー』（サントリー株式会社東京広報部）　15巻2号　p239-242　⇔*A1534*

B2584　倉橋由美子の偏愛図書館　第11回　内田百閒『冥途・旅順入城式』
1997.6.1　『楽』（マガジンハウス）　2巻5号　p99　⇔*A1535*

B2585　小説を楽しむための小説毒本（第三回）　老人に楽しめない小説
1997.6.25　『週刊朝日別冊 小説TRIPPER』（朝日新聞社）　102巻28号　p178-184　⇔*A1542*

B2586　倉橋由美子の偏愛図書館　第12回　フランツ・カフカ『カフカ短篇集』
1997.7.1　『楽』（マガジンハウス）　2巻6号　p99　⇔*A1543*

B2587　倉橋由美子の偏愛図書館　第13回　福永武彦『海市』
1997.8.1　『楽』（マガジンハウス）　2巻7号　p107　⇔*A1544*

B2588　倉橋由美子の偏愛図書館　第14回　ジェーン・オースティン『高慢と偏見』
1997.9.1　『楽』（マガジンハウス）　2巻8号　p99　⇔*A1545*

B2589　Cocktail　Story　酔郷譚⑤　鬼女の宴
1997.9.30　『サントリークォータリー』（サントリー株式会社東京広報部）　15巻3号　p115-118　⇔*A1546*

B2590　小説を楽しむための小説毒本（4）　思想より思考
1997.10.1　『週刊朝日別冊 小説TRIPPER』（朝日新聞社）　102巻46号　p156-162　⇔*A1547*

B2591　倉橋由美子の偏愛図書館　第15回　壺井栄『二十四の瞳』
1997.10.1　『楽』（マガジンハウス）　2巻9号　p99　⇔*A1548*

B2592　倉橋由美子の偏愛図書館　第16回　ジャン・コクトー『恐るべき子供たち』

1997.11.1　『楽』（マガジンハウス）　2巻10号　p99　⇔*A1549*

B2593　倉橋由美子の偏愛図書館　第17回　中島敦『山月記・李陵』
1997.12.1　『楽』（マガジンハウス）　2巻11号　p99　⇔*A1550*

B2594　Cocktail　Story　酔郷譚⑥　雪女恋慕行
1997.12.15　『サントリークォータリー』（サントリー株式会社東京広報部）　15巻4号　p10-18　⇔*A1551*

B2595　倉橋由美子の偏愛図書館　第18回　サキ『サキ傑作集』
1998.1.1　『楽』（マガジンハウス）　3巻1号　p99　⇔*A1552*

B2596　倉橋由美子の偏愛図書館　第19回　川端康成『山の音』
1998.2.1　『楽』（マガジンハウス）　3巻2号　p99　⇔*A1558*

B2597　倉橋由美子の偏愛図書館　第20回　パトリシア・ハイスミス『太陽がいっぱい』
1998.3.1　『楽』（マガジンハウス）　3巻3号　p99　⇔*A1559*

B2598　小説を楽しむための小説毒本（5）　恋愛小説
1998.3.25　『週刊朝日別冊 小説TRIPPER』（朝日新聞社）　103巻12号　p174-181　⇔*A1560*

B2599　倉橋由美子の偏愛図書館　第21回　夏目漱石『夢十夜　他二篇』
1998.4.1　『楽』（マガジンハウス）　3巻4号　p99　⇔*A1561*

B2600　Cocktail　Story　酔郷譚⑦　緑陰酔生夢
1998.4.30　『サントリークォータリー』（サントリー株式会社東京広報部）　16巻1号　p121-128　⇔*A1563*

B2601　倉橋由美子の偏愛図書館　第22回　ジェフリー・アーチャー『めざせダウニング街10番地』
1998.5.1　『楽』（マガジンハウス）　3巻5号　p99　⇔*A1564*

B2602　倉橋由美子の偏愛図書館　第23回　森鷗外『灰燼/かのように　森鷗外全集3』
1998.6.1　『楽』（マガジンハウス）　3巻6号　p97　⇔*A1565*

B2603　倉橋由美子の偏愛図書館　第24回　蒲松齢『聊斎志異』
1998.7.1　『楽』（マガジンハウス）　3巻7号　p97　⇔*A1566*

B2604　ジョン・コルトレーンの〈My　Favorite　Things〉その他
1998.8.1　『波』（新潮社）　32巻8号　p2-5　⇔*A1595*

B2605　倉橋由美子の偏愛図書館　第25回　宮部みゆき『火車』
1998.8.1　『楽』（マガジンハウス）　3巻8号　p97　⇔*A1596*

B2606　Cocktail　Story　酔郷譚⑧　冥界往還記
1998.8.20　『サントリークォータリー』（サントリー株式会社東京広報部）　16巻2号　p145-152　⇔*A1597*

B2607　倉橋由美子の偏愛図書館　第26回　ロバート・ゴダード『リオノーラの肖像』
1998.9.1　『楽』（マガジンハウス）　3巻9号　p97　⇔*A1598*

B2608　倉橋由美子の偏愛図書館　第27回　太宰治『ヴィヨンの妻』
1998.11.1　『楽』（マガジンハウス）　3巻10号　p83　⇔*A1599*

B2609　倉橋由美子の偏愛図書館　第28回　『蘇東坡詩選』小川環樹・山本和義選訳
1998.12.1　『楽』（マガジンハウス）　3巻11号　p85　⇔*A1600*

B2610　Cocktail　Story　酔郷譚⑨　落陽原に登る
1998.12.10　『サントリークォータリー』（サントリー株式会社東京広報部）　16巻3号　p137-144　⇔*A1601*

B2611　倉橋由美子の偏愛図書館　第29回　岡本綺堂『半七捕物帖』
1999.1.1　『楽』（マガジンハウス）　4巻1号　p85　⇔*A1602*

B2612　倉橋由美子の偏愛図書館　第30回　シュテファン・ツワイク　高橋禎二・秋山英夫訳『ジョゼフ・フーシェ』
1999.2.1　『楽』（マガジンハウス）　4巻2号　p85　⇔*A1604*

B2613　倉橋由美子の偏愛図書館　最終回『百物語』杉浦日向子
1999.3.1　『楽』（マガジンハウス）　4巻3号　p91　⇔*A1606*

B2614　Cocktail　Story　酔郷譚⑩　海市遊宴
2000.7.30　『サントリークォータリー』（サントリー株式会社東京広報部）　17巻3号　p129-136　⇔*A1646*

B2615　Cocktail　Story　酔郷譚⑪　髑髏小町
2000.9.30　『サントリークォータリー』（サントリー株式会社東京広報部）　17巻4号　p107-114　⇔*A1647*

B2616　Cocktail　Story　酔郷譚⑫　雪洞桃源
2000.12.30　『サントリークォータリー』（サントリー株式会社東京広報部）　18巻1号　p127-134　⇔*A1648*

B2617　Cocktail　Story　酔郷譚其の十三　臨湖亭綺譚
2001.4.30　『サントリークォータリー』（サントリー株式会社東京広報部）　18巻2号　p105-112　⇔*A1650*

B2618　Cocktail　Story　酔郷譚其の十四　明月幻記
2001.9.20　『サントリークォータリー』（サントリー株式会社東京広報部）　18巻3号　p161-168　⇔*A1651*

B2619　あとがき
2001.11.1　『あたりまえのこと』（朝日新聞社）　p218-221　⇔*A1705*

B2620　あたりまえのこと
2001.11.1　『一冊の本』（朝日新聞社）　6巻11号　p2-4　⇔*A1706*

B2621　ふくろう頌
2001.12.1　『島谷晃の世界展──鳥になった画家──』（財団法人 池田20世紀美術展）　p8-9　⇔*A1707*

B2622　Cocktail　Story　酔郷譚其の十五　芒が原逍遥記

2001.12.25　『サントリークォータリー』（サントリー株式会社東京広報部）　18巻4号　p151-158　⇔*A1708*

B2623　Cocktail　Story　酔郷譚其の十六　桜花変化
2002.5.10　『サントリークォータリー』（サントリー株式会社東京広報部）　18巻5号　p119-126　⇔*A1725*

B2624　Cocktail　Story　酔郷譚其の十七　広寒宮の一夜
2002.9.20　『サントリークォータリー』（サントリー株式会社東京広報部）　19巻1号　p161-168　⇔*A1726*

B2625　終の棲家
2002.11.15　『築』（社団法人 建築業協会）　15号　p18-19　⇔*A1737*

B2626　Cocktail　Story　酔郷譚其の十八　酔郷探訪
2002.12.25　『サントリークォータリー』（サントリー株式会社東京広報部）　19巻2号　p153-160　⇔*A1739*

B2627　Cocktail　Story　酔郷譚其の十九　回廊の鬼
2003.4.20　『サントリークォータリー』（サントリー株式会社東京広報部）　20巻1号　p161-168　⇔*A1740*

B2628　Cocktail　Story　酔郷譚其の二十　黒い雨の夜
2003.9.1　『サントリークォータリー』（サントリー株式会社東京広報部）　20巻2号　p89-96　⇔*A1743*

B2629　ある老人の図書館
2003.9.30　『老人のための残酷童話』（講談社）　p7-24　⇔*A1744*

B2630　姥捨山異聞
2003.9.30　『老人のための残酷童話』（講談社）　p25-40　⇔*A1745*

B2631　子を欲しがる老女
2003.9.30　『老人のための残酷童話』（講談社）　p41-62　⇔*A1746*

B2632　天の川
2003.9.30　『老人のための残酷童話』（講談社）　p63-94　⇔*A1747*

B2633　水妖女
2003.9.30　『老人のための残酷童話』（講談社）　p95-107　⇔*A1748*

B2634　閻羅長官
2003.9.30　『老人のための残酷童話』（講談社）　p109-129　⇔*A1749*

B2635　犬の哲学者
2003.9.30　『老人のための残酷童話』（講談社）　p131-151　⇔*A1750*

B2636　臓器回収大作戦
2003.9.30　『老人のための残酷童話』（講談社）　p153-179　⇔*A1751*

B2637　老いらくの恋
2003.9.30　『老人のための残酷童話』（講談社）　p181-209　⇔*A1752*

B2638　地獄めぐり
2003.9.30　『老人のための残酷童話』（講談社）　p211-238　⇔*A1753*

B2639　Cocktail　Story　酔郷譚其の二十一　春水桃花源
2004.4.30　『サントリークォータリー』（サントリー株式会社東京広報部）　21巻1号　p97-104　⇔*A1754*

B2640　他人の苦痛――アダム・ヘイズリット『あなたはひとりぼっちじゃない』
2004.6.1　『波』（新潮社）　18巻6号　p64-65　⇔*A1755*

B2641　偏愛文学館「アルゴールの城にて」
2004.7.1　『群像』（講談社）　59巻7号　p194-199　⇔*A1756*

B2642　偏愛文学館　「シルトの岸辺」
2004.8.1　『群像』（講談社）　59巻8号　p328-333　⇔*A1757*

B2643　偏愛文学館「ピンフォールドの試練」
2004.9.1　『群像』（講談社）　59巻9号　p322-328　⇔*A1758*

B2644　Cocktail　Story　酔郷譚其の二十二　玉中交歓
2004.9.10　『サントリークォータリー』（サントリー株式会社東京広報部）　21巻2号　p107-114　⇔*A1759*

B2645　偏愛文学館「雨月物語」「春雨物語」
2004.10.1　『群像』（講談社）　59巻10号　p332-337　⇔*A1761*

B2646　偏愛文学館「架空の伝記」「名士小伝」
2004.11.1　『群像』（講談社）　59巻11号　p336-341　⇔*A1762*

B2647　偏愛文学館「アドリエンヌ・ムジュラ」
2004.12.1　『群像』（講談社）　59巻12号　p294-300　⇔*A1763*

B2648　偏愛文学館「金沢」
2005.1.1　『群像』（講談社）　60巻1号　p428-434　⇔*A1764*

B2649　訳者あとがき
2005.7.11　『新訳 星の王子さま』（宝島社）　p151-158　⇔*A1871*

B2650　倉橋由美子　未発表短篇（無題）
2005.8.1　『新潮』（新潮社）　102巻8号　p219-223　⇔*A1872*

【著書一覧】

C2651　『パルタイ』（1960.8.20　文藝春秋新社　215p　20cm）⇔*A0017～A0022*
パルタイ／ 非人／ 貝のなか／ 蛇／ 密告／ 後記

C2652　『婚約』（1961.2.28　新潮社　263p　20cm）⇔*A0031～A0033*
鷲になった少年／ 婚約／ どこにもない場所

C2653　『人間のない神』（1961.4.20　角川書店　245p　20cm）⇔*A0036～A0040*
囚人／ 死んだ眼／ 夏の終り／ 人間のない神／ あとがき

C2654　『暗い旅』（1961.10.15　東都書房　249p　20cm）⇔*A0049～A0050*
暗い旅／ 作者からあなたへ

C2655　『聖少女』（1965.9.10　新潮社　231p　20cm）⇔*A0126*

C2656　『妖女のように』（1966.1.20　冬樹社　267p　20cm）⇔*A0137～A0140*
妖女のように／ 結婚／ 共棲／ あとがき

C2657　『蠍たち』（1968.10.5　徳間書店　237p　20cm）⇔*A0170～A0176*
蠍たち／ 愛の陰画／ 宇宙人／ 醜魔たち／ パッション／ 夢のなかの街／ あとがき

C2658　『スミヤキストQの冒険』（1969.4.24　講談社　383p　20cm）⇔*A0200～A0201*
スミヤキストQの冒険／ あとがき

C2659　『暗い旅』（1969.12.15　学芸書林　252p　20cm）⇔*A0225～A0227*
暗い旅／ 作者からあなたへ／ あとがき

C2660　『ヴァージニア』（1970.3.10　新潮社　181p　20cm）⇔*A0234～A0236*
ヴァージニア／ 長い夢路／ 霊魂

C2661　『わたしのなかのかれへ　全エッセイ集』（1970.3.12　講談社　436p　20cm）⇔*A0237～A0349*
受賞のことば／ わたしが受験した頃／ 学生よ、驕るなかれ／ 政治の中の死／ ころぶ話／ わたしの「第三の性」／ 袋に封入された青春／ 奇妙な観念／ 虚構の英雄・市川雷蔵／ わたしの文学と政治／ 繭のなかの生活／ 防衛大の若き獅子たち／ 風景のない旅／ 女性講座／ わたしの初恋／ ロマンは可能か／ 田舎暮し／ 愛と結婚に関する六つの手紙／ 石の饗宴・四国の龍河洞／ ある破壊的な夢想―性と私―／ 京都からの手紙／ 平泉で感じる「永遠」と「廃墟」／ スクリーンのまえのひとりの女性／ わたしの痴漢論／ H国訪問記／ カルデラの暗鬱な獣たち／ わたしの無責任老人論／ 横波三里／ ビュトールと新しい小説／ 日本映画のなかの日本人／ 性と文学／ 性は悪への鍵／ サムシング・エルス／ T国訪問記／ ある独身者のパーティ／ 死後の世界／ 作家の秘密／ ロレンス・ダレルとわたし／ 誰でもいい結婚したいとき／ 言葉のつくり出す現実――ジャン・コー『神のあわれみ』――／ 巫女とヒーロー／ 土佐のこ

とば／ 妖女であること／ 記憶喪失／ わたしの小説作法／ 表現の自由の意味／ お遍路さん／ 女の「歓び」と「カボチャ」のなかの女／ 『倦怠』について／ 「綱渡り」と仮面について／ 稿料の経済学／ 層雲峡から阿寒への道／ 雄大で堂々たる通俗映画の傑作──「シェナンドー河」──／ かっこうの鳴くおもちゃの町／ 純小説と通俗小説／ 妄想のおとし穴／ 夫との共同生活／ 日録／ いやな先生／ 「もの」、神経症および存在論的映画／ 衰弱した性のシンボル／ インセストについて／ 「言葉のない世界」へおりていく──『田村隆一詩集』──／ 青春の始まりと終り──カミュ『異邦人』とカフカ『審判』──／ My Life in Books／ 愛と結婚の雑学的研究／ 映画対文学、市民対庶民／ 小説の迷路と否定性／ 細胞的人間の恐怖／ 毒薬としての文学／ テキサス州ダラス／ 坂口安吾論／ 異邦人の読んだ『異邦人』／ ヴァージニア／ ホメーロス〈イーリアス〉／ アメリカの大学／ アイオワの冬／ JOBとしての小説書き／ 私の字引き／ 街頭詩人／ テレビ　このごろ／ ギリシャ悲劇とパゾリーニの「アポロンの地獄」／ カミュの『異邦人』やカフカの作品／ 安保時代の青春／ 職業としての文学／ 本と友だち／ なぜ書くかということ／ ポオの短編小説／ 巨大な毒虫のいる生活／ 「寺小屋」英語のことなど／ わたしの読書散歩／ 主婦の仕事／ わたしの育児法／ 秩序の感覚／ 新しい文学のために／ 修身の町／ 一所不住／ おしゃべりについてのおしゃべり／ ベビー・シッター／ わが愛する歌／ 人間の狂気の世界──加賀乙彦著『風と死者』──／ 母親は女神である／ 漫画読みの感想／ 非政治的な立場／ 作家にとって現代とは何か／ 「千一夜」の壷を求めて──“なぜ書くか”をめぐって──／ 本との出会い／ 小説は現代芸術たりうるか／ 青春について／ 主婦の驕り／ 精神の健康を保つ法／ 文学的人間を排す／ あとがき

C2662　『悪い夏』(1970.5.10　角川書店　288p　15cm (角川文庫))　⇔*A0359～A0366*
愛の陰画／ 蠍たち／ パッション／ 死んだ眼／ 夏の終り／ 犬と少年／ 悪い夏／ あとがき

C2663　『人間のない神』(1971.3.10　徳間書店　225p　20cm)　⇔*A0391～A0396*
囚人／ 死んだ眼／ 夏の終り／ 人間のない神／ 旧版あとがき／ 新版あとがき

C2664　『夢の浮橋』(1971.5.10　中央公論社　282p　19cm)　⇔*A0401*

C2665　『婚約』(1971.6.21　新潮社　268p　16cm (新潮文庫))　⇔*A0404～A0406*
鷲になった少年／ 婚約／ どこにもない場所

C2666　『反悲劇』(1971.6.30　河出書房新社　332p　22cm)　⇔*A0407～A0412*
向日葵の家／ 酔郷にて／ 白い髪の童女／ 河口に死す／ 神神がいたころの話／ あとがき

C2667　『暗い旅』(1971.11.30　新潮社　250p　16cm (新潮文庫))　⇔*A0434～A0436*
暗い旅／ 作者からあなたへ／ あとがき

C2668　『迷路の旅人』(1972.5.28　講談社　277p　20cm)　⇔*A0453～A0490*
反小説論／ 雲の塔──七月の思い出──／ 神と人間と家畜／ 子どもと大浴場へ──公私拝見──／ 玉突き台の上の文学──John UpdikeのCouplesについて──／ 神々の深謀遠慮／ 親友──わたしの場合──／ Mathematics is a language／ あまりにホットドッグ的な／ 正義派／ やさしさについて／ 自然食の反自然／ 美少年と珊瑚／ アイオワの四季／ 評伝的解説──島尾敏雄／ 英

雄の死／ 女の味覚／ 私の小説と京都／ 東京の本物の町／ 育児日記／ 素人の立場／ 書と文章／ 「兄弟は他人の始まり」について／ 文明の垢／ 花鳥風月／ 己を知ること／ 新しさとは何か／ 歌は優雅の花／ わが敬愛する文章／ 風信／ 幼稚化の傾向／ 子は親のものか／ 「反埴谷雄高」論／ 「自己」を知る／ 心に残る言葉／ 沖縄に行った話／ 遊びと文学／ あとがき

C2669 『スミヤキストQの冒険』（1972.6.15　講談社　423p　15cm（講談社文庫））⇔*A0493*

C2670 『ヴァージニア』（1973.5.25　新潮社　185p　16cm（新潮文庫）　＊1998年改版とのこと）　⇔*A0517〜A0519*

ヴァージニア／ 長い夢路／ 霊魂

C2671 『わたしのなかのかれへ（上）』（1973.9.15　講談社　343p　15cm（講談社文庫））⇔*A0520〜A0579*

受賞のことば／ わたしが受験した頃／ 学生よ、驕るなかれ／ 政治の中の死／ ころぶ話／ わたしの「第三の性」／ 袋に封入された青春／ 奇妙な観念／ 虚構の英雄・市川雷蔵／ わたしの文学と政治／ 繭のなかの生活／ 防衛大の若き獅子たち／ 風景のない旅／ 女性講座／ わたしの初恋／ ロマンは可能か／ 田舎暮し／ 愛と結婚に関する六つの手紙／ 石の饗宴・四国の龍河洞／ ある破壊的な夢想—性と私—／ 京都からの手紙／ 平泉で感じる「永遠」と「廃墟」／ スクリーンのまえのひとりの女性／ わたしの痴漢論／ H国訪問記／ カルデラの暗鬱な獣たち／ わたしの無責任老人論／ 横波三里／ ビュトールと新しい小説／ 日本映画のなかの日本人／ 性と文学／ 性は悪への鍵／ サムシング・エルス／ T国訪問記／ ある独身者のパーティ／ 死後の世界／ 作家の秘密／ ロレンス・ダレルとわたし／ 誰でもいい結婚したいとき／ 言葉のつくり出す現実 ── ジャン・コー『神のあわれみ』──／ 巫女とヒーロー／ 土佐のことば／ 妖女であること／ 記憶喪失／ わたしの小説作法／ 表現の自由の意味／ お遍路さん／ 女の「歓び」と「カボチャ」のなかの女／ 『倦怠』について／ 「綱渡り」と仮面について／ 稿料の経済学／ 層雲峡から阿寒への道／ 雄大で堂々たる通俗映画の傑作 ──「シェナンドー河」──／ かっこうの鳴くおもちゃの町／ 純小説と通俗小説／ 妄想のおとし穴／ 夫との共同生活／ 日録／ いやな先生／ 「もの」、神経症および存在論的映画

C2672 『わたしのなかのかれへ（下）』（1973.9.15　講談社　299p　15cm（講談社文庫））⇔*A0580〜A0632*

衰弱した性のシンボル／ インセストについて／ 「言葉のない世界」へおりていく ──『田村隆一詩集』──／ 青春の始まりと終り ── カミュ『異邦人』とカフカ『審判』──／ My Life in Books／ 愛と結婚の雑学的研究／ 映画対文学、市民対庶民／ 小説の迷路と否定性／ 細胞的人間の恐怖／ 毒薬としての文学／ テキサス州　ダラス／ 坂口安吾論／ 異邦人の読んだ『異邦人』／ ヴァージニア／ ホメーロス〈イーリアス〉／ アメリカの大学／ アイオワの冬／ JOBとしての小説書き／ 私の字引き／ 街頭詩人／ テレビ　このごろ／ ギリシャ悲劇とパゾリーニの「アポロンの地獄」／ カミュの『異邦人』やカフカの作品／ 安保時代の青春／ 職業としての文学／ 本と友だち／ なぜ書くかということ／ ポオの短編小説／ 巨大な毒虫のいる生活／ 「寺小屋」英語のことなど／ わたしの読書散歩／ 主婦の仕事／ わたしの育児法／ 秩序の感覚／ 新しい文学のために／ 修身の町／ 一所不住／ おしゃべりについてのおしゃべり／ ベビー・シッター／ わが愛する歌／ 人間の狂気の世界 ── 加賀乙

彦著『風と死者』──／ 母親は女神である／ 漫画読みの感想／ 非政治的な立場／ 作家にとって現代とは何か／ 「千一夜」の壷を求めて──“なぜ書くか”をめぐって──／ 本との出会い／ 小説は現代芸術たりうるか／ 青春について／ 主婦の驕り／ 精神の健康を保つ法／ 文学的人間を排す／ あとがき（わたしのなかのかれへ）

C2673 『夢の浮橋』（1973.10.10　中央公論社　266p　16cm（中公文庫））　⇔A0633

C2674 『アイオワ　静かなる日々』（1973.11.10　新人物往来社　頁表記なし　28cm）　⇔A0634

C2675 『パルタイ』（1975.1.25　文藝春秋　218p　16cm（文春文庫））　⇔A0637～A0642

パルタイ／ 非人／ 貝のなか／ 蛇／ 密告／ 後記

C2676 『迷路の旅人』（1975.6.15　講談社　365p　15cm（講談社文庫））　⇔A0644～A0681

反小説論／ 雲の塔──七月の思い出──／ 神と人間と家畜／ 子どもと大浴場へ──公私拝見──／ 玉突き台の上の文学──John UpdikeのCouplesについて──／ 神々の深謀遠慮／ 親友──わたしの場合──／ Mathematics is a language／ あまりにホットドッグ的な／ 正義派／ やさしさについて／ 自然食の反自然／ 美少年と珊瑚／ アイオワの四季／ 評伝的解説──島尾敏雄／ 英雄の死／ 女の味覚／ 私の小説と京都／ 東京の本物の町／ 育児日記／ 素人の立場／ 書と文章／ 「兄弟は他人の始まり」について／ 文明の垢／ 花鳥風月／ 己を知ること／ 新しさとは何か／ 歌は優雅の花／ わが敬愛する文章／ 風信／ 幼稚化の傾向／ 子は親のものか／ 「反埴谷雄高」論／ 「自己」を知る／ 心に残る言葉／ 沖縄に行った話／ 遊びと文学／ あとがき

C2677 『妖女のように』（1975.7.25　新潮社　274p　16cm（新潮文庫））　⇔A0682～A0685

妖女のように／ 結婚／ 共棲／ あとがき

C2678 『倉橋由美子全作品1　パルタイ・雑人撲滅週間』（1975.10.20　新潮社　271p　20cm）　⇔A0688～A0697

雑人撲滅週間／ パルタイ／ 貝のなか／ 非人／ 蛇／ 婚約／ 密告／ 囚人／ 死んだ眼／ 作品ノート1

C2679 『倉橋由美子全作品2　人間のない神・どこにもない場所』（1975.11.20　新潮社　252p　20cm）　⇔A0698～A0704

夏の終り／ どこにもない場所／ 鷲になった少年／ 人間のない神／ ミイラ／ 巨刹／ 作品ノート2

C2680 『倉橋由美子全作品3　暗い旅・真夜中の太陽』（1975.12.20　新潮社　245p　20cm）　⇔A0706～A0711

合成美女／ 暗い旅／ 輪廻／ 真夜中の太陽／ 一〇〇メートル／ 作品ノート3

C2681 『倉橋由美子全作品4　妖女のように・蠍たち』（1976.1.20　新潮社　268p　20cm）　⇔A0714～A0724

蠍たち／ 愛の陰画／ 迷宮／ 恋人同士／ パッション／ 死刑執行人／ 犬と少年／ 夢のなかの街／ 宇宙人／ 妖女のように／ 作品ノート4

C2682　『倉橋由美子全作品5　聖少女・結婚』（1976.2.20　新潮社　256p　20cm）⇔*A0725*～*A0728*

結婚／亜依子たち／聖少女／作品ノート5

C2683　『倉橋由美子全作品6　ヴァージニア・長い夢路』（1976.3.20　新潮社　284p　20cm）⇔*A0733*～*A0740*

隊商宿／醜魔たち／解体／共棲／悪い夏／ヴァージニア／長い夢路／作品ノート6

C2684　『倉橋由美子全作品7　反悲劇・霊魂』（1976.4.20　新潮社　253p　20cm）⇔*A0744*～*A0751*

向日葵の家／酔郷にて／白い髪の童女／河口に死す／神神がいたころの話／ある遊戯／霊魂／作品ノート7

C2685　『倉橋由美子全作品8　夢の浮橋・腐敗』（1976.5.20　新潮社　240p　20cm）⇔*A0762*～*A0766*

マゾヒストM氏の肖像／夢の浮橋／腐敗／作品ノート8／倉橋由美子自作年譜

C2686　『反悲劇』（1976.5.25　河出書房新社　332p　19cm（河出文芸選書））⇔*A0767*～*A0772*

向日葵の家／酔郷にて／白い髪の童女／河口に死す／神神がいたころの話／あとがき

C2687　『迷宮』（1977.4.30　文藝春秋　388p　20cm）⇔*A0799*～*A0812*

迷宮／亜依子たち／恋人同士／一〇〇メートル／隊商宿／巨刹／死刑執行人／マゾヒストM氏の肖像／腐敗／解体／ある遊戯／真夜中の太陽／合成美女／輪廻

C2688　『夢のなかの街』（1977.4.30　新潮社　373p　15cm（新潮文庫））⇔*A0813*～*A0824*

迷宮／恋人同士／死刑執行人／夢のなかの街／宇宙人／亜依子たち／隊商宿／醜魔たち／解体／ある遊戯／マゾヒストM氏の肖像／腐敗

C2689　『人間のない神』（1977.8.30　新潮社　317p　15cm（新潮文庫））⇔*A0832*～*A0840*

雑人撲滅週間／囚人／人間のない神／ミイラ／巨刹／合成美女／輪廻／真夜中の太陽／一〇〇メートル

C2690　『パルタイ』（1978.1.30　新潮社　208p　15cm（新潮文庫）　＊2004年に改訂版となる）⇔*A0852*～*A0857*

パルタイ／非人／貝のなか／蛇／密告／後記

C2691　『磁石のない旅』（1979.2.16　講談社　292p　20cm）⇔*A0903*～*A0987*

作家志望のQさんへの手紙／事実と小説／山本神右衛門常朝／悪い学生の弁／私の小説／面白い本／なぜ小説が書けないか／休業中／女の精神／秘められた聖像画――明治の女流画家・山下りん／『史記』と『論語』／小説の「進歩」／吉田健一氏の文章／カフカと私／『日本文学を読む』を読む／無気味なものと美しいもの／私の文章修業／メメント・モリ／写真について／

人間を変えるもの／ 育児のこと／ 女は子供と夫の母親／ 幻の夜明け／ 「女ですもの」の論理／ 人形たちは生きている／ アメリカ流個人主義／ わが町／ 土佐人について／ 誕生日／ 大人の知恵／ 「お母さん」読者手記選評(「子どもの教育」選考にあたって／ 「我が家の性教育」選考にあたって／ 「子どもの反抗期」を読んで／ 「子どもが原因の夫婦喧嘩」を読んで)／ 迎春今昔／ 高知のチンチン電車／ 雑巾がけ／ わが子しか眼中にないお母さんへ／ ヤマモモと文旦／ 不思議な魅力 ―― 「勝手にしやがれ」のジーン・セバーグ ―― ／ 日記から(送り仮名／ 仮名遣／ 行儀／ 女の怒り／ 女の笑い／ 代理人／ 専門家／ 作家／ 政治家／ 家と屋／ 子供)／ 週言(パイダゴーゴス／ 自愛のすすめ／ 小説の効用／ 主婦の仕事と日々／ わからないということ／ 文学が失ったもの／ 母親というもの／ 国語の大衆化／ 風変わりな一家／ お伽噺)／ 双点(ポストの幻想／ ウイルスの世界／ 夢の話／ カフカの悪夢／ 「です」調／ 「だ」調／ 「である」調／ 「いごっそう」考／ 不惑／ 不信論／ 文章の手習い)／ 今月の日本(文運隆昌／ 寒波襲来／ 曲学阿世／ 文章鑑別／ 才女志願／ 家内安全／ 自彊不息／ 美味不信／ 児戯饒舌／ 克己復礼／ 怪力乱神／ 妄想妄信)／ あとがき

C2692　『反悲劇』(1980.8.25　新潮社　302p　15cm (新潮文庫))　⇔*A1030*～*A1035*
向日葵の家／ 酔郷にて／ 白い髪の童女／ 河口に死す／ 神神がいたころの話／ あとがき

C2693　『城の中の城』(1980.11.5　新潮社　297p　20cm)　⇔*A1039*～*A1041*
人間の中の病気／ 城の中の城／ 信に至る愚

C2694　『聖少女』(1981.9.25　新潮社　240p　16cm (新潮文庫))　⇔*A1052*

C2695　『大人のための残酷童話』(1984.4.20　新潮社　203p　20cm)　⇔*A1115*～*A1141*
人魚の涙／ 一寸法師の恋／ 白雪姫／ 世界の果ての泉／ 血で染めたドレス／ 鏡を見た王女／ 子供たちが豚殺しを真似した話／ 虫になつたザムザの話／ 名人伝補遺／ 盧生の夢／ 養老の滝／ 新浦島／ 猿蟹戦争／ かぐや姫／ 三つの指輪／ ゴルゴーンの首／ 故郷／ パンドーラーの壷／ ある恋の物語／ 鬼女の島／ 天国へ行つた男の子／ 安達ケ原の鬼／ 異説かちかち山／ 飯食わぬ女異聞／ 魔法の豆の木／ 人は何によつて生きるのか／ あとがき

C2696　『城の中の城』(1984.8.25　新潮社　363p　15cm (新潮文庫))　⇔*A1156*～*A1159*
人間の中の病気／ 城の中の城／ 信に至る愚／ 著者覚え書より ―― 各章の出典

C2697　『倉橋由美子の怪奇掌篇』(1985.2.25　潮出版　218p　20cm)　⇔*A1171*～*A1190*
ヴァンピールの会／ 革命／ 首の飛ぶ女／ 事故／ 獣の夢／ 幽霊屋敷／ アポロンの首／ 発狂／ オーグル国渡航記／ 鬼女の面／ 聖家族／ 生還／ 交換／ 瓶の中の恋人たち／ 月の都／ カニバリスト夫妻／ 夕顔／ 無鬼論／ カボチャ奇譚／ イフリートの復讐

C2698　『シュンポシオン』(1985.11.15　福武書店　394p　20cm)　⇔*A1204*

C2699　『最後から二番目の毒想』(1986.4.21　講談社　222p　20cm)　⇔*A1207*～*A1244*
「知的生活」の術／ 倉橋由美子のウィット事典／ 女と鑑賞／ 女の味覚／ 母親マネージャー説／ ソフィスト繁昌／ 外国文学と翻訳／ 外国文学・一品料理の楽しみ／ 大脳の音楽　西脇詩集／ 茶の毒　鷗外の小説／ シャトー・ヨシダの逸品ワイン／ アランのプロポ／ 書架の宝物／ 神童の世界／ 短篇小説の衰

亡／大人の童話／小説・中説・大説／ナボコフの文学講義／元編集者の文章／「なぜ書けないか」と「何が書けるか」について／夏の歌／怪奇短篇小説／残酷な童話／死神／読者の反応／酔郷に入る／ディオゲネスの書斎／パリの憂鬱／「裸の王様」症候群／贅沢について／劣情の支配する国／反核問答／食人問答／教育問答／『お菓子の話』解説／土佐の女／連雨独飲／あとがき

C2700 『アマノン国往還記』（1986.8.25 新潮社 476p 20cm） ⇔*A1247*

C2701 『ポポイ』（1987.9.16 福武書店 166p 20cm） ⇔*A1258*

C2702 『スミヤキストQの冒険』（1988.2.10 講談社 476p 16cm（講談社文芸文庫）） ⇔*A1271*～*A1273*

スミヤキストQの冒険／あとがき／著者から読者へ どこにもない場所

C2703 『倉橋由美子の怪奇掌篇』（1988.3.25 新潮社 214p 15cm（新潮文庫）） ⇔*A1278*～*A1297*

ヴァンピールの会／革命／首の飛ぶ女／事故／獣の夢／幽霊屋敷／アポロンの首／発狂／オーグル国渡航記／鬼女の面／聖家族／生還／交換／瓶の中の恋人たち／月の都／カニバリスト夫妻／夕顔／無鬼論／カボチャ奇譚／イフリートの復讐

C2704 『シュンポシオン』（1988.12.5 新潮社 462p 16cm（新潮文庫）） ⇔*A1333*

C2705 『交歓』（1989.7.10 新潮社 278p 20cm） ⇔*A1354*～*A1367*

満山秋色／寒日閑居／桂女交歓／寒梅暗香／春夜喜雨／淡日微風／黄梅連雨／金烏碧空／羽化登仙／蓮花碧傘／桐陰清潤／妖紅弄色／清夢秋月／霜樹鏡天

C2706 『夢の通ひ路』（1989.11.20 講談社 229p 20cm） ⇔*A1384*～*A1404*

花の下／花の部屋／海中の城／媚薬／慈童の夢／永遠の旅人／秋の地獄／城の下の街／花の妖精たち／月の女／遁世／雲と雨と虹のオード／黒猫の家／赤い部屋／水鶏の里／蛍狩り／紅葉狩り／蛇とイヴ／春の夜の夢／猫の世界／夢の通ひ路

C2707 『アマノン国往還記』（1989.12.20 新潮社 549p 16cm（新潮文庫）） ⇔*A1407*

C2708 『ポポイ』（1991.4.25 新潮社 138p 15cm（新潮文庫）） ⇔*A1415*

C2709 『幻想絵画館』（1991.9.30 文藝春秋 164p 25cm） ⇔*A1418*～*A1437*

神秘的な動物／ピフル通り／夜色楼臺雪萬家／化物山水図／サントロペ湾／星月夜／運ばれた場所／岑蔚居産芝図／倣元四大家山水図／眠れるボヘミア女／町のあけぼの／林檎の樹Ⅰ／黄山図巻／穹／仮面たちに囲まれた自画像／黒い貨物船／青山紅林図／赤いアトリエ／フラワー・アブストラクション／灰色のものと海岸

C2710 『交歓』（1993.5.25 新潮社 327p 15cm（新潮文庫）） ⇔*A1440*

C2711 『夢の通い路』(1993.11.15 講談社 256p 15cm(講談社文庫)) ⇔*A1442〜A1462*

花の下/花の部屋/海中の城/媚薬/慈童の夢/永遠の旅人/秋の地獄/城の下の街/花の妖精たち/月の女/遁世/雲と雨と虹のオード/黒猫の家/赤い部屋/水鶏の里/蛍狩り/紅葉狩り/蛇とイヴ/春の夜の夢/猫の世界/夢の通い路

C2712 『夢幻の宴』(1996.2.20 講談社 229p 20cm) ⇔*A1475〜A1513*

夢幻の宴/好き嫌い/転居のお知らせ/自然の中のシュンポシオン/酒と茶/夜 その過去と現在/犬のエディのこと/虫の声/野分/知的魔力の泉/近況/「花の下」を観る楽しみ/妖しい世界からのいざない/案外役に立つもの/列子/漢字の世界/正月の漢詩/春の漢詩/感想/小説風作文の時代/良質の収穫/『ラヴレター』に寄せて/成熟の苦味とユーモア/ジェイン・オースティンの『説得』/『嵐が丘にかえる』あとがき/北杜夫『父っちゃんは大変人』解説/「よい病院」を求めて/虚のヒーロー/先生・評論家・小説家・中村光夫先生/童子の玩具箱/澁澤龍彥の世界/百閒雑感/地獄の一形式としての俳句/飛島・酒田/津和野・萩/『嵐が丘』への旅/移転/漂流記/あとがき

C2713 『反悲劇』(1997.6.10 講談社 376p 15cm(講談社文芸文庫)) ⇔*A1536〜A1541*

向日葵の家/酔郷にて/白い髪の童女/河口に死す/神神がいたころの話/あとがき

C2714 『大人のための残酷童話』(1998.8.1 新潮社 239p 16cm(新潮文庫)) ⇔*A1568〜A1594*

人魚の涙/一寸法師の恋/白雪姫/世界の果ての泉/血で染めたドレス/鏡を見た王女/子供たちが豚殺しを真似した話/虫になったザムザの話/名人伝補遺/盧生の夢/養老の滝/新浦島/猿蟹戦争/かぐや姫/三つの指輪/ゴルゴーンの首/故郷/パンドーラーの壺/ある恋の物語/鬼女の島/天国へ行った男の子/安達ケ原の鬼/異説かちかち山/飯食わぬ鬼異聞/魔法の豆の木/人は何によって生きるのか/あとがき

C2715 『毒薬としての文学 倉橋由美子エッセイ選』(1999.7.10 講談社 295p 16cm(講談社文芸文庫)) ⇔*A1609〜A1643*

受賞のことば/学生よ、驕るなかれ/袋に封入された青春/田舎暮し/性と文学/性は悪への鍵/死後の世界/土佐人について/わたしの小説作法/妄想のおとし穴/毒薬としての文学/育児日記/文学的人間を排す/神々の深謀遠慮/アイオワの四季/私の小説/休業中/アメリカ流個人主義/わが町/誕生日/残酷な童話/パリの憂鬱/夜 その過去と現在/「言葉のない世界」へおりていく—『田村隆一詩集』—/坂口安吾論/美少年と珊瑚/澁澤龍彥の世界/評伝的解説—島尾敏雄/英雄の死/「反埴谷雄高」論/心に残る言葉/吉田健一氏の文章/『史記』と『論語』/大脳の音楽 西脇詩集/先生・評論家・小説家・中村光夫先生

C2716 『あたりまえのこと』(2001.11.1 朝日新聞社 221p 20cm) ⇔*A1652〜A1705*

小説論ノート(もののあわれ/勧善懲悪/愚行/恋/自殺/女/告白/運命/性格/真実/嘘/秩序/小説の効用/小説という行為/小説の読者

／名文／純文学／狂気／悪／小説の制約／小説の基本ルール／通俗性／努力／批評）／小説を楽しむための小説読本（小説の現在――「第二芸術」としての純文学の終わり／小説を楽しむこと／長い小説／一品料理としての短編小説／小説の評価／文章の巧さということ／小説を読むときのBGM／老人に楽しめない小説／人間がつまらない小説／話がつまらない小説／書かない作家／想像力について／人間を作り出すということ／歌としての小説／創造された作品としての小説／思想より思考／「決まっている」文章／娯楽小説の文章／中身は腐る／文体の練習／幻想を書く／何を書けばよいか／恋愛小説／自慰行為としての小説書き／「からだ」を描くこと／「こころ」というもの／恋愛という錯誤／リアリズムということ／小説の読み方）／あとがき

C2717　『よもつひらさか往還』（2002.3.20　講談社　243p　20cm）　⇔*A1710〜A1724*

花の雪散る里／果実の中の饗宴／月の都に帰る／植物的悪魔の季節／鬼女の宴／雪女恋慕行／緑陰酔生夢／冥界往還記／落陽原に登る／海市遊宴／髑髏小町／雪洞桃源／臨湖亭綺譚／明月幻記／芒が原逍遥記

C2718　『パルタイ　紅葉狩り　倉橋由美子短篇小説集』（2002.11.10　講談社　247p　16cm（講談社文芸文庫））　⇔*A1728〜A1736*

パルタイ／囚人／合成美女／夢のなかの街／霊魂／腐敗／廬生の夢／首の飛ぶ女／紅葉狩り

C2719　『老人のための残酷童話』（2003.9.30　講談社　238p　20cm）　⇔*A1744〜A1753*

ある老人の図書館／姥捨山異聞／子を欲しがる老女／天の川／水妖女／閻羅長官／犬の哲学者／臓器回収大作戦／老いらくの恋／地獄めぐり

C2720　『あたりまえのこと』（2005.2.28　朝日新聞社　238p　15cm（朝日文庫））⇔*A1765〜A1818*

小説論ノート（もののあわれ／勧善懲悪／愚行／恋／自殺／女／告白／運命／性格／真実／嘘／秩序／小説の効用／小説という行為／小説の読者／名文／純文学／狂気／悪／小説の制約／小説の基本ルール／通俗性／努力／批評）／小説を楽しむための小説読本（小説の現在――「第二芸術」としての純文学の終わり／小説を楽しむこと／長い小説／一品料理としての短編小説／小説の評価／文章の巧さということ／小説を読むときのBGM／老人に楽しめない小説／人間がつまらない小説／話がつまらない小説／書かない作家／想像力について／人間を作り出すということ／歌としての小説／創造された作品としての小説／思想より思考／「決まっている」文章／娯楽小説の文章／中身は腐る／文体の練習／幻想を書く／何を書けばよいか／恋愛小説／自慰行為としての小説書き／「からだ」を描くこと／「こころ」というもの／恋愛という錯誤／リアリズムということ／小説の読み方）／あとがき

C2721　『よもつひらさか往還』（2005.3.15　講談社　239p　15cm（講談社文庫））⇔*A1819〜A1833*

花の雪散る里／果実の中の饗宴／月の都に帰る／植物的悪魔の季節／鬼女の宴／雪女恋慕行／緑陰酔生夢／冥界往還記／落陽原に登る／海市遊宴／髑髏小町／雪洞桃源／臨湖亭綺譚／明月幻記／芒が原逍遥記

C2722　『偏愛文学館』(2005.7.7　講談社　221p　20cm)　⇔*A1834*〜*A1870*

夢十夜——夏目漱石／ 灰燼・かのように——森鷗外／ 半七捕物帳——岡本綺堂／ 鍵・瘋癲老人日記——谷崎潤一郎／ 冥途・旅順入城式——内田百閒／ 雨月物語・春雨物語——上田秋成／ 山月記・李陵——中島敦／ 火車——宮部みゆき／ 百物語——杉浦日向子／ 聊斎志異——蒲松齢／ 魔の山——トーマス・マン／ カフカ短篇集——フランツ・カフカ／ アルゴールの城にて——ジュリアン・グラック／ シルトの岸辺——ジュリアン・グラック／ 異邦人——カミュ／ 恐るべき子供たち——ジャン・コクトー／ アドリエンヌ・ムジュラ——ジュリアン・グリーン／ 架空の伝記——マルセル・シュオブ　名士小伝——ジョン・オーブリー／ コスモポリタンズ——サマセット・モーム／ 偽のデュー警部——ラヴゼイ／ 高慢と偏見——ジェーン・オースティン／ サキ傑作集——サキ／ 太陽がいっぱい——パトリシア・ハイスミス／ ピンフォールドの試練——イーヴリン・ウォー／ めざせダウニング街10番地——ジェフリー・アーチャー／ リオノーラの肖像——ロバート・ゴダード／ ブライヅヘッドふたたび——イーヴリン・ウォー／ 二十四の瞳——壺井栄／ 山の音——川端康成／ ヴィヨンの妻——太宰治／ 怪奇な話——吉田健一／ 海市——福永武彦／ 真夏の死——三島由紀夫／ 楡家の人びと——北杜夫／ 高丘親王航海記——澁澤龍彦／ 金沢——吉田健一

C2723　『大人のための怪奇掌編』(2006.2.4　宝島社　220p　20cm)　⇔*A1877*〜*A1896*

ヴァンピールの会／ 革命／ 首の飛ぶ女／ 事故／ 獣の夢／ 幽霊屋敷／ アポロンの首／ 発狂／ オーグル国渡航記／ 鬼女の面／ 聖家族／ 生還／ 交換／ 瓶の中の恋人たち／ 月の都／ カニバリスト夫妻／ 夕顔／ 無鬼論／ カボチャ奇譚／ イフリートの復讐

C2724　『老人のための残酷童話』(2006.6.15　講談社　233p　15cm (講談社文庫))　⇔*A1898*〜*A1907*

ある老人の図書館／ 姥捨山異聞／ 子を欲しがる老女／ 天の川／ 水妖女／ 閻羅長官／ 犬の哲学者／ 臓器回収大作戦／ 老いらくの恋／ 地獄めぐり

C2725　『聖少女』(2008.2.1　新潮社　298p　16cm (新潮文庫))　⇔*A1911*

【全集・選集一覧】

D2726　パルタイ
1961.12.25　『文学選集（昭和36年版）26』（日本文藝家協会編）（講談社）　p37-48
⇔*A0052*

D2727　愛と結婚に関する六つの手紙
1962.7.1　『結婚論──愛と性と契り──』（丹羽文雄編）（婦人画報社）　p13-54
⇔*A0062*

D2728　宇宙人
1965.5.10　『文学選集（昭和40年版）30』（日本文藝家協会編）（講談社）　p361-375
⇔*A0113*

D2729　My life in Books
1966.4.25　『ヘンリー・ミラー全集 第11巻月報（4）』（新潮社）　p1-2　⇔*A0146*

D2730　即興演奏のように
1966.6.20　『私の小説作法』（雪華社）　p178-183　⇔*A0153*

D2731　パルタイ
1966.10.15　『われらの文学 21』（講談社）　p329-343　⇔*A0157*

D2732　囚人
1966.10.15　『われらの文学 21』（講談社）　p344-365　⇔*A0158*

D2733　宇宙人
1966.10.15　『われらの文学 21』（講談社）　p366-384　⇔*A0159*

D2734　私の文学　毒薬としての文学
1966.10.15　『われらの文学 21』（講談社）　p494-499　⇔*A0160*

D2735　パルタイ
1968.6.10　『現代文学大系66 現代名作集（四）』（筑摩書房）　p282-295　⇔*A0167*

D2736　パルタイ
1968.11.10　『全集・現代文学の発見 第四巻 政治と文学』（学芸書林）　p261-276
⇔*A0180*

D2737　合成美女
1969.4.30　『日本のSF（短編集）現代篇 世界のSF全集35』（早川書房）　p288-306
⇔*A0202*

D2738　蠍たち
1970.4.15　『ブラック・ユーモア選集 第5巻（短篇集）日本篇』（早川書房）　p129-168
⇔*A0352*
＊1976年に改訂版が出される

D2739　白い髪の童女

1970.5.28　『文学選集（昭和45年版）35』（日本文藝家協会編）（講談社）　p413-431　⇔*A0367*

D2740　蟣たち
1970.10.5　『日本の文学80 名作集（四）』（中央公論社）　p374-405　⇔*A0380*

D2741　映画対文学　市民対庶民
1971.2.15　『現代日本映画論大系 第四巻 土着と近代の相剋』（冬樹社）　p37-43　⇔*A0389*

D2742　妖女のように
1971.4.1　『現代日本の文学50 曾野綾子 倉橋由美子 河野多恵子集』（学習研究社）　p211-244　⇔*A0397*

D2743　蟣たち
1971.4.1　『現代日本の文学50 曾野綾子 倉橋由美子 河野多恵子集』（学習研究社）　p245-272　⇔*A0398*

D2744　パッション
1971.4.1　『現代日本の文学50 曾野綾子 倉橋由美子 河野多恵子集』（学習研究社）　p273-298　⇔*A0399*

D2745　恋人同士
1971.5.1　『暗黒のメルヘン』（澁澤龍彥編）（立風書房）　p267-276　⇔*A0400*
＊1990年7月に新装版となり、その後1998年7月に河出書房新社より文庫化

D2746　河口に死す
1971.6.20　『昭和46年版文学選集（36）』（講談社）　p201-228　⇔*A0403*

D2747　愛と結婚に関する六つの手紙
1971.9.17　『私のアンソロジー1 恋愛』（松田道雄編）（筑摩書房）　p22-41　⇔*A0423*

D2748　青春について
1971.10.18　『私のアンソロジー2 青春』（松田道雄編）（筑摩書房）　p274-279　⇔*A0426*

D2749　ポオの短編小説
1971.10.20　『世界文学ライブラリー8 ポオ 黄金虫/黒猫ほか』（講談社）　p278-280　⇔*A0427*

D2750　蛇
1971.12.10　『現代の文学32』（講談社）　p5-40　⇔*A0438*

D2751　どこにもない場所
1971.12.10　『現代の文学32』（講談社）　p41-125　⇔*A0439*

D2752　ヴァージニア
1971.12.10　『現代の文学32』（講談社）　p126-167　⇔*A0440*

D2753　スミヤキストQの冒険
1971.12.10　『現代の文学32』（講談社）　p168-389　⇔*A0441*

D2754　白い髪の童女

1971.12.10　『現代の文学32』（講談社）　p390-412　⇔*A0442*

D2755　坂口安吾
1972.10.1　『叢書近代文学研究 無頼文学研究』（三弥井書店）　p242-256　⇔*A0503*

D2756　パルタイ
1973.3.23　『現代日本文学大系92』（筑摩書房）　p240-249　⇔*A0514*

D2757　蠍たち
1973.4.15　『異嗜食的作家論』（天野哲夫編著）（芳賀書店）　p217-225　⇔*A0515*

D2758　現代女子学生の“オント”
1973.5.10　『別冊新評 裸の文壇史 23巻』（新評社）　p196-201　⇔*A0516*

D2759　パルタイ
1974.9.20　『現代の女流文学 第一巻』（女流文学者会編）（毎日新聞社）　p113-128
⇔*A0635*

D2760　ヴァージニア
1974.9.20　『現代の女流文学 第一巻』（女流文学者会編）（毎日新聞社）　p129-171
⇔*A0636*

D2761　山本神右衛門常朝
1976.11.5　『私の中の日本人』（新潮社）　p89-94　⇔*A0785*

D2762　夢の浮橋
1977.2.15　『筑摩現代文学大系 82 曾野綾子 倉橋由美子集』（筑摩書房）　p255-395
⇔*A0793*
＊1981年12月に再販

D2763　パルタイ
1977.2.15　『筑摩現代文学大系 82 曾野綾子 倉橋由美子集』（筑摩書房）　p395-409
⇔*A0794*
＊1981年12月に再販

D2764　宇宙人
1977.2.15　『筑摩現代文学大系 82 曾野綾子 倉橋由美子集』（筑摩書房）　p409-427
⇔*A0795*
＊1981年12月に再販

D2765　長い夢路
1977.2.15　『筑摩現代文学大系 82 曾野綾子 倉橋由美子集』（筑摩書房）　p427-456
⇔*A0796*
＊1981年12月に再販

D2766　白い髪の童女
1977.2.15　『筑摩現代文学大系 82 曾野綾子 倉橋由美子集』（筑摩書房）　p457-469
⇔*A0797*
＊1981年12月に再販

D2767　人間を変えるもの
1978.9.10　『わが体験』（潮出版社）　p33-38　⇔*A0890*

＊1994年に新装版となる

D2768　女の味覚　女が長生きなのは、特殊な味に対する執着が少ないから
1979.7.20　『新おんなゼミ 第十巻 おんなのグルメ秘法』（講談社）　p50-52　⇔*A0998*

D2769　人間の聡明さと「知的生活」との不連続線
1979.9.20　『新おんなゼミ 第五巻 おんなの知的生活術』（講談社）　p1-4　⇔*A1001*
＊「私の偏見的知的生活考」と合わせて「「知的生活」の術」として単行本収録

D2770　私の偏見的知的生活考
1979.9.20　『新おんなゼミ 第五巻 おんなの知的生活術』（講談社）　p14-35　⇔*A1002*
＊「人間の聡明さと「知的生活」との不連続線」と合わせて「「知的生活」の術」として単行本収録

D2771　倉橋由美子の「知的生活」ウィット事典
1979.9.20　『新おんなゼミ 第五巻 おんなの知的生活術』（講談社）　p234-242　⇔*A1003*
＊「倉橋由美子のウィット事典」に改題

D2772　女と鑑賞　創造への啓示は自由な目に映る
1979.9.20　『新おんなゼミ 第六巻 おんなのクリエイトブック』（講談社）　p110-115　⇔*A1004*
＊「女と鑑賞」に改題

D2773　聖少女
1979.11.15　『新潮現代文学69 聖少女 夢の浮橋』（新潮社）　p5-147　⇔*A1009*

D2774　夢の浮橋
1979.11.15　『新潮現代文学69 聖少女 夢の浮橋』（新潮社）　p148-300　⇔*A1010*

D2775　パルタイ
1979.11.15　『新潮現代文学69 聖少女 夢の浮橋』（新潮社）　p301-315　⇔*A1011*

D2776　婚約
1979.11.15　『新潮現代文学69 聖少女 夢の浮橋』（新潮社）　p316-369　⇔*A1012*

D2777　白い髪の童女
1979.11.15　『新潮現代文学69 聖少女 夢の浮橋』（新潮社）　p370-394　⇔*A1013*

D2778　パルタイ
1980.1.15　『現代短篇名作選6』（日本文芸家協会編）（講談社）　p123-144　⇔*A1018*

D2779　恋人同士
1983.5.20　『ネコ・ロマンチスム』（吉行淳之介編）（青銅社）　p13-27　⇔*A1083*

D2780　骨だけの文章
1984.2.20　『私の文章修業』（朝日新聞社（朝日選書））　p108-112　⇔*A1109*

D2781　霊魂

1985.9.20　『日本幻想文学大全 下 幻視のラビリンス』（青銅社）　p146-168　⇔*A1202*

D2782　はじめて見た層雲峡から阿寒への道
1987.5.30　『北海道文学百景』（共同文化社）　p168　⇔*A1254*

D2783　夢の浮橋
1988.8.1　『昭和文学全集 第24巻』（小学館）　p663-768　⇔*A1318*

D2784　パルタイ
1988.8.1　『昭和文学全集 第24巻』（小学館）　p769-779　⇔*A1319*

D2785　ヴァージニア
1988.8.1　『昭和文学全集 第24巻』（小学館）　p780-811　⇔*A1320*

D2786　土佐人について
1989.2.10　『日本随筆紀行21 のどかなり段々畑の石地蔵』（作品社）　p188-197　⇔*A1340*

D2787　紅葉狩り
1989.6.28　『女が35歳で』（マガジンハウス）　p79-109　⇔*A1352*

D2788　鬼女の面
1989.10.20　『恐怖コレクション3 夢』（連城三紀彦編）（新芸術社）　p109-118　⇔*A1380*

D2789　愛と結婚に関する六つの手紙
1989.11.16　『ポケットアンソロジー 恋愛について』（中村真一郎編）（岩波書店（岩波文庫別冊））　p47-77　⇔*A1383*

D2790　美少年と珊瑚
1990.4.20　『澁澤龍彥——回想と批評』（幻想文学出版局）　p18-20　⇔*A1408*

D2791　ヴァンピールの会
1990.5.5　『血と薔薇のエクスタシー 吸血鬼小説傑作集』（有限会社幻想文学出版局）　p11-20　⇔*A1409*

D2792　案外役に立つもの
1991.5.21　『ファクス深夜便——エッセイ'91——』（日本文藝家協会編）（楡出版）　p310-311　⇔*A1416*

D2793　夕顔
1991.5.31　『鬼譚』（夢枕獏編）（天山出版）　p305-312　⇔*A1417*

D2794　霊魂
1993.11.5　『死—怨念^{14}（おんねんのじゅうよんじょう）=妖気　幻想・怪奇名作選』（星雲社）　p7-47　⇔*A1441*

D2795　パルタイ
1993.11.30　『短編女性文学 現代』（おうふう）　p7-25　⇔*A1465*

D2796　夢のなかの街

1993.12.15 『ふるさと文学館 第四五巻 高知』(片岡文雄編)(ぎょうせい) p449-470 ⇔*A1466*

D2797 夕顔
1993.12.25 『鬼譚』(夢枕獏編)(立風書房) p305-312 ⇔*A1467*

D2798 宇宙人
1994.10.13 『夢÷幻視13(げんしのじゅうさんじょう)=神秘 幻想・怪奇名作選』(星雲社) p7-44 ⇔*A1468*

D2799 層雲峡から阿寒への道
1995.6.15 『ふるさと文学館 第二巻 北海道II』(ぎょうせい) p420-428 ⇔*A1470*

D2800 パルタイ
1998.1.25 『女性作家シリーズ14 竹西寛子 倉橋由美子 高橋たか子』(角川書店) p151-171 ⇔*A1553*

D2801 ヴァージニア
1998.1.25 『女性作家シリーズ14 竹西寛子 倉橋由美子 高橋たか子』(角川書店) p172-236 ⇔*A1554*

D2802 白い髪の童女(『反悲劇』より)
1998.1.25 『女性作家シリーズ14 竹西寛子 倉橋由美子 高橋たか子』(角川書店) p237-273 ⇔*A1555*

D2803 磁石のない旅(抄)
1998.1.25 『女性作家シリーズ14 竹西寛子 倉橋由美子 高橋たか子』(角川書店) p274-299 ⇔*A1556*

D2804 土佐人について
1998.4.25 『新編・日本随筆紀行 心にふるさとがある16 土佐っ子かたぎ』(作品社) p186-205 ⇔*A1562*

D2805 恋人同士
1998.7.3 『暗黒のメルヘン』(澁澤龍彥編)(河出書房新社(河出文庫)) p423-438 ⇔*A1567*

D2806 鬼女の面
1999.1.15 『女流ミステリー傑作選 誘惑』(結城信孝編)(徳間書店) p21-29 ⇔*A1603*

D2807 英雄の死
1999.2.25 『近代作家追悼文集成第42巻』(ゆまに書房) p131-136 ⇔*A1605*

D2808 ヴァンピールの会
1999.4.15 『屍鬼の血族』(東雅夫編)(桜桃書房) p293-302 ⇔*A1607*

D2809 『源氏物語』の魅力
1999.5.25 『批評集成・源氏物語 第三巻 近代の批評』(ゆまに書房) p217-219 ⇔*A1608*

D2810 黒猫の家

1999.11.8　『怪猫鬼談』（東雅夫編）（桜桃書房）　p51-58　⇔*A1644*

D2811　地獄の一形式としての俳句
2000.3.24　『齋藤愼爾全句集』（河出書房新社）　p321-324　⇔*A1645*

D2812　花の下
2001.4.25　『櫻憑き 異形コレクション綺賓館Ⅲ』（光文社）　p293-301　⇔*A1649*

D2813　死んだ眼
2002.2.10　『戦後短篇小説再発見9 政治と革命』（講談社（講談社文芸文庫））　p125-145　⇔*A1709*

D2814　夜その過去と現在
2002.10.25　『こころの羅針盤（コンパス）』（日本ペンクラブ編　五木寛之選）（光文社）　p263-272　⇔*A1727*

D2815　評伝的解説――島尾敏雄
2002.12.25　『近代文学作品論集成18 島尾敏雄『死の棘』作品論集』（志村有弘編）（クレス出版）　p23-33　⇔*A1738*

D2816　月の都
2003.4.20　『短歌殺人事件 31音律のラビリンス』（光文社（光文社文庫））　p433-441　⇔*A1741*

D2817　夏の終り
2003.6.10　『戦後短篇小説再発見11 事件の深層』（講談社（講談社文芸文庫））　p95-112　⇔*A1742*

D2818　ヴァンピールの会
2004.9.17　『怪談――24の恐怖――』（三浦正雄編）（講談社）　p69-77　⇔*A1760*

D2819　ヴァンピールの会
2005.9.10　『吸血鬼ホラー傑作選 血と薔薇の誘う夜に』（角川書店（角川ホラー文庫））　p41-52　⇔*A1873*

D2820　永遠の旅人
2005.9.20　『現代詩殺人事件 ポエジーの誘惑』（齋藤愼爾編）（光文社（光文社文庫））　p315-324　⇔*A1874*

D2821　夜その過去と現在
2005.10.20　『こころの羅針盤（コンパス）』（日本ペンクラブ編　五木寛之選）（光文社（光文社文庫））　p271-280　⇔*A1875*

D2822　警官バラバラ事件
2005.11.20　『名作で読む推理小説史 ペン先の殺意 文芸ミステリー傑作選』（光文社（光文社文庫））　p277-296　⇔*A1876*

D2823　一〇〇メートル
2007.12.25　『時よとまれ、君は美しい――スポーツ小説名作集』（角川書店（角川文庫））　p213-234　⇔*A1910*
＊齋藤愼爾編

II 翻訳作品

E2824 『ぼくを探しに』(1977.4.24 講談社 ＊1979.4.16に新装版になる)
シェル・シルヴァスタイン原著 原題：THE MISSING PIECE

E2825 『歩道の終るところ』(1979.6.28 講談社)
シェル・シルヴァスタイン原著 原題：WHERE THE SIDEWALK ENDS

E2826 『嵐が丘にかえる 第1部』(1980.10.25 三笠書房)
アンナ・レストレンジ原著 原題：RETURN TO WUTHERING HEIGHTS

E2827 『嵐が丘にかえる 第2部』(1980.10.25 三笠書房)
アンナ・レストレンジ原著 原題：RETURN TO WUTHERING HEIGHTS

E2828 『続ぼくを探しに ビッグ・オーとの出会い』(1982.7.5 講談社)
シェル・シルヴァスタイン原著 原題：THE MISSING PIECE MEETS THE BIG O

E2829 『屋根裏の明かり』(1984.1.20 講談社)
シェル・シルヴァスタイン原著 原題：A LIGHT IN THE ATTIC

E2830 『クリスマス・ラブ—七つの物語—』(1989.12.10 JICC出版局)
レオ・ブスカーリア原著 原題：SEVEN STORIEAS OF CHIRISTMAS LOVE

E2831 『サンタクロースがやってきた』(1992.12.10 JICC出版局)
グランマ・モーゼズ(絵)クレメント・C.ムーア(文)原著 原題：The Night Before Christmas

E2832 『イクトミと大岩』(1993.5.25 宝島社)
ポール・ゴブル原著 原題：IKTOMI AND THE BOULDER

E2833 『イクトミと木いちご』(1993.9.20 宝島社)
ポール・ゴブル原著 原題：IKTOMI AND THE BERRIES

E2834 『オオカミと羊』(1993.11.20 宝島社)
アンドレ・ダーハン原著 原題：Quand le berger dort…

E2835 『イクトミとおどるカモ』(1994.2.20 宝島社)
ポール・ゴブル原著 原題：IKTOMI AND THE DUCKS

E2836 『レオンのぼうし』(1994.6.1 宝島社)
ピエール・プラット原著 原題：Follow That Hat!

E2837 『イクトミとしゃれこうべ』(1995.2.15 宝島社)
ポール・ゴブル原著 原題：IKTOMI AND THE BUFFALO SKULL

E2838　『ラブレター　返事のこない60通の手紙』（1995.4.22　宝島社　＊古屋美登里との共訳）
ジル・トルーマン原著　原題：Letter to My Husband : Notes about Mourning & Recovery

E2839　『クロウ・チーフ』（1995.10.4　宝島社）
ポール・ゴブル原著　原題：CROW CHIEF

E2840　「そのために女は殺される」（1997.5.31　早川書房　＊オットー・ペンズラー編『愛の殺人』に収録（訳しおろし））
シェル・シルヴァスタイン原著　原題：For What She Had Done

E2841　『人間になりかけたライオン』（1997.11.20　講談社）
シェル・シルヴァスタイン原著　原題：LAFCADIO, THE LION WHO SHOT BACK

E2842　『天に落ちる』（2001.10.31　講談社）
シェル・シルヴァスタイン原著　原題：FALLING UP

E2843　『クリスマス・ラブ——七つの物語——』（2001.11.8　宝島社文庫）
レオ・ブスカーリア原著　原題：SEVEN STORIEAS OF CHIRISTMAS LOVE

E2844　『新訳　星の王子さま』（2005.7.11　宝島社）
アントワーヌ・ド・サンテクジュペリ原著　原題：Le Petit Prince

E2845　『新訳　星の王子さま』（2006.6.14　宝島社（宝島社文庫））
アントワーヌ・ド・サンテクジュペリ原著　原題：Le Petit Prince

E2846　『新装版　クリスマス・ラブ——七つの物語』（2006.11.18　宝島社）
レオ・ブスカーリア原著　原題：Seven Stories of Christmas Love

III　インタビュー・座談会等

F2847　「パルタイ」と私　倉橋由美子さんに聞く　“オント”する学生　ヒューマニズムをシャットアウト
1960.4.14　『高知新聞』（高知新聞社）　p6

F2848　希望座談会　女子新入生がみた学園生活
1960.6.16　『明治大学新聞』（明治大学新聞学会）　p2

F2849　半疑半信5　ひとりっきり　芥川賞候補の女子学生
1960.7.22　『読売新聞』（読売新聞社）　p11

F2850　高知文化　組織の中の人間追求　出世作「パルタイ」の周辺　帰郷の倉橋由美子さんに聞く
1960.8.30　『高知新聞』（高知新聞社）　p12
＊聞き手：K

F2851　文壇なでしこ　倉橋由美子　甘さは切り捨てる　寮生活から生まれた“パルタイ”
1960.9.14　『西日本新聞』（西日本新聞社）　p9

F2852　新春座談会　作家の青春
1961.1.1　『近代文学』（近代文学社）　16巻1号　p63-79
＊出席者：大江健三郎　倉橋由美子　埴谷雄高　平野謙

F2853　ことしもやるぞ　年単位の生活を　倉橋由美子
1961.1.3　『秋田魁新報』（秋田魁新報）　p3

F2854　年単位で暮らし、書きたい　『パルタイ』の倉橋由美子さん
1961.1.10　『山形新聞』（夕刊）（山形新聞社）　p2

F2855　小説の中で冒険　“組織の中での違和感”とらえ　女流文学賞の倉橋由美子さん
1961.2.23　『東奥日報』（夕刊）（東奥日報社）　p4

F2856　読書インタビュー　倉橋由美子　小説の様式で冒険“組織の中での違和感”
1961.2.26　『高知新聞』（高知新聞社）　p8

F2857　ごめん下さい　女流文学賞をうけた倉橋由美子さん　人なつっこい孤独屋“つきあいが一番苦手”
1961.2.26　『婦人民主新聞』（婦人民主クラブ）　p2
＊聞き手：帆

F2858　若い樹（1）　お見事な“明せき”さ　文学　倉橋由美子さん
1961.7.6　『高知新聞』（高知新聞社）　p6

F2859　女性に共鳴よぶ暗い旅　倉橋由美子さん　1年半がかりの長編　“あなた”が主人公　SEX用語ふんだんに

1961.11.15　『内外タイムス』（内外タイムス社）　p3

F2860　あなたは日本をどう愛するか　知名12氏の“愛国反応”
1963.1.5　『週刊朝日』（朝日新聞社）　67巻1号　p16-23
＊「愛国心」七つの質問について12名がアンケートに答える。他に小田実・阿川弘之・羽仁進・福田恒存・岡本太郎・石川達三・中曽根康弘・小汀利得・田中美知太郎・神近市子・出光佐三。最後に大宅壮一が総括をする。

F2861　東さん“みんなの声は…”
1963.4.19　『内外タイムス』（内外タイムス社）　ページ不明
＊東京都知事に何を望むか　倉橋スクラップブックで確認

F2862　やりきれない
1963.8.22　『週刊現代』（講談社）　5巻33号　p37
＊「八月十五日について」に対する反論に関して

F2863　私の読書アンケート
1963.10.27　『高知新聞』（夕刊）（高知新聞社）　p4

F2864　高知文化　向上した県展の水準　対談　一九六三年の文化活動　同人誌はまだ内容不足
1963.12.17　『朝日新聞 高知版』（朝日新聞社）　p16
＊聞き手：渡辺進

F2865　すぽっと　ストーリーのない小説　趣味は漫画　倉橋由美子さん
1963.12.21　『向陽新聞』（土佐中・高校新聞部）　p2
＊聞き手：T・M

F2866　誌上討論　現代の若いセックス　新しい人間関係とセックスの確立を求めて、その作品上で追究をつづける新鋭作家が、われわれのセックスのあるべき姿と現実の問題点を討論する
1964.5.1　『婦人公論』（中央公論社）　49巻5号　p236-245
＊出席者：安部公房　大江健三郎　戸川昌子　羽仁進（司会）

F2867　いちばん熱い問題シリーズ①　独身男性の“赤い欲望”を裏から切る!　誌上録音　倉橋由美子さんをかこんで、女性の立場から読者が反論する　私たちのいることを忘れないで
1964.5.6　『女性セブン』（小学館）　2巻18号　p83-84
＊倉橋が女性読者と対談　同紙上で吉行淳之介が独身男性と対談。

F2868　文壇期待の女流たち　小説を知的な遊戯として…　日記もウソを書く倉橋由美子さん
1966.3.28　『東京新聞』（夕刊）（中日新聞東京本社）　p6
＊聞き手：石

F2869　『聖少女』作者渡米留学の悩み――英語の勉強に「恥も外聞もない」――
1966.4.9　『週刊新潮』（新潮社）　11巻14号　p19

F2870　この人この本　「蠍たち」の倉橋由美子さん　非日常的世界を追求　現実は心優しい母親
1968.10.14　『信濃毎日新聞』（信濃毎日新聞社）　p11

F2871　再びおう盛な作家活動　『蠍たち』の倉橋由美子　ことばの即興演奏
1968.10.18　『高知新聞』（高知新聞社）　p9

F2872　土曜訪問　“行動する人間”を　育児のあい間に『スミヤキストQの冒険』など発表した倉橋由美子さん
1969.5.3　『東京新聞』（夕刊）（中日新聞東京本社）　p8

F2873　つよい女70年代の百人　男になりたかった　倉橋由美子（34歳）作家
1970.4.11　『朝日新聞』（朝日新聞東京本社）　p14
＊聞き手：圭

F2874　本の周辺　仮構の世界へさそう　幻想と論理の文学　ヴァージニア　倉橋由美子氏
1970.4.20　『河北新報』（河北新報社）　p6

F2875　私の仕事　精神の緊張を追究　一年一作のペースで　「夢の浮橋」を書いた　倉橋由美子さん
1971.6.5　『神奈川新聞』（神奈川新聞社）　p6

F2876　「夢の浮橋」の倉橋由美子　追及する愛の不条理　文体も意識的に変える
1971.6.5　『高知新聞』（高知新聞社）　p7
＊四国新聞1971.6.8、信濃毎日新聞1971.6.21にも同じ記事がある。

F2877　本の周辺　夢の浮橋　倉橋由美子氏　美のわく組みで構築　スワッピングを夢幻劇に
1971.6.14　『河北新報』（河北新報社）　p4

F2878　本と私　「夢の浮橋」の倉橋由美子さん　自由な創作楽しむ　荒廃した“性”を美しく
1971.6.15　『山陽新聞』（山陽新聞社）　p10
＊神戸新聞1971.6.15にも同様の記事が

F2879　文化　「夢の浮橋」「反悲劇」を出して一休みの倉橋由美子氏と一時間　“絶対的な神”がほしい　スワッピングだなんて、困るわ
1971.7.10　『読売新聞』（読売新聞社）　p17
＊聞き手：S（白石省吾）　後に単行本『文芸その時々』に収録

F2880　ペンに勝る“育児”への埋没　“反悲劇”の親バカ
1971.8.19　『夕刊フジ』（産経新聞社）　p9
＊聞き手：千野鏡子

F2881　人物訪問（六）倉橋由美子
1972.2.1　『さんるうむ』（第一生命住宅株式会社）　16号　p6

F2882　面接　アンケート特集　私にとって生き甲斐とは何か
1972.7.1　『婦人倶楽部』（講談社）　53巻8号　p254-268

F2883　アンケート特集　あなたも名づけ親になってください　紅白われめちゃん論争
1972.8.14　『週刊文春』（文藝春秋）　14巻32号　p33-35

F2884　作家倉橋由美子さんが反論にたじろいだ女の城　出産育児家事の脱出是非論
1972.9.22　『週刊朝日』（朝日新聞社）　77巻40号　p38-39

F2885　家事ほどすばらしい女の仕事はない!　主婦も外で仕事をもたなければダメという考えへの反論　家事と育児に追われても不満はない
1973.1.1　『ウーマン』（講談社）　3巻1号　p219-222

F2886　「パルタイ」の作家――先輩登場――倉橋由美子さんを訪ねて　ただいま執筆休業中…
1975.6.15　『明治大学新聞』（明治大学新聞学会）　p7

F2887　親と子　朝昼晩　悪いけれどつい仕事に
1976.5.4　『朝日新聞』（朝日新聞社）　p14
＊後に単行本『親と子』に収録

F2888　私と和室　編集者撃退用のつもりが……
1978.1.1　『婦人画報』（婦人画報社）　894号　p51

F2889　作家倉橋由美子さんに聞く実践的子育て論　親が子にお手伝いをさせるのは人間として当然です
1978.8.1　『主婦の友』（主婦の友社）　62巻8号　p237-239

F2890　「教育ママが夢だった」"第一作"は信仰テーマに　"作家家業"を再開した倉橋由美子さん
1979.4.16　『東京新聞』（夕刊）（中日新聞東京本社）　p3
＊聞き手：塩

F2891　仕事をもつ母親が娘に期待するもの。倉橋由美子　ふつうの女の子は、まず女らしく、そして主婦業のプロになれるよう育てられるのが幸せです。
1979.10.1　『ウーマン』（講談社）　9巻10号　p250-251

F2892　作家の自由と批評家の不自由
1980.11.1　『波』（新潮社）　14巻11号　p52-57

F2893　森村桂の「思い出との再会」その⑬　倉橋由美子さん三年目の打ちあけ話　天下の才女は憤死の前に夫に当たる
1981.1.1　『婦人と暮し』（潮出版社）　67巻　p162-167
＊聞き手：森村桂

F2894　インタビュー「小説について」
1981.3.1　『ユリイカ』（青土社）　13巻3号　p52-55

F2895　作家の倉橋由美子さん　二児の母としての教育　いい音楽といい本と　塾へは行かせたくない
1981.3.19　『毎日新聞』（毎日新聞社）　p15
＊聞き手：大橋久利

F2896　新人国記'83　高知県（10）きそう女流小説家　467
1983.3.11　『朝日新聞』（夕刊）（朝日新聞社）　p1

F2897　私のほん　53　倉橋由美子さん「大人のための残酷童話」　意地悪精神で26話　古今東西の物語を題材に
1984.5.11　『報知新聞』（報知新聞社）　p14

F2898　大人のための残酷童話　倉橋由美子さん　意地悪バアさんが夢
1984.6.4　『神奈川新聞』（神奈川新聞社）　p6

F2899　“湿気”を追放する文学　現代文学の〈創作工房〉⑯倉橋由美子
1985.4.22　『週刊読書人』（読書人）　p1-2
＊聞き手：小笠原賢二　後に単行本『異界の祝祭劇──現代文学の21人──』に収録

F2900　ブリーフトーク
1986.6.5　『週刊サンケイ』（サンケイ出版）　35巻34号　p107

F2901　倉橋由美子　未来社会の女権国　『アマノン国往還記』に関するQ&A
1986.8.1　『波』（新潮社）　20巻8号　p56-59
＊聞き手：作者以外で最初に読んだ読者

F2902　インタビュー　女性進出の行き着くところ　「アマノン国往還記」を刊行する　倉橋由美子さん
1986.8.11　『読売新聞』（夕刊）（読売新聞社）　p7
＊聞き手：長山八紘記者

F2903　私のほん　170　倉橋由美子さん「アマノン国往還記」　女性化社会の果て　笑いと風刺と想像力で
1986.8.29　『高知新聞』（高知新聞社）　p14

F2904　かながわ人　作家　倉橋由美子さん
1986.9.3　『神奈川新聞』（神奈川新聞社）　p1

F2905　最近面白い本読みましたか　アマノン国往還記
1986.10.10　『クロワッサン』（マガジンハウス）　10巻19号　p158

F2906　あかぬけているのは、どっちだ!!　タモリか、たけしか、大論争
1986.11.14　『an an』（マガジンハウス）　17巻44号　p57

F2907　著者インタビュー　読んでみて、話してみて、1冊の本を2倍楽しみたい　アマノン国往還記　もうひとりの自分が、いつも自分を見ている。そんな距離の取り方、得意です
1986.11.20　『コスモポリタン』（集英社）　8巻11号　p76

F2908　対談　お茶の時間　ひとつのことをゆっくりしゃべろう　女の色気2
1987.1.25　『クロワッサン』（マガジンハウス）　11巻2号　p94-97
＊聞き手：樹木希林

F2909　真面目すぎる女たちよ　少し、不良になろうではないか!　中年後期、いい女を続けるために
1987.3.10　『クロワッサン』（マガジンハウス）　11巻5号　p6-7

F2910　3人の52歳が率直にみつめた私自身の老いと若さ。
1987.7.10　『クロワッサン』（マガジンハウス）　11巻13号　p6-11

F2911　最近、つくづく思うこと、美人に生まれなくて良かった!　顔かたちの美しさに頼らなければ生きて行けない人、頼らなくても生きて行ける人。

1987.10.10　『クロワッサン』（マガジンハウス）　11巻19号　p10-11

F2912　最近、面白い本読みましたか　「ポポイ」
1987.10.10　『クロワッサン』（マガジンハウス）　11巻19号　p138

F2913　CLASSY　INTERVIEW　13　倉橋由美子
1987.12.1　『CLASSY』（光文社）　4巻12号　p199-202
＊聞き手：稲木紫織

F2914　向き合う人やモノにベッタリしたくない。エキサイトして離れて、その距離が楽しいの。
1988.1.1　『ラ・セーヌ』（学研）　3巻1号　p18-19

F2915　ご近所から野菜をいただくことが多いので使いきるためにお料理を一所懸命考えます
1988.2.10　『クロワッサン』（マガジンハウス）　12巻3号　p90-91

F2916　いごっそうVS,はちきん対談
1988.3.1　『イエス』（日本交通公社）　32巻3号　p18-21
＊黒鉄ヒロシと対談

F2917　最近、面白い本読みましたか　「スミヤキストQの冒険」
1988.3.25　『クロワッサン』（マガジンハウス）　12巻6号　p154

F2918　上等なひまつぶし25　テレビ・エッセイ『旅の街から』
1988.4.25　『クロワッサン』（マガジンハウス）　12巻8号　p45

F2919　いい気分学
1988.12.10　『クロワッサン』（マガジンハウス）　12巻23号　p16-17

F2920　上等なひまつぶし　ひまつぶしの絵日記4
1988.12.10　『クロワッサン』（マガジンハウス）　12巻23号　p41

F2921　音楽だけでなく、絵や映画だっていいのです。いいものについて語り合えるのは素敵!
1989.1.25　『クロワッサン』（マガジンハウス）　13巻2号　p30-31
＊聞き手：熊谷冨裕

F2922　私の好きなファンタジー・ノベル
1989.5.1　『波』（新潮社）　23巻5号　p36

F2923　上等なひまつぶし　見る7　西川瑞扇舞踏公演『花の下』
1989.6.10　『クロワッサン』（マガジンハウス）　13巻11号　p41

F2924　ウーマン・トーキング　夫婦ゲンカを収め、娘とのコミュニケーションにも一役。犬は我が家の「和のモト」です。
1990.2.1　『ゆとり路』（世田谷区文化課）　5巻2号　p24-26

F2925　執筆時間　倉橋由美子さん（作家）　「桂子さん」完結へ準備整う
1990.10.15　『読売新聞』（読売新聞社）　p11
＊聞き手：白石省吾　後に単行本『文芸その時々』に収録

F2926　よその夫婦が旅に出た場合　彼が、大体、水先案内人。仕事先でいい美術館があったら、次にふたりで行こうというふうになりますね。
1990.12.25　『クロワッサン』（マガジンハウス）　14巻24号　p70-71

F2927　最近面白い本読みましたか　幻想絵画館
1991.12.10　『クロワッサン』（マガジンハウス）　15巻23号　p70-71

F2928　知的って何?　恋愛論
1992.2.5　『CLiQUE』（マガジンハウス）　4巻2号　p26

F2929　倉橋由美子インタビュー「この三年――孤独のとき、プラハ、「小説とは?」再び
1993.6.1　『すばる』（集英社）　15巻6号　p136-144

F2930　インタビュー　体制でも反体制でもなく、なぜ彼女は「バイブル」になったのか　倉橋由美子
1993.7.1　『マルコポーロ』（文藝春秋）　3巻7号　p108-111

F2931　萬有対談
1993.9.5　『花椿』（資生堂企業文化部）　p38-39
＊聞き手：後藤繁雄　後に単行本『独特對談』に収録

F2932　最近、面白い本読みましたか　アメリカ・インディアンの民話2　イクトミと木いちご　ポール・ゴブル作
1993.10.25　『クロワッサン』（マガジンハウス）　17巻20号　p108

F2933　「発見!」お遍路リラクセーションby倉橋由美子
1994.7.1　『CREA』（文藝春秋）　6巻7号　p116-117
＊聞き手：三浦優香

F2934　インディアンの民話翻訳　気ままなお遍路の旅にも　作家の倉橋由美子さん　教訓的な話、日本の子供に　病気快癒祈願と気分転換兼ね
1995.12.14　『静岡新聞』（夕刊）（静岡新聞社）　p5

F2935　作家の倉橋由美子さんに聞く　ユーモラスなインディアン　民話絵本の翻訳完成　気分転換にお遍路の旅
1995.12.16　『千葉日報』（千葉日報社）　p8

F2936　最近面白い本読みましたか　夢幻の宴
1996.4.10　『クロワッサン』（マガジンハウス）　20巻7号　p157

F2937　対談　お墓は暗いがあの世は明るい
1996.9.1　『婦人公論』（中央公論新社）　81巻10号　p184-191
＊聞き手：加賀乙彦　後に『日本人と宗教　加賀乙彦対談集』に収録

F2938　うちの小さな図書館で　転居を機に蔵書を整理したらトラック2台分に。
1997.2.25　『クロワッサン』（マガジンハウス）　21巻4号　p115

F2939　座談会　現代の若いセックス
1999.3.10　『安部公房全集18』（新潮社）　p302-311
＊出席者：安部公房　大江健三郎　倉橋由美子　戸川昌子　羽仁進

F2940　結願者インタビュー　わたしの遍路みち　倉橋由美子さん　病気の自分と折り合いをつける道
2002.3.1　『旅』（JTB）　76巻3号　p74-74
＊聞き手：高田京子

F2941　インタビュー　倉橋由美子さん『よもつひらさか往還』　不思議なカクテルが誘う妖艶な冥界を描く
2002.6.1　『現代』（講談社）　36巻6号　p290-291
＊聞き手：清水久美子

F2942　いい結婚したいね!　結婚はダンスと似ている。ステップの踏み方と手の離し合いが決め手です。
2002.12.20　『コスモポリタン』（集英社）　14巻12号　p42-43

F2943　四国お遍路で私は生きる自信がついた　まだ生きることを考える余地はあると思えるようになりました
2003.3.1　『ウォーキングマガジン』（講談社）　4巻3号　p44

F2944　IT'S　only　Yesterday
2003.5.1　『VOGUE』（日経コンデナスト）　45号　p215-221
＊聞き手：後藤繁雄

F2945　文化　風韻　現実は私の小説より怪奇　作家　倉橋由美子さん
2004.1.9　『朝日新聞』（夕刊）（朝日新聞社）　p9
＊聞き手：大上朝美

F2946　残酷にして甘美なる成熟への道のり
2004.3.7　『婦人公論』（中央公論新社）　89巻5号　p20-23
＊聞き手：菊池亜希子

F2947　遍路　歩いて無になる、空になる　歩くことで自分を解放できました
2004.3.28　『毎日が発見』（SSコミュニケーションズ）　3号　p16-17

F2948　倉橋由美子さん　この人に会いたくて　大好きな「意地悪ばあさん」を小説世界で愉しむ
2005.4.1　『清流』（清流出版）　12巻4号　p14-15
＊聞き手：後藤淑子

F2949　いかがなものか①伊豆の山から自戒をこめて
2005.7.1　『ゆうゆう』（主婦の友社）　5巻7号　p94-97

F2950　いかがなものか②伊豆の山から自戒をこめて
2005.8.1　『ゆうゆう』（主婦の友社）　5巻9号　p126-130

F2951　いかがなものか特別編　伊豆の山から自戒をこめて
2005.9.1　『ゆうゆう』（主婦の友社）　5巻10号　p112-114

IV　海外で翻訳された作品

G2952　河口に死す（To Die at the Estuary）
1977　Dennis Keene訳　Contemporary Japanese Literature（ALFRED A. KNOPF　アメリカ）　p248-281
＊倉橋の略歴あり

G2953　スミヤキストQの冒険（THE ADVENTURE OF SUMIYAKIST Q）
1979　Dennis Keene訳　THE ADVENTURE OF SUMIYAKIST Q（University of Queensland Pres　オーストラリア）
＊訳者による序あり

G2954　パルタイ（Partei）
1982　Yukiko Tanaka / Elizabeth Hanson訳　This Kind of Woman（Stanford University Press　アメリカ）　p1-16

G2955　夏の終り（Am Ende des Sommers）
1993　Michael Weissent訳　MONDSCHEINPOPFEN Japanische Erzählungen 1940-1990（THESEUS VERLAG　ドイツ）　p47-60
＊訳者による解説、Eduard　Klopfensteinによるあとがきあり

G2956　醜魔たち（Ugly Demons）
1994　Lane Dunlop訳　Autumn Wind and Other Stories（CHARLES E. TUTTLE COMPANY　アメリカ）　p201-221

G2957　大人のための残酷童話（残酷童話）
1994.4　鄭清清訳　残酷童話（新雨出版社　中国）
＊訳者による訳序あり

G2958　かぐや姫（Den strålende prinsessen）
1996　Anders G. Nordby / Pål Johansen訳　JAPAN FORTELIER（De norske Bokklubbene A/S　ノルウェー）　p379-385
＊倉橋の略歴あり

G2959　白雪姫（Snehvit）
1996　Bjørn Jensen訳　JAPAN FORTELIER（De norske Bokklubbene A/S　ノルウェー）　p386-390
＊倉橋の略歴あり

G2960　巨刹（SAMOSTAN）
1997　Mirna Potkovac-Endrighetti訳　ANTOLOGITA SUVREMENE JAPANSKE NOVELE（Adamić　クロアチア）　p207-224
＊倉橋の略歴、解説あり。

G2961　宇宙人（AN EXTRA ATERRESTRIAL）

1998　榊敦子訳　THE WOMAN WITH THE FLYING HEAD（M.E. Sharpe　アメリカ）　p3-28
＊訳者による謝辞と序あり

G2962　恋人同士（WE ARE LOVERS）
1998　榊敦子訳　THE WOMAN WITH THE FLYING HEAD（M.E. Sharpe　アメリカ）　p29-38
＊訳者による謝辞と序あり

G2963　黒猫の家（THE HOUSE OF THE BLACK CAT）
1998　榊敦子訳　THE WOMAN WITH THE FLYING HEAD（M.E. Sharpe　アメリカ）　p39-44
＊訳者による謝辞と序あり

G2964　首のとぶ女（THE WOMAN WITH THE FLYING HEAD）
1998　榊敦子訳　THE WOMAN WITH THE FLYING HEAD（M.E. Sharpe　アメリカ）　p45-51
＊訳者による謝辞と序あり

G2965　交換（THE TRADE）
1998　榊敦子訳　THE WOMAN WITH THE FLYING HEAD（M.E. Sharpe　アメリカ）　p53-58
＊訳者による謝辞と序あり

G2966　鬼女の面（THE WITCH MASK）
1998　榊敦子訳　THE WOMAN WITH THE FLYING HEAD（M.E. Sharpe　アメリカ）　p59-65
＊訳者による謝辞と序あり

G2967　春の夜の夢（SPRING NIGHT DREAMS）
1998　榊敦子訳　THE WOMAN WITH THE FLYING HEAD（M.E. Sharpe　アメリカ）　p67-76
＊訳者による謝辞と序あり

G2968　夢の通い路（THE PASSEGE OF DREAMS）
1998　榊敦子訳　THE WOMAN WITH THE FLYING HEAD（M.E. Sharpe　アメリカ）　p77-88
＊訳者による謝辞と序あり

G2969　選ばれた場所（THE SPECIAL PLACE）
1998　榊敦子訳　THE WOMAN WITH THE FLYING HEAD（M.E. Sharpe　アメリカ）　p89-95
＊訳者による謝辞と序あり

G2970　フラワー・アブストラクション（FLOWER ABSTRACTION）
1998　榊敦子訳　THE WOMAN WITH THE FLYING HEAD（M.E. Sharpe　アメリカ）　p97-103
＊訳者による謝辞と序あり

G2971　長い夢路（THE LONG PASSEGE OF DREAMS）

1998　榊敦子訳　THE WOMAN WITH THE FLYING HEAD（M.E. Sharpe　アメリカ）　p105-155
＊訳者による謝辞と序あり

G2972　黒猫の家（The House of the Black Cat）
1999　Terri Windling訳　THE YEAR'S BEST FANTASY AND HORROR（St. Martin's Press　アメリカ）　p203-206

G2973　パルタイ（Partiet）
2000　Lars Vargö訳　Icke brännbara sopor MODERN JAPANSKA NOVELLER（En bok för alla　スウェーデン）　p71-89
＊訳者による序、解説あり

G2974　倉橋由美子の怪奇掌篇（倉橋由美子之怪奇故事）
2001.8　沈曼雯訳　倉橋由美子之怪奇故事（新雨出版社　台湾）

G2975　聖少女（聖少女）
2002.6　沈曼雯訳　聖少女（新雨出版社　台湾）
＊訳者による訳序、張喬玟による編集後記あり。

G2976　河口に死す（To Die at the Estuary）
2005　Dennis Keene訳　CONTEMPORARY JAPANESE LITERATURE（CHENG & TSUI COMPANY　アメリカ）　p247-281
＊倉橋の略歴あり

G2977　アマノン国往還記（Die Reise nach Amanon）
2006　Monica Wernitz-Sugimoto und Hiroshi Yamane訳　Die Reise nach Amanon（be.bra verlag　ドイツ）

倉橋由美子に関する参考文献

Ⅴ　書評・研究論文
主要作品別一覧

Ⅵ　その他新聞記事など

V　書評・研究論文

1960年

H2978　平野謙　「学芸　今月の小説(下)ベスト3　目立つ女流作家の活躍」
1960.1.29　『毎日新聞』(毎日新聞社)　p7　⇔*I3771*
＊「パルタイ」について

H2979　江藤淳　「三月号の文芸作品　新人作家の力作「パルタイ」」
1960.2.19　『高知新聞』(高知新聞社)　p5　⇔*I3772*
＊後に『全文芸時評』に収録

H2980　中村光夫　「文芸時評(下)人を打つ力を持つ倉橋由美子の「パルタイ」」
1960.2.21　『朝日新聞』(朝日新聞社)　p7　⇔*I3773*

H2981　山本健吉　「文芸時評　文体の密度と的確さ　新人の秀作「パルタイ」」
1960.2.24　『読売新聞』(夕刊)(読売新聞社)　p4　⇔*I3774*

H2982　北原武夫　「文芸時評(中)　文学的青春の初心　倉橋由美子「パルタイ」のリアリティ」
1960.2.26　『東京新聞』(夕刊)(東京新聞社)　p8　⇔*I3775*

H2983　原田義人　「文芸時評　3月号　かんばしくない新人の作品」
1960.2.29　『週刊読書人』(日本書籍出版協会)　p7　⇔*I3776*
＊「パルタイ」について

H2984　平野謙　「新作家ひとり」
1960.3.1　『新潮』(新潮社)　57巻3号　p59-61　⇔*I3777*
＊「パルタイ」について

H2985　無記名　「読書界　女流作家誕生　よろこびを語る二人の女性」
1960.3.5　『図書新聞』(図書新聞社)　p2　⇔*I3778*
＊「パルタイ」について

H2986　無記名　「あの日からもう15年　三世代・三人の作家の思い」
1960.3.15　『読売新聞』(読売新聞社)　p7

H2987　丹羽文雄　「小説家の感動する小説」
1960.4.1　『群像』(講談社)　15巻4号　p193-197　⇔*I3779*
＊「パルタイ」について

H2988　奥野信太郎　山本健吉　佐藤朔　「創作合評」
1960.4.1　『群像』(講談社)　15巻4号　p253-267　⇔*I3780*
＊「パルタイ」について

H2989　大岡昇平　「作家と批評家の争い「パルタイ」の評価について」
1960.4.3　『朝日新聞』(朝日新聞社)　p9　⇔*I3781*

H2990　中村光夫　「文芸時評(下)　生きた精神の息吹き」
1960.4.19　『朝日新聞』(朝日新聞社)　p5
＊「貝のなか」「非人」について

H2991　直　「観念的にとらえた“党”　倉橋由美子の「貝の中」「非人」　5月号の

文芸雑誌評」
1960.4.21　『高知新聞』（高知新聞社）p5

H2992　江藤淳　「5月号の文芸雑誌評　摩滅した作家の感受性」
1960.4.22　『信濃毎日新聞』（信濃毎日新聞社）　p4
＊「貝のなか」「非人」について　後に『全文芸批評』に収録

H2993　河上徹太郎　「文芸時評（上）　二人の女子学生作家　「パルタイ」の域を出ず」
1960.4.22　『読売新聞』（夕刊）（読売新聞社）　p3　⇔*I3782*

H2994　奥野健男　「文芸時評　今月の文芸雑誌から（中）　本質的な危機と頽廃　若い世代の転向の甘さ」
1960.4.23　『図書新聞』（図書新聞社）p3　⇔*I3783*
＊「パルタイ」について

H2995　平野謙　「丹羽文雄に答える」
1960.5.1　『小説新潮』（新潮社）　14巻7号　p43-45　⇔*I3784*
＊「パルタイ」について

H2996　江藤淳　「現代小説断想」
1960.5.1　『新潮』（新潮社）　57巻5号　p48-53
＊『パルタイ』について

H2997　杉浦明平　「死せる活字より生ける青い木　いなかの文学者」
1960.5.24　『朝日新聞』（朝日新聞社）p7　⇔*I3785*
＊「パルタイ」について

H2998　江藤淳　「6月号の文芸作品評」
1960.5.24　『信濃毎日新聞』（信濃毎日新聞社）　p4
＊「蛇」について　後に『全文芸批評』に収録

H2999　平野謙　「学芸　今月の小説（上）ベスト3　微少なものの意味」
1960.5.27　『毎日新聞』（毎日新聞社）p7
＊「蛇」について

H3000　平野謙　「学芸　今月の小説（下）堅固な環境への道」
1960.5.28　『毎日新聞』（毎日新聞社）p7
＊「蛇」について

H3001　中村真一郎　「文芸時評（下）　新しい次元を開く　倉橋由美子「蛇」の野心的な試み」
1960.5.31　『東京新聞』（夕刊）（東京新聞社）　p8

H3002　奥野健男　安部公房　「対談　文芸時評　喜劇性と批評性」
1960.6.1　『新日本文学』（新日本文学会）15巻6号　p175-186　⇔*I3786*
＊「パルタイ」「非人」「貝のなか」について

H3003　吉本隆明　「“パルタイ”とは何か」
1960.6.6　『日本読書新聞』（日本出版協会）　p1　⇔*I3787*

H3004　無記名　「新しい目（6）　『パルタイ』などの倉橋由美子さん　イメージに頼って……現代機構と個人の関係を風刺」
1960.6.8　『北海道新聞』（北海道新聞社）p9　⇔*I3788*

H3005　荒正人　「倉橋由美子の文学　注目すべき女流新人──新鮮な感受性と優れた把握力」
1960.6.9　『明治大学新聞』（明治大学新聞学会）　p2　⇔*I3789*
＊「パルタイ」について

H3006　江藤淳　「寓話と道徳──文藝時評──」
1960.7.1　『文學界』（文藝春秋新社）　14巻7号　p167-175
＊「蛇」について

H3007　十返肇　「本年度上半期の文壇　描かれた若い人間像　文学は俗化していない」
1960.7.9　『産経新聞（大阪）』（産業経済新聞大阪本社）　p6　⇔*I3790*
＊「パルタイ」「蛇」について

H3008　林忠彦（撮影）　「デビュー」
1960.7.16　『中央公論 臨時増刊 現代作家三十五人集』（中央公論社）　75年8号　口絵

H3009　平野謙　「女流作家について」
1960.7.16　『中央公論 臨時増刊 現代作家三十五人集』（中央公論社）　75年8号　p125

H3010　中村光夫　「文芸時評（上）　散文の基本を忘れる　倉橋由美子「密告」・安部公房「なわ」　若い作家に共通の問題」
1960.7.19　『朝日新聞』（朝日新聞社）　p6

H3011　河上徹太郎　「文芸時評（上）　倉橋の無邪気な誤算」
1960.7.22　『読売新聞』（夕刊）（読売新聞社）　p3
＊「密告」「婚約」について

H3012　瀬沼茂樹　「文芸時評（中）　稀有な倉橋の才能　女流作家の諸作品」
1960.7.23　『図書新聞』（図書新聞社）　p3
＊「わたしの第三の性」「密告」について

H3013　平野謙　「学芸　今月の小説（上）　作家の態度と作品の評価　北杜夫と倉橋由美子について」
1960.7.25　『毎日新聞』（毎日新聞社）　p7　⇔*I3791*
＊「パルタイ」「密告」「婚約」について

H3014　江藤淳　「8月号の文芸作品評　悲惨な倉橋由美子」
1960.7.26　『信濃毎日新聞』（信濃毎日新聞社）　p4
＊「密告」「婚約」について　後に単行本『全文芸批評』に収録

H3015　山室静　「文芸時評（上）　特異な才能と気質　倉橋由美子の二作　「密告」と「蛇」」
1960.7.28　『東京新聞』（夕刊）（東京新聞社）　p8

H3016　久保田正文　「日本文学　8月の状況　目立つ女流の作品　個性の明瞭な倉橋「密告」」
1960.8.1　『週刊読書人』（日本書籍出版協会）　p2

H3017　無記名　「文化ジャーナル（文学）　北と倉橋の対決（芥川賞・直木賞）」
1960.8.7　『朝日ジャーナル』（朝日新聞社）　2巻32号　p32　⇔*I3792*
＊「パルタイ」について

H3018　日野啓三　「倉橋由美子作品集「パルタイ」　あるいは抽象小説のむつかしさ」
1960.8.13　『図書新聞』（図書新聞社）　p5　⇔*I3793*

H3019　中村光夫　「文芸時評（上）　偶然でない“狂人登場”　現代小説の内面を象徴」
1960.8.22　『朝日新聞』（朝日新聞社）　p3
＊「囚人」について

H3020　江藤淳　「九月号の文芸作品　「パルタイ」以来の佳編「囚人」」
1960.8.24　『信濃毎日新聞』（信濃毎日新聞社）　p4
＊後に『全文芸批評』に収録

H3021　浅見淵　「文芸時評（下）　異色な題材と手法　倉橋由美子の前衛的な難解さ」
1960.8.25　『東京新聞』（夕刊）（東京新聞社）　p8
＊「囚人」について

H3022　中村光夫　「背後の「現実の人生」　奥野氏の文学観について（中）」
1960.8.27　『東京新聞』（夕刊）（東京新聞社）　p8

H3023　花田清輝　「文芸時評（3）　インターナショナルな視点の回復　今月の文

芸雑誌から」
1960.8.27　『図書新聞』（図書新聞社）p3
＊「囚人」について　後に『冒険と日和見』に収録、更に『花田清輝全集第九巻』に収録

H3024　針生一郎　「ひしめくイメージ　観念の骨格はよわい　倉橋由美子「パルタイ」」
1960.8.29　『週刊読書人』（日本書籍出版協会）　p3　⇔*I3794*

H3025　宗左近　「ういういしい“青春”文学　不透明な猥雑さが行う復讐の劇　倉橋由美子著　パルタイ」
1960.8.29　『日本読書新聞』（日本出版協会）　p3　⇔*I3795*
＊短篇集『パルタイ』について

H3026　篠田一士　「裏返しされた世界　倉橋由美子・著「パルタイ」」
1960.8.31　『東京新聞』（夕刊）（中日新聞東京本社）　p8　⇔*I3796*

H3027　井上靖　石川達三　中村光夫　瀧井孝作　丹羽文雄　井伏鱒二　永井龍男　舟橋聖一　宇野浩二　「芥川賞選評」
1960.9.1　『文藝春秋』（文藝春秋新社）　38巻9号　p292-298

H3028　無記名　「本と人　強い“反世界”への興味　非具象的なものが私の信念　倉橋由美子さんの「パルタイ」」
1960.9.12　『東京タイムズ』（東京タイムズ社）　p10　⇔*I3797*

H3029　平野謙　「怪しげな“形而上学”　倉橋由美子著「パルタイ」を読んで」
1960.9.15　『明治大学新聞』（明治大学新聞学会）　p4　⇔*I3798*

H3030　中村光夫　「文芸時評（下）　新人たちの「半小説」　体裁のととのった「模範答案」が多い」
1960.9.20　『朝日新聞』（朝日新聞社）p7

H3031　十返肇　「倉橋由美子への批評を批評する──文芸批評──」
1960.10.1　『風景』（悠々会）　創刊号　p14-15

H3032　江藤淳　「文化　個人生活の回復を　新文学の崩壊（下）」
1960.10.8　『読売新聞』（夕刊）（読売新聞社）　p6　⇔*I3799*
＊「パルタイ」について

H3033　永岡定夫　「若手作家を斬る　その（一）倉橋由美子論　イマージュでかかれた「性」の形而上学　『パルタイ』と恥（オント）の意識」
1960.10.21　『成蹊大学新聞』（成蹊大学新聞会）　p4　⇔*I3800*
＊「パルタイ」「蛇」「非人」「貝のなか」「密告」について

H3034　中山和子　「読者の書評　たしかな目を信頼　倉橋由美子著　パルタイ」
1960.11.7　『日本読書新聞』（日本出版協会）　p5　⇔*I3801*

H3035　上田陽子　「読者の書評　疎外に対する挑戦　倉橋由美子著　パルタイ」
1960.11.7　『日本読書新聞』（日本出版協会）　p5　⇔*I3802*

H3036　神田美枝　「読者の書評　対象への明晰さ　倉橋由美子著　パルタイ」
1960.11.7　『日本読書新聞』（日本出版協会）　p5　⇔*I3803*

H3037　奥野健男　「読者の書評　選評　目のうつばりを払うものはない　活発な意見集中『パルタイ』」
1960.11.7　『日本読書新聞』（日本出版協会）　p4　⇔*I3804*

H3038　堀田善衛　「三人の作家──倉橋由美子、井上光晴、北杜夫──」
1960.12.1　『新潮』（新潮社）　57巻12号　p38-48

H3039　奥野健男　江藤淳　「対談　一九六〇年の文壇──女流と新人──」
1960.12.12　『週刊読書人』（日本書籍出版協会）　p1-2　⇔*I3805*
＊「パルタイ」について

H3040　山室静　「文芸時評（1）　気骨あるものを　新年号の諸作品から」
1960.12.17　『図書新聞』（図書新聞社）　p3
＊「どこにもない場所」について

H3041　H　「60　動向と収穫　日本文学　新鮮な倉橋由美子の出現」
1960.12.19　『日本読書新聞』（日本出版協会）　p5　⇔*I3806*
＊「パルタイ」について

H3042　篠田一士　「今年の文壇　小説も評論もその貧困ぶりは深刻」
1960.12.24　『図書新聞』（図書新聞社）　p3　⇔*I3807*
＊「パルタイ」について

H3043　瀬沼茂樹　「今年注目された本　日本文学　小説・評論　「家庭の事情」小説に評判作　一つの可能性しめす倉橋由美子」
1960.12.24　『図書新聞』（図書新聞社）　p5　⇔*I3808*
＊「パルタイ」「貝のなか」「蛇」について

H3044　本多秋五　「文芸時評　浮き身の遊泳者化」
1960.12.25　『報知新聞』（報知新聞社）　p6
＊「どこにもない場所」について

H3045　平野謙　「学芸　今月の小説　楽天的すぎる大家の作品」
1960.12.26　『毎日新聞』（毎日新聞社）　p7
＊「どこにもない場所」について

H3046　十返肇　「「パルタイ」出現など文壇十大ニュース」
1960.12.28　『高知新聞』（高知新聞社）　p6　⇔*I3809*

1961年

H3047　奥野健男　「日本文学1月の状況　随筆的小説の氾濫　“観念”を核に　注目の長編」
1961.1.1　『週刊読書人』（日本書籍出版協会）　p2
＊「どこにもない場所」について

H3048　日沼倫太郎　「感動のイメージ『パルタイ』論争是非」
1961.1.15　『批評』（批評社）　7-10合併号　p93-98　⇔*I3810*

H3049　磯田光一　「零地点に流刑された文学　果してどれだけの時代的普遍性を持つか」
1961.2.27　『日本読書新聞』（日本出版協会）　p2
＊「婚約」について

H3050　瀧井孝作　「甘美な恋愛小説」
1961.3.1　『文藝春秋』（文藝春秋新社）　39巻3号　p274
＊芥川賞選評　「夏の終り」について

H3051　石川達三　「自信を持って三浦君を」
1961.3.1　『文藝春秋』（文藝春秋新社）　39巻3号　p274-275
＊芥川賞選評　「夏の終り」について

H3052　佐藤春夫　「忍ぶ川」と「蕃婦ロポウの話」
1961.3.1　『文藝春秋』（文藝春秋新社）　39巻3号　p275-276
＊芥川賞選評　「夏の終り」について

H3053　永井龍男　「紙の裏」の再録
1961.3.1　『文藝春秋』（文藝春秋新社）　39巻3号　p276
＊芥川賞選評　「夏の終り」について

H3054　舟橋聖一　「正直な「忍ぶ川」」
1961.3.1　『文藝春秋』（文藝春秋新社）　39巻3号　p278-279

＊芥川賞選評　「夏の終り」について

H3055　宇野浩二　「難儀な銓衡」
1961.3.1　『文藝春秋』（文藝春秋新社）39巻3号　p279
＊芥川賞選評　「夏の終り」について

H3056　奥野健男　「もっと強靭な"まゆ"を　力作だが破綻が　「どこにもない場所」　倉橋由美子著　婚約」
1961.3.11　『図書新聞』（図書新聞社）p5
＊後に単行本『文学的制覇』に収録

H3057　無記名　「買える実験的意欲　倉橋由美子著『婚約』」
1961.3.19　『中部日本新聞』（中部日本新聞社）　p14

H3058　小松伸六　「文芸地理学　同人雑誌の都市対抗(9)四国　俳句王国ほこる松山"新風"ふきこむ倉橋(高知)へ」
1961.3.31　『不明』（出版者不明）　巻号不明　p7
＊倉橋スクラップブックで確認。詳細不明

H3059　荒正人　「力尽した野心作」
1961.5.11　『明治大学新聞』（明治大学新聞学会）　p5
＊作品集『婚約』「人間のない神」について

H3060　奥野健男　「文学芸術　倉橋由美子著　人間のない神　取組んだ意図は"壮"内的世界を強固に構築すべきだ」
1961.5.15　『日本読書新聞』（日本出版協会）　p3
＊後に単行本『文学的制覇』に収録

H3061　久保田正文　「読書　三つの女流作品集　有吉佐和子著「三婆」倉橋由美子著「人間のない神」坂口樗子著「蕃婦ロボウの話」　内面の鏡の映像」
1961.5.24　『東京新聞』（夕刊）（東京新聞社）　p8

H3062　無記名　「本と人　「人間のない神」倉橋由美子氏の作品集　リアリズムからの脱皮　はじめて書いた恋物語」
1961.5.29　『東京タイムズ』（東京タイムズ社）　p10

H3063　佐々木基一　「概観　文学　一九六〇年の小説の動向」
1961.6.15　『文芸年鑑 昭和三六年版』（新潮社）　p30-32
＊「パルタイ」について

H3064　星野輝彦　「文学賞にみる文芸傾向　根強い「私小説」の伝統」
1961.6.29　『不明』（出版者不明）　巻号不明　p11　⇔*I3811*
＊「パルタイ」、パルタイ論争について。倉橋スクラップブックで確認。詳細不明

H3065　埴谷雄高　「若き魔女の描く現代の寓話　人間のない神　倉橋由美子著」
1961.7.1　『マドモアゼル』（小学館）　2巻7号　p270-271

H3066　大江健三郎　「批評家は無用の長物か　江藤氏にカミついた倉橋氏の意見に思う」
1961.7.28　『産経新聞(東京)』（夕刊）（産業経済新聞東京本社）　p2
＊「批評の哀しさ――江藤淳さんに」について

H3067　小松伸六　「チャンバラ打線　大衆小説ノート(上)」
1961.10.12　『毎日新聞』（毎日新聞社）p3
＊「合成美女」について

H3068　白井健三郎　「一種異常な愛の挫折　その意味を意識して行く過程を二人称で描く　倉橋由美子著　暗い旅」
1961.10.16　『週刊読書人』（日本書籍出版協会）　p3　⇔*I3864*

H3069　無記名　「文芸　科学小説(S・F)時代来る　「合成美女」を発表　倉橋さん、小説中公に」
1961.10.17　『内外タイムズ』（内外タイムス社）　p3

H3070　小林勝　「文学芸術　自分の文学を定着　ある種の“国籍不明文学”のにおい」
1961.10.23　『日本読書新聞』（日本出版協会）　p2　⇔*I3865*
＊『暗い旅』について

H3071　奥野健男　「文芸時評」
1961.11.1　『風景』（悠々会）　2巻11号　p16-17
＊「合成美女」について

H3072　秋山駿　「三日間の感情と思考のなかの旅行」
1961.11.11　『図書新聞』（図書新聞社）　p7　⇔*I3866*
＊『暗い旅』について

H3073　白井浩司　「大胆な「性」の描写　倉橋由美子・著『暗い旅』」
1961.11.13　『高知新聞』（高知新聞社）　p6　⇔*I3867*

H3074　奥野健男　「大胆な“女の小説”　倉橋由美子著「暗い旅」」
1961.11.20　『日本経済新聞』（日本経済新聞東京本社）　p12　⇔*I3868*
＊後に単行本『文学的制覇』に収録

H3075　小松伸六　「不協和音の独自性――倉橋由美子著「暗い旅」」
1961.11.30　『明治大学新聞』（明治大学新聞学会）　p2　⇔*I3869*

H3076　奥野健男　「ブック・ガイド　暗い旅　倉橋由美子著」
1961.12.1　『若い女性』（講談社）　7巻15号　p224-225

H3077　宮本三郎　「実験する愛　倉橋由美子著「暗い旅」」
1961.12.3　『朝日新聞』（朝日新聞社）　p14　⇔*I3870*

H3078　無記名　「日本文学　小説・評論　第一次戦後派はふるわず　正統的批評に三つの労作」
1961.12.23　『図書新聞』（図書新聞社）　p5　⇔*I3871*
＊『暗い旅』「婚約」について

H3079　奥野健男　「カギは芸術的感動の有無に　江藤淳氏の倉橋由美子論へ」
1961.12.25　『東京新聞』（夕刊）（東京新聞社）　p8

H3080　伊藤整　埴谷雄高　平野謙　「座談会　文壇1961年　沈滞の中の新しい芽」
1961.12.26　『東京新聞』（夕刊）（東京新聞社）　p8　⇔*I3872*
＊『暗い旅』「人間のない神」について

1962年

H3081　白井浩司　「模倣と独創(上)「暗い旅」評価の違い　独自性を棄てたケースか」
1962.3.1　『東京新聞』（夕刊）（東京新聞社）　p8　⇔*I3873*

H3082　白井浩司　「模倣と独創（下）　スタイルと世界観」
1962.3.2　『東京新聞』（夕刊）（東京新聞社）　p8

H3083　清水徹　「「暗い旅」論争の問題点「心変わり」の訳者から」
1962.3.20　『東京新聞』（夕刊）（東京新聞社）　p8　⇔*I3874*

H3084　佐々木基一　「あまりに文壇的政治的　「純文学論争」は終わったか?」
1962.5.11　『高知新聞』（高知新聞社）　p8
＊「輪廻」について

H3085　本多秋五　「文芸時評（中）　多いこけおどかし　川村晃「美談の出発」に救われた思い」
1962.5.26　『東京新聞』（夕刊）（東京新聞社）　p8
＊「真夜中の太陽」について

H3086　中田耕治　「文芸時評　6月号　倉橋由美子と森茉莉の作品」
1962.5.26　『図書新聞』（図書新聞社）　p8
＊「真夜中の太陽」について

H3087　進藤純孝　「日本文学　6月の状況　あまりにも“のん気”」
1962.5.28　『週刊読書人』（日本書籍出版協会）　p2
＊「真夜中の太陽」について

H3088　村松剛　「文芸時評（中）　荒っぽすぎる描写」
1962.12.23　『東京新聞』（夕刊）（東京新聞社）　p8
＊「蠍たち」について

H3089　林房雄　「文芸時評（下）　若者作家のゆがみ」
1962.12.26　『朝日新聞』（朝日新聞社）　p9
＊「蠍たち」について

H3090　平野謙　「今月の小説（下）ベスト・3」
1962.12.29　『毎日新聞』（夕刊）（毎日新聞社）　p3
＊「蠍たち」について

H3091　奥野健男　「文芸時評新年号　人間内面の空洞にメス　無倫理の世界描く　三島、石原、倉橋　マイナスの可能性への実験」
1962.12.31　『西日本新聞』（西日本新聞社）　p8
＊「蠍たち」について。新聞三社連合より配信

1963年

H3092　奥野健男　「人と作品27　倉橋由美子氏の巻」
1963.2.1　『新刊ニュース』（東京出版販売株式会社）　14巻2号　p23-26
＊後に単行本『文壇博物誌　人と作品』に収録　更に加筆して『素顔の作家たち——現代作家132人』に収録

H3093　佐々木基一　「文芸時評（中）　悲喜劇的な好短編」
1963.3.2　『東京新聞』（夕刊）（東京新聞社）　p8
＊「愛の陰画」について

H3094　河上徹太郎　「文芸時評（下）」
1963.6.26　『読売新聞』（夕刊）（読売新聞社）　p7
＊「迷宮」について

H3095　林房雄　「文芸時評（下）　尊い文章への意志　純文芸雑誌の存在理由」
1963.6.29　『朝日新聞』（朝日新聞社）　p11
＊「迷宮」について

H3096　山本健吉　「文芸時評（下）」
1963.7.1　『東京新聞』（夕刊）（東京新聞社）　p8
＊「迷宮」について。倉橋に関する見出しなし。

H3097　奥野健男　「文芸時評（下）　なまぬるさとマンネリ　方法的努力むなしい『迷宮』倉橋由美子——女流の三作　読んだあと区別もつかない」
1963.7.3　『西日本新聞』（西日本新聞社）　p11
＊新聞三社連合より配信

H3098　安田武　「“戦争体験”の思想　この無責任さ」
1963.8.10　『図書新聞』（図書新聞社）　p1
＊エッセイについて

H3099　竹西寛子　「文芸時評　訴える自分を見る眼　女性の作家に希望すること」
1963.8.31　『図書新聞』（図書新聞社）　p7
＊「パッション」について

H3100　平野謙　「今月の小説（下）　ベスト3　多い女流作家の作」
1963.11.30　『毎日新聞』（夕刊）（毎日新聞社）　p3
＊「死刑執行人」について

1964年

H3101　林房雄　「文芸時評（中）　罪の快楽を誇示「新潮」の三作」
1964.1.25　『朝日新聞』（朝日新聞社）　p11
＊「わたしの心はパパのもの」について

H3102　平野謙　「今月の小説(上)　愛のデカダンス追及　石原慎太郎・森茉莉・倉橋由美子ら　むしろモチーフの不毛　「現代の聖女」を意図する倉橋」
1964.1.25　『毎日新聞』（夕刊）（毎日新聞社）　p3
＊「わたしの心はパパのもの」について

H3103　白井浩司　「二月号の文芸作品から」
1964.1.29　『高知新聞』（高知新聞社）　p8
＊「わたしの心はパパのもの」について

H3104　河上徹太郎　「文芸時評　（下）情痴関係への疑問　倉橋、森の作品二つ　薬味にすぎぬ近親問題」
1964.1.29　『読売新聞』（夕刊）（読売新聞社）　p5
＊「わたしの心はパパのもの」について

H3105　西村時衛　「高知文化　高知文学学校の素顔」
1964.3.31　『朝日新聞 高知版』（朝日新聞社）　p16
＊「T国訪問記」について

H3106　進藤純孝　「悲壮がる時評家たち　新人に期待するもの（上）」
1964.4.24　『東京新聞』（夕刊）（中日新聞東京本社）　p8　⇔*I3812*
＊「パルタイ」について

H3107　奥野健男　「文芸時評　リアリズムの超克を　今月第一等の「酔郷にて」」
1964.4.26　『産経新聞（大阪）』（夕刊）（産業経済新聞大阪本社）　p6　⇔*I3999*

H3108　中村光夫　「文芸時評（上）自然な中年男の姿」
1964.4.28　『朝日新聞』（夕刊）（朝日新聞社）　p7　⇔*I4000*
＊「酔郷にて」について

H3109　小松伸六　「現代作家新・人国記　四国・外地篇」
1964.6.1　『小説現代』（講談社）　2巻6号　p27-34　⇔*I3813, I3875*
＊「パルタイ」「暗い旅」について

H3110　白井浩司　「文芸時評八月号」
1964.7.25　『高知新聞』（高知新聞社）　p7
＊「夢のなかの街」について

H3111　磯田光一　「文芸　若い作家の荒廃ぶり」
1964.7.25　『図書新聞』（図書新聞社）　p2
＊「夢のなかの街」について

H3112　河上徹太郎　「文芸時評（下）」
1964.7.28　『読売新聞』（夕刊）（読売新聞社）　p5
＊「夢のなかの街」について　倉橋に関する小見出しはなし

H3113　河上徹太郎　「文芸時評（下）」
1964.10.27　『読売新聞』（夕刊）（読売新聞社）　p7
＊「宇宙人」について

H3114　河上徹太郎　「文芸時評（上）　明快でおもしろい倉橋作品」
1964.11.27　『読売新聞』（夕刊）（読売新聞社）　p9
＊「妖女のように」について

H3115　磯田光一　「文芸　残酷小説の諸相」
1964.11.28　『図書新聞』（図書新聞社）　p2
＊「妖女のように」について

H3116　平野謙　「今月の小説　焦点のない末広がり　現象としては純文学復興の

年　今年の文壇」
1964.11.29 『毎日新聞』(夕刊)(毎日新聞社) p2
＊「妖女のように」について

H3117 中田耕治 「文芸時評12月号 無力な批評家無用論 金魚とミジンコ」
1964.11.30 『日本読書新聞』(日本出版協会) p3
＊「妖女のように」について

1965年

H3118 無記名 「ブックサロン 常識に逆らう女 倉橋由美子著 妖女のように」
1965.1.22 『読売新聞(大阪版)』(夕刊)(大阪読売新聞社) p7

H3119 平野謙 「今月の小説(上) 質的変化した現代小説」
1965.2.26 『毎日新聞』(夕刊)(毎日新聞社) p3
＊「結婚」について

H3120 江藤淳 「文芸時評(下) 「昔色」を無視する小説」
1965.2.27 『朝日新聞』(夕刊)(朝日新聞社) p5
＊「結婚」について 後に単行本『全文芸批評』に収録

H3121 平野謙 「今月の小説(下) “孤独な実験”を肯定す」
1965.2.27 『毎日新聞』(夕刊)(毎日新聞社) p3
＊「結婚」について

H3122 尾崎秀樹 「文学 3月の状況」
1965.3.1 『週刊読書人』(株式会社読書人) p2
＊「結婚」について

H3123 まつもと・つるを 「リアリズム逃走劇――大江健三郎と倉橋由美子を中心に――」
1965.3.10 『文学者』(文学者発行所) 8巻3号 p54-64

H3124 ウルトラB 「紙てっぽう 喰いちがう受賞作の評価」
1965.3.15 『週刊読書人』(株式会社読書人) p5
＊「結婚」について

H3125 前田とみ子 「倉橋由美子の結婚」
1965.4.1 『新潮』(新潮社) 62巻4号 p140-141

H3126 山本健吉 「文芸時評(下) 安易な思いつきの倉橋作品」
1965.5.26 『読売新聞』(夕刊)(読売新聞社) p5
＊「亜依子たち」について

H3127 奥野健男 「解説」
1965.6.10 『現代文学大系66 現代名作集(四)』(筑摩書房) p458-483

H3128 安部公房 「安部公房氏評」
1965.9.5 『聖少女』(新潮社) 箱裏 ⇔*I3893*

H3129 伊藤整 「伊藤整氏評」
1965.9.5 『聖少女』(新潮社) 箱裏 ⇔*I3894*

H3130 中村真一郎 「中村真一郎氏評」
1965.9.5 『聖少女』(新潮社) 箱裏 ⇔*I3895*

H3131 平野謙 「平野謙氏評」
1965.9.5 『聖少女』(新潮社) 箱裏 ⇔*I3896*

H3132 無記名 「本 聖少女」
1965.9.18 『週刊新潮』(新潮社) 10巻37号 p18 ⇔*I3897*

H3133 笠原伸夫 「二組の近親相姦 倉橋由美子著「聖少女」」
1965.9.25 『図書新聞』(図書新聞社) p9 ⇔*I3898*

H3134 江藤淳 「文芸時評(下) 作者は自分の眼で発見せよ 自己閉鎖の要」
1965.9.29 『朝日新聞』(夕刊)(朝日新聞社) p9 ⇔*I3899*

＊『聖少女』について　後に単行本『全文芸批評』に収録

H3135　白井浩司　「強がりは自己欺瞞?　道徳観の欠如した世界　倉橋由美子　聖少女」
1965.9.29　『産経新聞（大阪）』（産業経済新聞大阪本社）　p9　⇔*I3900*

H3136　酒井角三郎　「さまざまな戦争体験」
1965.10.1　『展望』（筑摩書房）　82号　p94-104　⇔*I3814*
＊エッセイ「八月十五日について」について　「パルタイ」にも。

H3137　無記名　「不思議な魅力「悪徳」の存在意義　倉橋由美子　聖少女」
1965.10.3　『毎日新聞』（日曜版）（毎日新聞社）　p19　⇔*I3901*

H3138　白川正芳　「文学・芸術　20世紀の黒い魔術　人間と対立する“自然”としての近親相姦　倉橋由美子著　聖少女」
1965.10.4　『日本読書新聞』（日本出版協会）　p4　⇔*I3902*

H3139　北原武夫　「裏切られたかなしさ残る　倉橋由美子著「聖少女」　努力の跡はうかがえるが」
1965.10.6　『東京新聞』（夕刊）（中日新聞東京本社）　p8　⇔*I3903*

H3140　佐伯彰一　「ナマナマしく幻想的感触」
1965.10.15　『週刊朝日』（朝日新聞社）　70巻45号　p84　⇔*I3904*
＊『聖少女』について

H3141　福田宏年　「きらびやかに描く近親相姦」
1965.10.17　『サンデー毎日』（毎日新聞社）　2437号　p62-63　⇔*I3905*
＊『聖少女』について

H3142　日沼倫太郎　「選ばれた愛の聖化　近親相姦による人間的悲惨からの回復　倉橋由美子著　聖少女」
1965.10.18　『週刊読書人』（株式会社読書人）　p4　⇔*I3906*

H3143　無記名　「ティー・ルーム　きらびやかに描く背徳　倉橋由美子著「聖少女」」
1965.10.25　『週刊サンケイ』（サンケイ新聞出版局）　14巻44号　p45　⇔*I3907*

H3144　浜田新一　「文芸時評11月　「サド侯爵夫人」と「聖少女」　三島もウカウカしていられない」
1965.11.1　『日本読書新聞』（日本出版協会）　p3　⇔*I3908*
＊『聖少女』について

H3145　無記名　「婦人公論ダイジェスト　倉橋由美子著『聖少女』」
1965.11.1　『婦人公論』（中央公論社）　50巻11号　p480-481　⇔*I3909*

H3146　無記名　「今週の話題　今週のベストセラー三冊を紹介――『聖少女』『日づけのない日記』『世界原色百科事典』」
1965.11.3　『女性セブン』（小学館）　3巻41号　p74　⇔*I3910*

H3147　磯田光一　「文芸　侮りがたい「下等動物」」
1965.11.27　『図書新聞』（図書新聞社）　p10
＊「解体」について

H3148　浜田新一　「文芸時評　12月　倉橋由美子の短篇小説」
1965.11.29　『日本読書新聞』（日本出版協会）　p3　⇔*I3911*
＊『聖少女』について

H3149　日沼倫太郎　「訪問記的作家論（43）　倉橋由美子の自己錯覚」
1965.12.1　『新刊展望』（日本出版販売株式会社）　9巻23号　p14-17
＊のちに「倉橋由美子　超現実とカフカ」に改題し、『現代作家案内――昭和の旗手たち――』（1967.5.23　三一書房）に収録。

H3150　松原新一　「反世界への情熱　倉橋由美子「聖少女」の創造もチーフ」
1965.12.6　『日本読書新聞』（日本出版協会）　p1　⇔*I3912*

H3151　佐伯彰一　「骨っぽさがよし　気張り方に心惹かれる」
1965.12.6　『日本読書新聞』（日本出版協会）　p4　⇔*I3913*
＊『聖少女』について

H3152　美谷克己　「仮構された“現実”　倉橋由美子著　聖少女」
1965.12.6　『日本読書新聞』（日本出版協会）　p4　⇔*I3914*

H3153　伊藤整　「文化ニュース　倉橋さんの書きおろし」
1965.12.20　『広報とさやまだ』（土佐山田町報道委員会）　46号　p6　⇔*I3915*

1966年

H3154　無記名　「ブックサロン　常識に逆らう女　倉橋由美子著　妖女のように」
1966.1.22　『読売新聞大阪版』（夕刊）（大阪読売新聞社）　p7

H3155　日沼倫太郎　「文学芸術　純粋人間のイメージを抱く　人生は猥雑の側にあるのだが」
1966.2.28　『日本読書新聞』（日本出版協会）　p5
＊「妖女のように」について

H3156　日　「文壇新幹線　大切にする方法論」
1966.7.16　『高知新聞』（高知新聞社）　p7

H3157　平野謙　「学芸　八月の小説　不安定さは残るが」
1966.7.28　『毎日新聞』（夕刊）（毎日新聞社）　p3
＊「悪い夏」について

H3158　日沼倫太郎　「文芸時評　心で書くか、頭で書くか」
1966.7.30　『高知新聞』（高知新聞社）　p7
＊「悪い夏」について

H3159　松原新一　「ユニークなアレゴリーの世界〈倉橋由美子〉」
1966.10.15　『われらの文学 21 高橋和己 倉橋由美子 柴田翔』（講談社）　p507-514　⇔*I3815*
＊「パルタイ」「囚人」「宇宙人」について

H3160　無記名　「略年譜」
1966.10.15　『われらの文学 21 高橋和己 倉橋由美子 柴田翔』（講談社）　p516

1967年

H3161　進藤純孝　「連載（14）禁じられた物語のなかの女性　「聖少女」の未紀」
1967.6.26　『young lady』（講談社）　5巻25号　p62-63　⇔*I3916*

1968年

H3162　無記名　「ママになった『聖少女』の作者」
1968.6.8　『週刊新潮』（新潮社）　13巻23号　p19　⇔*I3917*

H3163　平野謙　「女流作家の十年　「パルタイ」から「三匹の蟹」へ　文学的成熟といえるか」
1968.7.4　『読売新聞』（読売新聞社）　p9　⇔*I3816*

H3164　森川達也　「倉橋由美子の観念の操作　底を流れる人間嫌い」
1968.7.15　『週刊読書人』（読書人）　p4

H3165　保昌正夫　「倉橋由美子年譜」
1968.8.1　『昭和文学全集 第24巻』（小学館）　p1159-1162

H3166　富岡幸一郎　「倉橋由美子・人と作品」
1968.8.1　『昭和文学全集 第25巻』（小学館）　p1131-1134

H3167　北川透　「不幸の仮構 ── 倉橋由美子と鈴木志郎康の反日常性の接点において」
1968.8.1　『詩論集 詩の自由の論理』（思潮社）　p177-198

H3168　無記名　「無制限の自由への希求　倉橋由美子作品集　蠍たち」
1968.9.21　『出版ダイジェスト』（出版ダイジェスト社）　p2
＊「蠍たち」について

H3169　U　「観念のなかの抹殺者たち　倉橋由美子著「蠍たち」」
1968.10.5　『東北大学新聞』（東北大学新聞社）　p4

H3170　虚　「卓抜な着想と秀れた詩的効果」
1968.10.18　『週刊朝日』（朝日新聞社）　73巻44号　p104
＊「蠍たち」について

H3171　無記名　「本　蠍たち」
1968.10.26　『週刊新潮』（新潮社）　13巻43号　p20

H3172　中村真一郎　「文芸時評 ──「寓話」的方法めだつ　ギリシア悲劇を下敷きに　倉橋由美子「向日葵の家」」
1968.10.28　『産経新聞（大阪）』（夕刊）（産業経済新聞大阪本社）　p9　⇔*I4001*

H3173　篠田一士　「文芸時評（下）　倉橋氏『向日葵の家』の後続に期待」
1968.10.29　『東京新聞』（中日新聞東京本社）　p8　⇔*I4002*

H3174　小島信夫　「文芸時評（下）　「私」により添うべし? ── 現代小説を考える ── 川村評論などを手がかりに　サイケ調、倉橋作品」
1968.10.30　『朝日新聞』（夕刊）（朝日新聞社）　p9　⇔*I4003*
＊「向日葵の家」について

H3175　久保田正文　「文芸時評　"作家主体"の問題」
1968.10.30　『京都新聞』（夕刊）（京都新聞社）　p5　⇔*I4004*
＊「向日葵の家」について

H3176　磯田光一　「文芸時評」
1968.10.30　『信濃毎日新聞』（信濃毎日新聞社）　p9　⇔*I4005*
＊「向日葵の家」について

H3177　吉田健一　「文芸時評（下）　対照的な二つの作品　小沼氏「ギリシャの血」倉橋氏「向日葵の家」」
1968.10.30　『読売新聞』（夕刊）（読売新聞社）　p9　⇔*I4007*
＊後に単行本『ポエティカ』に収録

H3178　平野謙　「11月の小説(下)　ベスト3」
1968.11.1　『毎日新聞』（夕刊）（毎日新聞社）　p7　⇔*I4006*
＊「向日葵の家」について

H3179　Y　「時ならぬ白昼夢　倉橋由美子著「蠍たち」」
1968.11.3　『アサヒ芸能』（徳間書店）　1169号　p52

H3180　神崎一胤　「倉橋由美子小論―パルタイより聖少女―　自由をはきちがえた作品群　存在論の霧散と自己破産」
1968.11.4　『京都大学新聞』（京都大学新聞社）　p3　⇔*I3817, I3918*

H3181　亀井秀雄　「解説」
1968.11.10　『全集・現代文学の発見 第四巻 政治と文学』（学芸書林）　p513-534　⇔*I3818*
＊「パルタイ」について

H3182　日野啓三　「新しい本　宿命的な愛に結ばれた姉弟　倉橋由美子「蠍たち」」
1968.11.11　『週刊文春』（文藝春秋）　10巻45号　p37

H3183　天沢退二郎　「文芸時評11月　外の向日葵、内の悪霊ども　最悪の破綻による作品の成立が」
1968.11.11　『日本読書新聞』（日本出版協会）　p3　⇔*I4008*
＊「向日葵の家」について

H3184　松原新一　「女流文学者の変貌」
1968.11.15　『the High School Life』（マーケティング・アド・センター）　18号　p4
＊「蠍たち」について

H3185　吉田健一　「文芸時評（上）言葉をこなしきる――倉橋の「長い夢路」――」
1968.11.21　『夕刊読売新聞』（読売新聞社）　p9　⇔*I3934*
＊「ヴァージニア」についても　後に単行本『ポエティカ』に収録

H3186　小島信夫　「文芸時評（上）知的な筆のびる」
1968.11.28　『朝日新聞』（夕刊）（朝日新聞社）　p7　⇔*I3935*
＊「ヴァージニア」「長い夢路」について

H3187　久保田正文　「文芸時評　多い老人テーマの作品」
1968.11.28　『高知新聞』（高知新聞社）　p9　⇔*I3936*
＊「ヴァージニア」について

H3188　篠田一士　「文芸時評（下）『反悲劇』ものの一編か　倉橋由美子「長い夢路」」
1968.11.28　『東京新聞』（夕刊）（中日新聞東京本社）　p10

H3189　N　「ことばによる即興演奏」
1968.11.28　『早稲田大学新聞』（早稲田大学新聞会）　p4　⇔*I3819*
＊「パルタイ」「蠍たち」について

H3190　平野謙　「学芸　12月の小説（上）陰湿なリアリズム」
1968.11.29　『毎日新聞』（夕刊）（毎日新聞社）　p8　⇔*I3937*
＊「長い夢路」「ヴァージニア」について

H3191　平野謙　「学芸　12月の小説（下）東西文明批判を試みた倉橋」
1968.11.30　『毎日新聞』（夕刊）（毎日新聞社）　p7　⇔*I3938*
＊「長い夢路」「ヴァージニア」について

H3192　松原新一・磯田光一・森川達也　「小説・この一年の収穫」
1968.12.1　『展望』（筑摩書房）　120号　p95-107　⇔*I4009*
＊「蠍たち」「向日葵の家」について

H3193　上田三四二　「文芸時評12月　如何にも割り切った現代的風景」
1968.12.2　『週刊読書人』（株式会社読書人）　p2　⇔*I3939*
＊「ヴァージニア」について

H3194　中村真一郎　「文芸時評　ことしの収穫　衝撃的な「ヴァージニア」　安部、倉橋、大江、金井、井上氏らの活躍」
1968.12.3　『産経新聞（大阪）』（夕刊）（産業経済新聞大阪本社）　p7　⇔*I3940*
＊「ヴァージニア」について

H3195　金井美恵子　「聖なる光芒の幻惑　原初的な"ものがたり"の魅惑を築く」
1968.12.9　『週刊読書人』（株式会社読書人）　p8
＊「蠍たち」について

1969年

H3196　花田清輝　武田泰淳　寺田透　「創作合評」
1969.1.1　『群像』（講談社）　24巻1号　p276-293　⇔*I3941*
＊「ヴァージニア」について

H3197　無記名　「新刊素描　蠍たち」
1969.1.15　『the High School Life』（マーケティング・アド・センター）　20号　p8

H3198　日野範之　「軟禁　倉橋由美子「蠍たち」」
1969.3.1　『新文学』（大阪大学文学協会）51号　p51

H3199　浦浜英生　「虚構が生殖し続け　蠍たち」
1969.3.3　『日本読書新聞』（日本出版協会）　p3

H3200　小島信夫　「倉橋さんの第一の道」
1969.4.24　『「スミヤキストQの冒険」付録』（講談社）　p2　⇔*I3952*

H3201　奥野健男　「ノベリストKの冒険」
1969.4.24　『「スミヤキストQの冒険」付録』（講談社）　p2-4　⇔*I3953*

H3202　松原新一　「戦後知識人への批評」
1969.4.24　『「スミヤキストQの冒険」付録』（講談社）　p4-5　⇔*I3954*

H3203　井上光晴　「シンパPへの尋問」
1969.4.24　『「スミヤキストQの冒険」付録』（講談社）　p5-6　⇔*I3955*

H3204　佐伯彰一　「文芸時評　肉声の厚みがない　さまざまな一人称作品　興に乗りすぎた倉橋」
1969.4.26　『読売新聞』（夕刊）（読売新聞社）　p9　⇔*I4010*
＊「酔郷にて」について

H3205　中村光夫　「文芸時評(上)個性強い新人の力作　丸山「明日への楽園」と倉橋「酔郷にて」　旅題材に正反対の作風」
1969.4.28　『朝日新聞』（夕刊）（朝日新聞社）　p7　⇔*I4011*

H3206　福島正実　「解説　現代日本SF地図」
1969.4.30　『日本のSF（短編集）現代篇　世界のSF全集35』（早川書房）　p633-643

H3207　浅見淵　「中間小説時評（下）」
1969.5.10　『東京新聞』（夕刊）（中日新聞東京本社）　p10
＊「ある遊戯」について

H3208　加賀乙彦　「成功した観念小説　倉橋由美子著　スミヤキストQの冒険」
1969.5.21　『高知新聞』（高知新聞社）　p7　⇔*I3956*

H3209　奥野健男　「今週の一冊　巧まずに現代を風刺する鋭さ　倉橋由美子著　スミヤキストQの冒険」
1969.5.22　『週刊現代』（講談社）　11巻20号　p112　⇔*I3957*

H3210　A・M　「感化院の狂気の嵐」
1969.5.23　『熊本日日新聞』（熊本日日新聞社）　p10　⇔*I3958*
＊『スミヤキストQの冒険』について

H3211　磯田光一　「文芸時評　現代を透視する風刺　狂気と病理の裏打ちを」
1969.5.26　『高知新聞』（高知新聞社）　p7　⇔*I3959*
＊『スミヤキストQの冒険』について

H3212　金井美恵子　「ほん　“小説を書く”という“冒険”　カフカのイメージも　倉橋由美子著　スミヤキストQの冒険」
1969.5.29　『東京新聞』（中日新聞東京本社）　p6　⇔*I3960*

H3213　森川達也　「快適な批評精神・豊穣な詩的感受性　倉橋由美子『スミヤキストQの冒険』」
1969.6.1　『群像』（講談社）　24巻6号　p315-318　⇔*I3961*

H3214　無記名　「読書　“進歩的文化人”の愚かさを鋭く風刺　倉橋由美子著　スミヤキストQの冒険」
1969.6.1　『今週の日本』（株式会社今週の日本）　p15　⇔*I3962*

H3215　木本至　「FOR・ザ・教条主義者　思想人間のグロテスクな行動」
1969.6.2　『平凡パンチ』（平凡出版）　6巻21号　p115　⇔*I3963*
＊『スミヤキストQの冒険』について

H3216　佐伯輝木　「文芸雑評　現在の文学状況に対決」
1969.6.3　『中央大学新聞』（中央大学新聞学会）　p2　⇔*I3964*
＊『スミヤキストQの冒険』について

H3217　平野謙　「倉橋由美子著　スミヤキストQの冒険　怪奇な反・現実を象徴　革命のパロディ化も成功」
1969.6.3　『読売新聞』（夕刊）（読売新聞社）　p7　⇔*I3965*

H3218　無記名　「若い革命信者を風刺　倉橋由美子著　スミヤキストQの冒険」
1969.6.10　『朝日新聞』（朝日新聞社）　p21　⇔*I3966*

H3219　三木清　「わたしの評　観念的な革命劇　倉橋由美子著　スミヤキストQの冒険」
1969.6.11　『京都新聞』（夕刊）（京都新聞社）　p9　⇔*I3967*

H3220　康　「革命運動を戯画化」
1969.6.14　『聖教新聞』（聖教新聞社）　p8　⇔*I3968*
＊『スミヤキストQの冒険』について

H3221　中村真一郎　「倉橋由美子　スミヤキストQの冒険　現実よりリアルな“夢”」
1969.6.23　『産経新聞（大阪）』（産業経済新聞大阪本社）　p5　⇔*I3969*

H3222　入沢康夫　「破綻することを恐れず冒険を“作品”と“作品ならざるもの”の浮動」
1969.6.23　『日本読書新聞』（日本出版協会）　p5　⇔*I3970*
＊『スミヤキストQの冒険』について

H3223　後閑英雄　「週刊読書室　教条主義的人間を風刺　倉橋由美子著『スミヤキストQの冒険』」
1969.6.25　『週刊言論』（潮出版社）　247号　p70　⇔*I3971*

H3224　虫　「学園闘争を予見した観念小説倉橋由美子著　スミヤキストQの冒険」
1969.6.27　『週刊朝日』（朝日新聞社）　74巻26号　p100-101　⇔*I3972*

H3225　川村二郎　「寓話の精神について――倉橋由美子『スミヤキストQの冒険』　エルンスト・ブロッホ『未知への痕跡』――」
1969.7.1　『海』（中央公論社）　1巻2号　p180-185　⇔*I3973*

H3226　天沢退二郎　「現実を喰いつくす虚構　倉橋由美子『スミヤキストQの冒険』」
1969.7.1　『文藝』（河出書房新社）　8巻7号　p173-176　⇔*I3974*

H3227　秋山信子　「無気味な観念小説　倉橋由美子著　スミヤキストQの冒険」
1969.7.3　『徳島新聞』（徳島新聞社）　p8　⇔*I3975*

H3228　S　「特集　今年上半期の文学状況　三作家の力作得る」
1969.7.5　『図書新聞』（図書新聞社）　p5　⇔*I3976*
＊『スミヤキストQの冒険』について

H3229　古林尚　「観念世界の自己増殖――倉橋由美子著「スミヤキストQの冒険」――」
1969.7.19　『図書新聞』（図書新聞社）　p1　⇔*I3977*

H3230　西村道一　「Qの描き方に弱さ　現状況の鋭いパロディ化」
1969.7.21　『東京大学新聞』（東京大学新聞社）　p3　⇔*I3978*
＊『スミヤキストQの冒険』について

H3231　無記名　「婦人公論読書室『スミヤキストQの冒険』倉橋由美子著」
1969.8.1　『婦人公論』（中央公論社）　639号　p340-341
＊執筆者は青地晨・奥野健男・丸山邦男・村上兵衛のいずれか

H3232　加賀乙彦　「観念小説と現実世界　倉橋由美子著「スミヤキストQの冒険」について」
1969.8.1　『文學界』（文藝春秋）　23巻8号　p176-181　⇔*I3979*

H3233　亀井秀雄　「知的頽廃の異常肥大　倉橋由美子著　スミヤキストQの冒険」
1969.9.8　『週刊読書人』（読書人）　p5　⇔*I3980*

H3234　佐伯彰一　「文芸時評（下）　回想が生む新鮮さ　幻想風な非現実への傾斜　女性らしい残酷趣味」
1969.11.27　『読売新聞』（夕刊）（読売新聞社）　p9　⇔*I4012*
　＊「白い髪の童女」について

H3235　中村光夫　「文芸時評（下）　健康な息吹きを見る　清岡「アカシヤの大連」倉橋　野心的な「白い髪の童女」」
1969.11.28　『朝日新聞』（夕刊）（朝日新聞社）　p7　⇔*I4013*

H3236　久保田正文　「文芸時評　読みやすい倉橋「白い髪の童女」」
1969.11.28　『新潟日報』（新潟日報社）　p8　⇔*I4014*

H3237　奥野健男　「文芸時評　芸術の妙味を」
1969.11.29　『産経新聞（大阪）』（夕刊）（産業経済新聞大阪本社）　p5　⇔*I4015*
　＊「白い髪の童女」について

H3238　篠田一士　「文芸時評（下）」
1969.11.29　『東京新聞』（夕刊）（中日新聞東京本社）　p12　⇔*I4016*
　＊「白い髪の童女」について

H3239　上田三四二・佐伯彰一　「文壇1969年　肉体が薄い観念小説　『スミヤキストQ…』の評価」
1969.12.8　『週刊読書人』（株式会社読書人）　p1-2　⇔*I3981*

H3240　佐伯彰一　「文芸時評（下）　霊と情念の世界にパターンを求める　大岡、円地、倉橋氏らの作品」
1969.12.26　『読売新聞』（夕刊）（読売新聞社）　p5
　＊「霊魂」について

1970年

H3241　埴谷雄高　小田切秀雄　寺田透「創作合評」
1970.1.1　『群像』（講談社）　25巻1号　p259-277　⇔*I4017*
　＊「白い髪の童女」について

H3242　誤作　「新刊雑誌から」
1970.1.15　『the High School Life』（マーケティング・アド・センター）　31号　p4
　＊「霊魂」について

H3243　浜田新一　「青春文学の格調　世間との対立をテーマに」
1970.2.5　『ほるぷ新聞』（ほるぷ出版社）　p2　⇔*I3876*
　＊『暗い旅』について

H3244　鶴岡冬一　「伝達の革新的操作　青春の愛のメタフィジクを追究」
1970.2.21　『図書新聞』（図書新聞社）　p3　⇔*I3877*
　＊『暗い旅』について

H3245　奥野健男　「文芸時評　巧妙などんでん返し」
1970.3.28　『産経新聞（大阪）』（夕刊）（産業経済新聞大阪本社）　p5
　＊「マゾヒストM氏の肖像」について

H3246　江藤淳　「4月の文学（下）」
1970.3.28　『毎日新聞』（夕刊）（毎日新聞社）　p5
　＊「マゾヒストM氏の肖像」について
　　後に単行本『全文芸批評』に収録

H3247　佐伯彰一　「文芸時評（下）　泥絵調と線画風と ―― グロテスク ―― 」
1970.3.30　『読売新聞』（夕刊）（読売新聞社）　p7
　＊「マゾヒストM氏の肖像」について

H3248　高野斗志美　「現代文学の射程と構造9　倉橋由美子論——その(一)虫の想像力について。〈奇妙な意識〉に非実用的な建物をつくってやること。」
1970.4.1　『北方文芸』(北方文芸社)　3巻4号　p23-34
＊後に『倉橋由美子論』に収録

H3249　森川達也　「倉橋由美子全エッセイ集　わたしのなかのかれへ　“仮面”に隠されたわたし　自己を確実に俎上にのせる手つきがミソ」
1970.4.13　『週刊読書人』(株式会社読書人)　p5

H3250　田村隆一　「倉橋由美子全エッセイ集　わたしのなかのかれへ　剛毅精神の欠落批判　静かに、しかも男性的に」
1970.4.14　『読売新聞』(夕刊)(読売新聞社)　p7

H3251　伊東守男　「黒い哄笑——このアンチ・ヒューマンなるもの」
1970.4.15　『ブラック・ユーモア選集 第5巻(短篇集)日本篇』(早川書房)　p437-469　⇔*I3878, I3982*
＊『暗い旅』『スミヤキストQの冒険』「蠍たち」について

H3252　天沢退二郎　「シニシズムへの盲信?　倉橋由美子著　わたしのなかのかれへ」
1970.4.16　『東京新聞』(中日新聞東京本社)　p6

H3253　磯田光一　「文芸時評——悲劇と反悲劇　倉橋由美子「反悲劇」運命と現実の断層」
1970.4.21　『産経新聞(大阪)』(夕刊)(産業経済新聞大阪本社)　p4　⇔*I4018*

H3254　森川達也　「文芸時評」
1970.4.28　『京都新聞』(夕刊)(京都新聞社)　p3　⇔*I4019*
＊「河口に死す」について

H3255　松原新一　「週刊読書室　肉体の匂いの消去と自覚　倉橋由美子著『わたしのなかのかれへ』」
1970.5.1　『週刊言論』(潮出版社)　290号　p82-83
＊『わたしのなかのかれへ』について

H3256　奥野健男　「文芸時評　老紳士の異常心理描く」
1970.5.2　『産経新聞(大阪)』(夕刊)(産業経済新聞大阪本社)　p3　⇔*I4020*
＊「河口に死す」について

H3257　鶴岡冬一　「社会的事実への拒否　作家生活の出発点としての期待も」
1970.5.2　『図書新聞』(図書新聞社)　p5
＊『わたしのなかのかれへ』について

H3258　上田三四二　「文芸5月」
1970.5.4　『週刊読書人』(読書人)　p3　⇔*I4021*
＊「河口に死す」について

H3259　和田芳恵　「作家のエッセイ」
1970.5.15　『産経新聞(大阪)』(夕刊)(産業経済新聞大阪本社)　p3
＊「わたしのなかのかれへ」について

H3260　別役実　「連続的な営みに同調し局部的感動と総合的体験が逆方向に」
1970.5.25　『日本読書新聞』(日本出版協会)　p5　⇔*I3942*
＊『ヴァージニア』について

H3261　小川国夫　「負の世界と正気への確信　倉橋由美子『わたしのなかのかれへ』」
1970.6.1　『群像』(講談社)　25巻6号　p230-233

H3262　佐々木基一　遠藤周作　秋山駿　「創作合評」
1970.6.1　『群像』(講談社)　25巻6号　p255-267　⇔*I4022*
＊「河口に死す」について

H3263　無記名　「侃侃諤諤」
1970.6.1　『群像』(講談社)　第15巻第6号　p192-193　⇔*I3820*
＊「パルタイ」「貝のなか」について

H3264　高野斗志美　「現代文学の射程と構造10　倉橋由美子論──その(二)現象学的還元。それは、無用で悪質な、大胆不敵の反逆行為になりうるか。意識の小説の限界について。」
1970.6.1　『北方文芸』(北方文芸社)　3巻6号　p57-69
＊後に『倉橋由美子論』に収録

H3265　田中美知太郎　「十年間のみごとな発展　充実した読みごたえ」
1970.6.7　『今週の日本』(今週の日本)　p10
＊『わたしのなかのかれへ』について

H3266　宇波彰　「するどい感覚　作家の仮面を捨てて　倉橋由美子著わたしのなかのかれへ」
1970.6.15　『ほるぷ新聞』(ほるぷ出版社)　p2

H3267　奥野健男　「概観　文学　一九六九年の文学概観」
1970.6.25　『文芸年鑑 昭和四十五年版』(新潮社)　p36-41
＊『スミヤキストQの冒険』「酔郷にて」「白い髪の童女」について

H3268　金井美恵子　「《二人》に巣喰う多重構造　世界と重ねあわさった世界」
1970.6.29　『日本読書新聞』(日本出版協会)　p6
＊『わたしのなかのかれへ』について

H3269　高橋英夫　「現代における巫女　倉橋由美子著　ヴァージニア」
1970.7.1　『中央公論』(中央公論社)　85年7号　p268-269

H3270　田村隆一　「拒絶されたエロティクな関係　倉橋由美子『ヴァージニア』」
1970.7.1　『文藝』(河出書房新社)　9巻7号　p208-209　⇔*I3943*

H3271　天野哲夫　「『家畜人ヤプー』の詩と夢　マゾ理解で食い違う倉橋由美子氏への反論」
1970.7.15　『別冊 潮』(潮出版社)　昭和四十五年夏季号　p285-293

H3272　山田博光　「一〇〇人の作家に見る性と文学　倉橋由美子　パルタイ/蛇/蠍たち/聖少女/宇宙人」
1970.7.25　『国文学』(学燈社)　15巻10号　p186-187　⇔*I3821, I3919*

H3273　宇波彰　「不透明なイマージュと奇妙な笑い　倉橋由美子『ヴァージニア』」
1970.8.1　『早稲田文学(第7次)』(早稲田文学会)　2巻8号　p160-162　⇔*I3944*

H3274　安岡章太郎　遠藤周作　吉行淳之介　「創作合評」
1970.9.1　『群像』(講談社)　15巻9号　p240-251
＊「婚約」について

H3275　奥野健男　「文芸時評」
1970.9.26　『産経新聞(東京)』(夕刊)(産業経済新聞東京本社)　p5
＊「夢の浮橋」について

H3276　秋山駿　「文芸時評(上)　倉橋由美子『夢の浮橋』　裏側の世界を繊細に」
1970.9.28　『東京新聞』(夕刊)(中日新聞東京本社)　p12

H3277　佐伯彰一　「文芸時評(下)　“狂女もの”流行のきざし　醒めた中に不気味さ倉橋作品「夢の浮橋」」
1970.9.29　『読売新聞』(夕刊)(読売新聞社)　p7

H3278　白川正芳　「絢爛、倉橋の長編」
1970.10.3　『図書新聞』(図書新聞社)　p2
＊『夢の浮橋』について

H3279　秋山駿　「解説」
1970.10.5　『日本の文学80 名作集(四)』(中央公論社)　p488-503
＊「蠍たち」について

H3280　森川達也　「文芸時評　作家における生と死」
1970.12.24　『京都新聞』(京都新聞社)　p10　⇔*I4023*
＊「神神がいたころの話」について

H3281　磯田光一　「文芸時評　悲劇と反悲劇　人生の果ての光景見る」
1970.12.26　『産経新聞（東京）』（夕刊）（産業経済新聞東京本社）　p3　⇔*I4024*
＊「反悲劇」について

H3282　佐伯彰一　「文芸時評（下）　「エゴ」超えた作品群　“沈黙と余白の効果”の短篇も」
1970.12.26　『読売新聞』（夕刊）（読売新聞社）　p3　⇔*I4025*
＊「神神がいたころの話」について

1971年

H3283　亀井秀雄　「文芸1月」
1971.1.4　『週刊読書人』（読書人）　p9　⇔*I4026*
＊「神神がいたころの話」について

H3284　西尾幹二　「文芸時評　3月　職業としての文学意識を疑い　倉橋由美子「遊びと文学」（すばる）」
1971.3.13　『日本読書新聞』（日本出版協会）　p3

H3285　金井美恵子　「倉橋由美子文学紀行　幻の土地をもとめて」
1971.4.1　『現代日本の文学50 曾野綾子 倉橋由美子 河野多恵子集』（学習研究社）　p30-38

H3286　奥野健男　「評伝的解説」
1971.4.1　『現代日本の文学50 曾野綾子 倉橋由美子 河野多恵子集』（学習研究社）　p461-471

H3287　澁澤龍彦　「編集後記」
1971.5.1　『暗黒のメルヘン』（立風書房）　p290-302

H3288　高野斗志美　「無の想像的な王国《凹型の世界》を紡ぐ想像力の虫　肉感的瞑想の容器　反世界にひしめく豊饒なイメージ群」
1971.6.7　『日本読書新聞』（日本出版協会）　p1　⇔*I3983, I4027*
＊「妖女のように」「どこにもない場所」「反悲劇」「夢の浮橋」「スミヤキストQの冒険」について

H3289　日野啓三　「『夢の浮橋』倉橋由美子著　“失われた楽園”への郷愁　得意のテーマ織り込んで」
1971.6.15　『中日新聞』（中部日本新聞社）　p17

H3290　渡辺広史　「読書　近親相姦を物語の核に　倉橋由美子著　夢の浮橋」
1971.6.19　『北海道新聞』（北海道新聞社）　p12

H3291　瀬沼茂樹　「まえがき」
1971.6.20　『昭和46年版文学選集（36）』（講談社）　pi-viii

H3292　無記名　「才気で描く人工世界　倉橋由美子著「夢の浮橋」」
1971.6.21　『朝日新聞』（朝日新聞社）　p11

H3293　森川達也　「解説（新潮文庫）」
1971.6.21　『婚約』（新潮社）　p263-268

H3294　田中美代子　「恋愛と結婚との夢の浮橋　倉橋由美子著　夢の浮橋」
1971.7.12　『週刊読書人』（読書人）　p5

H3295　高良留美子　「文芸書　倉橋由美子著　夢の浮橋」
1971.7.17　『図書新聞』（図書新聞社）　p5

H3296　無記名　「出版情況　一九七一・上半期　文学・芸術　〈未来形〉の獲得へ　自然との訣別の契機を喪い」
1971.7.19　『日本読書新聞』（日本出版協会）　p2　⇔*I4028*
＊「夢の浮橋」「反悲劇」について

H3297　無記名　「倉橋由美子著　反悲劇　華麗で面白く前衛的」
1971.7.19　『読売新聞』（読売新聞社）　p8　⇔*I4029*

H3298　佐伯彰一　「文芸時評（下）　軽やかな明晰主義　倉橋由美子　不透明な手ごたえ　河野多恵子　好対照の女流二人」
1971.7.29　『読売新聞』（夕刊）（読売新聞社）　p7　⇔*I4030*
＊「夢の浮橋」「反悲劇」について

H3299　白川正芳　「聖少女から老人への変身」
1971.7.31　『図書新聞』（図書新聞社）　p1　⇔*I3920, I4031*
＊「反悲劇」「夢の浮橋」について　後に単行本『星のきらめく夜は私の星座』に収録

H3300　饗庭孝男　「高橋和己と倉橋由美子」
1971.8.1　『国文学解釈と鑑賞』（至文堂）　36巻9号　p10-20
＊後に単行本『反歴史主義の文学』に収録

H3301　利沢行夫　「倉橋由美子における政治と性」
1971.8.1　『国文学解釈と鑑賞』（至文堂）　36巻9号　p44-49

H3302　森川達也　「倉橋由美子における方法の変革」
1971.8.1　『国文学解釈と鑑賞』（至文堂）　36巻9号　p49-54

H3303　諸田和治　「倉橋由美子とアンチ・ロマン――その類似性と差異性」
1971.8.1　『国文学解釈と鑑賞』（至文堂）　36巻9号　p54-59

H3304　小久保実　「倉橋由美子と戦後世代」
1971.8.1　『国文学解釈と鑑賞』（至文堂）　36巻9号　p79-84

H3305　関井光男　「倉橋由美子とカフカ――「反神話」の意匠について」
1971.8.1　『国文学解釈と鑑賞』（至文堂）　36巻9号　p84-89

H3306　松原新一　「倉橋由美子と江藤淳」
1971.8.1　『国文学解釈と鑑賞』（至文堂）　36巻9号　p90-94

H3307　高野斗志美　「パルタイ」
1971.8.1　『国文学解釈と鑑賞』（至文堂）　36巻9号　p114-116　⇔*I3822*

H3308　原子朗　「婚約」
1971.8.1　『国文学解釈と鑑賞』（至文堂）　36巻9号　p116-118

H3309　磯貝英夫　「暗い旅」
1971.8.1　『国文学解釈と鑑賞』（至文堂）　36巻9号　p118-122　⇔*I3879*

H3310　安藤靖彦　「聖少女」
1971.8.1　『国文学解釈と鑑賞』（至文堂）　36巻9号　p123-125　⇔*I3921*

H3311　田中美代子　「妖女のように」
1971.8.1　『国文学解釈と鑑賞』（至文堂）　36巻9号　p125-127

H3312　柘植光彦　「スミヤキストQの冒険」
1971.8.1　『国文学解釈と鑑賞』（至文堂）　36巻9号　p127-129　⇔*I3984*

H3313　中石孝　「夢の浮橋」
1971.8.1　『国文学解釈と鑑賞』（至文堂）　36巻9号　p130-132

H3314　関井光男（編）　「高橋和己・倉橋由美子をめぐる同時代批評」
1971.8.1　『国文学解釈と鑑賞』（至文堂）　36巻9号　p133-150

H3315　北村道子　「倉橋由美子について」
1971.8.1　『国文学解釈と鑑賞』（至文堂）　36巻9号　p168

H3316　関育雄　「観念と抽象の世界――倉橋由美子――」
1971.8.1　『国文学解釈と鑑賞』（至文堂）　36巻9号　p171-172

H3317　高橋京子　「倉橋由美子をなぜ読むか」
1971.8.1　『国文学解釈と鑑賞』（至文堂）36巻9号　p173

H3318　平山三男　「匂いと嘘――倉橋由美子と作品について――」
1971.8.1　『国文学解釈と鑑賞』（至文堂）36巻9号　p175-176

H3319　馬淵正史　「倉橋由美子と安部公房」
1971.8.1　『国文学解釈と鑑賞』（至文堂）36巻9号　p177-178

H3320　三浦政子　「倉橋由美子の作品の魅力」
1971.8.1　『国文学解釈と鑑賞』（至文堂）36巻9号　p178-179

H3321　守屋和子　「ドキュメンタリズムと二人の作家」
1971.8.1　『国文学解釈と鑑賞』（至文堂）36巻9号　p179-180

H3322　田中美代子　「意匠の文学　倉橋由美子著『夢の浮橋』」
1971.8.1　『文學界』（文藝春秋）25巻8号　p193-198

H3323　佐伯彰一　「文芸時評（下）　好対照の女流2人」
1971.8.3　『読売新聞（大阪）』（大阪読売新聞社）　p8
　＊「夢の浮橋」「反悲劇」について

H3324　秋山駿　小沢昭一　「対談書評」
1971.8.8　『毎日新聞』（毎日新聞社）　p15　⇔*I4032*
　＊「反悲劇」について

H3325　饗庭孝男　「想像力の不気味な豊かさ　倉橋由美子著「反悲劇」」
1971.8.9　『日本読書新聞』（日本出版協会）　p5　⇔*I4033*

H3326　金井美恵子　「本との対話　反悲劇　倉橋由美子著」
1971.8.16　『週刊文春』（文藝春秋）　13巻32号　p141　⇔*I4034*
　＊金井美恵子に聞き書き

H3327　桜井幹善　「倉橋由美子の小説世界」
1971.8.20　『赤旗』（日本共産党中央委員会）　p6

H3328　森内俊雄　「反書評的に　書評　倉橋由美子著『反悲劇』」
1971.9.1　『海』（中央公論社）　3巻10号　p206-207　⇔*I4035*

H3329　小川国夫　「闇にうずくまる異形の獣　倉橋由美子『反悲劇』」
1971.9.1　『群像』（講談社）　26巻9号　p224-226　⇔*I4036*

H3330　奥野健男　「本格的な《老人文学》倉橋由美子著『反悲劇』」
1971.9.1　『中央公論』（中央公論社）　86年12号　p132-133　⇔*I4037*

H3331　佐伯彰一　「意匠感覚と批評性　倉橋由美子『反悲劇』」
1971.9.1　『文藝』（河出書房新社）　10巻10号　p258-261　⇔*I4038*

H3332　松田道雄　「恋愛はほんものでありうるか」
1971.9.17　『私のアンソロジー1 恋愛』（松田道雄編）（筑摩書房）　p289-314
　＊「愛と結婚に関する六つの手紙」について

H3333　無記名　「才気あふれる組立て　倉橋由美子著　反悲劇」
1971.9.20　『朝日新聞』（朝日新聞社）　p11　⇔*I4039*

H3334　加賀乙彦　「古風で自由な女主人公　倉橋由美子『夢の浮橋』」
1971.9.24　『朝日ジャーナル』（朝日新聞社）　36巻13号　p61-63

H3335　天沢退二郎　「悲劇から小説への反転　倉橋由美子著　反悲劇」
1971.9.27　『週刊読書人』(読書人)　p5　⇔*I4040*

H3336　松田道雄　「ほんものをもとめて対話ふうの解説」
1971.10.18　『私のアンソロジー2 青春』(松田道雄編)(筑摩書房)　p281-303
＊「青春について」について

H3337　橋本真理　「著者への手紙　『反悲劇』倉橋由美子著」
1971.11.1　『現代の眼』(現代評論社)　12巻11号　p142-143　⇔*I4041*

H3338　高野斗志美　「解説」
1971.11.30　『暗い旅』(新潮社(新潮文庫))　p243-250　⇔*I3880*

H3339　森川達也　「巻末作家論　倉橋由美子　反世界への夢」
1971.12.10　『現代の文学32 倉橋由美子』(講談社)　p413-422

H3340　無記名　「年譜」
1971.12.10　『現代の文学32 倉橋由美子』(講談社)　p423

1972年

H3341　林房雄　「文芸時評　(中)　異様な主題の三作」
1972.1.25　『朝日新聞』(朝日新聞社)　p11
＊「わたしの心はパパのもの」について

H3342　関井光男　「近代女流作家の肖像　倉橋由美子」
1972.3.1　『国文学解釈と鑑賞』(至文堂)　37巻3号　p125-127　⇔*I4042*
＊「インセストについて」「反悲劇」などについて

H3343　桜井幹善　「倉橋由美子の〈喪失〉」
1972.3.1　『民主文学』(日本民主主義文学同盟)　76号　p142-147　⇔*I3823*
＊「パルタイ」「夢の浮橋」について

H3344　諸田和治　「零地点存在の悪夢――倉橋由美子論――」
1972.5.1　『文藝』(河出書房新社)　11巻5号　p238-252

H3345　岡本泰昌　「小説の中の社会保障(26)救い難い楽天家とパラドクス　倉橋由美子著「スミヤキストQの冒険」」
1972.6.1　『社会保険』(全国社会保険協会連合)　23巻6号　p32-34　⇔*I3985*

H3346　進藤純孝　「『夢の浮橋』倉橋由美子著」
1972.6.1　『婦人公論』(中央公論社)　56巻9号　p314-315

H3347　松原新一　「解説」
1972.6.15　『スミヤキストQの冒険』(講談社(講談社文庫))　p402-418　⇔*I3986*

H3348　馬淵正史　保昌正夫　「年譜」
1972.6.15　『スミヤキストQの冒険』(講談社(講談社文庫))　p419-423

H3349　佐々木基一　「一九七一年の文学概観」
1972.6.20　『昭和四十七年版 文芸年鑑』(新潮社)　p52-55　⇔*I4043*
＊「反悲劇」について

H3350　無記名　「読書　迷路の旅人　倉橋由美子著」
1972.6.29　『神奈川新聞』(神奈川新聞社)　p6

H3351　橋本真理　「観念の自家受粉　倉橋由美子論」
1972.7.1　『第三文明』(第三文明社)　137号　p114-126
＊後に単行本『螺旋と沈黙』・『現代作家論』(レグルス文庫)に収録

H3352　橋本真理　「倉橋由美子　略年譜」
1972.7.10　『現代作家論』(白川正芳編)(第三文明社(レグルス文庫))　p221-224

H3353　入沢康夫　「反覚醒状態に浮遊　倉橋由美子『迷路の旅人』」
1972.8.1　『群像』（講談社）　27巻8号　p254-256

H3354　後藤明生　「著者の素顔が窺える好エッセイ　『迷路の旅人』倉橋由美子著」
1972.8.25　『週刊言論』（潮出版社）　408号　p96-97

H3355　富岡多恵子　「倉橋さん（本誌八月号）への反論　いま必要なのはハグレ者を切りすてることではなく男をまきぞえにする女の生活の論理である」
1972.11.1　『婦人公論』（中央公論社）　57巻11号　p164-167
＊「出産と女であることの関係」への反論

1973年

H3356　斉藤金司　「倉橋由美子論――『暗い旅』を中心として――」
1973.1.4　『主潮』（清水文学会）　創刊号　p29-42　⇔*I3881*

H3357　瀬沼茂樹　「解説」
1973.3.23　『現代日本文学大系92』（筑摩書房）　p403-410　⇔*I3824*
＊「パルタイ」について

H3358　高野斗志美　「解説」
1973.5.25　『ヴァージニア』（新潮社（新潮文庫））　p177-185　⇔*I3945*

H3359　遠丸立　「倉橋由美子」
1973.6.5　『国文学解釈と鑑賞 6月臨時増刊号 戦後作家の履歴』（至文堂）　38巻9号　p97-99
＊「パルタイ」などについて

H3360　石附陽子　「倉橋由美子」
1973.8.30　『女流文芸研究』（馬渡憲三郎編）（南窓社）　p321-333

H3361　馬淵正史　保昌正夫　「年譜」
1973.9.15　『わたしのなかのかれへ（下）』（講談社（講談社文庫））　p295-299

H3362　佐伯彰一　「解説（中公文庫）」
1973.10.10　『夢の浮橋』（中央公論社（中公文庫））　p257-266

H3363　池田純溢　「倉橋由美子『パルタイ』」
1973.11.1　『国文学解釈と鑑賞』（至文堂）　38巻14号　p128-131　⇔*I3825*

H3364　遠丸立　「悪夢と「穴」――倉橋由美子論」
1973.12.1　『現代の眼』（現代評論社）　14巻12号　p320-332
＊後に単行本『死者よ語れ　戦争と文学』に収録

1974年

H3365　栗栖真人　「パルタイ　倉橋由美子」
1974.7.1　『解釈と鑑賞 現代小説事典』（至文堂）　39巻9号　p108-109　⇔*I3826*

H3366　川又千秋　「嘘を書くこと――現代幻想小説の逆算」
1974.8.1　『幻想と怪奇』（歳月社）　2巻4号　p83-88

H3367　磯田光一　「女における祭儀（解説　現代の女流文学　1）」
1974.9.20　『現代の女流文学 第一巻』（毎日新聞社）　p329-339

H3368　針生和子　「倉橋由美子」
1974.11.5　『国文学解釈と鑑賞』（至文堂）　39巻14号　p176-183
＊1975年3月20日に『作家の性意識』として単行本化され収録される。

H3369　畑下一男　「作家論からの臨床診断　倉橋由美子」
1974.11.5　『国文学解釈と鑑賞』（至文堂）　39巻14号　p184-185

H3370　森常治　「脱出（エクソドス）の技術　倉橋由美子をめぐって」
1974.11.10　『文芸四季』（エディトリアルプランニング 文芸四季発行所）　創刊号　p8-17
＊「どこにもない場所」「婚約」について

1975年

H3371　平野謙　「解説」
1975.1.25　『パルタイ』（文藝春秋（文春文庫））　p209-218　⇔*I3827*

H3372　馬淵正史　保昌正夫　「年譜」
1975.6.15　『迷路の旅人』（講談社（講談社文庫））　p361-365

H3373　遠丸立　「倉橋由美子」
1975.7.1　『解釈と鑑賞』（至文堂）　40巻8号　p156-157

H3374　饗庭孝男　「解説（新潮文庫）」
1975.7.25　『妖女のように』（新潮社（新潮文庫））　p270-274

H3375　百目鬼恭三郎　「倉橋由美子」
1975.10.20　『現代の作家101人』（新潮社）　p75-77

H3376　奥野健男　「作家の表象　倉橋由美子と記号」
1975.11.17　『産経新聞（東京）』（産業経済新聞東京本社）　p7

H3377　金井美恵子　「文学的風土と作品　倉橋由美子　贋造の美学」
1975.11.24　『日本読書新聞』（日本出版協会）　p1
＊「夢の浮橋」「蠍たち」について

H3378　小田切秀雄　「“第三の新人”・“高度成長”下の文学・現在へ」
1975.12.5　『現代文学史 下巻』（集英社）　p639-686

H3379　足立悦男　「倉橋由美子 ― 異風土の文学」
1975.12.20　『現代日本文学の旗手たち』（渓水社）　p10-16　⇔*I3828*, *I3882*
＊「パルタイ」「雑人撲滅週間」「暗い旅」などについて

1976年

H3380　鬼　「『倉橋由美子全作品Ⅰ』倉橋由美子著」
1976.1.1　『三田文学』（三田文学会）　63巻1号　p44

H3381　森常治　「〈乗り換えの便〉についての試論 ― 倉橋由美子 ― 」
1976.1.10　『文芸四季』（エディトリアルプランニング）　3巻4号　p4-28　⇔*I3987*
＊『スミヤキストQの冒険』『夢の浮橋』『長い夢路』について

H3382　高野斗志美　『倉橋由美子論』
1976.7.15　（株式会社サンリオ）
＊単行本。一部書き下ろし

H3383　羽鳥徹哉　「「夢の浮橋」倉橋由美子」
1976.7.20　『国文学』（学燈社）　21巻9号　p137-140

H3384　長谷川泉　「現代女流文学の様相」
1976.9.1　『解釈と鑑賞』（至文堂）　41巻11号　p6-14　⇔*I3829*
＊「インセストについて」「パルタイ」などについて

H3385　河野信子　「女流文学〈存在・認識・創造〉　女流文学における日常と反日常」
1976.9.1　『解釈と鑑賞』（至文堂）　41巻11号　p34-42
＊「貝のなか」について

H3386　山田有策　「女流文学その視線　男を描く女流文学の眼――近代より現代へ」
1976.9.1　『解釈と鑑賞』（至文堂）　41巻11号　p77-83　⇔*I3883*
＊「暗い旅」について

H3387　柘植光彦　「女流文学その視線　社会を描く女流文学の眼――母性神話をめぐって」
1976.9.1　『解釈と鑑賞』（至文堂）　41巻11号　p84-90
＊「母親は女神である」「子は親のものか」「毒薬としての文学」などについて

H3388　中山和子　「女流文学が描く女性意識の諸相」
1976.9.1　『解釈と鑑賞』（至文堂）　41巻11号　p107-118　⇔*I3830*
＊「わたしの『第三の性』」「パルタイ」について

H3389　江種満子　「描かれたヒロインたち　倉橋由美子「パルタイ」のわたし」
1976.9.1　『解釈と鑑賞』（至文堂）　41巻11号　p126-127　⇔*I3831*

H3390　篠沢秀夫　「倉橋由美子――単性生殖的強頭脳――」
1976.10.1　『面白半分』（面白半分）　10巻4号　p44-49　⇔*I3832*
＊「パルタイ」「貝のなか」「非人」などについて

1977年

H3391　大笹吉雄　「倉橋由美子「白い髪の童女」」
1977.2.1　『国文学解釈と鑑賞』（至文堂）　42巻2号　p146-147　⇔*I4044*

H3392　熊谷冨裕　「倉橋由美子年譜」
1977.2.15　『筑摩現代文学大系 82 曾野綾子 倉橋由美子集』（筑摩書房）　p489-495
＊1981年12月に再販

H3393　森川達也　「人と文学　倉橋由美子」
1977.2.15　『筑摩現代文学大系 82 曾野綾子 倉橋由美子集』（筑摩書房）　p507-516
＊1981年12月に再販

H3394　中井英夫　「解説（新潮文庫）」
1977.4.30　『夢のなかの街』（新潮社（新潮文庫））　p368-373

H3395　優　「迷宮――倉橋由美子著――作品群に一貫した独自性」
1977.5.26　『聖教新聞』（聖教新聞社）　p8

H3396　無記名　「題名に五ヶ月かけたという倉橋由美子さんの初翻訳」
1977.6.2　『週刊現代』（講談社）　19巻23号　p36
＊「ぼくを探しに」について

H3397　無記名　「高知文芸　一九七七年六月　現代文学のなかの土佐　故郷や血縁問う倉橋作品」
1977.6.3　『高知新聞』（高知新聞社）　p15
＊対談形式　「夢のなかの街」について

H3398　森川達也　「読書　多彩な才能　倉橋由美子著　迷宮」
1977.6.16　『神奈川新聞』（神奈川新聞社）　p8

H3399　瀬戸内寂聴　「嵯峨野日記　愉しい本」
1977.6.17　『週刊朝日』（朝日新聞社）　82巻25号　p76-77
＊「ぼくを探しに」について

H3400　鵜生美子　「人生探す絵本　無色の画面が無限の色を現す」
1977.7.16　『図書新聞』（図書新聞社）　p5
＊「ぼくを探しに」について

H3401　森川達也　「解説（新潮文庫）」
1977.8.30　『人間のない神』（新潮社）　p312-317

H3402　岩橋邦枝　「『迷宮』倉橋由美子　想像的な迷宮をさまよう楽しさ」
1977.9.3　『朝日ジャーナル』（朝日新聞社）　19巻39号　p66-67

H3403　奥野健男　「倉橋由美子と記号」
1977.9.5　『作家の表象 現代作家116』（時事通信社）　p91-93

H3404　進藤純孝　「『パルタイ』──倉橋由美子」
1977.9.15　『作品展望 昭和文学（下）』（時事通信社）　p219-221　⇔*I3833*

1978年

H3405　森川達也　「解説」
1978.1.30　『パルタイ』（新潮文庫）（新潮社（新潮文庫））　p203-208　⇔*I3834*

H3406　白川和美　「女性読者の書評　倉橋由美子著『パルタイ』　いずれもうす汚い左翼学生が登場」
1978.5.27　『図書新聞』（図書新聞社）　p7　⇔*I3835*
＊新潮文庫『パルタイ』について

H3407　荻原雄一　「分裂病仕掛けの自由──倉橋由美子、その作品の構図──」
1978.9.9　『バネ仕掛けの夢想』（味爽社）　p25-67　⇔*I3836, I3884, I3922, I3946, I3988, I4045*
＊「パルタイ」「暗い旅」「わたしの心はパパのもの」「聖少女」「どこにもない場所」「蠍たち」「亜依子たち」「解体」「スミヤキストQの冒険」「ヴァージニア」「反悲劇」「夢の浮橋」について

H3408　浅利文子　「倉橋由美子の作家的出発点」
1978.10.20　『国文談話会報』（静岡大学人文学部国文談話会）　24号　p9-16

H3409　石崎等　「倉橋由美子」
1978.11.25　『国文学』（学燈社）　23巻15号　p220-221

H3410　秋山駿　「文芸時評（下）　鷗外張りの皮肉が利く」
1978.12.23　『読売新聞』（夕刊）（読売新聞社）　p9
＊「人間の中の病気」について　後に単行本『生の磁場』に収録

H3411　奥野健男　「文芸時評」
1978.12.26　『産経新聞（東京）』（夕刊）（産業経済新聞東京本社）　p5
＊「人間の中の病気」について　後に『奥野健男文芸時評　1984-1992』に収録

1979年

H3412　無記名　「パルタイ論争」
1979.1.1　『流動』（流動出版）　11巻1号　p289　⇔*I3837*

H3413　小田切秀雄　「倉橋由美子　『パルタイ』の登場」
1979.1.16　『レグルス文庫109 昭和の作家たちⅡ』（第三文明社）　p333-336　⇔*I3838*

H3414　伊藤昭　「えこひいきコーナー　なぜ女流文学なのだ　我が国最大の小説家は女流作家なのに」
1979.陽春特集　『バラエティ』（角川書店）　3巻3号　p91
＊「悪い夏」について

H3415　無記名　「思ったことを率直に　倉橋由美子著　磁石のない旅」
1979.3.14　『神奈川新聞』（神奈川新聞社）　p7

H3416　無記名　「倉橋由美子著　磁石のない旅」
1979.3.19　『日本読書新聞』（日本出版協会）　p5

H3417　駒田信二　「倉橋由美子著　磁石のない旅　さわやかなエッセー集」
1979.3.26　『産経新聞（大阪）』（産業経済新聞大阪本社）　p6

H3418　無記名　「高知文芸　4月(上)『文体とは何か』への暗示　倉橋由美子安岡章太郎のエッセーから」
1979.4.5　『高知新聞』(高知新聞社)　p13
＊対談形式　「磁石のない旅」について

H3419　山名かずみ　「カフカに傾倒する女流の骨太いエッセイ集　磁石のない旅」
1979.5.1　『50冊の本』(玄海出版)　2巻5号　p24-25

H3420　十返千鶴子　「婦人公論読書室　倉橋由美子著　『磁石のない旅』」
1979.5.1　『婦人公論』(中央公論社)　64巻5号　p363-364

H3421　原田伸子　「テクスト相互関連性理論から見た倉橋由美子の『白い髪の童女』について」
1979.5.30　『京都産業大学論集』(京都産業大学)　8巻2号　p39-67　⇔*I4046*

H3422　白石省吾　「作家のエッセー集　“世代”の刻印くっきり　生地や人生の一片の実相も」
1979.8.13　『読売新聞』(読売新聞社)　p8
＊「磁石のない旅」について

H3423　発田和子　「倉橋由美子『霊魂』の幻想質――河野多恵子『わかれ』との対比」
1979.9.1　『国文学解釈と鑑賞』(至文堂)　44巻10号　p126-132

H3424　本田錦一郎　「読むほどに戦慄　空想のおもむくところ軽妙に駆ける」
1979.9.29　『図書新聞』(図書新聞社)　p6
＊「歩道の終るところ」について

H3425　森茉莉　「ドッキリチャンネル」
1979.11.15　『週刊新潮』(新潮社)　24巻46号　p98-99
＊「おんなの知的生活術」について

H3426　磯田光一　「解説」
1979.11.15　『新潮現代文学69 聖少女 夢の浮橋』(新潮社)　p395-401　⇔*I3839, I3923, I4047*
＊「雑人撲滅週間」「パルタイ」「夢の浮橋」「聖少女」「白い髪の童女」について　後に『昭和作家論集成』に収録

H3427　無記名　「年譜」
1979.11.15　『新潮現代文学69 聖少女 夢の浮橋』(新潮社)　p402-405

H3428　無記名　「『おんなの知的生活術』」
1979.12.1　『潮』(潮出版社)　247号　p267

1980年

H3429　秋山駿　「解説(現代短篇名作選)」
1980.1.15　『現代短篇名作選6』(講談社)　p414-423

H3430　池上富子　「「パルタイ」――視者の立場――」
1980.2.28　『国文目白』(日本女子大学国語国文学会)　19号　p93-99　⇔*I3840*

H3431　中野久夫　「倉橋由美子　カフカの悪夢とカミュの太陽」
1980.3.5　『現代作家の精神分析』(ナツメ社)　p159-180

H3432　首藤基澄　「倉橋由美子「パルタイ」のわたし」
1980.3.25　『国文学』(学燈社)　25巻4号臨時号　p180-181　⇔*I3841*

H3433　川又千秋　「空想から科学小説へ――倉橋由美子とSF」
1980.4.1　『ユリイカ』(青土社)　12巻4号　p121-125　⇔*I3842, I3885, I3924*
＊「パルタイ」「暗い旅」「聖少女」「どこにもない場所」などについて

H3434　菊田均　「倉橋由美子＊柴田翔　崩壊する党神話のなかの青春」
1980.6.1　『流動』（流動出版）　12巻6号　p146-152　⇔*I3843*
＊「パルタイ」について

H3435　今村忠純　「倉橋由美子「ヴァージニア」」
1980.6.20　『国文学』（学燈社）　25巻7号　p139-141　⇔*I3947*

H3436　佐伯彰一　「あとがき」
1980.8.25　『反悲劇』（新潮社（新潮文庫））　p296-302　⇔*I4048*

H3437　笠井潔　「文学装置Ⅱ　倉橋由美子の文体と「伝説」」
1980.8.25　『別冊 宝島』（JICC出版）　19号　p170-177

H3438　篠田一士　「文芸時評9月　完結した四つの小説から（上）　正統的な風俗描写の手本のような筆づかい」
1980.8.29　『毎日新聞』（夕刊）（毎日新聞社）　p5　⇔*I4055*
＊後に単行本『創造の現場から　文芸時評1979-1986』に収録　「城の中の城」について

H3439　桶谷秀昭　「文芸時評（下）　知的俗物たちの日常　倉橋由美子『城の中の城』・　総中流時代の文化人一家描く」
1980.8.30　『東京新聞』（夕刊）（中日新聞東京本社）　p3　⇔*I4054*

H3440　篠田一士　「文芸時評9月　完結した四つの小説から（下）　倉橋由美子「城の中の城」」
1980.8.30　『毎日新聞』（夕刊）（毎日新聞社）　p4　⇔*I4056*
＊後に単行本『創造の現場から　文芸時評1979-1986』に収録

H3441　馬場禮子　「『スミヤキストQの冒険』分析　倉橋由美子論」
1980.9.1　『理想』（理想社）　568号　p26-34　⇔*I3989*

H3442　池内紀　「文芸時評9月　独特の機関としての〈結婚〉　演出を手がけるなら、人形芝居に限る」
1980.9.15　『日本読書新聞』（日本出版協会）　p2

H3443　無記名　「ドグマの強要を風刺　城の中の城　倉橋由美子著」
1980.11.24　『読売新聞』（読売新聞社）　p9　⇔*I4057*

H3444　森川達也　「"予告"した実験小説　倉橋由美子著　城の中の城」
1980.12.1　『東京新聞』（夕刊）（中日新聞東京本社）　p6　⇔*I4058*

H3445　金子昌夫　「県下文化界この一年　1　小説・評論・　立原氏の死に衝撃　同人誌　新雑誌の台頭目立つ」
1980.12.16　『神奈川新聞』（神奈川新聞社）　p7　⇔*I4059*
＊「城の中の城」について　但し、名前を挙げているのみ。

H3446　無記名　「論理明快な棄教小説『城の中の城』　倉橋由美子の"凝った文学料理"の世界」
1980.12.16　『週刊プレイボーイ』（集英社）　51号　p160　⇔*I4060*

H3447　日高昭二　「状況への架橋として　有吉佐和子と倉橋由美子」
1980.12.20　『国文学』（学燈社）　25巻15号　p104-107

H3448　無記名　「読ませる知的風俗小説　倉橋由美子著　城の中の城」
1980.12.22　『朝日新聞』（朝日新聞社）　p12　⇔*I4061*

H3449　無記名　「痛烈な知識人批判　倉橋由美子「城の中の城」」
1980.12.24　『神奈川新聞』（神奈川新聞社）　p7　⇔*I4062*

H3450　池上富子　「倉橋由美子――自我分裂の救済」
1980.12.25　『目白近代文学』（日本女子大学大学院日本文学専攻課程井上ゼミ）

2号　p89-94　⇔*I3948*
＊「ヴァージニア」「長い夢路」について

1981年

H3451　守屋はじめ　「一頁批評　存在自体が諷刺的な小説　倉橋由美子著『城の中の城』」
1981.1.1　『50冊の本』（玄海出版）　4巻1号　p50　⇔*I4063*

H3452　奥野健男　「『城の中の城』倉橋由美子　タブーへの挑戦」
1981.1.1　『新潮』（新潮社）　78巻1号　p220　⇔*I4064*

H3453　中村真一郎　「本を読む　1月　正月に小説を愉しむ　女流作家たちの冒険」
1981.1.4　『毎日新聞』（夕刊）（毎日新聞社）　p5　⇔*I4065*
＊「城の中の城」について

H3454　諸田和治　「離婚か棄教か夫婦間の葛藤　倉橋由美子著　城の中の城」
1981.1.5　『週刊読書人』（読書人）　p9　⇔*I4066*

H3455　宮内豊　「『城の中の城』倉橋由美子　キリスト教という病がひき起こす市民生活への波紋」
1981.1.16　『朝日ジャーナル』（朝日新聞社）　23巻2号　p76-77　⇔*I4067*

H3456　無記名　「機略に富んだ『平凡』の一冊　『城の中の城』倉橋由美子著」
1981.1.23　『週刊ポスト』（小学館）　13巻4号　p85-87　⇔*I4068*

H3457　芹沢俊介　「『夢の浮橋』と180度転換　言葉に強い指示性を与える」
1981.1.24　『図書新聞』（図書新聞社）　p4　⇔*I4069*
＊「城の中の城」について

H3458　安西篤子　「今月の本だな」
1981.1.24　『日本経済新聞』（日本経済新聞社）　p26　⇔*I4070*
＊「城の中の城」について

H3459　発田和子　「倉橋由美子における女とは何か――『ヴァージニア』・知ることへの欲望――」
1981.2.1　『国文学解釈と鑑賞』（至文堂）　46巻2号　p168-170　⇔*I3949*

H3460　谷沢永一　「評論家の憤激を光背に活用」
1981.2.1　『すばる』（集英社）　3巻2号　p322-323　⇔*I4071*
＊「城の中の城」について　後に単行本『雉子も鳴かずば』に収録

H3461　平岡篤頼　「闘志と重なる閑雅の夢」
1981.2.1　『文學界』（文藝春秋）　35巻2号　p216-217　⇔*I4072*
＊「城の中の城」について

H3462　秋山駿　「とにかく、刺激的な」
1981.3.1　『ユリイカ』（青土社）　13巻3号　p56-61
＊後に単行本『作家と作品　私のデッサン集成』に収録

H3463　磯田光一　「詩的カスト制の運命」
1981.3.1　『ユリイカ』（青土社）　13巻3号　p62-65
＊後に単行本『近代の感情革命　作家論集』に収録

H3464　高橋英夫　「意識神話」
1981.3.1　『ユリイカ』（青土社）　13巻3号　p66-68

H3465　宇波彰　「記号の戯れあるいは喜劇の可能性」
1981.3.1　『ユリイカ』（青土社）　13巻3号　p69-77

H3466　森川達也　「〈美〉の遍歴者――倉橋さんへの手紙」
1981.3.1　『ユリイカ』（青土社）　13巻3号　p78-83

H3467　饗庭孝男　「否定と詐術の文学」
1981.3.1　『ユリイカ』（青土社）　13巻3号　p84-87

H3468　荒木亨　「ナルシスト清少納言」
1981.3.1　『ユリイカ』（青土社）　13巻3号　p88-99

H3469　高野斗志美　「多すぎる蜘蛛の脚――愚行を見わたす眼の問題」
1981.3.1　『ユリイカ』（青土社）　13巻3号　p100-107

H3470　山野浩一　「女性的前衛小説について」
1981.3.1　『ユリイカ』（青土社）　13巻3号　p108-112

H3471　松浦理英子　「「沈黙」に至る旅」
1981.3.1　『ユリイカ』（青土社）　13巻3号　p113-117

H3472　今泉文子　「Dへの手紙」
1981.3.1　『ユリイカ』（青土社）　13巻3号　p118-124

H3473　高橋和久　「放恣な禁欲　「倉橋由美子」を斜めに読む」
1981.3.1　『ユリイカ』（青土社）　13巻3号　p125-135

H3474　森川達也　「解説」
1981.9.25　『聖少女』（新潮社（新潮文庫））　p235-240　⇔*I3925*

1982年

H3475　天野哲夫　「現代文学・そのSF的前衛　倉橋由美子」
1982.8.20　『国文学』（学燈社）　27巻11号　p124-125
＊「人間のない神」について

H3476　無記名　「多義的な読み方」
1982.8.21　『図書新聞』（図書新聞社）　p6
＊「ビッグ・オーとの出会い」について

H3477　Yukiko Tanaka　「Introduction」
1982　『This Kind of Woman』（Stanford University Press）　pix-xxv

1983年

H3478　小鹿糸　「倉橋由美子論――反世界への降下――」
1983.11.25　『日本文學誌要』（法政大学国文学会）　29号　p62-74　⇔*I3844*
＊「パルタイ」「貝のなか」「悪い夏」「密告」などについて

H3479　ち　「ななめ読み　倉橋由美子の一突き」
1983.12.11　『サンデー毎日』（毎日新聞社）　62巻52号　p114

H3480　広　「コラムこらむ　自分の頭で考える」
1983.12.14　『不明』（出版者不明）　巻号不明　ページ不明
＊「元編集者の文章」について。倉橋スクラップブックで確認。詳細不明

1984年

H3481　無記名　「新刊から　屋根裏の明かり　シルヴァスタイン」
1984.2.3　『東京新聞』（中日新聞東京本社）　p6

H3482　無記名　「辛口な個性　子供たちのアナーキーでラディカルな世界描く」
1984.3.10　『図書新聞』（図書新聞社）　p5
＊「屋根裏の明かり」について

H3483　菅原整　「倉橋由美子論――「反世界」構築の方法――」
1984.3.25　『中央大学国文』（中央大学国文学会）　27号　p72-80

H3484　月村敏行　「原話に人間的執着　倉橋由美子著　大人のための残酷童話」
1984.5.22　『北海道新聞』（北海道新聞社）　p13

H3485　無記名　「大人のための残酷童話（倉橋由美子著）—エロスと毒のスパイスで—」
1984.5.24　『週刊新潮』（新潮社）　29巻21号　p24

H3486　無記名　「倉橋由美子著　大人のための残酷童話　悪意や欲望を抉り出す」
1984.6.1　『ほるぷ図書新聞』（株式会社ほるぷ）　p4

H3487　無記名　「新刊情報　BOOK REVIEW　大人のための残酷童話　倉橋由美子著」
1984.6.3　『週刊読売』（読売新聞社）　43巻24号　p98-99

H3488　月村敏行　「大人のための残酷童話　倉橋由美子著　原話の人間観に着目して」
1984.6.3　『西日本新聞』（西日本新聞社）　p10

H3489　向井敏　「名作の“裏”をのぞきこむ毒舌創作童話集　『大人のための残酷童話』倉橋由美子著」
1984.6.9　『週刊現代』（講談社）　26巻23号　p145

H3490　無記名　「新刊ショーケース　名作の作者もタジタジ」
1984.6.29　『週刊小説』（実業之日本社）　13巻13号　p162
＊「大人のための残酷童話」について

H3491　奥野健男　「文芸時評」
1984.6.30　『産経新聞（東京）』（夕刊）（産業経済新聞東京本社）　p9
＊「反核問答」について　後に『奥野健男文芸時評　1984-1992』に収録

H3492　増田みず子　「物語・進化の過程　倉橋由美子『大人のための残酷童話』」
1984.7.1　『新潮』（新潮社）　81巻7号　p250

H3493　福田淳　「シグネ読書録　現代の弱点をゆさぶる」
1984.8.1　『Signature』（シティカードジャパン）　24巻8号　p34-35
＊「大人のための残酷童話」について

H3494　向井敏　「解説」
1984.8.25　『城の中の城』（新潮社（新潮文庫））　p358-363　⇔*I4073*

H3495　クー・クヮイ・チェン　「デジタル読書術　たまに童話を読むのも悪くないけど、読むんだったらパロディがいい。」
1984.12.25　『Hot・Dog PRESS』（講談社）　6巻24号　p169
＊「大人のための残酷童話」について

1985年

H3496　野村芳夫　「SFA　CHECKLIST　新刊チェックリスト」
1985.3.1　『SFアドベンチャー』（徳間書店）　8巻3号　p163　⇔*I4091*
＊「シュンポシオン」について

H3497　向井敏　「ちょっといい本とっておきの本　論理の支配する世界　倉橋由美子『大人のための残酷童話』」
1985.3.10　『毎日新聞』（毎日新聞社）　p12

H3498　奥野健男　「知的女性の性と生—倉橋由美子の『暗い旅』と『城の中の城』」
1985.3.10　『歴史の斜面に立つ女たち』（毎日新聞社）　p157-166　⇔*I3886, I4074*

H3499　無記名　「新刊ガイド　倉橋由美子著「倉橋由美子の怪奇掌篇」」
1985.3.11　『山形新聞』（山形新聞社）　p7

H3500　無記名　「読書　倉橋由美子著『倉橋由美子の怪奇掌篇』」
1985.3.25　『神奈川新聞』（神奈川新聞社）　p7

H3501　関口苑生　「文春図書館　『倉橋由美子の怪奇掌篇』」
1985.3.28　『週刊文春』（文藝春秋）　27巻12号　p150

H3502　倉本四郎　「論理によって想像力を作動させる　倉橋由美子の怪奇掌篇」
1985.4.12　『週刊ポスト』（小学館）　17巻15号　p85-87

H3503　小笠原賢二　「すばる閲覧室　倉橋由美子の怪奇掌篇　倉橋由美子」
1985.5.1　『すばる』（集英社）　7巻5号　p295

H3504　奥野健男　「純文学の新潮流（4）新しい女流の時代」
1985.6.19　『東京新聞』（夕刊）（中日新聞東京本社）　p7

H3505　無記名　「最近、出版された7冊のおすすめ本　倉橋由美子の怪奇掌篇　倉橋由美子」
1985.6.25　『クロワッサン』（集英社）　9巻12号　p134

H3506　篠崎武士　「今月の新刊抄」
1985.7.1　『潮』（潮出版社）　315号　p394-397
＊「倉橋由美子の怪奇掌篇」について

H3507　仙波龍英　「夢の彼岸の、やはり倉橋文学。」
1985.7.1　『鳩よ!』（マガジンハウス）　3巻7号　p72
＊「大人のための残酷童話」「倉橋由美子の怪奇掌篇」について

H3508　利根川裕　「婦人公論ダイジェスト　倉橋由美子著『倉橋由美子の怪奇掌篇』」
1985.7.1　『婦人公論』（中央公論社）　70巻8号　p501-502

H3509　向井敏　「私の読んだ本　倉橋由美子の怪奇掌篇」
1985.7.1　『文藝春秋』（文藝春秋）　63巻7号　p388-390

H3510　麻生和子　「倉橋由美子」
1985.9.1　『国文学解釈と鑑賞』（至文堂）　50巻10号　p79-80

H3511　幻想文学会　「解題（霊魂）」
1985.9.20　『日本幻想文学大全 下 幻視のラビリンス』（青銅社）　p296-302

H3512　三枝和子　「文芸時評　10月号（上）」
1985.9.26　『高知新聞』（高知新聞社）　p13　⇔*I4092*
＊「シュンポシオン」について

H3513　奥野健男　「文芸時評　長編も短編も衰退兆候に　わさびのきく批判的饒舌と議論」
1985.9.27　『産経新聞（東京）』（夕刊）（産業経済新聞東京本社）　p3　⇔*I4093*
＊「シュンポシオン」について　『奥野健男文芸時評　1984-1992』に収録

H3514　篠田一士　「文芸時評　10月　下　苦心の仕掛けは認めるが　倉橋由美子氏の「シュンポシオン」」
1985.9.28　『毎日新聞』（夕刊）（毎日新聞社）　p5　⇔*I4094*
＊後に単行本『創造の現場から　文芸時評1979-1986』に収録

H3515　安藤秀國　「倉橋由美子におけるカフカ像」
1985.10.1　『カフカと現代日本文学』（同学社）　p171-195

H3516　中尾光延　「倉橋由美子とカフカ」
1985.10.1　『カフカと現代日本文学』（同学社）　p196-220

H3517　無記名　「シュンポシオン　倉橋由美子著　反世界色の終末論」
1985.12.9　『神奈川新聞』（神奈川新聞社）　p7　⇔*I4095*

H3518　無記名　「読書　倉橋由美子著　シュンポシオン　一夏の饗宴　細密な描写で」
1985.12.9　『読売新聞』（読売新聞社）　p9　⇔*I4096*

H3519　柘植光彦　「シュンポシオン　倉橋由美子著　“薬味”のきいた作品」
1985.12.20　『東京新聞』（中日新聞東京本社）　p6　⇔*I4097*

H3520　松本健一　「シュンポシオン　倉橋由美子著　「世界の終はり」楽しむ人々描く」
1985.12.22　『日本経済新聞』（日本経済新聞社）　p12　⇔*I4098*

1986年

H3521　無記名　「シュンポシオン　倉橋由美子著　遊びの高みから見る」
1986.1.13　『毎日新聞』（毎日新聞社）　p8　⇔*I4099*

H3522　武田友寿　「終末告げるレクイエム　倉橋由美子著　シュンポシオン」
1986.1.20　『産経新聞（東京）』（産業経済新聞東京本社）　p8　⇔*I4100*

H3523　別役実　「『シュンポシオン』倉橋由美子　現代の知性・美意識へのイロニー」
1986.2.7　『朝日ジャーナル』（朝日新聞社）　28巻5号　p69　⇔*I4101*

H3524　中村真一郎　「文化　本を読む　2月　文学は死なず（下）　シュンポシオン」
1986.2.15　『毎日新聞』（夕刊）（毎日新聞社）　p4　⇔*I4102*

H3525　野口武彦　「女流文学・その物語性と社会性をめぐって――倉橋由美子『パルタイ』――」
1986.5.20　『国文学』（学燈社）　31巻5号　p44-49　⇔*I3845*

H3526　向井敏　「新刊遊歩道　惰眠をさます小気味よい文章　倉橋由美子　最後から二番目の毒想」
1986.6.29　『毎日新聞』（毎日新聞社）　p13

H3527　磯田光一　「概観　文学　文学概観’85」
1986.6.30　『文芸年鑑 昭和六十一年版』（新潮社）　p46-49
＊「シュンポシオン」について

H3528　弘　「新刊ほんの立ち読み　倉橋由美子　最後から二番目の毒想」
1986.7.1　『文藝春秋』（文藝春秋）　64巻7号　p376-377

H3529　高野斗志美　「文学/芸術　倉橋由美子著　シュンポシオン　最後から二番目の毒想　虚構を映し出す死の鏡　暗喩としての大人のための残酷童話」
1986.8.11　『週刊読書人』（読書人）　p8　⇔*I4103*

H3530　篠田一士　「文芸時評8月上――主題の基本ぼける　倉橋由美子氏「アマノン国往還記」」
1986.8.26　『毎日新聞』（夕刊）（毎日新聞社）　p4　⇔*I4108*
＊後に単行本『創造の現場から　文芸時評1979-1986』に収録

H3531　菅野昭正　「文芸時評（上）　架空の“女権国”の体験記　倉橋由美子『アマノン国往還記』」
1986.8.29　『東京新聞』（夕刊）（中日新聞東京本社）　p3　⇔*I4109*

H3532　山本かずこ　「新人惨敗書評　最後から二番目の毒想」
1986.9.1　『鳩よ!』（マガジンハウス）　4巻9号　p60

H3533　古屋健三　「性を通してみた人間の生」
1986.9.8　『産経新聞（東京）』（産業経済新聞東京本社）　p7　⇔*I4110*
＊『アマノン国往還記』について

H3534 高橋英夫 「アマノン国往還記 倉橋由美子著」
1986.9.14 『日本経済新聞』(日本経済新聞社) p12 ⇔*I4111*

H3535 磯田光一 「風刺抑えた現代寓話 倉橋由美子著 アマノン国往還記」
1986.9.15 『朝日新聞』(朝日新聞社) p11 ⇔*I4112*

H3536 磯田光一 「文芸季評(上)フェミニズムの明暗 "女流文学"昇華の中に」
1986.9.16 『読売新聞』(夕刊)(読売新聞社) p9 ⇔*I4113*
＊『アマノン国往還記』について

H3537 磯田光一 「文芸季評(下)"偽史"としての小説 時代の神話を織り込む」
1986.9.17 『読売新聞』(夕刊)(読売新聞社) p13 ⇔*I4114*
＊『アマノン国往還記』について

H3538 川村二郎 「『アマノン国往還記』倉橋由美子 着想は挑発的で刺激的なのだが…」
1986.9.26 『朝日ジャーナル』(朝日新聞社) 28巻39号 p78 ⇔*I4115*

H3539 山田和子 「"性"と"女権"を主題に 倉橋由美子著 アマノン国往還記」
1986.10.13 『週刊読書人』(読書人) p5 ⇔*I4116*

H3540 菊田均 「倉橋由美子著 アマノン国往還記 日本論としてのリアリティ「これは国家ではない」と語る視点に特徴」
1986.10.25 『図書新聞』(図書新聞社) p4 ⇔*I4117*

H3541 山縣熙 「文芸時評(上)説明の言葉と表現の言葉 面白い現代文明風刺 倉橋「アマノン国往還記」」
1986.10.28 『読売新聞(大阪)』(夕刊)(読売新聞大阪本社) p9 ⇔*I4118*

H3542 絓秀実 「フェミニズムと禁忌」
1986.11.1 『海燕』(福武書店) 5巻11号 p180-185 ⇔*I4119*
＊『アマノン国往還記』について

H3543 松下千里 「模型国家ゲーム—倉橋由美子『アマノン国往還記』—」
1986.11.1 『群像』(講談社) 41巻11号 p296-297 ⇔*I4120*
＊後に『生成する「非在」』に収録

H3544 佐藤洋二郎 「ブック 倉橋由美子著『アマノン国往還記』 飽食の現代辛辣に描く 文化論にも通じる未来小説 思想も宗教も根づかない土壌に佇ち」
1986.11.5 『仏教タイムス』(仏教タイムス社) p4 ⇔*I4121*

H3545 小川和佑 「物語世界に見る純文学・中間小説 女流の夢と性 倉橋由美子『アマノン国往還記』」
1986.11.9 『サンデー毎日』(毎日新聞社) 65巻46号 p123 ⇔*I4122*

H3546 中村博保 「『スミヤキストQの冒険』倉橋由美子 波瀾万丈の哲学的メルヘン」
1986.11.20 『現代小説を狩る』(赤祖父哲二・中村博保・森常治編)(中教出版) p373-391 ⇔*I3990*

H3547 利根川裕 「婦人公論ダイジェスト 倉橋由美子著『アマノン国往還記』」
1986.12.1 『婦人公論』(中央公論社) 71巻15号 p480 ⇔*I4123*

1987年

H3548 竹田青嗣 「概観 文学 文学概観'86」
1987.6.30 『文芸年鑑 昭和六十二年版』(新潮社) p46-49
＊『アマノン国往還記』について

H3549 秋山駿 「文芸時評 7月(下) 21世紀、生首と対話 倉橋由美子氏「ポポイ」」
1987.7.25 『毎日新聞』(夕刊)(毎日新聞東京本社) p4 ⇔*I4076*

H3550　奥野健男　「文芸時評　三島由紀夫の核心を遊びながらつく」
1987.7.31　『産経新聞(東京)』(夕刊)(産業経済新聞東京本社)　p3　⇔*I4077*
＊「ポポイ」について　後に『奥野健男文芸時評　1984-1992』に収録

H3551　菅野昭正　「文芸時評(下)　脳死問題を“軽やか”に諷刺　倉橋由美子『ポポイ』」
1987.7.31　『東京新聞』(夕刊)(中日新聞東京本社)　p3　⇔*I4078*
＊後に『変容する文学のなかで　文芸時評』に収録

H3552　島弘之　「文芸」
1987.8.10　『週刊読書人』(読書人)　p2　⇔*I4079*
＊「ポポイ」について

H3553　後藤明生　秋山駿　松本健一　「創作合評」
1987.9.1　『群像』(講談社)　42巻9号　p302-324　⇔*I4080*
＊「ポポイ」について

H3554　無記名　「ポポイ　倉橋由美子著」
1987.10.12　『毎日新聞』(毎日新聞社)　p10　⇔*I4081*

H3555　高橋英夫　「文芸季評(中)　奇想・天外と妄想の間――先端科学技術を取り込んだ三作品」
1987.10.13　『読売新聞』(夕刊)(読売新聞社)　p11　⇔*I4082*
＊「ポポイ」について

H3556　無記名　「ポポイ　倉橋由美子著」
1987.10.19　『朝日新聞』(朝日新聞社)　p13　⇔*I4083*

H3557　三浦雅士　「ポポイ　現代の風俗を再構成」
1987.10.19　『朝日新聞』(朝日新聞社)　p13　⇔*I4084*

H3558　白石省吾　「覚醒した情熱が生み出した果実　倉橋由美子著　ポポイ」
1987.10.19　『週刊読書人』(読書人)　p7　⇔*I4085*

H3559　伊井直行　「語り手の器量」
1987.11.1　『新潮』(新潮社)　84巻11号　p315　⇔*I4086*
＊「ポポイ」について

H3560　菅野昭正　「今日と明日のあいだ　書評　倉橋由美子『ポポイ』」
1987.12.1　『文學界』(文藝春秋)　41巻12号　p326-237　⇔*I4087*

1988年

H3561　森岡正博　「倉橋由美子『ポポイ』首人間との非言語コミュニケーションを描く」
1988.1.1　『中央公論』(中央公論社)　103年1号　p400-401　⇔*I4088*

H3562　川村湊　「『スミヤキストQの冒険』再読のためのノート」
1988.2.10　『スミヤキストQの冒険』(講談社(講談社文芸文庫))　p456-463　⇔*I3991*

H3563　保昌正夫　「作家案内」
1988.2.10　『スミヤキストQの冒険』(講談社(講談社文芸文庫))　p464-473

H3564　講談社編集部　「著書目録――倉橋由美子」
1988.2.10　『スミヤキストQの冒険』(講談社(講談社文芸文庫))　p474-476

H3565　中村真一郎　「本を読む(2月)　現代日本における小説の前衛(下)――倉橋由美子と大江健三郎」
1988.2.13　『毎日新聞』(夕刊)(毎日新聞社)　p4

H3566　島田雅彦　「解説――童話を生きること（新潮文庫）」
1988.3.25　『大人のための残酷童話』（新潮文庫）（新潮社）　p233-239

H3567　北杜夫　「解説（新潮文庫）」
1988.3.25　『倉橋由美子の怪奇掌篇』（新潮文庫）（新潮社）　p209-214

H3568　竹田青嗣　「概観　文学　文学概観'87」
1988.6.30　『文芸年鑑 昭和六十三年版』（新潮社）　p46-50
＊「ポポイ」について

H3569　川村湊　「文芸時評」
1988.7.20　（共同通信）
＊「ポポイ」について

H3570　尾形明子　「倉橋由美子「聖少女」の未紀」
1988.10.20　『現代文学の女たち』（ドメス出版）　p101-103　⇔*I3926*

H3571　齋藤愼爾　「書林渉猟（16）　倉橋由美子　豊かな想像力の泉」
1988.11.20　『静岡新聞』（静岡新聞社）　p8
＊「わたしのなかのかれへ」について

H3572　増田正造　「近代文学と能31　倉橋由美子『白い髪の童女』と大原富枝『鬼女誕生』」
1988.12.1　『観世』（桧書店）　55巻12号　p68-73　⇔*I4049*
＊後に単行本『能と近代文学』に収録

H3573　三浦雅士　「解説　倉橋由美子の逆説」
1988.12.5　『シュンポシオン』（新潮社（新潮文庫））　p457-462　⇔*I4104*

1989年

H3574　千石英世　「倉橋由美子はためになる」
1989.2.10　『別冊宝島88 現代文学で遊ぶ本』（JICC出版）　p78-79

H3575　保昌正夫　「倉橋由美子年譜補充」
1989.3.10　『相模国文』（相模女子大学国文研究会）　16号　p94-95

H3576　白石省吾　「文芸'89　3月（上）若い流れと旧世代の目　倉橋由美子氏「交歓」　豊かな言葉の別天地」
1989.3.23　『読売新聞』（夕刊）（読売新聞社）　p13
＊後に単行本『文芸その時々』に収録

H3577　菅野昭正　「文芸時評（上）　諷刺‥‥現代日本にない世界　倉橋由美子『交歓』」
1989.3.27　『東京新聞』（夕刊）（中日新聞東京本社）　p7
＊後に『変容する文学のなかで　文芸時評』に収録

H3578　川村二郎　「文芸時評（下）　「生」に密着した精気　通念上の対立を超えて　倉橋由美子氏「交歓」」
1989.3.28　『朝日新聞』（夕刊）（朝日新聞社）　p9

H3579　奥野健男　「時評　文芸誌　他者との"関係"による自己確立」
1989.3.30　『産経新聞（東京）』（夕刊）（産業経済新聞東京本社）　p6
＊「交歓」について　後に『奥野健男文芸時評　下巻　1984-1992』に収録

H3580　与那覇恵子　「女流作家の戦中から戦後へ――身体性の獲得――」
1989.5.1　『国語と国文学』（東京大学国語国文学会）　66巻5号　p127-137

H3581　吉川豊子　「観念としての女/情念としての女――倉橋由美子・瀬戸内晴

美――」
1989.5.15　『講座昭和文学史 第五巻 解体と変容〈日本文学の現状〉』（有精堂出版）　p107-116

H3582　富岡幸一郎　「廃星に響く“交歓”の旋律」
1989.7.1　『波』（新潮社）　23巻7号　p26-27

H3583　与那覇恵子　「フェミニズム批評〈実例〉倉橋由美子『アマノン国往還記』」
1989.7.20　『国文学』（学燈社）　34巻8号　p115-121　⇔*I4124*

H3584　無記名　「交歓　倉橋由美子著」
1989.8.21　『毎日新聞』（毎日新聞社）　p10

H3585　三浦雅士　「快活なニヒリストたち　『交歓』倉橋由美子」
1989.9.1　『新潮』（新潮社）　86巻9号　p286-289

H3586　無記名　「交歓　倉橋由美子著」
1989.9.4　『読売新聞』（読売新聞社）　p10

H3587　小川和佑　「仮睡のように快い陶酔　倉橋由美子著　交歓」
1989.9.18　『週刊読書人』（読書人）　p5

H3588　奥野健男　「時評　文芸誌　男性作家が面目躍如　ベテラン女流も健在を示す」
1989.9.28　『産経新聞（東京）』（夕刊）（産業経済新聞東京本社）　p10
＊「漂流記」について　後に『奥野健男文芸時評　下巻　1984-1992』に収録

H3589　植田康夫　「濃厚な歓びと知的会話の世界　『交歓』倉橋由美子著」
1989.10.1　『現代』（講談社）　23巻10号　p253

H3590　豊　「ブックファイル　交歓　倉橋由美子」
1989.10.1　『すばる』（集英社）　11巻10号　p348

H3591　清水邦行　「婦人公論ダイジェスト　倉橋由美子著『交歓』」
1989.10.1　『婦人公論』（中央公論社）　74巻10号　p424

H3592　菅野昭正　「交歓の夢　小説の夢　書評　倉橋由美子著『交歓』」
1989.10.1　『文學界』（文藝春秋）　43巻10号　p300-301

H3593　松本徹　「「上流」の人々が交わす知的会話の楽しみ　「交歓」倉橋由美子著」
1989.10.8　『日本経済新聞』（日本経済新聞社）　p24

H3594　関口苑生　「作品解説」
1989.10.20　『恐怖コレクション3 夢』（新芸術社）　p249-254

H3595　井坂洋子　「書評　倉橋由美子『交歓』」
1989.11.1　『文藝』（河出書房新社）　28巻4号　p348-349

H3596　別役実　「反・ガリバー旅行記」
1989.12.20　『新潮』（新潮社）　83巻11号　p210-211　⇔*I4125*
＊後に新潮文庫版『アマノン国往還記』の解説として収録

1990年

H3597　渡部直己　「倉橋由美子『交歓』反復と転調」
1990.1.1　『早稲田文学』（早稲田文学会）　164号　p84-88

H3598　堂山夏人　「書割の饗宴」
1990.1.1　『早稲田文学』（早稲田文学会）　164号　p89-93

H3599　谷川雁　「極楽ですか　倉橋由美子様」
1990.5.1　『すばる』（集英社）　12巻5号　p264-269

H3600　谷口絹枝　「倉橋由美子「パルタイ」論──「わたし」の存在感覚からのアプローチ」
1990.8.1　『方位』(熊本近代文学研究会)　13号　p141-152　⇔*I3846*

1991年

H3601　斎明寺以玖子　「解説」
1991.4.25　『ポポイ』(新潮社(新潮文庫))　p131-138　⇔*I4089*

H3602　榊敦子　「倉橋由美子「交換」を読む──志怪「翻案」の方法を中心に──」
1991.6　『竹田晃先生退官記念 東アジア文化論叢』(竹田晃先生退官記念学術論文集編集委員会)　p487-498

H3603　無記名　「倉橋由美子著　幻想絵画館　画と物語がエロスを紡ぐ」
1991.10.21　『読売新聞』(読売新聞社)　p11

H3604　黒井千次　「常時開館中　『幻想絵画館』倉橋由美子」
1991.11.1　『新潮』(新潮)　88巻11号　p308

H3605　三浦雅士　「週刊図書館　倉橋由美子『幻想絵画館』　天才少年慧君を中心に　絵のイメージにしっかり生きた短篇」
1991.11.8　『週刊朝日』(朝日新聞社)　96巻46号　p122-123

H3606　栗坪良樹　「深いたくらみと悪意　倉橋由美子著　幻想絵画館」
1991.11.25　『週刊読書人』(読書人)　p5

1992年

H3607　Wolfgang E. Schlecht　「Das Literarische Werk Kurahashi Yumikos: Mit einigen Bemerkungen Einfluss Kafkas auf ihr Shaffen」
1992.3.15　『人文社会科学研究』(早稲田大学理工学部一般教育人文社会科学研究会)　32号　p89-98

H3608　綿田由紀子　「倉橋由美子の文体──小説集「パルタイ」研究──」
1992.3.31　『文教大学国文』(文教大学国語研究室 文教大学国文学会)　20号　p49-65　⇔*I3847*

1993年

H3609　小島千加子　「解説(新潮文庫)」
1993.5.25　『交歓』(新潮文庫)(新潮社)　p321-327

H3610　小西聖子　「小西聖子ベストセラーの心理学　大人のための残酷童話」
1993.6.1　『月刊Asahi』(朝日新聞社)　5巻4号　p210

H3611　柴俊夫　「My Favorite(私のお気に入り)63　子どもの成長を分かち合える本──「ぼくを探しに」」
1993.8.1　『週刊読売』(読売新聞社)　52巻36号　p167

H3612　石村博子　「私たちは残酷なことが好きだ　『大人のための残酷童話』」
1993.8.15　『サンデー毎日』(毎日新聞社)　72巻36号　p144

H3613　古屋美登里　「解説(講談社文庫)」
1993.11.15　『夢の通い路』(講談社)　p249-256

H3614　今井素子　「作品鑑賞(パルタイ)」
1993.11.30　『短編女性文学 現代』(おうふう)　p26　⇔*I3848*

H3615　渡辺澄子　「現代女性文学」
1993.11.30　『短編女性文学 現代』(おうふう)　p215-231

H3616　片岡文雄編　「作家紹介」
1993.12.15　『ふるさと文学館 第四五巻 高知』(片岡文雄編)(ぎょうせい)　p606-622

H3617　片岡文雄　「作品解説」
1993.12.15　『ふるさと文学館 第四五巻 高知』(片岡文雄編)(ぎょうせい)　p625-635
＊「夢のなかの街」について

H3618　高橋正　「文学者群像」
1993.12.15　『ふるさと文学館 第四五巻 高知』(片岡文雄編)(ぎょうせい)　p642-654

1994年

H3619　山下若菜　「「パルタイ」論──「わたし」をめぐって──」
1994.1.31　『日本文学研究』(大東文化大学日本文学会)　33号　p98-107　⇔*I3849*

H3620　吉井美弥子　「倉橋由美子と源氏物語──方法としての〈引用〉」
1994.3.15　『桐朋学園大学短期大学部紀要』(桐朋学園大学短期大学部)　12号　p15-24
＊『倉橋由美子の怪奇掌篇』について

H3621　塚谷裕一　「ものがたり植物図鑑 9　酔芙蓉　倉橋由美子『シュンポシオン』白から徐々に赤みを帯びる酔芙蓉は佳人ほろ酔いの情緒」
1994.7.16　『鳩よ!』(マガジンハウス)　12巻8号　p100-101　⇔*I4105*

H3622　澁澤龍彦　「倉橋由美子全作品」
1994.8.12　『澁澤龍彦全集第15巻』(河出書房新社)　p372-373
＊一九七五年十月二十日、新潮社から刊行された同書の内容見本に発表。標題は「観念の卵、抽象の芽」。

H3623　榊敦子　「「わたし」と「かれ」のあいだ──倉橋由美子にみる「他者」概念との戯れ」
1994.11.18　『日本文学における〈他者〉』(新曜社)　p342-363

H3624　上村くにこ　「ミセスの書棚に(12)」
1994.12.7　『ミセス』(文化出版局)　478号　p149
＊「大人のための残酷童話」について

1995年

H3625　福島　「同級生交歓」
1995.2.1　『文藝春秋』(文藝春秋)　73巻2号　グラビア

H3626　井坂洋子　「移りやすい心持つ人間への逆襲　『ラブレター　返事のこない60通の手紙』」
1995.7.2　『サンデー毎日』(毎日新聞社)　74巻32号　p113

H3627　塚谷裕一　「ものがたり植物図鑑 21　トリカブト　植物の趣味も衒学的な倉橋由美子『白い髪の童女』の世界」
1995.7.17　『鳩よ!』(マガジンハウス)　13巻8号　p102-103　⇔*I4050*

1996年

H3628　小池民男　「夢幻の宴　倉橋由美子著」
1996.3.10　『朝日新聞』(朝日新聞社)　p15

H3629　井坂洋子　「「冥界」と消滅との間　倉橋由美子『夢幻の宴』」
1996.4.1　『群像』（講談社）　51巻4号　p350-351

H3630　山野博史　「お久しぶりですね・倉橋さん　倉橋由美子『夢幻の宴』」
1996.4.7　『サンデー毎日』（毎日新聞社）　75巻36号　p96

H3631　荒川洋治　「週刊図書館　『夢幻の宴』倉橋由美子　反世間的で静かな妻を放つ独自な感性のエッセイ集」
1996.4.12　『週刊朝日』（朝日新聞社）　101巻17号　p109

H3632　向井敏　「夢幻の宴　倉橋由美子著」
1996.4.29　『毎日新聞』（毎日新聞社）　p7

H3633　高畠寛　「観念性と批評性――倉橋由美子と富岡多恵子」
1996.7.15　『樹林』（大阪文学学校）　378号　p1-16　⇔*I3850, I3927, I4126*
＊「パルタイ」「聖少女」「夢の浮橋」「アマノン国往還記」について

H3634　明石福子　「女性文学にとっての「戦後」」
1996.7.20　『女と男の時空――日本女性史再考VI 溶解する男と女 21世紀への時代へ向けて――現代』（藤原書店）　p306-353

1997年

H3635　小倉斉　「倉橋由美子論――《妖女》から《老人》へ」
1997.2.20　『淑徳国文』（愛知淑徳短期大学文芸学部）　38号　p1-19
＊「パルタイ」「妖女のように」「聖少女」などについて

H3636　吉田加奈　「倉橋由美子論」
1997.3.25　『白門国文』（中央大学国文学会）　14号　p47-65
＊「ポポイ」「大人のための残酷童話」などについて

H3637　清水良典　「解説　墜落した神々の末裔」
1997.6.10　『反悲劇』（講談社（講談社文芸文庫））　p345-359　⇔*I4051*

H3638　保昌正夫　「年譜――倉橋由美子」
1997.6.10　『反悲劇』（講談社（講談社文芸文庫））　p361-369

H3639　無記名　「著書目録――倉橋由美子」
1997.6.10　『反悲劇』（講談社（講談社文芸文庫））　p370-372

H3640　小林裕子　「参考文献」
1997.6.10　『反悲劇』（講談社（講談社文芸文庫））　p373-376

H3641　野崎六助　「グレードの高いアンソロジー　オットー・ペンズラー編　倉橋由美子他訳『愛の殺人』」
1997.7.13　『サンデー毎日』（毎日新聞社）　76巻30号　p82

H3642　加山郁生　「倉橋由美子『夢の浮橋』――swappingの貴種恋愛譚!――」
1997.7.25　『性と愛の日本文学』（河出書房新社）　p204-206

H3643　榊敦子　「倉橋由美子のフィクションにおける母娘関係をめぐって」
1997.9.19　『日本の母 崩壊と再生』（新曜社）　p323-368

1998年

H3644　フェイ・クリーマン　「【作家ガイド】倉橋由美子」
1998.1.25　『女性作家シリーズ14 竹西寛子 倉橋由美子 高橋たか子』（角川書店）　p452-454

H3645　与那覇恵子　「倉橋由美子　略年譜」
1998.1.25　『女性作家シリーズ14 竹西寛子 倉橋由美子 高橋たか子』（角川書店）　p455-457

H3646　無記名　「行方不明の好奇心」
1998.3.6　『ダ・ヴィンチ』（メディアファクトリー）　5巻3号　ページ不明
＊未見

H3647　石田健夫　「続覚書戦後の文学12 倉橋由美子　パロディー「スミヤキストQの冒険」」
1998.12.7　『東京新聞』（夕刊）（中日新聞東京本社）　p5　⇔*I3992*

1999年

H3648　結城信孝　「編者解説（誘惑）」
1999.1.15　『女流ミステリー傑作選 誘惑』（徳間書店）　p593-602

H3649　東雅夫　「解説　ヴァンパイア・ジャパネスクの系譜」
1999.4.15　『屍鬼の血族』（桜桃書房）　p483-500

H3650　島内景二　「改題」
1999.5.25　『批評集成・源氏物語 第三巻 近代の批評』（ゆまに書房）　p537-568

H3651　清水良典　「解説　「反文学」という常識の毒」
1999.7.10　『毒薬としての文学 倉橋由美子エッセイ選』（講談社（講談社文芸文庫））　p273-282

H3652　保昌正夫　「年譜―倉橋由美子」
1999.7.10　『毒薬としての文学 倉橋由美子エッセイ選』（講談社文芸文庫）（講談社（講談社文芸文庫））　p283-292

H3653　保昌正夫　「著書目録―倉橋由美子」
1999.7.10　『毒薬としての文学 倉橋由美子エッセイ選』（講談社文芸文庫）（講談社（講談社文芸文庫））　p293-295

H3654　中山和子　「批評の荒野　1960―「パルタイ」から「囚人」まで―」
1999.9.1　『昭和文学研究』（昭和文学会）　39集　p53-65　⇔*I3851*
＊後に「中山和子コレクションⅢ　平野謙と「戦後」批評」に収録

H3655　荒川洋治　「「嫌いでない」もの夢幻の宴」
1999.9.10　『読書の階段』（毎日新聞社）　p157-159

H3656　高原恵理　「自己愛の構築　倉橋由美子『聖少女』一九六五」
1999.10.25　『少女領域』（国書刊行会）　p185-227　⇔*I3928*

H3657　東雅夫　「収録作品解説（怪猫鬼談）」
1999.11.8　『怪猫鬼談』（人類文化社）　p411-428
＊「黒猫の家」について

2000年

H3658　小田島本有　「倉橋由美子『パルタイ』―冷めた眼の見た世界―」
2000.10.20　『小説の中の語り手「私」』（近代文芸社）　p160-172　⇔*I3852*

H3659　菅聡子　「倉橋由美子」
2000.10.20　『女性文学を学ぶ人のために』（世界思想社）　p161-166

2001年

H3660　乙部真実　「星になる男たち　倉橋由美子『スミヤキストQの冒険』論」
2001.3.31　『島大国文』（島大国文会）　29号　p29-40　⇔*I3993*

H3661　原幸雄　「ビュトールの『心変り』と倉橋由美子の『暗い旅』」
2001.6.15　『塔の沢倶楽部』（箱根塔の沢福住楼）　創刊号　p14-19　⇔*I3887*
＊後に「倉橋由美子『暗い旅』から」と改題し、単行本『比較する目』に収録

H3662　菅聡子　「〈女流〉作家・Lの微笑──倉橋由美子初期作品をめぐって」
2001.8.31　『淵叢』（淵叢の会）　10号　p103-124
＊「暗い旅」「私の「第三の性」」「ヴァージニア」「どこにもない場所」について

H3663　向井敏　「嘘を書くことが小説の王道　あたりまえのこと　倉橋由美子著」
2001.10.28　『毎日新聞』（毎日新聞社）　p11
＊後に単行本『背たけにあわせて本を読む』に収録

H3664　無記名　「新刊　倉橋由美子著　あたりまえのこと」
2001.11.2　『週刊読書人』（読書人）　p6

H3665　松山巌　「よこぞここまで!現代文学批評　あたりまえのこと　倉橋由美子著」
2001.11.4　『朝日新聞』（朝日新聞社）　p12

H3666　由　「単眼複眼　倉橋由美子の『あたりまえのこと』　毒が効かない時代の小説論」
2001.12.26　『朝日新聞』（夕刊）（朝日新聞社）　p11

2002年

H3667　古屋美登里　「「あたりまえのこと」倉橋由美子　「第一級の小説」とは何か?」
2002.1.1　『文學界』（文藝春秋）　56巻1号　p343-345

H3668　増田みず子　「小説を楽しく読む方法　『あたりまえのこと』──倉橋由美子」
2002.2.1　『新潮』（新潮社）　99巻2号　p260-261

H3669　井口時男　「解説　文学は政治のすぐ隣にある」
2002.2.10　『戦後短篇小説再発見9 政治と革命』（講談社（講談社文芸文庫））　p270-283
＊「死んだ眼」について

H3670　豊崎由美　「書評はだれのものか②」
2002.2.13　『カエルブンゲイ』（出版元不明）　ページ不明
＊『あたりまえのこと』について。『カエルブンゲイ』はフリーペーパー。後に単行本『どれだけ読めば、気がすむの?』に収録

H3671　川村湊　「老いと死の影漂う妖美の世界　よもつひらさか往還　倉橋由美子」
2002.4.28　『日本経済新聞』（日本経済新聞社）　p22

H3672　青柳いづみこ　「不思議に明るい異境に遊ぶ　よもつひらさか往還　倉橋由美子」
2002.5.5　『朝日新聞』（朝日新聞社）　p11

H3673　辻原登　「久しぶりに開く倉橋ワールド　よもつひらさか往還　倉橋由美子著」
2002.5.12　『毎日新聞』（毎日新聞社）　p9

H3674　清水良典　「週刊図書館　『よもつひらさか往還』倉橋由美子　詩句が生々しい肉体を持って自在に現れる「魔酒」が誘う佳人との歓楽世界の果て」
2002.5.17　『週刊朝日』（朝日新聞社）　107巻21号　p105-107

H3675 井坂洋子 「霊界説話集 倉橋由美子「よもつひらさか往還」」
2002.6.1 『群像』(講談社) 57巻7号 p452-453

H3676 清水良典 「読書日録」
2002.6.1 『すばる』(集英社) 24巻6号 p418-419
＊「よもつひらさか往還」について

H3677 豊崎由美 「書評はだれのものか③」
2002.6.14 『カエルブンゲイ』(出版元不明) ページ不明
＊『あたりまえのこと』について。『カエルブンゲイ』はフリーペーパー。後に単行本『どれだけ読めば、気がすむの?』に収録

H3678 無記名 「書評 ページの向こう 不可思議と異界とのあわい 「よもつひらさか往還」倉橋由美子さん」
2002.6.25 『千葉日報』(千葉日報社) p8

H3679 清水良典 「解説 文体(スタイル)設計者の空中楼閣」
2002.11.10 『パルタイ 紅葉狩り 倉橋由美子短篇小説集』(講談社(講談社文芸文庫)) p235-247 ⇔*I3853*

H3680 温水ゆかり 「よせてはかえす恋の波」
2002.12.1 『本の話』(文藝春秋) 8巻12号 p62-65 ⇔*I3888*
＊「暗い旅」について

H3681 朴銀姫 「倉橋由美子と揚沫の小説比較研究――『パルタイ』の「わたし」と『青春の歌』の林道静を巡って」
2002.12.25 『待兼山論叢(文学篇)』(大阪大学大学院文学研究科) 36号 p53-69 ⇔*I3854*

2003年

H3682 増田正造 「『能と近代文学』II 倉橋由美子・夢幻能の現代化と残酷童話」
2003.1.1 『観世』(檜書店) 70巻1号 p50-53
＊「夢の通い路」「大人のための残酷童話」について

H3683 保前信英 「文庫主義131 倉橋由美子短篇小説集 パルタイ・紅葉狩り カフカの影響と独自性と」
2003.1.17 『週刊朝日』(朝日新聞社) 108巻2号 p127 ⇔*I3855*

H3684 斎藤慎爾 「解説 短歌とミステリーの婚姻」
2003.4.20 『短歌殺人事件 31音律のラビリンス』(光文社(光文社文庫)) p442-464
＊「月の都」について

H3685 鈴木直子 「パルタイ 倉橋由美子」
2003.6.5 『日本の小説101』(安藤宏編)(新書館) p154-155 ⇔*I3856*

H3686 井口時男 「解説 日本の罪と罰」
2003.6.10 『戦後短篇小説再発見11 事件の深層』(講談社(講談社文芸文庫)) p224-234
＊「夏の終り」について

H3687 川崎賢子 「倉橋由美子『ヴァージニア』」
2003.6.25 『読む女書く女』(白水社) p32-33 ⇔*I3950*

H3688 もり・みまき 「言葉の呪力――倉橋由美子における〈安定の分泌〉」
2003.10.15 『SPOONFUL』(文芸社) p112-114

H3689　無記名　「老人のための残酷童話　倉橋由美子著」
2003.10.26　『産経新聞(東京)』(産業経済新聞東京本社)　p10

H3690　豊崎由美　「巧みな騙り　不穏な気配　老人のための残酷童話　倉橋由美子著」
2003.11.2　『北海道新聞』(北海道新聞社)　p14
＊後に単行本『そんなに読んで、どうするの』に収録

H3691　中沢けい　「老人のための残酷童話」
2003.11.9　『日本経済新聞』(日本経済新聞社)　p24

H3692　寺田操　「異界を描く10篇の童話　現実の投影されたリアルの世界　倉橋由美子著　老人のための残酷童話」
2003.11.14　『週刊読書人』(読書人)　p5

H3693　清水徹　「時には悪意に突き刺される快楽　老人のための残酷童話　倉橋由美子著」
2003.11.16　『毎日新聞』(毎日新聞社)　p9

H3694　与那原恵　「わたしはどうなるのか」
2003.12.1　『群像』(講談社)　58巻14号　p368-371
＊「老人のための残酷童話」について

H3695　古屋美登里　「「老人のための残酷童話」倉橋由美子　染めの洒落帯」
2003.12.1　『文學界』(文藝春秋)　57巻12号　p345-347

H3696　川上弘美　「死と性を見据えた複雑玄妙な世界　老人のための残酷童話　倉橋由美子著」
2003.12.7　『朝日新聞』(朝日新聞社)　p11

2004年

H3697　後藤繁雄　「鬼がつづるもの　『老人のための残酷童話』―倉橋由美子」
2004.1.1　『新潮』(新潮社)　101巻1号　p340-341

H3698　榊敦子　「言葉・表現の闘争　倉橋由美子」
2004.3.15　『国文学解釈と鑑賞別冊 女性作家《現在》』(至文堂)　p182-191

H3699　藤澤全　「倉橋由美子『スミヤキストQの冒険』―暗喩と奇想の不条理劇―」
2004.4.11　『言語文化の諸相―近代文学―』(大空社)　p101-105　⇔*I3994*

H3700　千葉望　「意地悪をかくも優雅に」
2004.5.1　『和楽』(小学館)　4巻5号　p35
＊「老人のための残酷童話」について

2005年

H3701　豊崎由美　「あとがき(解説)」
2005.2.28　『あたりまえのこと』(朝日新聞社(朝日文庫))　p231-238

H3702　千葉望　「解説　酒をいざや酌もうよ」
2005.3.15　『よもつひらさか往還』(講談社(講談社文庫))　p231-239

H3703　松浦寿輝　「この人・この3冊　倉橋由美子」
2005.7.3　『毎日新聞』(毎日新聞社)　p13　⇔*I3857, I3929, I3995*
＊「パルタイ・紅葉狩り」「聖少女」「スミヤキストQの冒険」を選ぶ　後に『青の奇蹟』に収録

H3704　松浦寿輝　「文学季評（上）　正当な「偏愛」狂わす現況」
2005.7.13　『読売新聞』（夕刊）（読売新聞社）　p4
＊「偏愛文学館」について

H3705　久米勲　「少女小説の知的なたくらみ　少女の憧れを完璧なまでに描いた観念世界―倉橋由美子の知的たくらみ―」
2005.7.25　『飛ぶ教室』（光村図書出版株式会社）　2号　p84-86　⇔*I3930*
＊「聖少女」について

H3706　野崎歓　「倉橋由美子著　偏愛文学館」
2005.7.31　『読売新聞』（読売新聞社）　p13

H3707　佐藤健児　「「二人称」の臨場感を味わう―倉橋由美子『暗い旅』」
2005.8.13　『小説のはじめ 書き出しに学ぶ文章テクニック』（雷鳥社）　p181-185　⇔*I3889*

H3708　マイク・モラスキー　『戦後日本のジャズ文化　映画・文学・アングラ』
2005.8.15　（青土社）
＊単行本。「サムシング・エルス」について

H3709　豊崎由美　「帝王切開の斧」
2005.8.20　『TV bros』（東京ニュース通信社）　19巻19号　p107
＊『偏愛文学館』について

H3710　松浦弥太郎　「小説とはかくあるべき倉橋節」
2005.9.1　『群像』（講談社）　60巻9号　p282-283
＊『偏愛文学館』について

H3711　古屋美登里　「急逝した孤高の作家の「秘密の小部屋」　「偏愛文学館」」
2005.9.1　『週刊文春』（文藝春秋）　47巻33号　p133

H3712　岡崎武志　「ベストセラー診察室」
2005.9.1　『中央公論』（中央公論社）　120年9号　p282-283
＊『新訳　星の王子さま』について

H3713　東雅夫　「解説　ヴァンパイア・ジャパネスクの血脈」
2005.9.10　『血と薔薇の誘う夜に 吸血鬼ホラー傑作選』（角川書店（角川ホラー文庫））　p333-340

H3714　古屋美登里　「故倉橋由美子さんが私に語った「大人になれなかった男の悲劇」という読み方」
2005.9.11　『サンデー毎日』（毎日新聞社）　84巻44号　p46-47
＊『新訳　星の王子さま』について

H3715　齋藤愼爾　「解説　死と詩をめぐるロード」
2005.9.20　『現代詩殺人事件 ポエジーの誘惑』（齋藤愼爾編）（光文社（光文社文庫））　p474-502

H3716　豊崎由美　「本　読書の再現力『偏愛文学館』―倉橋由美子」
2005.10.1　『新潮』（新潮社）　102巻10号　p280-281
＊後に単行本『そんなに読んで、どうするの』に収録

H3717　千野帽子　「文藝ガーリッシュ　お嬢さんの本箱　それからあなたはひとつの小説を書きはじめるだろう…　倉橋由美子「暗い旅」」
2005.10.18　『東京新聞』（夕刊）（中日新聞東京本社）　p8　⇔*I3890*
＊後に単行本『文藝ガーリッシュ―素敵な本に選ばれたくて。』に収録

H3718　横井司　「解題」
2005.11.20　『名作で読む推理小説史 ペン先の殺意 文芸ミステリー傑作選』（光文社（光文社文庫））　p412-424
＊「警官バラバラ事件」について

H3719　齋藤孝　「齋藤孝のサイトー変換60　愛人力」
2005.11.21　『AERA』（朝日新聞社）　18巻61号　p88
＊『新訳　星の王子さま』について

H3720　鈴木直子　「リブ前夜の倉橋由美子―女性身体をめぐる政治」
2005.12.26　『カルチュラル・ポリティクス1960/70』（せりか書房）　p29-48

2006年

H3721　金井美恵子　「作家が語る〈作家〉風貌への追想　作家のための残酷童話」
2006.1.1　『小説現代』（講談社）　44巻2号　p142-143

H3722　下田城玄　「倉橋由美子の『反世界』―「パルタイ」などをめぐって―」
2006.1.1　『民主文学』（日本民主主義文学会）　483号　p122-130　⇔*I3858*

H3723　加藤典洋　「1962年の文学」
2006.2.1　『考える人』（新潮社）　2006年冬号　p60-65　⇔*I3859*
＊「パルタイ」に触れる

H3724　古屋美登里　「解説」
2006.6.14　『新訳 星の王子さま』（宝島社（宝島社文庫））　p161-165

H3725　清水良典　「倉橋由美子氏を悼む「反」貫いた批評精神」
2006.6.16　『高知新聞』（高知新聞社）　p15

H3726　軽美伊乃　「倉橋由美子　作品紹介」
2006.9.22　『活字倶楽部』（雑草社）　9巻42号　p69-73

H3727　千野帽子　「文藝ガーリッシュ《番外篇》あしながおじさんのいない娘たち。」
2006.9.22　『活字倶楽部』（雑草社）　9巻42号　p69
＊「貝のなか」について。後に単行本『文学少女の友』に収録

H3728　軽美伊乃　「旅としての長編小説」
2006.9.22　『活字倶楽部』（雑草社）　9巻42号　p70

H3729　豊崎由美　「大人がたしなむ倉橋文学」
2006.9.22　『活字倶楽部』（雑草社）　9巻42号　p71　⇔*I4106*
＊「シュンポシオン」について

H3730　池上冬樹　「もっとも先鋭的な作家の刺激的な発言集」
2006.9.22　『活字倶楽部』（雑草社）　9巻42号　p72
＊「わたしのなかのかれへ」について

H3731　古屋美登里　「倉橋氏の翻訳書」
2006.9.22　『活字倶楽部』（雑草社）　9巻42号　p73
＊「ぼくを探しに」「新訳　星の王子さま」について

H3732　島田綾香　「倉橋由美子の反世界―初期作品『パルタイ』『夏の終り』を読む―」
2006.9.25　『藤女子大学国文学雑誌』（藤女子大学国語国文学会）　75号　p1-12　⇔*I3860*

H3733　松岡正剛　「第一〇四〇夜　いま血を流しているところなの　倉橋由美子　聖少女」
2006.10.30　『千夜千冊1 遠くからとどく声』（求龍堂）　p619-625
＊web上で連載されたものを単行本化

H3734　千野帽子　「文學少女の手帖7　脳内少女を懲罰する。―倉橋由美子」
2006.10.30　『文藝ガーリッシュ―素敵な本に選ばれたくて。』（河出書房新社）　p130-132

H3735　齋藤愼爾　「「鬼女の宴」「月の都に帰る」解説」
2006.11.1　『俳壇』（本阿弥書店）　23巻12号　p214-215

H3736　堀部功夫　「倉橋由美子」
2006.12.15　『和泉事典シリーズ19 四国近代文学事典』（和泉書院）　p141-142

2007年

H3737　齋藤慎爾　「倉橋さんと翻訳」
2007.1.14　『特別企画「倉橋由美子 人と文学」』（高知県立文学館）　p4-5

H3738　小島千加子　「倉橋由美子さん　典雅な融通無碍」
2007.1.14　『特別企画「倉橋由美子 人と文学」』（高知県立文学館）　p6-7

H3739　浜崎伊斗子　「翻訳家としての倉橋由美子さん」
2007.1.14　『特別企画「倉橋由美子 人と文学」』（高知県立文学館）　p8-9

H3740　安藤秀國　「倉橋由美子とカフカ」
2007.1.14　『特別企画「倉橋由美子 人と文学」』（高知県立文学館）　p10-11

H3741　嶋岡晨　「倉橋由美子の〈酔郷〉」
2007.3.26　『文芸研究』（明治大学文芸研究会）　102号　p5-14　⇔*I4052, I3951, I3996*
＊「酔郷にて」「スミヤキストQの冒険」「ヴァージニア」について

H3742　合田正人　「岬と雑人」
2007.3.26　『文芸研究』（明治大学文芸研究会）　102号　p15-23
＊「雑人撲滅週間」について

H3743　小副川明　「トスカの嘆」
2007.3.26　『文芸研究』（明治大学文芸研究会）　102号　p25-28

H3744　津田洋行　「倉橋由美子　私感——反現実の文学への反措定——」
2007.3.26　『文芸研究』（明治大学文芸研究会）　102号　p29-38

H3745　陣野俊史　「精神的王族について——倉橋由美子の初期作品と綿矢りさ——」
2007.3.26　『文芸研究』（明治大学文芸研究会）　102号　p39-61　⇔*I3861, I3931*
＊「パルタイ」「聖少女」について

H3746　塚田麻里子　「「黙殺」に反して」
2007.3.26　『文芸研究』（明治大学文芸研究会）　102号　p63-84

H3747　川島みどり　「著書解題　パルタイ」
2007.3.26　『文芸研究』（明治大学文芸研究会）　102号　p85-87　⇔*I3862*

H3748　田中絵美利　「著書解題　暗い旅」
2007.3.26　『文芸研究』（明治大学文芸研究会）　102号　p87　⇔*I3891*

H3749　田中絵美利　「著書解題　聖少女」
2007.3.26　『文芸研究』（明治大学文芸研究会）　102号　p87　⇔*I3932*

H3750　鈴木淳　「著書解題　反悲劇」
2007.3.26　『文芸研究』（明治大学文芸研究会）　102号　p88　⇔*I4053*

H3751　鈴木淳　「著書解題　スミヤキストQの冒険」
2007.3.26　『文芸研究』（明治大学文芸研究会）　102号　p88　⇔*I3997*

H3752　田中絵美利　「著書解題　ぼくを探しに」
2007.3.26　『文芸研究』（明治大学文芸研究会）　102号　p88-89

H3753　川島みどり　「著書解題　城の中の城」
2007.3.26　『文芸研究』（明治大学文芸研究会）　102号　p89　⇔*I4075*

H3754　田中絵美利　「著書解題　大人のための残酷童話」
2007.3.26　『文芸研究』（明治大学文芸研究会）　102号　p89

H3755　田中絵美利　「著書解題　アマノン国往還記」
2007.3.26　『文芸研究』（明治大学文芸研究会）　102号　p90　⇔*I4127*

H3756　鈴木淳　「著書解題　夢の通ひ路」
2007.3.26　『文芸研究』（明治大学文芸研究会）　102号　p90

H3757　川島みどり　「著書解題　ポポイ」
2007.3.26　『文芸研究』（明治大学文芸研究会）　102号　p90　⇔*I4090*

H3758　川島みどり　「著書解題　交歓」
2007.3.26　『文芸研究』（明治大学文芸研究会）　102号　p90-91

H3759　川島みどり　「著書解題　よもつひらさか往還」
2007.3.26　『文芸研究』（明治大学文芸研究会）　102号　p91

H3760　鈴木淳　「著書解題　星の王子さま」
2007.3.26　『文芸研究』（明治大学文芸研究会）　102号　p91

H3761　無記名　「倉橋由美子　略年譜」
2007.3.26　『文芸研究』（明治大学文芸研究会）　102号　p92-94

H3762　メアリー・ナイトン　「「パルタイ」から『スミヤキストQの冒険』へ──倉橋由美子の文学における審美的・政治的革命」
2007.3.31　『神奈川大学人文学研究叢書23 世界から見た日本文化──多文化共生社会の構築のために』（神奈川大学人文学研究所）　p5-49　⇔*I3863, I3998*
＊井上麻衣子・村井まや子訳

H3763　飯澤文夫　「倉橋由美子明治大学特別功労賞その次第とこれから」
2007.3.31　『図書の譜 明治大学図書館紀要』（明治大学図書館）　11号　p132-142

H3764　古屋美登里　豊崎由美　「対談　倉橋由美子大人の小説の魅力──豊崎由美が「お子ちゃま」文学を斬る!」
2007.3.31　『図書の譜 明治大学図書館紀要』（明治大学図書館）　11号　p143-164　⇔*I4107*
＊「シュンポシオン」「偏愛文学館」「あたりまえのこと」について

H3765　池上玲子　「「わたし」と「わたし」、鏡像関係への欲望──倉橋由美子一九六〇年代──」
2007.6.25　『語文』（日本大学国文学会）　128輯　p29-48　⇔*I3892*
＊「密告」「暗い旅」について

H3766　千野帽子　「千野帽子の本のしっぽ。　第10信　「自己嫌悪」と「自己嫌悪の表明」とは真逆のものである。──倉橋由美子『あたりまえのこと』とブログ」
2007.10.10　『日本語学』（明治書院）　26巻12号　p76-79

H3767　齋藤愼爾　「解説」
2007.12.25　『時よとまれ、君は美しい──スポーツ小説名作集』（角川書店（角川文庫））　p372-392
＊「一〇〇メートル」について

2008年

H3768　桜庭一樹　「解説」
2008.2.1　『聖少女』（新潮社（新潮文庫））　p292-298　⇔*I3933*

不　明

H3769　三田誠広　「ぼくの読書ノート　連載18　「もう一つの国」を考える」
出版年不明　『掲載誌不明』（出版者不明）　巻号不明　p22-23
＊「倉橋由美子の怪奇掌篇」について。倉橋スクラップブックで確認。詳細不明

H3770　無記名　「文学　書評　妖女のように　倉橋由美子の性の世界　非論理性

の繋がりの中で“現実生活”から“空想の世界”へ飛躍」
出版年不明　『掲載誌不明』（出版者不明）　巻号不明　ページ不明
　＊倉橋スクラップブックで確認。詳細不明

【主要作品別一覧】

「パルタイ」

I3771　平野謙　「学芸　今月の小説（下）　ベスト3　目立つ女流作家の活躍」
1960.1.29　『毎日新聞』（毎日新聞社）　p7　⇔*H2978*

I3772　江藤淳　「三月号の文芸作品　新人作家の力作「パルタイ」」
1960.2.19　『高知新聞』（高知新聞社）　p5　⇔*H2979*
＊後に『全文芸時評』に収録

I3773　中村光夫　「文芸時評（下）人を打つ力を持つ倉橋由美子の「パルタイ」」
1960.2.21　『朝日新聞』（朝日新聞社）　p7　⇔*H2980*

I3774　山本健吉　「文芸時評　文体の密度と的確さ　新人の秀作「パルタイ」」
1960.2.24　『読売新聞』（夕刊）（読売新聞社）　p4　⇔*H2981*

I3775　北原武夫　「文芸時評（中）　文学的青春の初心　倉橋由美子「パルタイ」のリアリティ」
1960.2.26　『東京新聞』（夕刊）（東京新聞社）　p8　⇔*H2982*

I3776　原田義人　「文芸時評　3月号　かんばしくない新人の作品」
1960.2.29　『週刊読書人』（日本書籍出版協会）　p7　⇔*H2983*

I3777　平野謙　「新作家ひとり」
1960.3.1　『新潮』（新潮社）　57巻3号　p59-61　⇔*H2984*

I3778　無記名　「読書界　女流作家誕生　よろこびを語る二人の女性」
1960.3.5　『図書新聞』（図書新聞社）　p2　⇔*H2985*

I3779　丹羽文雄　「小説家の感動する小説」
1960.4.1　『群像』（講談社）　15巻4号　p193-197　⇔*H2987*

I3780　奥野信太郎 山本健吉 佐藤朔　「創作合評」
1960.4.1　『群像』（講談社）　15巻4号　p253-267　⇔*H2988*

I3781　大岡昇平　「作家と批評家の争い　「パルタイ」の評価について」
1960.4.3　『朝日新聞』（朝日新聞社）　p9　⇔*H2989*

I3782　河上徹太郎　「文芸時評（上）　二人の女子学生作家　「パルタイ」の域を出ず」
1960.4.22　『読売新聞』（夕刊）（読売新聞社）　p3　⇔*H2993*

I3783　奥野健男　「文芸時評　今月の文芸雑誌から（中）　本質的な危機と頽廃　若い世代の転向の甘さ」
1960.4.23　『図書新聞』（図書新聞社）　p3　⇔*H2994*

I3784 平野謙 「丹羽文雄に答える」
1960.5.1 『小説新潮』(新潮社) 14巻7号 p43-45 ⇔*H2995*

I3785 杉浦明平 「死せる活字より生ける青い木 いなかの文学者」
1960.5.24 『朝日新聞』(朝日新聞社) p7 ⇔*H2997*

I3786 奥野健男 安部公房 「対談 文芸時評 喜劇性と批評性」
1960.6.1 『新日本文学』(新日本文学会) 15巻6号 p175-186 ⇔*H3002*
*「パルタイ」「非人」「貝のなか」について

I3787 吉本隆明 「“パルタイ”とは何か」
1960.6.6 『日本読書新聞』(日本出版協会) p1 ⇔*H3003*

I3788 無記名 「新しい目(6) 『パルタイ』などの倉橋由美子さん イメージに頼って……現代機構と個人の関係を風刺」
1960.6.8 『北海道新聞』(北海道新聞社) p9 ⇔*H3004*

I3789 荒正人 「倉橋由美子の文学 注目すべき女流新人──新鮮な感受性と優れた把握力」
1960.6.9 『明治大学新聞』(明治大学新聞学会) p2 ⇔*H3005*

I3790 十返肇 「本年度上半期の文壇 描かれた若い人間像 文学は俗化していない」
1960.7.9 『産経新聞(大阪)』(産業経済新聞大阪本社) p6 ⇔*H3007*
*「パルタイ」「蛇」について

I3791 平野謙 「学芸 今月の小説(上) 作家の態度と作品の評価 北杜夫と倉橋由美子について」
1960.7.25 『毎日新聞』(毎日新聞社) p7 ⇔*H3013*
*「パルタイ」「密告」「婚約」について

I3792 無記名 「文化ジャーナル(文学) 北と倉橋の対決(芥川賞・直木賞)」
1960.8.7 『朝日ジャーナル』(朝日新聞社) 2巻32号 p32 ⇔*H3017*

I3793 日野啓三 「倉橋由美子作品集「パルタイ」 あるいは抽象小説のむつかしさ」
1960.8.13 『図書新聞』(図書新聞社) p5 ⇔*H3018*

I3794 針生一郎 「ひしめくイメージ 観念の骨格はよわい 倉橋由美子「パルタイ」」
1960.8.29 『週刊読書人』(日本書籍出版協会) p3 ⇔*H3024*

I3795 宗左近 「ういういしい“青春”文学 不透明な猥雑さが行う復讐の劇 倉橋由美子著 パルタイ」
1960.8.29 『日本読書新聞』(日本出版協会) p3 ⇔*H3025*
*短篇集『パルタイ』について

I3796 篠田一士 「裏返しされた世界 倉橋由美子・著「パルタイ」」
1960.8.31 『東京新聞』(夕刊)(中日新聞東京本社) p8 ⇔*H3026*

I3797 無記名 「本と人 強い“反世界”への興味 非具象的なものが私の信念 倉橋由美子さんの「パルタイ」」
1960.9.12 『東京タイムズ』(東京タイムズ社) p10 ⇔*H3028*

I3798　平野謙　「怪しげな“形而上学”　倉橋由美子著「パルタイ」を読んで」
1960.9.15　『明治大学新聞』（明治大学新聞学会）　p4　⇔H3029

I3799　江藤淳　「文化　個人生活の回復を　新文学の崩壊（下）」
1960.10.8　『読売新聞』（夕刊）（読売新聞社）　p6　⇔H3032

I3800　永岡定夫　「若手作家を斬る　その（一）倉橋由美子論　イマージュでかかれた「性」の形而上学　『パルタイ』と恥（オント）の意識」
1960.10.21　『成蹊大学新聞』（成蹊大学新聞会）　p4　⇔H3033
＊「パルタイ」「蛇」「非人」「貝のなか」「密告」について

I3801　中山和子　「読者の書評　たしかな目を信頼　倉橋由美子著　パルタイ」
1960.11.7　『日本読書新聞』（日本出版協会）　p5　⇔H3034

I3802　上田陽子　「読者の書評　疎外に対する挑戦　倉橋由美子著　パルタイ」
1960.11.7　『日本読書新聞』（日本出版協会）　p5　⇔H3035

I3803　神田美枝　「読者の書評　対象への明晰さ　倉橋由美子著　パルタイ」
1960.11.7　『日本読書新聞』（日本出版協会）　p5　⇔H3036

I3804　奥野健男　「読者の書評　選評　目のうつばりを払うものはない　活発な意見集中『パルタイ』」
1960.11.7　『日本読書新聞』（日本出版協会）　p4　⇔H3037

I3805　奥野健男 江藤淳　「対談　一九六〇年の文壇――女流と新人――」
1960.12.12　『週刊読書人』（日本書籍出版協会）　p1-2　⇔H3039

I3806　H　「60　動向と収穫　日本文学　新鮮な倉橋由美子の出現」
1960.12.19　『日本読書新聞』（日本出版協会）　p5　⇔H3041

I3807　篠田一士　「今年の文壇　小説も評論もその貧困ぶりは深刻」
1960.12.24　『図書新聞』（図書新聞社）　p3　⇔H3042

I3808　瀬沼茂樹　「今年注目された本　日本文学　小説・評論　「家庭の事情」小説に評判作　一つの可能性しめす倉橋由美子」
1960.12.24　『図書新聞』（図書新聞社）　p5　⇔H3043
＊「パルタイ」「貝のなか」「蛇」について

I3809　十返肇　「「パルタイ」出現など　文壇十大ニュース」
1960.12.28　『高知新聞』（高知新聞社）　p6　⇔H3046

I3810　日沼倫太郎　「感動のイメージ　『パルタイ』論争是非」
1961.1.15　『批評』（批評社）　7-10合併号　p93-98　⇔H3048

I3811　星野輝彦　「文学賞にみる文芸傾向　根強い「私小説」の伝統」
1961.6.29　『不明』（出版者不明）　巻号不明　p11　⇔H3064
＊「パルタイ」、パルタイ論争について。倉橋スクラップブックで確認。詳細不明

I3812　進藤純孝　「悲壮がる時評家たち　新人に期待するもの（上）」
1964.4.24　『東京新聞』（夕刊）（中日新聞東京本社）　p8　⇔H3106

I3813　小松伸六　「現代作家新・人国記　四国・外地篇」

1964.6.1　『小説現代』（講談社）　2巻6号　p27-34　⇔*H3109*
＊「パルタイ」「暗い旅」について

I3814　酒井角三郎　「さまざまな戦争体験」
1965.10.1　『展望』（筑摩書房）　82号　p94-104　⇔*H3136*
＊エッセイ「八月十五日について」について　「パルタイ」にも。

I3815　松原新一　「ユニークなアレゴリーの世界〈倉橋由美子〉」
1966.10.15　『われらの文学 21 高橋和己 倉橋由美子 柴田翔』（講談社）　p507-514　⇔*H3159*
＊「パルタイ」「囚人」「宇宙人」について

I3816　平野謙　「女流作家の十年　「パルタイ」から「三匹の蟹」へ　文学的成熟といえるか」
1968.7.4　『読売新聞』（読売新聞社）　p9　⇔*H3163*

I3817　神崎一胤　「倉橋由美子小論―パルタイより聖少女―　自由をはきちがえた作品群　存在論の霧散と自己破産」
1968.11.4　『京都大学新聞』（京都大学新聞社）　p3　⇔*H3180*

I3818　亀井秀雄　「解説」
1968.11.10　『全集・現代文学の発見 第四巻 政治と文学』（学芸書林）　p513-534　⇔*H3181*

I3819　N　「ことばによる即興演奏」
1968.11.28　『早稲田大学新聞』（早稲田大学新聞会）　p4　⇔*H3189*
＊「パルタイ」「蠍たち」について

I3820　無記名　「侃侃諤諤」
1970.6.1　『群像』（講談社）　第15巻第6号　p192-193　⇔*H3263*
＊「パルタイ」「貝のなか」について

I3821　山田博光　「一〇〇人の作家に見る性と文学　倉橋由美子　パルタイ/蛇/蠍たち/聖少女/宇宙人」
1970.7.25　『国文学』（学燈社）　15巻10号　p186-187　⇔*H3272*

I3822　高野斗志美　「パルタイ」
1971.8.1　『国文学解釈と鑑賞』（至文堂）　36巻9号　p114-116　⇔*H3307*

I3823　桜井幹善　「倉橋由美子の〈喪失〉」
1972.3.1　『民主文学』（日本民主主義文学同盟）　76号　p142-147　⇔*H3343*
＊「パルタイ」「夢の浮橋」について

I3824　瀬沼茂樹　「解説」
1973.3.23　『現代日本文学大系92』（筑摩書房）　p403-410　⇔*H3357*

I3825　池田純溢　「倉橋由美子『パルタイ』」
1973.11.1　『国文学解釈と鑑賞』（至文堂）　38巻14号　p128-131　⇔*H3363*

I3826　栗栖真人　「パルタイ　倉橋由美子」
1974.7.1　『解釈と鑑賞 現代小説事典』（至文堂）　39巻9号　p108-109　⇔*H3365*

I3827　平野謙　「解説」
1975.1.25　『パルタイ』（文藝春秋（文春文庫））　p209-218　⇔*H3371*

I3828　足立悦男　「倉橋由美子 ── 異風土の文学」
1975.12.20　『現代日本文学の旗手たち』（渓水社）　p10-16　⇔*H3379*
＊「パルタイ」「雑人撲滅週間」「暗い旅」などについて

I3829　長谷川泉　「現代女流文学の様相」
1976.9.1　『解釈と鑑賞』（至文堂）　41巻11号　p6-14　⇔*H3384*
＊「インセストについて」「パルタイ」などについて

I3830　中山和子　「女流文学が描く女性意識の諸相」
1976.9.1　『解釈と鑑賞』（至文堂）　41巻11号　p107-118　⇔*H3388*
＊「わたしの『第三の性』」「パルタイ」について

I3831　江種満子　「描かれたヒロインたち　倉橋由美子「パルタイ」のわたし」
1976.9.1　『解釈と鑑賞』（至文堂）　41巻11号　p126-127　⇔*H3389*

I3832　篠沢秀夫　「倉橋由美子 ── 単性生殖的強頭脳 ── 」
1976.10.1　『面白半分』（面白半分）　10巻4号　p44-49　⇔*H3390*
＊「パルタイ」「貝のなか」「非人」などについて

I3833　進藤純孝　「『パルタイ』── 倉橋由美子」
1977.9.15　『作品展望 昭和文学（下）』（時事通信社）　p219-221　⇔*H3404*

I3834　森川達也　「解説」
1978.1.30　『パルタイ』（新潮社（新潮文庫））　p203-208　⇔*H3405*

I3835　白川和美　「女性読者の書評　倉橋由美子著『パルタイ』　いずれもうす汚い左翼学生が登場」
1978.5.27　『図書新聞』（図書新聞社）　p7　⇔*H3406*
＊新潮文庫『パルタイ』について

I3836　荻原雄一　「分裂病仕掛けの自由 ── 倉橋由美子、その作品の構図 ── 」
1978.9.9　『バネ仕掛けの夢想』（味爽社）　p25-67　⇔*H3407*
＊「パルタイ」「暗い旅」「わたしの心はパパのもの」「聖少女」「どこにもない場所」「蠍たち」「亜依子たち」「解体」「スミヤキストQの冒険」「ヴァージニア」「反悲劇」「夢の浮橋」について

I3837　無記名　「パルタイ論争」
1979.1.1　『流動』（流動出版）　11巻1号　p289　⇔*H3412*

I3838　小田切秀雄　「倉橋由美子　『パルタイ』の登場」
1979.1.16　『レグルス文庫109 昭和の作家たちII』（第三文明社）　p333-336　⇔*H3413*

I3839　磯田光一　「解説」
1979.11.15　『新潮現代文学69 聖少女 夢の浮橋』（新潮社）　p395-401　⇔*H3426*
＊「雑人撲滅週間」「パルタイ」「夢の浮橋」「聖少女」「白い髪の童女」について
後に『昭和作家論集成』に収録

I3840　池上富子　「「パルタイ」──視者の立場──」
1980.2.28　『国文目白』(日本女子大学国語国文学会)　19号　p93-99　⇔*H3430*

I3841　首藤基澄　「倉橋由美子「パルタイ」のわたし」
1980.3.25　『国文学』(学燈社)　25巻4号臨時号　p180-181　⇔*H3432*

I3842　川又千秋　「空想から科学小説へ──倉橋由美子とSF」
1980.4.1　『ユリイカ』(青土社)　12巻4号　p121-125　⇔*H3433*
＊「パルタイ」「暗い旅」「聖少女」「どこにもない場所」などについて

I3843　菊田均　「倉橋由美子＊柴田翔　崩壊する党神話のなかの青春」
1980.6.1　『流動』(流動出版)　12巻6号　p146-152　⇔*H3434*

I3844　小鹿糸　「倉橋由美子論──反世界への降下──」
1983.11.25　『日本文學誌要』(法政大学国文学会)　29号　p62-74　⇔*H3478*
＊「パルタイ」「貝のなか」「悪い夏」「密告」などについて

I3845　野口武彦　「女流文学・その物語性と社会性をめぐって──倉橋由美子『パルタイ』──」
1986.5.20　『国文学』(学燈社)　31巻5号　p44-49　⇔*H3525*

I3846　谷口絹枝　「倉橋由美子「パルタイ」論──「わたし」の存在感覚からのアプローチ」
1990.8.1　『方位』(熊本近代文学研究会)　13号　p141-152　⇔*H3600*

I3847　綿田由紀子　「倉橋由美子の文体──小説集「パルタイ」研究──」
1992.3.31　『文教大学国文』(文教大学国語研究室 文教大学国文学会)　20号　p49-65　⇔*H3608*

I3848　今井素子　「作品鑑賞(パルタイ)」
1993.11.30　『短編女性文学 現代』(おうふう)　p26　⇔*H3614*

I3849　山下若菜　「「パルタイ」論──「わたし」をめぐって──」
1994.1.31　『日本文学研究』(大東文化大学日本文学会)　33号　p98-107　⇔*H3619*

I3850　高畠寛　「観念性と批評性──倉橋由美子と富岡多恵子」
1996.7.15　『樹林』(大阪文学学校)　378号　p1-16　⇔*H3633*
＊「パルタイ」「聖少女」「夢の浮橋」「アマノン国往還記」について

I3851　中山和子　「批評の荒野　1960──「パルタイ」から「囚人」まで──」
1999.9.1　『昭和文学研究』(昭和文学会)　39集　p53-65　⇔*H3654*
＊後に「中山和子コレクションⅢ　平野謙と「戦後」批評」に収録

I3852　小田島本有　「倉橋由美子『パルタイ』──冷めた眼の見た世界──」
2000.10.20　『小説の中の語り手「私」』(近代文芸社)　p160-172　⇔*H3658*

I3853　清水良典　「解説　文体(スタイル)設計者の空中楼閣」
2002.11.10　『パルタイ 紅葉狩り 倉橋由美子短篇小説集』(講談社(講談社文芸文庫))　p235-247　⇔*H3679*

I3854　朴銀姫　「倉橋由美子と揚沫の小説比較研究──『パルタイ』の「わたし」と『青春の歌』の林道静を巡って」

2002.12.25　『待兼山論叢（文学篇）』（大阪大学大学院文学研究科）　36号　p53-69　⇔*H3681*

I3855　保前信英　「文庫主義131　倉橋由美子短篇小説集　パルタイ・紅葉狩り　カフカの影響と独自性と」
2003.1.17　『週刊朝日』（朝日新聞社）　108巻2号　p127　⇔*H3683*

I3856　鈴木直子　「パルタイ　倉橋由美子」
2003.6.5　『日本の小説101』（安藤宏編）（新書館）　p154-155　⇔*H3685*

I3857　松浦寿輝　「この人・この3冊　倉橋由美子」
2005.7.3　『毎日新聞』（毎日新聞社）　p13　⇔*H3703*
＊「パルタイ・紅葉狩り」「聖少女」「スミヤキストQの冒険」を選ぶ　後に『青の奇蹟』に収録

I3858　下田城玄　「倉橋由美子の『反世界』―「パルタイ」などをめぐって―」
2006.1.1　『民主文学』（日本民主主義文学会）　483号　p122-130　⇔*H3722*

I3859　加藤典洋　「1962年の文学」
2006.2.1　『考える人』（新潮社）　2006年冬号　p60-65　⇔*H3723*
＊「パルタイ」に触れる

I3860　島田綾香　「倉橋由美子の反世界―初期作品『パルタイ』『夏の終り』を読む―」
2006.9.25　『藤女子大学国文学雑誌』（藤女子大学国語国文学会）　75号　p1-12　⇔*H3732*

I3861　陣野俊史　「精神的王族について―倉橋由美子の初期作品と綿矢りさ―」
2007.3.26　『文芸研究』（明治大学文芸研究会）　102号　p39-61　⇔*H3745*
＊「パルタイ」「聖少女」について

I3862　川島みどり　「著書解題　パルタイ」
2007.3.26　『文芸研究』（明治大学文芸研究会）　102号　p85-87　⇔*H3747*

I3863　メアリー・ナイトン　「「パルタイ」から『スミヤキストQの冒険』へ―倉橋由美子の文学における審美的・政治的革命」
2007.3.31　『神奈川大学人文学研究叢書23 世界から見た日本文化―多文化共生社会の構築のために』（神奈川大学人文学研究所）　p5-49　⇔*H3762*
＊井上麻衣子・村井まや子訳

「暗い旅」

I3864　白井健三郎　「一種異常な愛の挫折　その意味を意識して行く過程を二人称で描く　倉橋由美子著　暗い旅」
1961.10.16　『週刊読書人』（日本書籍出版協会）　p3　⇔*H3068*

I3865　小林勝　「文学芸術　自分の文学を定着　ある種の"国籍不明文学"のにおい」
1961.10.23　『日本読書新聞』（日本出版協会）　p2　⇔*H3070*

I3866　秋山駿　「三日間の感情と思考のなかの旅行」

1961.11.11　『図書新聞』（図書新聞社）　p7　⇔*H3072*

I3867　白井浩司　「大胆な「性」の描写　倉橋由美子・著『暗い旅』」
1961.11.13　『高知新聞』（高知新聞社）　p6　⇔*H3073*

I3868　奥野健男　「大胆な“女の小説”　倉橋由美子著「暗い旅」」
1961.11.20　『日本経済新聞』（日本経済新聞東京本社）　p12　⇔*H3074*
＊後に単行本『文学的制覇』に収録

I3869　小松伸六　「不協和音の独自性――倉橋由美子著「暗い旅」」
1961.11.30　『明治大学新聞』（明治大学新聞学会）　p2　⇔*H3075*

I3870　宮本三郎　「実験する愛　倉橋由美子著「暗い旅」」
1961.12.3　『朝日新聞』（朝日新聞社）　p14　⇔*H3077*

I3871　無記名　「日本文学　小説・評論　第一次戦後派はふるわず　正統的批評に三つの労作」
1961.12.23　『図書新聞』（図書新聞社）　p5　⇔*H3078*
＊「暗い旅」「婚約」について

I3872　伊藤整 埴谷雄高 平野謙　「座談会　文壇1961年　沈滞の中の新しい芽」
1961.12.26　『東京新聞』（夕刊）（東京新聞社）　p8　⇔*H3080*
＊「暗い旅」「人間のない神」について

I3873　白井浩司　「模倣と独創（上）　「暗い旅」評価の違い　独自性を棄てたケースか」
1962.3.1　『東京新聞』（夕刊）（東京新聞社）　p8　⇔*H3081*

I3874　清水徹　「「暗い旅」論争の問題点　「心変わり」の訳者から」
1962.3.20　『東京新聞』（夕刊）（東京新聞社）　p8　⇔*H3083*

I3875　小松伸六　「現代作家新・人国記　四国・外地篇」
1964.6.1　『小説現代』（講談社）　2巻6号　p27-34　⇔*H3109*
＊「パルタイ」「暗い旅」について

I3876　浜田新一　「青春文学の格調　世間との対立をテーマに」
1970.2.5　『ほるぷ新聞』（ほるぷ出版社）　p2　⇔*H3243*

I3877　鶴岡冬一　「伝達の革新的操作　青春の愛のメタフィジクを追究」
1970.2.21　『図書新聞』（図書新聞社）　p3　⇔*H3244*

I3878　伊東守男　「黒い哄笑――このアンチ・ヒューマンなるもの」
1970.4.15　『ブラック・ユーモア選集 第5巻（短篇集）日本篇』（早川書房）　p437-469　⇔*H3251*
＊「暗い旅」「スミヤキストQの冒険」「蠍たち」について

I3879　磯貝英夫　「暗い旅」
1971.8.1　『国文学解釈と鑑賞』（至文堂）　36巻9号　p118-122　⇔*H3309*

I3880　高野斗志美　「解説」
1971.11.30　『暗い旅』（新潮社（新潮文庫））　p243-250　⇔*H3338*

I3881　斉藤金司　「倉橋由美子論――『暗い旅』を中心として――」

1973.1.4　『主潮』（清水文学会）　創刊号　p29-42　⇔*H3356*

I3882　足立悦男　「倉橋由美子 ― 異風土の文学」
1975.12.20　『現代日本文学の旗手たち』（渓水社）　p10-16　⇔*H3379*
＊「パルタイ」「雑人撲滅週間」「暗い旅」などについて

I3883　山田有策　「女流文学その視線　男を描く女流文学の眼 ― 近代より現代へ」
1976.9.1　『解釈と鑑賞』（至文堂）　41巻11号　p77-83　⇔*H3386*

I3884　荻原雄一　「分裂病仕掛けの自由 ― 倉橋由美子、その作品の構図 ― 」
1978.9.9　『バネ仕掛けの夢想』（味爽社）　p25-67　⇔*H3407*
＊「パルタイ」「暗い旅」「わたしの心はパパのもの」「聖少女」「どこにもない場所」「蠍たち」「亜依子たち」「解体」「スミヤキストQの冒険」「ヴァージニア」「反悲劇」「夢の浮橋」について

I3885　川又千秋　「空想から科学小説へ ― 倉橋由美子とSF」
1980.4.1　『ユリイカ』（青土社）　12巻4号　p121-125　⇔*H3433*
＊「パルタイ」「暗い旅」「聖少女」「どこにもない場所」などについて

I3886　奥野健男　「知的女性の性と生 ― 倉橋由美子の『暗い旅』と『城の中の城』」
1985.3.10　『歴史の斜面に立つ女たち』（毎日新聞社）　p157-166　⇔*H3498*

I3887　原幸雄　「ビュトールの『心変り』と倉橋由美子の『暗い旅』」
2001.6.15　『塔の沢倶楽部』（箱根塔の沢福住楼）　創刊号　p14-19　⇔*H3661*
＊後に「倉橋由美子『暗い旅』から」と改題し、単行本『比較する目』に収録

I3888　温水ゆかり　「よせてはかえす恋の波」
2002.12.1　『本の話』（文藝春秋）　8巻12号　p62-65　⇔*H3680*

I3889　佐藤健児　「「二人称」の臨場感を味わう ― 倉橋由美子『暗い旅』」
2005.8.13　『小説のはじめ 書き出しに学ぶ文章テクニック』（雷鳥社）　p181-185　⇔*H3707*

I3890　千野帽子　「文藝ガーリッシュ　お嬢さんの本箱　それからあなたはひとつの小説を書きはじめるだろう…　倉橋由美子「暗い旅」」
2005.10.18　『東京新聞』（夕刊）（中日新聞東京本社）　p8　⇔*H3717*
＊後に単行本『文藝ガーリッシュ ― 素敵な本に選ばれたくて。』に収録

I3891　田中絵美利　「著書解題　暗い旅」
2007.3.26　『文芸研究』（明治大学文芸研究会）　102号　p87　⇔*H3748*

I3892　池上玲子　「「わたし」と「わたし」、鏡像関係への欲望 ― 倉橋由美子一九六〇年代 ― 」
2007.6.25　『語文』（日本大学国文学会）　128輯　p29-48　⇔*H3765*
＊「密告」「暗い旅」について

「聖少女」

I3893　安部公房　「安部公房氏評」

1965.9.5　『聖少女』(新潮社)　箱裏　⇔*H3128*

I3894　伊藤整　「伊藤整氏評」
1965.9.5　『聖少女』(新潮社)　箱裏　⇔*H3129*

I3895　中村真一郎　「中村真一郎氏評」
1965.9.5　『聖少女』(新潮社)　箱裏　⇔*H3130*

I3896　平野謙　「平野謙氏評」
1965.9.5　『聖少女』(新潮社)　箱裏　⇔*H3131*

I3897　無記名　「本　聖少女」
1965.9.18　『週刊新潮』(新潮社)　10巻37号　p18　⇔*H3132*

I3898　笠原伸夫　「二組の近親相姦　倉橋由美子著「聖少女」」
1965.9.25　『図書新聞』(図書新聞社)　p9　⇔*H3133*

I3899　江藤淳　「文芸時評(下)　作者は自分の眼で発見せよ　自己閉鎖の要」
1965.9.29　『朝日新聞』(夕刊)(朝日新聞社)　p9　⇔*H3134*
＊後に単行本『全文芸批評』に収録

I3900　白井浩司　「強がりは自己欺瞞?　道徳観の欠如した世界　倉橋由美子　聖少女」
1965.9.29　『産経新聞(大阪)』(産業経済新聞大阪本社)　p9　⇔*H3135*

I3901　無記名　「不思議な魅力「悪徳」の存在意義　倉橋由美子　聖少女」
1965.10.3　『毎日新聞』(日曜版)(毎日新聞社)　p19　⇔*H3137*

I3902　白川正芳　「文学・芸術　20世紀の黒い魔術　人間と対立する“自然”としての近親相姦　倉橋由美子著　聖少女」
1965.10.4　『日本読書新聞』(日本出版協会)　p4　⇔*H3138*

I3903　北原武夫　「裏切られたかなしさ残る　倉橋由美子著「聖少女」　努力の跡はうかがえるが」
1965.10.6　『東京新聞』(夕刊)(中日新聞東京本社)　p8　⇔*H3139*

I3904　佐伯彰一　「ナマナマしく幻想的感触」
1965.10.15　『週刊朝日』(朝日新聞社)　70巻45号　p84　⇔*H3140*

I3905　福田宏年　「きらびやかに描く近親相姦」
1965.10.17　『サンデー毎日』(毎日新聞社)　2437号　p62-63　⇔*H3141*

I3906　日沼倫太郎　「選ばれた愛の聖化　近親相姦による人間的悲惨からの回復　倉橋由美子著　聖少女」
1965.10.18　『週刊読書人』(株式会社読書人)　p4　⇔*H3142*

I3907　無記名　「ティー・ルーム　きらびやかに描く背徳　倉橋由美子著「聖少女」」
1965.10.25　『週刊サンケイ』(サンケイ新聞出版局)　14巻44号　p45　⇔*H3143*

I3908　浜田新一　「文芸時評11月　「サド侯爵夫人」と「聖少女」　三島もウカウカしていられない」
1965.11.1　『日本読書新聞』(日本出版協会)　p3　⇔*H3144*

I3909　無記名　「婦人公論ダイジェスト　倉橋由美子著『聖少女』」
1965.11.1　『婦人公論』（中央公論社）　50巻11号　p480-481　⇔*H3145*

I3910　無記名　「今週の話題　今週のベストセラー三冊を紹介──『聖少女』『日づけのない日記』『世界原色百科事典』」
1965.11.3　『女性セブン』（小学館）　3巻41号　p74　⇔*H3146*

I3911　浜田新一　「文芸時評　12月　倉橋由美子の短篇小説」
1965.11.29　『日本読書新聞』（日本出版協会）　p3　⇔*H3148*

I3912　松原新一　「反世界への情熱　倉橋由美子「聖少女」の創造もチーフ」
1965.12.6　『日本読書新聞』（日本出版協会）　p1　⇔*H3150*

I3913　佐伯彰一　「骨っぽさがよし　気張り方に心惹かれる」
1965.12.6　『日本読書新聞』（日本出版協会）　p4　⇔*H3151*

I3914　美谷克己　「仮構された"現実"　倉橋由美子著　聖少女」
1965.12.6　『日本読書新聞』（日本出版協会）　p4　⇔*H3152*

I3915　伊藤整　「文化ニュース　倉橋さんの書きおろし」
1965.12.20　『広報とさやまだ』（土佐山田町報道委員会）　46号　p6　⇔*H3153*

I3916　進藤純孝　「連載（14）禁じられた物語のなかの女性　「聖少女」の未紀」
1967.6.26　『young lady』（講談社）　5巻25号　p62-63　⇔*H3161*

I3917　無記名　「ママになった『聖少女』の作者」
1968.6.8　『週刊新潮』（新潮社）　13巻23号　p19　⇔*H3162*

I3918　神崎一胤　「倉橋由美子小論─パルタイより聖少女─　自由をはきちがえた作品群　存在論の霧散と自己破産」
1968.11.4　『京都大学新聞』（京都大学新聞社）　p3　⇔*H3180*

I3919　山田博光　「一〇〇人の作家に見る性と文学　倉橋由美子　パルタイ/蛇/蠍たち/聖少女/宇宙人」
1970.7.25　『国文学』（学燈社）　15巻10号　p186-187　⇔*H3272*

I3920　白川正芳　「聖少女から老人への変身」
1971.7.31　『図書新聞』（図書新聞社）　p1　⇔*H3299*
＊「反悲劇」「夢の浮橋」について　後に単行本『星のきらめく夜は私の星座』に収録

I3921　安藤靖彦　「聖少女」
1971.8.1　『国文学解釈と鑑賞』（至文堂）　36巻9号　p123-125　⇔*H3310*

I3922　荻原雄一　「分裂病仕掛けの自由──倉橋由美子、その作品の構図──」
1978.9.9　『バネ仕掛けの夢想』（味爽社）　p25-67　⇔*H3407*
＊「パルタイ」「暗い旅」「わたしの心はパパのもの」「聖少女」「どこにもない場所」「蠍たち」「亜依子たち」「解体」「スミヤキストQの冒険」「ヴァージニア」「反悲劇」「夢の浮橋」について

I3923　磯田光一　「解説」

1979.11.15　『新潮現代文学69 聖少女 夢の浮橋』(新潮社)　p395-401　⇔*H3426*
　＊「雑人撲滅週間」「パルタイ」「夢の浮橋」「聖少女」「白い髪の童女」について
　後に『昭和作家論集成』に収録

I3924　川又千秋　「空想から科学小説へ――倉橋由美子とSF」
1980.4.1　『ユリイカ』(青土社)　12巻4号　p121-125　⇔*H3433*
　＊「パルタイ」「暗い旅」「聖少女」「どこにもない場所」などについて

I3925　森川達也　「解説」
1981.9.25　『聖少女』(新潮社(新潮文庫))　p235-240　⇔*H3474*

I3926　尾形明子　「倉橋由美子「聖少女」の未紀」
1988.10.20　『現代文学の女たち』(ドメス出版)　p101-103　⇔*H3570*

I3927　高畠寛　「観念性と批評性――倉橋由美子と富岡多恵子」
1996.7.15　『樹林』(大阪文学学校)　378号　p1-16　⇔*H3633*
　＊「パルタイ」「聖少女」「夢の浮橋」「アマノン国往還記」について

I3928　高原恵理　「自己愛の構築　倉橋由美子『聖少女』一九六五」
1999.10.25　『少女領域』(国書刊行会)　p185-227　⇔*H3656*

I3929　松浦寿輝　「この人・この3冊　倉橋由美子」
2005.7.3　『毎日新聞』(毎日新聞社)　p13　⇔*H3703*
　＊「パルタイ・紅葉狩り」「聖少女」「スミヤキストQの冒険」を選ぶ　後に『青の奇蹟』に収録

I3930　久米勲　「少女小説の知的なたくらみ　少女の憧れを完璧なまでに描いた観念世界――倉橋由美子の知的たくらみ――」
2005.7.25　『飛ぶ教室』(光村図書出版株式会社)　2号　p84-86　⇔*H3705*

I3931　陣野俊史　「精神的王族について――倉橋由美子の初期作品と綿矢りさ――」
2007.3.26　『文芸研究』(明治大学文芸研究会)　102号　p39-61　⇔*H3745*
　＊「パルタイ」「聖少女」について

I3932　田中絵美利　「著書解題　聖少女」
2007.3.26　『文芸研究』(明治大学文芸研究会)　102号　p87　⇔*H3749*

I3933　桜庭一樹　「解説」
2008.2.1　『聖少女』(新潮社(新潮文庫))　p292-298　⇔*H3768*

「ヴァージニア」

I3934　吉田健一　「文芸時評(上)言葉をこなしきる――倉橋の「長い夢路」――」
1968.11.21　『夕刊読売新聞』(読売新聞社)　p9　⇔*H3185*
　＊「ヴァージニア」についても　後に単行本『ポエティカ』に収録

I3935　小島信夫　「文芸時評(上)知的な筆のびる」
1968.11.28　『朝日新聞』(夕刊)(朝日新聞社)　p7　⇔*H3186*

＊「ヴァージニア」「長い夢路」について

I3936　久保田正文　「文芸時評　多い老人テーマの作品」
1968.11.28　『高知新聞』（高知新聞社）　p9　⇔*H3187*

I3937　平野謙　「学芸　12月の小説(上)陰湿なリアリズム」
1968.11.29　『毎日新聞』（夕刊)(毎日新聞社）　p8　⇔*H3190*
＊「長い夢路」「ヴァージニア」について

I3938　平野謙　「学芸　12月の小説(下)東西文明批判を試みた倉橋」
1968.11.30　『毎日新聞』（夕刊)(毎日新聞社）　p7　⇔*H3191*
＊「長い夢路」「ヴァージニア」について

I3939　上田三四二　「文芸時評12月　如何にも割り切った現代的風景」
1968.12.2　『週刊読書人』（株式会社読書人）　p2　⇔*H3193*

I3940　中村真一郎　「文芸時評　ことしの収穫　衝撃的な「ヴァージニア」　安部、倉橋、大江、金井、井上氏らの活躍」
1968.12.3　『産経新聞(大阪)』(夕刊)(産業経済新聞大阪本社）　p7　⇔*H3194*

I3941　花田清輝 武田泰淳 寺田透　「創作合評」
1969.1.1　『群像』（講談社）　24巻1号　p276-293　⇔*H3196*

I3942　別役実　「連続的な営みに同調し　局部的感動と総合的体験が逆方向に」
1970.5.25　『日本読書新聞』（日本出版協会）　p5　⇔*H3260*

I3943　田村隆一　「拒絶されたエロティクな関係　倉橋由美子『ヴァージニア』」
1970.7.1　『文藝』（河出書房新社）　9巻7号　p208-209　⇔*H3270*

I3944　宇波彰　「不透明なイマージュと奇妙な笑い　倉橋由美子『ヴァージニア』」
1970.8.1　『早稲田文学(第7次)』(早稲田文学会）　2巻8号　p160-162　⇔*H3273*

I3945　高野斗志美　「解説」
1973.5.25　『ヴァージニア』（新潮社(新潮文庫))　p177-185　⇔*H3358*

I3946　萩原雄一　「分裂病仕掛けの自由――倉橋由美子、その作品の構図――」
1978.9.9　『バネ仕掛けの夢想』（味爽社）　p25-67　⇔*H3407*
＊「パルタイ」「暗い旅」「わたしの心はパパのもの」「聖少女」「どこにもない場所」「蠍たち」「亜依子たち」「解体」「スミヤキストQの冒険」「ヴァージニア」「反悲劇」「夢の浮橋」について

I3947　今村忠純　「倉橋由美子「ヴァージニア」」
1980.6.20　『国文学』（学燈社）　25巻7号　p139-141　⇔*H3435*

I3948　池上富子　「倉橋由美子――自我分裂の救済」
1980.12.25　『目白近代文学』（日本女子大学大学院日本文学専攻課程井上ゼミ）　2号　p89-94　⇔*H3450*
＊「ヴァージニア」「長い夢路」について

I3949　発田和子　「倉橋由美子における女とは何か――『ヴァージニア』・知ることへの欲望――」
1981.2.1　『国文学解釈と鑑賞』（至文堂）　46巻2号　p168-170　⇔*H3459*

I3950　川崎賢子　「倉橋由美子『ヴァージニア』」
2003.6.25　『読む女書く女』（白水社）　p32-33　⇔H3687

I3951　嶋岡晨　「倉橋由美子の〈酔郷〉」
2007.3.26　『文芸研究』（明治大学文芸研究会）　102号　p5-14　⇔H3741
＊「酔郷にて」「スミヤキストQの冒険」「ヴァージニア」について

「スミヤキストQの冒険」

I3952　小島信夫　「倉橋さんの第一の道」
1969.4.24　『「スミヤキストQの冒険」付録』（講談社）　p2　⇔H3200

I3953　奥野健男　「ノベリストKの冒険」
1969.4.24　『「スミヤキストQの冒険」付録』（講談社）　p2-4　⇔H3201

I3954　松原新一　「戦後知識人への批評」
1969.4.24　『「スミヤキストQの冒険」付録』（講談社）　p4-5　⇔H3202

I3955　井上光晴　「シンパPへの尋問」
1969.4.24　『「スミヤキストQの冒険」付録』（講談社）　p5-6　⇔H3203

I3956　加賀乙彦　「成功した観念小説　倉橋由美子著　スミヤキストQの冒険」
1969.5.21　『高知新聞』（高知新聞社）　p7　⇔H3208

I3957　奥野健男　「今週の一冊　巧まずに現代を風刺する鋭さ　倉橋由美子著　スミヤキストQの冒険」
1969.5.22　『週刊現代』（講談社）　11巻20号　p112　⇔H3209

I3958　A・M　「感化院の狂気の嵐」
1969.5.23　『熊本日日新聞』（熊本日日新聞社）　p10　⇔H3210

I3959　磯田光一　「文芸時評　現代を透視する風刺　狂気と病理の裏打ちを」
1969.5.26　『高知新聞』（高知新聞社）　p7　⇔H3211

I3960　金井美恵子　「ほん　“小説を書く”という“冒険”　カフカのイメージも　倉橋由美子著　スミヤキストQの冒険」
1969.5.29　『東京新聞』（中日新聞東京本社）　p6　⇔H3212

I3961　森川達也　「快適な批評精神・豊穣な詩的感受性　倉橋由美子『スミヤキストQの冒険』」
1969.6.1　『群像』（講談社）　24巻6号　p315-318　⇔H3213

I3962　無記名　「読書　“進歩的文化人”の愚かさを鋭く風刺　倉橋由美子著　スミヤキストQの冒険」
1969.6.1　『今週の日本』（株式会社今週の日本）　p15　⇔H3214

I3963　木本至　「FOR・ザ・教条主義者　思想人間のグロテスクな行動」
1969.6.2　『平凡パンチ』（平凡出版）　6巻21号　p115　⇔H3215

I3964　佐伯輝木　「文芸雑評　現在の文学状況に対決」
1969.6.3　『中央大学新聞』（中央大学新聞学会）　p2　⇔*H3216*

I3965　平野謙　「倉橋由美子著　スミヤキストQの冒険　怪奇な反・現実を象徴　革命のパロディ化も成功」
1969.6.3　『読売新聞』（夕刊）（読売新聞社）　p7　⇔*H3217*

I3966　無記名　「若い革命信者を風刺　倉橋由美子著　スミヤキストQの冒険」
1969.6.10　『朝日新聞』（朝日新聞社）　p21　⇔*H3218*

I3967　三木清　「わたしの評　観念的な革命劇　倉橋由美子著　スミヤキストQの冒険」
1969.6.11　『京都新聞』（夕刊）（京都新聞社）　p9　⇔*H3219*

I3968　康　「革命運動を戯画化」
1969.6.14　『聖教新聞』（聖教新聞社）　p8　⇔*H3220*

I3969　中村真一郎　「倉橋由美子　スミヤキストQの冒険　現実よりリアルな“夢”」
1969.6.23　『産経新聞（大阪）』（産業経済新聞大阪本社）　p5　⇔*H3221*

I3970　入沢康夫　「破綻することを恐れず冒険を“作品”と“作品ならざるもの”の浮動」
1969.6.23　『日本読書新聞』（日本出版協会）　p5　⇔*H3222*

I3971　後閑英雄　「週刊読書室　教条主義的人間を風刺　倉橋由美子著『スミヤキストQの冒険』」
1969.6.25　『週刊言論』（潮出版社）　247号　p70　⇔*H3223*

I3972　虫　「学園闘争を予見した観念小説倉橋由美子著　スミヤキストQの冒険」
1969.6.27　『週刊朝日』（朝日新聞社）　74巻26号　p100-101　⇔*H3224*

I3973　川村二郎　「寓話の精神について――倉橋由美子『スミヤキストQの冒険』　エルンスト・ブロッホ『未知への痕跡』――」
1969.7.1　『海』（中央公論社）　1巻2号　p180-185　⇔*H3225*

I3974　天沢退二郎　「現実を喰いつくす虚構　倉橋由美子『スミヤキストQの冒険』」
1969.7.1　『文藝』（河出書房新社）　8巻7号　p173-176　⇔*H3226*

I3975　秋山信子　「無気味な観念小説　倉橋由美子著　スミヤキストQの冒険」
1969.7.3　『徳島新聞』（徳島新聞社）　p8　⇔*H3227*

I3976　S　「特集　今年上半期の文学状況　三作家の力作得る」
1969.7.5　『図書新聞』（図書新聞社）　p5　⇔*H3228*

I3977　古林尚　「観念世界の自己増殖――倉橋由美子著「スミヤキストQの冒険」――」
1969.7.19　『図書新聞』（図書新聞社）　p1　⇔*H3229*

I3978　西村道一　「Qの描き方に弱さ　現状況の鋭いパロディ化」
1969.7.21　『東京大学新聞』（東京大学新聞社）　p3　⇔*H3230*

I3979　加賀乙彦　「観念小説と現実世界　倉橋由美子著「スミヤキストQの冒険」について」
1969.8.1　『文學界』（文藝春秋）　23巻8号　p176-181　⇔*H3232*

I3980　亀井秀雄　「知的頽廃の異常肥大　倉橋由美子著　スミヤキストQの冒険」
1969.9.8　『週刊読書人』(読書人)　p5　⇔*H3233*

I3981　上田三四二・佐伯彰一　「文壇1969年　肉体が薄い観念小説　『スミヤキストQ…』の評価」
1969.12.8　『週刊読書人』(株式会社読書人)　p1-2　⇔*H3239*

I3982　伊東守男　「黒い哄笑――このアンチ・ヒューマンなるもの」
1970.4.15　『ブラック・ユーモア選集 第5巻(短篇集)日本篇』(早川書房)　p437-469　⇔*H3251*
＊「暗い旅」「スミヤキストQの冒険」「蠍たち」について

I3983　高野斗志美　「無の想像的な王国　《凹型の世界》を紡ぐ想像力の虫　肉感的瞑想の容器　反世界にひしめく豊饒なイメージ群」
1971.6.7　『日本読書新聞』(日本出版協会)　p1　⇔*H3288*
＊「妖女のように」「どこにもない場所」「反悲劇」「夢の浮橋」「スミヤキストQの冒険」について

I3984　柘植光彦　「スミヤキストQの冒険」
1971.8.1　『国文学解釈と鑑賞』(至文堂)　36巻9号　p127-129　⇔*H3312*

I3985　岡本泰昌　「小説の中の社会保障(26)救い難い楽天家とパラドクス　倉橋由美子著「スミヤキストQの冒険」」
1972.6.1　『社会保険』(全国社会保険協会連合)　23巻6号　p32-34　⇔*H3345*

I3986　松原新一　「解説」
1972.6.15　『スミヤキストQの冒険』(講談社(講談社文庫))　p402-418　⇔*H3347*

I3987　森常治　「〈乗り換えの便〉についての試論――倉橋由美子――」
1976.1.10　『文芸四季』(エディトリアルプランニング)　3巻4号　p4-28　⇔*H3381*
＊『スミヤキストQの冒険』『夢の浮橋』『長い夢路』について

I3988　荻原雄一　「分裂病仕掛けの自由――倉橋由美子、その作品の構図――」
1978.9.9　『バネ仕掛けの夢想』(味爽社)　p25-67　⇔*H3407*
＊「パルタイ」「暗い旅」「わたしの心はパパのもの」「聖少女」「どこにもない場所」「蠍たち」「亜依子たち」「解体」「スミヤキストQの冒険」「ヴァージニア」「反悲劇」「夢の浮橋」について

I3989　馬場禮子　「『スミヤキストQの冒険』分析　倉橋由美子論」
1980.9.1　『理想』(理想社)　568号　p26-34　⇔*H3441*

I3990　中村博保　「『スミヤキストQの冒険』倉橋由美子　波瀾万丈の哲学的メルヘン」
1986.11.20　『現代小説を狩る』(赤祖父哲二・中村博保・森常治編)(中教出版)　p373-391　⇔*H3546*

I3991　川村湊　「『スミヤキストQの冒険』再読のためのノート」
1988.2.10　『スミヤキストQの冒険』(講談社(講談社文芸文庫))　p456-463　⇔*H3562*

I3992　石田健夫　「続覚書戦後の文学12　倉橋由美子　パロディー「スミヤキストQの冒険」」

1998.12.7　『東京新聞』（夕刊）（中日新聞東京本社）　p5　⇔*H3647*

I3993　乙部真実　「星になる男たち　倉橋由美子『スミヤキストQの冒険』論」
2001.3.31　『島大国文』（島大国文会）　29号　p29-40　⇔*H3660*

I3994　藤澤全　「倉橋由美子『スミヤキストQの冒険』——暗喩と奇想の不条理劇——」
2004.4.11　『言語文化の諸相——近代文学——』（大空社）　p101-105　⇔*H3699*

I3995　松浦寿輝　「この人・この3冊　倉橋由美子」
2005.7.3　『毎日新聞』（毎日新聞社）　p13　⇔*H3703*
＊「パルタイ・紅葉狩り」「聖少女」「スミヤキストQの冒険」を選ぶ　後に『青の奇蹟』に収録

I3996　嶋岡晨　「倉橋由美子の〈酔郷〉」
2007.3.26　『文芸研究』（明治大学文芸研究会）　102号　p5-14　⇔*H3741*
＊「酔郷にて」「スミヤキストQの冒険」「ヴァージニア」について

I3997　鈴木淳　「著書解題　スミヤキストQの冒険」
2007.3.26　『文芸研究』（明治大学文芸研究会）　102号　p88　⇔*H3751*

I3998　メアリー・ナイトン　「「パルタイ」から『スミヤキストQの冒険』へ——倉橋由美子の文学における審美的・政治的革命」
2007.3.31　『神奈川大学人文学研究叢書23 世界から見た日本文化——多文化共生社会の構築のために』（神奈川大学人文学研究所）　p5-49　⇔*H3762*
＊井上麻衣子・村井まや子訳

「反悲劇」

I3999　奥野健男　「文芸時評　リアリズムの超克を　今月第一等の「酔郷にて」」
1964.4.26　『産経新聞（大阪）』（夕刊）（産業経済新聞大阪本社）　p6　⇔*H3107*

I4000　中村光夫　「文芸時評（上）自然な中年男の姿」
1964.4.28　『朝日新聞』（夕刊）（朝日新聞社）　p7　⇔*H3108*
＊「酔郷にて」について

I4001　中村真一郎　「文芸時評——「寓話」的方法めだつ　ギリシア悲劇を下敷きに　倉橋由美子「向日葵の家」」
1968.10.28　『産経新聞（大阪）』（夕刊）（産業経済新聞大阪本社）　p9　⇔*H3172*

I4002　篠田一士　「文芸時評（下）　倉橋氏『向日葵の家』の後続に期待」
1968.10.29　『東京新聞』（中日新聞東京本社）　p8　⇔*H3173*

I4003　小島信夫　「文芸時評（下）　「私」により添うべし?——現代小説を考える——川村評論などを手がかりに　サイケ調、倉橋作品」
1968.10.30　『朝日新聞』（夕刊）（朝日新聞社）　p9　⇔*H3174*
＊「向日葵の家」について

I4004　久保田正文　「文芸時評　“作家主体”の問題」

1968.10.30　『京都新聞』(夕刊)(京都新聞社)　p5　⇔H3175
＊「向日葵の家」について

I4005　磯田光一　「文芸時評」
1968.10.30　『信濃毎日新聞』(信濃毎日新聞社)　p9　⇔H3176
＊「向日葵の家」について

I4006　平野謙　「11月の小説(下)　ベスト3」
1968.11.1　『毎日新聞』(夕刊)(毎日新聞社)　p7　⇔H3178
＊「向日葵の家」について

I4007　吉田健一　「文芸時評(下)　対照的な二つの作品　小沼氏「ギリシャの血」　倉橋氏「向日葵の家」」
1968.10.30　『読売新聞』(夕刊)(読売新聞社)　p9　⇔H3177
＊後に単行本『ポエティカ』に収録

I4008　天沢退二郎　「文芸時評11月　外の向日葵、内の悪霊ども　最悪の破綻による作品の成立が」
1968.11.11　『日本読書新聞』(日本出版協会)　p3　⇔H3183
＊「向日葵の家」について

I4009　松原新一・磯田光一・森川達也　「小説・この一年の収穫」
1968.12.1　『展望』(筑摩書房)　120号　p95-107　⇔H3192
＊「蠍たち」「向日葵の家」について

I4010　佐伯彰一　「文芸時評　肉声の厚みがない　さまざまな一人称作品　興に乗りすぎた倉橋」
1969.4.26　『読売新聞』(夕刊)(読売新聞社)　p9　⇔H3204
＊「酔郷にて」について

I4011　中村光夫　「文芸時評(上)個性強い新人の力作　丸山「明日への楽園」と倉橋「酔郷にて」　旅題材に正反対の作風」
1969.4.28　『朝日新聞』(夕刊)(朝日新聞社)　p7　⇔H3205

I4012　佐伯彰一　「文芸時評(下)　回想が生む新鮮さ　幻想風な非現実への傾斜　女性らしい残酷趣味」
1969.11.27　『読売新聞』(夕刊)(読売新聞社)　p9　⇔H3234
＊「白い髪の童女」について

I4013　中村光夫　「文芸時評(下)　健康な息吹きを見る　清岡「アカシヤの大連」　倉橋野心的な「白い髪の童女」」
1969.11.28　『朝日新聞』(夕刊)(朝日新聞社)　p7　⇔H3235

I4014　久保田正文　「文芸時評　読みやすい倉橋「白い髪の童女」」
1969.11.28　『新潟日報』(新潟日報社)　p8　⇔H3236

I4015　奥野健男　「文芸時評　芸術の妙味を」
1969.11.29　『産経新聞(大阪)』(夕刊)(産業経済新聞大阪本社)　p5　⇔H3237
＊「白い髪の童女」について

I4016　篠田一士　「文芸時評(下)」
1969.11.29　『東京新聞』(夕刊)(中日新聞東京本社)　p12　⇔H3238

＊「白い髪の童女」について

I4017　埴谷雄高 小田切秀雄 寺田透　「創作合評」
1970.1.1　『群像』（講談社）　25巻1号　p259-277　⇔H3241
＊「白い髪の童女」について

I4018　磯田光一　「文芸時評――悲劇と反悲劇　倉橋由美子「反悲劇」運命と現実の断層」
1970.4.21　『産経新聞(大阪)』(夕刊)(産業経済新聞大阪本社)　p4　⇔H3253

I4019　森川達也　「文芸時評」
1970.4.28　『京都新聞』（夕刊)(京都新聞社）　p3　⇔H3254
＊「河口に死す」について

I4020　奥野健男　「文芸時評　老紳士の異常心理描く」
1970.5.2　『産経新聞(大阪)』(夕刊)(産業経済新聞大阪本社)　p3　⇔H3256
＊「河口に死す」について

I4021　上田三四二　「文芸5月」
1970.5.4　『週刊読書人』（読書人）　p3　⇔H3258
＊「河口に死す」について

I4022　佐々木基一 遠藤周作 秋山駿　「創作合評」
1970.6.1　『群像』（講談社）　25巻6号　p255-267　⇔H3262
＊「河口に死す」について

I4023　森川達也　「文芸時評　作家における生と死」
1970.12.24　『京都新聞』（京都新聞社）　p10　⇔H3280
＊「神々がいたころの話」について

I4024　磯田光一　「文芸時評　悲劇と反悲劇　人生の果ての光景見る」
1970.12.26　『産経新聞(東京)』(夕刊)(産業経済新聞東京本社)　p3　⇔H3281
＊「反悲劇」について

I4025　佐伯彰一　「文芸時評(下)　「エゴ」超えた作品群　“沈黙と余白の効果”の短篇も」
1970.12.26　『読売新聞』（夕刊)(読売新聞社）　p3　⇔H3282
＊「神々がいたころの話」について

I4026　亀井秀雄　「文芸1月」
1971.1.4　『週刊読書人』（読書人）　p9　⇔H3283
＊「神々がいたころの話」について

I4027　高野斗志美　「無の想像的な王国　《凹型の世界》を紡ぐ想像力の虫　肉感的瞑想の容器　反世界にひしめく豊饒なイメージ群」
1971.6.7　『日本読書新聞』（日本出版協会）　p1　⇔H3288
＊「妖女のように」「どこにもない場所」「反悲劇」「夢の浮橋」「スミヤキストQの冒険」について

I4028　無記名　「出版情況　一九七一・上半期　文学・芸術　〈未来形〉の獲得へ　自然との訣別の契機を喪い」
1971.7.19　『日本読書新聞』（日本出版協会）　p2　⇔H3296
＊「夢の浮橋」「反悲劇」について

I4029　無記名　「倉橋由美子著　反悲劇　華麗で面白く前衛的」
1971.7.19　『読売新聞』（読売新聞社）　p8　⇔*H3297*

I4030　佐伯彰一　「文芸時評(下)　軽やかな明晰主義　倉橋由美子　不透明な手ごたえ　河野多恵子　好対照の女流二人」
1971.7.29　『読売新聞』（夕刊）(読売新聞社)　p7　⇔*H3298*
＊「夢の浮橋」「反悲劇」について

I4031　白川正芳　「聖少女から老人への変身」
1971.7.31　『図書新聞』（図書新聞社）　p1　⇔*H3299*
＊「反悲劇」「夢の浮橋」について　後に単行本『星のきらめく夜は私の星座』に収録

I4032　秋山駿 小沢昭一　「対談書評」
1971.8.8　『毎日新聞』（毎日新聞社）　p15　⇔*H3324*

I4033　饗庭孝男　「想像力の不気味な豊かさ　倉橋由美子著「反悲劇」」
1971.8.9　『日本読書新聞』（日本出版協会）　p5　⇔*H3325*

I4034　金井美恵子　「本との対話　反悲劇　倉橋由美子著」
1971.8.16　『週刊文春』（文藝春秋）　13巻32号　p141　⇔*H3326*
＊金井美恵子に聞き書き

I4035　森内俊雄　「反書評的に　書評　倉橋由美子著『反悲劇』」
1971.9.1　『海』（中央公論社）　3巻10号　p206-207　⇔*H3328*

I4036　小川国夫　「闇にうずくまる異形の獣　倉橋由美子『反悲劇』」
1971.9.1　『群像』（講談社）　26巻9号　p224-226　⇔*H3329*

I4037　奥野健男　「本格的な《老人文学》　倉橋由美子著『反悲劇』」
1971.9.1　『中央公論』（中央公論社）　86年12号　p132-133　⇔*H3330*

I4038　佐伯彰一　「意匠感覚と批評性　倉橋由美子『反悲劇』」
1971.9.1　『文藝』（河出書房新社）　10巻10号　p258-261　⇔*H3331*

I4039　無記名　「才気あふれる組立て　倉橋由美子著　反悲劇」
1971.9.20　『朝日新聞』（朝日新聞社）　p11　⇔*H3333*

I4040　天沢退二郎　「悲劇から小説への反転　倉橋由美子著　反悲劇」
1971.9.27　『週刊読書人』（読書人）　p5　⇔*H3335*

I4041　橋本真理　「著者への手紙　『反悲劇』倉橋由美子著」
1971.11.1　『現代の眼』（現代評論社）　12巻11号　p142-143　⇔*H3337*

I4042　関井光男　「近代女流作家の肖像　倉橋由美子」
1972.3.1　『国文学解釈と鑑賞』（至文堂）　37巻3号　p125-127　⇔*H3342*
＊「インセストについて」「反悲劇」などについて

I4043　佐々木基一　「一九七一年の文学概観」
1972.6.20　『昭和四十七年版 文芸年鑑』（新潮社）　p52-55　⇔*H3349*

I4044　大笹吉雄　「倉橋由美子「白い髪の童女」」

1977.2.1　『国文学解釈と鑑賞』（至文堂）　42巻2号　p146-147　⇔*H3391*

I4045　荻原雄一　「分裂病仕掛けの自由――倉橋由美子、その作品の構図――」
1978.9.9　『バネ仕掛けの夢想』（味爽社）　p25-67　⇔*H3407*
＊「パルタイ」「暗い旅」「わたしの心はパパのもの」「聖少女」「どこにもない場所」「蠍たち」「亜依子たち」「解体」「スミヤキストQの冒険」「ヴァージニア」「反悲劇」「夢の浮橋」について

I4046　原田伸子　「テクスト相互関連性理論から見た倉橋由美子の『白い髪の童女』について」
1979.5.30　『京都産業大学論集』（京都産業大学）　8巻2号　p39-67　⇔*H3421*

I4047　磯田光一　「解説」
1979.11.15　『新潮現代文学69 聖少女 夢の浮橋』（新潮社）　p395-401　⇔*H3426*
＊「雑人撲滅週間」「パルタイ」「夢の浮橋」「聖少女」「白い髪の童女」について。後に『昭和作家論集成』に収録

I4048　佐伯彰一　「あとがき」
1980.8.25　『反悲劇』（新潮社（新潮文庫））　p296-302　⇔*H3436*

I4049　増田正造　「近代文学と能31　倉橋由美子『白い髪の童女』と大原富枝『鬼女誕生』」
1988.12.1　『観世』（桧書店）　55巻12号　p68-73　⇔*H3572*
＊後に単行本『能と近代文学』に収録

I4050　塚谷裕一　「ものがたり植物図鑑21　トリカブト　植物の趣味も衒学的な倉橋由美子『白い髪の童女』の世界」
1995.7.17　『鳩よ!』（マガジンハウス）　13巻8号　p102-103　⇔*H3627*

I4051　清水良典　「解説　墜落した神々の末裔」
1997.6.10　『反悲劇』（講談社（講談社文芸文庫））　p345-359　⇔*H3637*

I4052　嶋岡晨　「倉橋由美子の〈酔郷〉」
2007.3.26　『文芸研究』（明治大学文芸研究会）　102号　p5-14　⇔*H3741*
＊「酔郷にて」「スミヤキストQの冒険」「ヴァージニア」について

I4053　鈴木淳　「著書解題　反悲劇」
2007.3.26　『文芸研究』（明治大学文芸研究会）　102号　p88　⇔*H3750*

「城の中の城」

I4054　桶谷秀昭　「文芸時評（下）　知的俗物たちの日常　倉橋由美子『城の中の城』・　総中流時代の文化人一家描く」
1980.8.30　『東京新聞』（夕刊）（中日新聞東京本社）　p3　⇔*H3439*

I4055　篠田一士　「文芸時評9月　完結した四つの小説から（上）　正統的な風俗描写の手本のような筆づかい」
1980.8.29　『毎日新聞』（夕刊）（毎日新聞社）　p5　⇔*H3438*
＊後に単行本『創造の現場から　文芸時評1979-1986』に収録

I4056　篠田一士　「文芸時評9月　完結した四つの小説から（下）　倉橋由美子「城の中の城」」
1980.8.30　『毎日新聞』（夕刊）（毎日新聞社）　p4　⇔*H3440*
＊後に単行本『創造の現場から　文芸時評1979-1986』に収録

I4057　無記名　「ドグマの強要を風刺　城の中の城　倉橋由美子著」
1980.11.24　『読売新聞』（読売新聞社）　p9　⇔*H3443*

I4058　森川達也　「“予告”した実験小説　倉橋由美子著　城の中の城」
1980.12.1　『東京新聞』（夕刊）（中日新聞東京本社）　p6　⇔*H3444*

I4059　金子昌夫　「県下文化界この一年　1　小説・評論・　立原氏の死に衝撃　同人誌新雑誌の台頭目立つ」
1980.12.16　『神奈川新聞』（神奈川新聞社）　p7　⇔*H3445*
＊「城の中の城」について　但し、名前を挙げているのみ。

I4060　無記名　「論理明快な棄教小説『城の中の城』　倉橋由美子の“凝った文学料理”の世界」
1980.12.16　『週刊プレイボーイ』（集英社）　51号　p160　⇔*H3446*

I4061　無記名　「読ませる知的風俗小説　倉橋由美子著　城の中の城」
1980.12.22　『朝日新聞』（朝日新聞社）　p12　⇔*H3448*

I4062　無記名　「痛烈な知識人批判　倉橋由美子「城の中の城」」
1980.12.24　『神奈川新聞』（神奈川新聞社）　p7　⇔*H3449*

I4063　守屋はじめ　「一頁批評　存在自体が諷刺的な小説　倉橋由美子著『城の中の城』」
1981.1.1　『50冊の本』（玄海出版）　4巻1号　p50　⇔*H3451*

I4064　奥野健男　「『城の中の城』倉橋由美子　タブーへの挑戦」
1981.1.1　『新潮』（新潮社）　78巻1号　p220　⇔*H3452*

I4065　中村真一郎　「本を読む　1月　正月に小説を愉しむ　女流作家たちの冒険」
1981.1.4　『毎日新聞』（夕刊）（毎日新聞社）　p5　⇔*H3453*

I4066　諸田和治　「離婚か棄教か夫婦間の葛藤　倉橋由美子著　城の中の城」
1981.1.5　『週刊読書人』（読書人）　p9　⇔*H3454*

I4067　宮内豊　「『城の中の城』倉橋由美子　キリスト教という病がひき起こす市民生活への波紋」
1981.1.16　『朝日ジャーナル』（朝日新聞社）　23巻2号　p76-77　⇔*H3455*

I4068　無記名　「機略に富んだ『平凡』の一冊　『城の中の城』倉橋由美子著」
1981.1.23　『週刊ポスト』（小学館）　13巻4号　p85-87　⇔*H3456*

I4069　芹沢俊介　「『夢の浮橋』と180度転換　言葉に強い指示性を与える」
1981.1.24　『図書新聞』（図書新聞社）　p4　⇔*H3457*

I4070　安西篤子　「今月の本だな」
1981.1.24　『日本経済新聞』（日本経済新聞社）　p26　⇔*H3458*

I4071　谷沢永一　「評論家の憤激を光背に活用」

1981.2.1　『すばる』（集英社）　3巻2号　p322-323　⇔*H3460*
　＊後に単行本『雉子も鳴かずば』に収録

I4072　平岡篤頼　「闘志と重なる閑雅の夢」
1981.2.1　『文學界』（文藝春秋）　35巻2号　p216-217　⇔*H3461*

I4073　向井敏　「解説」
1984.8.25　『城の中の城』（新潮社（新潮文庫））　p358-363　⇔*H3494*

I4074　奥野健男　「知的女性の性と生――倉橋由美子の『暗い旅』と『城の中の城』」
1985.3.10　『歴史の斜面に立つ女たち』（毎日新聞社）　p157-166　⇔*H3498*

I4075　川島みどり　「著書解題　城の中の城」
2007.3.26　『文芸研究』（明治大学文芸研究会）　102号　p89　⇔*H3753*

「ポポイ」

I4076　秋山駿　「文芸時評　7月（下）　21世紀、生首と対話　倉橋由美子氏「ポポイ」」
1987.7.25　『毎日新聞』（夕刊）（毎日新聞東京本社）　p4　⇔*H3549*

I4077　奥野健男　「文芸時評　三島由紀夫の核心を遊びながらつく」
1987.7.31　『産経新聞（東京）』（夕刊）（産業経済新聞東京本社）　p3　⇔*H3550*
　＊後に『奥野健男文芸時評　1984-1992』に収録

I4078　菅野昭正　「文芸時評（下）　脳死問題を“軽やか”に諷刺　倉橋由美子『ポポイ』」
1987.7.31　『東京新聞』（夕刊）（中日新聞東京本社）　p3　⇔*H3551*
　＊後に『変容する文学のなかで　文芸時評』に収録

I4079　島弘之　「文芸」
1987.8.10　『週刊読書人』（読書人）　p2　⇔*H3552*

I4080　後藤明生 秋山駿 松本健一　「創作合評」
1987.9.1　『群像』（講談社）　42巻9号　p302-324　⇔*H3553*

I4081　無記名　「ポポイ　倉橋由美子著」
1987.10.12　『毎日新聞』（毎日新聞社）　p10　⇔*H3554*

I4082　高橋英夫　「文芸季評（中）　奇想・天外と妄想の間――先端科学技術を取り込んだ三作品」
1987.10.13　『読売新聞』（夕刊）（読売新聞社）　p11　⇔*H3555*

I4083　無記名　「ポポイ　倉橋由美子著」
1987.10.19　『朝日新聞』（朝日新聞社）　p13　⇔*H3556*

I4084　三浦雅士　「ポポイ　現代の風俗を再構成」
1987.10.19　『朝日新聞』（朝日新聞社）　p13　⇔*H3557*

I4085　白石省吾　「覚醒した情熱が生み出した果実　倉橋由美子著　ポポイ」
1987.10.19　『週刊読書人』（読書人）　p7　⇔*H3558*

I4086　伊井直行　「語り手の器量」
1987.11.1　『新潮』（新潮社）　84巻11号　p315　⇔*H3559*

I4087　菅野昭正　「今日と明日のあいだ　書評　倉橋由美子『ポポイ』」
1987.12.1　『文學界』（文藝春秋）　41巻12号　p326-237　⇔*H3560*

I4088　森岡正博　「倉橋由美子『ポポイ』　首人間との非言語コミュニケーションを描く」
1988.1.1　『中央公論』（中央公論社）　103年1号　p400-401　⇔*H3561*

I4089　斎明寺以玖子　「解説」
1991.4.25　『ポポイ』（新潮社（新潮文庫））　p131-138　⇔*H3601*

I4090　川島みどり　「著書解題　ポポイ」
2007.3.26　『文芸研究』（明治大学文芸研究会）　102号　p90　⇔*H3757*

「シュンポシオン」

I4091　野村芳夫　「SFA　CHECKLIST　新刊チェックリスト」
1985.3.1　『SFアドベンチャー』（徳間書店）　8巻3号　p163　⇔*H3496*

I4092　三枝和子　「文芸時評　10月号　（上）」
1985.9.26　『高知新聞』（高知新聞社）　p13　⇔*H3512*

I4093　奥野健男　「文芸時評　長編も短編も衰退兆候に　わさびのきく批判的饒舌と議論」
1985.9.27　『産経新聞（東京）』（夕刊）（産業経済新聞東京本社）　p3　⇔*H3513*
＊『奥野健男文芸時評　1984-1992』に収録

I4094　篠田一士　「文芸時評　10月　下　苦心の仕掛けは認めるが　倉橋由美子氏の「シュンポシオン」」
1985.9.28　『毎日新聞』（夕刊）（毎日新聞社）　p5　⇔*H3514*
＊後に単行本『創造の現場から　文芸時評1979-1986』に収録

I4095　無記名　「シュンポシオン　倉橋由美子著　反世界色の終末論」
1985.12.9　『神奈川新聞』（神奈川新聞社）　p7　⇔*H3517*

I4096　無記名　「読書　倉橋由美子著　シュンポシオン　一夏の饗宴　細密な描写で」
1985.12.9　『読売新聞』（読売新聞社）　p9　⇔*H3518*

I4097　柘植光彦　「シュンポシオン　倉橋由美子著　“薬味”のきいた作品」
1985.12.20　『東京新聞』（中日新聞東京本社）　p6　⇔*H3519*

I4098　松本健一　「シュンポシオン　倉橋由美子著　「世界の終はり」楽しむ人々描く」
1985.12.22　『日本経済新聞』（日本経済新聞社）　p12　⇔*H3520*

I4099　無記名　「シュンポシオン　倉橋由美子著　遊びの高みから見る」
1986.1.13　『毎日新聞』（毎日新聞社）　p8　⇔*H3521*

I4100　武田友寿　「終末告げるレクイエム　倉橋由美子著　シュンポシオン」

1986.1.20　『産経新聞（東京）』（産業経済新聞東京本社）　p8　⇔*H3522*

I4101　別役実　「『シュンポシオン』倉橋由美子　現代の知性・美意識へのイロニー」
1986.2.7　『朝日ジャーナル』（朝日新聞社）　28巻5号　p69　⇔*H3523*

I4102　中村真一郎　「文化　本を読む　2月　文学は死なず（下）　シュンポシオン」
1986.2.15　『毎日新聞』（夕刊）（毎日新聞社）　p4　⇔*H3524*

I4103　高野斗志美　「文学/芸術　倉橋由美子著　シュンポシオン　最後から二番目の毒想　虚構を映し出す死の鏡　暗喩としての大人のための残酷童話」
1986.8.11　『週刊読書人』（読書人）　p8　⇔*H3529*

I4104　三浦雅士　「解説　倉橋由美子の逆説」
1988.12.5　『シュンポシオン』（新潮社（新潮文庫））　p457-462　⇔*H3573*

I4105　塚谷裕一　「ものがたり植物図鑑9　酔芙蓉　倉橋由美子『シュンポシオン』白から徐々に赤みを帯びる酔芙蓉は佳人ほろ酔いの情緒」
1994.7.16　『鳩よ!』（マガジンハウス）　12巻8号　p100-101　⇔*H3621*

I4106　豊崎由美　「大人がたしなむ倉橋文学」
2006.9.22　『活字倶楽部』（雑草社）　9巻42号　p71　⇔*H3729*

I4107　古屋美登里 豊崎由美　「対談　倉橋由美子大人の小説の魅力 — 豊崎由美が「お子ちゃま」文学を斬る!」
2007.3.31　『図書の譜 明治大学図書館紀要』（明治大学図書館）　11号　p143-164　⇔*H3764*
＊「シュンポシオン」「偏愛文学館」「あたりまえのこと」について

「アマノン国往還記」

I4108　篠田一士　「文芸時評8月上 — 主題の基本ぼける　倉橋由美子氏「アマノン国往還記」」
1986.8.26　『毎日新聞』（夕刊）（毎日新聞社）　p4　⇔*H3530*
＊後に単行本『創造の現場から　文芸時評1979-1986』に収録

I4109　菅野昭正　「文芸時評（上）　架空の“女権国”の体験記　倉橋由美子『アマノン国往還記』」
1986.8.29　『東京新聞』（夕刊）（中日新聞東京本社）　p3　⇔*H3531*

I4110　古屋健三　「性を通してみた人間の生」
1986.9.8　『産経新聞（東京）』（産業経済新聞東京本社）　p7　⇔*H3533*

I4111　高橋英夫　「アマノン国往還記　倉橋由美子著」
1986.9.14　『日本経済新聞』（日本経済新聞社）　p12　⇔*H3534*

I4112　磯田光一　「風刺抑えた現代寓話　倉橋由美子著　アマノン国往還記」
1986.9.15　『朝日新聞』（朝日新聞社）　p11　⇔*H3535*

I4113　磯田光一　「文芸季評（上）フェミニズムの明暗　“女流文学”昇華の中に」
1986.9.16　『読売新聞』（夕刊）（読売新聞社）　p9　⇔*H3536*

I4114　磯田光一　「文芸季評（下）“偽史”としての小説　時代の神話を織り込む」
1986.9.17　『読売新聞』（夕刊）（読売新聞社）　p13　⇔*H3537*

I4115　川村二郎　「『アマノン国往還記』倉橋由美子　着想は挑発的で刺激的なのだが…」
1986.9.26　『朝日ジャーナル』（朝日新聞社）　28巻39号　p78　⇔*H3538*

I4116　山田和子　「“性”と“女権”を主題に　倉橋由美子著　アマノン国往還記」
1986.10.13　『週刊読書人』（読書人）　p5　⇔*H3539*

I4117　菊田均　「倉橋由美子著　アマノン国往還記　日本論としてのリアリティ「これは国家ではない」と語る視点に特徴」
1986.10.25　『図書新聞』（図書新聞社）　p4　⇔*H3540*

I4118　山縣熙　「文芸時評（上）説明の言葉と表現の言葉　面白い現代文明風刺　倉橋「アマノン国往還記」」
1986.10.28　『読売新聞（大阪）』（夕刊）（読売新聞大阪本社）　p9　⇔*H3541*

I4119　絓秀実　「フェミニズムと禁忌」
1986.11.1　『海燕』（福武書店）　5巻11号　p180-185　⇔*H3542*

I4120　松下千里　「模型国家ゲーム──倉橋由美子『アマノン国往還記』──」
1986.11.1　『群像』（講談社）　41巻11号　p296-297　⇔*H3543*
＊後に『生成する「非在」』に収録

I4121　佐藤洋二郎　「ブック　倉橋由美子著『アマノン国往還記』　飽食の現代　辛辣に描く　文化論にも通じる未来小説　思想も宗教も根づかない土壌に佇ち」
1986.11.5　『仏教タイムス』（仏教タイムス社）　p4　⇔*H3544*

I4122　小川和佑　「物語世界に見る純文学・中間小説　女流の夢と性　倉橋由美子『アマノン国往還記』」
1986.11.9　『サンデー毎日』（毎日新聞社）　65巻46号　p123　⇔*H3545*

I4123　利根川裕　「婦人公論ダイジェスト　倉橋由美子著『アマノン国往還記』」
1986.12.1　『婦人公論』（中央公論社）　71巻15号　p480　⇔*H3547*

I4124　与那覇恵子　「フェミニズム批評〈実例〉倉橋由美子『アマノン国往還記』」
1989.7.20　『国文学』（学燈社）　34巻8号　p115-121　⇔*H3583*

I4125　別役実　「反・ガリバー旅行記」
1989.12.20　『新潮』（新潮社）　83巻11号　p210-211　⇔*H3596*
＊後に新潮文庫版『アマノン国往還記』の解説として収録

I4126　高畠寛　「観念性と批評性──倉橋由美子と富岡多恵子」
1996.7.15　『樹林』（大阪文学学校）　378号　p1-16　⇔*H3633*
＊「パルタイ」「聖少女」「夢の浮橋」「アマノン国往還記」について

I4127　田中絵美利　「著書解題　アマノン国往還記」
2007.3.26　『文芸研究』（明治大学文芸研究会）　102号　p90　⇔*H3755*

VI　その他新聞記事など

J4128　無記名　「点描」
1960.2.11　『週刊明治大学新聞』（明治大学新聞学会）　p1

J4129　黒田節男　「現代女子学生の“オント”　批評家を唸らせた新人小説『パルタイ』」
1960.3.22　『週刊公論』（中央公論社）　第2巻第11号　p28-33

J4130　フルフル　「散弾　文学界の相違」
1960.4.2　『産経新聞（東京）』（夕刊）（産業経済新聞東京本社）　p4
＊パルタイ論争について

J4131　無記名　「女子寮の裏窓　“禁男の園”をそっとのぞいてみると…」
1960.5.1　『週刊明星』（集英社）　第3巻第17号　p84-87

J4132　無記名　「文壇“美人”から始まったパルタイ論争」
1960.5.1　『時の窓』（旺文社）　第3巻第7号　p115

J4133　文鳥　「大波小波　アクセサリー」
1960.5.12　『東京新聞』（夕刊）（東京新聞社）　p8
＊「貝のなか」について　後に『大波小波　匿名批評による昭和文学史4』に収録

J4134　無記名　「今日の顔　倉橋由美子　デフォルメの魅力と新しさ」
1960.6.15　『読売新聞』（夕刊）（読売新聞社）　p3

J4135　無記名　「絶賛拍した『パルタイ』」
1960.6.18　『週刊明治大学新聞』（明治大学新聞学会）　p1

J4136　あやめ　「大波小波　小説のなかの寓話」
1960.6.19　『東京新聞』（夕刊）（東京新聞社）　p6
＊後に『大波小波　匿名批評による昭和文学史4』に収録

J4137　無記名　「マスコミの眼　芥川賞ライバル物語」
1960.7.11　『週刊文春』（文藝春秋新社）　第2巻第28号　p22

J4138　無記名　「素描」
1960.7.20　『朝日新聞』（朝日新聞社）　p7
＊芥川賞について

J4139　無記名　「選考経過　一時は二本立て案も　惜しくも落ちた「パルタイ」倉橋由美子」
1960.7.24　『高知新聞』（高知新聞社）　p6

J4140　無記名　「婦人　若い人たちの考え方　「パルタイ」を中心に作者・倉橋由美子さんを招いて　常識より“新しいルール”を」
1960.10.13　『読売新聞』（読売新聞社）　p8

J4141　無記名　「ことしもやるぞ(5)　“女のすべて”を」
1961.1.8　『北国新聞』（夕刊）(北国新聞社)　p2

J4142　六十歳　「大波小波　若い作家の精神」
1961.1.30　『東京新聞』（夕刊）(東京新聞社)　p8
＊後に『大波小波　匿名批評による昭和文学史4』に収録

J4143　無記名　「アップ　女流文学賞をとった倉橋由美子　飾りっ気のない学生」
1961.2.13　『京都新聞』（京都新聞社）　p2

J4144　無記名　「有楽帖」
1961.3.20　『週刊読書人』（株式会社読書人）　p8
＊女流文学賞について

J4145　無記名　「新人はノイローゼ」
1961.7.1　『時の窓』（旺文社）　第3巻第9号　p115

J4146　相槌　「大波小波　創作の哀しさ」
1961.7.17　『東京新聞』（夕刊）(東京新聞社)　p8
＊「批評の哀しさ」について

J4147　ハガチイ　「大波小波　批評家のタブー」
1961.7.18　『東京新聞』（夕刊）(東京新聞社)　p8

J4148　Z　「指定席　冒険、実験を試みよ　いま転機に立つ才女　倉橋由美子」
1961.12.3　『日本経済新聞』（夕刊）(日本経済新聞社)　p4

J4149　無記名　「土佐人物山脈(22)　倉橋由美子　“パルタイ”でデビュー　土佐っぽ戦後派の才女」
1962.11.22　『高知新聞』（夕刊）(高知新聞社)　p1
＊後に単行本『土佐人物山脈』に収録

J4150　無記名　「新・人間記(101)　高知県残酷物語」
1963.1.18　『朝日新聞』（夕刊）(朝日新聞社)　p1

J4151　無記名　「ぷろふいる　第三回田村俊子賞の倉橋由美子」
1963.4.4　『東京新聞』（夕刊）(東京新聞社)　p3

J4152　可不可　「大波小波　倉橋由美子の受賞」
1963.4.6　『東京新聞』（夕刊）(東京新聞社)　p8

J4153　無記名　「高知文化　“本格的作家”に意欲　倉橋由美子さんに聞く」
1963.5.7　『朝日新聞(高知版)』(朝日新聞社)　p16

J4154　無記名　「春のエスプリ　倉橋由美子(作家)　“私も医者志望でした”　衛生士の資格ある倉橋さん」
1963.5.15　『医歯薬新報』（東京医歯薬出版社）　p3

J4155　宮尾　「話題　Kという人」
1963.7.5　『高知新聞』（夕刊）(高知新聞社)　p1

J4156　無記名　「倉橋由美子」

1963.7.25　『土佐人物山脈』（高知新聞社）　p151-153

J4157　無記名　「高知文化　主人に従いがち　選挙と婦人の立場“自覚の票”はまだまだ」
1963.11.19　『朝日新聞（高知版）』（朝日新聞社）　p16
＊高知知事選について倉橋にインタビュー

J4158　無記名　「アンケート　これが紳士だ」
1963.12.1　『文藝春秋 漫画読本』（文藝春秋新社）　第10巻第12号　p178-181

J4159　S　「素顔173　倉橋由美子さん　変身」
1964.4.26　『朝日ジャーナル』（朝日新聞社）　6巻17号　p83-85

J4160　レフェリイ　「大波小波　再論望む　久保田の批評論」
1965.3.5　『東京新聞』（夕刊）（中日新聞東京本社）　p8
＊「結婚」について

J4161　泥眼　「大波小波　女流評論家を育てよ」
1965.8.7　『東京新聞』（夕刊）（中日新聞東京本社）　p8

J4162　バラバラ生　「大波小波　おかしなおかしな小説」
1965.10.15　『東京新聞』（夕刊）（中日新聞東京本社）　p10
＊「聖少女」について

J4163　無記名　「円地文子氏の女流作家批判」
1965.11.1　『週刊文春』（文藝春秋新社）　第7巻第44号　p18
＊円地の「戦後二十年の文学」講演の直後

J4164　ハチ公　「風塵　「パルタイ」が芥川賞?」
1966.3.21　『日本読書新聞』（日本出版協会）　p5
＊事典の誤記について

J4165　無記名　「近況　創作の苦楽の谷間」
1969.3.27　『朝日新聞』（朝日新聞社）　p19

J4166　無記名　「追悼の夕」
1970.12.12　『朝日新聞』（朝日新聞社）　p23
＊三島由紀夫追悼の夕に倉橋が発起人として参加したことの記事

J4167　湧田佑　「曾野綾子・倉橋由美子・河野多恵子旅行ガイド」
1971.4.1　『現代日本の文学50 曾野綾子 倉橋由美子 河野多恵子集 月報38』（学習研究社）　p8-11

J4168　稲葉喬　「カメラマンの取材日記　「夢のなかの街」を行く」
1971.4.1　『現代日本の文学50 曾野綾子 倉橋由美子 河野多恵子集 月報38』（学習研究社）　p12

J4169　無記名　「世界のトップレディーに選ばれた倉橋由美子」
1971.4.17　『週刊新潮』（新潮社）　16巻15号　p23

J4170　無記名　「特別企画　現代に“男のロマン”を取り戻そう!」
1971.6.18　『週刊言論』（潮出版社）　第348号　p111-113

J4171　無記名　「日本の頭脳50人へのアンケート　4歳児教育は是か非か」
1971.7.4　『サンデー毎日』（毎日新聞社）　第2754号　p131-135
＊一問一答形式のアンケート

J4172　白頭巾　「文壇百人　腰をすえた妖女　反小説を楽しむ」
1971.12.4　『読売新聞』（読売新聞社）　p17
＊白頭巾は尾崎秀樹の筆名。後に単行本「文壇百人」に収録。

J4173　無記名　「特集「日本の体制」に送るペンの爆弾」
1972.1.1　『週刊新潮』（新潮社）　第17巻第1号　p34-41
＊識者の「毒舌」を集めたもの。文責は編集部にあり、倉橋は識者の一人ではあるが、誰がどの「毒舌」を吐いたかは不明。

J4174　無記名　「文化チャンネル　パルタイ版権問題で頭をかかえる倉橋由美子」
1972.8.18　『週刊朝日』（朝日新聞社）　第77巻第34号　p117

J4175　無記名　「作家倉橋由美子さんが反論にたじろいだ女の城　出産　育児　家事の脱出是非論」
1972.9.22　『週刊朝日』（朝日新聞社）　第77巻第40号　p38-39

J4176　巖谷大四　「新・文壇人国記　四国　愛媛・香川・高知・徳島」
1972.10.1　『新評』（新評社）　第19巻第10号　p330-342
＊後に『現代文壇人国記』に加筆修正して収録

J4177　無記名　「現代女子学生のオント　批評家を唸らせた新人小説『パルタイ』倉橋由美子氏」
1973.5.10　『別冊新評』（新評社）　第6巻第2号　p196-201, 213

J4178　無記名　「文学の風景　神奈川50年（22）　休筆　小説よりも育児　一途専念する倉橋」
1975.2.16　『朝日新聞（神奈川版）』（朝日新聞社）　p16

J4179　無記名　「出版トピックス」
1975.12.18　『週刊サンケイ』（サンケイ出版）　24巻60号　p122
＊「倉橋由美子全作品」刊行について

J4180　無記名　「同期のサクラ　土佐高校（高知）昭和二十九年卒業組」
1976.11.11　『週刊現代』（講談社）　第18巻第46号　p135

J4181　無記名　「題名に五カ月かけたという倉橋由美子の初翻訳」
1977.6.2　『週刊現代』（講談社）　19巻22号　p36

J4182　無記名　「作家の群像（54）　倉橋由美子　抽象小説めざす女流」
1977.9.8　『高知新聞』（高知新聞社）　p9

J4183　無記名　「グループ読書の記録　主婦三人　晴れの入賞　倉橋由美子「婚約」」
1977.10.11　『読売新聞（神奈川版）』（読売新聞）　p20

J4184　無記名　「文学の土佐（1）　複雑怪奇な『時』の墓地　倉橋由美子と龍河洞」
1979.1.7　『高知新聞』（高知新聞社）　p10

J4185　田沼武能　「撮影雑記帳　38　倉橋由美子」
1979.10.30　『文士』（新潮社）　p150
＊同書に肖像写真あり。後に再構成の上『文士の肖像』として刊行

J4186　無記名　「狂気の構図　指定112号事件　欠けた?　親子・愛・自立　温かい育て方話し合いで「心の健康」を」
1982.7.3　『朝日新聞（神奈川版）』（朝日新聞社）　p21

J4187　無記名　「倉橋由美子さんが作詞　中沢中学校の校歌　12月4日　開校記念事業を披露」
1982.11.2　『伊勢原新聞』（伊勢原新聞社）　p3

J4188　無記名　「独断と偏見で"文華の日"表彰」
1986.10.14　『朝日新聞』（夕刊）（朝日新聞社）　p2
＊マンボウ賞受賞の記事

J4189　無記名　「さらに精進、倉橋、朝稲さん　泉鏡花賞贈呈式」
1987.11.21　『北国新聞』（北国新聞社）　p21

J4190　無記名　「第15回泉鏡花賞に倉橋由美子さん──純文学書下ろし特別作品『アマノン国往還記』」
1987.11.28　『タウンニュース』（タウンニュース社）　p1

J4191　無記名　「取材や講演旅行の旅先で、いつも気になるのは甘いものたち。お菓子にかけては、かなり通と見受けられる倉橋さん。」
1987.12.25　『クロワッサン』（マガジンハウス）　第11巻第24号　p162-163
＊倉橋が「おいしいもの」を紹介。

J4192　白石省吾　「文芸'89《3月》上　若い流れと旧世代の目　倉橋由美子氏「交歓」」
1989.3.23　『読売新聞』（夕刊）（読売新聞社）　p13

J4193　角南明　新都市怪談　いまごろになってミステリアスな売れゆき　倉橋由美子の旧作「大人のための残酷童話」が……
1993.2.26　『週刊朝日』（朝日新聞社）　98巻8号　p32-33

J4194　田辺澄江　「文学人間を廃した文学　倉橋由美子」
1997.11.20　『21世紀を孕む女のカタログ スーパーレディ1009』（工作舎）　p103-104

J4195　無記名　「「パルタイ」など観念的小説　倉橋由美子さん死去」
2005.6.14　『朝日新聞』（朝日新聞社）　p39

J4196　松浦寿輝　「倉橋由美子さんを悼む」
2005.6.14　『朝日新聞』（夕刊）（朝日新聞社）　p12
＊後に『青の奇蹟』に収録

J4197　無記名　「倉橋由美子さん死去　土佐山田町出身　独自の小説世界「パルタイ」「聖少女」」
2005.6.14　『高知新聞』（高知新聞社）　p1

J4198　無記名　「小説「パルタイ」「聖少女」　倉橋由美子さん死去」

2005.6.14　『東京新聞』（中日新聞東京本社）　p31

J4199　無記名　「倉橋由美子さん死去　「パルタイ」「夢の浮橋」反リアリズム文学」
2005.6.14　『毎日新聞』（毎日新聞社）　p29

J4200　富岡幸一郎　「「反世界」のリアリティ　倉橋由美子さんを悼む」
2005.6.14　『毎日新聞』（夕刊）（毎日新聞社）　p6

J4201　無記名　「反リアリズム小説「パルタイ」　倉橋由美子さん死去」
2005.6.14　『読売新聞』（読売新聞社）　p39

J4202　宮尾登美子　「倉橋由美子氏を悼む　鍛えられた高知時代　10歳の差超え　語り・遊び…」
2005.6.15　『読売新聞』（夕刊）（読売新聞社）　p4

J4203　無記名　「急逝「倉橋由美子さん」が遺した「残酷童話」」
2005.6.23　『週刊新潮』（新潮社）　50巻24号　p145

J4204　山田一郎　「倉橋由美子さんのこと」
2005.6.24　『高知新聞』（高知新聞社）　p21

J4205　大野由紀夫　「倉橋由美子さんの思い出　知的でやさしい魔女　若者に読んでほしい」
2005.6.27　『高知新聞』（高知新聞社）　p13

J4206　無記名　「追想録　寓話的な作品世界を描く」
2005.7.1　『日本経済新聞』（夕刊）（日本経済新聞社）　p5

J4207　アマノン国　「大波小波　孤独な大家」
2005.7.5　『東京新聞』（夕刊）（中日新聞東京本社）　p8

J4208　サソリ　「大波小波　倉橋由美子さん江」
2005.7.16　『東京新聞』（夕刊）（中日新聞東京本社）　p8

J4209　鵜飼哲夫　「追悼抄　気さくな前衛の騎手」
2005.7.19　『読売新聞』（夕刊）（読売新聞社）　p6

J4210　加賀乙彦　「倉橋由美子さんと心臓の音」
2005.8.1　『群像』（講談社）　60巻8号　p262-265

J4211　関川夏央　「倉橋由美子回想」
2005.8.1　『群像』（講談社）　60巻8号　p266-268

J4212　清水良典　「天真爛漫な「鬼女」」
2005.8.1　『群像』（講談社）　60巻8号　p269-272

J4213　鈴木直子　「倉橋由美子/第三の性」
2005.8.1　『現代思想』（青土社）　33巻9号　p246

J4214　北杜夫　「悼　倉橋由美子さん」
2005.8.1　『新潮』（新潮社）　102巻8号　p224-225

J4215　古屋美登里　「最後の小説」
2005.8.1　『新潮』（新潮社）　102巻8号　p226-227

J4216　小島千加子　「冥界の「ボレロ」」
2005.8.1　『新潮』（新潮社）　102巻8号　p228-230

J4217　小池真理子　「「クラハシ」という胸おどる文学的記号」
2005.8.1　『文學界』（文藝春秋）　59巻8号　p150-152

J4218　松岡正剛　「聖少女に幻惑されて」
2005.8.1　『文學界』（文藝春秋）　59巻8号　p152-155

J4219　清水良典　「四十五年の誤読」
2005.8.1　『文學界』（文藝春秋）　59巻8号　p155-159

J4220　古屋美登里　「倉橋由美子氏との三十年」
2005.8.1　『文學界』（文藝春秋）　59巻8号　p159-162

J4221　関川夏央　「倉橋由美子さんの思い出」
2005.8.1　『文藝春秋』（文藝春秋）　p80-82

J4222　竹西寛子　「文章の人　倉橋由美子氏追悼」
2005.8.1　『ユリイカ』（青土社）　37巻8号　p28-32

J4223　村松友視　「蓋棺録　倉橋由美子さん“自然体”を貫いた女性文学者」
2005.8.7　『婦人公論』（中央公論新社）　90巻16号　p168

J4224　坂本憲一　「活字の海で　『星の王子さま』新訳続々　独占翻訳権消滅　約10社競う」
2005.8.14　『日本経済新聞』（日本経済新聞社）　p20

J4225　関川夏央　「追悼　倉橋由美子さん　辛辣な舌鋒とたくまざるユーモアが持ち味の倉橋さんの急逝を惜しむ」
2005.9.1　『ゆうゆう』（主婦の友社）　5巻10号　p115-116

J4226　徳岡孝夫　「一冊に向かって老いる」
2005.11.15　『文藝春秋』（文藝春秋）　83巻14号　p216

J4227　小山鉄郎　「文人往来27　翻訳家・古屋美登里さんが語る作家・倉橋由美子　毒ある乾いたユーモア」
2005.12.20　『高知新聞』（高知新聞社）　p17

J4228　津田加須子　「土佐カルチャー人物伝　倉橋由美子さん（1）　伝統文学への野心的挑戦者　鋭い感覚と奔放な想像力」
2006.6.10　『朝日新聞 高知版』（朝日新聞大阪本社）　p29

J4229　津田加須子　「土佐カルチャー人物伝　倉橋由美子さん（2）　伝統文学への野心的挑戦者　論争起こしたデビュー作」
2006.6.17　『朝日新聞 高知版』（朝日新聞大阪本社）　p33

J4230　津田加須子　「土佐カルチャー人物伝　倉橋由美子さん(3)　伝統文学への野心的挑戦者　冷静な分析に郷愁にじませ」
2006.6.24　『朝日新聞 高知版』（朝日新聞大阪本社）　p31

J4231　津田加須子　「土佐カルチャー人物伝　倉橋由美子さん(4)　伝統文学への野心的挑戦者　抽象的な作風で従来の枠広がる」
2006.7.1　『朝日新聞 高知版』（朝日新聞大阪本社）　p29

J4232　「特別企画　追悼　倉橋由美子」
2006.9.22　『活字倶楽部』（雑草社）　9巻42号　p68-73

J4233　西岡瑠璃子　「倉橋由美子さんへの晩歌「知と愛と」」
2007.1.14　『特別企画「倉橋由美子 人と文学」』（高知県立文学館）　p14-15

J4234　積田正弘　「ツバメたちから「先生」への感謝」
2007.1.14　『特別企画「倉橋由美子 人と文学」』（高知県立文学館）　p16-17

倉橋由美子略年譜

1935（昭和10）年

10月10日　高知県香美郡土佐山田町（現・香美市）に生まれる。父・倉橋俊郎、母、美佐栄。三歳年上の兄・和也に次ぐ第二子。父は歯科医師。実際は9月29日に誕生したが、父が10月10日誕生と届け出る。由美子という名の名付け親は徳富猪一郎蘇峰。「父が蘇峰とどんな関係をもっていたのか、この不思議な問題をいつか「解明」しようと思っているうちに、父の急死でその期を逸してしまった」（*A0782*）。

1938（昭和13）年　3歳

6月25日　弟・征司生まれる。

1941（昭和16）年　6歳

5月15日　弟・三郎生まれる。

6月 4日　兄・和也、九歳で死去。

1942（昭和17）年　7歳

4月　山田町立山田国民学校に入学。

1944（昭和19）年　9歳

1月 1日　妹・睦代生まれる。

11月　父、満州へ出征。

1945（昭和20）年　10歳

7月　高知市が空襲を受けたため、香美郡美良布村に疎開。同地で終戦を迎える。

9月　父、高知に帰還。もとの山田小学校に戻る。

1946（昭和21）年　11歳

12月21日　南海道沖地震被災。

この年、国鉄高知駅を見学した際に書いた作文がコンクール入賞。

1948（昭和23）年　13歳

3月　山田小学校を卒業。

4月　私立・土佐中学校に入学。「詩を書いたり、少女雑誌を読みあさったり」（*F2847*）する日々を過ごす。学校では、園芸部に所属。この頃、漢文、漢詩に興味を持ちはじめる。

1951（昭和26）年 16歳

3月 土佐中学校を卒業。

4月 土佐高等学校に入学。高校在学中は、「近所におられた同じ高校の英語の先生の家に通って特別に英語を習っていた」（*A0197*）。また、3年に進学すると「受験勉強のあいだに、というより受験勉強のつまらなさから逃げ出すためにたくさんの小説を耽読したものでした」（*A0145*）。

1954（昭和29）年 19歳

3月 土佐高等学校を卒業。

4月 京都女子大学国文学科入学。中学校時代から精神科医を志し、医学部を受験するが失敗。母親に浪人を反対されたため、女子大に進学。今熊野阿弥陀ヶ峰に下宿。「土曜日の午後や日曜日に大原や嵯峨野に出かけたり、講義が急になくなったときに吉田山に登ったり、お寺からお寺へと散歩したりすることも生活の一部だった」（*A0402*）。

9月からは医師を目指し、女子大に籍を置いたまま予備校に通う。左京区岡崎東天王町にある同郷の友人の下宿に移る。

1955（昭和30）年 20歳

4月 日本女子衛生短期大学別科、歯科衛生士コースに入学。国公立大学の医学部をいくつか受験したものの失敗。医者になることを諦める。同大学の寮に入る。

1956（昭和31）年 21歳

3月 日本女子衛生短期大学別科卒業。

4月 歯科衛生士国家試験に合格。明治大学文学部文学科仏文学専攻に入学。このときの仏文学専攻入試には面接があり、中村光夫が面接官だった。

1957（昭和32）年 22歳

4月 弟・三郎が上京。品川区荏原で共同生活を始める。

この年、「雑人撲滅週間」を執筆。

1958（昭和33）年 23歳

京都の予備校時代の友人と再会し、共に武蔵野市吉祥寺の下宿に移住。

1959（昭和34）年　24歳

1月　「雑人撲滅週間」が第三回明治大学学長賞佳作第二席となる。

12月　卒業論文を提出し、土佐に帰郷。卒論は「いわゆる文学というのはどうもいやで、結局サルトルの『存在と無』を卒論にやった」（*F2913*）。

1960（昭和35）年　25歳

1月　「パルタイ」が第四回明治大学学長賞を受賞。賞金は4万円。選者・平野謙が「文芸時評」（『毎日新聞』）で紹介したため『文學界』3月号に転載される。その後、芥川賞候補作として、『文藝春秋』に再転載された。「賞金が欲しくて」（*A0369*）投稿したものが受賞し、「ある朝目覚めたら作家にならざるを得なくなった」（*F2913*）が、「故郷に帰って医院を手伝え、という父の言うことをきかずに東京に残って大学院を受けていたものですから、学長賞をいただいて非常に助かりました。でも、フランス語でも教えていこうか、と考えていたのが、すっかり人生狂ってしまいました」（*F2930*）。

3月　明治大学卒業。

4月　明治大学大学院文芸学科に入学。仕事の増加とともに、「学校にも行かれなくって。中村光夫先生の、アリストテレスをギリシャ語で読む授業も、当てられても全然わからない」（*F2930*）という状況になる。

8月　文藝春秋新社から、『パルタイ』を刊行する。

『パルタイ』が昭和35年度上半期芥川賞候補になるも受賞を逸す。

1961（昭和36）年　26歳

2月　『パルタイ』で女流文学者賞を受賞。短編集『婚約』を刊行。

4月　『人間のない神』を上梓。

10月　『暗い旅』を東都書房より刊行。

「夏の終り」が昭和35年度下半期芥川賞候補になるも受賞を逸す。

1962（昭和37）年　27歳

2月 4日　父が心臓発作のため急逝。享年53歳。大学院を退学し、土佐山田町の実家に帰る。帰郷中、安部公房夫婦の訪問を受ける。

1963（昭和38）年　28歳

2月　「暗い旅」に関して批判的批評を展開していた江藤淳に反論。

4月　第三回田村俊子賞を受賞。

1964（昭和39）年　29歳

熊谷冨裕と結婚。

1965（昭和40）年　30歳

1月　フルブライト英語研修生となり夫と共に上京。研修生となったのは、伊藤整が「このままだとジャーナリズムに潰されちゃうから」（*F2944*）と勧めたことによる。

7月　体調不良のため留学を断念。志賀高原で静養を始める。

9月　『聖少女』刊行。

12月　体調が優れず西伊豆で静養するも、フルブライト委員会より、再度留学の意志を問われ、渡米を決意、東京に戻る。

1966（昭和41）年　31歳

1月　『妖女のように』を刊行。

6月　単身渡米し、アイオワ州立大学の女子寮に入る。「アイオワに着いた途端に帰りたくなりました。でも、原稿を書かなくていい嬉しさに、1年半ほどいました。その間、一字も書きませんでした」（*F2930*）。

9月　アイオワ州立大学大学院 Creative Writing Course入学。夫も渡米し、同大学院Dramatic Artコースに在学。

10月　『ヴァージニア』に描かれる女子大生・ヴァージニアを知る。

1967（昭和42）年　32歳

9月　妊娠のため、留学を中断し帰国。土佐山田町の実家に戻る。

11月　神奈川県中郡伊勢原町（現・伊勢原市）の借家に居を構える。詩人・田村隆一が住んでいた家を借り受ける。

1968（昭和43）年　33歳

5月　長女まどか出産。

10月　『蠍たち』刊行。

1969（昭和44）年　34歳

4月　三年ぶりの書き下ろし長編『スミヤキストQの冒険』を刊行。

1970（昭和45）年　35歳

3月　『ヴァージニア』刊行。初エッセイ集『わたしのなかのかれへ』を刊行。

5月　短編集『悪い夏』刊行。

1971（昭和46）年　36歳

3月23日　次女さやか出産。
5月　『夢の浮橋』を刊行。
6月　『反悲劇』刊行。

1972（昭和47）年　37歳

5月　第二エッセイ集『迷路の旅人』を刊行。
12月　家族でポルトガルに移り住む。

1973（昭和48）年　38歳

11月　写真集『アイオワ・静かなる日々』（倉橋由美子・文 熊谷冨裕・写真）を刊行。

1974（昭和49）年　39歳

6月　ポルトガルでクーデターが起こる。一時はポルトガル永住も考えたが、やむなく帰国。

1975（昭和50）年　40歳

10月　東海大学主催の学生弁論大会審査員を務める。それを機に学生との交流が始まる。
10月から翌年5月にかけて『倉橋由美子全作品』（全8巻）が新潮社より刊行。

1976（昭和51）年　41歳

この時期に、生涯交流の続いた、後に翻訳家となる古屋美登里がはじめて訪ねてくる。

1977（昭和52）年　42歳

4月　シェル・シルヴァスタイン『ぼくを探しに』で初の翻訳に挑む。
短編集『迷宮』『夢のなかの街』刊行。

1979（昭和54）年　44歳

2月　第三エッセイ集『磁石のない旅』を刊行。
6月　翻訳『歩道の終るところ』刊行。

1980（昭和55）年　45歳
10月　翻訳書『嵐が丘にかえる』第一部・第二部を同時刊行。
11月　十年ぶりの長編『城の中の城』刊行。

1981（昭和56）年　46歳
3月　『ユリイカ』で「特集・倉橋由美子」が組まれる。

1982（昭和57）年　47歳
7月　翻訳『続ぼくを探しに ビッグ・オーとの出会い』を刊行。

1984（昭和59）年　49歳
1月　翻訳『屋根裏の明かり』刊行。
8月　『大人のための残酷童話』を刊行。

1985（昭和60）年　50歳
2月　『倉橋由美子の怪奇掌篇』刊行。
11月　『シュンポシオン』刊行。

1986（昭和61）年　51歳
4月　第四エッセイ集『最後から二番目の毒想』を刊行。
8月　『アマノン国往還記』を書き下ろし刊行。
10月　作家・北杜夫よりマンボウ賞を受賞。

1987（昭和62）年　52歳
9月　『ポポイ』刊行。
10月　『アマノン国往還記』で泉鏡花文学賞を受賞。

1988（昭和63）年　53歳
90年度まで、「新潮新人賞」選考委員となる。

1989（平成元）年　54歳
7月　『交歓』を刊行。
11月　『夢の通い路』を刊行。
12月　翻訳『クリスマス・ラブ―七つの物語』を刊行。

1990（平成2）年　55歳

この頃から、自分の心拍音が聞こえるという症状に悩まされ始める。病院を巡るも、原因不明。「医学書以外はいっさい読まない。それで外へも出ないという、ほんとに入院生活と同じ、入院生活の延長みたいな生活をしましたので、もう全く空白になってしま」（*F2929*）う。

1991（平成3）年　56歳

9月　『幻想絵画館』を刊行。

1993（平成5）年　58歳

5月　ポール・ゴブル『イクトミと大岩』の翻訳を手がける。

1994（平成6）年　59歳

2月　ポール・ゴブル『イクトミとおどるカモ』を翻訳。
6月　ピエール・プラット『レオンのぼうし』を翻訳。
この年、四国四十四カ所を巡るお遍路さんを体験する。

1995（平成7）年　60歳

2月　ポール・ゴブル『イクトミとしゃれこうべ』を翻訳。
4月　古屋美登里との共訳で『ラブレター 返事のこない60通の手紙』を刊行。
10月　ポール・ゴブル『クロウ・チーフ』を翻訳。

1996（平成8）年　61歳

2月　第五エッセイ集『夢幻の宴』刊行。

1997（平成9）年　62歳

静岡県田方郡中伊豆町に移り住む。「伊豆・修善寺の山の中腹に娘の設計で「墓」を建て、」「施工してくれた人たちからは「人魂ハウス」と呼ばれるような家なんですけれど、そこで半分隠遁」（*F2945*）生活を送る。
5月　シェル・シルヴァスタイン「そのために女は殺される」を翻訳。
11月　シェル・シルヴァスタイン『人間になりかけたライオン』を翻訳。

2001（平成13）年　66歳

10月　『天に落ちる』を翻訳。
11月　自身の小説論をまとめたエッセイ集『あたりまえのこと』を刊行。

2002（平成14）年　67歳

3月　『よもつひらさか往還』刊行。

2003（平成15）年　68歳

9月　『老人のための残酷童話』を刊行。

2005（平成17）年

6月10日　拡張型心筋症により永眠。享年69歳。

7月　書評集『偏愛文学館』刊行。

『新訳星の王子さま』刊行。

2006（平成18）年

2月　『大人のための怪奇掌篇』刊行。

索　引

作品名索引

人名索引

作品名索引

【あ】

アイオワ 静かなる日々 ……… A0634, C2674
アイオワ通信（アメリカ） 大学生の就職戦線 ……………………… A0162
アイオワ通信 アメリカ定住者の夢 …… A0161
アイオワの四季 ……………………
A0383, A0466, A0657, A1623
アイオワの冬 ……… A0188, A0313, A0596
亜依子たち ……………………… A0115, A0726, A0800, A0818, H3126, H3407
愛と結婚に関する六つの手紙 ……… A0062, A0254, A0423, A0537, A1383, H3332
愛と結婚の雑学的研究
………………… A0149, A0302, A0585
愛の陰画 …………………………
A0071, A0171, A0359, A0715, H3093
赤いアトリエ ……………… A1382, A1435
赤い部屋 …………… A1351, A1397, A1455
あかぬけているのは、どっちだ!! タモリか、たけしか、大論争 …………… F2906
秋の地獄 …………… A1325, A1390, A1448
悪 ………………… A0902, A1670, A1783
東さん“みんなの声は…” ……………… F2861
遊びと文学 … A0450, A0489, A0680, H3284
安達ケ原の鬼 ……… A1087, A1136, A1589
新しい波（ヌーヴェル・バーグ） 錯覚で〈現実を描く〉不幸な喜劇 ……… A0026
新しい文学のために … A0199, A0331, A0614
新しさとは何か ……… A0443, A0479, A0670
あたりまえのこと〔エッセイ〕 ……… A1706
あたりまえのこと〔書名〕 …………
C2716, C2720, H3663, H3664, H3665, H3666, H3667, H3668, H3670, H3677, H3701, H3764, H3766
あとがき〔『あたりまえのこと』〕
………………………… A1705, A1818
あとがき〔『嵐が丘にかえる』〕
………………………… A1038, A1499
あとがき〔『大人のための残酷童話』〕
………………………… A1141, A1594
あとがき〔『暗い旅』〕 ……… A0227, A0436
あとがき〔『最後から二番目の毒想』〕 … A1244
あとがき〔『蠍たち』〕 ……………… A0176
あとがき〔『磁石のない旅』〕 ……… A0987
あとがき〔『新訳 星の王子さま』〕
………………………… A1871, A1897
あとがき〔『スミヤキストQの冒険』〕
………………………… A0201, A1272
あとがき〔『反悲劇』〕 ……………
A0412, A0772, A1035, A1541
あとがき〔『夢幻の宴』〕 …………… A1513
あとがき〔『迷路の旅人』〕 …… A0490, A0681
あとがき〔『妖女のように』〕 … A0140, A0685
あとがき〔『ラブレター 返事のこない60通の手紙』〕 ………………… A1469
あとがき〔『わたしのなかのかれへ』〕
………………………… A0349, A0632
あとがき〔『悪い夏』〕 ……………… A0366
アドリエンヌ・ムジュラ―ジュリアン・グリーン ……………… A1763, A1851
あなたは日本をどう愛するか 知名12氏の“愛国反応” …………………… F2860
あの感動をもう一度! テアトルdeクロワッサン 百人の映画好きの、忘れられないこの一作7「太陽がいっぱい」倉橋由美子 ……………………… A1532
アポロンの首 … A1100, A1177, A1284, A1883
天の川 ……………………… A1747, A1901
アマノン国往還記 ……………… A1247, A1407, C2700, C2707, G2977, H3530, H3531, H3533, H3534, H3535, H3536, H3537, H3538, H3539, H3540, H3541, H3542, H3543, H3544, H3545, H3547, H3548, H3583, H3596, H3633, H3755

あまりに激しかった二人の恋 ……… A1912
あまりにホットドッグ的な
……… A0372, A0461, A0652
アメリカの大学 ……… A0169, A0312, A0595
アメリカ流個人主義 ‥ A0730, A0928, A1626
「あやかし」ということ ……… A0507
妖しい世界からのいざない …… A1263, A1487
『嵐が丘にかえる』あとがき ‥ A1038, A1499
嵐が丘にかえる 第1部 ……… E2826
嵐が丘にかえる 第2部 ……… E2827
『嵐が丘』への旅 ……… A1019, A1510
アランのプロポ ……… A1048, A1218
ある恋の物語 ……… A1075, A1133, A1586
アルゴールの城にて―ジュリアン・グラック ……… A1756, A1847
ある独身者のパーティ
……… A0096, A0271, A0554
ある破壊的な夢想―性と私―
……… A0069, A0256, A0539
ある遊戯 ………
A0208, A0749, A0809, A0822, H3207
ある老人の図書館 ……… A1744, A1898
案外役に立つもの …… A1412, A1416, A1488
アンケート特集 あなたも名づけ親になってください 紅白われめちゃん論争
……… F2883
安保時代の青春 ……… A0189, A0320, A0603

【い】

いい気分学 ……… F2919
いい結婚したいね! 結婚はダンスと似ている。ステップの踏み方と手の離し合いが決め手です。 ……… F2942
いかがなものか 伊豆の山から自戒をこめて ……… F2949, F2950, F2951
育児日記 ……… A0415,
A0417, A0420, A0472, A0663, A1620
育児のこと ……… A0686, A0923
イクトミと大岩 ……… E2832
イクトミとおどるカモ ……… E2835
イクトミと木いちご ……… E2833
イクトミとしゃれこうべ ……… E2837
いごっそうVS,はちきん対談 ……… F2916
「いごっそう」考 ……… A0869, A0971
石の饗宴・四国の龍河洞
……… A0066, A0255, A0538
異説かちかち山 ………
A1079, A1137, A1311, A1590
一年の計 こんな人間を鬼がわらう …… A0232
いちばん熱い問題シリーズ① 独身男性の“赤い欲望”を裏から切る! 誌上録音 倉橋由美子さんをかこんで、女性の立場から読者が反論する 私たちのいることを忘れないで ……… F2867
一所不住 ……… A0205, A0333, A0616
一寸法師の恋 ……… A1077, A1116, A1569
一品料理としての短編小説 …… A1679, A1792
移転 ……… A1335, A1511
田舎暮し …… A0063, A0253, A0536, A1612
犬と少年 ……… A0092, A0364, A0720
犬のエディのこと ……… A1373, A1481
犬の哲学者 ……… A1750, A1904
イフリートの復讐 ………
A1168, A1190, A1297, A1896
異邦人―カミュ ……… A1525, A1849
異邦人の読んだ『異邦人』
……… A0165, A0309, A0592
いやな先生 ……… A0134, A0295, A0578
インセストについて ………
A0142, A0298, A0581, H3342, H3384
インタビュー 倉橋由美子さん『よもつひらさか往還』 不思議なカクテルが誘う妖艶な冥界を描く ……… F2941
インタビュー「小説について」 ……… F2894
インタビュー 女性進出の行き着くところ「アマノン国往還記」を刊行する倉橋由美子さん ……… F2902
インタビュー 体制でも反体制でもなく、なぜ彼女は「バイブル」になったのか 倉橋由美子 ……… F2930
インディアンの民話翻訳 気ままなお遍路の旅にも 作家の倉橋由美子さん教訓的な話、日本の子供に 病気快癒祈願と気分転換兼ね ……… F2934

【う】

ヴァージニア〔エッセイ〕 ……… A0166
ヴァージニア〔小説〕 ‥ A0185, A0234, A0310,
A0440, A0517, A0593, A0636, A0738,

A1320, A1554, C2660, C2670, C2683, H3185, H3186, H3187, H3190, H3191, H3193, H3194, H3196, H3260, H3269, H3270, H3273, H3358, H3407, H3435, H3450, H3459, H3662, H3687, H3741
ヴァンピールの会 … A1082, A1171, A1278, A1409, A1607, A1760, A1873, A1877
ヴィヨンの妻―太宰治 …… A1599, A1864
ウイルスの世界 …… A0861, A0965
羽化登仙 …… A1362
雨月物語・春雨物語―上田秋成 …… A1761, A1839
嘘 …… A0880, A1662, A1775
歌としての小説 …… A1689, A1802
歌は優雅の花 …… A0446, A0480, A0671
うちの小さな図書館で 転居を機に蔵書を整理したらトラック2台分に。 … F2938
宇宙人 …… A0101, A0113, A0159, A0172, A0722, A0795, A0817, A1468, G2961, H3113, H3159, H3272
姥捨山異聞 …… A1745, A1899
ウーマン・トーキング 夫婦ゲンカを収め、娘とのコミュニケーションにも一役。犬は我が家の「和のモト」です。 …… F2924
運命 …… A0873, A1659, A1772

【え】

永遠の旅人 … A1316, A1389, A1447, A1874
映画対文学、市民対庶民 …… A0147, A0303, A0389, A0586
映画と小説と眼 …… A0065
映画の運命 …… A0148
H国訪問記 …… A0079, A0261, A0544
英雄の死 …… A0388, A0468, A0659, A1605, A1637
選ばれた場所 …… A1332, G2969
エロ映画考 …… A0123
圓 …… A1269
閻羅長官 …… A1749, A1903

【お】

老いらくの恋 …… A1752, A1906
桜花変化 …… A1725
黄梅連雨 …… A1360
オオカミと羊 …… E2834
『お菓子の話』解説 …… A1200, A1241
沖縄に行った話 …… A0488, A0491, A0679
送り仮名 …… A0742, A0943
オーグル国渡航記 …… A1106, A1179, A1286, A1885
おしゃべりについてのおしゃべり …… A0209, A0334, A0617
恐るべき子供たち―ジャン・コクトー …… A1549, A1850
夫が浮気したとき …… A0368
夫との共同生活 …… A0125, A0293, A0576
お伽噺 …… A0786, A0963
大人のための怪奇掌編 …… C2723
大人のための残酷童話 …… C2695, C2714, G2957, H3484, H3485, H3486, H3487, H3488, H3489, H3490, H3492, H3493, H3495, H3497, H3507, H3529, H3566, H3610, H3612, H3624, H3636, H3682, H3754
大人のための残酷童話 倉橋由美子さん 意地悪バアさんが夢 …… F2898
大人の知恵 …… A0777, A0932
大人の童話 …… A1072, A1222
己を知ること …… A0429, A0478, A0669
お遍路さん …… A0112, A0283, A0566
面白い本 …… A0781, A0908
親と子 朝昼晩 悪いけれどつい仕事に ‥ F2887
音楽だけでなく、絵や映画だっていいのです。いいものについて語り合えるのは素敵! …… F2921
女 …… A0850, A1657, A1770
「女ですもの」の論理 …… A0732, A0926
女と鑑賞 …… A1004, A1209
女の怒り …… A0753, A0946
女の精神 …… A0798, A0911
おんなの知的生活術 …… H3425, H3428
女の味覚 …… A0390, A0469, A0660, A0998, A1210

女の「歓び」と「カボチャ」のなかの
　女 ……………… A0114, A0284, A0567
女の笑い ………………… A0754, A0947
女は子供と夫の母親 ………… A0705, A0924

【か】

怪奇短篇小説 ……………… A1197, A1228
怪奇な話—吉田健一 ………… A1521, A1865
外国文学・一品料理の楽しみ ‥ A1043, A1214
外国文学と翻訳 …………… A1042, A1213
海市—福永武彦 …………… A1544, A1866
海市遊宴 …………… A1646, A1719, A1828
灰燼・かのように—森鷗外 …‥ A1565, A1835
解体 …………………………… A0136,
　A0735, A0808, A0821, H3147, H3407
海中の城 …………… A1274, A1386, A1444
街頭詩人 …………… A0177, A0316, A0599
貝のなか ……………………… A0005,
　A0019, A0639, A0690, A0854, H2990,
　H2991, H2992, H3002, H3033, H3043,
　H3263, H3385, H3390, H3478, H3727
怪力乱神 ………………… A0894, A0985
回廊の鬼 ……………………… A1740
書かない作家 ……………… A1686, A1799
鏡を見た王女 ……… A1066, A1120, A1573
鍵・瘋癲老人日記—谷崎潤一郎
　……………………… A1516, A1837
架空の伝記—マルセル・シュオブ/名士
　小伝—ジョン・オーブリー ‥ A1762, A1852
学芸 選挙について ………………… A0072
学生よ、驕るなかれ ………………
　A0006, A0239, A0522, A1610
革命 ……… A1086, A1172, A1279, A1878
かぐや姫 …… A1085, A1128, A1581, G2958
欠ける想像的世界 「暗い旅」の作者か
　らあなたへ こっとう屋的な批評眼の
　奇妙さ（下） ………………… A0055
河口に死す ……… A0358, A0403, A0410,
　A0747, A0770, A1033, A1539, G2952,
　G2976, H3254, H3256, H3258, H3262
果実の中の饗宴 ……… A1517, A1711, A1820
家事ほどすばらしい女の仕事はない!
　主婦も外で仕事をもたなければダメ
　という考えへの反論 家事と育児に追
　われても不満はない …………… F2885
火車—宮部みゆき ………… A1596, A1841
花鳥風月 …………… A0430, A0477, A0668
学校替わるしかない ………………… A1017
かっこうの鳴くおもちゃの町
　………………… A0121, A0290, A0573
「家庭論」と私の「第三の性」「男性
　の女性化」による“平和” それは人類
　の静かな衰滅の別名 …………… A0083
家と屋 ……………………… A0759, A0952
家内安全 …………………… A0878, A0980
かながわ人 作家 倉橋由美子さん …… F2904
金沢—吉田健一 …………… A1764, A1870
仮名遣 ……………………… A0743, A0944
カニバリスト夫妻 ………………
　A1155, A1186, A1293, A1892
「かのやうに」と文學 …………… A0509
カフカ短篇集—フランツ・カフカ
　……………………… A1543, A1846
カフカと私 ……………… A0846, A0916
カフカの悪夢 …………… A0863, A0967
カボチャ奇譚 ‥ A1166, A1189, A1296, A1895
神神がいたころの話 ………………
　A0386, A0411, A0748, A0771,
　A1034, A1540, H3280, H3282, H3283
神々の深謀遠慮 …………………
　A0369, A0458, A0649, A1622
神と人間と家畜 ……… A0355, A0455, A0646
カミュの『異邦人』やカフカの作品
　………………… A0187, A0319, A0602
カメラ風土記（60） 東京都 堅固な城の
　よう—ニコライ堂— …………… A0043
仮面たちに囲まれた自画像 …‥ A1371, A1432
「からだ」を描くこと ……… A1700, A1813
カルデラの暗鬱な獣たち
　………………… A0082, A0262, A0545
寒日閑居 ……………………… A1355
漢字の世界 ……………… A1261, A1490
勧善懲悪 …………… A0841, A1653, A1766
感想 ……………………… A1328, A1493
神田界隈 ……………………… A0511
寒梅暗香 ……………………… A1357
寒波襲来 ………………… A0851, A0976

【き】

記憶喪失 …………… A0109, A0280, A0563

鬼女の宴 …… *A1546, A1714, A1823, A1908, H3735*
鬼女の島 …… *A1078, A1134, A1587*
鬼女の面 …… *A1108, A1180, A1287, A1380, A1603, A1886, G2966*
北杜夫『父っちゃんは大変人』解説 …… *A1438, A1500*
希望座談会 女子新入生がみた学園生活 …… *F2848*
「決まっている」文章 …… *A1692, A1805*
奇妙な観念 …… *A0025, A0244, A0527*
穹 …… *A1353, A1431*
休業中 …… *A0792, A0910, A1625*
旧版あとがき〔『人間のない神』〕 …… *A0040, A0395*
「教育ママが夢だった」“第一作”は信仰テーマに “作家家業”を再開した倉橋由美子さん …… *F2890*
教育問答 …… *A1161, A1240*
狂気 …… *A0900, A1669, A1782*
行儀 …… *A0752, A0945*
共棲 …… *A0139, A0684, A0736*
「兄弟は他人の始まり」について …… *A0422, A0475, A0666*
京都からの手紙 …… *A0070, A0257, A0540*
曲学阿世 …… *A0864, A0977*
玉中交歓 …… *A1759*
虚構の英雄・市川雷蔵 …… *A0028, A0245, A0528*
巨刹 …… *A0045, A0703, A0804, A0836, G2960*
巨大な毒虫のいる生活 …… *A0195, A0325, A0608*
虚のヒーロー …… *A1414, A1502*
ギリシャ悲劇とパゾリーニの「アポロンの地獄」 …… *A0184, A0318, A0601*
金烏碧空 …… *A1361*
近況 …… *A1374, A1485*

【く】

水鶏の里 …… *A1368, A1398, A1456*
愚行 …… *A0843, A1654, A1767*
首の飛ぶ女 …… *A1089, A1173, A1280, A1735, A1879, G2964*
雲と雨と虹のオード …… *A1345, A1395, A1453*
雲の塔―七月の思い出― …… *A0207, A0454, A0645*
暗い旅 …… *A0049, A0225, A0434, A0707, C2654, C2659, C2667, C2680, H3068, H3070, H3072, H3073, H3074, H3075, H3076, H3077, H3078, H3080, H3081, H3083, H3109, H3243, H3244, H3251, H3309, H3338, H3356, H3379, H3386, H3407, H3433, H3498, H3661, H3662, H3680, H3707, H3717, H3748, H3765*
CLASSY INTERVIEW 13 倉橋由美子 …… *F2913*
倉橋由美子インタビュー「この三年―孤独のとき、プラハ、「小説とは?」再び …… *F2929*
倉橋由美子エッセイ選 …… *C2715*
倉橋由美子さん この人に会いたくて 大好きな「意地悪ばあさん」を小説世界で愉しむ …… *F2948*
倉橋由美子自作年譜 …… *A0766*
倉橋由美子自作を語る …… *A1313*
倉橋由美子氏評 …… *A0848*
倉橋由美子全作品 …… *C2678, C2679, C2680, C2681, C2682, C2683, C2684, C2685*
倉橋由美子短篇小説集 …… *C2718*
倉橋由美子のウィット事典 …… *A1003, A1208*
倉橋由美子之怪奇故事 …… *G2974*
倉橋由美子の怪奇掌篇 …… *A1082, A1086, A1089, A1091, A1094, A1096, A1100, A1104, A1106, A1108, A1111, A1114, A1143, A1145, A1148, A1155, A1162, A1164, A1166, A1168, C2697, C2703, G2974, H3499, H3500, H3501, H3502, H3503, H3505, H3506, H3507, H3508, H3509, H3567, H3620, H3769*
倉橋由美子 未発表短篇（無題） …… *A1872*
倉橋由美子 未来社会の女権国『アマノン国往還記』に関するQ&A …… *F2901*
クリスマス・ラブ―七つの物語― …… *E2830, E2843*
黒い雨の夜 …… *A1743*
黒い貨物船 …… *A1375, A1433*
クロウ・チーフ …… *E2839*
黒猫の家 …… *A1347, A1396, A1454, A1644, G2963, G2972, H3657*

【け】

警官バラバラ事件 …… *A0068, A1876, H3718*

迎春今昔 …… *A0791, A0937*

桂女交歓 …… *A1356*

結願者インタビュー わたしの遍路みち 倉橋由美子さん 病気の自分と折り合いをつける道 …… *F2940*

結婚 …… *A0108, A0138, A0683, A0725, C2682, H3119, H3120, H3121, H3122, H3124, H3125*

月曜寸評 女の愉しみ …… *A0497*

月曜寸評 人生の余白 …… *A0502*

獣の夢 …… *A1094, A1175, A1282, A1881*

『源氏物語』の魅力 …… *A0512, A1608*

幻想絵画館 …… *A1305, A1315, A1322, A1324, A1327, A1329, A1332, A1337, A1338, A1342, A1344, A1346, A1349, A1353, A1371, A1375, A1379, A1382, A1406, C2709, H3603, H3604, H3605, H3606*

幻想の山塊 …… *A1255*

幻想を書く …… *A1696, A1809*

現代女子学生の“オント” …… *A0516*

「倦怠」について …… *A0116, A0285, A0568*

【こ】

恋 …… *A0845, A1655, A1768*

恋人同士 …… *A0075, A0400, A0717, A0801, A0814, A1083, A1567, G2962*

交換 …… *A1143, A1183, A1290, A1889, G2965, H3602*

交歓 …… *A1268, A1270, A1275, A1299, A1304, A1314, A1321, A1323, A1326, A1440, C2705, C2710, H3576, H3577, H3578, H3579, H3582, H3584, H3585, H3586, H3587, H3589, H3590, H3591, H3592, H3593, H3595, H3597, H3609, H3758*

広寒宮の一夜 …… *A1726*

後記〔『パルタイ』〕 …… *A0022, A0642, A0857*

黄山図巻 …… *A1349, A1430*

合成美女 …… *A0051, A0202, A0706, A0811, A0837, A1730, H3067, H3069, H3071*

高知のチンチン電車 …… *A0825, A0938*

高知文化 向上した県展の水準 対談 一九六三年の文化活動 同人誌はまだ内容不足 …… *F2864*

高知文化 組織の中の人間追求 出世作「パルタイ」の周辺 帰郷の倉橋由美子さんに聞く …… *F2850*

高慢と偏見—ジェーン・オースティン …… *A1545, A1855*

稿料の経済学 …… *A0118, A0287, A0570*

故郷 …… *A1073, A1131, A1584*

ご近所から野菜をいただくことが多いので使いきるためにお料理を一所懸命考えます …… *F2915*

国語の大衆化 …… *A0778, A0961*

告白 …… *A0859, A1658, A1771*

「こころ」というもの …… *A1701, A1814*

心に残る言葉 …… *A0487, A0492, A0678, A1639*

コスモポリタンズ—サマセット・モーム …… *A1519, A1853*

克己復礼 …… *A0891, A0984*

ことしもやるぞ 年単位の生活を 倉橋由美子 …… *F2853*

言葉に酔ふ …… *A0496*

言葉のつくり出す現実—ジャン・コー『神のあわれみ』— …… *A0104, A0276, A0559*

「言葉のない世界」へおりていく—『田村隆一詩集』— …… *A0143, A0299, A0582, A1632*

子供 …… *A0760, A0953*

「子どもが原因の夫婦喧嘩」を読んで …… *A0788, A0936*

子供たちが豚殺しを真似した話 …… *A1061, A1121, A1574*

子どもと大浴場へ …… *A0354, A0456, A0647*

「子どもの教育」選考にあたって …… *A0780, A0933*

子供の育て方 …… *A0451*

「子どもの反抗期」を読んで …… *A0787, A0935*

この人この本 「蠍たち」の倉橋由美子さん 非日常的世界を追求 現実は心優しい母親 …… *F2870*

子は親のものか …… *A0448, A0484, A0675, H3387*

子は鏡 …… *A0510*

ごめん下さい 女流文学賞をうけた倉橋由美子さん 人なつっこい孤独屋“つきあいが一番苦手” ……………… F2857
娯楽小説の文章 …………… A1693, A1806
ゴルゴーンの首 ……… A1099, A1130, A1583
ころぶ話 …………… A0011, A0241, A0524
子を欲しがる老女 ………… A1746, A1900
今月の日本 ‥ A0849, A0851, A0864, A0874, A0876, A0878, A0882, A0884, A0887, A0891, A0894, A0896, A0975, A0976, A0977, A0978, A0979, A0980, A0981, A0982, A0983, A0984, A0985, A0986
婚約 ……… A0013, A0032, A0405, A0693, A1012, C2652, C2665, H3011, H3013, H3014, H3049, H3056, H3057, H3059, H3078, H3274, H3293, H3308, H3370

【さ】

最近面白い本読みましたか アマノン国往還記 ………………………… F2905
最近、面白い本読みましたか アメリカ・インディアンの民話2 イクトミと木いちご ポール・ゴブル作 ………… F2932
最近面白い本読みましたか 幻想絵画館 ……………………………… F2927
最近、面白い本読みましたか「スミヤキストQの冒険」 ……………… F2917
最近、面白い本読みましたか「ポポイ」 ……………………………… F2912
最近面白い本読みましたか 夢幻の宴 ‥ F2936
最近、つくづく思うこと、美人に生まれなくて良かった! 顔かたちの美しさに頼らなければ生きて行けない人、頼らなくても生きて行ける人。 ……… F2911
最後から二番目の毒想 …………… C2699, H3526, H3528, H3529, H3532
才女志願 ………………… A0876, A0979
細胞的人間の恐怖 …… A0155, A0305, A0588
坂口安吾 ……………………… A0503
坂口安吾論 … A0164, A0308, A0591, A1633
サキ傑作集―サキ ………… A1552, A1856
作者からあなたへ …… A0050, A0226, A0435
作品ノート1 …………………… A0697
作品ノート2 …………………… A0704
作品ノート3 …………………… A0711
作品ノート4 …………………… A0724
作品ノート5 …………………… A0728
作品ノート6 …………………… A0740
作品ノート7 …………………… A0751
作品ノート8 …………………… A0765
酒と茶 …………………… A1266, A1479
蠍たち ………………… A0067, A0170, A0352, A0360, A0380, A0398, A0515, A0714, C2657, C2681, H3088, H3089, H3090, H3091, H3168, H3169, H3170, H3171, H3179, H3182, H3184, H3189, H3192, H3195, H3197, H3198, H3199, H3251, H3272, H3279, H3377, H3407
座談会 現代の若いセックス ………… F2939
作家 ……………………… A0757, A0950
作家倉橋由美子さんが反論にたじろいだ女の城 出産育児家事の脱出是非論 ……………………………… F2884
作家倉橋由美子さんに聞く実践的子育て論 親が子にお手伝いをさせるのは人間として当然です …………… F2889
作家志望のQさんへの手紙 …… A0452, A0903
作家にとって現代とは何か ………………… A0216, A0341, A0624
作家の倉橋由美子さんに聞く ユーモラスなインディアン 民話絵本の翻訳完成 気分転換にお遍路の旅 ………… F2935
作家の倉橋由美子さん 二児の母としての教育 いい音楽といい本と塾へは行かせたくない …………… F2895
作家の死 ……………………… A0495
作家の自由と批評家の不自由 ………… F2892
作家の生活 作家以前の生活 ………… A1008
作家の秘密 ………… A0099, A0273, A0556
雑人撲滅週間 ……………… A0012, A0688, A0832, C2678, H3379, H3426, H3742
サムシング・エルス ……………… A0094, A0269, A0552, H3708
猿蟹戦争 …… A1065, A1127, A1307, A1580
山月記・李陵―中島敦 ……… A1550, A1840
残酷童話 ………………………… G2957
残酷な童話 ………… A1194, A1229, A1629
残酷にして甘美なる成熟への道のり … F2946
サンタクロースがやってきた ………… E2831
サントロペ湾 ……………… A1327, A1422
3人の52歳が率直にみつめた私自身の老いと若さ。 …………………… F2910

【し】

自愛のすすめ …… A0729, A0955
自慰行為としての小説書き …… A1699, A1812
ジェイン・オースティンの『説得』
…… A1262, A1498
児戯饒舌 …… A0887, A0983
『史記』と『論語』 …… A0827, A0913, A1641
自彊不息 …… A0882, A0981
死刑執行人 ……
A0085, A0719, A0805, A0815, H3100
事故 …… A1091, A1174, A1281, A1880
四国お遍路で私は生きる自信がついた まだ生きることを考える余地はあると思えるようになりました …… F2943
地獄の一形式としての俳句 ……
A1376, A1464, A1507, A1557, A1645
地獄めぐり …… A1753, A1907
自己嫌悪の療法四つ …… A1022
仕事をもつ母親が娘に期待するもの。倉橋由美子 ふつうの女の子は、まず女らしく、そして主婦業のプロになれるよう育てられるのが幸せです。 …… F2891
死後の世界 …… A0097, A0272, A0555, A1615
自己流正書法 …… A0829
「自己」を知る …… A0486, A0677
自殺 …… A0847, A1656, A1769
事実と小説 …… A0501, A0904
磁石のない旅 ……
A1556, C2691, H3415, H3416,
H3417, H3418, H3419, H3420, H3422
誌上討論 現代の若いセックス 新しい人間関係とセックスの確立を求めて、その作品上で追究をつづける新鋭作家が、われわれのセックスのあるべき姿と現実の問題点を討論する …… F2866
自然食の反自然 …… A0381, A0464, A0655
自然の中のシュンポシオン …… A1472, A1478
思想より思考 …… A1547, A1691, A1804
“湿気”を追放する文学 現代文学の〈創作工房〉⑯倉橋由美子 …… F2899
執筆時間 倉橋由美子さん（作家）「桂子さん」完結へ準備整う …… F2925
慈童の夢 …… A1300, A1388, A1446
詩に帰るよすが—「古今集」— …… A0498
死神 …… A1055, A1230
澁澤龍彦の世界 …… A1245, A1505, A1635
自分の責任で行動を …… A1026
自分の外に興味持て …… A1014
弱者の思い上がり …… A0350
写真について …… A0634, A0921
シャトー・ヨシダの逸品ワイン …… A1047, A1217
週言 …… A0713, A0729, A0741, A0761, A0773,
A0774, A0776, A0778, A0783, A0786,
A0954, A0955, A0956, A0957, A0958,
A0959, A0960, A0961, A0962, A0963
囚人 …… A0023, A0036, A0158,
A0391, A0695, A0833, A1729, H3019,
H3020, H3021, H3023, H3159, H3654
修身の町 …… A0203, A0332, A0615
「自由」だが激しい競争 …… A1015
醜魔たち ……
A0132, A0173, A0734, A0820, G2956
受賞のことば …… A0003, A0237, A0520, A1609
出産と女であることの関係 …… A0500, H3355
主婦の驕り …… A0223, A0346, A0629
主婦の仕事 …… A0194, A0328, A0611
主婦の仕事と日々 …… A0761, A0957
純小説と通俗小説 …… A0120, A0291, A0574
春水桃花源 …… A1754
純文学 …… A0898, A1668, A1781
シュンポシオン …… A1098,
A1101, A1105, A1107, A1110, A1113,
A1142, A1144, A1146, A1153, A1160,
A1163, A1165, A1167, A1169, A1170,
A1191, A1193, A1195, A1196, A1198,
A1199, A1201, A1203, A1204, A1333,
C2698, C2704, H3496, H3512, H3513,
H3514, H3517, H3518, H3519, H3520,
H3521, H3522, H3523, H3524, H3527,
H3529, H3573, H3621, H3729, H3764
春夜喜雨 …… A1358
正月の漢詩 …… A1336, A1491
小説・中説・大説 …… A1058, A1223
小説という行為 …… A0888, A1665, A1778
小説の基本ルール …… A0991, A1672, A1785
小説の現在—「第二芸術」としての純文学の終わり …… A1676, A1789
小説の効用〔週言〕 …… A0741, A0956
小説の効用〔小説論ノート〕
…… A0885, A1664, A1777
小説の「進歩」 …… A0828, A0914
小説の制約 …… A0989, A1671, A1784

小説の読者 ………… A0893, A1666, A1779
小説の中で冒険 “組織の中での違和感” とらえ 女流文学賞の倉橋由美子さん ………… F2855
小説の評価 ………… A1680, A1793
小説の迷路と否定性 ………… A0150, A0151, A0152, A0154, A0304, A0587
小説の読み方 ………… A1704, A1817
小説は現代芸術たりうるか ………… A0220, A0344, A0627
小説風作文の時代 ………… A1381, A1494
小説論ノート ………… A0830, A0841, A0843, A0845, A0847, A0850, A0859, A0873, A0875, A0877, A0880, A0883, A0885, A0888, A0893, A0895, A0898, A0900, A0902, A0989, A0991, A0993, A0995, A0997, A1652, A1653, A1654, A1655, A1656, A1657, A1658, A1659, A1660, A1661, A1662, A1663, A1664, A1665, A1666, A1667, A1668, A1669, A1670, A1671, A1672, A1673, A1674, A1675, A1765, A1766, A1767, A1768, A1769, A1770, A1771, A1772, A1773, A1774, A1775, A1776, A1777, A1778, A1779, A1780, A1781, A1782, A1783, A1784, A1785, A1786, A1787, A1788
小説を楽しむこと ………… A1677, A1790
小説を楽しむための小説読本 ………… A1526, A1530, A1542, A1547, A1560, A1676, A1677, A1678, A1679, A1680, A1681, A1682, A1683, A1684, A1685, A1686, A1687, A1688, A1689, A1690, A1691, A1692, A1693, A1694, A1695, A1696, A1697, A1698, A1699, A1700, A1701, A1702, A1703, A1704, A1789, A1790, A1791, A1792, A1793, A1794, A1795, A1796, A1797, A1798, A1799, A1800, A1801, A1802, A1803, A1804, A1805, A1806, A1807, A1808, A1809, A1810, A1811, A1812, A1813, A1814, A1815, A1816, A1817
小説を読むときのBGM ………… A1682, A1795
上等なひまつぶし25 テレビ・エッセイ『旅の街から』 ………… F2918
上等なひまつぶし ひまつぶしの絵日記4 ………… F2920
上等なひまつぶし 見る7 西川瑞扇舞踏公演『花の下』 ………… F2923
書架の宝物 ………… A1049, A1219
職業としての文学 ………… A0190, A0321, A0604
食人問答 ………… A1154, A1239
植物的悪魔の季節 ………… A1534, A1713, A1822
女性講座 ………… A0250, A0533
女性とユーモア ………… A0353
女性に共鳴よぶ暗い旅 倉橋由美子さん 1年半がかりの長編 “あなた”が主人公 SEX用語ふんだんに ………… F2859
女性の社会進出に私が思うこと 進める人のみ進めばよい ………… A0424
ジョゼフ・フーシェ—シュテファン・ツワイク ………… A1604
書と文章 ………… A0419, A0474, A0665
JOBとしての小説書き ………… A0178, A0314, A0597
ジョン・コルトレーンの〈My Favorite Things〉その他 ………… A1595
白雪姫 ………… A1090, A1117, A1570, G2959
シルトの岸辺—ジュリアン・グラック ………… A1757, A1848
白い髪の童女 ………… A0224, A0367, A0409, A0442, A0746, A0769, A0797, A1013, A1032, A1538, A1555, H3234, H3235, H3236, H3237, H3238, H3241, H3267, H3391, H3421, H3426, H3572, H3627
素人の立場 ………… A0418, A0473, A0664
城の下の街 ………… A1330, A1391, A1449
城の中の城 ………… A0901, A0988, A0990, A0992, A0994, A0996, A0999, A1000, A1005, A1007, A1016, A1021, A1023, A1025, A1027, A1028, A1029, A1036, A1040, A1157, C2693, C2696, H3438, H3439, H3440, H3443, H3444, H3445, H3446, H3448, H3449, H3451, H3452, H3453, H3454, H3455, H3456, H3457, H3458, H3460, H3461, H3494, H3498, H3753
岑蔚居産芝図 ………… A1337, A1425
新浦島 ………… A1062, A1126, A1579
神経質な母親に責任 ………… A0886
真実 ………… A0877, A1661, A1774
新春座談会 作家の青春 ………… F2852
新春のめでたさ ………… A0230
新人国記’83 高知県（10）きそう女流小説家 467 ………… F2896
人生経験まず積んで ………… A1024
人生設計示しなさい ………… A0889

新装版 クリスマス・ラブ—七つの物語 …… *E2846*
死んだ眼 …… *A0024, A0037, A0362, A0392, A0696, A1709, H3669*
神童の世界 …… *A1057, A1220*
信に至る愚 …… *A1037, A1041, A1158*
新版あとがき〔『人間のない神』〕 …… *A0396*
神秘的な動物 …… *A1305, A1418*
人物訪問（六）倉橋由美子 …… *F2881*
新訳 星の王子さま …… *E2844, E2845, H3712, H3714, H3719, H3724, H3731, H3760*
親友—わたしの場合— …… *A0374, A0459, A0650*

【す】

酔郷探訪 …… *A1739*
酔郷に入る …… *A1051, A1232*
酔郷にて …… *A0204, A0408, A0745, A0768, A1031, A1537, H3107, H3108, H3204, H3205, H3267, H3741*
衰弱した性のシンボル …… *A0141, A0297, A0580*
水妖女 …… *A1748, A1902*
好き嫌い …… *A1370, A1476*
スクリーンのまえのひとりの女性 …… *A0077, A0259, A0542*
芒が原逍遥記 …… *A1708, A1724, A1833*
すぽっと ストーリーのない小説 趣味は漫画 倉橋由美子さん …… *F2865*
スミヤキストQの冒険 …… *A0200, A0441, A0493, A1271, C2658, C2669, C2702, G2953, H3200, H3201, H3202, H3203, H3208, H3209, H3210, H3211, H3212, H3213, H3214, H3215, H3216, H3217, H3218, H3219, H3220, H3221, H3222, H3223, H3224, H3225, H3226, H3227, H3228, H3229, H3230, H3231, H3232, H3233, H3239, H3251, H3267, H3288, H3312, H3345, H3347, H3381, H3407, H3441, H3546, H3562, H3647, H3660, H3699, H3703, H3741, H3751, H3762*

【せ】

性格 …… *A0875, A1660, A1773*
聖家族 …… *A1111, A1181, A1288, A1887*
生還 …… *A1114, A1182, A1289, A1888*
正義派 …… *A0376, A0462, A0653*
整形美容院 美男美女へのあくなき欲望を充し、造られた顔を次々に送り出す現代の「奇蹟」を探る! …… *A0053*
青山紅林図 …… *A1379, A1434*
政治家 …… *A0758, A0951*
政治の中の死 …… *A0010, A0240, A0523*
成熟の苦味とユーモア …… *A1377, A1497*
青春について …… *A0228, A0345, A0426, A0628, H3336*
青春の始まりと終り—カミュ『異邦人』とカフカ『審判』— …… *A0145, A0300, A0433, A0583*
聖少女 …… *A0126, A0727, A1009, A1052, A1911, C2655, C2682, C2694, C2725, G2975, H3128, H3129, H3130, H3131, H3132, H3133, H3134, H3135, H3137, H3138, H3139, H3140, H3141, H3142, H3143, H3144, H3145, H3146, H3148, H3150, H3151, H3152, H3153, H3161, H3162, H3180, H3272, H3299, H3310, H3407, H3426, H3433, H3474, H3570, H3633, H3635, H3656, H3703, H3705, H3733, H3745, H3749, H3768*
『聖少女』作者渡米留学の悩み—英語の勉強に「恥も外聞もない」— …… *F2869*
精神の健康を保つ法 …… *A0222, A0347, A0630*
贅沢について …… *A1063, A1236*
性と文学 …… *A0091, A0267, A0550, A1613*
性は悪への鍵 …… *A0095, A0268, A0551, A1614*
清夢秋月 …… *A1366*
世界の果ての泉 …… *A1092, A1118, A1571*
雪洞桃源 …… *A1648, A1721, A1830*
「千一夜」の壷を求めて—“なぜ書くか”をめぐって— …… *A0213, A0342, A0625*
先生・評論家・小説家・中村光夫先生 …… *A1369, A1503, A1643*
ぜんまいののの字ばかりの寂光土 川端茅舎 …… *A1523*
専門家 …… *A0756, A0949*

【そ】

層雲峡から阿寒への道 …… A0119, A0288, A0571, A1254, A1470
壮観なる文学的精神 …… A0373
臓器回収大作戦 …… A1751, A1905
雑巾がけ …… A0831, A0939
霜樹鏡天 …… A1367
創造された作品としての小説 ‥ A1690, A1803
想像した美男・美女 …… A0056
想像的合衆国の大統領 …… A0229
想像力について …… A1687, A1800
続ぼくを探しに ビッグ・オーとの出会い …… E2828, H3476
蘇東坡詩選—蘇東坡 …… A1600, A1844
そのために女は殺される …… E2840, H3641
その夜、恋人たちは愛の仮面をつける‥‥貧しい貧しい『愛の場所』 …… A0130
ソフィスト繁昌 …… A0897, A1212

【た】

隊商宿 …… A0124, A0733, A0803, A0819
対談 お茶の時間 ひとつのことをゆっくりしゃべろう 女の色気2 …… F2908
対談 お墓は暗いがあの世は明るい …… F2937
タイトルをめぐる迷想 …… A1514
大脳の音楽 西脇詩集 ‥ A1044, A1215, A1642
太陽がいっぱい—パトリシア・ハイスミス …… A1559, A1857
代理人 …… A0755, A0948
高丘親王航海記—澁澤龍彦 …… A1524, A1869
「だ」調 …… A0866, A0969
他人の苦痛—アダム・ヘイズリット『あなたはひとりぼっちじゃない』 …… A1755
玉突き台の上の文学—John UpdikeのCouplesについて— …… A0357, A0457, A0648
誰でもいい結婚したいとき …… A0102, A0275, A0558
淡日微風 …… A1359
誕生日 …… A0782, A0931, A1628
短篇小説の衰亡 …… A1060, A1221

【ち】

秩序 …… A0883, A1663, A1776
秩序の感覚 …… A0198, A0330, A0613
「知的生活」の術 …… A1001, A1002, A1207
知的って何? 恋愛論 …… F2928
知的魔力の泉 …… A1192, A1484
血で染めたドレス …… A1071, A1119, A1572
茶の毒 鴎外の小説 …… A1046, A1216
著者インタビュー 読んでみて、話してみて、1冊の本を2倍楽しみたい アマノン国往還記 もうひとりの自分が、いつも自分を見ている。そんな距離の取り方、得意です …… F2907
著者覚え書より—各章の出典 …… A1159
著者から読者へ どこにもない場所 …… A1273

【つ】

終の棲家 …… A1737
通俗性 …… A0993, A1673, A1786
月の女 …… A1341, A1393, A1451
月の都 …… A1148, A1185, A1292, A1471, A1741, A1891, H3684
月の都に帰る …… A1527, A1712, A1821, A1909, H3735
「綱渡り」と仮面について …… A0117, A0286, A0569
つまらぬプロ・スポーツ中継 馬場に見られぬ悲愴美 …… A0181
つよい女70年代の百人 男になりたかった 倉橋由美子（34歳）作家 …… F2873
津和野・萩 …… A1257, A1509

【て】

「である」調 …… A0867, A0970
ディオゲネスの書斎 …… A1054, A1233

T国訪問記 … A0093, A0270, A0553, H3105
出かけていくならば初めてのものが聴きたい … A1410
テキサス州 ダラス … A0307, A0590
「です」調 … A0865, A0968
「寺小屋」英語のことなど … A0197, A0326, A0609
テレビ このごろ … A0183, A0317, A0600
転居のお知らせ … A1301, A1477
天国へ行った男の子 … A1067, A1135, A1588
天に落ちる … E2842

【と】

桐陰清潤 … A1364
東京 土佐 … A0064
東京の本物の町 … A0413, A0471, A0662
童子の玩具箱 … A1411, A1504
当面二人きり避けて … A1020
読者の反応 … A1050, A1231
読書インタビュー 倉橋由美子 小説の様式で冒険“組織の中での違和感” … F2856
読書日記 … A1405
毒薬としての文学 … A0160, A0306, A0589, A1619, C2715, H3387, H3651
髑髏小町 … A1647, A1720, A1829
どこにもない場所 … A0029, A0033, A0406, A0439, A0699, C2679, H3040, H3044, H3045, H3047, H3056, H3288, H3370, H3407, H3433, H3662
土佐人について … A0775, A0930, A1340, A1562, A1616
土佐の女 … A1205, A1242
土佐のことば … A0106, A0278, A0561
飛島・酒田 … A1053, A1463, A1508
土曜訪問 “行動する人間”を 育児のあい間に『スミヤキストQの冒険』など発表した倉橋由美子さん … F2872
努力 … A0995, A1674, A1787
遁世 … A1343, A1394, A1452

【な】

長い小説 … A1678, A1791
長い夢路 … A0186, A0235, A0518, A0739, A0796, C2683, G2971, H3185, H3186, H3188, H3190, H3191, H3381, H3450
中身は腐る … A1694, A1807
なぜ書くかということ … A0191, A0323, A0606
「なぜ書けないか」と「何が書けるか」について … A1112, A1226
なぜ小説が書けないか … A0790, A0909
夏の歌 … A1149, A1150, A1151, A1152, A1227
夏の終り … A0027, A0038, A0363, A0393, A0698, A1742, G2955, H3050, H3051, H3052, H3053, H3054, H3055, H3686, H3732
何を書けばよいか … A1697, A1810
ナボコフの文学講義 … A1076, A1224

【に】

20世紀の古典 フランツ・カフカ 高貴な魂が懸命に動く … A1518
21世紀望見 滅びゆくもの … A1520
二十四の瞳―壺井栄 … A1548, A1862
偽のデュー警部―ラヴゼイ … A1529, A1854
日録 … A0127, A0128, A0129, A0131, A0294, A0577
日記から … A0742, A0743, A0752, A0753, A0754, A0755, A0756, A0757, A0758, A0759, A0760, A0943, A0944, A0945, A0946, A0947, A0948, A0949, A0950, A0951, A0952, A0953
日本映画のなかの日本人 … A0086, A0089, A0266, A0549
『日本文学を読む』を読む … A0858, A0917
楡家の人びと―北杜夫 … A1528, A1868
人形たちは生きている … A0731, A0927
人魚の涙 … A1080, A1115, A1339, A1568
人間がつまらない小説 … A1684, A1797

人間になりかけたライオン ………… E2841
人間の狂気の世界—加賀乙彦著『風と死者』— ………… A0217, A0337, A0620
人間のない神 …………………… A0039, A0394, A0701, A0834, C2653, C2663, C2679, C2689, H3059, H3060, H3061, H3062, H3065, H3080, H3401, H3475
人間の中の病気 …………………… A0899, A1039, A1156, H3410, H3411
人間を変えるもの …… A0356, A0890, A0922
人間を作り出すということ …… A1688, A1801

【ね】

猫の世界 …………… A1264, A1403, A1461
眠れるボヘミア女 ………… A1342, A1427
年単位で暮らし、書きたい『パルタイ』の倉橋由美子さん ……………… F2854

【の】

野分 …………………… A1070, A1483

【は】

灰色のものと海岸 ………… A1406, A1437
パイダゴーゴス …………… A0713, A0954
化物山水図 ……………… A1324, A1421
運ばれた場所 ……………………… A1424
「裸の王様」症候群 ………… A1059, A1235
八月十五日について ………… A0076, H3136
発狂 ……… A1104, A1178, A1285, A1884
「発見!」お遍路リラクセーションby倉橋由美子 …………………… F2933
パッション …………………… A0078, A0174, A0361, A0399, A0718, H3099
話がつまらない小説 ………… A1685, A1798
花の部屋 …………… A1265, A1385, A1443
花の下 ……… A1259, A1384, A1442, A1649
「花の下」を観る楽しみ …… A1348, A1486
花の雪散る里 ……… A1515, A1710, A1819
花の妖精たち ……… A1334, A1392, A1450
母親というもの …………… A0776, A0960
母親は女神である ……………… A0215, A0338, A0621, H3387
母親マネージャー説 ……… A1045, A1211
パリの憂鬱 ……… A1056, A1234, A1630
パルタイ …………………… A0001, A0002, A0017, A0052, A0157, A0167, A0180, A0514, A0635, A0637, A0689, A0794, A0852, A1011, A1018, A1097, A1319, A1465, A1553, A1728, C2651, C2675, C2678, C2690, C2718, G2954, G2973, H2978, H2979, H2980, H2981, H2982, H2983, H2984, H2985, H2987, H2988, H2989, H2993, H2994, H2995, H2996, H2997, H3002, H3003, H3004, H3005, H3007, H3013, H3017, H3018, H3024, H3025, H3026, H3027, H3028, H3029, H3032, H3033, H3034, H3035, H3036, H3037, H3039, H3041, H3042, H3043, H3046, H3048, H3063, H3064, H3106, H3109, H3136, H3159, H3163, H3180, H3181, H3189, H3263, H3272, H3307, H3343, H3357, H3359, H3363, H3365, H3371, H3379, H3384, H3388, H3389, H3390, H3404, H3405, H3406, H3407, H3412, H3413, H3426, H3430, H3432, H3433, H3434, H3478, H3525, H3600, H3608, H3614, H3619, H3633, H3635, H3654, H3658, H3679, H3681, H3683, H3685, H3703, H3722, H3723, H3732, H3745, H3747, H3762
「パルタイ」と私 倉橋由美子さんに聞く“オント”する学生 ヒューマニズムをシャットアウト ……………… F2847
「パルタイ」の作家—先輩登場—倉橋由美子さんを訪ねて ただいま執筆休業中… ……………………… F2886
春の漢詩 ………………… A1267, A1492
春の夜の夢 … A1350, A1402, A1460, G2967
反核問答 ………… A1147, A1238, H3491
半疑半信5 ひとりっきり 芥川賞候補の女子学生 …………………… F2849
半七捕物帳—岡本綺堂 …… A1602, A1836
反小説論 ………… A0206, A0218, A0233, A0384, A0387, A0414, A0416, A0421, A0425, A0428, A0437, A0453, A0644

パンドーラーの壷 ……………… A1074, A1132, A1308, A1585
「反埴谷雄高」論 ……………… A0449, A0485, A0676, A1638
反悲劇 ……………… C2666, C2684, C2686, C2692, C2713, H3107, H3108, H3172, H3173, H3174, H3175, H3176, H3177, H3178, H3183, H3192, H3204, H3205, H3234, H3235, H3236, H3237, H3238, H3241, H3253, H3254, H3256, H3258, H3262, H3280, H3281, H3282, H3283, H3288, H3296, H3297, H3298, H3299, H3323, H3324, H3325, H3326, H3328, H3329, H3330, H3331, H3333, H3335, H3337, H3342, H3349, H3391, H3407, H3421, H3426, H3436, H3572, H3627, H3637, H3741, H3750
萬有対談 ……………… F2931

【ひ】

美少年と珊瑚 ……………… A0382, A0465, A0656, A1408, A1634
非政治的な立場 ……… A0214, A0340, A0623
人は何によって生きるのか ……… A1103, A1140, A1312, A1593
非人 ……………… A0007, A0018, A0638, A0691, A0853, H2990, H2991, H2992, H3002, H3033, H3390
批判 ……………… A0144
批評 ……………… A0997, A1675, A1788
批評の哀しさ—江藤淳さんに— ……………… A0046, H3066
批評の無礼について ……………… A0133
ピフル通り ……………… A1315, A1419
向日葵の家 ……………… A0179, A0407, A0744, A0767, A1030, A1536, H3172, H3173, H3174, H3175, H3176, H3177, H3178, H3183, H3192
美味不信 ……………… A0884, A0982
秘められた聖像画—明治の女流画家・山下りん ……………… A0826, A0912
日も月も ……………… A0494
媚薬 ……………… A1276, A1387, A1445
一〇〇メートル ……………… A0061, A0710, A0802, A0840, A1910, H3767
百物語—杉浦日向子 ……… A1606, A1842
百間雑感 ……………… A1277, A1298, A1506
ビュトールと新しい小説 ……………… A0088, A0265, A0548
表現の自由の意味 …… A0111, A0282, A0565
評伝的解説—島尾敏雄 ……………… A0385, A0467, A0658, A1636, A1738
漂流記 ……………… A1378, A1512, H3588
平泉で感じる「永遠」と「廃墟」 ……………… A0080, A0258, A0541
瓶の中の恋人たち ……………… A1145, A1184, A1291, A1890
ピンフォールドの試練—イーヴリン・ウォー ……………… A1758, A1858

【ふ】

風変わりな一家 ……………… A0783, A0962
風景のない旅 ……… A0047, A0249, A0532
風信 ……………… A0445, A0482, A0673
無気味なものと美しいもの …… A0868, A0918
ふくろう頌 ……………… A1707
袋に封入された青春 ……………… A0016, A0243, A0526, A1611
不思議な魅力—「勝手にしやがれ」のジーン・セバーグ ……… A0892, A0942
不信論 ……………… A0871, A0973
再びおう盛な作家活動 『蠍たち』の倉橋由美子 ことばの即興演奏 ……… F2871
腐敗 ……………… A0431, A0764, A0807, A0824, A1733, C2685
ブライヅヘッドふたたび—イーヴリン・ウォー ……………… A1522, A1861
フラワー・アブストラクション ‥ A1436, G2970
ブリーフトーク ……………… F2900
不惑 ……………… A0870, A0972
文運隆昌 ……………… A0849, A0975
文学が失ったもの ……………… A0774, A0959
文学的人間を排す …… A0348, A0631, A1621
文化 風韻 現実は私の小説より怪奇 作家 倉橋由美子さん ……………… F2945
文化 「夢の浮橋」「反悲劇」を出して一休みの倉橋由美子氏と一時間 “絶対的な神”がほしい スワッピングだなんて、困るわ ……………… F2879
文章鑑別 ……………… A0874, A0978

文章の巧さということ …… A1681, A1794
文章の手習い …… A0872, A0974
文体の練習 …… A1695, A1808
文壇期待の女流たち 小説を知的な遊戯として… 日記もウソを書く倉橋由美子さん …… F2868
文壇なでしこ 倉橋由美子 甘さは切り捨てる 寮生活から生まれた“パルタイ” …… F2851
文明の垢 …… A0432, A0476, A0667

【へ】

蛇 …… A0009, A0020, A0438, A0640, A0692, A0855, H2998, H2999, H3000, H3001, H3006, H3007, H3015, H3033, H3043, H3272
ベビー・シッター …… A0210, A0335, A0618
蛇とイヴ …… A1303, A1401, A1459
偏愛文学館 …… A1516, A1519, A1521, A1522, A1524, A1525, A1528, A1529, A1531, A1533, A1535, A1543, A1544, A1545, A1548, A1549, A1550, A1552, A1558, A1559, A1561, A1564, A1565, A1566, A1596, A1598, A1599, A1600, A1602, A1604, A1606, A1756, A1757, A1758, A1761, A1762, A1763, A1764, C2722, H3704, H3706, H3709, H3710, H3711, H3716, H3764
ペンに勝る“育児”への埋没 “反悲劇”の親バカ …… F2880
遍路 歩いて無になる、空になる 歩くことで自分を解放できました …… F2947

【ほ】

防衛大の若き獅子たち …… A0048, A0248, A0531
倣元四大家山水図 …… A1338, A1426
房総南端から水郷へ 新しい旅情の宿 … A0073
ポオの短編小説 …… A0192, A0324, A0427, A0607
ぼくを探しに …… E2824, H3396, H3399, H3400, H3611, H3731, H3752
星月夜 …… A1329, A1423
ポストの幻想 …… A0860, A0964
蛍狩り …… A1372, A1399, A1457
歩道の終るところ …… E2825, H3424
骨だけの文章 …… A0879, A0919, A1109
ポポイ …… A1256, A1258, A1415, C2701, C2708, H3549, H3550, H3551, H3552, H3553, H3554, H3555, H3556, H3557, H3558, H3559, H3560, H3561, H3568, H3569, H3601, H3636, H3757
『ポポイ』とBGMについて …… A1260
ホメーロス〈イーリアス〉 …… A0168, A0311, A0594
ポルトガル行きの弁 …… A0508
本と友だち …… A0221, A0322, A0605
本との出会い …… A0219, A0343, A0626
本と私「夢の浮橋」の倉橋由美子さん 自由な創作楽しむ 荒廃した“性”を美しく …… F2878
本の周辺 仮構の世界へさそう 幻想と論理の文学 ヴァージニア 倉橋由美子氏 …… F2874
本の周辺 夢の浮橋 倉橋由美子氏 美のわく組みて構築 スワッピングを夢幻劇に …… F2877

【ま】

真面目すぎる女たちよ 少し、不良になろうではないか! 中年後期、いい女を続けるために …… F2909
まず自分の充実図る …… A1006
マゾヒストM氏の肖像 …… A0351, A0762, A0806, A0823, H3245, H3246, H3247
町のあけぼの …… A1344, A1428
真夏の死―三島由紀夫 …… A1531, A1867
魔の山―トーマス・マン …… A1533, A1845
魔法の豆の木 ‥ A1095, A1139, A1309, A1592
幻の夜明け …… A0712, A0925
繭のなかの生活 …… A0044, A0247, A0530
真夜中の太陽 …… A0060, A0709, A0810, A0839, C2680, H3085, H3086, H3087
漫画読みの感想 …… A0212, A0339, A0622
満山秋色 …… A1354

【み】

ミイラ …… A0041, A0702, A0835
巫女とヒーロー …… A0105, A0277, A0560
密告 …… A0015, A0021, A0641, A0694, A0856, H3010, H3011, H3012, H3013, H3014, H3015, H3016, H3033, H3478, H3765
三つの指輪 …… A1069, A1129, A1582

【む】

向き合う人やモノにベッタリしたくない。エキサイトして離れて、その距離が楽しいの。 …… F2914
無鬼論 …… A1164, A1188, A1295, A1894
夢幻の宴 …… A1439, A1475, C2712, H3628, H3629, H3630, H3631, H3632, H3655
虫になったザムザの話 …… A1064, A1122, A1306, A1575
虫の声 …… A1246, A1482
無心に自由を享楽した日々 …… A0789
無題 …… A1317

【め】

冥界往還記 …… A1597, A1717, A1826
迷宮 …… A0074, A0716, A0799, A0813, C2687, H3094, H3095, H3096, H3097, H3395, H3398, H3402
明月幻記 …… A1651, A1723, A1832
名人伝補遺 …… A1088, A1123, A1576
冥途・旅順入城式—内田百閒 …… A1535, A1838
名文 …… A0895, A1667, A1780
迷路の旅人 …… C2668, C2676, H3350, H3353, H3354
めざせダウニング街10番地—ジェフリー・アーチャー …… A1564, A1859
飯食わぬ女異聞 …… A1068, A1138, A1591
メメント・モリ …… A0513, A0920
面接 アンケート特集 私にとって生き甲斐とは何か …… F2882

【も】

妄想のおとし穴 …… A0042, A0292, A0575, A1618
妄想妄信 …… A0896, A0986
模造と模倣の違い 「暗い旅」の作者からあなたへ 批判にもならない江藤淳氏の論旨（上） …… A0054
元編集者の文章 …… A1102, A1225, H3480
「もの」、神経症および存在論的映画 …… A0135, A0296, A0579
もののあわれ …… A0830, A1652, A1765
紅葉狩り …… A1248, A1249, A1250, A1251, A1252, A1253, A1352, A1400, A1458, A1736, C2718, H3679, H3683, H3703
モラリスト坂口安吾 …… A0008
森村桂の「思い出との再会」その⑬ 倉橋由美子さん三年目の打ちあけ話 天下の才女は憤死の前に夫に当たる …… F2893

【や】

訳者あとがき〔『新訳 星の王子さま』〕 …… A1871, A1897
やさしさについて …… A0377, A0463, A0654
夜色楼臺雪萬家 …… A1322, A1420
屋根裏の明かり …… E2829, H3481, H3482
山の音—川端康成 …… A1558, A1863
山本神右衛門常朝 …… A0504, A0785, A0905
ヤマモモと文旦 …… A0881, A0941
やりきれない …… F2862

【ゆ】

夕顔 …… A1162, A1187, A1294, A1417, A1467, A1893

雄大で堂々たる通俗映画の傑作―「シェナンドー河」― … A0122, A0289, A0572
幽霊屋敷 ····· A1096, A1176, A1283, A1882
雪女恋慕行 ··········· A1551, A1715, A1824
夢十夜―夏目漱石 ············ A1561, A1834
夢の浮橋 ···························· A0370, A0375, A0378, A0379, A0401, A0633, A0763, A0793, A1010, A1318, C2664, C2673, C2685, H3275, H3276, H3277, H3278, H3288, H3289, H3290, H3292, H3294, H3295, H3296, H3298, H3299, H3313, H3322, H3323, H3334, H3343, H3346, H3362, H3377, H3381, H3383, H3407, H3426, H3633, H3642
「夢の浮橋」の倉橋由美子 追及する愛の不条理 文体も意識的に変える ···· F2876
夢の通い路 ·· A1302, A1404, A1462, C2706, C2711, G2968, H3613, H3682, H3756
夢のなかの街 ········ A0098, A0175, A0721, A0816, A1466, A1731, C2688, H3110, H3111, H3112, H3394, H3397, H3617
夢の話 ······················ A0862, A0966

【よ】

「よい病院」を求めて ········ A1473, A1501
妖紅弄色 ···························· A1365
妖女であること ······· A0107, A0279, A0562
妖女のように ······················ A0103, A0137, A0397, A0682, A0723, C2656, C2677, C2681, H3114, H3115, H3116, H3117, H3118, H3154, H3155, H3288, H3311, H3374, H3635, H3770
幼稚化の傾向 ········· A0447, A0483, A0674
養老の滝 ····· A1093, A1125, A1310, A1578
横波三里 ············· A0087, A0264, A0547
吉田健一氏の文章 ···· A0844, A0915, A1640
よその夫婦が旅に出た場合 彼が、大体、水先案内人。仕事先でいい美術館があったら、次にふたりで行こうというふうになりますね。 ············· F2926
よもつひらさか往還 ················· C2717, C2721, H3671, H3672, H3673, H3674, H3675, H3676, H3678, H3702, H3759
夜 その過去と現在 ··················· A1474, A1480, A1631, A1727, A1875

【ら】

『ラヴレター』に寄せて ······ A1469, A1496
落陽原に登る ········· A1601, A1718, A1827
ラブレター 返事のこない60通の手紙 ··························· E2838, H3626

【り】

リアリズムということ ········ A1703, A1816
リオノーラの肖像―ロバート・ゴダード ························ A1598, A1860
聊斎志異―蒲松齢 ············ A1566, A1843
良質の収穫 ·················· A1413, A1495
緑陰酔生夢 ··········· A1563, A1716, A1825
臨湖亭綺譚 ··········· A1650, A1722, A1831
林檎の樹 I ·················· A1346, A1429
輪廻 ·· A0059, A0708, A0812, A0838, H3084

【れ】

霊魂 ······················· A0231, A0236, A0519, A0750, A1202, A1441, A1732, C2684, H3240, H3242, H3423, H3511
レオンのぼうし ····················· E2836
列子 ························ A1331, A1489
劣情の支配する国 ············ A1084, A1237
恋愛小説 ············ A1560, A1698, A1811
恋愛という錯誤 ·············· A1702, A1815
連雨独飲 ···················· A1206, A1243
蓮花碧傘 ···························· A1363

【ろ】

老人に楽しめない小説 ··················· A1542, A1683, A1796

老人のための残酷童話 …… C2719, C2724, H3689, H3690, H3691, H3692, H3693, H3694, H3695, H3696, H3697, H3700

盧生の夢 …… A1081, A1124, A1577, A1734

ロマンは可能か …… A0057, A0252, A0535

ロレンス・ダレルとわたし …… A0100, A0274, A0557

【わ】

わが愛する歌 …… A0211, A0336, A0619

若い樹（1）お見事な“明せき”さ 文学 倉橋由美子さん …… F2858

わが敬愛する文章 …… A0444, A0481, A0672

わが子しか眼中にないお母さんへ …… A0842, A0940

わが町 …… A0779, A0929, A1627

「我が家の性教育」選考にあたって …… A0784, A0934

わからないということ …… A0773, A0958

わかれ道 親子相談室 …… A0886, A0889, A1006, A1014, A1015, A1017, A1020, A1022, A1024, A1026

鷲になった少年 …… A0031, A0034, A0404, A0700

わたしが受験した頃 …… A0004, A0238, A0521

私と原稿用紙 何の変哲もないもの …… A0506

私と和室 編集者撃退用のつもりが…… …… F2888

わたしの育児法 …… A0196, A0329, A0612

わたしの心はパパのもの …… A0090, H3101, H3102, H3103, H3104, H3341, H3407

私の仕事 精神の緊張を追究 一年一作のペースで「夢の浮橋」を書いた 倉橋由美子さん …… F2875

私の字引き …… A0182, A0315, A0598

私の小説 …… A0687, A0907, A1624

わたしの小説作法 …… A0110, A0153, A0281, A0564, A1617

私の小説と京都 …… A0402, A0470, A0661

私の好きな近代絵画④ 幻想の世界 …… A0035

私の好きなファンタジー・ノベル …… F2922

私の青春論 …… A0505

わたしの「第三の性」 …… A0014, A0242, A0525, H3012, H3388, H3662

わたしの痴漢論 …… A0081, A0260, A0543

私の読書アンケート …… F2863

わたしの読書散歩 …… A0193, A0327, A0610

わたしのなかのかれへ …… C2661, C2671, C2672, H3249, H3250, H3252, H3255, H3257, H3259, H3261, H3265, H3266, H3268, H3571, H3730

わたしの初恋 …… A0058, A0251, A0534

わたしの文学と政治 …… A0030, A0246, A0529

私のほん 53 倉橋由美子さん「大人のための残酷童話」 意地悪精神で26話 古今東西の物語を題材に …… F2897

私のほん 170 倉橋由美子さん「アマノン国往還記」 女性化社会の果て 笑いと風刺と想像力で …… F2903

私の本 他人の文章のような感じ …… A0499

わたしの無責任老人論 …… A0084, A0263, A0546

悪い学生の弁 …… A0643, A0906

悪い夏 …… A0156, A0365, A0737, C2662, H3157, H3158, H3414, H3478

【ABC】

A LIGHT IN THE ATTIC …… E2829

Am Ende des Sommers …… G2955

AN EXTRA ATERRESTRIAL …… G2961

CROW CHIEF …… E2839

Den strå lende prinsessen …… G2958

Die Reise nach Amanon …… G2977

FALLING UP …… E2842

FLOWER ABSTRACTION …… G2970

Follow That Hat! …… E2836

For What She Had Done …… E2840

IKTOMI AND THE BERRIES …… E2833

IKTOMI AND THE BOULDER …… E2832

IKTOMI AND THE BUFFALO SKULL …… E2837

IKTOMI AND THE DUCKS …… E2835

IT'S only Yesterday …… F2944

LAFCADIO, THE LION WHO SHOT BACK …… E2841

Le Petit Prince …… E2844, E2845

Letter to My Husband : Notes about Mourning & Recovery …… E2838

Mathematics is a language …… A0371, A0460, A0651

My Life in Books ……………… *A0146, A0163, A0301, A0584*
Partei …………………………… *G2954*
Partiet …………………………… *G2973*
Quand le berger dort… …………… *E2834*
RETURN TO WUTHERING HEIGHTS …………… *E2826, E2827*
SAMOSTAN …………………… *G2960*
SEVEN STORIEAS OF CHIRISTMAS LOVE …… *E2830, E2843*
Seven Stories of Christmas Love …… *E2846*
Snehvit …………………………… *G2959*
SPRING NIGHT DREAMS ……… *G2967*
THE ADVENTURE OF SUMIYAKIST Q ……………… *G2953*
THE HOUSE OF THE BLACK CAT …………………… *G2963, G2972*
THE LONG PASSEGE OF DREAMS …………………… *G2971*
THE MISSING PIECE …………… *E2824*
THE MISSING PIECE MEETS THE BIG O ………………… *E2828*
The Night Before Christmas ……… *E2831*
THE PASSEGE OF DREAMS …… *G2968*
THE SPECIAL PLACE ………… *G2969*
THE TRADE ……………………… *G2965*
THE WITCH MASK …………… *G2966*
THE WOMAN WITH THE FLYING HEAD ……………… *G2964*
To Die at the Estuary …… *G2952, G2976*
Ugly Demons …………………… *G2956*
WE ARE LOVERS ……………… *G2962*
WHERE THE SIDEWALK ENDS … *E2825*

人名索引

【あ】

相槌 …… J4146
饗庭 孝男 …… H3300, H3325, H3374, H3467
青柳 いづみこ …… H3672
明石 福子 …… H3634
秋山 駿 …… H3072, H3262, H3276, H3279, H3324, H3410, H3429, H3462, H3549, H3553
秋山 信子 …… H3227
浅見 淵 …… H3021, H3207
浅利 文子 …… H3408
麻生 和子 …… H3510
足立 悦男 …… H3379
安部 公房 …… H3002, H3128
天沢 退二郎 …… H3183, H3226, H3252, H3335
天野 哲夫 …… H3271, H3475
アマノン国 …… J4207
あやめ …… J4136
荒 正人 …… H3005, H3059
荒川 洋治 …… H3631, H3655
荒木 亨 …… H3468
安西 篤子 …… H3458
安藤 秀國 …… H3515, H3740
安藤 靖彦 …… H3310

【い】

伊井 直行 …… H3559
飯澤 文夫 …… H3763
井口 時男 …… H3669, H3686
池内 紀 …… H3442
池上 富子 …… H3430, H3450
池上 冬樹 …… H3730
池上 玲子 …… H3765
池田 純溢 …… H3363
井坂 洋子 …… H3595, H3626, H3629, H3675
石川 達三 …… H3027, H3051
石崎 等 …… H3409
石附 陽子 …… H3360
石田 健夫 …… H3647
石村 博子 …… H3612
磯貝 英夫 …… H3309
磯田 光一 …… H3049, H3111, H3115, H3147, H3176, H3192, H3211, H3253, H3281, H3367, H3426, H3463, H3527, H3535, H3536, H3537
伊藤 昭 …… H3414
伊藤 整 …… H3080, H3129, H3153
伊東 守男 …… H3251
稲葉 喬 …… J4168
井上 光晴 …… H3203
井上 靖 …… H3027
井伏 鱒二 …… H3027
今井 素子 …… H3614
今泉 文子 …… H3472
今村 忠純 …… H3435
入沢 康夫 …… H3222, H3353
岩橋 邦枝 …… H3402
巖谷 大四 …… J4176

【う】

上田 三四二 …… H3193, H3239, H3258
植田 康夫 …… H3589
上田 陽子 …… H3035
上村 くにこ …… H3624
鵜飼 哲夫 …… J4209
宇波 彰 …… H3266, H3273, H3465
宇野 浩二 …… H3027, H3055

鵜生 美子 …… H3400
浦浜 英生 …… H3199
ウルトラB …… H3124

【え】

江種 満子 …… H3389
江藤 淳 …… H2979, H2992, H2996, H2998, H3006, H3014, H3020, H3032, H3039, H3120, H3134, H3246
遠藤 周作 …… H3262, H3274

【お】

大江 健三郎 …… H3066
大岡 昇平 …… H2989
大笹 吉雄 …… H3391
大野 由紀夫 …… J4205
岡崎 武志 …… H3712
小笠原 賢二 …… H3503
尾形 明子 …… H3570
岡本 泰昌 …… H3345
小川 和佑 …… H3545, H3587
小川 国夫 …… H3261, H3329
荻原 雄一 …… H3407
奥野 信太郎 …… H2988
奥野 健男 …… H2994, H3002, H3037, H3039, H3047, H3056, H3060, H3071, H3074, H3076, H3079, H3091, H3092, H3097, H3107, H3127, H3201, H3209, H3237, H3245, H3256, H3267, H3275, H3286, H3330, H3376, H3403, H3411, H3452, H3491, H3498, H3504, H3513, H3550, H3579, H3588
小倉 斉 …… H3635
桶谷 秀昭 …… H3439
尾崎 秀樹 …… H3122
小沢 昭一 …… H3324
小副川 明 …… H3743
小田切 秀雄 …… H3241, H3378, H3413
小田島 本有 …… H3658
乙部 真実 …… H3660
鬼 …… H3380

【か】

加賀 乙彦 …… H3208, H3232, H3334, J4210
笠井 潔 …… H3437
笠原 伸夫 …… H3133
片岡 文雄 …… H3616, H3617
加藤 典洋 …… H3723
金井 美恵子 …… H3195, H3212, H3268, H3285, H3326, H3377, H3721
金子 昌夫 …… H3445
可不可 …… J4152
亀井 秀雄 …… H3181, H3233, H3283
加山 郁生 …… H3642
軽美伊乃 …… H3726, H3728
河上 徹太郎 …… H2993, H3011, H3094, H3104, H3112, H3113, H3114
川上 弘美 …… H3696
川崎 賢子 …… H3687
川島 みどり …… H3747, H3753, H3757, H3758, H3759
川又 千秋 …… H3366, H3433
川村 二郎 …… H3225, H3538, H3578
川村 湊 …… H3562, H3569, H3671
菅 聡子 …… H3659, H3662
神崎 一胤 …… H3180
神田 美枝 …… H3036
菅野 昭正 …… H3531, H3551, H3560, H3577, H3592

【き】

菊田 均 …… H3434, H3540
北 杜夫 …… H3567, J4214
北川 透 …… H3167
北原 武夫 …… H2982, H3139
北村 道子 …… H3315
木本 至 …… H3215
虚 …… H3170

【く】

クー・クヮイ・チェン …… H3495
久保田 正文 …… H3016, H3061, H3175, H3187, H3236
熊谷 富裕 …… H3392
久米 勲 …… H3705
倉本 四郎 …… H3502
栗栖 真人 …… H3365
栗坪 良樹 …… H3606
クリーマン,フェイ …… H3644
黒井 千次 …… H3604
黒田 節男 …… J4129

【け】

幻想文学会 …… H3511

【こ】

小池 民男 …… H3628
小池 真理子 …… J4217
合田 正人 …… H3742
講談社編集部 …… H3564
河野 信子 …… H3385
高良 留美子 …… H3295
後閑 英雄 …… H3223
小久保 実 …… H3304
誤作 …… H3242
小鹿 糸 …… H3478
小島 千加子 …… H3609, H3738, J4216
小島 信夫 …… H3174, H3186, H3200
後藤 繁雄 …… H3697
後藤 明生 …… H3354, H3553
小西 聖子 …… H3610
小林 裕子 …… H3640
小林 勝 …… H3070
駒田 信二 …… H3417
小松 伸六 …… H3058, H3067, H3075, H3109
小山 鉄郎 …… J4227

【さ】

斉藤 金司 …… H3356
齋藤 愼爾 …… H3571, H3684, H3715, H3735, H3737, H3767
齋藤 孝 …… H3719
斎明寺 以玖子 …… H3601
佐伯 彰一 …… H3140, H3151, H3204, H3234, H3239, H3240, H3247, H3277, H3282, H3298, H3323, H3331, H3362, H3436
佐伯 輝木 …… H3216
三枝 和子 …… H3512
酒井 角三郎 …… H3136
榊 敦子 …… H3602, H3623, H3643, H3698
坂本 憲一 …… J4224
桜井 幹善 …… H3327, H3343
桜庭 一樹 …… H3768
佐々木 基一 …… H3063, H3084, H3093, H3262, H3349
サソリ …… J4208
佐藤 健児 …… H3707
佐藤 朔 …… H2988
佐藤 春夫 …… H3052
佐藤 洋二郎 …… H3544

【し】

篠崎 武士 …… H3506
篠沢 秀夫 …… H3390
篠田 一士 …… H3026, H3042, H3173, H3188, H3238, H3438, H3440, H3514, H3530
柴 俊夫 …… H3611
澁澤 龍彥 …… H3287, H3622
島 弘之 …… H3552
島内 景二 …… H3650
嶋岡 晨 …… H3741
島田 綾香 …… H3732
島田 雅彦 …… H3566
清水 邦行 …… H3591
清水 徹 …… H3083, H3693

清水 良典 …… *H3637, H3651, H3674, H3676, H3679, H3725, J4212, J4219*
下田 城玄 …… *H3722*
首藤 基澄 …… *H3432*
白井 健三郎 …… *H3068*
白井 浩司 …… *H3073, H3081, H3082, H3103, H3110, H3135*
白石 省吾 …… *H3422, H3558, H3576, J4192*
白川 和美 …… *H3406*
白川 正芳 …… *H3138, H3278, H3299*
白頭巾 …… *J4172*
進藤 純孝 …… *H3087, H3106, H3161, H3346, H3404*
陣野 俊史 …… *H3745*

【す】

絓 秀実 …… *H3542*
菅原 整 …… *H3483*
杉浦 明平 …… *H2997*
鈴木 淳 …… *H3750, H3751, H3756, H3760*
鈴木 直子 …… *H3685, H3720, J4213*
角南 明 …… *J4193*

【せ】

関 育雄 …… *H3316*
関井 光男 …… *H3305, H3314, H3342*
関川 夏央 …… *J4211, J4221, J4225*
関口 苑生 …… *H3501, H3594*
瀬戸内 寂聴 …… *H3399*
瀬沼 茂樹 …… *H3012, H3043, H3291, H3357*
芹沢 俊介 …… *H3457*
千石 英世 …… *H3574*
仙波 龍英 …… *H3507*

【そ】

宗 左近 …… *H3025*

【た】

高野 斗志美 …… *H3248, H3264, H3288, H3307, H3338, H3358, H3382, H3469, H3529*
高橋 和久 …… *H3473*
高橋 京子 …… *H3317*
高橋 正 …… *H3618*
高橋 英夫 …… *H3269, H3464, H3534, H3555*
高畠 寛 …… *H3633*
高原 恵理 …… *H3656*
瀧井 孝作 …… *H3027, H3050*
竹田 青嗣 …… *H3548, H3568*
武田 泰淳 …… *H3196*
武田 友寿 …… *H3522*
竹西 寛子 …… *H3099, J4222*
直 …… *H2991*
田中 絵美利 …… *H3748, H3749, H3752, H3754, H3755*
田中 美知太郎 …… *H3265*
田中 美代子 …… *H3294, H3311, H3322*
田辺 澄江 …… *J4194*
谷川 雁 …… *H3599*
谷口 絹枝 …… *H3600*
谷沢 永一 …… *H3460*
田沼 武能 …… *J4185*
田村 隆一 …… *H3250, H3270*

【ち】

ち …… *H3479*
千野 帽子 …… *H3717, H3727, H3734, H3766*
千葉 望 …… *H3700, H3702*

【つ】

塚田 麻里子 …… *H3746*
塚谷 裕一 …… *H3621, H3627*
月村 敏行 …… *H3484, H3488*
柘植 光彦 …… *H3312, H3387, H3519*

辻原 登 …… *H3673*
津田 加須子 …… *J4228, J4229, J4230, J4231*
津田 洋行 …… *H3744*
積田 正弘 …… *J4234*
鶴岡 冬一 …… *H3244, H3257*

【て】

泥眼 …… *J4161*
寺田 操 …… *H3692*
寺田 透 …… *H3196, H3241*

【と】

百目鬼 恭三郎 …… *H3375*
堂山 夏人 …… *H3598*
遠丸 立 …… *H3359, H3364, H3373*
十返 千鶴子 …… *H3420*
十返 肇 …… *H3007, H3031, H3046*
徳岡 孝夫 …… *J4226*
利根川 裕 …… *H3508, H3547*
富岡 幸一郎 …… *H3166, H3582, J4200*
富岡 多恵子 …… *H3355*
豊崎 由美 …… *H3670, H3677, H3690, H3701, H3709, H3716, H3729, H3764*

【な】

ナイトン,メアリー …… *H3762*
永井 龍男 …… *H3027, H3053*
中井 英夫 …… *H3394*
中石 孝 …… *H3313*
中尾 光延 …… *H3516*
永岡 定夫 …… *H3033*
中沢 けい …… *H3691*
中田 耕治 …… *H3086, H3117*
中野 久夫 …… *H3431*
中村 真一郎 …… *H3001, H3130, H3172, H3194, H3221, H3453, H3524, H3565*
中村 博保 …… *H3546*
中村 光夫 …… *H2980, H2990, H3010, H3019, H3022, H3027, H3030, H3108, H3205, H3235*
中山 和子 …… *H3034, H3388, H3654*

【に】

西尾 幹二 …… *H3284*
西岡 瑠璃子 …… *J4233*
西村 時衛 …… *H3105*
西村 道一 …… *H3230*
丹羽 文雄 …… *H2987, H3027*

【ぬ】

温水 ゆかり …… *H3680*

【の】

野口 武彦 …… *H3525*
野崎 歓 …… *H3706*
野崎 六助 …… *H3641*
野村 芳夫 …… *H3496*

【は】

ハガチイ …… *J4147*
朴 銀姫 …… *H3681*
橋本 真理 …… *H3337, H3351, H3352*
長谷川 泉 …… *H3384*
畑下 一男 …… *H3369*
ハチ公 …… *J4164*
羽鳥 徹哉 …… *H3383*
花田 清輝 …… *H3023, H3196*
埴谷 雄高 …… *H3065, H3080, H3241*
馬場 禮子 …… *H3441*
浜崎 伊斗子 …… *H3739*

浜田 新一 …… *H3144, H3148, H3243*
林 忠彦 …… *H3008*
林 房雄 …… *H3089, H3095, H3101, H3341*
原 子朗 …… *H3308*
原 幸雄 …… *H3661*
原田 伸子 …… *H3421*
原田 義人 …… *H2983*
バラバラ生 …… *J4162*
針生 一郎 …… *H3024*
針生 和子 …… *H3368*

【ひ】

日 …… *H3156*
東 雅夫 …… *H3649, H3657, H3713*
日高 昭二 …… *H3447*
日沼 倫太郎 …… *H3048, H3142, H3149, H3155, H3158*
日野 啓三 …… *H3018, H3182, H3289*
日野 範之 …… *H3198*
平岡 篤頼 …… *H3461*
平野 謙 …… *H2978, H2984, H2995, H2999, H3000, H3009, H3013, H3029, H3045, H3080, H3090, H3100, H3102, H3116, H3119, H3121, H3131, H3157, H3163, H3178, H3190, H3191, H3217, H3371*
平山 三男 …… *H3318*
広 …… *H3480*
弘 …… *H3528*

【ふ】

福島 …… *H3625*
福島 正実 …… *H3206*
福田 淳 …… *H3493*
福田 宏年 …… *H3141*
藤澤 全 …… *H3699*
舟橋 聖一 …… *H3027, H3054*
古林 尚 …… *H3229*
フルフル …… *J4130*
古屋 健三 …… *H3533*
古屋 美登里 …… *H3613, H3667, H3695, H3711, H3714, H3724, H3731, H3764, J4215, J4220*
文鳥 …… *J4133*

【へ】

別役 実 …… *H3260, H3523, H3596*

【ほ】

星野 輝彦 …… *H3064*
保昌 正夫 …… *H3165, H3348, H3361, H3372, H3563, H3575, H3638, H3652, H3653*
発田 和子 …… *H3423, H3459*
堀田 善衛 …… *H3038*
保前 信英 …… *H3683*
堀部 功夫 …… *H3736*
本田 錦一郎 …… *H3424*
本多 秋五 …… *H3044, H3085*

【ま】

前田 とみ子 …… *H3125*
増田 正造 …… *H3572, H3682*
増田 みず子 …… *H3492, H3668*
松浦 寿輝 …… *H3703, H3704, J4196*
松浦 弥太郎 …… *H3710*
松浦 理英子 …… *H3471*
松岡 正剛 …… *H3733, J4218*
松下 千里 …… *H3543*
松田 道雄 …… *H3332, H3336*
松原 新一 …… *H3150, H3159, H3184, H3192, H3202, H3255, H3306, H3347*
松本 健一 …… *H3520, H3553*
まつもと・つるを …… *H3123*
松本 徹 …… *H3593*
松山 巌 …… *H3665*
馬淵 正史 …… *H3319, H3348, H3361, H3372*

【み】

三浦 政子 …… *H3320*
三浦 雅士 …… *H3557, H3573, H3585, H3605*
三木 清 …… *H3219*
三田 誠広 …… *H3769*
美谷 克己 …… *H3152*
宮内 豊 …… *H3455*
宮尾 …… *J4155*
宮尾 登美子 …… *J4202*
宮本 三郎 …… *H3077*

【む】

向井 敏 …… *H3489, H3494, H3497, H3509, H3526, H3632, H3663*
虫 …… *H3224*
村松 剛 …… *H3088*
村松 友視 …… *J4223*

【も】

モラスキー,マイク …… *H3708*
森 常治 …… *H3370, H3381*
森 茉莉 …… *H3425*
もり・みまき …… *H3688*
森内 俊雄 …… *H3328*
森岡 正博 …… *H3561*
森川 達也 …… *H3164, H3192, H3213, H3249, H3254, H3280, H3293, H3302, H3339, H3393, H3398, H3401, H3405, H3444, H3466, H3474*
守屋 和子 …… *H3321*
守屋 はじめ …… *H3451*
諸田 和治 …… *H3303, H3344, H3454*

【や】

安岡 章太郎 …… *H3274*
康 …… *H3220*
安田 武 …… *H3098*
山縣 熙 …… *H3541*
山下 若菜 …… *H3619*
山田 一郎 …… *J4204*
山田 和子 …… *H3539*
山田 博光 …… *H3272*
山田 有策 …… *H3386*
山名 かずみ …… *H3419*
山野 浩一 …… *H3470*
山野 博史 …… *H3630*
山室 静 …… *H3015, H3040*
山本 かずこ …… *H3532*
山本 健吉 …… *H2981, H2988, H3096, H3126*

【ゆ】

優 …… *H3395*
由 …… *H3666*
結城 信孝 …… *H3648*
豊 …… *H3590*

【よ】

横井 司 …… *H3718*
吉井 美弥子 …… *H3620*
吉川 豊子 …… *H3581*
吉田 加奈 …… *H3636*
吉田 健一 …… *H3177, H3185*
吉本 隆明 …… *H3003*
吉行 淳之介 …… *H3274*
与那覇 恵子 …… *H3580, H3583, H3645*
与那原 恵 …… *H3694*

【り】

利沢 行夫 …………………………… *H3301*

【れ】

レフェリイ ………………………… *J4160*

【ろ】

六十歳 ……………………………… *J4142*

【わ】

湧田 佑 ……………………………… *J4167*
和田 芳恵 …………………………… *H3259*
綿田 由紀子 ………………………… *H3608*
渡辺 澄子 …………………………… *H3615*
渡部 直己 …………………………… *H3597*
渡辺 広史 …………………………… *H3290*

【ABC】

A・M ………………………………… *H3210*
H ……………………………………… *H3041*
N ……………………………………… *H3189*
S ……………………………… *H3228, J4159*
Schlecht,Wolfgang E. ……………… *H3607*
Tanaka,Yukiko ……………………… *H3477*
U ……………………………………… *H3169*
Y ……………………………………… *H3179*
Z ……………………………………… *J4148*

田中 絵美利（たなか・えみり）

1973年12月25日千葉県生まれ。明治大学大学院博士前期課程修了。明治大学大学院博士後期課程単位取得退学。現在明治大学政治経済学部兼任講師。日本近代文学専攻。
em050101@kisc.meiji.ac.jp

川島 みどり（かわしま・みどり）

1974年10月20日茨城県生まれ。明治大学大学院博士前期課程修了。明治大学大学院博士後期課程単位取得退学。現在明治大学情報コミュニケーション学部兼任講師。日本近代文学専攻。
miumonet@kisc.meiji.ac.jp

人物書誌大系38

倉橋由美子

2008年3月25日 第1刷発行

編　者／田中絵美利・川島みどり
発行者／大高利夫
発行所／日外アソシエーツ株式会社
〒143-8550 東京都大田区大森北1-23-8 第3下川ビル
電話(03)3763-5241(代表) FAX(03)3764-0845
URL http://www.nichigai.co.jp/
発売元／株式会社紀伊國屋書店
〒163-8636 東京都新宿区新宿3-17-7
電話(03)3354-0131(代表)
ホールセール部(営業) 電話(044)874-9657

電算漢字処理／日外アソシエーツ株式会社
印刷・製本／株式会社平河工業社

《中性紙三菱クリームエレガ使用》
ISBN978-4-8169-2099-8
Printed in Japan, 2008

『人物書誌大系』

刊行のことば

歴史を動かし変革する原動力としての人間、その個々の問題を抜きにしては、真の歴史はあり得ない。そこに、伝記・評伝という人物研究の方法が一つの分野をなし、多くの人々の関心をよぶ所以がある。

われわれが、特定の人物についての研究に着手しようとする際の手がかりは、対象人物の詳細な年譜・著作目録であり、次に参考文献であろう。この基礎資料によって、その生涯をたどることにより、はじめてその人物の輪郭を把握することが可能になる。

しかし、これら個人書誌といわれる資料は、研究者の地道な努力・調査によりまとめられてはいるものの、単行書として刊行されているものはごく一部である。多くは図書の巻末、雑誌・紀要の中、あるいは私家版などさまざまな形で発表されており、それらを包括的に把え探索することが困難な状況にある。

本シリーズ刊行の目的は、人文科学・社会科学・自然科学のあらゆる分野における個人書誌編纂の成果を公にすることであり、それをつうじ、より多様な人物研究の発展をうながすことにある。この計画の遂行は長期間にわたるであろうが、個人単位にまとめ逐次発行し集大成することにより、多くの人々にとって、有用なツールとして利用されることを念願する次第である。

1981年４月

日外アソシエーツ